世界文学名著名译典藏

巨人传

[法] 弗朗索瓦·拉伯雷◎著　蔡春露◎译

長江出版傳媒 | 长江文艺出版社

图书在版编目（CIP）数据

巨人传 /（法）弗朗索瓦·拉伯雷著 ；蔡春露译
. -- 武汉 ：长江文艺出版社，2018.6（2024.1 重印）
（世界文学名著名译典藏）
ISBN 978-7-5354-9133-6

Ⅰ. ①巨… Ⅱ. ①弗… ②蔡… Ⅲ. ①长篇小说－法国－中世纪 Ⅳ. ①I565.43

中国版本图书馆 CIP 数据核字（2018）第 062293 号

责任编辑：田敦国　　责任校对：毛季慧
封面设计：刘　垒　　责任印制：邱　莉　胡丽平

出版：长江出版传媒｜长江文艺出版社
地址：武汉市雄楚大街 268 号　　邮编：430070
发行：长江文艺出版社
电话：027—87679360
http://www.cjlap.com
印刷：长沙鸿发印务实业有限公司

开本：880 毫米×1230 毫米　1/32　　印张：25.25
版次：2018 年 6 月第 1 版　　2024 年 1 月第 2 次印刷
字数：738 千字

定价：66.00 元

导读

拉伯雷(1493–1553)是法国文艺复兴运动时期杰出的代表人物之一,是继薄伽丘之后全欧最具影响力的人文主义作家。他的长篇讽刺小说《巨人传》是反映16世纪上半叶法国封建社会的巨幅画卷,在法国文学史,乃至世界文学史上占有重要地位,堪称世界文学宝库中的一颗璀璨的明珠。

拉伯雷出生于法国都兰地区俪农镇一个律师家庭。他先被送到邻近的修道院学习拉丁文和经验哲学,到了1520年左右加入了圣方济各修道院当修士。在修道院里,拉伯雷潜心学习,研究古希腊、古罗马的文化,并与人文主义者取得联系。但是这个修道院极端守旧,从院长到僧徒都是一群顽固分子,他们敌视拉伯雷,焚烧没收他的希腊文书籍,并把他幽禁起来。受到残酷迫害的拉伯雷逃到较为开明的本笃会主教身边,担任私人秘书,同时在普瓦蒂埃大学进修法学。1528年,拉伯雷辞去秘书职务游历法国各地,广泛接触社会生活,更深入了解到法国宗教、法律和教育制度的腐败。他和散居各处的人文主义者讨论问题,逐步使自己的人文主义思想日臻成熟。拉伯雷于1530年进医学院学习,获医学硕士和博士学位。医生的职业使他对民间疾苦和社会弊病有了更深刻的认识,他发现医治社会痼疾比医治病人身体疾病更为困难,早在头脑中苦苦冥思一剂救世良方。这时,他在里昂行医时偶然发现街头热销一本讲述巨人故事的小册子，顿时豁然开朗，深受启发，社会变革需要巨人，医治社会弊病正是需要巨人的力量、巨人的追求、巨人的胆识和智慧。于是，一部宣扬巨人精神，以人文主义思想否定中世纪的禁欲主义、蒙昧主义和宗教神秘主义，以“以人为本”的思想对抗“以神为本”，追求人性解放、个人自由，医治社会流弊的杰作诞生了。

拉伯雷在1532年用化名纳西埃出版《巨人传》第一部，一年后又出版了第二部。书出版后，受到城市资产阶级和社会下层人民的热烈欢迎，但教会和贵族却极端仇视，书被禁止出售。其后他多次出访意大利，多方涉猎了意大利的人文主义文学艺术并亲身感受文艺复兴时期的气息。1545年在法王法兰西斯一世的特许发行证的保护下，拉伯雷以真实姓名出版了《巨人传》的第三部。法王不久死去，小说又被列为禁书，出版商被烧死，拉伯雷被迫外逃，直至1550年才获准回到法国。回国后，拉伯雷担任了宗教职务，业余时间为穷人治病。后来，他又去学校教书。在学校教书期间，他完成了《巨人传》的第四、第五部。经历了20年的时间，他终于完成了这部巨著。《巨人传》出版后风靡一时，两个月内的销售数额超过了《圣经》九年的总销售数。几百年来，该书以各种文字出了200多个版本！

《巨人传》之所以会引起如此轰动的效应并具有经久不衰的魅力，主要是因为《巨人传》生动地体现了文艺复兴精神，富有鲜明的时代特色。因此，我们必须将《巨人传》放在文艺复兴思潮的大背景下审视，才能更好地理解它丰富的思想内容和被赋予的时代精神。

拉伯雷所生活的年代正处于法国从中世纪向近代社会过渡的重大历史转折时期，也就是西方历史上著名的文艺复兴时期。当时，禁锢人的创造性和能动性的神学观念开始在一些先进知识分子的思想上发生动摇，他们敢于对统治欧洲长达千年之久的神学理论提出了大胆的挑战。罗马教皇和教会的专制统治，史无前例地受到欧洲思想界、文艺界和科学界的抵制和反抗，人们逐步摆脱中世纪的阴影，欧洲迎来了历史上一次思想大解放的时期，内容从文艺创新扩大到宗教改革、科技探索、地理大发现。其主导思想是反抗宗教神学和封建专制，提倡尊重人格尊严的人文主义。人文主义反对神权和神性，宣扬人权和人性;反对蒙昧和神秘,发展理性和科学;反对来世和禁欲,重视现世和幸福;反对封建等级特权,提倡自由平等友爱,热烈追求思想上的自由解放。

恩格斯把这场文艺复兴运动称作"人类从来没有经历过的最伟大的、进步的变革,是一个需要巨人而且产生巨人的时代",这次波澜壮阔的运动产生了一大批巨人思想家、哲学家、文学家、艺术家,科学家,如但丁、彼得拉克、薄伽丘、达·芬奇、培根、哥白尼、布鲁诺、伽利略等等。拉伯雷便是这个时代产生的法兰西文学巨人,他的《巨人传》正是文艺复兴这一时代的产物,这部作品始终贯注的主题就是人文主义和拉伯雷的巨人思想。从开卷庞大固埃的父亲高康大出世时,不像其他的婴儿"哇哇"大哭,而是扯开嗓门喊:"喝!喝!""他喊得如此响亮,如此清晰,仿佛要让全世界的人都赶来一起喝酒似的",到作品中大量喝酒场面的描写,再到篇末神瓶发出的谕示畅饮知识、畅饮真理、畅饮爱情的"喝吧"声音,全书首尾呼应,强烈地表现出中世纪的神权统治使整个世界处于一种饥渴状态和新兴资产阶级冲破愚昧、落后、腐败的封建统治的渴望,对人性自由、科学知识、社会革新的热切渴求。

《巨人传》共分五部分,第一、二部通过叙述高康大和庞大固埃的出生、所受的教育及其丰功伟绩阐明人文主义学说的种种主张;后三部以庞大固埃与巴汝奇等伙伴为研究婚姻难题寻访神瓶而周游列国作为线索,展示中世纪广阔的社会画面,揭露和抨击种种社会弊端。《巨人传》首先将批判的矛头指向封建神权,尖锐讽刺了中世纪封建神权的专制统治,揭露天主教会的腐败和虚伪,嘲弄抵制科学的宗教迷信。在中世纪的欧洲社会,教会是神圣不可侵犯的,可是在拉伯雷的笔下,从普通教士到神学大师,再到罗马教皇,都受到拉伯雷的辛辣讽刺。教皇向各国勒索巨款,封建贵族和僧侣过着荒淫奢侈的生活,苛捐杂税就像榨汁机,把百姓压榨干了,在《解毒诗》里,他就把教皇势力比作烂摊子,那蜡制的神像会被锤子淘汰,要拿起大砍刀,斩掉这堆乱麻,再拿起一轴粗绳子,牢牢绑起这烂摊子。他说到教皇三重冕,颈巾下就有大花点。他把神学家比作是贪婪自私、死皮赖脸的蠢驴。他指出教会和修道院是是非丛生之地,是公共厕所,修士们吃世俗社会的粪便，世人的罪孽。巴黎圣母院是教会权威的象征，但高康大却对它很不恭敬，把它的大钟从钟楼上取下，作为大牝马脖子上漂亮的牛颈铃，使巴黎神学家们惊慌失措，慌成一团。那些披着神圣外衣的教士对人民无恶不作，而当修道院惨遭掠夺，他们只会念经祈祷，只有出身下层的僧侣约翰修士敢于挺身而出，英勇杀敌。

司法制度是封建统治的又一支柱。拉伯雷毫不留情地把锋芒指向封建司法制度的黑暗和腐败。他揭露了诉讼手续复杂、文牍繁多，拖延时间等弊病。拉伯雷称那些审判官是恶魔，接手一个案子会让它永远拖延下去——无穷无尽直到永远。他们的所作所为使人们记住斯巴达人希龙所言："悲惨是诉讼的伴侣。所有打官司的人都很悲惨，因为官司还未了结，老命早就归西了。"那些法官就是"穿皮袍的法猫"，凌强欺弱、巧取豪夺，一味敛财，干的都是害人的勾当；那代表司法公正的剑成了镰刀状的，象征空洞、扭曲的司法。小说中有一段庞大固埃秉公断案的故事，写得惟妙惟肖。庞大固埃断案的法宝就是把那四只肥驴驮不动的卷宗付之一炬，说那些法学权威全是骗人的把戏，全是陈词滥调，听听当事人面对面的申辩比这堆废纸强多了。庞大固埃认真听取原告和被告的陈述，了解整个案情始末，当场就做出公正的判决，令法律顾问和其他法律博士怔了足足有三个小时。更为荒唐的是法庭对审理公案一窍不通，靠掷骰子糊涂断案，这正是对无能的封建司法制度的讽刺。

《巨人传》有力抨击迂腐陈旧的经院教育，推崇启发人的智慧，完善人的身心的人文主义教育理念。小说一开始所描述的高康大的自然天性，同别的小孩一样顽劣，要么喝、吃、睡，要么吃、睡、喝或睡、喝、吃；但他父亲从与他交谈中却看到他有非凡的判断力和悟性，认为只要受到良好的教育，将来一定出类拔萃。一开始有人向他父亲推荐一位经院学派的神学大师霍罗费先生，这位食古不化的老先生用 5 年 3 个月时间教高康大方块字母，花了 13 年 6 个月又两星期教他拉丁语法、乏味的礼法读本，花了 18 年 6 个月学完《推理方法论》和一些杂家评论，又花了 16 年 6 个月读完《历法》。尽管高康大学得很刻苦，很投入，不但毫无长进，而更糟糕的是，他变得呆头呆脑、傻里傻气，整天疯疯癫癫地尽说傻话。后来,高康大在人文主义教师包诺克拉特的指导下开始了全新的生活方式。高康大不仅学习自然科学,而且学习人文学科和音乐等艺术类项目。他每天四点钟起床观测天象,朗读三个小时,然后到室外体育锻炼。与枯燥无味的经院教育不同,人文主义教育寓教于乐,重视体育和劳动教育。高康大和他的老师不仅谈论美德、行为规范,还有桌上摆的盛馔的门类、特性、功效、烹饪方法,高康大还以游戏的方式学算术,几何、天文、音乐、骑术,还有郊游,接触大自然。这种强健体魄,对各学科进行广泛涉猎,使身心和谐发展的启发式教育方法终于把书呆子的高康大改造成保家卫国的栋梁之材,这鲜明的对照,拉伯雷以此辛辣地讽刺陈腐、空洞无物的经院教育——只会腐蚀美好高尚的灵魂,掐去青春的花蕾,却极力推崇德、智、体、美全方位的人文主义教育理念,这在当时可以说是具有前瞻性。

《巨人传》贯穿着拉伯雷作为人文主义学者的理想国理念,高康大为约翰修士创办的特乐美修道院就是拉伯雷在小说中构建的理想王国,集中反映了他的政治、社会、宗教和道德等各方面的理想准则,体现了乌托邦的思维和世界观。特乐美修道院规定:除了貌美、身材姣好、有才情的女子和英俊、健美、有才情的男子才能接收,这里的男女修士就是拉伯雷塑造的品貌端正、受过良好教育的完人。修道院的准则就是做你愿意做的事,不设围墙,男女混住,进出自愿,来往自由,不受任何约束。男女可以光明正大结婚,也可以变得富有,想往哪里就往哪里。修道院里设有图书馆、运动场、打靶场和剧场,男女修士可以自由参加娱乐活动。这种对个性自由、人性解放的追求正是对束缚思想、压抑人性的禁欲主义的有力冲击。这里还是远离尔虞我诈,百姓安居乐业,光明正大、地杰人灵、享受物质与精神财富的乐土。特乐美修道院大门上的题诗规定:道貌岸然者、偏执狂、假道学、淫荡的修士、欲壑难填的师爷、律师、书记员、法官、放高利贷者、吸血鬼、四体不勤、游手好闲……不许进来。拉伯雷在《巨人传》中还塑造了三类理想人物。第一类是以高康大和庞大固埃父子为代表的“乌托邦”开国明君。第二类是以约翰修士为代表的宗教改革派。第三类是以巴汝奇为代表的具有进取心和冒险精神的新兴资产阶级人物。

《巨人传》最大的艺术特色就是“笑谑”，在荒唐滑稽的外表下隐藏着极端的讽刺。拉伯雷在《致读者》中说道“写哭不如写笑好，只有人类才会笑。”书中笑料俯拾皆是，读起来令人忍俊不禁，作者在荒诞不经的夸张描写中包含深刻内涵，正如作者开宗明义指出：“读了我这些饶有趣味的书目……也许会肤浅地认为这些古怪书目的内容不过是些虚构的噱头和满纸荒唐言。……但如此轻率地评价世人的作品，是不严肃的，有失偏颇。……你得像狗一样，翘起那训练有素的鼻子在风中奔跑，嗅嗅这部杰作——你脚步应该轻盈，敏捷地追逐，大胆地猎取。经过辛苦的阅读和不断的思索，你就能撬开骨头，吮吸最富有营养的骨髓——或，浅白地说，你就能悟出这些毕达哥拉斯的符号。希望你，不，我知道你通过勤奋阅读，你会变得更聪明，更有深度，你会发现这本书富有特色，蕴涵奥秘的学问，向你们揭示最神圣和最惊世骇俗的神秘，无论涉及了我们的宗教，还是政治，或者经济。这是作者给我们一把解读《巨人传》的钥匙，有了它，读者才能真正读懂其内涵。《巨人传》就像拉伯雷自拟的药店里那种外面画上滑稽诙谐形状，而里面却装着弥足珍贵药材的匣子。

为了达到“叫你开口笑”的目的，拉伯雷大胆运用夸张、讽刺和幽默的表现手法，书中描写的巨人的身躯、食量、力量、智力超凡，如高康大每天要喝 17000 多头母牛的奶，要用 12000 多尺布才能做一件衣服，下巴肥厚，褶皱几乎十八层，用猪手剔牙齿，他的坐骑撒了一泡尿就能淹死大批的敌人，所有夸大的形象实际上是用以嘲弄僧侣的禁欲主义，赞美作为万物之灵的人类，人类是个多么美妙的杰作，他拥有崇高的理智，他的力量是巨大的，这正是人文主义学者的思想精髓所在，也是小说题目《巨人传》蕴涵的思想内容。

《巨人传》能让读者身心愉悦地阅读下去，在很大程度得益于其富有魅力的语言特色。拉伯雷对民间文学传统进行出色的继承和改造，吸收市民阶层活泼风趣的语言，大量运用了人们喜闻乐见的形式，如谜语、寓言、稗史、小剧、打油诗，一扫中世纪矫揉造作的文风和学究式的陈词滥调，书中既有对仗工整的诗文，也有方言、俚语、谚语、行话、插科打诨、揶揄笑谑，融高雅、通俗和粗鄙于一炉，还有多种古语，如希腊语、拉丁语和其他外来语，真可谓各种语言恣肆狂欢，三教九流，应有尽有，小说因此获得了“最奇特的语言交响乐”的美誉。

如前所述，《巨人传》是整整一个时代的精神体现，是一部百科全书式的人文主义著作，是集语言的狂欢、思想的狂欢和文化的狂欢于一体的作品，只有在“以玩乐而飨读者”的字里行间更高层次地去解读这本书，只有仔细咀嚼、反复阅读、思考，才能吮吸里面富有营养的精髓，领会其内涵的意义。

本书根据诺顿出版公司 1990 版巴顿·拉费尔(Burton Raffel)英译本译出。

蔡春露

2008 年 2 月 10 日

目录 Contents

第一部

庞大固埃的父亲

巨人高康大骇人听闻的传记

第二部

渴人国国王庞大固埃传奇

还巨人本来面目谱写英勇功勋

第三部

善良的庞大固埃的英勇言行

第四部

善良的庞大固埃的英勇言行

第五部

善良的庞大固埃的英勇言行录卷末

第一部

庞大固埃的父亲

巨人高康大骇人听闻的传记

一部充满乐观主义作品

第五元素提炼者瓦索朗弗·雷伯拉遗作

致读者

亲爱读者读此书，
有色眼镜切莫戴。
读时勿烦恼气愤，
书中无糟粕毒素。
虽难求尽善尽美，
却让你笑口常开；
看你忧伤与恼怒，
选材无法出新样，
写哭不如写笑好，
只有人类才会笑。

作者前言

至高无上的饕餮之徒！还有你们，位尊而权赫、满身痘疮的先生们——我所写的东西是给你们看的，而不是其他人——

在柏拉图的对话集《会饮篇》中，亚西比德对他的老师苏格拉底——无出其右的哲学泰斗大加赞赏，言谈中说到苏格拉底很像赛利纳斯[①]。

其实，赛利纳斯就是旧时药店里常见的那种小匣子，外面画上滑稽诙谐的形象，如怪物哈比，人形羊尾的萨梯，套上马辔的鹅，头上长角的兔子，配上马鞍的鸭子，飞翔的山羊，拉车的牡鹿等光怪陆离的画面，供人消遣，让世人发笑（正如赛利纳斯，这位酒神巴克斯的师傅那样）。但匣子里却装着弥足珍贵的药材，如香脂、龙涎香、豆蔻、麝香、灵猫香、宝石和世上稀有的东西。亚西比德说苏格拉底就是这样：单从外表看，他简直一文不值——体态难看，走路笨拙，尖尖的鼻，公牛的眼，一脸白痴相；穿着最粗陋、最简单，是个穷光蛋，讨不到女人欢心，捞不到一官半职，总是那样放荡不羁、嗜酒如命，见到谁就挤眉弄眼，咕嘟咕嘟地干杯，嬉皮笑脸地自我揶揄，但睿智和博学却深藏不露。只要一打开这只盒子，你就会惊奇地发现内装天国里才有的神奇妙药：超凡的悟性，高尚的道德，非凡的勇气，无可比拟的才智，坚定不移的沉着和完美的自信，这令芸芸众生目瞪口呆，但对众生们废寝忘食，漂洋过海，角逐相争，甚至悍然不顾地大动干戈，苦苦追求的一切则不屑置顾，嗤之以鼻。

---

① 赛利纳斯：酒神的养父和师傅，也是森林诸神的领袖。

我费了这么多笔墨写了这一段开场白，其警省之言到底有何用意呢？也许你们会这样问。我聪明的弟子们——还有那些游手好闲的傻瓜们——读了我这些饶有趣味的书目，如《高康大》《庞大怪》《大酒桶》《裤裆的尊严》《油炒豆游戏》（带有解说词）等等，也许会肤浅地认为这些古怪书目的内容不过是些虚构的噱头和满纸荒唐言。若是浅尝辄止，光看表面，而不深入钻研，就误认为这不过是些令人捧腹的笑话吧。但如此轻率地评价世人的作品，是不严肃的，有失偏颇。你们不是常说单凭僧袍岂能断定他是哪方僧侣吗？有人外披袈裟而内心未必有僧侣的德行；有人套上西班牙斗牛士的披风，而临场却连一点西班牙武士的勇气也没有。由此可见，开卷必须细读，认真地字斟句酌。倘能如此，将会洞察到盒子里的药比装潢华丽的盒子贵重得多。换言之，书的内容并不像目录的标题那样轻佻。

即使在书中你确实读到像标题那样惊艳大胆的文字，也不该像听到塞壬女妖那使人神魂颠倒的靡靡之音而不再读，而要从以玩乐而飨读者的字里行间更高层次地去解读一本书，领会其内涵的意义。你偷过酒瓶吗？狗东西，你还记得当时的窘态吗？你见过狗啃带髓的骨头吗？（提醒你，柏拉图在《理想国》第二卷里说，狗是世界上最有哲理性的畜生。）你看，狗是多么虔诚地护着它，多么执拗地衔叼着它，多么审慎地啃咬第一口，多么贪婪地嗑开，多么谨慎地吮吸干。是什么动力驱使它这样呢？它的专注会得到什么呢？它盼望得到什么恩惠？只是一点骨髓，仅此而已。然而这一点点回报却比狼吞虎咽其他东西还美味，正如盖伦[①]在《自然功能论》的第三卷和《人体各部分功能论》的第十一卷里说，骨髓是大自然最富营养的食物。

你得像狗一样，翘起那训练有素的鼻子在风中奔跑，嗅嗅这部杰作——你脚步应该轻盈，敏捷地追逐，大胆地猎取。经过辛苦地阅读和不断地思索，你就能撬开骨头，吮吸最富有营养的骨髓——或，浅白地说，你就能悟出这些毕达哥拉斯的符号。希望你，不，我知道你通过勤奋阅读，你会变得更聪明，更有深度，你会发现这本书富有特色，蕴涵奥秘的学问，向你们揭示最神圣和最惊世骇俗的神秘，无论涉及了我们的宗教，还是政治，或者经济。

你们果真打心里相信荷马在写《伊利亚特》和《奥德赛》时，就意识到

---

① 盖伦（130? –200?）：古希腊著名解剖学家。

普卢塔克、赫拉克利特·旁提克斯[①]、厄斯塔修斯和斯多葛派哲学家康纳图斯会把他所写的史诗改成寓言吗？而波立提安[②]又会从其他人那里剽窃他的观点吗？如果你们这样认为，那就和我的观点搭不上边，因为我郑重发誓，荷马当时没料到这些，正如奥维德没想到他的《变形记》会暗示《福音书》里的秘密，即使那个白痴吕班[③]修士（是个地道的寄生虫）枉费心机想证明这一点。他也许想有一天也会遇上一位同他一样的蠢蛋，正如俗语所说的，半斤对八两。

如果你们不相信，那也应以同样的态度对待我这些开心的故事——我在写作的时候，也没有想到那些事情会发生，也没有想到你和我一样会嗜酒如命。事实上，我致力于写这部辉煌的著作时，也没有忘掉饮酒和吃饭。因为这是创作那些深刻哲理文章的最佳时机。文人典范荷马深谙其道，还有恩尼乌斯，这位拉丁诗歌之父也是这么做的，贺拉斯可以做证，尽管有一些猪猡说他写的诗耗灯油比酒水多。

有一些下流痞子说我的书也是这样的，让他们见鬼去吧！好酒的醇和甜总比油爽口、怡神得多！若是有人说我写书时喝酒比耗油多，我会感到骄傲，就像狄摩西尼[④]听到有人说他写书时耗油比酒多时感到无比自豪一样。做个快活人，一个好哥们，一个开怀畅饮的人，这是我梦寐以求，也是我的无上荣幸和光荣。因此任何庞大怪似的人物聚集的场所，我都会受到热烈的欢迎。有个无赖指责狄摩西尼，说他的《演说》纯粹是卖油郎身上油腻的、肮脏的围裙。不管怎么样，请用最仁慈的心态理解我做的一切；请尊重这个绝顶聪明的脑袋吧，它装了这些荒唐可笑、妙趣横生的故事令你们开怀大笑，你们也要尽可能地祝我快乐。

现在开始欢乐吧，我亲爱的朋友，身心愉悦地往下读吧，这对你的身体有好处（对你的肾也不错）。但是听着，蠢驴，竖起你的耳朵，愿你身上的脓疮发作走不动！别忘了为我干杯，我会立刻回敬你们。

---

① 赫拉克利特·旁提克斯：公元前四世纪古希腊唯物主义哲学家。

② 波立提安：十五世纪意大利诗人，以其翻译成拉丁文的《伊利亚特》而闻名。

③ 吕班：传说中的一个傻修士。

④ 狄摩西尼：（公元前 384–322）：古雅典雄辩家，民主派政治家，反对马其顿人入侵希腊，发表《斥腓力》等演说，后失败，服毒自杀。

第一章　追溯高康大古老家谱

让我提醒你们，高康大的古老家谱在庞大固埃的伟大编年史里都有记载,你们从中可以溯源巨人们是如何降生在这个世界,庞大固埃的父亲高康大如何成为他们的嫡系后裔。现在我暂时不想重述这个渊源,请不必着急。虽然故事跌宕曲折,百听不厌,但你们可以引经据典证明,柏拉图在他的《费立布斯篇》和《高吉亚斯编》[1]论述过,还有贺拉斯也曾说过,有些事情越反复讲就越精彩,巨人出生的故事正是如此。

但愿从诺亚方舟时期开始到今天,人人都明了自己的家谱！我想,当今世上有很多皇帝、国王、公爵、王子和教皇,他们的祖上很可能是卖赦罪符和葡萄筐的小贩。反之亦然,有很多生活在底层受尽折磨和痛苦的人,却很可能是最伟大的国王和皇帝的后裔吧。看看那风云变幻,改朝换代就像走马灯似的,使人应接不暇:

从亚述人到米提亚人,
从米提亚人到波斯人,
从波斯人到马其顿人,
从马其顿人到罗马人,
从罗马人到希腊人,

① 柏拉图《对话集》里第二卷及第三卷。

从希腊人到法国人。

告诉你,同你讲故事的人,我的家世也许是远古时代富有的国王或公子的嫡系子孙,因为没有一个人比我更想当国王,更想发财了,以为这样就可以寻欢作乐,不必劳作,也不必担忧,自然就会馈赠金子给我的朋友和所有善良的、有学问的人。我安慰自己来世可能比今生过得辉煌——远远超出我的梦想。你们要用这种想法,或者更美好的幻想忘却自己多舛的命运,尽情地喝酒吧。

现在言归正传,让我告诉你们是如何得到高康大的年谱。这年谱简直是上天所赐的礼物。从开天辟地起,再没有任何人的家谱比高康大的家谱更为完整了,当然救世主除外,我不想谈他,这与我无关。再说那些魔鬼们(我指的是诽谤者和伪君子)也不许我谈论这个问题。高康大的家谱是让·奥多在他自家的草地里找到的。这块草地靠近瓜拉拱门,经过奥立夫,一直延伸到纳尔赛附近。当时他正让工人在清理沟渠,一位工人在挖土时,锄头忽然碰到一座青铜坟墓。这坟墓大不可测,没人能找到它的尽头,可能一直延伸到维也纳河的一道闸门里。在挖掘坟墓时,他们发现一个特殊的标记印有伊特鲁里亚字母的无脚杯,上面写着:“在这里饮酒”。继续挖掘下去,他们找到九个高高的酒瓶,按加斯科涅[①]九柱戏那样排成三行,中间那排压着一本厚厚的、油腻的、发灰的书。这本书装帧精美,小巧玲珑,但那发了霉的味道比玫瑰花浓烈,只是没有玫瑰花好闻。高康大的家谱就在这本书找到,那是用古罗马花体字精心写成的,既不写在纸上,也不写在羊皮纸上;它不是刻在石蜡板上,或凿在石头上,而是记在薄薄的榆树皮上。那榆树皮已破破烂烂,也风化了,你几乎无法连续认出三个字母。

我虽孤陋寡闻,受之有愧,但仍被请到那儿。我全力依靠眼镜的帮助和亚里士多德的有关训诂理论,按庞大固埃阅读的方式,一边开怀畅饮,一边读这些惊天地,泣鬼神的庞大固埃的故事。

在这本书的结尾,还有一篇题为《解毒歌》的杂咏。开头部分已被老鼠和飞蛾——,不,老实说是被各种可恶的畜生所吞噬了。但我还是怀着对文物的敬畏之情,把其余部分都抄录在这儿。

① 加斯科涅:法国南部古省名。

第二章　古墓里发现的《解毒歌》

(来了)凯尔特辛布里[1]人的伟大征服者，
(担心)露水淋湿，他行空而来。
(反对)他来，他们用鲜黄油
堵住檐槽，黄油如瓢泼大雨，
淋了老奶奶一身，
她大声喊着："看在上帝的份上，把他
捞起来。他的胡须都是粪臭，
拿把梯子让他下来。"

有人说舔舔他的鞋子，
胜过赢得他的赦免状；
有个卑鄙的小子，
从鳊鱼游泳的河底冒出，
他说："先生们，看在上帝的份上，别。
鳗鱼就在那儿，藏在他的笼子里。
你会找到的(如果你仔细瞧)，

① 公元前二世纪北欧日德兰半岛上的日耳曼民族，曾伙同条顿民族占领高卢，后被罗马大将马利乌斯打败。

他的颈巾下面有了大花点。”

他要开始诵读那段经，
而只找到硬硬的小牛角啃。
“我那主教的牧杖底部，
冷飕飕，我的脑子结了冰。”
他们焚芜菁给他取暖，
他很高兴坐在火炉边，
只要能把马鞍套上其他人，
套上周围狂热者之一。

他们分析圣帕特里克张开的洞[1]，
还有直布罗陀和上千上万个其他洞，
不知如何使之愈合；
剩下一个看不见的小伤疤，
他们都一致认为，
洞在风中张开大口不妥。
如果能把他们牢牢堵住，
可以抵押作商业贷款。

他们正谈到海格立斯[2]剥了乌鸦皮，
他刚从利比亚来，
米诺斯[3]说：“为什么不叫我？
你把世界上所有的人都带来了，
这太令人受不了了，太受不了了；
他们让我端上牡蛎和青蛙。
好了，如果他们饶了我的命，

① 圣帕特里克洞：在爱尔兰的一小岛上，传说可以由此通至炼狱。

② 海格立斯：神话中朱庇特与阿尔克墨涅之子，力大无比，以完成十二项英雄业绩闻名。

③ 米诺斯：希腊神话中宙斯之子，生于克里特，地狱之神。

我会让他们做成一项秘密交易。”

来了一跛脚,让他们住口,
(椋鸟悦耳的歌声伴他而来,)
那煤渣筛子,独眼巨人的堂兄,
把他们打死。他们都擤着鼻子!
犁翻多遍的土地颗粒无收,
不经受鞣革机的戏弄把玩,
嗨!去敲响警钟,
今年的收成比去年差一大截。

一会儿,来了朱庇特的大鸟,
打赌说最糟的事还在后头。
但看到他们怒不可遏,
担心咆哮掀翻帝国,
最后偷取天堂之火,
把卖鲱鱼的地方烧成灰烬。
清静的空气,
吹进朦胧的马所拉文本。

尽管埃特[①]有双鹭鸶腿,
也被他们钉住了;
埃特坐在那里瞅着彭忒西勒亚,
人老珠黄卖芥菜。
众人喊道:“你这臭烘烘的小贩!
为什么挡在路中央?”
挥舞罗马的旌旗,
变成羊皮纸上的宏篇巨著。

① 埃特:希腊神话里挑拨是非的女神。

朱诺[1]高高在天上，王后的
长角猎鹰忙着罗网捕鸟，
看到他们设下诡计陷害她，
几乎毁了她。
他们给她普罗塞耳皮娜[2]的两个蛋，
这是最后协定，
他们再也没有逮着她，
否则会把她绑在山楂山上。

七个月过后（减去二十二），
征服迦太基的人，
谦恭有礼地来到他们中间，
索求他的继承财产，或最好
平分秋色，
正如法之所立：人人有份，
所有立契的不论位尊位贱，
都得分到一瓢饮。
那一年终将来临，
土耳其角弓（五把纺锤和三个旧鼎）为标志，
那野蛮国王的背部，
满是痘痕，那修士的僧袍也遮掩不了。
真丢脸，真丢脸！多少土地
拱手送给油腔滑调的谄媚者。
该停止了，该停止这肮脏的交易，
别再玩了，回家找你的蛇老弟。

一切终将过去，天下太平，
国王及其圣贤共同执政，

---

① 朱诺：古罗马宗教中妇女保护神，朱庇特之妻，司婚姻。

② 普罗塞耳皮娜：朱庇特与刻瑞斯之女，为冥王劫走，强娶为后。

不再有残酷、凌辱。
许久以前只有天上神仙能享受快乐，
回到人间，战鼓敲响了，
多少年来齐喑的骏马，
如皇家战马势如破竹。

这个风云突变的时代终将持续，
直到战神玛斯被套上锁链，
前所未有的时代就会来临，
无法形容的喜悦、快乐和美满。
我的忠实的朋友，
鼓起勇气来参加宴饮，
那个时代一去不复返了，
时光易逝令人唏嘘。

最后，那蜡制的塑像，
会被锤子淘汰，
掌管大腹茶壶的马屁鬼，
再也不再叫“陛下，陛下”。

拿起你的大砍刀，
斩掉这堆乱麻，
再拿起一轴粗绳子，
牢牢绑起这烂摊子①。

① 指教皇的势力。

第三章　高康大如何在他的娘胎里孕育了十一个月

大古吉在当时是个快乐的好伙伴，又有好酒量，到处与人对饮，世上无人与之匹敌。他喜欢吃腌腊咸食，总是一口气咽下很多腌肉，渴得唇焦喉燥，不停地豪饮。平时，他大量购进美因茨和巴莱纳的火腿、熏牛舌。腊味上市的季节，采购了许多腊肠和芥末腌的牛肉，再佐以普罗旺斯的美味鱼子酱。除此之外，他还买了很多香肠，不要博洛尼亚出产的（因为他怕意大利人在调料里下毒），而要比戈尔、龙高奈、布热纳、如阿格出品的。

大古吉长大成人，娶了蝴蝶王国的公主佳佳媚为妻。妻子容貌姣好，有一张红扑胖乎的脸蛋，又小鸟依人似的。他俩如胶似漆，春宵苦短，云雨欢悦，她终于怀孕了。一个漂亮的男婴竟在娘胎里孕育了十一个月才出世。

说起来也不算太长。只要怀上的是非凡之品，风流倜傥、补天济世之材，在娘胎待上十一个月甚至更长些也是可能的。荷马说过，海神尼普顿与提诺仙女交欢，怀孕了，整整一年后孩子才出生：那就是怀胎了十二个月。奥吕斯·格流斯在《雅典之夜》第三卷里说道，这样长的时间才足够显示尼普顿的神威，才能孕育出绝顶聪明的孩子。同样，朱庇特同阿尔克墨涅暗结珠胎时，他把夜晚延长二十四个小时，不是这样长的时间是无法造就出降妖除魔的大力神海格立斯来。

这并非无稽之谈，有古代的巨人学派的典籍可查。他们说，丈夫死后十一个月妻子生孩子是可能的，这孩子还是她丈夫的婚生子，合法的：

希波克拉底《论营养学》；

老普林尼《博物志》第七卷第五章；

普劳图斯[①]《珠宝盒》；
马科斯·瓦诺[②]在他的讽刺文《约定》
中引用亚里士多德的权威论断；
松索利努斯[③]的《论生日》，卷六；
亚里士多德《论动物的习性》卷七，
第三章和第四章；
奥吕斯·格流斯《雅典之夜》，卷六，
第十六章；
塞维斯在《牧歌》中引用维吉尔的一句名诗；

十月怀胎母受苦…… (拉丁文)

还可以列举出成千上万个这样的例子，再加上法学家，这个数目就大大膨胀了。查士丁尼一世的《学说汇纂》第三条法规中的十三段《论丈夫死后十一个月生孩子的妇女的法定赔偿》。他们甚至草草写进那本艰涩难读的《高卢法典》——《关于遗腹子和无遗嘱或被剥夺财产继承权的后代之继承法》。除此之外，还有其他法律，我最好不要一一列举。感谢这些法规，寡妇在她丈夫死后的两个月里能纵情狂欢、恣意放荡了。

我起誓，求你们——身强力壮的年轻人，如果遇到妖冶风骚、宽衣解带的寡妇，你们尽管骑，把她带到我这儿来。要是第三个月她肚子大了，莫惊慌，还是那死去男人留下的种。万一她肚子显山露水，路人皆知，更可以毫无顾忌地寻欢作乐，淫荡不拘，反正她肚子已经满满的——罗马大帝屋大维的女儿朱丽叶就是如此，她若不知道自己怀孕了，是不会让别人当鼓击，就像货船必须载满货物，把船缝捻上才接受舵手的。如果有人责骂她们不该挺着大肚，肆无忌惮地到处寻觅交媾，就是母畜怀崽时也不让公畜滥用交配权。她们会反唇相讥：畜生是畜生，寡妇则是女人，她们繁衍生息，世世代代，女人必须有充分享有一点点美好和快感的权利。据马可罗

① 普劳图斯（公元前250-184）：古罗马趣剧作家。

② 马科斯·瓦诺（公元前116-27）：古罗马作家。

③ 松索利努斯：三世纪罗马语文学家兼史学家。

比乌斯在《农神节》第二卷记载,很久以前波普丽就是这样回答的。

不管怎么说,如果魔鬼不让寡妇怀孕,那就应该关掉水龙头,把那个缝堵死。

第四章　佳佳媚怀着高康大时如何大吃肥肠

以下是佳佳媚分娩的故事——如果你不相信，脱了肛还不知道。

一天下午，二月份的第三天，佳佳媚因吃太多肥牛肠而脱肛。做肥牛肠的牛都关在牛圈里，放到肥美的草地上吃两茬草长膘的。何谓两茬草？就是一年割两茬的茂盛草地。那次，他们宰了三十六万四千零十四头大肥牛，赶在大斋节前腌制好，等到开春时，就有许多美味的腌牛肉可吃。他们品尝之前，先要举行一场小小的仪式庆祝腌肉启封，以助酒兴。相信我，那年的肥肠多得吃都吃不完，那味道可鲜美了，人人吮吸指头，垂涎欲滴，吃得津津有味。但肥肠不好保存，眼看快要烂掉了，这对他们来说是不体面的，因而，人人风卷残云似的狼吞虎咽。为此，他们还请来了塞内、塞野、克莱莫岩堡、沃哥泰的乡民，又叫来了古德莱·蒙庞谢、维德渡口以及附近的乡民。他们个个好酒量，也讲义气，只要酒杯一干就再斟一杯，喝得酣畅淋漓。

好汉大古吉喜得手舞足蹈，不亦乐乎，他要每人吃双份。但他却劝妻子要少吃些，因分娩期临近了，再说，牛肠又不是世上什么珍馐佳肴。他说：

“粪肠子吃太多了，连粪你也爱吃的。”

可佳佳媚却置之不理，还是大口大口地吃，竟然一口气吃了十六缸、两大桶和六大锅。这么多的造粪下水快把她的肚子撑破，难受死！狂饮之后，他们奔呀，跳呀，来到杨柳林里的草地上，在悠扬的竖笛声和欢快的风笛声的伴奏下，载歌载舞，袅娜婆娑，真像在天国享受美好的时光。

第五章 醉鬼的胡言乱语

后来,有人说酒兴未艾,干脆就地再美餐一顿。于是,酒瓶子来回传递,火腿飞来飞去,觥筹交错,推杯换盏声叮叮当当响:

"倒满,斟足!"

"拿到这儿!"

"轮到我了!"

"混起来,混起来!"

"我要纯度的……就这样,老兄。"

"一口喝下——快!"

"给我低度红酒,倒满!"

"真解渴呀!"

"呦,你发烧了,还不走?"

"呦,天哪(有位妇女打嗝了),我不行了。"

"亲爱的,你感觉冷吗?"

"就是这样。"

"圣盖内的肚子,我们还是谈酒吧。"

"我只在教堂敲钟才喝酒——否则教皇会暴跳如雷。"

"我只有祷告书上说喝酒才喝酒,像个规规矩矩的修道长。"

"哪一个先呢?是先渴后喝,还是先喝后渴?"

"当然渴在先了。不渴怎么会喝呢?想想我们都无罪的时代吧?"

"不,是喝在先。理由是(拉丁文)先前就存在的东西才能说是丢了。喝了才觉得渴。我是个学者,贺拉斯说过(拉丁文)酒杯子斟满,说话就成雄辩家。"

"我们这些无罪的人,不渴也喝得够多了。"

"不,我可能是个罪人,但没有口渴的时候,我是不会喝多的。也许现在不渴,但至少将来会——我就能应付了,知道我的意思吗?我是未雨绸缪。我要永远喝下去。永远喝,喝永远。"

"边喝边唱吧,让我们唱一曲吧!"

"我的漏斗呢?酒倒进酒桶了:我要听的就这一首!"

"什么?我喝酒还得由别人代?这儿再来一杯!"

"问你一个问题:你是先润喉才口干,还是口干再多喝?"

"我对理论一窍不通。实践有时还是有点用处的。"

"快倒呀,你还在那儿!"

"一杯再一杯:我要喝,我怕死呀。"

"一直喝吧,你就不会死。"

"如果不喝,我会干死:对我来说,那就是死。我的灵魂总是游向湿润之地。灵魂一干就死了。圣奥古斯丁说过(拉丁文)灵魂,即精神,是不能干涸的。"

"呦,酒总管,你是奇迹的创造者,新生命的造物主。你能把普通人变成酒徒,让我这不沾酒的人也嗜酒吧!"

"但愿酒水永远浇灌我这个干涸、粗糙不平的肠子!"

"喝下去什么也没感觉的人就什么也没喝。"

"那酒进入你的血脉了:一滴不漏。"

"我得去给牛肠洗澡了,真痛快——那是我早上刚宰的。"

"我的肚子满满一仓了!"

"假如我借债的票据像我一样会吸酒瓶,把整瓶墨水吸光,我的债主要债时可口说无凭(瓶)啊。"

"你的杯子举那么高,把鼻子都弄红了。"

"那一杯还没拉出来,还能进几杯?!"

"如果你一直要钻进杯底,那就像马喝浅水一样累弯了腰。"

"他们管这个叫捕鸟:那些瓶子立在那儿干吗,像诱饵一般。"

"普装瓶与简装瓶有何区别?"

"大不一样:普装瓶是用塞子,而简装瓶用旋盖。"

“嗨，高见！”

“我们的祖先知道如何喝酒”(喝着)——“他们喝干一大杯。”

“喝得好。干杯！”

“这位要去洗牛肠。你的肠子也要到河边洗洗吧？”

“我喝酒可比不上海绵。”

“我喝酒像个勇士。”

“我喝酒呢。(拉丁文)像《雅歌》里的新郎。”

“我呢，如久旱逢甘露。”

“谁能为火腿说上两句呢？”

“那是酒吧老板的传票，是运酒桶的滑轨，让酒桶滑进酒窖。而火腿让酒进肚肠。”

“好，说得好！干杯！这样说还不过瘾。(拉丁文)看人倒酒，给我双份——留神我的烂语法——我们已经说醉话了。”

“如果我高攀能像酒水下肚那么行，我早就青云直上了。”

“雅克·柯尔怎么致富的？就像这样。”

“不伐木柴就能卖钱就是这道理。”

“老巴克斯怎么征服印度①？”

“葡萄牙人怎么攻下桑给巴尔——机灵的家伙用酒攻，而不是火药。”

“小雨压大风。痛饮压响雷。”

“如果我撒尿能撒出酒来，你愿不愿意吸一吸？”

“我可喝不醉。”

“嗨，小子，轮到我了！你非法递酒，要我开张罚单吗？”

“喝干，伙计！至少还有一瓶。”

“我得控告干渴了——这简直是滥饮，伙计，你必须按格式起草诉状。”

“就剩这么点了？”

“以前，我可是见到什么就喝什么，现在不一样了，我喝得一滴不剩。”

“别着急，我们尽管倒酒就是了。”

“这肥肠值得掷骰子赌一赌，又是那种黑纹牛肚子里的，记得它吗？

---

① 酒神巴克斯曾经过埃及，攻克印度，种植葡萄造酒。

呦,上帝,让我们敬敬这个家族吧,马上行动吧!”

“喝,要不我就——”

“不,不!”

“请喝吧。”

“麻雀要你拍尾巴才喝。我呢,你得吹捧我才喝。”

“嗨,狂饮!若不是我肚子里的兔子洞,这酒也不会下去猎干渴。”

“你这话说得我浑身舒坦。”

“这一说确实驱逐了我的干渴。”

“让我们宣誓吧,现在碰杯:不再渴的人不必在此寻找了。我们的狂饮已经把它赶走了。”

“我们的上帝造星空,而我们的任务是把盘子扫空空①。”

“耶稣最后说的话就在我嘴边:‘我渴’。”

“当他说那个东西永远牢固,永不燃烧时,他的话既不能熄火,也不能给我止渴。”

“芒什主教说得好:吃着食欲来,喝了干渴走。”

“干渴有治吗?”

“这跟你不让狗咬恰好相反:如果你总是追赶一只狗,它永远咬不到你;如果你口渴前就喝,也就永远不渴。”

“我逮着你眼睛闭上了:现在我要把你摇醒。呦,长生不老的酒总管,可不要让我们打盹!百眼巨人阿尔戈斯有一百只眼睛看东西。酒总管需要一百只手——就像百手巨人布里阿桑斯,那个长着五十个头的巨人——他就可以一直不停地倒酒!”

“让我们喝干吧。口渴是件好事!”

“白酒,那正是我要的!全倒光吧,赶紧倒吧,见鬼,倒在这儿,倒满吧:我的舌头就要裂开了。”

“对,我的朋友,干杯!”

“为你干杯,我的朋友!这是真心实意的!”

“呦,这真是豪饮,就该这样。”

“呦,基督的圣泪!”

---

① 行星 (planète) 与空盘 (plat net) 同音。

“那是德维尼埃尔酒,是一种上等的白中白勃艮第葡萄酒。”

“呦,上等的白葡萄酒!”

“我发誓,那喝下去对胃来说就像绸缎一样舒服。”

“嗨,嗨,那是其中的一种,那是裁剪很好的缎子,是最好的料子。”

“勇敢些,我的朋友!”

“这不是我们能逃脱过的把戏,因为我已经逃过太多次了。”

“由此及彼(拉丁文),上帝挨个儿给人们倒酒。中间没有把戏:你们都看见了。我可是个老师傅。等一下,我只是那个称作帕斯特的师傅。”

“向所有酒徒祝酒!让我们都喝干吧!”

“伙计——我的朋友,请这边倒——让好酒倒出来,满出来又有什么关系?”

“像红衣主教的头冠!”

“自然厌恶空虚。”

“你难道不会说是苍蝇在这儿喝酒,而不是人?只有苍蝇才能在这个杯子里找到喝的?”

“喝吧,像布列塔尼人一样喝吧!”

“喝干吧,喝干——喝!”

“喝吧,这样有好处——对你有好处!”

第六章 高康大如何离奇地降生

当他们猜拳喝酒，喋喋不休胡言乱语时，佳佳媚觉得下腹疼痛不已。大古吉立马从草地上站起来，他意识到这是分娩前的阵痛，便好生地安慰她，莫心急，别慌张，孩子生下来一切都会好的。这一说，佳佳媚想到过一会儿，有个新生儿就要出世了，心里甜滋滋的，也就忘了疼痛，撑一下就会过去的。即将诞生的新生命给她带来的喜悦，佳佳媚把所有的不适一扫而光，只留在记忆里。

“鼓起勇气吧，”大古吉宽慰她说，“上帝——我们的救世主在《约翰福音》第十六章说过，孕妇生产时的忧愁，孩子一生下来便会烟消云散了，什么痛苦也记不得。”

“哈，”她娇嗔地说，“你说的比唱的还好听——你和其他男人一个货色！老天做证，我会尽我所能，因这是你想要的。但我祈求上帝早该把你那玩意儿砍断！”

“什么？”大古吉吃惊地说。

“呦，”她瞥了一眼，哼了一声地说，“你是个聪明人，该明白我的意思。”

“我那玩意儿？”他反问道，“你这头母牛，如果那是你要的，让他们拿把刀子来。”

“哈！”她不无得意地说，“上帝在上，愿上帝饶恕我！我不过说着玩的，千万别当真，不要伤害它。要不是上帝怜悯我，可真够受。都是你那玩意儿作弄的，看你还这么得意。”

“勇敢些，勇敢些！”他紧握她的手，似乎要给她力量和勇气，安慰她说，“什么也别担心，我去拿点喝的。记住：牛套上犁耙，就让领头牛干活吧。我再去喝几口，难受时就叫我，我就在不远处。你把手窝成喇叭状大声喊吧，我马上就回来。”

过了不久，佳佳媚开始呻吟，大叫、大哭，四面八方赶来的接生婆手忙脚乱忙个不停。她们在她下身按了按，摸到一些臭烘烘、黏糊糊的皮肉，以为是婴儿无疑了。哪里知道是她的肛门脱肛了，正如我前面说过的，那叫作直肠（也就是人们说的大肠），因吃得太多牛肚下水，挤不下，撑得松弛了，大肠滑了出来。

有一个脏兮兮的老巫婆，据说是个神医（60年前就从圣热卢附近的布赞赛到这儿行医），给她配了一种收敛剂，因药太猛，太强了，以至于她下身每一块括约肌都紧缩得严严实实，即使用利牙也不能撬开。想起来真可怕，就像圣马丁布道时，魔鬼想在纸上记下两个妓女闲聊，因羊皮纸太短了，想用牙齿咬着把它拉长点，没想到一头撞死在石柱上那样枉费心机。

老巫婆的药剂适得其反，佳佳媚的子宫是上部松弛而不是下部，结果子宫一收缩，胎盘被撑破了，孩子被挤了出来，钻进一条大静脉里，又顺着这条静脉爬上胸腔隔膜到她的肩部位；这条静脉兵分两路，婴儿就沿着左边的那条，最终从左耳跳了出来。

婴儿出世时，不像其他的孩子“哇哇”大哭，而是扯开嗓门喊：“喝！喝！”他喊得如此响亮，如此清晰，仿佛要让全世界的人都赶来一起喝酒似的，整个托帕和提波地区的人都听到了（在这些地方的人们自然而然地听懂了他的话）。

我不敢确信你们会相信这离奇的分娩。如果你们不相信，我也不在乎——但任何一位正直的、通情达理的人总是相信他亲耳听到的，或白纸黑字写下来的东西。所罗门不是在《箴言》十四章中写道，“无罪的人缺乏经验的，凡话都信？”圣保罗不是也在《哥林多前书》第十三章中写道，“爱能凡事相信”吗？你们为什么就不相信我呢？你们会说没有证据。就这一点，你们必须完全相信。我们所有的正统派教义不是说信仰恰恰就是，关于那些无人能证实之事的辩论。

这是否有悖于法律？违背了我们的信仰？或蔑视理性——或《圣经》？我倒找不出触犯《圣经》的哪一点。如果上帝要让它发生，你能说这原本不该发生的吗？哈！别再庸人自扰了，我告诉你，上帝是无所不能的，如果他愿意，从现在起，女人就让婴儿从她们的耳朵里蹦出来。

酒神巴克斯不是从朱庇特的大腿生出来的吗？

巨人罗克塔亚德不是从他母亲的脚后跟里生出来的吗？

克罗格穆施不是从他保姆的拖鞋里生出来的吗？

密涅瓦[①]不是从朱庇特的脑袋，再从他的耳朵里钻出来的吗？

阿多尼丝[②]不是从没药树的树皮生下来的吗？

卡斯托耳和波卢克斯[③]，不是宙斯化作天鹅，与勒达交配产下蛋，后由勒达孵出来的吗？如果我不嫌麻烦，把普林尼在书中用一整章篇幅写下的离奇古怪的出生故事向你一一道来，你会更加目瞪口呆，哑口无言。不过，我一点也不像他那样是个确定无疑的骗子。去读普林尼的《博物志》第七部的第三章，不要再拿这些事情来纠缠我了。

---

① 密涅瓦：罗马神话中司智慧、艺术、发明和武艺的女神，相当于希腊神话里的雅典娜。

② 阿多尼斯：是爱与美的女神阿佛洛狄特（相当于罗马神话中的维纳斯）所恋的美少年。他母亲由于受到维纳斯的报复，变成了没药树。

③ 卡斯托耳与波卢克斯同为宙斯的双生子，是传说中勒达生的蛋里孵出的一对孪生兄弟，两人终身不离，为友爱的象征。

第七章 高康大如何得名并如何豪饮

好汉大古吉正同朋友喝酒谈笑时，听到他儿子一见到这个世界的光明便发出可怕喊叫:“喝,喝,喝!”大古吉说:“他的嗓门也真够大的!”大古吉这么一说,大家就给他取名高康大。根据希伯来的古老传统,孩子一出世时,父亲的第一句评论就是他的名字。大古吉欣然同意,母亲也赞成。为让孩子安静下来,便让他喝了足够的酒,再把他抱到圣水盂里,按照天主教的教规给他洗礼。

为保证孩子每天的营养供应，大古吉吩咐把酾农附近波蒂伊和布雷蒙地区的一万七千九百一十三头最好的奶牛产的奶水供给他儿子喝。孩子需要奶水实在太大了,即使找遍全国也找不到有足够奶水的奶妈。虽然几个司各脱派的门徒坚持说,孩子的母亲曾经哺育过孩子,一次能从她乳房挤出一千四百零二桶另加九小罐奶。如此多的奶足够孩子吃了。这简直是不可思议的。经院哲学家郑重宣布这一主张,对人的哺乳能力无疑是乱弹琴的,连虔诚的信徒听起来也感到作呕,这与异端邪说又有什么两样。

就这样过了一年又十个月，根据医生的嘱咐，高康大开始被抱到户外,金·丹友[①]专门为他设计了一辆漂亮的牛车。大家用牛车拉着他到处兜风,他的确也长得逗人喜欢,胖乎乎的脸,下巴肥厚,皱褶几乎十八层,也从来不哭不叫。但他总是拉屎,因他天生肠子黏液多,比较润滑,也可能是刚

---

① 金·丹友是当地一个通俗的名字，可能是作者所熟悉的人。

出来喝太多酒的缘故吧。但他并非无缘无故喝酒，只是在烦躁不安、发脾气，上蹿下跳时或放声痛哭时，人家才给他一点酒喝，让他安静下来。喝过后，他又变得安静、快活了。

一个照顾他的奶妈指天为证地对我说，这孩子已经习惯了，一听到酒罐子或酒杯叮当声，就欣喜若狂，仿佛陶醉于悠扬的仙乐。她们都记住他这点脾气，让他一大早就有好心情，便用刀叉敲杯子，用塞子击酒瓶，或用盖子碰酒壶，他一听到乒乒乓乓的声音，便乐不可支，高兴得颤抖起来，随之摇头晃脑，手舞足蹈，响屁也放个不停。

第八章 为高康大做衣服

当高康大长到一岁又十个月时,他父亲吩咐按家规给他缝制衣服,颜色是蓝色和白色的。裁缝们乐此不疲,裁的裁,缝的缝,按照当时流行的款式,衣服很快就做好了。我曾到蒙索罗会计档案室里查到旧账本,发现制作这些衣服的单据,有如下记载:

一件衬衣就用了九百码的沙特勒罗亚麻布,再加上腋下的衬里两百码,这样的衬衫穿起来更舒服。裁缝们没给他做打褶的领口,因当时还没时兴这玩意儿。打褶的领口是女裁缝弄断了针尖,不得不转过头来用钝的那头缝制,才开始流行的。

一件紧身上衣用了八百一十三码的白缎子,肩上的系带就用了一千五百零九张半的狗皮。当时正开始流行把紧身裤连在紧身衣上,而不是把上装连在裤子上,因为这是违反自然的。奥卡姆[①]这位伟大的哲学家在论高索萨德先生的《推论法》中早已阐述了这一点。

齐膝紧身裤一条就用了一千零六码薄的白亚麻,裤子剪成柱形,后面结成螺纹和齿状花边以免闷坏他的腰部。裤管里塞了足够的蓝锦缎,显得蓬蓬松松。高康大的腿形漂亮极了,可与身子的其他部位相匹配。

为给他做紧身裤的裤裆,就用了同样质地的亚麻十六又四分之一码。裤裆的形状就像拱扶垛,两边别致地设计了两个美丽的金环,扣在珐琅钩

① 威廉·奥卡姆:十四世纪英国方济各会唯名主义哲学家,邓斯·司各脱的敌手。

上,那钩子还镶嵌着大如橘子的翡翠。根据奥尔斐在《宝石》和普林尼在《博物志》最后一卷所说,这种宝石滋补壮阳,既能使阳具勃起,又觉得熨帖有快感。

裤裆的突出部分大约两码长,线条同紧身裤一样,都用蓝锦缎剪成喇叭形。如果你看到那美丽的金钱和银线相互交织，其间点缀着精美的珠宝,有闪闪发亮的钻石、绚丽夺目的红宝石、绿松石、翡翠和波斯宝石,你会把它比作丰饶角，就是你在有名的博物馆里看到的。那是众神之母瑞亚——朱庇特的母亲，交给儿子的两个奶妈——仙女阿德拉斯蒂亚和伊达的那只丰饶角,那角里总是鲜果不断,蜜汁流淌;绿意盎然,鲜花盛开;盛满欢乐、果实、鲜花和各种美味佳肴。如果说这样还不够华丽,那我死后就见不着上帝!我在《裤裆的尊严》一书中会对此再详细阐述。但我这儿要提醒你们一点,这裤裆虽然又长又大,用料考究,但里面也是胀鼓鼓的,满有劲的,不像一些纨绔子弟和花花公子的裤裆徒有其表,里面鼓的只是风,什么也没有,无怪女眷们大失所望。

一双鞋子用了四百零六码鲜艳的紫色天鹅绒做成，剪成精致的等宽大长条形,缝合成浑圆的鞋面。鞋底用了一千一百张黄牛皮,剪成燕尾状。他的外套,一种宽大、敞袖的披肩就用了一千八百码的蓝底色、缀上一点猩红色的天鹅绒做成，周边绣上可爱的葡萄藤，中间用银线绣上几排酒壶,再用金线串上珍珠镶边。这精美的图案为了表明他是个酒中豪杰。他的腰带用了三百多码的丝绸,蓝白相间(要不就是他们提供给我错误的信息)。

他腰上佩的剑和匕首都不是西班牙产的，因他父亲厌恶那些喝得醉醺醺的西班牙贵族、摩尔人和马拉诺人,还有一些只有天晓得的什么人。他对这些人深恶痛绝。他佩带的是一把精致的木剑,熟革制成的短刀,金光闪烁,色泽鲜艳,人见人爱。

他的钱包还是大象的阴囊做成的，是利比亚的总督普拉孔塔先生赠送的。

他的长袍用了九千六百又将近三分之一码质地一样的蓝天鹅绒做成,用金线对角织成各种图案。如果你观看的角度准确,那是一种绝对无法形容的颜色,就像斑鸠脖子上那闪闪发亮、颜色变幻莫测的羽毛,让你大饱眼福。

他的帽子用了三百零二又四分之一码的白天鹅绒,大大的,圆圆的,与他的头形恰是匹配。他父亲说那些摩尔人和马拉诺人戴的帽子就像扣上面包皮一样,迟早会给他们带来厄运。

他的帽子插了一根色彩鲜艳、美丽的长羽饰,是波斯的鹈鹕羽,刚好从他的右耳边垂下来。

帽子上还点缀着一枚重三十九磅的金帽徽。中间镶着珐琅质地的人像,长着两个头的人形,面对面,有四只手臂,四只脚和两个屁股。这画的就是柏拉图在《会饮篇》中说过的人性神秘的开端。在这人像四周围着一圈爱奥尼亚字母写的:

仁慈无须回报

他的脖子上佩戴重达一万两千金衡磅重的金项圈,是大金珠子串起来,每两颗珠子中间有一颗大碧玉,雕刻成龙,龙周围镶嵌着闪闪发亮的宝石,很像那伟大年长的星相家尼凯普索斯身上戴的。金项圈一直垂到他的肚脐眼上,那碧玉对他的胃肠消化终身受益(希腊的医生深谙其道)。他的手套是用十六张妖精的皮做的,绲边用了三张狼人的毛皮,按照圣卢昂修道院术士的紧急吩咐做成的。

他戴了很多戒指,他的父亲坚持说这样才能显示出身于贵族家庭。他左手的食指戴了一个鸵鸟蛋大的红石榴宝石,并镶嵌纯金的戒指。中间的无名指还戴一只由铁、金、银、铜熔铸而成的戒指,样式是世界上最好看的,那铁永远不会同金分开,银也不会离开铜。这整套工艺是我的朋友舰长沙普雷和他忠实的助手制作的。

右手无名指戴着螺旋形戒指,镶嵌着一颗完美无瑕的红宝石,半粒尖尖的水晶钻石,再加上来自伊甸园四河流之——比逊的一颗翡翠(它价值连城,桑给巴尔国王的宫廷玉匠汉斯·卡维尔估计价值六千九百八十九万四千零十八块金币——奥格斯堡[①]的珠宝商也认为是这个价)。

---

① 奥格斯堡:德国城名,以首饰银器出名。

第九章　高康大服饰的颜色

前面你们已经读到了，高康大服饰的基本色是蓝白两色，这对大古吉来说，高康大确实是上天给他的快乐。因而，他希望用蓝白两色来表明，白色代表喜悦、愉快、满足和欢欣，而蓝色代表天国的世界。我很明白你们会嘲笑这位老酒徒，认为他对颜色的理解太浅薄、迂腐了，近乎荒唐。你会说白色代表忠诚，蓝色是坚定和决心的体现。但你们别烦躁，别生气，别激动得血压升高(因为在这种天气是危险的)，请回答我这是谁说的。我不想给你们，或其他人施加压力，不管他们是谁，只是想跟你们说说：

谁让你们心烦了？谁惹了你们呢？谁告诉你们白色代表忠诚，蓝色代表坚定呢？你们可能会说，从市井间买来的一本旧书——《纹章的色彩》里是这样写的(一百多年前首次亮相)。这是谁写的呢？作者还是挺聪明的，没有把名字署在上面，但我不知道该称赞他的狂妄或愚蠢呢？说他狂妄，因为他毫无理由，仅凭个人的权威就规范各种颜色的意义——只有暴君才是这样，把自己的言辞当成真理；真正的智者和学者可不是这样，他们会以充分的理由让读者满意。

说他愚蠢，因为他以为无须任何证据，也无须任何合乎逻辑的解释，就可以误导整个世界按照他的规定来规范纹章的颜色。

事实上，(正如谚语所说：“屁股脏的人满屁股屎。”)他能够找到一些上个世纪遗留下来的白痴，信赖他的书并根据他的观点写下自己的格言警句，以此装饰鞍辔、仆役的号衣、裤子的样式、手套的刺绣、床帘的花边、勋章的标志，并谱写成曲。更有甚者，他们制造假象，用各种卑劣的手段玷污贞洁的、正派的妇女——谁知道穿错颜色会招惹什么麻烦?

宫廷里的显赫随从,那些起草文书的人员也干这种勾当。他们在纹章中画一个“圈圈”表示“希望”,画上羽毛表示桎梏,画上鲜花表示鞠躬的人,画上“煎锅和汤匙”表示“飞黄腾达的人”,画上一张破板凳表示破产,画上个傻子和马表示“力量”,没有床帘的床表示“确定无疑”——所有这一些都是玩弄愚蠢的、无聊的、武断的、拙劣的谐音游戏,毫无意义。现在我们法兰西已经最终规范文字,那些使用如此令人作呕的言论得在他的衣领插上狐狸尾巴,往他脸上抹牛粪。

同样的道理(如果我们称之为“有理可证”而非“痴人说梦”),我可以画个有盖的大篮称为“纵容”,暗示那些反对的人最好“跑开”;我“心中的愿望”,可能成为“屁股放烟”;一个“神父般的法官”,可能成为“野蛮的做苦役的人”;“我的前裤裆”,可能成为“我的姨妈发情”;我那“荣耀的后裤裆”,可能就是“令人捧腹的怪事”了,甚至“狗屎”可以是“青蛙一般轻佻的女人”,如果我碰巧爱上青蛙,我就受用无穷了。

古时候,埃及的那些智者们写下我们称之为象形文字的神秘字母,可完全不是这样行事,那些不知者什么都不懂,而那些懂得与这种书写相关的功能、本质和特点的人却一目了然,关于这一点,奥鲁斯·阿波罗曾用希腊文写下《关于象形文字》,波利菲勒在他的《爱之梦》中也有阐述。在法国,我们对象形文字也略知一二。我们的海军元帅所用的纹章就是仿效屋大维·奥古斯都说过的箴言:“稳中加快”,其标记是海豚和铁锚,海豚象征快,铁锚象征稳。

这就足够了:我的这艘小船不想在漩涡中冒险前行,也不想陷入恶臭的泥泽,我还是回到我的始发点吧。但是我还是希望有一天能充分地阐述这些问题,能够用哲学的推理加上公众的认同也完全符合古人的说法,说明自然界里有什么颜色和每种颜色的意义。当然,这要天主保佑我的脑袋瓜不落地时才敢这样。我的祖母说过,“头顶上的帽子是最好的酒杯子。”

第十章 白色和蓝色的象征意义

由此观之，白色象征欢乐、安逸和喜悦，非但不是编造的蠢言，反而是约定俗成并由权威人士所证明的。如果你能抛弃偏见，听我说理，你就明白其中的道理。

亚里士多德说过，同一事物都有正反两种不同性质——如好与坏，善与恶，冷与热，白与黑，喜与忧，乐与悲等等。如果我们把其中一组对立与另一组相比较，会发现它们的正反褒贬是相匹配的。如：善与恶是对立的，好与坏也是。那么，善即是好，恶则是坏，这是毫无疑问的。抓住了这条逻辑规则，再把乐与悲同白与黑作比较，若黑色与悲伤是相配的，那么白色就象征快乐。

这并非人为编造的，而是整个世界都能理解并接受的，也就是哲学家们所说的“普遍规律”，是对全世界都行之有效的。

现在你完全明白了，所有的民族，所有的国家（古锡拉库萨人和古希腊人除外，他们性格古怪），不管讲何种语言，如果要表达悲伤就着上黑素衣，痛苦与忧愁总是与黑色有缘。这一普遍规律，只要自然界提供具体的，有理的证据而存在，无须别人指点或帮助，大家一目了然，我们称之为自然规律。

推而广之，所有的人都明白了白色象征幸福、欢乐、安逸、快乐和欢娱。古时候，色雷斯人和克里特人用白石头标志他们的幸运日，用黑石头表示不幸的日子。

难道黑夜不是意味着恐惧、悲伤和忧郁吗？而夜正是漆黑一片。自然界的一切事物难道不是喜好光明吗？因光明比任何东西更为洁白。为了证明这一点，我可以向你们推荐洛伦·瓦拉反驳巴尔托的著作。不过，福音书里的证据对你们来说就足够了：《马太福音》第十七章说，耶稣变形复活时，外衣灿烂如光（拉丁文）。他用灿烂的白光向他的三大门徒昭示：

永恒的快乐的意念和形象。光明使所有的人快乐，这一点连没牙的老太婆都会说："光明真好。"还有《多比传》第五章有记载：当多比双目失明时，天使拉斐尔向他问候时他回答："我能有什么快乐呢？我连天上的光明都看不见了。"救世主复活（见《约翰福音》第二十章）和升天（《使徒行传》第五章），天使就是用白色的光明传达他们和普天下人的欣喜之情。

福音使者圣·约翰（见《启示录》第四章和第七章）也曾在神圣的福地耶路撒冷看见信徒穿着同样颜色的白袍。

读一读古代史，希腊的也好，罗马的也好，你就会发现阿尔巴城（罗马城的雏形），就是因为在那儿发现一只白母猪而建造起来，并取名为白城。

你们会发现任何人只要战胜了另一个城邦的敌人，当时的法律允许他们乘坐白马拉的战车凯旋进入罗马城，即使取得较小的战绩也是如此。总而言之，没有什么标识，也没有什么颜色能比白色更好地表达英雄们凯旋的喜悦。

你们还会发现雅典的将军伯里克利把他的士兵平均分成八组，那些摸到白豆的可以整天享乐、放松、休息，而另外七组必须去打仗，类似之例子多得不胜枚举，只是在这儿闲扯不太合适吧。

这些例子有助于帮助你解决一个谜，一个亚历山大·阿弗洛狄修斯从没想过可以解决的谜（虽然他写了一整本关于谜的书）："狮子一吼可以震慑其他动物，却害怕、敬畏白色的公鸡？"因为（根据普罗克洛斯的《论祭祀与魔法》）太阳是大地和天空的光明之源，力大无比。白公鸡比狮子更能表示太阳的颜色和本性。他还说魔鬼总是变化成狮子模样，但只要一看到白公鸡便消失得无影无踪。

如上所说，高卢人（即法国人，皮肤天生白如牛奶，而希腊人"奶"的发音就是"高卢"）喜欢在帽子上插白色的羽毛。他们生性快乐、开朗、仁慈、可爱，所以选择了花中最白的百合花作为他们的标志和象征。

也许你们会问，为什么能从白色中感到快乐和欢欣呢？事实上那只是一种类比。不妨这样考虑：白色能分散和反射眼前所见的事物，显然化解了所有的视觉器官（亚里士多德在《疑问篇》的第三十一卷提到过，还有其他学透视的学生也这样认为)。当你越过白雪皑皑的高山时,你会抱怨看不太清楚(色诺芬也说其部下曾遇到类似的情形。盖伦在《人体各部分功能论》第十卷也对这点进行详细阐述)。因此特大的喜悦能够穿刺心脏,化解其维持机体的活力,若加剧到一定程度,心脏就会缺乏营养供给,乐极生悲,甚至危及生命。盖伦在《治疗方法论》第十二卷、《疾病发现论》第五卷和《病原论》第二卷也是这么说的;在此之前,有很多学者对此早有报道,如西塞罗《图斯库卢姆问谈录》第一卷,维里乌斯、亚里士多德、李维(在描述卡南战役之后),以及普林尼《博物志》第七卷第三十二章和第五十三章,奥吕斯·格流斯《雅典之夜》第三卷第十五章等,这些书中记载的乐极生悲而死的例子都是证明。还有罗得人狄亚哥拉斯[①]、奇罗[②]、索弗克勒斯[③]、西西里暴君狄奥尼修[④]、斐里皮得斯[⑤]、斐勒蒙[⑥]、波利克拉塔、斐利斯提翁(大笑而死)、马科斯·茹文提等等都是喜极而泣,乐极生悲的。阿维森纳在《论心脏》中的第二卷提到,藏红花能使心跳加快,过量服用,会使心脏急剧扩张而衰竭,导致死亡。亚历山大·阿弗洛狄修斯的《疑问集》第一卷第十九章对此作了详细说明——确实如此。

天啊,我是不是赘述太多!我一点儿也不想扯这么远,现在该是见好就收的时候了。言犹未尽的就留在我论颜色一书里再谈吧。我只是想概括一下,白色表示快乐和喜悦,同理可证,蓝色象征天堂和极乐世界。

---

① 狄亚哥拉斯:公元前五世纪古希腊哲学家,因其子在奥林匹克会上得奖喜死。

② 奇罗:希腊七大哲人之一,因其子在奥林匹克会上得奖喜死。

③ 索弗克勒斯(公元前496-406):古希腊三大悲剧诗人之一。

④ 狄奥尼修和索弗克勒斯都是听到他们的悲剧得奖,而忽然死去的。

⑤ 斐里皮得斯:公元前三世纪雅典喜剧诗人,因喜剧成功喜死。

⑥ 斐勒蒙:公元前三世纪古希腊喜剧诗人,死在舞台上。

第十一章 高康大的童年时期

从三岁到五岁，高康大渐渐长大并按照父亲的要求得到应有的教养，在那些日子里他跟普通小孩没什么两样，要么喝、吃、睡，要么吃、睡、喝或睡、喝、吃。

他总是在淤泥里打滚，鼻子脏兮兮的，脸黑乎乎的，鞋子磨破了，不是张大嘴巴追苍蝇，就是挥手扑蝴蝶(他的父亲结婚后成了蝴蝶王国的国王了)。他撒尿在鞋子里，裤裆里拉屎，用袖子擦鼻涕，或让它流到汤里；用柳条篮蹭肚皮，拿木鞋子来磨牙，用汤洗手，拿玻璃杯梳头；摆两张凳子当马鞍，一骑上去，“扑通”一声两头空；屁股蹭在地上磨，湿袋子当帽子，一边喝酒一边喝汤；三明治光吃黄油鸡蛋，扔掉面包，边嚼边笑或边笑边嚼；不时往盘子里吐痰，放放臭屁。他对着太阳撒尿，潜到水里躲雨；趁冷打铁，恍恍惚惚地走着，做着白日梦；到处骗吃骗喝，吃完就吐，猴子诵经似的牙齿咬得噼啪响；说话不经大脑(说完就忘)，在合适的时间干不合适的事，杀鸡儆猴；车子套在马前拉，不痒时搔痒，好打听别人的隐私；什么都抓，什么都扔；先吃甜食后主食，持矛刺风车；自个儿搔痒自个儿笑，吃得如马多。嘲弄神灵，晚经早上诵(觉得更好听)；吃包菜拉豆荚，尽干蠢事自己出丑(也让自然母亲出丑)；昂贵的纸当草纸玩，拔腿就跑，像牛喝酒；算账不当主人面，自讨苦吃；摇树惊鸟(一只鸟也没抓到)，相信云彩为帘，月亮来自绿奶酪；磨麦分两次磨，让他付钱出了大洋相；拳头当锤头，不肯按部就班；相信罗马一天造，别人送他马，还看马牙好不好；鸡牛分不清，一缸醋加一撮盐；筛子装水，教鱼说话；守株待兔，等着天下掉黄雀；非做不可的事做了能积德，少管闲事，剖析毫发；晚上豪饮，早上吐得像只醉狐狸；他父亲的小狗从他的盘里吃东西，他同它们一起吃；他咬小狗的耳朵，小狗刮他的鼻子；他吹小狗的屁股，小狗舔他的唇。

你们知道吗？伙计，说出来准叫你们发疯！这个小色鬼居然还会抚摸奶妈的敏感部位，真是个脂粉气十足的小男人！他已经开始使用裤裆了，他的那些奶妈每天都用美丽的花儿，盛开的鲜花，漂亮的花环打扮他的裤裆。她们成天像捏香肠似的把小玩意儿握在手里把玩，当那小玩意一勃起时，她们就哈哈大笑，好像在玩十分有趣的游戏。一个保姆说那是我的小塞子，一个说那是我的小钻子，还有的说那是我的珊瑚丛，可以拿来堵漏桶、塞孔、钻孔，是小机关炮，小木头钻子，小刺棒，我的小玩具——这么坚挺又这么低，真是我的小梯子；手套撑具，红红的小香肠，双囊空空的小宝贝。

"这是我的。"一个保姆说。

"那归我！"另一个保姆说。

"还有我，"又一个说，"你们不分给我了，那就把它砍掉吧！"

"呦，不行，"另一个说，"这对他不好的，太太，你怎么能把小孩子的那个东西砍掉呢？你要把他变成一条阉了的小狗吗？"她们为了让他能像其他小孩子一样玩耍，用米尔巴雷风车的叶片给他做了一个铁圈玩。

第十二章　高康大的木马

后来，为了使高康大成为一名好骑手，便用木头做了一匹漂亮的骏马。他整天骑着那匹木马蹦啊、跳啊、踢啊，还让它玩跳绳游戏，并训练它走各种步法：侧对步、快步、跨步、飞步、漫步、慢三慢四、缓步、骆驼步、野驴步。他还不断地给木马换绒毛（如同达尔马提亚的僧侣在不同节日穿不同的僧衣一样）：深棕色、棕栗色、灰斑点、暗褐色、浅褐色、红白相间色、深灰斑点、杂色、条纹、纯白色。

高康大还用双轮大横梁为自己做了一匹猎马，用一根榨葡萄的横杆做了一匹日常骑的马，用一棵高大的橡木做了一头骡子，用自己房间的家具外套做了鞍布。他还有十到十二匹用来替换的马，还有七匹马当驿马。这么多的马都睡在他身边。

有一天，绰号"抠门"的老爷在随从的陪同下，前呼后拥，大呼小叫地来拜访高康大的父亲。正巧，绰号"贪嘴"公爵和"贪杯"伯爵也是这样的摆场，同一天到这里。说实在，人一多，屋子就嫌小了，再加上车马就更拥挤了。因此，"贪嘴"公爵的主管和驯马师想打听屋子附近是否还有空马房。他们私下问高康大，马厩在哪里？他们以为小孩子最可靠，有什么说什么。

高康大便带着他们上了城堡的大梯，登上了二楼，穿过一条大走廊，爬上一座高高的塔楼。当要再爬上另一段楼梯时，驯马师便转过身子对主管说：

"这个小孩在跟我们捉迷藏，马厩哪会设在这么高的地方。"

"哈哈，"总管说道，"你真是少见多怪。我知道很多地方——里昂、巴斯迈特、酾农等地，马厩确实设在屋子的最高处，也许城堡后面就有个上马道，我再详细问他一下。”

于是，他问高康大：“我的小乖乖，你要把我们带到哪里去呢？”

“停放战马的马房。快到了，爬上这梯子就是了。”

他们穿过一个大厅，高康大把他们领到自己的卧室门前，推开门说：

“就在这儿，这就是你们要的马房。瞧，这是我的西班牙种赛马，那是一匹母马，是我的散步马，还有一匹是我的跑马，那是我的快步马。”

说着，他推给他们一根大横梁。

“这一匹荷兰弗利兹种马就归你们了，”他说，“我从法兰克福买来的，它可是一匹穿着漂亮衣裳的马，干活很拼命，你们只要再带上一只猎鹰，半打西班牙猿，再加上两只猎狗，保准你们成为今冬的山鹑和兔子之王。”

“圣约翰！”他们喊道，“我们被骗了！我们被戏弄了，噢，我们这回可真见鬼了。”

“不不，”高康大说，“我三天前才买来的呢。”

你不妨猜猜看，此时此地，他们是羞得抬不起头，还是啼笑皆非呢？

他们感到万分尴尬，正要走下楼时，高康大问道：

“你们是不是要个杂毛笼？”

“什么杂毛笼？”他们问，“那是什么？”

“就在这儿，”他说，“五块粪团做个大口罩。”

“今天一整天，”总管说道，“他真想考（烤）我们，还好没被烤焦，但也煮得够烂的。噢，你这小兔崽，居然往我们头上装铃铛喊抓贼了。我看你有一天会当教皇的。”

“我也这么想的，”高康大说，“如果你当上教皇，你身边的这只鹦鹉会学舌。”

“得了，得了。”驯马师说道。

“现在，”高康大说，“让你们猜猜我母亲的衬衫上有儿个针眼。”

“十六个。”驯马师说。

“哈！”高康大说，“错了，你没按《圣经》上说。因为有前眼，有后眼，你也没有算对。”

“什么？”驯马师说道。

“就刚才你的鼻眼被当作便眼时，”高康大说，“人家抽出一大堆粪便来，再把你的喉咙当漏斗倒到另一个大桶里，因那个大桶已经臭气熏天了。”

“天啊！”总管说，“我们今天可真碰上一个要嘴皮的，你这个伶牙俐齿先生，愿上帝保佑你不受伤害，但你的嘴可会给你带来麻烦的。”

他们赶紧下了楼，把高康大推给他们的横梁扔在楼梯的拐角处，高康大见了便大喊：

“噢，你们这些破骑手，太不懂骑术！当你们需要马的时候，马撇下你们不管了。想一想，你们要从这里回到加于萨克去，是驮鹅去，还是骑母猪去？”

“我还是去喝一杯吧。”驯马师说。

说着，他们就回到楼下的大厅，跟大伙讲了刚才遇到的这个趣事，大家都忍俊不禁捧腹大笑，像一群嗡嗡叫的苍蝇。

第十三章　高康大发明擦屁股新方
大古吉觉得他才智非凡

那年，高康大五岁多，大古吉打败加拿利人凯旋，立即去看望他儿子。久别重逢格外亲，大古吉甭提多高兴了，又是吻，又是抱，还用儿语逗他开心。大古吉同儿子和保姆一起喝酒，还煞有介事地询问了保姆一些情况，其中特别注意保姆是否让儿子保持干净整洁。高康大抢着说，请相信，世上再也找不到比他更干净的小孩。

"你是怎样做到的呢？"大古吉问。

"你知道，人天天要拉屎，我从中得到一种与众不同的擦屁股的方法，这是最高贵、最好的、也是最简便的方法。"

"是什么方法呢？"大古吉问道。

"别急，我会马上告诉你的。"高康大说。

"我试用过女士的天鹅绒面纱，我可喜欢呢，那绒纱软软的，擦得屁股真舒服；

"还有一次用了她们的兜帽，也是天鹅绒的，挺舒服的；

"又一次用了男士的围巾；

"还有一次用了绣花的红缎子面纱，讨厌的是那凸起的镶金的装饰物，把我半个屁股刮破了。我诅咒，恨不得让圣安东尼奥的神火把金银匠和佩戴这面纱的小姐们通通烧掉！

"后来用了侍从的帽子一擦，不痛了，那帽子的羽饰可漂亮了，是瑞士侍卫队戴的；

“还有一次，我蹲在草丛后大便，看到一只三月猫就抓来擦屁股，那猫爪子把我的屁股抓烂了；

“第二天，我用母亲的手套擦屁股，想不到伤竟然好了，原来那手套是用安息香熏过的；

“后来，我还用了撒尔维亚叶、茴香、莳萝、茴芹、墨角兰、玫瑰、南瓜、葫芦叶、包菜、甜菜、葡萄藤、锦葵，红得像我屁股的毛蕊花，还用了莴苣、菠菜叶——用这些擦屁股舒服多了。又用了亨利黎、马齿苋、荨麻叶、翠雀草和聚合草，可得了伦巴第区流行的痢疾，后来用我的裤裆擦才治好的。

“以后我还用了床单、毯子、床帘、床垫、桌布、洗碟布、餐巾、手帕、晨衣。用这些东西可真过瘾，就像长了疥癣的狗喜欢让人抓痒一样。”

“说真的，”大古吉问道，“你觉得那一种擦屁股的方法是最好的？”

“我正要说呢，”高康大说，“一会儿就真相大白了。我用干草、麦秆、各种各样的毛料擦，用纠结的羊毛，也用好的羊毛、用纸张擦，但你听过吗？

用纸擦屁股，

还要利器刮。”

“什么！”大古吉说，“我的胖小子，你是喝了迷魂药就开始作诗了。”

“是啊，父王，”高康大回答，“我经常作诗，有时令我生厌。这是茅坑诗一首。”

肚子胀
快拉屎
脱下裤
蹲坑子
杠子翘
撒尿屎
滑下去
溅出来
脏兮兮
臭烘烘
安东尼的大火烧你的屁股
莫紧张
快擦净

抬屁股
提裤子
还不走
羞你这个臭小子

“你还要听吗？”

“非常愿意。”大古吉说。

“好吧，”高康大说，“再听一首优美的回旋诗：

前天我去大便，
我欠屁股太多；
粪便臭气冲天，
憋得耳朵发青；
哦！请谁带个女伴，
她陪伴我边唱，
边拉！
关掉她的水管，
她要把我赶走；
求她悉心照料，
保护我的屁眼，
边拉。

“那么，您不会再说我屁都不懂吧！对着圣母发誓，这首诗并不是我做的，我是听那位贵夫人念的。您看她就在那儿，她一直念着，我就记住了。”

“好吧，”大古吉说，“让我们言归正传吧。”

“什么，”高康大说，“谈大便？”

“不，”大古吉说，“谈擦屁股。”

“好，”高康大说，“如果谈这个话题让你害臊，你会不会给我一大桶布列塔尼酒？”

“当然。”大古吉说。

“如果没拉屎，你就不用擦屁股，”高康大说，“如果你没大便，就没有屎，你擦屁股之前要先大便。”

“哦,你真是个精灵鬼,”大古吉说,“真聪明啊！我很快就称你是个诗学博士——看在天主的份上，我一定会的，因为你的智力超出你的年龄。现在再回到擦屁股的事，我拿我的胡子做证，别说一桶，我会给你六十桶——不只是什么布列塔尼酒。我知道这酒不产在布列塔尼，而是在维龙。”

“后来,”高康大说,“我也用过束发带、枕头、舒适的布拖鞋、猎物袋、篮子,不过这些东西擦屁股可难受了！也曾用帽子擦。帽子的种类可多呢,有光面的,有毛的,天鹅绒的,塔夫绸的,还有一些是缎的,有毛的最好,擦得最干净。

“我也试过用母鸡、公鸡、小鸡、牛皮、兔子、鸽子、鹰、律师的皮包、带兜帽的斗篷、帽子,还有放鹰人的腕套。

“长话短说吧,用来擦屁股的东西没有什么能比得上毛绒绒的鹅。你把鹅的头夹在大腿间,我发誓,这是真的,你会感到一种奇妙的快感,一股暖流从毛绒绒的小鹅那儿传到你的屁股,肝肠回旋,心气激荡。千万别以为,爱丽舍田园里的英雄和半神半人的鬼怪光吃珍馐美味,饮琼浆玉液就感到幸福,这就如那些老太太成天唠叨个没完没了那样。其实,他们的最大享乐是用柔软的小鹅擦屁股——约翰·邓斯·司各脱大师就发表过这种高见。”

第十四章　高康大如何向诡辩家学拉丁文

听高康大这么一说，好汉大古吉感到有说不出的高兴，对儿子的非凡辨别力和悟性大为赞赏。于是，他对保姆们说：

“马其顿的国王菲力普从儿子亚历山大驯马的技巧，就知道他智慧超群。那匹马实在太暴烈、太野了，没人能够驾驭得了。那些驾驭它的人都被它撞倒了，有摔断脖子的，断腿的，脑浆迸溅、颌骨碎裂的。而当亚历山大来到赛马场（跑马和驯马的地方），他经过分析之后，发现马之所以桀骜不驯是因害怕自己的影子。于是，他跃马扬鞭，策马径直朝太阳的方向奔去，马的影子就落在后面，这一招很灵，马也就温顺被驯服了。从驯马这件事，他父亲看出儿子非凡的智慧，就安排他在当时希腊最有名气的哲学家亚里士多德那里接受全面教育。

“我告诉你们，从我儿子跟我刚才的谈论中，我感到他悟性非凡，感觉敏锐，思维缜密、深刻而沉着——他若能受到良好的教育，将来一定出类拔萃。我想把他托付给知识渊博的学者，拜他为师，能得到他的真传。为此，我决不惜一切代价。”

于是，有人为他请到了一位著名的诡辩家士巴·霍罗费先生。他教高康大方块字母，花了五年三个月，直到高康大把字母倒背如流。接着又教他多丽图斯编写的拉丁语法，还教他一本乏味的礼法读本，再教一本特奥多莱主教编写的大部头的书，证明古代神话是一堆胡言乱语，最后还教他一首冗长的、关于寓言故事的四行诗。所有这些共花了十三年六个月又两星期。

大师还要求高康大用哥特体把所有的课本都抄一遍，因当时还没运用印刷术。

平时高康大要带一张写字桌，重达三十几吨，那文具盒又大又笨重，有里昂的古修道院圣马丁·爱奈里的四根大柱子重。下端用铁链系着一个墨水瓶，那铁链足以吊起几大桶货物。

后来大师又教他《推理方法论》，加上杂家的评注，还有什么“破饼干头”、“跳石头”、“嚼舌头”、“圣法骑士”、“肥牛约翰”、“巴龙尼”、“龟孙子探测员”[①]等等的注释，共花了十八年六个月才学完。高康大背得滚瓜烂熟。他在母亲面前背，证明他对整本书了如指掌。他对母亲说，这本书推论分析的方法既不合理，也不科学。

后来他又读了一部巨著《历法》，这确实是曾经编写过的最大本的历法书。这本书又花了十六年又两个月才读完。突然，他那四百二十岁的老师突然死去，是患上梅毒一命呜呼的。

于是，又请来一位久咳不愈的老先生，名叫布鲁哈·伯不然，教的是乌古提奥爱伯哈德编的《拉丁语汇》，亚历山大·维尔德沃编的野蛮的拉丁语法，雷秘圭思的《教义》，用问答形式编的《答问》《补遗》——一本圣人生平的汇编，萨皮修思关于赞美诗和死亡的长诗，塞内加的《四美德》(其实并非塞内加所著)，巴萨万图斯的《实悔照》《安息经》——一本关于如何使快乐的日子更为快乐的布道集，他还读了其他一些难啃的大部头的书。高康大读了这些书后，变得老实了，简直就像一只被放在饼中烘焙的黑鸟一样蠢。

① 作者讽刺当时不学无术的学者所杜撰的名字。

第十五章　高康大如何另拜师门

当时，大古吉看到高康大学得很刻苦，很投入，但似乎没什么长进，收效甚微；更糟糕的是，他变得呆头呆脑、傻里傻气，整天疯疯癫癫地尽说傻话。

大古吉便向帕佩里格斯总督唐·菲利普·德马雷抱怨这件事。总督告诉他，拜这样老古董为师学艺还不如什么都不学，因老古董的学问是陈腐的，空洞无物，腐蚀美好高尚的灵魂，掐去青春的花蕾。

“我的意思是这样的，”总督接着说，“您不妨从当今的年轻人中挑选一个，只让他学习两年。如果他不比你的儿子有更好的判断力、言辞表达能力、分析能力、讨论能力，更善于待人接物，你就称我是布列尼的傻瓜好了。”

大古吉听了心花怒放，嘱咐照他这样办。

那天晚上，大家正在吃饭，德马雷带来他的一位年轻的侍从，名叫爱德蒙（希腊语幸运，福气之意），是圣乔诺附近的维尔贡基人。这位年轻的侍从衣冠楚楚，风度翩翩，温文尔雅，看起来更像一个小天使，而不是凡人。德马雷对大古吉说道：

“你看这位少年，他才十二岁。从他身上你可以看到老古董的学问跟年轻人有天渊之别啊。”

大古吉满意地点了点头，同意试一试。这位年轻的侍从征得主人的允许之后，便手执帽子，面带笑容，笑口微开，从容而谦逊地注视着高康大。他毕恭毕敬地侃侃而谈，一开始便赞扬大古吉的儿子，首先夸奖他的人品优良，接着称赞他学识渊博，高贵出身，健美的体魄，接着好心规劝他必须敬重呕心沥血培养他成人的父亲。最后请求高康大收留他，哪怕是当个最微不足道的仆人，因为他对上天别无所求，只希望能够服侍高康大。这位少年风流倜傥，从容不迫，口齿伶俐，说一口典雅、漂亮的拉丁语，简直就是古代的雄辩家格拉古斯、西塞罗、爱弥留斯再世，并非是个乳臭未干的少年。

但高康大却不同。他把帽子拉得低低的，遮住了整张脸，像牛一样号啕大哭，简直就是棍打死驴，打不出个闷屁来。

大古吉见高康大那熊样便勃然大怒，恨不得立刻杀了布鲁哈·伯不然先生。德马雷婉言相劝，终于平息了他的怒气。大古吉吩咐付清伯不然的学费，并让他狂饮滥吃，等他酩酊大醉时，便让他见鬼去。大古吉说："今天他像英国佬一样喝得醉成一摊泥，如果半路死了，我这个东家也不必花钱料理后事。"

布鲁哈·伯不然喝得醉醺醺，跌跌撞撞地走了出去。大古吉同德马雷商量让高康大另择师门。他们两人决定让他拜爱德蒙的老师——包诺克拉特为师（希腊语意为聪明的脑袋），并让他们周游巴黎，以便更好地了解巴黎青年人如何接受教育。

第十六章　高康大如何骑着大牝马去巴黎 大牝马如何向博斯的牛蝇开战

正在这个时候，努米底亚的第四代国王法奥勒斯特地从非洲送给大古吉一匹大牝马，这是人们从未见过的最高、最大，也是最稀奇古怪的马（非洲以出产怪异的东西出名）。马身有六头大象那么大，蹄上长趾，如同尤利乌斯·恺撒的坐骑，耳朵耷拉着，就像朗格多克的山羊，屁股还伸出个犄角。此外，它的毛像熊熊的栗色火焰，夹杂着斑驳的灰色斑点。最惊人的还是那条尾巴，足足有朗热附近圣马斯的古塔那么粗大（古塔有 40 英尺高），毛又粗又密，就像玉米穗的芒刺。

如果你对此感到惊奇，那么看了那些斯基泰绵羊就不知该怎么样了，那里的羊一条尾巴重三十多磅，还有叙利亚绵羊（如果让·戴诺说的是实话）的尾巴又长又重，得靠小推车扶着羊屁股才能走路。你们这些在洼地长大的臭小子，当然没见过这种尾巴了。

这匹牝马是从海上运来的，动用了热那亚的三艘大帆船和一只小战船才运到塔尔蒙台的奥隆纳港口。

大古吉看到了这匹牝马，便兴高采烈地说，"真是太凑巧了，我儿子要去巴黎，这匹牝马可以送他。天主保佑，万事如意。他将来一定会成为大学者。没有愚笨的学生，只有愚蠢的老师。"

第二天，当然是畅饮之后，高康大和他的新老师包诺克拉特，连同小书童爱德蒙和其他随从一起上路了。正值风和日丽艳阳天，他父亲让他穿上系带靴子（巴班的大鞋匠告诉我那叫露趾花结高筒靴）。

他们高高兴兴地沿着大路往下走，一路说说笑笑，快走到奥尔良了。他们穿过一片大森林，有九十里长、四十里宽，只见牛蝇满天飞，也有黄蜂和马蜂，在马路上骚扰可怜的牝马、骡子等牲口。高康大的牝马见此，为替同类雪耻报仇，便出其不意地捉弄了那些横行霸道的蝇虫一番。高康大一行走进森林时，牛蝇和黄蜂就“嗡嗡”地发起了猛攻。大牝马立刻甩动尾巴，重重地朝它们甩打过去，几乎把整片树林连根拔起。大牝马的尾巴忽左忽右，忽东忽西，忽前忽后，忽上忽下，风卷残云似的。瞬息间，蝇虫和马蜂连同林木顷刻倒伏，茂密的森林顿时夷为平地。

高康大兴奋异常地看了这场表演，但他不想炫耀一番，只不过对同伴说：“太精彩了，但我不想自吹自擂，只不过博斯[①]一笑耳。”从此这个地方就改名叫“博斯”了。可是，那一天，高康大他们连饭也没有吃上，专靠打哈欠充饥。为了纪念这一事件，博斯的绅士们（大家都知道他们一直很穷）至今还拿打哈欠当饭吃，并自我陶醉，连吐痰都感到爽口。

来到了巴黎，高康大休整了两三天，天天同市民们喝酒聊天，打听城里谁是学者，城里人喜欢喝什么酒。

① 意思是“不错，很好看”。

第十七章　高康大如何教训巴黎人又如何摘下圣母院大钟

歇过几天之后，高康大顿觉旅途疲累完全消失了，就进城参观。市民们猎奇地观看他们，无不万分惊恐。说真的，因当地的人真是白痴，天生傻瓜，看到什么就大惊小怪，以至于来的是一个杂耍艺人、一般的丑角、卖圣徒遗物的人、背上驮铃铛的骡子、在十字路口弄弦弹琴的乞丐都能吸引一大群人围观，而真正在诵经布道的福音教士身边的却寥寥无几。

一大群人跟在高康大后面推推搡搡，起哄着，高康大难以脱身，无奈，只好暂躲到圣母院的塔楼上。当他登上塔楼放眼一望，塔楼四周人山人海，万头攒动，他便大声喊道：

“我想这些无赖欢迎我，是要让我给他们犒赏，顺便讨个见面礼。那好吧，我就给他们一些新鲜的美酒尝尝——这只不过开个玩笑罢了。”

于是，他笑容可掬，顺便解开他那漂亮的裤裆，掏出那个黑不溜秋的家伙当空扫射。他那泡尿撒得可够猛，淹死了二十六万四百一十八人，妇女和小孩还不算在内。

有几个动作敏捷的躲过了这场尿灾，但尿腥味使他们又咳又吐，急忙气喘吁吁地跑到圣热内维埃芙的高地上，就你一言我一语咒骂开了，有的怒不可遏，有的只觉得好笑：

“天主降祸于他！”

“不可能有上帝的！”

“弗朗西！你看到了吗？”

“圣母啊！”

“看在基督的分上！”

“万能的上帝啊！”

“圣·葵内！”

“圣·特丽尼安救救我们！”

“看在基督的最后晚餐发誓！”

“就着大白天发誓！”

“让魔鬼把我带走吧！”

“以我绅士的名义起誓！”

“噢，圣·安德鲁！”

“就着圣·戈达格林起誓，用苹果打死吧！”

“就着圣·福廷使徒发誓！”

“噢，圣维图斯！”

“噢，圣玛咪卡，圣法的殉道者！”

“就天主发誓，我们今天可笑破肚皮了！”

从此，这座城市就叫作“巴黎”(开玩笑的意思)。在此之前，巴黎曾一直被称作“柳蒂森”，斯特拉博[①]在他的全集第三卷里说，“柳蒂森”在希腊语是“雪白”的意思，因当地女郎漂亮白皙的大腿而得名的。“巴黎”这个新名一传开，当时在场的人妄用本教区的圣人名誉起誓，再加上巴黎人是从四面八方汇集而来的，因而他们不可避免地成为起誓的行家，特别是在司法方面，变得自吹自擂、不可一世。巴朗科的约翰在其《论誓言》一书里说道，“巴黎人”其实源自希腊语，意思是“自吹自擂的人”。

高康大撒完尿，仔仔细细地端详着悬挂在圣母院塔楼的大钟，便敲起钟来，叮叮当当，非常动听。他听到这悦耳的钟声，就突发奇想，何不把大钟摘下挂在大牝马的脖子上，那该是多么漂亮的牛颈铃啊！他正打算让这匹牝马驮着布里的奶酪和新鲜的鲱鱼回去送给他父亲。于是，他便把大钟摘下来带回寓所。

这时候，圣安东尼会的猪管会头子过来收取每日的猪捐，这位领导认为大钟可以让人远远便能听到他来，甚至连煎锅里的熏肉听了也会发抖，

---

① 斯特拉博：古希腊地理学家，约生于公元前六十年。作者此处的话是假的。

就想顺手把钟带走。但没有拿成,倒不是因为钟烫手,只是这口大钟实在太重,重达两万磅,没法拿。此人并非布尔的圣安东尼会会长——安托尼·德·萨克斯,布尔的会长是个很出名的诗人,不会做出这种事,再说,他还是我的好朋友呢。

这下子,全城一片骚动——记住,巴黎人常常上街闹事,就连外国人也佩服国王的耐性,或者说他愚蠢更恰当。事态一天比一天严重,也不严令禁止。我祈求天主让我知道这些阴谋出笼的经过,我便会公之于众,使教区里的每个修士和修女都知道得一清二楚。

现在,聚众闹事的地方是产生右翼激进主义的温床,就是著名的神学派。当时,他们可以向“柳蒂森”市的神学家咨询(现在可不是这样了)。他们把整个事情的来龙去脉说给法官听, 尤其提到高康大摘走大钟后带来的诸多不便。经过一番细致分析,衡量利弊以后,决定派神学院中德高望重、知识渊博的长者去见高康大,向他说明失去大钟将会引起的不便和后患。但有些知名的神学家却提出异议,认为应派雄辩家而不是神学家。最后还是推出神学大师雅努斯·突塞兹。

第十八章　雅努斯·突塞兹如何被派往高康大处讨回大钟

突塞兹大师理着一头恺撒式[1]的发型，身着最正典的神学博士袍，肚子里填满了最精心烘焙的面包和灌满了神学院地窖里最醉人的陈年佳酿，然后向高康大的寓所进发。前面由三个红鼻子的学院马屁精开道，后面跟着五六个不修边幅、蓬头垢面，像虫子一样慢慢蠕动的文人学士。

高康大的新老师包诺克拉特在门口碰到这群怪异、滑稽模样的人，吓了一大跳，还认为是疯癫的街头艺人，便问演什么假面戏，他们却说是来讨回大钟的。一听事情不妙，包诺克拉特赶紧跑回去禀报高康大，让他有所准备。高康大马上召集包诺克拉特、好酒量的总管、马童吉姆斯特（希腊语体育锻炼的意思）和书童爱德蒙等紧急商量对策。大家都赞同把他们请到膳房，让他们像农民一样开怀畅饮（或，更确切地说，像神学家和诡辩家那样）。为不让愚蠢的老学究突塞兹讨头功，回去吹嘘讨回大钟是他的功劳，便决定趁他们喝得酩酊大醉时，派人把本地市政官、神学院的校长、教区的牧师统统请来，当突塞兹还未说明来意时，就把钟交给请来的这些名流。钟交出后，再来欣赏他们的精彩演说了。等到上述的人都到齐了，高康大便把这位博学的神学家引荐给众人。只见他站立起来，一面咳嗽，一面清清嗓子便开始大放厥词。

---

① 恺撒是个秃顶。

第十九章　雅努斯·突塞兹大师发宏论
慷慨陈词向高康大索回大钟

“嗯，呵啊，呦！先生们——在座的各位。你们如果不把钟归还给我们可不太好，因我们确实需要钟啊。嗯，哦！过去伦敦村（卡乎泽克附近），卡奥尔，更不用提布里的波尔多村三番五次出高价要买我们的钟，都被我们谢绝了。他们看中大钟的金属质地，可以给本土带来好风水，使我们的葡萄园免受雨灾和风灾——嗯，当然不是指我们的，而是我们附近的——我们如果没有葡萄酒喝可就什么都没有了，不仅失去了享受，更没有法律可言了。

“如果你们能应我的要求把大钟还给我们，我就可以得到六扎香肠和一条非常好看的套裤。套裤一穿，我的双腿就能伸直了，除非他们说话不算数。啊！上帝啊，大主啊，套裤可真是好东西，聪明人是不会不喜欢的。哈，哈！并不是每个想要套裤的人都能得到：这点我感受颇深！听着，天啊：我为这次演讲就准备了十八个小时，是恺撒的东西就还给恺撒，是天主的就还给天主。这就是要点，问题的实质。

“相信我吧，主啊，如果你愿意跟我共餐——当然是私底下——有圣体做证，我们一定成为快乐的天使（拉丁文）。——我是说，在宴会厅里大快朵颐，一醉方休。我宰了一头猪（拉丁文），我还有，有，有什么——还有很多好酒。斗酒诗百篇嘛，是吧？

“那好吧，看在天主的份上，把钟还给我们吧（拉丁文）。现在，我以神学院的名义，给你们来一段乌蒂诺布道，乌蒂诺老天保佑，你们会还给我们大钟的。你们还要买一些赫罪符吗？你们要多少就给多少，免费赠送（拉丁文）。

“哦，先生大人，把那不名一文的钟还给我们吧（拉丁文）！它是这个城市的，每个人都能受益。如果钟挂在你们的马上显得神气威风，我们的神学院挂上了也毫不逊色。神学院好比缄默的牲畜，这是《诗篇》里说过的，我记不得哪一首了。但我这儿清清楚楚地摘抄了一句，简直像阿喀流斯一样不可战胜（拉丁文）。嗯，哟，咳嚇——啊，啊。

“啊！你们明白了吗？我向你们说明钟必须还给我们。且听我的论证：

“夫钟者，其状如钟也，钟之所以为钟，乃钟楼之钟，可敲之钟也；凡钟者，必有钟鸣之声，巴黎有钟，乃情理之中（拉丁文）。

“哈，哈，哈！这才是无懈可击，理直气壮！这是三段论推理法的第一种，达里乌斯论述过，别人也提过。凭良心说，过去我也蜚声一时，是个一流的雄辩家，但现在我思想不集中，会开小差，我只求有美酒喝，有好床睡，有炉子暖暖我的背，有桌子靠靠我的肚皮，有一盘丰盛的珍馐摆在我面前。

“嗨，天主啊，以圣父、圣子、圣灵的名义（拉丁文），阿门，恳求你们还给我们大钟吧，愿天主保佑你们驱邪避难吧，圣母保佑你们贵体安康，愿圣母永生永世与我们同在（拉丁文）。阿门，阿门！嗯，哼，啊，嗯啊嗯啊！

“千真万确，有目共睹，毫无疑问（拉丁文），以天主的名义，可以肯定，当然天主在天上。一个没有钟的城市就像失去拐杖的盲人，断了缰绳的驴，或是失去铃铛的奶牛，我们会像丢失拐杖的盲人，断了缰绳的驴，或是失去铃铛的奶牛跟在你们后面喊个不停，直到你们把钟还给我们。

“教会医院旁边有一个喜欢用拉丁语闲聊的家伙——有一次他引用方达努斯的权威论断——不，不，错了，应是彭达努斯[1]，是那位意大利的在俗诗人，说他希望羽毛做钟，狐狸的尾巴做钟锤，因为钟一敲，他的头就胀痛，写不出诗了。钟就应该叮叮当当地响，他真是发表异端邪说：其实作诗是很快的，就像用蜡捏出几个印子，盖在纸上即可。你们的宣誓证人发言完毕。再见了，请掌声鼓励，卡勒比诺校讫（拉丁文）。”

---

① 彭达努斯（1426–1503）：意大利人文主义诗人。

第二十章　突塞兹大师拿走礼物并与其他大师打官司

突塞兹大师刚刚演讲完，包诺克拉特和幸运小伙子爱德蒙禁不住开怀大笑,笑得上气不接下气,真怕乐极生悲、大笑而死——那样子简直就像克拉苏看到笨驴吃刺果，菲勒蒙看见蠢驴把无花果当晚餐一样乐不可支,笑得前仰后合。突塞兹大师也不甘落后,大笑不止,泪水夺眶而出,——因大脑刺激泪腺分泌出泪水,泪水再通过视神经汩汩流出(这种情形恰恰说明德谟克利特可以赫拉克利特化，而赫拉克利特可以德谟克利特化了[①],悲也流泪,喜也流泪)。

大笑过后,高康大同他的随从商量如何处置。包诺克拉特认为应该再让这位天才的演说家畅饮一番,因他给人们带来了这么多快乐,比看名演员桑伊克赫的笑剧还好笑。他应该得到在他那令人忍俊不禁的演讲里所提到的六扎香肠,再加上一条套裤,三百捆优质木柴,二十五罐美酒,一张铺上鹅毛垫子的大床,一只盛满他想吃什么就有什么的大而又深的海碗,这些就是他说的这一大把年纪应该享有的。

一切照他说的办,只是高康大没把握能否找到那么大的套裤,适合他那漂亮的双腿；也不知道什么式样的套裤，才配得上这位高贵的演说家——是否裤裆应该深一点,方便拉屎,或做成宽松的水手套裤,或把他打扮成像个瑞士士兵,穿上大裤腰的套裤保护肚子;或让他穿上燕尾式开

---

① 德谟克利特对一切抱乐观主义，赫拉克利特则认为万物都在变化，一生忧闷悲观。

衩套裤,免得热坏腰身。高康大想了想,最后决定送给他七码黑呢布,再加上三码白呢做衬里。让勤杂工送去木柴。那些文人学士带去香肠和大海碗。突塞兹大师决定亲自来拿毛料。

文人学士中有一位叫乔治·彼拉特的对突塞兹大师说,大师亲自扛着毛料走街串巷是不合适的,有失体统,应把这个任务交给随从人员去拿。

“哈！”雅努斯·突塞兹说,“你这个蠢货,你一点也不懂逻辑,这就说明了假定和推理的重要！毛料与什么有关？”

“不清楚,”彼拉特说,“它跟很多东西有关而又没跟什么特定的东西有关。”

“蠢驴！”突塞兹大师说,“我不是问你这个问题。它跟什么有关的意思是给谁的,这个问题的回答是给我的双腿的。因此我必须自己去拿——因为属格应该与它的主格相配！”

于是,突塞兹偷偷地把毛料拿走,重演了一出穷鬼巴特兰律师偷布料的闹剧。

最好笑的还在后头呢。在一次神学院的全体大会上,这个老气喘病的站了起来——显得十分光荣！他要求得到香肠和套裤的奖赏,但是神学院获悉高康大已经私下奖给他了,就不再给了。突塞兹大师据理力争,说这只不过是件礼物,是高康大慷慨馈赠的,而他们不能放弃先前的承诺。然而,他们还是劝他知足就好了,无论如何不能再得到一丝好处了。

“讲理？”突塞兹大师说,“我们这儿不使用这个字眼。你们这些可悲的叛贼,一文不值的小人！再没有比你们更狠毒、卑鄙和无赖了。我全看清楚了,不要在跛子面前装瘸了。我干坏事,你们也逃不了干系。我敢对天主的脾脏发誓！我一定会去见国王,把你们在这儿的卑劣行径告发给他,你们等着瞧吧,你们若没有被国王活活烧死,像鸡奸者、叛徒、异端者、诱奸者、天主和道德的敌人该受的惩罚那样,就让我浑身长脓疱吧！”

根据这一席话,他们状告了突塞兹大师;而他却加紧活动,让法庭一直把这个案子压下来,至今没有下文。突塞兹大师的对手发誓,官司不解决誓不洗澡。而他的支持者也发誓,如果没有得到确切的裁决,决不擤鼻涕。

双方起誓的结果是他们都蓬首垢面,拖鼻涕走着,因为法庭尚未理清头绪,看来审判结果恐怕只能等到希腊历的朔日才公布,当然是遥遥无期了,因为希腊历没有朔日。再没有比法庭更厉害的了,他们为了让一个案子拖延下去,连自己的规章制度也不顾了。巴黎的法律条文强调只有天主才能创造永恒的东西。自然界没有不朽的东西,因为自然生成的东西都有一定的时限,都有了结的时候:万物有生必有死;但当这些装模作样的恶魔接手一个案子,他们会让它永远拖延下去——无穷无尽直至永远。他们的所作所为提醒你记住斯巴达人希龙所言:

“悲惨是诉讼的伴侣。所有打官司的人都很悲惨,因为官司还未了结,老命早就归西了。”

第二十一章 高康大如何在诡辩师的训导下学习、生活

高康大把钟归还后几天，巴黎市民不胜感激，主动提出帮他喂养大牝马作为报答，要养多久都行，这个建议正合高康大的心意，他便欣然接受。于是，大牝马就这样被送到枫丹白露森林的草场上喂养，我想，这匹马早已不在那儿了。

高康大决心在包诺克拉特的训导下学习，然而一开始，包诺克拉特却让他完全按照以前的习惯行事，以便更好地了解他的前任老师为什么花了那么多时间竟然教出一个游手好闲、傻里傻气、浑噩无知的人。

高康大遵照导师的要求，按照老一套来，不管天亮不亮，每天早上睡到八九点才醒来，这正是前任老师所教导的，他们搬出大卫王的话：天亮之前醒来无益。

于是，他就在床上翻呀，滚呀，蹦呀，跳呀，清醒清醒头脑，然后按季节着装。他最喜欢穿的是一件厚厚的羊毛长袍、狐狸毛做衬里。接着他就按大哲学家雅克·阿尔曼[①]的方式用五个指头梳头，因为他的前任老师告诉过他，不用现成的手指梳头，即使干净整洁也纯属浪费时间。

而后，他就大便、小便、呕吐、打嗝、放屁、打哈欠、吐痰、咳嗽、叹气、打喷嚏，不停地擤鼻涕。他为了驱寒避湿而大吃一顿：美味的油炸香肠、美味的烤牛排、美味的火腿、美味的烤牛肉以及几盘肉羹面包。

---

① 雅克·阿尔曼：是十六世纪初一位神学家，据说是个生活疏懒、不修边幅的人。

包诺克拉特对他说,刚起床不做做运动,就吃这么多点心不好,但高康大却说:

“什么!难道我做的运动不够吗?我起床之前早就在床上翻滚六七回了。教皇亚历山大听从犹太医生和星相学家博纳·德拉特的建议,就是这样做,也寿终正寝,让与之对头的人气坏了。我的前任老师就是教我这样做的,说早餐有助于开发记忆力,因此他们吃早餐之前先喝酒。我觉得这很好——喝酒使我清晨脑清气爽,晚饭也吃得更香。吐巴肯·荷罗孚尼曾说过:光跑步是没用的,必须起个大早跑才有用。身体健康所需要的并不是填鸭式的一杯一杯往下灌,而要在早晨时就喝酒,有诗为证:

早起不重要,
早饮最舒畅。

高康大吃了丰盛的早餐过后,便上教堂去了。随从抬来一个大箩筐,里面装了一本厚厚的祈祷书,用天鹅绒包装,因太多人翻阅过,油腻腻的,连封面、书搭扣和特级羊皮纸一起称至少两千五百磅重。他在教堂里听了二十六场甚至三十场弥撒。他的指导神甫来了,穿得像个社会名流,肚子里却灌满了葡萄酒,连呵气也有酒香。他和高康大一起念应答祈祷,精心拈着念珠,颗粒不掉。

高康大一走出教堂,又有人用大轮的木质搬运车给他送来一大筐用木头雕刻成的念珠,每颗都有人头那么大,接着他又和神甫在修道院的隐修室、回廊花园里边走边拈着珠子念经,所诵经文超过了十六个隐修士。

接着,他开始用功,但花不到半个小时学习。虽然他像古罗马喜剧作家泰伦斯笔下的人物一样,眼睛盯着课本,但心早就飞到厨房里了。

他撒了一大泡尿后就坐在桌边吃饭——他生性我行我素,一开始就要了好几打火腿、熏牛舌、鱼子酱、炸牛肚和其他许多开胃菜。

吃饭时,有四个仆人侍候他,一大勺一大勺地往他嘴里塞芥末,从没间断过,而后他猛喝一大口白葡萄酒,可以清热利尿。然后,他津津有味地吃起时令的美味和他爱吃的东西,直到肚皮垂了下来。

高康大喝酒毫无节制,也毫无规矩。正如他自诩的那样:酒没喝到鞋后跟的软木漂上半尺高,决不罢休。

第二十二章 高康大的游戏

而后，高康大咕哝咕哝念了几段经文，又痛饮了几杯冰淳清新的葡萄酒，弄得酒水洒了双手，又湿漉漉抓了一只猪手剔牙齿，便与随从海阔天空闲聊起来。接着，铺上绿毯子，摆上好几副纸牌、骰子和棋盘。他玩起游戏[①]，花样令人眼花缭乱：

花同色
皮克牌
意大利桥牌
斯兰姆牌戏
逮着你
出将牌
黑桃牌
逮他们
老处女
欺诈
三十一
一个接一个

① 作者在这里所列的游戏有纸牌、棋类、斗智、猜谜、赌博，还有若干户外游戏。

三副皮克牌
意大利纸牌
叫牌
摊牌
丁牌
抓恶魔
拍杰克
跨牌
结婚
我抓到他们
谁这么想
等着瞧
这一个，那一个
跟领导
塔罗纸牌
胜者，输者
欺哄
折磨
打喷嚏
德国牌
大牌
猜指头
象棋
狐狸和鹅
六格跳
跳棋
白衣女郎
滚动
三副骰子
巴加门
耍花招
一败涂地

皇后
意大利巴加门
双陆棋
女士巴加门
女士小花招
上帝倒下
跳棋
国际跳棋
喝倒彩
挑图片
撬刀子
转磨石
刀子游戏
掷石子
猜谜
掷钱币
杰克
接子游戏
槌球游戏
捉人游戏
猫头鹰
击球游戏
螺旋梯
大兔追逐
吹号
随乐声抢椅子
尖叫
同花顺子
轮你下一个
巴卡拉纸牌
快跑
上天堂

金胡子
拉屎
玩胡子游戏
借包
撞球
找球
操你妈的
滚洞
蒙面
绊倒
种麦子
吹煤灰
捉迷藏
活法官、死法官
烤炉和火钳
装小偷
接子游戏
驼背
马掌
抓耳朵
梨树
踢屁股
单足跳
跳绳
折棍子
头碰脚
叠积木
打棍子
掷环套桩
我进了
吹蜡烛
九柱戏

撞柱游戏
滚木球戏
弓和箭
飞向罗马
红胡子
小天使
滚木球戏
羽毛球
跳背游戏
击球落袋
我可以
投球
挑棒游戏
打击
拔河
瞎子摸人
弹子游戏
上学
敲棒子
石弹游戏
辗车辙
转陀螺
修道士
打雷
惊奇、诧异
拍气球
板羽球
假骰子
拼甲虫
找绿球
借贷
倒转

肩扛
格子纵列
双滚球
传梭镖
反弹腾空球
寻宝游戏
牛脚
藏秘密
一问一答
伦敦桥牌游戏
跳房子游戏
击中得分
间谍游戏
跳蛙游戏
横传球
木腿游戏
传球
国王和皇后
主仆游戏
头顶球
捻硬币
猜指头
头浸水
碰鼻子
拱猪
前滚翻
吞面包
转圈圈
打屁股
爬梯子
碰头
装死人

猜拳游戏
放鸽子
抓老三
烧灌木
玩打杖游戏
缝补
嗡嗡叫
让路、让开
骂人
放屁赶敌人
喷芥末游戏
摇腿
滑滑梯
掷镖游戏
屈身跳背
跳高
掷骰子
拍屁股
弹手指

他们玩个痛快,时间悄无声息一分一秒慢慢地消磨掉了,他们又大喝起来——大约每人喝了三加仑。高康大喝饱吃足以后,就蜷缩在舒适的长椅上或软床上睡了两三个小时,既不想坏事,也不说脏话。

醒来后,他稍微晃晃他的耳朵。接着又有人送来更多的葡萄酒,高康大痛饮一番。

包诺克拉特指责他,一睡醒就喝酒对身体不好。

高康大却反唇相讥:"这才是教皇们过的悠闲的生活。对我来说,我生性爱睡懒觉,睡觉就像吃腌肉,也像吃火腿一样香甜,我起床时就得喝酒解渴。"

然后才开始读点书,他先念了一段《天主经》,接着一段玫瑰经。为了念得更有气派,他骑上一匹曾为九个国王服务过的老骡子。只见他骑着骡子,摇头晃脑,口里还念念有词,眼睛却瞟着别人逮兔子。

一回来,高康大就跑进厨房,看着炉火上正烤什么美味。

老天做证,高康大晚饭吃得真香。他乐意请左邻右舍一起进餐饮酒,他们好酒量,边喝酒边谈古论今,其中的常客有德·勒福老爷,德·古维尔老爷,德·格里尼奥老爷和德·马里尼老爷。

晚饭过后,他们立刻摆开精装福音书般的棋盘,随后便喊出“输赢一扫光”“同花色”、“一、二、三”!要不然就去看看周围的女孩子,和她们一起吃点心和夜宵。然后,倒头便睡,酣然睡到第二天八点才起床。

第二十三章 包诺克拉特训导有模有样 高康大争分惜秒发愤读书

包诺克拉特了解高康大的不良生活习性以后，便开始考虑用其他办法教他读书，起初不敢变化太大，怕操之过急，会适得其反。

为了把准备工作做得更好，包诺克拉特请教了一位叫天赐的名医，商量用何良方可将高康大引向正轨。这位博学的医生根据医疗宝典，使用了一种灵丹妙药——安提库拉的嚏根草，清除高康大脑子里的一切陋习和邪念。真是药到病除，高康大从前任老师那里学来的一切恶习和毛病都烟消云散，忘得一干二净，就像古时候提摩太根治学生从别的音乐老师学来的毛病一样。

为了做得更好，包诺克拉特介绍高康大结识了巴黎一些有真才实学的学者。高康大深受启发，被他们孜孜不倦的探索精神所打动，萌发了努力学习知识，实现自身价值的愿望。

这个方法有了显著成效，高康大养成了良好的学习习惯，不浪费一分一秒，争分惜秒地攻读古典文学和正经的学问。

高康大养成早起的习惯，每天早上四点起床。他在接受按摩时，有人为他高声朗读《圣经》，声音洪亮清晰，这是由巴士埃籍的陪读书童朗读的。听了《圣经》的言谈布道，高康大对天主油然而生敬畏和崇拜之情，情不自禁地感恩、祈祷，因经文体现了天主的神威和超凡的智慧。

尔后，他来到一个隐蔽处解手，把消化后的渣滓排泄出去。趁此机会，老师又重复前面读过的经文，向他阐明和解释了疑点和难点。

在往回走的路上，他们顺便观测了天象，看看清晨天空是否和昨天晚上看到的一样，太阳转进了哪个星座，而月亮呢，从中预测了当天的天气。

过后，有人帮他穿衣、梳头、盘发，穿戴整齐后再洒上香水。利用这段时间，有人帮他复习前天的功课。他背得朗朗上口，有时还能联系实际，谈出合情合理的见解，以示他深谙其道，每次总要持续两三个小时，但通常是到他穿好衣服为止。

然后，又有人为他朗读了足足三个小时。

听读之后，师生们一起来到户外，讨论所朗读的课文的意义，信步向公园或附近的空地走去，玩各种游戏，打打皮球、手球和三人三角传手球，锻炼了体力，就像刚才锻炼智力一样。他们自由自在地活动，爱玩就玩要停就停，一直玩到大汗淋漓，或累了为止。接着，有人替他把汗水擦拭干净，用力按摩一下身子，换了衣服后，才慢悠悠地逛回家，看午餐准备得什么样。利用等待开饭时间，师生们又一起朗朗上口地背诵学过的课文。

此时，食欲先生一光临，便胃口大开，就入席用膳。开始，先念几段古代的英雄传奇故事助兴，直到高康大表示不必再上酒为止。

接着，他如果兴趣犹浓，还可以继续读故事，要不就兴致勃勃地调侃起来。头几个月，他们谈论美德、行为规范，还有桌上摆的盛馔的门类、特性、功效、烹饪方法，比如面包、酒、水、盐、鱼肉、水果、草药、根茎以及相关的知识，无所不谈。这样一来，高康大很快就掌握了普林尼、阿特内、狄奥斯科里德、朱留斯·波吕克斯、盖伦、波菲尔、奥比安、波里比乌斯、赫里奥都拉斯、亚里士多德、克劳迪斯、伊里安以及其他学者著作中有关的饮食篇章。为了保证援引的论断的正确性，他们甚至把书本带到餐桌上查阅，这些书本所写的要义，深深印在高康大的脑海里，就是当时的医生也没有一个懂得比高康大多。

过后，大家又讨论了早晨学过的课文，吃了一点榅桲甜食后就结束了午餐。高康大用嫩绿的乳香树枝剔剔牙，用清水洗洗手，擦擦眼，唱唱赞美诗，赞美天主的慷慨和仁慈。随后摊开纸牌，这并不是为了玩赌博游戏，而是要学习上千种与算术有关的新运算方法。

这个方法使高康大对数字产生了浓厚的兴趣。每天午餐和晚餐之后，他便迷上了算术游戏，就像他当时热衷于投骰子和玩牌一样。高康大对算术的理论和实践运用自如，甚至连著述颇丰的英国人卡特伯·顿斯托尔也深叹不如，同高康大相比，他只能望其背。

高康大不单学算术,还学习其他与数学有关的课程如几何学、天文学和音乐。在等待食物消食时,他设计出上千个优美的几何图案,制作测量仪,甚至运用了天文学原理。

然后,他们搞了四声部和五声部的合唱,扯开嗓门,变换着调子,痛痛快快地同唱一首歌。

在乐器方面,高康大学习弹古琴、键琴、竖琴、吹横笛、竖笛、拉提琴,吹喇叭。

一个小时过去了,肠胃也完成了消化,高康大去方便后,马上又回去学习,用三个小时甚至更多时间温习早上学过的功课,继续研读已经学过的课本,接着练习意大利体和哥特体字母,还要学画画。

写完字后,他们请都兰的一位年轻绅士——吉姆纳斯特体操师教高康大骑术。

换好骑马服,高康大便登上一匹意大利战马,然后再练德国驮马、西班牙牡马、阿拉伯的跑马、轻骑马。高康大纵马扬鞭跑了一百多圈,马步瞬息万变,时而腾空而起,跃过壕沟,跨过篱笆,时而快速地绕圈,一会儿向左盘旋,一会儿向右拐弯。

高康大舞了回断头枪,所谓断头枪是形容其快,而不是把枪折断了,只有不谙枪法的人,才会夸海口说:“我在战场上舞断了十根长矛。”这简直是无稽之谈。舞断十支矛还不容易,木匠就能做到;而刺倒十个敌人,才算真有本事。高康大挥舞着坚硬、结实、带有钢头的长矛,撞开了一道大门,刺破了一身铠甲,连根拔起一棵大树,刺中一个铁环的下中央,撬掉一副骑士的马鞍、一副马甲、一双护手套。他披挂上阵,完成了整个训练过程。

至于在马背上吹口哨,让马和着节拍踩花步,听从主人的差遣,那更是没人能比得上高康大。即使名闻遐迩的骑师恺撒·费奇与高康大相比,只不过是只猴子吧。高康大特别擅长脚不着地从一匹马飞跃另一匹马,这是他的拿手好戏——飞马术。他还可以手持长矛,无须马镫,左右两边都能上马。无须缰绳和马辔,高康大就能随心所欲驾驭他的战马。总而言之,高康大已经娴熟地掌握了战场杀敌的所有军事技巧。高康大还花了几天时间练习抡板斧。他举重若轻地抡起板斧,就像拿剃须刀一样轻松,用力挥舞着,旋转着,动作如此流畅,堪称高手。高康大身经百练,胜任了每场战斗。

他又抖了抖长矛,舞了舞双手握的长剑,或是短剑(用于刺戳和闪避再理想不过了),或匕首——他时而披上盔甲,时而赤膊上阵,时而执持盾牌,披上斗篷,或手握小小的挡箭牌。

高康大喜好猎鹿——不管雄鹿、母鹿或扁角鹿。他真是个好猎手,经常捕到熊、野猪、野兔、山鹑、野雉和大鸨。他喜欢踢大球,有时用脚踢,有时用拳头一击,让球蹦到空中;高康大还练习拳击、跑步、跳远和跳高——但不是三级跳、单脚跳,也不是德国式的跳高,因为吉姆纳斯特体操师说过,这些花样在战场上是派不上用场的。因此,高康大只练跨越壕沟,飞越篱笆,六步登墙,翻身越进有长矛一般高的窗户。

高康大擅长在深水里游泳,蛙泳、仰泳、侧泳,全身游动或只用两腿蹬,或一手划水,一手出水拿书,横跨塞纳河时连书页也滴水不沾,还能像恺撒大帝那样衔衣游泳。然后,他一手拨水一跃上船,随后又猛地栽入水底,一直潜到暗礁处,钻进各种洞穴,潜游于无底深渊。上来后,他操舵划船,时快时慢,有时顺流而下,有时逆流行驶,有时让船开到水坝处来个紧急刹船。他一手导航,另一手划大桨,升船帆。他攀援绳索爬上桅杆顶,在桅杆横梁上健步如飞;他还会使用罗盘,加固张帆索,稳住船舵。

上岸以后,高康大径直登上山顶,再骨碌地跑下山。他爬树灵活像只猫,在树间跳跃像松鼠一样,从一个枝头蹦向另一枝头,轻而易举折断树干,简直是麦洛在世。他带上一双锋利的匕首和索针,像耗子一样爬上屋顶,又轻轻松松地跳下来,毫发未损。

投掷标枪、铁棒、磨石、长矛、梭镖、叉戟都是高康大的特长;他拉超长弓像个职业弓箭手,无须绞车就能把石弩绷得紧紧的,枪无须托在肩头就能瞄准,架起大炮就能击中目标,打下支竿上的纸鸟,对着山顶或山谷扫射,前后左右,百发百中,一如骁勇善射的古帕提亚人。有人为他从高塔上垂下绳索,只见他手抓绳索,爬上去溜下来,神态自若,如履平地。

有人为他在两树之间树横杠,但见他双手握杠,脚不点地,从这一头溜到那一头,如在平地上飞奔,没有人能抓到他。为了练嗓子和锻炼肺活量,他大喊大叫,像魔鬼一样哭叫,我曾听他喊爱德蒙,声响如雷,从圣维克多门一直到蒙马特尔高地都能听得见,就连在特洛伊战争中喊声如牛的斯坦托也没有这么大的嗓门。

为了强筋壮骨,他让人铸了两只大的铅锭,状如鲑鱼,每只重八万多磅,称之为高康大的哑铃。他一手就能从地上抓起一只哑铃,高举过头,纹丝不动地停留三刻钟,真是力大无比啊!

在跨栏、拔河或其他比赛方面，没有人能比得上高康大。轮到他时，他似乎脚底生根，任凭怎样推推搡搡，仍然一动不动，稳如泰山。他还效仿大力士麦洛的做法，手握一只石榴，谁能从他手里夺走就给谁，但石榴总是在他手中，完好无缺，谁也拿不走。

时间就这样过去了，高康大便去擦身洗澡，换上衣服，然后心满意足地散步回去。路经草地和草丛地带时，他注意观察树和其他植物，借鉴古人们所写的关于草木著作仔细研究一番。如泰奥弗拉斯托斯[1]、狄奥斯科里德、马里努斯[2]、普林尼、尼坎德尔[3]、马塞尔[4]和盖伦等。高康大和他的同伴们会把草、根和花捧回寓所，交给一位名叫里索陶墨[5]的年轻侍从，还给他锄、镐、耙、铲等工具，负责种植栽培。

回到寓所后，趁等吃晚餐时，他们还抓紧温习几段先前学过的课文，然后入席用餐。

值得注意的是高康大的饮食习惯，午餐吃少，菜肴从简，只是为了安慰辘辘的饥肠罢了；而晚餐却是丰盛佳肴，想吃什么就吃什么，营养十分丰富，这正符合医疗保健的饮食习惯。可有一些江湖医生（时不时与学院的诡辩家展开辩论）却恰恰相反，竟与此唱对台戏。

吃晚饭的时候，高康大还是继续复习功课，兴之所至，想学多久，可长可短，过后再开展有见地的、有实用价值的讨论。

饭后谢恩祷告之后，他们就开始娱乐活动，唱唱歌，各种乐器合奏；或打打牌，掷掷骰子。他们尽情地消遣，直到睡觉时候。有时候，他们也会去拜访那些有学问的文人，或者是那些从国外学成归来的学者。

黑夜真正降临之际，他们在就寝前还要在寓所周围选择一个最佳位置观测天象，看看有没有彗星出现，以及星座的形状、定位、特征以及星座之间对立和交会。

然后，高康大和导师包诺克拉特以毕达哥拉斯的方式，扼要回顾了一

---

① 泰奥弗拉斯托斯（公元前374-287）：古希腊哲学家，亚里士多德的学生。

② 马里努斯：哲学家，普罗克吕斯的学生及其学说的继承人，并未写过有关植物的作品。

③ 尼坎德尔：公元前二世纪古希腊诗人及语法学家。

④ 马塞尔（公元前70—16）：古罗马诗人，写过关于植物及动物的诗。

⑤ 里索陶墨：照希腊文的意思是："切根者"，亦译作"卖药草者"。

天来他所读、所闻、所见、所思和所为的。最后,他们向创造万物的天主祈祷,表示崇拜和敬仰之情,赞美天主无限仁慈,感谢天主所赐的一切,愿把一切交给他,永永远远与天主同行。

做完了祷告,他们才上床就寝。

第二十四章 高康大如何度过雨天

碰上阴雨天气，午饭前的时间还是和往常一样度过，只不过多升了一盆旺旺的炉火驱除寒气。午餐以后，他们不外出活动，只是待在屋里干活：捆干草，锯木头，劈木柴，脱粒打谷。然后，他们也学习绘画和雕刻艺术，或按照古法玩跖骨接子游戏。莱奥雷尼古斯·托玛斯曾绘声绘色描写过这种游戏，我的好朋友安德里斯·拉斯卡里斯也乐此不疲。他们一边玩，一边谈论古代学者详细论述或提及这种游戏的文章。

他们还去参观铸造厂，了解大炮的铸造，或去拜访珠宝匠、金匠、宝石匠、炼金术士、制币匠，或花毯、丝绸、天鹅绒织造工，钟表匠、镜匠、印刷工、制琴师傅、染工等等其他手工业者。有时还请他们喝酒，面对面地向这些师傅学习行业知识和了解新工艺发展情况。

他们还去听公开讲座，参加隆重的集会、辩论、演讲、法庭律师的申诉，还聆听福音传教士的布道。

高康大到习武场观看剑术的传授和演练，同那里的教练就各种剑法，如击剑、花剑比试一番。高康大与他们不相上下，有时还占了上风。

阴雨天，他们就不去采集药草和观察植物、花卉，而改去药店、药房和其他制药厂，仔仔细细观察了草药的果、根、叶、茎、籽和其他国外引进的香料是如何配制成药，又是如何稀释以增强疗效。

他们还去看杂耍、小丑、魔术表演和江湖医生兜售灵丹妙药的表演，目不转睛地观察每一种戏法，每一个表演动作和巧舌如簧的苦功。特别是毕加底省硕尼一带的江湖艺人，天生有好口才，说得天花乱坠，把死人说成活人，听者蠢蠢欲动，即使溺在水里的人也想买他们的水，陷进火坑的人也想买他们的木材。

接着，他们就回去用晚餐，伙食比平常日子简单。因天气阴冷，空气湿气太重，他们尽量少吃肥水，多吃祛寒湿的肉类。这种简单的饮食方式能够调整生理的不平衡，即使缺少锻炼，身体也不受影响。

高康大的生活习惯就这样被调整过来了，每天都循规蹈矩，确实受益匪浅。对他这样一位有悟性的年轻人来说，常规训练不管一开始多艰难，到最后都变成愉快、轻松的乐事，与其说是苦行僧的生活，倒不如说是君王般的享乐。

为了缓解紧张、呆板的生活，包诺克拉特每月至少选择一天晴朗宜人的日子，带高康大他们出门。他们一大早离开巴黎，到风景秀丽的郊外——让蒂尔，或塞纳河畔的布洛尼，或蒙特鲁日、沙朗通桥、万弗或圣克鲁，在那里尽情地玩上一天，开开玩笑、讲讲笑话、喝酒、玩耍、唱歌、跳舞，或仰面躺在软绵绵的草地上，或掏鸟雀、抓鹌鹑、钓青蛙、捕鱼虾。

这一天虽没带书本去读，但他们也没有白白度过。躺在绿草如茵的草地上，他们借景抒怀，背诵诗人维吉尔的《农事诗》或赫西奥德[①]的农耕诗，还有波利提安的《田园诗》，他们还背诵一些优美的拉丁语短诗，然后用法语改成回旋体或联韵体诗歌。

宴席上，他们根据加图[②]在《农书》里所指导的和普林尼所说的方法，用藤编酒杯把葡萄酒里过多的水滤掉，再用漏斗把葡萄酒倒回去，让酒纯净不掺水，而滤出的水却倒入另一个杯子；或设计一些自动操作的小器械，可以像自动机一样自行运转。

---

① 赫西奥德：古希腊诗人，有人说他在荷马以前，有人说他与荷马同时。

② 加图（公元前234–149）：古罗马政治家、作家，著有《史源》《农书》等，为拉丁散文文学的开创者。

第二十五章　列尔内烤饼商如何与高康大老家的乡民发生争吵而引发几场大战

初秋，正值葡萄收获的季节，高康大村里所有的牧羊人都去看管葡萄园了，防止牛吃了他们的葡萄。

这一天，列尔内的烤饼商赶着十几头驮着烤饼的牲畜沿着通往俪农的公路赶来，要进城卖烤饼。

路过那一片葡萄园时，牧羊人很客气地向他们买些烤饼吃。要知道，烤饼配上新鲜的葡萄可是美味无比的早餐。葡萄园的葡萄品种繁多，有无花果味道的安茹葡萄，还有带麝香味的普瓦图的葡萄；有一种通便的葡萄，一吃下去便拉出鹤嘴锄一般长的大便，一放屁，就尿屎满裤，这种葡萄被称为“便秘的克星”。

这些烤饼商不但对牧羊人不屑置顾，还出口成脏，骂出了一大堆难听的脏话，诸如牙齿掉光的乞丐，红毛小丑、酒鬼、屎尿乱拉、小偷、扒手、懦夫、无名小卒、大肚皮、大嗓门、邋里邋遢、笨蛋、替死鬼、吸血鬼、好斗的公鸡、流氓、恶作剧者、一辈子拿铁锨的乡巴佬、大嗓门、傻瓜、狗杂种、自大狂、该死的牧羊人等等令人不堪入耳的辱骂，还说他们这种粗野的人不配吃上这种好烤饼，能吃上半生半熟的碎屑蛋糕和粗糠面包就该知足了。

遭到这场无礼的辱骂，其中一位出生于体面人家的年轻牧羊人雅克·弗罗杰客客气气地回敬了他们：

“你们这些小牛犊几时头上长犄角，变成盛气凌人的公牛呢？竟敢口出狂言！过去你们可是很乐意卖给我们——现在怎么就不卖呢？如果是邻居睦邻可不是这样，你们到这儿买我们的上等麦子做面包和烤饼时，我们可是以礼相待。本想便宜卖给你们一些葡萄，现在就着圣母发誓，你们可会后悔的。总有一天你们会向我们买东西，我们也会以牙还牙，走着瞧吧。”

烤饼商贩的头子一听这话，更是肆无忌惮地说：

“哈！你早上是不是吃多了？要不就是昨天吃了豹子胆，你过来，过来，我给你烤饼吃！”

弗罗杰信以为真，走上前去，掏出一枚硬币，等着马尔凯打开袋子卖给他一些烤饼。不料马尔凯不卖则罢，竟然抽出鞭子，往弗罗杰的大腿狠抽一鞭，立刻出现一道鞭痕，血迹斑斑。马尔凯本想溜之大吉，但弗罗杰却一边大喊救命，一边操出牧羊棍朝他掷去，正好击中太阳穴的大动脉，他立马从骡子上翻滚下来，几乎不省人事。

所有正在剥胡桃的农夫都闻声赶来，拿起粗短木棍朝烤饼商身上一阵乱打，就像打刚收刈下的稻谷一样。还有其他男女牧羊人听到弗罗杰的喊叫声，也都带着弹弓和木棍赶过来，用石子扔他，石子就像冰雹一样纷纷落在烤饼商的身上。他们追上正要逃跑的烤饼商，用力拽下四五打烤饼，不过还是按原价付清了钱，并给他们一百个胡桃和三大筐白葡萄。烤饼商见势不妙，急忙把受了重伤的马尔凯扶上骡子，掉头回列尔内去了。他们不敢再往醽农走，怕路上遭到农夫、牧羊人和牧民的威胁。

过后，男女牧羊人就着美味的葡萄大吃起烤饼。他们同时吹响风笛，在悠扬的笛声中又唱又跳，讪笑那些不知天高地厚的烤饼商，说他们今天早上肯定把画十字的手举错了，才会这样晦气。然后，他们小心翼翼地用冰凉的葡萄涂在弗罗杰的腿上，那伤口很快就痊愈了。

第二十六章　列尔内人在暴躁王皮克罗肖王指挥下如何突袭高康大家乡的牧羊人

烤饼商一回到列尔内之后,顾不上吃喝,便直奔皇宫,觐见暴躁王皮克罗肖三世,向大王诉说了他们的不幸遭遇,并让大王看了被打破的烤饼筐、弄破的帽子、撕破的衣服和压扁的烤饼,还特别推出身受重伤的马尔凯,说这一切都是大古吉家乡的牧羊人和农夫在去酾农的路上干的。

皮克罗肖大王听罢勃然大怒,不问是非曲直,便下令全国士兵必须全副武装,于中午赶到皇宫广场集合待命,违者处以绞刑。

为保证军令畅通,暴躁王还派人到城里各个角落擂鼓通告市民。在御厨备膳时,他亲自视察大炮是否架好,王旗是否竖起,火药和粮草是否备足。

接着,他一面用餐,一面亲自点将(虽然这个任务可以交给自己的儿子办),命令绰号"衣衫褴褛"老爷为前锋,率领由一万六千零十四名弓箭手和十一名志愿兵组成的先头部队。

驯马师,绰号"吹牛大王",被任命为炮兵统帅,指挥九百一十四门青铜炮,包括双筒炮、攻城炮、机关炮、蛇形炮、迫击炮、重弹炮,还有轻大炮、小蛇形炮等等。搜刮公爵殿后,国王和众亲王坐镇大本营。

暴躁大王仓促部署后,在出发之前还派绰号"夜鹰"的将军统率三百名轻骑兵侦察地形,打探路上是否有埋伏。这些勇敢的士兵经过几番搜索,并未发现什么动静,也没任何军事行动的迹象。

探子来报,暴躁王皮克罗肖立刻下令全军高举军旗,立即进攻。

于是，全军像潮水般涌进村庄，一窝蜂似的毫无纪律约束，混乱无序，每到一处便抢光、烧光，不管穷人、富人，还是俗地、圣地都不放过。他们掳走公牛、母牛、水牛、奶牛、母羊、母山羊、公山羊、母鸡、阉鸡、小鸡、小鹅、雄鹅、母鹅、公猪、母猪、小猪，并在村里进行大扫荡，树上的胡桃统统被敲下来，把架上的葡萄抢个精光，连葡萄秧也不留，不让枝上留下任何一个果子。他们横冲直撞，横行霸道，杀光、烧光、掳光，但居然没遭到一丁点儿抵抗；那里的百姓只求他们发发善心、仁慈一点，说过去是友好毗邻，和睦相处，为何以怨报德，竟下如此毒手？请他们手下留情，否则天主自会做出惩罚的。尽管好言相劝，他们也无动于衷，只回答说要教训教训他们如何吃烤饼。

第二十七章 塞野一修士如何拯救修道院免遭敌人劫掠

侵犯者一路疯狂地烧杀抢劫，一直打到塞野，不管男人、女人，见人就抢，洗劫一空。对他们来说，没有什么东西是太烫手或太笨重。虽然这里瘟疫流行，几乎家家户户都被传染，但他们仍然挨家挨户破门而入，见什么抢什么，奇怪的是，他们却没有被传染上瘟疫。平时，所有的司铎、牧师、传教士、内科医生、外科医生和药剂师去看望、治疗、护理病人，或只是布道，关心一下病人，没人幸免于死，而这些打、砸、抢的魔鬼却平安无事，真是奇怪，匪夷所思。

他们简直像一群暴徒而不是一支军队，洗劫了城镇以后又围攻了修道院。但修道院的围墙戒备森严，所有的门都关得严严实实。因此，大部分人马转向韦德村，只留下七旗步兵和两百名骑士捣毁围墙，打算把葡萄园夷为平地。

这些可怜的修士束手无策，不知该向何方圣人求救。正无计可施时，他们只好敲钟，召集修士到主楼协商，决定做一次大规模的巡回祈祷，用赞美诗和祈祷来遏制敌人的暴行，唱圣歌来祈求和平。

这时，修道院里住了一位隐居修士——约翰·安脱摩尔[①]兄弟。他很有

① 安脱摩尔：意思是“细高个儿”。

骑士风度,年轻力壮,身材修长,鼻梁俊美,思维敏锐,性格开朗,双手灵巧,敢作敢为,谈吐幽默,声如洪钟,经文背得滚瓜烂熟,一口气说完弥撒,瞬息之间做完祈祷——总之,是我们这个世界自有修士修行以来的第一位名副其实的修士,朱唇微启就朗朗上口。

侵犯者在葡萄园里大吵大闹,约翰兄弟一听连忙赶过去看个究竟。此时,敌人正在洗劫葡萄园,这可是明年一整年要酿酒的葡萄啊。他立即转身奔回教堂,看到所有的修士像被大钟锤击昏似的,摇头晃脑地念着:不要害怕敌人的进攻,可从他们嘴里念出的却变成:伊呢,呢姆,呸呸,呢、呢、呢、呢、呢、呢、呢、呢、塔姆,呢纳姆,纳姆,伊呢,咪,伊,呢,呦,呢,喏姆,呢,纳姆,纳姆。

“呦,你们唱些什么屁东西?”他大声喊道,“为什么不唱再见了葡萄筐——别了收获的季节?

“敌人正在我们修道院里把葡萄连根拔起,如果我说假话,就让我见鬼去吧。就着天主的圣血和圣骨发誓:接下来的四年,我们只有吃葡萄渣了。圣詹姆士的肚皮!我们将喝什么?我们这些可怜虫喝什么啊?天主啊,让我们有一点东西喝吧!”

修道院院长厉声喝道:

“这个酒鬼在这儿胡闹什么?竟敢闯进来捣乱圣事!来人,把他带走关起来。”

“我说的是酒事,”约翰兄弟说道,“我们要保证酒事不遭捣乱——我的院长大人,你比其他人更嗜酒如命啊。好人才想喝好酒啊!真正品行高尚的人没有不喝酒的,这已成修道院的惯例了!看在圣人的份上,你们现在唱诗祈祷不合时宜。

“为什么葡萄收获季节到来时,我们的念经时间要短呢?为什么从圣诞之前一直延续到整个冬天,我们的念经时间却要长呢?马塞·佩罗斯兄弟(愿他好好安息)算得上虔诚的信徒,他曾经告诉我,因秋天要收获葡萄,酿好葡萄酒,冬天可以好好享用。他说的话我一辈子也忘不了。如果他不是这样说的,就让我见鬼去吧。

“如果你们喜欢葡萄酒,就好好听着:看在天主的份上,跟我来!如果那些不抢救葡萄的人还能喝上葡萄酒,就让圣安东尼的大火把我烧死!天主在上,这可是教会的财产啊!啊,不不,你们这些家伙,圣托玛斯·贝克特不是为了保护教会利益而殉职吗?如果我献身了,不是成为圣人吗?但听着:到头来我是不会死的,会死的是敌人他们!”

他边说边脱下修士长袍,抓起十字架牧杖,就是巡回祈祷时由修士高高擎起的长柄棠木十字架,有长矛那么长,杖柄拳头那么粗,上面装饰的百合花也磨得快看不见了。就这样,他穿上了漂亮的修士便服,冲了出去,蒙头斗篷迎风飘扬,像骑士的肩带,一到葡萄园便用长柄十字架朝敌人狠狠打去。敌人正零零散散在葡萄园各处抢摘葡萄,一点也没有军人体统,既没有旗手打旗,也没人吹号和击鼓——因掌旗官和旗手早把旗杆靠在墙上,鼓手们捅破鼓皮好装葡萄,那长长的铜号也塞满了葡萄枝叶和葡萄,再使劲也吹不响。约翰兄弟使出传统武艺朝侵犯者又砍又劈,先左右开弓,后击中间,敌人被打得落花流水,像一群惊慌四窜的猪一样。

有的脑袋开了花,有的断了胳膊、残腿,有的脖子骨断了,闪了腰,有的鼻子歪了,眼睛乌青、下颌骨裂了,牙齿掉了,肩胛骨断了,身上伤痕累累,到处青一块紫一块,还有的髋关节脱臼,前臂骨碎裂。有人想躲进茂密的葡萄藤里,他便像打狗一样,朝他们背部一击,脊柱断裂。

有人想溜之大吉,他朝他们头部一击,脑袋开花。

有人想爬到树上逃命,他抓起树枝,刺穿他们的屁股。

还有的认出他是老相识,便求饶命:

“嗨,约翰兄弟,我的老朋友,约翰兄弟,我投降!”

“你还有很多选择,”他说道,“滚到地狱去见魔鬼吧。”

他二话没说又噼里啪啦打了起来。

如果有负隅顽抗的,想同他面对面对抗的,约翰兄弟便会让他们尝尝厉害,刺入敌人的胸膛,穿透胸膜,直到心脏。

有的敌人被他打断肋骨,捅破肠胃,倒地便死。还有的被刺破肚子,肠子往外流,也有的睾丸被戳破,屁股开了花。

这真是有史以来最惊心动魄的械斗场面。

有的高喊:“圣巴巴拉,保护你的信徒!”

有的喊道:“圣乔治。”

还有的喊道:“噢,不要碰我的圣人妮图斯!卡诺圣姆!罗莱特圣母!福音圣母!里维埃圣母!”

有的向贡波斯泰尔的圣詹姆士祈祷。

有的向尚佩里的圣裹尸布祈祷,其实这块裹尸布三个月之后就烧光了,连一块布也没有被保存下来。

有的则求救于卡端[①]。

有的则求救于昂热里的圣约翰。

有的还求救于桑特的圣厄特罗普、酾农的圣梅斯姆，康蒂斯的圣马丁,西奈的圣克鲁奥或雅夫寨的圣遗物,还有上千万个圣人。

有的没说什么就死了，还有的虽在说话也将死了，有的死着像在说话,有的说着说着就死去了。

有一些人高喊着:“忏悔！忏悔！我要忏悔！求求你们开恩吧！我都听你们的了！”

残兵败将,鬼哭狼嚎,修道院里陈尸满地。修道院院长和修士们都跑出来看个究竟,看到这些可怜虫受到致命重伤躺在地上,便替其中几位赎罪。当司铎等忙着听他们忏悔时，小修士跑去问约翰兄弟有什么可帮忙的。

约翰兄弟说:“把躺在地上苟延残喘者的喉咙割断。”

于是,小修士们脱下长袍,挂在附近的葡萄架上,朝那些重伤者的喉咙切下,一刀便结束了他们的性命。你能想象他们用什么刀子吗？就是那种小小的整枝刀子,我们那儿的小孩子经常拿来劈胡桃。

约翰兄弟挥舞着棠木十字架,来到被敌人砸开的围墙豁口。一些小修士把倒下去的旗帜和横幅扛回来,准备当裤袜吊带用。当忏悔过的敌军试图从围墙缺口逃出去时,约翰兄弟给他们当头一棒,喝道：

“忏悔！认罪！将得到饶恕,可以上天堂了。通往天堂的路笔直如镰刀——就像通往费伊山路一样崎岖[②]。”

约翰修士英勇善战，打退了入侵修道院的敌人——一共有一万三千六百二十二名,当然不包括妇女和儿童。

传奇故事《爱蒙四子》中所记载的默吉斯特修士,他曾挥舞牧杖英勇抗击撒拉森人的英勇事迹，却比不上当今用棠木十字架打败盗贼的约翰兄弟。

---

① 卡端：拜尔日拉克附近名修院，该处也有耶稣殓衣。

② 这是一句反话，镰刀是弯的，不是直的。费伊是酾农一个小村，地势高险。

第二十八章 暴躁王皮克罗肖如何攻占克莱莫岩堡 大古吉又是如何情急无奈地迎难而战

隐修士正和入侵修道院的敌人拼命厮杀时，暴躁王皮克罗肖率领主力部队强渡韦德渡口，突然对克莱莫岩堡袭击，居然畅通无阻，没遇到任何抵抗。此时暮色四合，便决定当晚在那里安营扎寨，也好消遣胸中怒火。

翌日早晨，皮克罗肖已大举进攻外围的防御工事和城堡，并进行一番修复，把一些军需物品都藏在那里，万一别处遭受袭击，可退可守，因这里地势险要，城墙和防御工事十分坚固，是个天然的要塞。

暂且放下皮克罗肖的事不表，单说正在巴黎进行文治武功的好汉高康大和他的父亲大古吉吧。正当晚餐过后，大古吉和他亲人围坐在熊熊的炉火旁取暖，剥烤栗子吃。大古吉一边拿着已经烧焦的拨火棍在火膛里漫不经心地拨弄着，一边绘声绘影地跟妻子和家人娓娓地述说陈年轶事呢。

此时，替大古吉照看葡萄园的皮诺跑了进来，禀告说列尔内的暴躁王皮克罗肖举兵蹂躏、践踏、抢劫家园的残暴罪行，只有塞野的修道院在约翰兄弟顽强抵抗下免遭此劫，其他地区几乎洗劫一空，惨不忍睹。如今，暴躁王已经占领了克莱莫岩堡，他们正在那里加固防御工事，做好防守准备。

"天啊！天啊！"大古吉惊讶地说，"善良的人们，这是怎么回事呢？我在噩梦中吗？你告诉我，这是真的吗？皮克罗肖，是我多年的老朋友，同宗同盟，他真会攻打我？谁惹了他，激怒了他？谁使他误入歧途，怂恿他这样做？噢！噢！噢！我的天主啊，我的救世主啊，救救我，用你的生命之火点燃我吧，用你的智慧帮我做出决定，教我怎么做?天主啊，我向你发誓，救救我吧,这一切难道都是千真万确的?我从无冒犯过皮克罗肖王,没有伤害他的子民,更没有掠夺他领地的财物。相反地,我尽我所能总是在帮助他,在人力、财力上帮他,诚心诚意为他出谋划策。他中了邪,受魔鬼的驱使竟然犯下这滔天罪行。噢,天主啊,你应该明了我的心,没什么能在你面前隐藏的。如果什么事使他发疯了,我愿意留在这儿做你的使者,再次赋予我能力和知识教导他,使他恢复正常,让他归顺你的圣意。

“噢,噢!我善良的人们,我的朋友,我忠实的仆人,我可否请求你们帮我呢?唉,我老了,本想颐养天年,我这辈子以和为贵。但我也十分明白,为了保护和拯救我受难的子民,老夫羸弱的双肩不得不再披上盔甲扛上武器,颤抖的双手得再握紧长矛和重锤。这是合情合理,天经地义的。因我的子民的辛劳维持我的生命,他们的汗水养育了我、我的孩子和我所有的家人。

“但是,我决定用一切和平的方式解决问题,不到万不得已,我是不用武力的。”

于是,他召集所有的顾问商量对策后,决定派遣一个稳重达理的使者去见暴躁王,了解他为什么突然偏离和平路线,去入侵一个他完全没权干预的邻邦,并派人立即召回高康大和他的随从,在这国家存亡之秋,必要时要捍卫自己的祖国。大古吉欣然接受这些建议,吩咐火速执行。

大古吉立即写了一封家书派贴身侍从,一位忠诚的巴斯克人[①]日夜兼程赶赴巴黎,召高康大回乡。

---

① 巴斯克人即比利牛斯省人,这地方的人以走路快而出名,因此最适合传送书信。

第二十九章 大古吉写给儿子高康大的信

“儿啊，你勤奋学习，父本不该打搅你，应让你静心思考，安于学业。怎奈我多年信任的老盟友背叛了我，与我为敌，令我晚年不得安宁。没想到使我不安的人却是我最信赖的人。

“今已是劫数难逃，我只好把你召回，拯救理应托付给你的人民和财产。

“若无谋士于帷幄运筹，对外派兵则无益，同样，学不致用等于白学，有谋无勇等于无谋。

“考虑再三，我已决定，不挑衅，但求和解；不进攻，但求防守；不征服，但求保护我的良民和合法继承的领地。

“皮克罗肖无缘无故入侵我境，巧取豪夺，变本加厉，日益猖獗，自由的人们再也不能忍受。

“我尽心尽力平息他的怒气，尽量满足他的要求，想让他回心转意。我曾多次派人同他讲和，探询到底是谁，因什么事冒犯了他；但他缄口不语，一无所获。他公然蔑视我们，竟然声称他有权在我们的领地上为所欲为。

“我渐渐明白了，永恒的天主抛弃了他，使他失去神明的指导，为所欲为，丧尽天良，干尽坏事。我也逐渐明白了，为了遏制他，使他弃恶从善，天主把训导皮克罗肖的职责交给我。

“我亲爱的儿子，望你见信后火速赶回，不仅为了帮助你的老父（尽管这是为人之子应尽的孝道），而且是为了帮助和解救你的父老乡亲，这也是你义不容辞的职责。我们打仗要尽量减少流血，智取为上，拯救每一个生命,让每一个人都能平平安安回家。

“我亲爱的儿子,愿我们的救世主天主保佑你平安,向包诺克拉特、吉姆纳斯特和爱德蒙问好。

“九月二十日[①]书。

你的父亲大古吉”

① 正是收葡萄的季节。

第三十章　乌利克·加莱如何奉命面见皮克罗肖

大古吉口授完书信并派人送信后，遂派遣特使乌利克·加莱前往暴躁王皮克罗肖营中斡旋。此人聪明机智、行事谨慎，曾负责调停诸多争端，有非凡的判断力和应变能力。

加莱奉命马上出发，渡过韦德渡口，向桥头一位磨坊主打听皮克罗肖的宿地。那位磨坊主哭诉着，暴躁王的士兵所到之处，公鸡、母鸡全部抢光，一只也不留。现在皮克罗肖王驻守在克莱莫岩堡，四处有哨兵站岗，十分危险，他劝加莱切莫前往。加莱听从他的劝告，当夜留宿在磨坊主家。

第二天早上，加莱带了一名号兵来到城堡门前，要求守城哨兵让他面见国王，有事与国王商讨，这可是对国王有利的。

皮克罗肖王得到禀报，下令不许打开城门，但他亲自走上城头，对着来使喊道：

“你带来什么消息？你有什么可说的？”

于是，加莱发表了下面的演讲。

第三十一章 加莱对皮克罗肖慷慨陈词

“人世间最令人痛心的,莫过于以怨报德,理应得到友善和关怀的回报,却遭到折磨和痛苦。世人遇到这种不幸,感到痛不欲生乃在常理之中;当回天无力之时,他们失去了希望,便放弃对光明的追求。“我主大古吉王对你入侵我领地的罪恶行径痛心疾首,忧心忡忡,这是在情理之中。倘若他对你和你部下在他的领地为非作歹、惨无人性的暴行无动于衷,那就是有悖于常理了。他一直爱民如子,对他来说最大的痛苦莫过于自己的百姓遭受凌辱。更令他痛心的是,这些伤害和罪恶都是你们一手炮制的。从远古时代起,你们的祖先和你就与我们建立了睦邻友好关系,视双方的领地为神圣不可侵犯,并共同维护、捍卫着。这不光是双方的臣民承认和维护这种盟友关系,就是异邦的普瓦特万人、布列塔尼人、芒梭人,乃至海外的加拿尔人,远至哥伦布发现的新大陆上的居民,都认为要破坏你们的联盟实在比上天入地还要难。他们之所以谨慎从事,是因为挑衅、骚扰和侵害其中一方,另一方也会视为对自己的侵犯而派兵援助。

“而且,这种神圣的友谊已名扬四海了。当今居住在五大洲四大洋的人们,无不渴望成为你们的朋友,恪守你们提出的盟约,他们重视你们之间的相互协定就像重视自己的国土和主权一样。就记忆所及,没有任何一个国王或国家联盟敢如此野蛮、狂妄侵犯你的盟国,更不用说你的本土了。即使那些没有深谋远虑的狂妄之徒,轻举妄动地入侵你的本土,一旦听到你们声名远播的神圣盟友关系,也会闻之丧胆,无不善罢甘休了。

“我主对你和你的臣民从未伤害过,也毫无激怒和挑衅,那么现在,你们究竟为何如此疯狂地撕毁所有的盟约,破坏了我们的情谊,违背了公理和正义。信义何在?法律何在?公理何在?人性何在?对神的敬畏何在?你们以为倒行逆施、伤天害理的行为能蒙蔽至高无上、赏罚公正的万能天主吗?如果你们一意孤行,那就错了,因天主会对万物做出审判的。是否星象已表明了你们安宁的日子到了尽头?万物皆有荣枯盛衰,物极必反,一旦登峰造极,则会走向反面。那些兴旺发达者若不能以理性和节制来约束自己,好日子终将结束。

"如果天意注定你幸福、平和的日子已到了尽头,难道还要殃及当年拥立你为王的我主吗?如果你的房子注定要轰然倒塌,何必要危及当年帮你建房的泥水匠,让残砖碎瓦倒在泥水匠的壁炉上呢?这种想法完全丧失理性,是有悖常情,不合人意的。没有亲眼看见实情的人是难以相信的。对那些不再侍奉天主、丧尽理性,任凭邪恶念头驱使的人来说,没有什么是神圣的。

"如果我们冒犯了贵国的国土和臣民,如果我们纵容你们的敌人,如果我们没有支持你们的事业,如果我们在某方面损害了你的名声或荣誉——或者,讲得清楚明白些,即使恶魔引诱你偏离正道,用魔法制造假象或错觉使你相信我们做了一些对不起我们传统友谊的事,你有义务去查明真相,并警告我们,我们会尽量消除你们的疑虑,使你们放心。永恒的天主啊!看看你们是怎么做的?你们打算仿效背信弃义的暴君,蹂躏和劫掠我主的王国?你们把他当作懦弱、愚蠢的国王,不会反抗你们的不法进攻吗?你们难道认为我王缺乏人力、财力、无谋无勇,对兵法一无所知吗?

"你们必须马上离开这儿,明天之前统统撤出我们的领地,不许制造任何混乱,不许使用任何暴力;你们得付一百万金币,赔偿你们给我们带来的损失。明天必须先付一半,另一半必须在明年五月十五交清,撤军之前我们得扣押如下人员作为人质:转磨石公爵,屁股下垂公爵、小人公爵、搔屁股亲王和虱子子爵。"

第三十二章 大古吉如何为求和平送回烤饼

就这样，好汉加莱点到为止，不再多说了，而皮克罗肖王却喊道：

“过来拿吧，过来拿吧，我们会给你们一些烤饼！”

加莱回去禀告大古吉王时，只见大王光着头，跪在房间的一个小角落里，正向天主祈祷：“万能的主啊，请让暴躁王平息怒气，明白事理，化干戈为玉帛。”当他看到好汉加莱回来了，连忙问道：

“啊，好兄弟，好兄弟，你给我带来什么消息没有？”

“一筹莫展，”加莱说，“这个人简直是疯了，他肯定被天主遗弃。”

“原来是这样，”大古吉说，“好兄弟，告诉我，他这样肆无忌惮，究竟是什么原因？”

“他也谈不出什么，”加莱说，“但他满腔怒火，却什么也没有说，只是提到烤饼的事，莫非有人得罪了他的烤饼商？”

“啊，”大古吉说，“先把事情调查清楚，再采取下一个行动吧。”

大古吉派人调杳此事，才知道真的有人强行抢走皮克罗肖王烤饼商的烤饼，还有马尔凯的头部是被牧羊人的木棍击中的。然而，抢走的烤饼都如数付钱，再说是马尔凯先用皮鞭抽了弗罗杰的大腿，他才被打伤头部的。大古吉手下的谋士都认为弗罗杰是出于自卫还击。但是，大古吉却说：

“问题就出在一些烤饼上吧，我会使他心满意足的，我不想因这区区小事而动刀动枪。”

于是，他询问到底拿走了多少烤饼，听说只四五打，便下令马上烘焙五大车，其中一车烤饼要用最上等的黄油、鸡蛋和藏红花粉，调以上等香精,这是要送给马尔凯的,并且付给他赔偿金七十万金币,让他去请最好的外科大夫理发师[1]来治疗。除此以外，大古吉还赠给他波马第埃的一个小农场,让他和他的子子孙孙世代享用。

大古吉再次派加莱送去赔偿物品。在去克莱莫岩堡途中,加莱采摘了许多芦苇(芦苇是和平的象征),装饰了所有的马车,马车夫也身披芦苇。加莱亲自手持芦苇,表明他此行的目的是诚心诚意讲和的。

当他们到达城堡大门时，便以大古吉的名义要求同暴躁王皮克罗肖商谈。没料到皮克罗肖既不许他们进城,也不同他们对话,并命令他们原地停步,有话对炮兵将领吹牛将军说。其实,好汉加莱已看到炮兵将领正在外墙架设大炮,便说道:

“阁下,为了解决争端,不留给你们任何借口拒绝重修古老盟约,我们现在把引发整场争端的烤饼还给你们。我们只拿了五打，还照价付了钱。但我们看重的是和平,因此偿还了五大车烤饼,其中这一车是送给伤势最重的马尔凯。为使他心满意足,我们还赔偿他七十万零三枚金币,并赠予波马第埃的小农场,世代世袭,免纳捐税,所有的契约都准备齐全。让我们从现在起,以天主的名义,永远和平共处。你们也会欣然同意放弃没有理由强占的城堡,高高兴兴回家。让我们重归于好吧。”

炮兵将军把这一切详细报告皮克罗肖王,并从中煽风点火,挑拨离间地说:

“这些土包子可真吓着了。就着天主发誓!大古吉现在肯定屁滚尿流,这个可怜的老酒鬼！他不是打仗的料,他的专长就是干杯。我们何不把烤饼和赔款都收下，在这儿站稳脚跟等着发财吧。他们以为我们都是傻瓜,想用烤饼来收买我们。恕我直言吧,你就是对他们太仁慈、太友好了,他们才不把你放在眼里,这些无赖可是吃软怕硬的,你亲他们,他们反倒咬你;你教训他们,他们反而会听你的。”

“噢,对的,言之有理！”皮克罗肖说道,“就着圣詹姆斯发誓,我们得好好教训他们！就按你说的办吧。”

“还有一事禀告，”吹牛大王说道,“我们现在供给极为不足，粮食短缺。如果大古吉现在就围攻封锁我们,我得去把牙齿统统拔掉,只留下三

① 当时的理发师兼做外科治疗及包扎手术。

颗,其他的部下也应该这样。只剩下三颗牙齿吃东西,粮食就不会这么快吃空了。”

“我们有足够的粮食,”皮克罗肖王说道,“我们在这儿是为了吃喝还是为了打仗?”

“当然是打仗啊,”吹牛大王说,“但是空着肚皮可跳不起舞——饥饿一来,力气就没了。”

“废话少说!”皮克罗肖王说,“把他们带来的东西统统没收。”

于是,他们把金币、烤饼、牲畜和马车全部扣下,一声不吭地把加莱和他的随从打发走,并警告他们不许再来这里,理由第二天再说。加莱他们就这样一无所获回去,将此行的遭遇向大古吉汇报,并说和平已是无望,将会有一场恶战。

第三十三章　皮克罗肖王臣下按捺不住
乱献策促使暴躁王走险棋

烤饼到手以后,小人公爵斯罗博登、自吹自擂伯爵博斯特威尔和屎尿将军席特法斯一齐来到皮克罗肖王帐前,献策道:

"大王，我们今天要让您成为继马其顿国王亚历山大大帝之后最幸福、最英明的国王。"

"免礼,"皮克罗肖王说道,"请戴上帽子。"

"多谢大王,"他们一起谢恩道,"大王,我们竭诚为您效劳。献策如下:

"您只要留下一位将领和少数部队镇守这一城堡。依我们之见,城堡地势险要,再加上大王布置得壁垒森严,已是坚不可摧。大王骁勇善战,可兵分两路,一路进攻大古吉及其部下,保证旗开得胜,您可把那个无赖聚藏的金银财宝统统拿走。大王,我们称他无赖,是因真正贤明君王是不名一文的。强征暴敛乃是无赖的做法。

"另一路可直取奥尼斯[①]、圣东日[②]、昂古莫瓦[③]和加斯科涅,同时攻占

---

① 奥尼斯:法国古省,1371年并入法国。

② 圣东日:法国古省。

③ 昂古莫瓦:法国古省,1373年国王查理五世取自英国。

贝利高[1]、迈多克[2]和艾拉纳[3]。我军勇往直前，势如破竹，不会碰到任何抵抗力量，一举占领那里的城市、城堡和壁垒。大军到达巴莱纳和圣让德吕克和封塔拉比亚后，劫获所有的船只，然后沿海岸线向加西亚和葡萄牙进军，攻占整个沿海地区，直至里斯本。到时，您招募新兵，补充供给，英豪无不聚在王者麾下。就着天主发誓，西班牙尽是些草包，闻风丧胆，肯定乖乖投降。渡过直布罗陀海峡时，您可擎起两根大柱，比赫亚利的还要雄伟壮观。您的赫赫战功，彪炳青史，英名四海传播，地中海将易为皮克罗肖海，渡海以后，阿尔及利亚的大王红胡子定会俯首称臣……"

"我会仁慈的。"皮克罗肖王说。

"没错，"他们众口称道，"但要让他皈依我教。您长驱直入向各王国进军：突尼斯、比塞大、阿尔及尔、包钠、柯兰尼亚——您横扫千军如卷席，整个巴巴里海岸，整个北非阿拉伯国家都在你肱掌之中。扫荡之后，您将直取马略尔卡、米诺卡，撒丁岛、科西嘉、热那亚海湾和巴利沙里海诸岛。大军沿着海岸向左挺进，占领整个高卢奈尔邦、普罗旺斯、阿罗布若日、热那亚、佛罗伦萨、鲁卡，让罗马也去见天主！可怜的教皇会活活被吓死。"

"看在天主的份上，"皮克罗肖王说道，"我才不去舔他的拖鞋呢。"

"一旦攻下意大利，直取那不勒斯、卡拉布里亚、阿普里亚，然后西西里岛和马耳他就成了瓮中之鳖了。我倒要看看罗德岛上的骑士们，他们色厉内荏是如何与您交战的。"

"我要去看看罗莱特的圣母院。"皮克罗肖王说道。

"小菜一碟，简单得很。"他们说道，"您回来的路上，顺便去一趟就行了。从那儿您可以攻下克里特岛、塞浦路斯、罗德岛、基克拉迪群岛。然后，再挺进伯罗奔尼撒半岛，如探囊中。就圣尼尼昂发誓！天主可要好好保卫耶路撒冷，埃及的苏丹王岂是大王的对手！"

"我是不是要重建所罗门圣殿？"皮克罗肖王问道。

"先别着急，"他们说道，"再等等，别太着急。您还记得屋大维·奥古斯都的名言吗？欲速则不达。您首先得占领小亚细亚、喀里亚、利西亚、邦菲

---

① 贝利高：法国古省，1589 年亨利四世时并入法国。

② 迈多克：法国南部地名，盛产酒。

③ 艾拉纳：就是朗德省。

利亚、西西里亚、吕底亚、腓力基、米西亚、比提尼亚、喀拉齐亚、萨塔里亚、萨马加利亚、喀斯塔迈纳、路卡、萨瓦斯塔，直达幼发拉底河。”

“我们要去巴比伦城和西奈山看看吗？”皮克罗肖王问道。

“还没必要，”他们说道，“还不是时候。我们渡过里海，铲平大小亚美尼亚和三个阿拉伯王国，这难道还不够吗？”

“天主啊！”皮克罗肖说，“我们都昏了头！我们会有麻烦的。”

“怎么啦？”他们问。

“我们在荒漠里喝什么呀？罗马皇帝朱利安·奥古斯都和他的人马都在那儿渴死的。”

“我们安排好一切，”他们说，“将有九千零一十四条满载稀世美酒的大船经红海停靠在雅法。我们还能找到二十万只骆驼和一千六百只大象，这些都是您进军利比亚时，在西基玛萨的非洲绿洲上捕获的。在此之前，您还可以截获去麦加的大篷车队。这些酒难道还不够吗？”

“天主啊，够了，”他说，“但是喝起来不新鲜啊。”

“天哪，”他们说，“这可是小事一桩。一位英雄，一位要一统天下的征服者，岂能为所欲为？您和部下安全渡过底格里斯河就该谢天谢地了！”

“但是，”他说，“你们还没有告诉我另一路军队打败了酒鬼大古吉后再干些什么？”

“他们也不会袖手旁观的，”他们说，“我们将很快就跟他们会师。他们会为您攻克布列塔尼、诺曼底、弗兰德、海诺特、布拉都、阿尔特瓦、荷兰、泽兰德。他们将踩着瑞士兵和他们的外国雇佣军的肚皮渡过莱茵河，另一支部队征服卢森堡、洛林、香槟、萨瓦，一直抵达里昂。在里昂，他们会同您征服地中海凯旋的海军大会师，一举攻占苏阿比亚、符腾堡、巴伐利亚、奥地利、摩拉维亚，后又在波西米亚会合，继而一起扫荡鲁贝克、挪威、瑞典、丹麦、哥特、格陵兰、汉萨同盟的所有城部，直捣北冰洋。攻克奥克尼群岛以后，他们将征服苏格兰、英格兰和爱尔兰。接着，横渡波罗的海直抵俄罗斯，占领普鲁士、波兰、立陶宛、俄罗斯、罗马尼亚、匈牙利、特兰西瓦尼亚、保加利亚、土耳其、一举拿下君士坦丁堡。”

“我们尽快同他们会合吧，”皮克罗肖王问道，“我做梦都想当特拉布宗帝国的国王呢。我们不把土耳其和穆斯林这群狗东西杀绝呢？”

“我们不把他们杀了还去那儿干啥？”他们说道，“你要把他们的土地和财产赏赐给那些为您效劳的人。”

“这当然,”他说,“这是合情合理的。土耳其、叙利亚的一部分和整个巴勒斯坦就归你们管辖了。”

“哈!”他们说道,“天主啊,你真是太好了。我们真是感激不尽!愿天主保佑您世代昌盛!”三人一起面谢。在场的有一个老贵族,是一个久经沙场、天生无畏的老将,叫“智者”,听到他们的宣战计划后说道:

“我真担心这一宏伟计划到头来是水中捞月一场空,应验了鞋匠和牛奶罐的笑话。那是说有一个鞋匠在一个牛奶罐上打主意想发财,后来罐子打翻了,连牛奶也喝不上,只好挨饿。你们南征北战到底用意何在?你们东奔西走、疲于奔命又能得到什么呢?”

“战争结束后,我们可以舒舒服服享享清福了。”

智者答道:

“假如征战而回不来呢?路途遥远,高山险阻,多么危险呢。倒不如趁胜班师回国,不要铤而走险,难道不是更好吗?”

“噢,”自吹自擂伯爵——博斯特威尔说道,“天啊,好一个大傻瓜!难道要我们躲在角落里,坐在火炉边,陪着夫人一起穿珍珠度过余生,像萨达呐帕鲁斯[①]那样纺线消磨时光,虚度一生吗?所罗门说得好:谁不出去冒险,没骡没马也没脸。”

“没错,”智者回答,“你还记得马尔孔在同一首诗里是怎样回敬的?他说,太爱冒险的人,丢马丢骡也丢脸。”

“够了!”皮克罗肖王说道,“我们谈点别的吧。我担心的是那些为大古吉出生入死的军队趁我们进攻美索不达米亚之时,从后面包抄过来该怎么办?”

“这问题提得好,”屎尿将军席特法斯回答,“您只要向莫斯科作作动员,眨眼工夫就有四十五万精兵归您调遣。噢,如果您任命我为副将,没有什么事我做不出的。我能咬、能踢、能打、能抓、能杀,没有什么能阻止得了我!”

“好啊,好啊!”皮克罗肖王喊道,“快点、快点——爱我的人现在就跟我走吧!”

---

① 萨达呐帕鲁斯:中世纪故事中一位英雄,后来和妇女一起纺纱。

第三十四章 高康大为救家乡如何离开巴黎 吉姆纳斯特又如何与敌人遭遇

话说高康大读完父亲的信，立刻骑上他的大牝马火速离开巴黎。救兵如救火，他心急火燎地跨过诺南桥，朝酾农的方向奔驰。包诺克拉特、吉姆纳斯特和爱德蒙借了驿马紧随其后，其余的侍从带上高康大的书籍和科学仪器日夜兼程。

当高康大赶到达巴莱邺，临近酾农时，有个叫古盖的佃农向他报告皮克罗肖王已经攻占了克莱莫岩堡，并筑起防御工事，还派遣大吃大喝都统——特里佩率领大军进攻韦德和沃高德里林的林地，到处趁火打劫，惊得鸡飞狗跳，村无宁日，一直抢到比亚尔酒厂。他们所到之处肆无忌惮，无恶不作，简直令人难以相信。高康大听到这个消息后大吃一惊，有点不知所措。包诺克拉特建议他去找沃居庸老爷商量对策，这位老爷与高康大家既是世交又是睦邻，定会慷慨相助，想出万全之策。高康大采纳这一建议立即去拜访他，果然沃居庸老爷热情相待，应诺帮助，替他出谋献策。沃居庸老爷建议先派人侦探敌人的虚实，才能知己知彼，有的放矢。吉姆纳斯特自告奋勇，愿意前往。最后，决定派一个熟悉当地附近大路小路、溪流、湖泊的人做他的向导。

沃居庸老爷还派遣自己的骑士雷德威尔协助吉姆纳斯侦察。他们毫不畏惧地四处察看一番，高康大趁此机会休整一下，吃点东西，给他的大牝马喂了七十四蒲式耳的荞麦。吉姆纳斯特和他的向导正驱马前行，不料遭遇了敌人。敌人四处流窜，散兵游勇到处烧杀掠夺，横冲直撞，眼见远处有人私闯禁地，便迎头追赶上去，要抢他的东西。此时，吉姆纳斯特只好对他们大叫：

“先生们，我是个穷鬼，求求你们饶了我吧。我身上只有一点钱，你们拿去沽酒喝吧。这匹马也牵去卖掉，给你们做个见面礼。收下我吧，我可是抓鸡、杀鸡、腌鸡、烧鸡、炸鸡样样在行，没人比得上我。为了表示我的诚意，我为诸位兄弟干一杯。”

吉姆纳斯特边说边掏出酒壶，把头往后一仰就咕噜咕噜地喝了起来。这些恶棍在旁边看着，馋得垂涎三尺，张大嘴巴，吐出长长的舌头，像酷暑中的狗，气喘吁吁等着喝上一口。就在这时候，大吃大喝都统特里佩过来看个究竟，吉姆纳斯特便把酒瓶子递给他，说道：

“都统，痛痛快快喝吧。我已经尝过了，没有比这味道更好的酒了，我发誓这是拉菲蒙的葡萄酒。”

“什么？”特里佩都统大喝一声，“这个家伙竟想骗我！你是谁？”

“不过是个穷鬼。”吉姆纳斯特回答。

“哈！”特里佩都统说道，“既然你是个穷鬼，我们就可以放你走，穷鬼无须交过路费，无须交税就可以到处游逛。不过，穷鬼岂能有这么好的马？穷鬼先生，快下马让我骑。如果马不让我好好地骑骑，穷鬼先生，我告诉你吧，我就喜欢你这样的鬼驮着我。”

第三十五章　吉姆纳斯特施小计杀死特里佩都统和皮克罗肖其他部将

听了这番话,士兵们吓得浑身哆嗦,连忙在胸前画十字,担心这就是魔鬼的化身。其中有一位叫杰克的乡团都统,从裤裆里掏出袖珍祈祷文念了起来:

“天主是神圣的！如果是天主派你来的,就说话吧;如果是魔鬼派来的,就赶快滚吧！”

吉姆纳斯特一动不动,当他看到有些士兵听到后转身逃跑,顿生一计。

于是,他假装下马,但他是在与上马同一侧跳下马镫,手按单刀宝剑,纵身一跃,两脚不着地腾空而起,不偏不倚踩在马鞍上,脸背着马头,接着他大声说道:

“啊,我做得不好。”

然后,他原地不动,一脚跃起,左转一百八十度,正好回到他原来的鞍位上。特里佩都统说道:

“哈！我才不尝试呢,现在——我自有道理。”

“放屁！”吉姆纳斯特喊道,“我全搞错了。让我再试一次,这回肯定成。”

只见他一使劲,向相反方向敏捷地向右来个腾空转身。接着,他用右手大拇指抵住前鞍桥,身体倒立,全身重量落在那根大拇指上。他又连转三圈,转第四圈时,他逆向而转,身体往马耳朵中间一倾,还是没触到任何东西，倒立挺身立在马头。这次用左手大拇指支撑，然后他又以此为支点转了一圈，只见他右手掌往马鞍中间一拍，飞也似的一跃，端坐马屁股上，就像小姐们侧身骑马的姿势。

他又轻盈地抬起右腿，跨过马鞍，正好骑坐在马屁股上。

吉姆纳斯特说道："如果我能坐在马鞍上，这个腾跃动作会更漂亮。"

说着，吉姆纳斯特使用两只大拇指立在身前的马屁股上，腾空向右翻了个筋斗，不偏不倚落在马鞍正中央；然后，又纵身腾空，双脚直立在马鞍上，两臂平伸，与身体构成十字架状，旋转了一百多圈，他边转边大声喊道：

"我要杀人，魔鬼——杀杀！当心，魔鬼，当心，当心！"

敌人看到他东旋西转都吓呆了，窃窃私语说道：

"噢，天哪！他真是个妖精或是魔鬼附身。天主啊，救救我们。"

他们飞也似的跑开了，时不时地回头看，像偷了鹅翅的狗怕人追上去一样。

吉姆纳斯特看到机会来了，便纵身跳下马，抽出宝剑，朝那些不想逃跑的狂妄之徒猛地冲上去用力刺杀。不一会儿，敌人横尸遍野，死的死，伤的伤，没有人敢反抗，以为是遇上了狼吞虎咽的魔鬼了。他们一想到刚才他在马上的杂技表演和大吃大喝都统特里佩"穷鬼、穷鬼"地叫个不停，更是确信无疑。此时，只见佩里特手执一柄大叶双刃短剑，偷偷地从后面朝吉姆纳斯特的头猛劈，但没想到吉姆纳斯特的头盔极为结实，他只感到当头一棒而已，接着，只见他猛地转身，朝特里佩都统猛刺过去。特里佩举起盾牌保护上身，但没想到利剑刺中他的肚肠，肝脏也切成两半，顿时倒地，汤汤水水流了满地，一命呜呼。

杀了特里佩都统后，吉姆纳斯特想到见好就收，决定撤退。骑士应该懂得善用良机，既不能让它溜走，也不能滥用。于是，他跨上马背，策马直奔沃居庸城堡，雷德威尔骑士紧跟其后。

第三十六章　高康大如何捣毁韦德城堡 他们又如何跨越横尸渡口

吉姆纳斯特一回来,马上禀报了敌军的情况和他如何略施巧计,单枪匹马除掉一整支敌军。他说敌军只不过是些鸡鸣狗盗的乌合之众,松松垮垮,军纪松懈。高康大只要率部队大胆进攻,击溃敌军易如反掌,就像用棍棒打牲口那么简单。

高康大听完报告,立即骑上他的高头大马,由原班人员陪同,向敌人挺进,路上发现一棵又高又粗的树(当地人称之为圣马丁树,据说是这位圣人朝圣时将手杖插在地上,后长成大树),高康大说道:

"这恰恰就是我想要的。这棵树既可以当手杖,也可以当长矛。"

说罢,他毫不费劲地把树连根拔起,除去枝叶,就成了一根粗大的棍棒。

这时候,大牝马为了减轻肚子的压力,撒了尿,不料这一大泡尿憋得太久,如洪水一般,淹没方圆十五英里,一直冲向韦德渡口,河水猛涨,冲决堤岸,皮克罗肖王的一整支军队目瞪口呆地看着,除了少数人来得及撤到山坡上,大部分人都被尿水冲走、淹死了。

高康大来到韦德林,听爱德蒙汇报说在尿海中幸存的那些敌军驻扎在城堡里。高康大便扯开嗓门喊道:

"里面有人吗?如果你们待在里面,就乖乖地滚出来。如果没人,就当我白说了。"

突然,躲在门道的一位喝醉的炮手朝高康大猛然开了一炮,刚好击中他的右太阳穴。但高康大毫发未损,只觉得像有人给他扔了一个大李子似的。

“这是什么?”高康大问道,“你们在扔葡萄籽吗?葡萄收获时可要卖得很贵啰,你们别这样挥霍!”他真的把炮弹当成葡萄籽。

城堡里的敌人见东西就抢,忙作一团,只听到城外一阵嘈杂声便赶紧登上城楼,从炮台发射了九千零二十五发小炮,并用石弓射箭,全都瞄准高康大的头部。高康大冒着枪林弹雨喊道:

“包诺克拉特,我的朋友,这么多讨厌苍蝇在这儿乱飞,挡住我的视线!快给我一根柳枝赶苍蝇吧!”他确实把枪弹和炮弹当作牛蝇了。

包诺克拉特告诉他那不是苍蝇,而是敌人从城堡向他发射的炮火。于是,高康大抡起那根大树做成的木棍朝城堡狠命一击,摧毁了所有的炮台和碉堡,整个城堡顷刻倒塌,夷为平地,里面的人也都被碎尸万段。

捣毁韦德城堡以后，他们来到磨坊桥头，只见整个渡口全飘浮着死尸,甚至连磨坊的水口也被堵住了。这些全是被马尿淹死的敌军。他们一动不动地站在那里，不知道怎么样才能跨过这么多尸体。吉姆纳斯特却说:

“只要魔鬼能过,我发誓我也能过去。”

“魔鬼过河是为了背走死人的灵魂。”爱德蒙说道。

“圣尼尼安!”包诺克拉特说道,“无论如何,我们得过去。”

“是的,”吉姆纳斯特说道,“否则我们只好在此地生根了。”

吉姆纳斯特说着,用马刺策了马肚子,马根本不畏惧尸体,一跃冲过了河，因为吉姆纳斯特根据埃里安的训练方法，对他的马进行严格的训练,马就不再惧怕尸体和灵魂。但他的训练方法与狄俄墨得斯[①]杀死色雷斯人给马看和荷马述说的乌里赛斯横尸马前的做法不同，而是做个草人放在马槽旁,每次马必须踩着草人去吃草料。

其他三个人也跟着吉姆纳斯特强渡,只有爱德蒙出现意外,他的马踩着一具仰面漂流的马尸,一只蹄子陷进肥肚里拔也拔不出来,直到高康大用巨树棍捧把肥肚子压在水里,马才得以拔出蹄子。令人吃惊的是,马蹄子上原长个瘤子,殊不知在肥尸肚子里浸泡一下,竟然消失了,这真是兽医史上的奇迹!

---

① 狄俄墨得斯：希腊神话中色雷斯国王，以残暴出名。

第三十七章 高康大如何从头发里梳出炮弹来

高康大一行人上了韦德河对岸后,很快就回到了大古吉的城堡。大古吉王正焦急地等待着他们,看到高康大平安归来喜不自禁,紧紧地抱住他。久别重逢,父子俩又是抱又是跳,又是笑又是闹,真是不可言状,见所未见。拉丁文《编年史补遗之补遗》中说,他母亲佳佳媚因这次会面大喜过望而死。我对此一无所知,也确实无暇顾及她和其他女人的事。

高康大更衣休憩后,就开始梳头发(他的梳子像大象的牙齿,有两百码长),每梳一下竟梳出七八发炮弹,全是他冒着枪林弹雨攻打韦德林时,残留在头发里的炮弹。他父亲大古吉见状,以为他头上长了虱子,便说:

"我的儿啊,你该不会把蒙汰居公学里的虱子带回家吧?我可不让你待在那儿。"

包诺克拉特连忙答道:

"大王,您别以为我会把他送进那么一所虱子学校去。据我所知,这种学校极其野蛮残酷,宁可让高康大到公墓外边乞讨不让你待在里面强。摩尔人和鞑靼人手下的苦役犯,监牢里的死囚犯,当然,还有您家的狗都比任何一个待在那所学校的倒霉鬼受到的待遇还好。如果我是巴黎国王,一定放一把火,让整个学校付诸一炬,若不是这样,就让魔鬼把我抓走好了。同时,还要让惨无人道的校长和学监葬身于火海之中。谁叫他们对眼皮底下的残暴罪行熟视无睹呢!"

接着,包诺克拉特捡起一颗炮弹说道:

"这是炮弹,是您儿子高康大经过韦德林时,受到奸诈敌人的炮轰留下的。不过他们罪有应得,全都被葬在城堡的废墟里,就像参孙推倒神殿,所有在场的非利士人全被压在里面一样,也颇像《路加福音》第十三章所说的西罗亚塔楼倒塌,压死人的场面。当时,我主张乘胜追击,因好的战机可是千载难逢,机不可失,时不再来。机会来了不把握住,再去召唤它时,可就错过良机了。"

"言之有理,"大古吉说,"但不必这么快行动,今晚我准备设宴好好犒劳你们。"

大古吉吩咐准备晚宴,于是就忙开了,烹羊宰牛,一共宰了十六头公牛、二头母牛、三十二只牛犊、六十三头嗷嗷待哺的羊羔、九十五只绵羊、三百只乳猪,全部用葡萄酒调味,还有两百二十只鹌鹑、七百只山鸡、四百只鲁顿和科尔奴伊的老阉鸡、六千只仔鸡、六千只鸽子、六百只鹧鸪、一千四百只野兔、三百零三只鸨子,还有一千七百只小阉鸡。野味没时间准备,只有图尔普纳修道院院长送来的十一只野猪和酾农附近的格朗蒙大山老爷赠送的十八只未孕的母鹿,更靠近朗吉纳斯,离酾农不远的雷·爱萨兹老爷送来一百四十只锦鸡,还有几十只野鸽、水鸟、鸳鸯、鹭鸶、鹬、凤头麦鸡、野鸭、野鹅、山鹬、冠鸭、琵鹭、花斑鹬、雏鹬、水鸟、白鹭、长颈鹳、黑水鸡、橘红火烈鸟、水鹤和火鸡。所有这些野味都配上细麦熬出的浓汤和土豆。

毫无疑问,这可是盛大晚宴,由大古吉的御厨亲自掌勺,舔尝师、牛肉烹饪大师和酸甜调味师都热情为他们献技。

还有雅诺、麦克和干杯维尔纳不停地为他们斟酒劝酒,个个喝得酣畅尽兴。

第三十八章 高康大吃生菜冷盘吞下六个朝圣者

为了真实准确地讲述高康大的故事，我得插入从南特附近圣塞巴斯蒂安教堂回来的六个朝圣者发生的事情。话说这六个朝圣者归来时，天色已晚了，怕遇上拦路抢劫的，便躲进菜园里，蜷缩在被扔进白菜和莴苣丛中的豌豆藤上过夜。

此时，高康大口渴，想摘些莴苣拌点凉生菜吃。他听说这里的莴苣是全村最高大、长势最好的，有李子树和胡桃树那么高，便亲自到菜园里摘一些鲜嫩肥硕的，没想到竟然把那六个躲在莴苣叶里的朝圣者也捎带回来了。这六个朝圣者吓得双腿像筛米糠，瑟瑟发抖，连咳嗽也不敢发出声音。

高康大提着莴苣到泉水池淘洗，这六个朝圣者小声嘀咕着：

"这怎么办呢？我们夹在莴苣叶里非被淹死不可。若一出声，他又会把我们当暗探杀了。"

正在商议时，高康大从家里拿来一个大盆，连同莴苣叶一起放进大盆里，这个盆足足有三百木宜的酒桶那么大。拌上油、醋、盐以后，高康大就当作开胃菜吃起来了。他一口把五个朝圣者送入嘴里，第六个还藏在盆里的莴苣叶下，但手杖藏不住露了出来。大古吉看见了对高康大说：

"那是个蜗牛壳，别吃下去。"

"为什么？"高康大问，"这个月蜗牛肥嫩正当时呢。"

说着，他挑起手杖，把莴苣叶连同这个朝圣者一起送到嘴里，还喝了一大口烈性红葡萄酒，当作餐前开胃酒。

这六个朝圣者被吞进高康大的嘴里后，赶紧在他牙床东躲西藏，生怕被他的巨齿磨成粉末,心想自己掉进了深不可测,暗无天日的深渊里。高康大那一大口酒像巨流涌入嘴里时,他们心想非被淹死不可。这一大股洪流几乎把他们冲进胃坑里去。然而,他们就像朝拜圣米歇尔山[①]的信徒那样,用手杖支撑着,跳过洪流,躲在牙齿后面。糟糕的是有一个朝圣者想试探一下是不是躲在安全、稳固的地带,便用手杖狠命地到处乱敲,没料到刚好捅到蛀牙的缝里,刺痛颌神经,高康大感到一阵剧痛,便大声喊叫起来。为了缓解疼痛,他拿着牙签,散步到菜园里的一棵大胡桃树下剔牙,结果把朝圣者一个个剔出来,其中一个被他抓住大腿,一个被他握住肩膀,一个被他揪住背包,一个被抓住挎包,一个被钩住腰带。那个用手杖捅他牙根的冒失鬼被他揪住裤裆,但因祸得福,他下身长着一个脓包就这样被挤出脓来了,要知道这脓包从他去朝圣安赛尼就一直折磨着他。

这些朝圣者一个个被剔出来后撒腿就跑,躲进葡萄园里,高康大的牙齿也不疼了。

这时爱德蒙过来叫高康大吃晚饭,晚饭准备好了。

高康大说:“我先去撒泡尿,把我的霉气撒干净。”

高康大这一大泡尿如洪水猛兽,挡住了朝圣者的去路,他们不得不蹚过面前这条大河,落荒而逃,绕着村子边走,不料除了福尼叶以外,全部掉进诱捕狼的陷阱里,被粗大的绳子绊住了,幸亏福尼叶急中生智,想办法割断陷阱的绳索,才得以逃命。出了陷阱以后,他们逃到古德莱附近的一间棚屋里过夜。他们当中有一个叫一路疲惫的旅行者好言相劝,说这次落难正好应验了大卫在《诗篇》里说到的:

“当人向我们攻击的时候,就把我们活活吞噬了(拉丁文),那就是说我们被拌上盐,同生菜一起被吞吃下去;当人们向我们发怒,狂妄汹涌的洪水必把我们淹没了(拉丁文),就是说他喝下那一大口酒的时候;我们的灵魂渡过急流(拉丁文),是指我们渡过了那条大河;那狂妄的洪水淹没了我们的灵魂(拉丁文),是指他的尿挡住了我们的去路;愿称颂归于耶和华,没有让敌人把我们当猎物噬碎(拉丁文);我们好像飞鸟,从放饵人的罗网中逃脱(拉丁文),是指我们掉入陷阱;罗网破裂了,是说福尼叶又帮我们摆脱陷阱,我们逃脱了,我们得到帮助,在于造天地的耶和华的名(拉丁文)。”

---

① 圣米歇尔山系建在英吉利海峡里山上的一座大教堂,四周是水,只有一长堤通陆地。

第三十九章 高康大如何宴请隐修士 隐修士宴席上大放厥词

高康大入席,痛痛快快地吃完第一道菜后,大古吉便同他讲起他和皮克罗肖王之间的战争是如何引起的,并大加赞赏约翰隐修士如何成功地保卫修道院。他称赞约翰修士功勋卓著,应比罗马的救世主和高卢的征服者——卡米卢、西庇阿、庞培、恺撒和地米斯托克利更应受到嘉奖。高康大听了立即派人请他过来,以便商讨对策。总管奉命去接约翰修士,修士手持棠木十字架,骑上大古吉的骡子,兴高采烈地赴宴来了。

约翰修士刚一进门时,众人全都拥上去,又是拥抱,又是握手,欢呼声,赞叹声,此起彼伏,赞不绝口:

"嗨,约翰修士,我的朋友!"

"约翰修士,我们的老朋友,对着圣人发誓!"

"欢迎,欢迎老朋友!"

"噢,你这家伙,我要抱紧你,让你气喘不过!"

约翰修士也同他们侃侃而谈,谁也没有像他这样谦恭有礼,这样温文尔雅。

"好啦,好啦,"高康大说着,"到这儿来吧,把凳子挪到这儿,坐在我身边。"

"没问题,"约翰修士说着,"你要我过来,我就来。伙计!倒酒,倒酒,喝酒利肝润喉啊。"

"脱下你的斗篷,"吉姆纳斯特说道,"把那修士的道袍脱了吧。"

“啊，天主在上，我亲爱的兄弟，”修士说道，“教规里有一整章规定，会衣不能脱。”

“算了吧，”吉姆纳斯特说，“让那一章规定见鬼去吧！那道袍只会压坏你的肩膀，脱下吧。”

“我的兄弟，”修士说，“还是不脱为好，我一穿上这道袍，浑身舒畅，喝酒也更豪爽。如果脱了它，仆从们就会撕它做裤袜带，我在古莱城堡就吃过这样的亏。再说，一脱我会茶饭不香。但穿上这身道袍入席，天主在上，我会开怀畅饮。为您干杯，为您的马干杯，愿天主保佑你们安然无恙！我已经吃过了，不过再吃一顿，也不会少吃那一丁点儿，我的胃口大得很，就像博洛涅修道院的大酒桶。我的胃肠张着大口，就像律师的钱袋；我什么鱼都吃，只要煮好就行。我爱啃鹌鹑的翅膀，也爱修女的大腿。留着那硬邦邦的家伙不用就死去，岂不太愚蠢了，我们修道院的院长可喜欢吃白肉。”

“他还没有狐狸那么疯狂，”吉姆纳斯特说，“狐狸见到鸡就抓，但从来吃不着白肉。”

“为什么呢？”修士问道。

“因没有厨子替它们做，”吉姆纳斯特回答，“如果没煮热，那肉是红色的，不会变成白色。肉是红色的，就是生肉，只有蟹和虾，一煮就红了。”

“圣人在上！”修士说，“照你这么说，我们修道院就有一个人脑袋瓜没有被煮熟，因为他的眼睛红得像红木碗！这兔子腿吃了可治痛风。我们无所不谈，为什么姑娘的大腿总是柔滑清凉？”

“这个问题吗，”高康大说，“不论是亚里士多德，还是亚历山大·阿弗洛狄修斯，甚至连普鲁塔克都没有提过。”

“依我之见，使其冰凉的原因有三，”修士说道，“其一，那里有清泉汩汩流出；其二，那是个遮阴纳凉的地方，既隐天又蔽日；其三，那里不时有微风吹拂，通风很好，有女士的衬衣来风，还有男士裤裆鼓风。真痛快！伙计，来点喝的！（咕噜、咕噜、咕噜）天主真英明，让我们享有美酒，我在天主的面前发誓；如果我活在耶稣基督的那个年代，就不会让犹太人这么轻易地把他从橄榄山上带走。那些圣徒先生们，吃完晚餐竟变成胆小鬼了，在师傅最需要他们的时候竟然抛弃了他，我非砍断他们的大腿不可，若不是这样，就让我见鬼去吧！我对那些需要拔刀相助却逃之夭夭的人恨之入骨！噢，要是我能当上八十年、一百年法兰西国王就好了！天主做证，在巴威亚战役中，他们全都当逃兵，法兰西输了！我非割下那些狗崽子的耳朵和尾巴不可。愿他们发高烧，身体腐烂发臭！为什么他们不坚持到底为国王出生入死呢？难道英勇献身不比蝇营狗苟更高尚，更光荣吗？哎，今年我们连小鹅也吃不上了。兄弟，让我吃块猪肉。见鬼！我们没有新酒了；从耶西的本必发一条[①]，我发誓，我口渴得很。这倒不是我喝过最差的酒。你们在巴黎喝什么呢？我在巴黎待了六个月，都是敞开大门，欢迎大家光临喝酒，如果说谎，就让魔鬼把我带走吧。你们认识圣德尼·克洛德修士吗？他怎么会戒酒呢！肯定是被苍蝇或其他蚊虫吓过，他从什么时候开始就埋头读书！在修道院里，我们是不读书的，因为担心腮腺炎。我们已故的院长总是说，饱读诗书的修士，看起来很吓人。今年兔子可多了，到处乱跑，可我却到处找不到雄鹰或母鹰。德·拉贝隆尼埃尔老爷答应送给我一只鹰，但后来他写信告诉我这只鹰气短死了。鹌鹑今年成灾，把我们的玉米吃光。张网捕鸟没什么意思，你的屁股会坐不住的。我喜欢到处跑跑抓鸟，确实我翻篱笆和灌木丛时道袍被钩住了，掉了一些毛边。后来我搞到一只很好的猎兔狗，保证没有一只兔子能溜掉！这是一个马屁精送给德·莫勒维叶老爷的，被我劫住了。这难道有错吗？”

“天主在上，约翰修士，”吉姆纳斯特说，“不，不，看在魔鬼的份上，没错。”

“好吧，”修士说，“那我们就为所有的魔鬼干一杯吧，愿他们永垂不朽！圣人在上！那个瘸腿的老爷要那只猎兔狗干什么？天主德行！他真正喜欢的是给他带来一两只肥牛！”

“什么？”包诺克拉特问道，“约翰修士，你也会骂人吗？”

“没有，”修士说，“我只是给语言加点装饰罢了，这是西塞罗的修辞手法，你可是知道的。”

---

① 见《旧约·以赛亚书》第十一章第一节。天主教割损礼经文里也有这一句。

第四十章 隐修士为何遭世俗人嫌弃
有些人鼻子为何比别人大

“我以圣徒的名义起誓，”爱德蒙说道，“真莫名其妙，这位修士率直真诚，幽默诙谐，彬彬有礼。谈吐间，举座为之倾倒，个个都开心。咳，真不明白，为什么还有世俗人要把修士拒之门外，称他们为扫兴者呢！就像蜜蜂把马蜂赶出花丛一样，为什么呢？

“维吉尔在诗中写道：

蜜蜂赶走大马蜂，
巢外不许有懒虫。”

高康大答道：

“道理很简单，修士们穿道袍，披蒙头斗篷，世俗人怪之而鄙视，甚至谩骂棍打，正像塞西亚东南风刮来乌云一样。但究其因是他们吃世俗社会的粪便，即世人的罪孽。既然是吃粪便就得倒进厕所里，这厕所就是教会和修道院，必须远离文明社会，与房屋一定要隔开。你只要明白猴子为什么老是遭受嘲弄和讥笑，就不难发现修士遭老老少少唾弃的缘由了。猴子既不是看家狗，也不是拉犁的牛，又不是驮东西的马，而只会拉得满身屎，到处惹祸，当然遭到侮辱和打骂。修士也是这样，我指的是那些游手好闲的，他们不像农民会耕种，不像武士保卫家园，不像医生会治病，也不像传教有方的福音使者和教师那样布道和讲课，也不像商人那样运送生活的必需品，众人嘲笑他们，鄙视他们的原因就在此。”

“你说得没错，”大古吉说，“但他们也替我们向天主祈祷啊。”

“根本不是那回事，”高康大回答，“他们只会把钟敲得叮当响，骚扰方圆几里的人。”

“没错，没错，”修士说道，“钟敲得响，弥撒也就成了一半。”

“他们口里念经，有口无心。为圣人歌功颂德，却不明白自己在说些什么。只要口口声声说‘在天之父’，‘万福，圣母玛丽亚’，他们也就心满意足了；但他们心不在焉、充耳不闻，那不过是嘲弄天主，而不是祈求天主。如果他们不是怕丢掉黄油面包和鲜美的浓汤而真正替我们祈祷，那天主会保佑他们的。真正的信徒不论地位尊卑，不管天南海北都能向天主祈祷，圣灵会为他们祈求，替他们祷祝，天主也会赐福于他们。我们的约翰修士就是这样的，才会人见人爱。他不是个顽固不化之人，也不是衣衫褴褛到处乱跑的，而是胸怀坦荡，快活风趣，体贴入微，真正是我们的好朋友。他勤劳勇敢，勇于抵御外敌；安慰受苦受难者，帮助贫困者，他是修道院真正的卫士。”

“我做的事远远不止那些，”修士说，“我一边同他们一起念那些倒背如流的祈祷文，一边搓弓弦，擦弓箭，大的小的都擦亮，我还编织逮兔子的罗网和布袋。我告诉你，我从来就没有闲着。嗨！现在是喝酒的时候！上酒吧！再上点水果。这可是圣赫米出产的栗子，是全国最好的。吃点栗子，再配点好酒，一下肚就能放个好屁。你们喝的还不够尽兴吗？天主在上，我见酒就喝，就像教堂巡逻官的马见水就喝。”

吉姆纳斯特对他说：

“约翰兄弟，你能不能把挂在鼻尖上的鼻涕擦掉？”

“哈哈！”修士说道，“水漫鼻尖，是不是有被淹死的危险？不不，马上就要滴下来了，不会再流进去，喝酒是最好的预防措施了。啊，我的朋友，如果你有一双像这样结实的皮靴子过冬，你就可以下水逮牡蛎，保证滴水不进。”

“为什么约翰修士长了这么一个漂亮的鼻子？”高康大问。

“这是天主的意愿啊，”大古吉回答，“天主按他的神旨塑造万物，就像陶瓷工人捏陶器一样。”

“是这样，约翰兄弟第一个到鼻子市场，挑了一个最漂亮，最大的。”包诺克拉特说道。

“你们说得太离谱了，”修士说，“根据我们修士的真知灼见，是因为我奶娘的乳房太软了，我吮奶的时候，鼻子就像陷进一堆黄油，我的鼻子就像发了酵的面团，越揉越拱，就越大越高，乳房硬邦邦的奶娘，孩子一吸乳，一碰鼻梁就塌了。嘿，好玩吧！我向你举目(拉丁文)，从鼻子的形状就能说明他们的背景，我举杯祝你……，我从不吃果酱。伙计，倒酒来！请再上点肉！”

第四十一章　修士如何为高康大催眠并大谈祷文

晚饭后，大家便讨论当前的局势，决定午夜进行偷袭，试探敌人的虚实。趁时间未到，他们躺下休息，养精蓄锐。但高康大翻来覆去，怎么也睡不着，修士便对他说：

“我平时也是辗转反侧睡不着，只有听布道或念祈祷文才能酣然入睡。你跟我一起背诵忏悔诗篇第七章，保证你马上呼噜入睡。”

高康大觉得这个主意不错，便同修士一起念第一章，念到第二章开头“悖逆得赦的人多么有福”时，两人都先后睡着了。不过修士还是在半夜之前醒来，因他已经习惯那个时候念经。他一醒过来，就放开嗓门大声唱着，把其他人都叫醒了：

嗨，雷诺，醒醒吧，
哦，雷诺，醒一醒。

看到大家都醒过来了，修士便说：

“先生门，常言道：早祷先咳嗽，晚餐先喝酒。我们把它颠倒过来，早起先喝酒，吃完晚饭就拼命咳嗽。”

高康大回答道：

“睡醒就喝酒犯了医家大忌。一开始先要把胃肠里的渣滓和粪便排除干净。”

“哈！”修士说，“那真是医家高论。世上的老酒鬼总比老医生多，如果不是这样,就让一百个魔鬼抓我好了！我和我的胃达成默契,我睡觉它也休息,我起床它也起来,我一整天把它照顾得服服帖帖的。你们要吃泻药通便就去吧,我可要找些羽毛来搔痒痒。”

“羽毛？”高康大问,“你到底在说什么？”

“是我的祈祷书,”修士回答,“你知道养鹰的猎人是怎样喂养猎鹰？他们用一只鸡腿刺激鹰的喉咙,清除喉咙里的痰,让它顿生饥饿感。我有个类似经书的酒杯，每天早上都啜饮一小口，祛痰清肺，就可以痛饮一番了。”

“你是不是采用希腊的传统办法来背诵那些祈祷文？”高康大问。

“我用的是费康修道院的自由模式,”修士答道,“三《诗篇》,三《日课》,如果不愿参加的也可以什么都不说。我从来就不让念经时间约束自己,人不是为时而设的,而是时为人而设。我念经就像你们做马镫绳一样,可长可短,全凭自己的兴趣。经短好上天,经长酒杯空。这句话出自何人之口？”

“我发誓,我不知道,”包诺克拉特说,“但你确实有胆识,妙语连珠。”

“你也一样出色,”修士说道,“我们一起喝酒吧。”

于是,侍从又给他们上了几盆烤肉和鲜美的浓汤,修士开怀畅饮。有些人陪他喝酒,有些人不喝早酒。吃饱喝足后,他们就开始披甲戴盔,武装上阵，虽然修士喜欢他身上的道袍和手里的棠木十字架，不爱用别的武器,但他们不管他愿不愿意,也让他全身披挂,别上利剑,骑上那不勒斯王国的著名战马,一样全副武装,伙同手持长矛的包诺克拉特、吉姆纳斯特、爱德蒙一起上阵,大古吉麾下二十五名精兵强将骑上马随同出征,浩浩荡荡出发了,就像圣乔治[1]骑马追赶火龙一样,每个人后面还跟着一名弓箭手。

① 圣乔治：即神话中的战神。

第四十二章 修士如何鼓士气 他又如何吊树上

勇士们骑上战马出征了,不免心中暗自盘算,若与敌军遭遇,血战开始,如何进攻,如何防守,心里不是很踏实。修士见状就为众战友鼓气,说道:

"小子们,有什么好害怕的?我跟你们同行,天主和圣本笃与我们同在!我若胆大力大,死何足惧?就着天主的圣墓发誓!这群鸭子兵,我非替你们拔了他们的毛不可!除了大炮,我什么也不怕。我们修道院的副主持教了我几句咒语,听说什么子弹都能抵挡。这对我没什么用,我不信这一套。再说我这十字架在危急时会显神通。天主啊,谁如果临阵逃脱,我会用我的道袍套住他的脖子,让他马上变成修士。若不是这样,让魔鬼抓走我好了。这道袍可是医治胆小的灵丹妙药。你听说过德·莫尔乐老爷的猎兔犬吗?它在林地里毫无用处,后来在它脖子上套上修士的道袍,天主圣体和圣血!没有一只野兔或狐狸能躲得过它,而且把当地的母狗全包了,以前它可勃不起来,阳痿不举,举而不坚(拉丁文)。"

修士情绪激昂,自言自语,滔滔不绝,正策马朝柳树林进发,经过一棵胡桃树下,不小心头盔的面罩嵌在一根粗壮树枝的罅隙里。他没发现,仍然扬鞭策马。没想到这是一匹烈马,立刻腾空而起,向前飞奔。修士忙着拽出面罩,哪知道慌忙之间,却失手放松了缰绳,战马脱缰而去。修士被甩出马鞍,悬空倒挂在胡桃树上,大喊救命:"抓杀人犯啦,罪犯逃啦!"

爱德蒙最先看到修士倒吊在树枝上,赶紧把高康大叫来:

“陛下，过来看，树上悬挂的押沙龙！”

高康大闻声策马过来，看清了挂在树上的修士，便对爱德蒙说：

“你错了。怎么能把约翰兄弟比作押沙龙呢·押沙龙是头发挂在树上，而修士光头，他是耳朵挂树上。”

“看在魔鬼的份上，赶快帮我弄下来吧！”修士说，“现在不是闲聊的时候。你们跟教廷宣教士同出一辙，看到邻居快死了，也不去搭救，只想去劝导他忏悔，让他的灵魂得救。他们担心若不这样做，会被逐出教廷。下次，我看到有人掉进河里快淹死了，我也不去救他，我会给他来个长篇大论，劝他放弃世俗的功利，等到他僵死时，我再去解救他。”

“你先待在那儿别动，”吉姆纳斯特见状说道，“我的好兄弟，你是个多么可爱的修士，你会得救的：

修道院里的修士，
连两个蛋也不值，
有朝一日出院门，
价值三十没问题。（拉丁文）

“我见吊在树上的何止上百？但没有一个像你吊得优雅得体。要是我能这样，我甘愿一辈子吊在树上好了。”

“你说够了吗？”修士问道，“如果你爱的是天主，就过来救我；如果你爱的是魔鬼，就不要过来，我就着我身上的圣袍发誓，你将来会后悔的，在某个时候，在某个地方。”

此时，吉姆纳斯特方跳下战马，爬上核桃树，一只手托住修士的腋窝，另一只手把头盔面罩从枝上的罅隙拽下来，先让修士小心着地，自己才跟着跳下来。

修士平安落地，就把身上所有的盔甲都卸下来，随便扔在地上，重新握持他的棠木十字架，翻身上了马，那马是爱德蒙帮他追回来的。

他们又说说笑笑地朝柳树林进发了。

第四十三章 高康大如何遭遇皮克罗肖王的侦察部队 修士杀死提拉万都统而成了敌军的俘虏

话说大吃大喝都统特里佩被吉姆纳斯特开膛破肚后，那些死里逃生的士兵跑回来向皮克罗肖王汇报消息。皮克罗肖王听说他的士兵遇上魔鬼的攻击，便大发雷霆。于是，他连夜召集谋士讨论作战部署。急性子顾问哈斯提沃和马厩总管吹牛大王断言说，大王军队强大无比，即使地狱里所有的魔鬼倾巢而出扑杀过来，也定能杀他个片甲不留。对此，皮克罗肖王还是将信将疑。

因此，他传令逃得快伯爵提拉万统率一千六百名骑兵先行探路，轻骑简从，每个士兵头顶洒上圣水，披上浸润圣乔治圣水的肩带，即使魔鬼挡道，也可逢凶化吉。于是，侦察部队捷足先登，来到沃居庸和圣拉扎尔附近，竟找不到一个可打探消息的，便顺着山路折回，刚好在古德莱附近一间牧羊人的小棚屋里发现了那五个朝圣者，就不由分说地把他们捆绑起来，蒙上眼睛，当暗探带走。尽管朝圣者一路喊冤，声称自己是无辜的，请求释放，但还是无济于事。这群人马顺着陡坡下到塞野时，喊叫声被高康大听见了，他对士兵说：

“兄弟们，我们遭遇敌人了。他们的人数听起来是我们的十倍，要不要同他们交手？”

“不同他们交手，我们来这儿干吗？”修士反问道，“你只是根据人数，而不是凭勇气和实力做判断。”随后，大喊一声，“冲啊！魔鬼们，我们同他们拼了！”

皮克罗肖王的部队听到喊杀声，以为确实遇上真的魔鬼，便开始四处逃窜，只有提拉万都统坚守阵地。他把稳长矛，使出全身力气，朝修士的胸部戳过去，怎料梭镖碰上那威力无比的神袍竟碰弯了，就像小蜡烛碰到硬铁砧。修士则抡起他的棠木十字架，朝提拉万的脖子一挥，正好击中他的肩胛骨，当场晕了过去，神志不清，滚下马来。约翰修士看了看他肩上的肩带，对高康大说：

“这只不过是个小司铎，成为修士才刚刚开头。就着圣约翰起誓，我已是真正的修士，我会像灭蚊蝇一样把他们赶尽杀绝。”于是，他策马疾驰而去，把逃兵一个个堵住，抡起棠木十字架，像割麦子打场一样把他们打得落花流水。

就在这时候，吉姆纳斯特问高康大，是否将他们一网打尽。高康大回答：

“万万不能，兵家宝典告诉我们，切不可置敌于死地。因亡命之徒为了求生，胆量倍增，必然破釜沉舟，背水一战。因而，医治颓败士兵的灵丹妙药是悬崖勒马，杀回马枪。有多少胜利是战败者从战胜者手里夺过去的。因为战胜者雄心过大，失去理智，妄图把敌人赶尽杀绝，甚至连一个报信的都不留！对穷途末路的敌人一定要网开一面，留条活路，让他们绝处逢生——必要时架起银桥，送他们逃生。”

“言之有理，”吉姆纳斯特说道，“不过他们把修士带走了。”

“他们把修士带走啦？”高康大说道，“以我的名义担保，他们会后悔的！既然我们不知道会发生什么事，就暂不撤退，在这儿静静地等待。我想我们对敌人已了如指掌了，敌人也溃不成军了，只是哪里能逃就往哪里逃。”

于是，大家便在核桃树下等待，与此同时，修士紧追皮克罗肖王的士兵，见一个杀一个，毫不留情，忽然遇到一位骑兵，马背上还驮着一位朝圣者。约翰修士正要劈头盖脸打下去，只听朝圣者大声求饶：

“噢，院长大人，我的朋友，院长大人，救救我吧，求你了！”

皮克罗肖王的士兵听到这句话，一齐转过身来，一看只有一个修士，便一齐掉转身，蜂拥而上，接二连三地朝修士的身上猛打，就像乱棍打驴一般，修士却一点感觉也没有，因他们打在他的道袍上，更何况他长着一身破皮囊。于是，他们留下两个弓箭手看管修士，其余的掉转马头，看不到任何动静，还以为高康大和他的部众不战而退呢，便赶紧朝胡桃林进发，打算追杀过去,就把修士和看管他的弓箭手留在原地。

听到一阵杂沓的蹄声和马嘶声,高康大对他的部众说:

“朋友们,我听见敌人的喊杀声了,还看见他们的先锋部队向我们冲过来了。我们要一齐把好这个关口,在这儿招待敌人,让他们留下买路钱。”

第四十四章 修士如何杀了看守他的人 皮克罗肖的前锋如何失败

修士看见敌人蜂拥地追击，心想他们急于扑向高康大和他的部队，而自己却眼睁睁看着敌人猛扑而又无力救助，心里万分焦急。后来，他又发现看守他的两个弓箭手也一脸懊恼，因他们不能伙同大队伍去抢夺战利品，而眼巴巴望着部队开进山谷。这时，修士心里暗自揣测：

"这两个家伙没有很好的专业训练，既没有让我发誓不逃跑，也没有收缴我的短剑。"

闪念间，修士立刻拔出短剑，朝右边的弓箭手刺去，刚好刺中了他的喉管、食道管、颈静脉以及两个扁桃体。接着，修士抽回利剑时左右一搅，把第二第三脊椎骨之间的脊髓剜了出来，这个弓箭手直挺挺地扑地而死。修士马上掉转马头，准备对付左边的弓箭手。那家伙看到同伴已死，知道修士要拔剑杀他，便开始大声求饶：

"啊，院长大人，我投降！噢，院长大人，我的好朋友，我的院长大人！"

修士厉声吼道：

"我的屁股大人，我的朋友，噢，我的屁股大人，我正要戳戳你的屁股。"

"噢，"弓箭手说，"我的院长大人，我的小乖乖，亲爱的院长大人，愿天主提携您为大修道院的住持！"

"就着我的圣袍发誓，"修士说，"我会提拔你当红衣主教，你不是想到修道院敲诈吗？我会保证你戴上红帽子，就现在。"

弓箭手一直喊着：

“我的院长先生，我的大人，噢，院长先生，未来的大修道院的住持，红衣主教，一切的一切！噢，噢，不，不，我的院长大人，我的小乖乖，我尊贵的小乖乖院长大人。我投降，我投降！”“我就把你交给地狱里的魔鬼吧。”修士说道。

话音刚落，修士一挥剑劈开他的头颅，只见这位弓箭手的太阳穴猛地被掀开，连结头骨的所有的骨关节全都断裂了，骨膜被划破了，两个后脑窦成了大洞，这弓箭手的头仅靠着后脑勺的头皮垂在肩上，外黑里红，红得像一顶博士帽，就这样倒地一命呜呼了。

收拾完这两个看守以后，修士赶紧策马朝着敌军进攻的方向紧追。敌人已经来到大路，与高康大和他的部众遭遇。高康大挥舞着大树棍，在吉姆纳斯特、包诺克拉特、爱德蒙和其他人的协助下，把敌人打个落花流水，死伤惨重，剩下的残兵败将早已吓破了胆，不知所措，仓皇撤退，眼前晃动的全是死神的狰狞面目。

敌人的这种狼狈相，就像是被大虻或其他毒蝇蜇了屁股的驴子，晕头转向地乱跑乱窜，把驮的东西撂倒在地，绞断了辔头，挣脱了缰绳，顾不上喘气和歇息。谁看了都不知所措，因没人知道到底是什么东西骚扰了它?皮克罗肖王的士兵正是如此，完全像疯驴一般，不知何去何从，只是被一种深深的恐惧攫住了，被逼得四处逃散。

修士看到敌人只顾拼命逃跑，便跳下战马，爬到大路中央的一块巨石上，挥舞着宝剑，朝那些疯狂逃散的敌军毫不留情地左劈右砍，杀敌如麻，周围全堆满了尸体。修士的宝剑被砍断成两半，想到这一阵厮杀已经过足了瘾，剩下的几个就让他们回去通风报信吧。

于是，他跳下岩石，从死人堆里捡起一把板斧，又爬上岩石，悠然自得地看着几个残兵败将在死人堆里逃跑，他命令他们放下武器，板斧、剑、长矛和石弓丢了一地。此时，押解朝圣者的敌军也过来了，修士命令他们下马，把马让给朝圣者骑。修士领着朝圣者，押着敌军俘虏沿着林子回到大古吉城堡，大吃大喝都统赌科帝也当了俘虏了。

第四十五章 修士如何带回朝圣者 大古吉如何口授箴言

这场鏖战结束以后，高康大和他的部众（除了修士以外，因为大家都知道他被敌军俘虏了）收兵回到军营，天一亮就去见大古吉。这时，大古吉还在床上祈祷天主，保佑出征战士凯旋。看到他们全都安然无恙回来，大古吉大喜过望地迎上去，激动地拥抱着他们，并询问了修士的情况。当高康大告诉他，约翰修士肯定落在敌人手里。大古吉说道："敌人将会更倒霉了。"这话确实一矢中的，今天我们说一个人要大祸临头时，常说"赠送他一个倒霉修士"。

接着，大古吉吩咐准备丰盛的早餐，犒劳他们。开饭的时候，高康大无心饮食，因他仍惦记着修士的安全。

突然间，从矮墙外传来修士的喊叫声：

"美酒，美酒，吉姆纳斯特，我的老朋友！"

声音刚一落地，吉姆纳斯特一跃而起，出门一看果然是约翰修士，他带了五个朝圣者和被俘虏的赌科帝回营了。高康大闻声也出门迎接，看到约翰修士，真是喜出望外，连忙引修士见了大古吉。大古吉仔细询问了他深入敌后的历险经历，修士一一做了回答，讲了他如何被敌人俘虏，又如何杀了两个看管他的弓箭手，在大路上杀出一条血路，把敌人杀得屁滚尿流，最后又如何解救朝圣者并俘虏了赌科帝用都统。于是，大家欢聚一堂，举杯庆贺，尽兴而喝，大快朵颐。

在宴席上，大古吉问了这些朝圣者是何方人士，他们从哪里出来，要到哪里去。

其中一位名叫“一路疲惫者”的朝圣者代表大家回答道：

“老爷，我来自圣热奴的圣本笃修道院，这一位是巴吕奥人，这一位是翁寨人，这一位是阿尔其人，这位是维勒布宁人。我们从南特附近的圣塞巴斯蒂安下来的。同其他朝圣者一样，都是晓行夜宿，行行歇歇好回家。”

“哦，”大古吉问道，“那你们千里迢迢、不辞劳苦去圣塞巴斯蒂安干什么？”

“我们去祈求保佑我们免遭瘟疫。”一路疲惫者回答。

“噢”，大古吉说，“你们这些可怜虫。你们相信瘟疫是来自圣塞巴斯蒂安吗？”

“那当然，”一路疲惫者回答，“我们的讲经师就是这么说的。”

“真的吗？”大古吉说道，“这些伪善的先知们竟敢说出这种谎言？他们公然亵渎天主的义士和圣人，简直是只会谋害我们的魔鬼。岂不像荷马史诗里写的，是阿波罗把瘟疫传进希腊军队里的吗？岂不像某些作家杜撰的一堆乱七八糟的凶神恶煞吗？前不久，有个伪君子到西奈布道，说什么圣安东尼的大火烧了人的大腿，说圣厄特罗普叫人患水肿，圣吉尔达斯叫人得疯狂病，圣热奴叫人得风湿病。我狠狠地惩治了那个骗子，尽管他把我称作异端。自此以后，没有任何宗教的伪君子敢踏进我的领地。你们的国王竟允许那种爱造谣中伤的人到你们的王国布道，这着实令我大吃一惊，因他们比那些可能招来瘟疫的巫师术士和江湖骗子更备受惩罚。瘟疫扼杀的是人的肉体，而这些伪君子分割的是灵魂。”

大古吉正滔滔不绝地训话，约翰修士走了进来问朝圣者：

“你们这些可怜虫从哪里来的？”

“圣热奴。”他们一起答道。

“特朗奇里翁院长好吗？”修士问道，“我的那些酒鬼朋友？那些修士，他们好吗？就着天主的圣门发誓！你们去罗马办事的过程，他们肯定同你们的妻子搞上了！”

“嗨，”一路疲倦者抢先回答，“我才不担心我那口子呢。白天见过她的人才不会冒着被砍头的危险晚上去同她约会。”

“你还真是蒙在鼓里呢！”修士说道，“她可能长得比普罗塞耳皮娜还丑，但我发誓只要周边有修士就会使她的肚子隆起，因为好工匠会充分利用手头的材料。你们回去的时候，如果你们的老婆要不是鼓起大肚子，就让我浑身长满毒疮！连修道院钟楼的影子都能让女人怀孕。”

“没错，”高康大说，“就像尼罗河水一样，斯特拉博早有定论，《普林尼全集》第七卷第三章也提到不仅修士的身体，连他们的道袍和他们吃的东西都能使女人肚子隆起。”

大古吉一听这话马上说道：

“你们这些可怜虫还是回去吧。愿造物天主永远引领你们。以后不要再冲动地进行这种艰辛而徒劳无益的长途跋涉了，跟你们的家人待在一起，做好你们的本职工作，教育好自己的子女，按照圣保罗说的去做吧。如果你们真正做好了，天主会赐予你们，所有的天使和圣人都会与你们同在，没有瘟疫和噩运降临到你们身上。”

接着，高康大领着这群朝圣者到餐厅用膳。所有的朝圣者都长长叹了一口气，对他说：

“噢，国有如此明君，能享受天国之福！明君的这一席话，使我们备受启发，受益匪浅，远远胜过我们在家里听过的所有布道。”

“柏拉图所言极是，”高康大说，“他在《理想国》第五卷说得好，国王讲哲学，哲学家统治国家将是国人之大幸。”

说完，高康大吩咐家人给朝圣者的背包里装满干粮，酒瓶里灌满酒，赠送每人一匹马，让他们轻松地走完剩下的旅程，并给他们足够的盘缠。

第四十六章　大古吉如何仁慈地对待俘虏赌科帝用

吹牛大王赌科帝用都统被带到大古吉面前，大古吉审问他，皮克罗肖王为何如此兴师动众大动干戈呢？赌科帝用回答说，因烤饼商蒙受奇耻大辱，大王要为他们报仇，如果有可能，他想征服大古吉整个王国。

“真是虎狼之心。当心贪得无厌，到头来竹篮打水一场空。伤害基督教同胞兄弟，征服同教列国的时代已经一去不复返了。仿效海格立斯、亚历山大、汉尼拔[1]、西庇阿、恺撒等先人这样做，就是违背圣经的教义。《圣经》要求我们要保护、拯救、治理和管理好我们的国土，而不是兴师问罪，相互侵略。撒克森人和其他野蛮民族曾因骁勇善战而被称为英雄，但现在却被指为海盗和恶人。如果皮克罗肖王能够安分守己，并像明君一样治国有方，而不是大举入侵我国，大肆掠夺和破坏我们的家园，那该有多好。安于治国，他的王国疆域也会随之扩大，对我大肆掠夺只能自取灭亡。”

“看在天主的份上，你愿意回去就回去吧。要尽量行善，不要助纣为虐。规劝你大王悬崖勒马，不要一意孤行。因一己之私利而损害大众的利益，是会受到惩罚的。至于你的赎身罚金我会全部予以豁免，你还可以领回你的盔甲、武器和马匹。

“睦邻之间本应和睦共处，更何况我们的争端并不是一场真正的战争。正如柏拉图在《理想国》第五卷里说，希腊各城邦之间彼此大动干戈，

① 汉尼拔：迦太基大将。

不应称之为战争，而是内乱。一旦这种事情不幸发生了，柏拉图的建议是尽量克制。我们之间的这场战斗，根本不能被称为战争，因为这并不是发自内心的。我们的荣誉并没有受到很大的侮辱，真正需要的是修复你我双方的民众所犯下的小小的错误，让这种鸡毛蒜皮的小事淡忘了。我已经为他们所遭受的损失给予足够的补偿，那些挑起这场争端的人本应该受谴责而不是受表扬。不管我们之间有什么争端，愿天主公正裁决。我宁愿眼睁睁地看着死神快夺走我的生命，或失去我所拥有的一切，也不允许我和我的部下做些大逆不道的事。”

说罢，大古吉叫来修士，当众问他：

“约翰兄弟，我的好朋友，你是不是俘虏了站在我们面前的赌科帝用都统？”

“大王，”修士说道，“他确实就站在我们面前，他是个成年人，有自己的判断力，我倒希望让他自己说出来，而不是我替他说。”

赌科帝用都统听罢说道：

“大王，确确实实是他俘虏了我，我心甘情愿投降的。”

“那么，”大古吉问修士，“你定下他的赎金吗？”

“没有，”修士回答，“我才不在乎这种事情呢。”

“你打算要他多少赎金呢？”大古吉接着问。

“分文不要，分文不要，”修士答道，“这东西对我来说毫无意义。”

于是，大古吉当着赌科帝用都统的面，下令付给修士六万两千金币，作为赎金，并吩咐为都统上饭上酒，还问他是愿意留下来还是回到自己的国王身边。

赌科帝用都统回答他，愿意听从大古吉的安排。

“那就回到你自己的国王身边，”大古吉说，“让天主与你同在。”

而后，大古吉赠送给他一把在多芬尼锻造的宝剑，配有周围雕刻葡萄叶的精致的金剑鞘，还赠送一条重达三十万又一千镑的金项链，镶嵌价值十六万金币的金碧辉煌的宝石，再加上赏金一万金克朗。赌科帝用接受这些礼品后便骑马启程。为保证他的安全，高康大命令吉姆纳斯特率领三十名骑兵和一百二十名弓箭手负责护送，如有必要，可以一直护送到克莱莫岩堡。

赌科帝用走后，修士把收下的六万两千金币的赎金退还大古吉，说道：

“大王，现在还不是领取奖赏的时候，等这场战争结束后再说吧，因为没有人能确切预测将会发生什么事。没有足够的金钱储备作后盾的战争是虚无缥缈的，金钱是战争的主要命脉。”

“言之有理，”大古吉说，“等战争结束后，我会好好犒劳您和那些为我立下汗马功劳的将士们。”

第四十七章　大古吉运筹帷幄部署了兵力
赌科帝用如何杀死哈斯提沃
皮克罗肖下令处死赌科帝用

就在这几天，贝塞（酾农附近）、老市集、圣雅克郊区、特雷诺、巴里叶、里维埃、圣保罗岩、沃布尔东、波蒂伊、布里蒙、克朗桥、克拉旺、格朗蒙、布尔德、维落梅尔、于伊姆、塞尔热、于塞、圣鲁昂、庞祖斯特、科尔德罗、威隆、古来拿、肖泽、瓦尔纳、布尔格伊、布卡小岛、格鲁莱、纳尔西、康德、蒙索罗和其他附近的城邦纷纷派使臣慰问大古吉，说他们已经获悉皮克罗肖王干了伤天害理之事，为维护源远流长的盟约关系，决定提供任何必要的援助，包括人力、财力和其他必要的武器供给。

根据他们所签署的协约，一共筹集了一亿三千四百万零二点五块金币，征召了一万五千武士，三万两千轻骑，八万九千弓箭手，十一万四千名民兵，一万一千两百门火炮，有双筒炮、迫击炮、螺旋炮，再加上四万七千名童子军，并提前付给他们每人六个月零四天的军饷和生活必需品。高康大既没有拒绝，也没有接受这一切援助，只是表达了他最诚挚的谢意，说他会以智取为上尽量做到无须动用这么多好人以结束战争。他只需要借调平日驻扎在拉德维尼埃尔、夏维尼、格拉沃和甘格奈的军队，共计二千五百名武士、六万六千名步兵、两万六千名火炮手、两百门大炮、两万两千名民兵、六千轻骑兵，均按特定的连队编排，并配有财务、军需官、御马总管、军械师等必要的后勤人员。所有人员都训练有素、装备精良、随时破译和执行传递给他们的军事信号，一切行动听指挥，进攻敏捷，杀敌勇猛，沉着谨慎，协作抗敌，更像和谐演奏的交响乐器，或是同时报时的钟，而不只是一支部队或宪兵。

话说赌科帝用都统回到了克莱莫岩堡，一五一十向皮克罗肖王禀报他在大古吉那里的所见所闻。禀报之后，他词正言明地奉劝皮克罗肖王同大古吉重归于好，并说像大古吉这样宽宏大量是世上罕见的。他还补充说，大古吉对邻邦向来和睦相处，而我们却肆无忌惮侵扰，既毫无意义，也不合情理，这次出兵到头来只会自取其辱，损兵折将，我方凭微薄的兵力是不能轻易打败大古吉。赌科帝用话音未落，哈斯提沃立刻大声喝道：

"我王真不幸，竟有像赌科帝用这么容易变节的人辅佐。我一眼看穿他完完全全变节了，背叛了我们。若大古吉愿意挽留他，他肯定与敌同谋，倒戈讨伐我们的。不论敌友，只要德高望重者，都会受人钦敬的；同样，邪恶之徒，终将被揭穿和怀疑，即使敌人为权谋计而暂且利用，但奸佞变节之徒在他们眼里也只是卑鄙小人，一文不值。"

一听这话，赌科帝用一气之下拔出宝剑，朝哈斯提沃刺去，正好刺穿他的心脏部位，顿时倒地而死。接着，他从死者身上拔出宝剑，大义凛然地说：

"那些陷害忠良的人的下场就是这样！"

皮克罗肖王勃然大怒，对着那血淋淋、亮闪闪的宝剑说道：

"你手握敌人给你的剑，竟然当着我的面，心狠手辣地杀死我的好友哈斯提沃吗?！"

皮克罗肖王怒不可遏，随即命令弓箭手将赌科帝用碎尸万段。弓箭手立即执行，顿时刀光剑影，血溅宫墙，惨不忍睹。而后，皮克罗肖王为哈斯提沃举行了隆重的葬礼，却将赌科帝用的尸体从宫墙抛进深山野谷里。

暴躁王残忍处死赌科帝用的消息一下子传遍整个军营，官兵怒形于色，怨声载道。贪杯都统格利普皮诺对暴躁王说道：

"大王，战事胜负还未卜，而眼下军心涣散，人心惶惶，供给不足，才交手几次就损兵折将，而敌军却大大加强力量了，一旦敌军包围了我们，我看不出有什么脱险办法，只能束手待毙，全军覆没。"

"呸！呸！"皮克罗肖王咆哮起来，"你真是莫伦的鳗鱼，没进锅先喊冤！让他们来好了。"

第四十八章 大古吉如何进攻克莱莫岩堡并大败了皮克罗肖王的军队

军队由高康大全权统帅。他父王大古吉则驻守拉德维埃城堡，做好战前动员，许诺重赏立功的战士，以激励官兵勇猛作战。当高康大率军来到韦德渡口，利用临时造的小船和搭建的桥直接渡过对岸。高康大发现敌人困守城寨，居高临下，宜夜黑偷袭，才能稳操胜券。但吉姆纳斯特对高康大说道：

"大王，法国人生性多变，起初拼死拼活，比魔鬼还凶猛，一旦拖延战机，锐气便大减，比女人还没用。我建议稍微休息，吃点东西就开始进攻。"

高康大认为吉姆纳斯特言之有理，采纳他的建议，周密地部署，沿山地设下伏兵。修士一马当先，率领六团步兵和两百名武士火速穿越沼泽地带，直达山顶，扼守从酾农通往鲁顿的大路。

攻城战斗打响了。皮克罗肖王的部队首鼠两端，举棋不定，不知是冲出去迎战，还是原地不动，守住自己的阵地。后来，皮克罗肖王终于按捺不住，亲率一队卫兵，从城堡后方突围，没想到迎面却是如冰雹的炮弹，从天而降，原来高康大的炮兵埋伏在山谷里，炮火威力无比。

守卫城堡的敌军见势不妙，拼命顽抗，但射出的子弹却纷纷落在高康大的阵地之外，无一命中。有些敌兵侥幸躲过炮火，拼死拼活地反抗，但也于事无补，因高康大的部队已迅速闪到两侧，敌军却扑了个空，后遭两面夹攻，落得抱头鼠窜，又被修士切断了退路，慌作一团，慌里慌张，四处逃散。有人主张乘胜追击，却被修士拦住，他担心四处出击，兵力分散，陷于混乱，反遭敌军趁机反扑。因而，部队原地等待很久，发现没有敌军追杀出来。修士遂派深思熟虑的伯爵弗龙蒂斯特报告高康大，请他派兵占领左面山头以切断皮克罗肖王败退的后路。高康大立即部署，派清醒明断将军塞巴斯特率领四个军团去占领高地，但部队还没赶到山头，就正面迎上皮克罗肖王及其逃兵。于是，双方激烈交战。但巴斯特军团却遭到城头敌军万炮齐轰、飞矢如雨，损失惨重。高康大见势不妙，立即派强兵支援，命令炮兵集中火力向城头齐射，把敌人城中的火力引到这边来。

这时，修士发现城堡敌人防守减弱，立即发动猛烈攻势，率领一部分人抢先占了山头，冲进城堡。他心想突袭比较好，会使敌人陷于恐慌，不知所措。于是，修士留下两百名武士在外面接应，自己率领其余部队静悄悄地爬进城堡。突然，似天兵从天而降，杀声震天，守城的敌军吓得屁滚尿流，还来不及抵抗就全部被歼。他们打开城门，让两百名武士冲了进来。整个部队浩浩荡荡冲向战火密集的左边山头，从后面袭击皮克罗肖王的军队，打垮了敌军。敌军四面楚歌，陷入重重包围，高康大的部众已占领了城堡，只好乖乖地向修士投降。修士命令他们上缴所有的旌旗和武器后，把他们关在城堡的教堂里。他把里面的棠木十字架都搬走，并派卫兵守住大门，不许俘虏出门。然后，打开大门，出去援助高康大。

皮克罗肖王还以为是城内的军队出来援助他，便更加肆无忌惮地乱打一气，鲁莽应付。忽然听到高康大大声喊道：

“约翰修士，我的朋友，约翰修士，欢迎你！”

这时，皮克罗肖王和他的部众才恍然大悟，发现大势已去了，便仓皇溃散。高康大紧追猛打，一直追杀到沃高德里森林，才吹响收兵号令。

第四十九章　皮克罗肖王如何遭遇不幸 高康大如何处理战后事宜

亡命之徒皮克罗肖王逃向离鄜农不远的布沙尔岛，走到里维埃河路上，马失前蹄，一蹶不起，皮克罗肖王一怒之下拔剑把战马杀死。但没有人愿意把马借给他，他想顺手牵走附近磨坊的驴子，不料被磨坊主发现，把他打得鼻青脸肿，一身帅服也被扯得稀巴烂。后来，伙计只好给他一件肮脏破旧的农夫外套让他遮遮羞。

这脾气暴躁的可怜虫继续赶路。他跨过河到了胡奥码头，逢人便讲他的不幸遭遇，有一位老巫婆给他算命，告诉他等到凤凰飞过头顶时，他的王位就能恢复。后来没人知道他的下落，只是听说他在里昂做可怜的苦役，还是一样暴躁脾气，见到陌生人便问凤凰什么时候会飞过来。他对老巫婆的话深信不疑，心想总有一天会东山再起。

结束了战事，高康大首先清点人数，发现伤亡的将士并不多，只有勇士多而美率领的几名步兵阵亡，包诺克拉特受伤。高康大吩咐为部队备餐，按序就餐，并对管账的人说，账记在他名下。他号令全军，城镇既已收复就不能闹事，不能伤害民众。士兵用餐完都到城堡的广场集合，高康大分发给他们六个月的军饷。随后，高康大把皮克罗肖王的残兵败将，包括各位亲王和都统都召集到广场上，他将对俘虏训话。

第五十章　高康大对战败者讲话

“自古以来，每当战役结束时，我们的列祖列宗都认为纪念胜利和凯旋的最好方式莫过于施行仁义恩惠，使战败者感恩戴德，而不是在征服的土地上建筑任何丰碑。征服者心胸宽阔能赢得人心归顺，这远远胜过那些默默无言、风吹雨打、人心不服的凯旋门、英烈柱和金字塔。

“你们可能还记得，我们的祖上对布列塔尼人是多么宽大为怀啊！在圣奥班·德·科米埃战役[①]上，他们全被击败，帕特内城墙毁于一旦，而此时，守城的残兵败将却被允许自由地携带武器撤退。要知道，他们这些海地的野蛮人曾在萨布尔多隆和台尔蒙沿海横行霸道，干尽伤天害理的勾当，但我们祖上对他们仍是如此容忍宽大，你们听完一定大加赞赏。

“加拿尔国王阿发巴尔不满足自己已有的财富，像海盗一般进攻奥尼斯，疯狂洗劫了阿尔摩里克和周围岛屿，你们的父兄甚至你们都被我父王的善行所打动了，至今还在夸夸其谈，颂扬之声不绝于耳。这是因为在一次激战中，他被我父王打败并俘虏了。后来怎么样呢？如果他被其他的国王、皇帝或那些自称为天主教徒的人俘虏了，一定会被虐待，长时间被囚禁，并索取高价赎金。但阿发巴尔在父王那儿却受到礼遇。他住在父王的城堡里，像朋友一样，父王的宽厚仁慈令人难以置信，让他满载着礼物、恩惠和友谊平安回家。你们猜，后来发生了什么事？阿发巴尔一登王位宝座，

① 圣奥班·德·科米埃战役：指1488年7月28日查理八世大败布列塔尼大公之战。

立即召集所有的皇亲国戚和大小官员，向他们说，他在我们这里受到多么好的人道待遇，要求他们也要给世人树立榜样，讲求仁慈正直，和我们一样。于是，他们一致同意把整个王国交给我们，完全服从我们的意志。阿发巴尔随后立即率领九千零三十八艘大货船来拜见父王，船上不仅满载着皇室的金银财宝，而且还有来自全国各地的财富。当船起航时正刮东北偏西风，全国男女老少倾城出动，往船上递送金子、银子、金戒指、珠宝、香料、药材、香水，还有鹦鹉、鹈鹕、长尾猴、麝猫、狸猫、箭猪等珍奇动物，好像他们不往船上递送自己拥有的奇珍异品就不是好母亲生的。阿发巴尔一见到父王时，就跪下去要亲吻他的双足，父王认为不妥，连忙扶起他，以礼相待。而后阿发巴尔进贡他带来的礼物，父王认为这太贵重了，坚决谢绝。阿发巴尔深受感动，想让自己和他的子孙万代做父王的奴仆，父王认为这是不公正的，也不同意。阿发巴尔想把整个王国赠给父王，文书签章一应俱全，而父王却婉言谢绝，所签署的公文付之一炬。父王见加拿利人如此真挚淳朴，深受感动，热泪盈眶以致号啕大哭，父王动之以情，晓之以理，说他所做的事情只是举手之劳，不足挂齿。但阿发巴尔更是催促父王接受谢意，结果怎么样呢？若论赎身罚金，一个暴君满可以要他两百万金币，并将其长子、长孙扣为人质，但我们并没有那样做，他们实在过意不去，情愿世代向我们进贡，每年进贡二百三十万金币，第一年贡金立即付清。第二年又心甘情愿进贡两百三十万金币，第三年付了两百四十万金币，第四年三百万，以后逐年增加，我们不得不加以阻止，不要他们再进贡任何东西了，这就是感恩图报。世上万物随着时间的流逝则消耗殆尽，唯有行善积德才能与日月争辉。我们对理智之人施以恩德，他们将刻骨铭心，永志不忘。”

“因此，我不愿背离祖上留下的仁慈美德的传统，我在这儿赦免你们，释放你们，让你们又能像往常一样自由。你们离开这个大门之际还能领到三个月的薪俸，回去与你们的家人团圆。为了确保回家路上的安全，我派我的总管亚历山大率领六百名武士和八千名步兵护送你们，让你们不受乡民的报复。愿天主保佑你们！

“皮克罗肖王不在这儿令我深感遗憾，我想让他明白这一场战争完全不是出于我的本意，我一点也没想通过战争扩大我的势力或扬名。既然他完全从我们的视线消失，没有人知晓他从哪里消失，如何消失，我希望他的儿子能够继承王位，但他年龄太小(只有五岁)，他需要王国里的老臣和博学之士辅佐，一个没有国王的王国，若不能遏制官员的贪婪和腐败是很容易毁灭的。我有意命令包诺克拉特当摄政王，全权统领各部级官员,辅佐幼主,直到他能独立治理朝政、统治王国为止。

“我认为对作恶多端之徒软弱,轻易宽恕他们,会纵容他们再干坏事。

“我也想到摩西,他是当时最仁慈之人,但也严厉惩罚过以色列人中犯上叛变的罪人。

“依我看,恺撒大帝,是多么和善的君主,连西塞罗也说过,他的最伟大的能力莫过于拯救和宽恕每个人,然而,恺撒大帝在特定情况下,也严厉惩罚过那些叛逃者。

“有鉴于此,我要在你们走之前把下列这些人员交给我:首先就是那位好家伙马尔凯,他的毫无教养和无理的傲慢是这场战争的导火线;其次是他的那一伙烤饼商,他们对事态的发展掉以轻心,没有及时纠正马尔凯一意孤行的愚蠢作法;最后,就是皮克罗肖王的所有谋士、都统、官员和奴才走狗,是他们煽风点火,鼓动皮克罗肖王大举进攻我们,给我们带来了很多不便。”

第五十一章　战后高康大如何奖赏有功之士

高康大训话完毕，所列的要受惩治的战犯都已交出，只有自吹自擂伯爵博斯特威尔、屎尿都统席特法斯和小人公爵斯罗博登三人在开战前六个小时就逃跑了，一个一溜烟通过山口，逃到了阿尔卑斯山的莱格内尔，另一个逃到了维尔山谷，还有一个逃到西班牙的罗格卢瓦纳，一路上也不敢停下来，只顾回头张望，气也不敢喘；还有两个烤饼商，开战那天就一命呜呼了。其实，高康大也没对战犯怎么样，只是叫他们到他新开张的印刷厂里踩踩印刷机的踏板。

接着，高康大为那些阵亡的将士举行厚葬，把他们葬在胡桃谷和老火烧地，把伤员送到最好的医院包扎、治疗。他还根据战前的宣言，对给城镇和乡民造成的损失一一补偿。他还建了稳固的城堡，派兵防守，储备弹药，用以将来防范各种袭击。

高康大临行时，对所有兵团的士兵表示衷心的感谢，并将他们派往各营驻地，只留下第十军团的士兵及将领，因高康大亲眼看见他们的英勇善战，准备带他们会见大古吉父王。

好汉大古吉看到部队凯旋，欣喜之情难以言表，便设盛宴款待，珍馐美味，一应俱全，自亚哈随鲁王以来所罕见。散席时，他把宾客用过的器皿送给他们，全是纯金的，重达八十万零十四金衡盎司，还有各种古董，什么壶、碗、高脚杯、酒杯、坛、蜡杆、各式各样的碗、船形盘、花瓶、果盘等精致的器皿，全是纯金打造，镶嵌宝石和珐琅，工艺精美，都说工艺比材料贵重，并且，大古吉还打开金库，每人发给一百二十万金币。另外，他还尽量照顾个人的便利，把城堡及附近土地赏赐给他们，可世代享用(除非后继无人)。将克莱莫岩堡赠予包诺克拉特，将古德莱城堡赐予吉姆纳斯特，将蒙庞西埃峰堡赐予爱德蒙，将里沃城堡赐予多而美；审慎将军获得蒙索罗峰堡，耐劳将军获得康德城堡，勤劳手工获得瓦尔纳城堡，正直将军获得格拉沃城堡，亚历山大得到甘格奈城堡，贤哲索弗罗纳获得里格雷城堡，其他功臣也一一得到赏赐。

第五十二章　高康大如何为约翰修士创办特乐美①修道院

最后只剩下修士一人还未受到赏赐。高康大提出让他当塞野修道院院长,但修士拒绝了。高康大又提出把布尔格伊修道院,或圣弗罗朗修道院赐予他,让他选择最中意的一个,或者只要修士愿意,这两座富裕、古老的本笃会修道院统统归他管。但修士却斩钉截铁地回答,他既不愿负责,也不愿管理别的修士。

"我连自己都管不了,怎么去管别人?"修士答道,"倘若您确实觉得我为您效力,将来也会对您有用,那就这样赏赐我吧,按照我的计划创办一座修道院。"

高康大觉得这主意不错,便把卢瓦尔河流域,离奥港大森林两法里的整个特乐美地区赠予修士。修士请求高康大创立这座修道院要完完全全有别于其他修道院的清规戒律。

"那显然没必要建围墙了," 高康大说,"因为别的修道院都被围墙包围得严严实实。"

"确实如此,"修士说道:"没有围墙更好。前面一堆石头,后面再一堆石头,埋怨声、牢骚声会不断,还会有嫉妒和猜疑。"

"更有甚者,这个世界上有一些修道院规定:凡女人入内(我指的是循规蹈矩正派的女人),所经之处务必冲洗干净。新修道院得规定:凡有男女

① 特乐美:照希腊文的意思是意志、渴望,可能是符合特乐美院规"做你愿意做的事"。

修士进入特乐美修道院，所经之处也必须洗刷干净。还有，其他修道院的一切活动都是按照严格的作息时间进行的，按部就班。但在特乐美修道院不设时钟，也不设日晷，所有的工作随需而定，随时派合适人去完成。”高康大说道，“因为，计算时间是真正的浪费时间——从中可以得到什么好处呢？世上最荒唐的莫过于听从钟点的敲打来行事，而不是凭着自己的常识和感觉行事。再说，送入修道院的女子不外乎是独眼、跛脚、驼背、丑陋、畸形、疯癫、愚蠢、残废或脓疮满身的，进入修道院的男人也全是那些患结核病的、出身低微的、歪鼻的、弱智的，或是家庭的累赘。”

“是的，”修士说道，“一个女人既无貌，又无才，凭什么能遮丑呢？”

“送进修道院吧。”高康大说道。

“没错，”修士说道，“总能遮遮丑。”

特乐美修道院规定，除了貌美、身材姣好、有才情的女子和英俊、健美、有才情的男子，其余一律不接收。

同样，由于一般女修道院不允许男人入内，除非他们黑灯瞎火偷偷溜进去，因此，特乐美修道院将规定有女人就必须有男人，有男人也就必须有女人。

同样，不论男人或女人，一旦进入修道院，经过一年试修后，就必须终身修行。有鉴于此，特乐美修道院则规定，无论男女，入院后，进出自愿，来往自由，不受任何约束。

同样，一般的修士或修女通常要发三种誓言：守洁、清贫、遵守戒律。特乐美修道院规定，男女可以光明正大结婚，也可以变得富有，想住哪里就住哪里。

关于年龄规定，女人进入特乐美修道院的年龄是十到十五岁，男人则是十二岁到十八岁。

第五十三章 特乐美修道院如何兴建和筹资

为了修道院的兴建和配给，高康大拨款两百七十万零八百三十一枚金币，并从地福河每年征收费中拨出六十六万金币，设立占星术资金支付修道院，直到竣工为止。作为长期资助修道院的开支，他从地产收入中拨出两百三十万零六十九英镑，不收税，稳稳当当保证每年送钱上门，为确保万无一失，高康大还立好契据。

修道院外观呈六角形，每一角都矗立着一个大圆塔，直径为六十英尺，六个塔一模一样，卢瓦河从修道院北边流过。一塔坐镇河边称为北风塔，几乎延伸到河岸；往东有一塔为清风塔，再往东就是东风塔了。往南则为南风塔，往西为西风塔，最后一座就是冰风塔了。两塔的距离为三百一十二英尺。整个修道院有六层，从地下室算起为第一层。一楼和二楼有高高的穹隆，形如篮子的提柄。其他各层均采用弗兰德石膏做的圆形吊顶，屋顶细石板瓦铺盖，屋脊薄铅片包装，上面装饰着镀金的人兽小雕像，栩栩如生。两窗之间有排水口伸出墙外，沿着墙角的黄蓝水管直通下水道，排泄到河里去。

修道院气势非凡，比起波尼维城堡、尚堡和尚蒂伊城堡还要壮观百倍，有九千三百三十二套套房，每套包括前厅、私人书房、更衣室、祈祷室，并有门与大厅相沟通。塔与塔之间，塔与主楼之间，都有螺旋式楼梯相衔接，错落有致。水晶斑岩，努米底亚红色大理石和绿底红白花斑大理石铺成的阶梯，每块大理石宽二十二米，厚三指，穿廊步梯，每间隔十二级便有平台。平台设有外观漂亮的双重拱门，希腊式样，既可采光，也可作为进入楼层悬挑小间的通道，每小间与楼梯同宽，迂回而上，直达屋顶的亭台。步入旋转楼梯可通达两边大厅和各个套间。

从北风塔到冰风塔是一排漂亮的图书室，里面藏书颇丰，包括希腊文、拉丁文、希伯来文、法文、意大利文、西班牙文，所有书籍均按不同的语种分开陈列。

在主楼的正中央，通过三十六码宽的拱门便是一道豪华的盘旋楼梯。楼梯左右两边对称，十分宽敞，可容六个持矛的武士并排上楼，直达楼顶。

东风塔与南风塔之间是一道道富丽堂皇的画廊，上面画的是古代英雄人物的传奇轶事。历史故事、奇花异草和珍奇动物。这儿也有一道楼梯和一个大门，与面河的那边一模一样。在门上用古体大字写着一篇诗文：

第五十四章　特乐美修道院大门上的题诗

此地不许进来：道貌岸然的伪君子，偏执狂，
假冒者，自以为是的骗子，假道学，
他们比哥特人和东哥特人还要蛮横。

粗毛衣苦行僧，淫荡的修士，
四体健全叫花子，行骗传道者，
冷嘲热讽愤世嫉俗者；
通通到别处兜售你们的鬼把戏。

你们话语太邪恶，
搅乱我们的阵脚，
像一群嗡嗡苍蝇，
蝇屎满地全污染，
声嘶力竭没市场，
你们话语太邪恶。

此地不许进来：欲壑难填的师爷，
祈祷时拼命弄钱的食人者，
律师，书记员，痛风的法官，
你们用法律的粗棍棒痛打良善，

你们待他们像狗一样拴在牢笼里；
我们会把你们打得像青蛙乱跳，
把你们高高地挂在树上：

我们是正派的人，不是随便被法蹂躏的虱子。
离奇古怪的诉讼和官司，
不许在此纷争，
我们充耳不闻。
你们哼哼唧唧，
随意颠倒是非，
请到别处去发挥辩才。

此处不许进来：放高利贷的吸血鬼，
贪婪的骗钱犯，四体不勤，游手好闲，
你们吃人，用金子填满你们的肠子，
你们这些黑脸乌鸦，
又开枪瞄准了一笔交易，
虽然你们的地库爆满不义之财，
懒惰无赖，钱迷心窍，
总有一天地狱之门为你们开。

残酷无情的鬼脸，
扫地出门滚出去，
滚到远远的地方，
不许你们留此地；
永远滚蛋别逗留，
丧尽天良的鬼脸。

此外不许进来：你们这些淌口水的老狗，
一脸痛苦，一脸的酸辣相，
统统到别处去吧——嫉妒邑人不义之人，
充当造物主的危险人物，

你们比豺狼凶残，不管你们从哪里来，
到别处去吧，你们这群卑鄙小人！
你们那恶臭的疮痂，

再也不要在我们眼前出现。
荣耀和赞美之声，
充盈我们的日子，
我们欢快地歌唱，
天长地久人长在，
温馨和睦乐无比，
伴随荣耀和赞美。
此处有请，欢迎你们光临，
尊贵的骑士和绅士，
这里地灵人杰，
这里光明正大，
这里广纳贤士，不分贵贱，
请到我们这里来吧，与我们同乐，
噢，英勇的骑士、武士、仕媛、朋友，
一起来吧，创造更美好的日子。

第五十五章　他们如何在特乐美修道院生活

内院的中央有个洁白无瑕的喷水池,是用大理石砌成的。水里亭亭玉立着美惠三女神,各执“丰收角”,泉水从她们的乳房、嘴巴、耳朵、眼睛和其他体窍汩汩流出。

内院的四周由玛瑙石和云斑石的大圆柱支撑，两柱之间是气派非凡的古典拱门,拱门里是富丽堂皇的画廊,又长又宽,绘画装饰其间,还悬挂着鹿角、独角、犀牛角、河马牙、大象牙以及各种珍奇摆设,琳琅满目,美不胜收。

女修士的宿舍从北风塔一直延伸到南风塔,其余的是男修士宿舍。为方便女生游戏娱乐,在女宿舍的前面,两塔之间的空地上,开辟了运动场、跑马场、戏院、游泳池,还配有三种不同级的游泳池,各种设备齐全,应有尽有。濯发于香桃木的汤池,胜似人间仙境。

紧挨河边的是一个漂亮的娱乐场,中间有设计巧妙的迷宫。其他两塔之间是手球场和网球场。邻近冰风塔的是绿如泼墨的果园,奇异果木错落有序,呈梅花形状的。果园的尽头是绿茵茵草地和茂密的森林,林中栖息种类繁多的野生动物。

最后面的两塔之间是靶场,可玩火枪,或引弓射箭。西风塔外面有一排平房,供仆役使用;再过去就是马厩,马厩前面就是奇禽异兽的饲养场,有专业的猎鹰和猛禽训练员。每年,克里特人、威尼斯人和萨玛提人进贡各种猛禽,应有尽有,都是最好的品种,有猎鹰、隼、苍鹰、秃鹫、山雕、大鹏、矛隼、雀鹰、鸱鸮等。除此之外,还有其他种类。这些猛禽经过训练,从城堡放飞,掠过田野,所见的野兽无一幸免。再远一点,靠近林子和草地的就是猎犬场。

楼台馆舍的房间,包括小祈祷室,都挂着美丽精致的挂毯,随季节而更换。地上垫着绿毯,床上铺着各种刺绣的精品。每间更衣室立着光洁明亮的镜子,用威尼斯水晶玻璃做成,镶嵌金框,四周点缀夺目的珍珠,宽大的镜面,足以照出全身。女宿舍的大厅门外面,有美容室和理发室,遇有男客来访,可以在这里理发美容。每天清晨,美容室还向女士们供应各种香水,如玫瑰香、菊花香和香桃水,也给每位女士送来一支很珍贵的香,浸泡过各种香精。

第五十六章 特乐美修道院的男女修士如何装束

建院之初,女修士的穿着随心所欲,款式自选。后来出于自愿,她们做了改革,统一着装。

她们穿的大红或黄色的高统袜子,正好高出膝盖三指,袜筒口一律刺绣镶边,吊袜带和袖带同色(金色,或配上黑色、绿色、红色和白色),可从膝盖上或膝盖下吊起。她们穿的鞋子、便鞋或拖鞋,全是红色、紫色的天鹅绒鞋面,有虾须状饰边。

女修士的贴身内衣外面,是漂亮的紧身胸衣,贵重的丝绸和羊毛混纺而成。外面是塔夫绸裙子,有白、红、褐、灰等颜色,再外面是银色塔夫绸金线刺绣的螺旋花纹上衣,视心情、天气的变化和节日的不同而选择合适的颜色和缎料,有锦缎、花缎、橘黄天鹅绒,或褐色、绿色、烟灰、天蓝、橙黄、红色、猩红、雪白、金色或银色的呢子,边上有螺旋形花纹或刺绣,颜色多样,款式齐全。

外罩裙袍也是根据季节变化选择,有金黄色呢子镶上银边,红缎子金丝刺绣,或白色、蓝色、黑色或褐色的塔夫绸,或丝哔叽、丝毛混纺、天鹅绒配银丝呢、金黄的天鹅绒或锦缎,滚上各种图案的金边。

夏天,她们只穿短袍,也像长裙一样刺绣镶边,或者是摩尔式的长披风,紫色丝绒配上金线,或银色螺旋花纹刺绣,或金色流苏缀上印度细珍珠。头佩的羽饰总有漂亮的羽毛更换,颜色与衣袖匹配,再配上闪闪发亮的金子。冬天她们穿上塔夫绸裙袍,颜色与夏装相同,里面缝上猞猁皮、黑麝鼠皮、意大利卡拉布里亚山貂皮、紫貂皮或其他名贵的动物毛皮。

她们用的念珠、戒指、项链和项圈全用名贵珠宝做成,有石榴石、红宝石、橙红水晶、金刚石、蓝宝石、绿宝石、绿松石、玛瑙石、珍珠,还有稀罕的洋葱珍珠。

她们头上戴的帽子也是随季节而变,冬季是法国式的,那天鹅绒的帽子就像辫子一样垂挂在背后;春季,是西班牙式的,戴上网眼面纱;夏季是意大利式的,把头发盘起来缀上珠宝,但在节假日还是选用法国式的,显得更合适,也更庄重。

男士的装束也是有讲究的:薄呢或丝哔叽的长筒袜,颜色有大红、黄色、白色或黑色;与袜子颜色一样的天鹅绒裤子,开口随个人的喜好选择花样刺绣。上衣有金银线呢绒、天鹅绒、锦缎、大马士革呢、塔夫绸,与裤子颜色一样,在式样、装饰和配饰上十分考究,简直无懈可击。鞋子用银色带子跟裤子系在一起,颜色与袜子相配,带子两端有镶金珐琅坠子;他们的内衣和道袍选用金丝呢或银丝呢,或根据自己的喜好选择刺绣的天鹅绒。他们的道袍同女修士的裙袍一样用料考究,精心制作,还配有丝腰带,颜色同裤子相配。每个人腰佩一把精美宝剑,剑柄精雕细刻,天鹅绒剑鞘,颜色同长筒袜相配,鞘端用黄金和精工细作的珠宝镶嵌;刀刃的装饰也一样精美。帽子是黑丝绒的,密密麻麻点缀了金果和金扣,羽饰是白色的,缀上闪闪发亮的金片,还用红宝石、绿宝石等珠宝作饰边。

日复一日,男女修士有着亲睦关系,为此,他们每天连装束也色调一致。为了保证配合默契,设有专人负责,每天早上报告男修士,今天女修士着什么服装,因装束上还是女修士说了算。

男女修士装束如此讲究,布料精致华丽,可别以为他们很多时间花在穿衣打扮上。每天,服装保管员会提前把一切穿着行当准备好,女仆训练有素,一眨眼工夫就把修女从头到脚打扮得整整齐齐。为了确保原料、剪裁和制作上有条不紊,在特乐美修道院的林子那边有一排平房,延伸一里多长,房屋光线充足,设备齐全,住着铁匠、珠宝匠、刺绣工、裁缝、金线工、制绒匠、织毯工、家具装饰用品工,他们都做好本行,只为修道院里的男男女女服务。所需的金属、矿物和布料由诺西莱图斯老爷承办。他每年用七只大船从小安的列斯群岛、珍珠岛和野人岛载来金块、生丝、珍珠和各种各样的宝石。如果珍珠失去光泽和纯度,就如阿维森纳所说的,让大公鸡吃下去,就像喂老鹰吃泻药一样,公鸡拉出来的珍珠又恢复原来的亮度和色泽。

第五十七章 特乐美修道院如何管理自己的生活

特乐美修道院的生活起居不是按法律、章程或条例行事，而是根据自己的意愿和主张来行动的。他们觉得该起床就起床，吃、喝、工作、睡觉也全凭个人喜好。没有人叫醒他们，或要求他们吃、喝，或做其他事情。这恰恰就是高康大所规定的。修道院的法规就是这么一句：

做你愿意做的事。

因为出身良家，受过良好教育的自由人，与品性正直的人为伍，会本能地驱使自己去扬善弃恶。这种本能来自天性，称之为"道义"。如果用卑劣手段来束缚和压迫他们，奴役他们，势必使他们崇善的高度热情，转用于摆脱和挣脱任何桎梏的奴役。因为人们总是喜欢追求被禁止的东西，越是渴望做的事越想做。

有了这种自由，遇到让人高兴做的事，他们会争先恐后去做。如果有一天，修士或修女说一声："我们喝酒吧！"大家都去喝酒了；如果有一个人说："我们去玩吧。"大家都一起去玩；如果有人说："我们到郊野去吧。"大家都一拥而上。若是他们出去放鹰或打猎，修女们也会参加，骑上温驯的乖乖马，步履轻盈又神气十足，优雅地摆弄着笨重的皮手套，每人架着一只猎鹰，或是一只小鹞子，或是雕(其他的猛禽则由男修士携带)。

修道院的男女修士都受到良好的教育，没有一个人不知书达理，不懂得演奏乐器，人人都会讲五六门外语，会写诗作文，里面的骑士个个勇武豪侠,动作敏捷,英姿飒爽,再没见过比他们更精力充沛、更灵活敏捷,更武艺高强的骑士了。也从来没有见过像这样的修女,个个秀外慧中,温柔善良,心灵手巧,飞针走线,样样拿手。

正因为如此,修道院的修士迫于父母的要求或其他原因,必须离开修道院时,总会从修道院带上一位心仪的修女结为连理,他们在修道院相知相爱,朝夕相处,情爱弥坚,结婚后举案齐眉,相敬如宾,白头偕老,直到生命垂危之际,还是相互搀扶,甜蜜胜燕尔新婚。

我差点忘记告诉诸位一首诗谜,刻在修道院的坟墓里的一块大铜牌上,是这样写的:

第五十八章 诗谜预言

期待命运眷顾的可怜人，
振作起来且听我谈一谈，
要是能够坚持不渝相信，
日月经天命运可以观测，
凭聪明才智可预知祸福，
前瞻世上万物占卜未来，
抑或天主赋予我们力量，
未来运图完全可以预料，
既然神机妙算皆可推测，
未来吉凶祸福都有定数，
诸位若愿意听我道分明，
鄙人立马预报世上一事，
就在这里不会超出今冬，
游手好闲者将在此游荡，
他们无所事事闲得无聊，
在大庭广众面前耍手段，
到处煽动众人挑逗事端，
不管圈里圈外贫富亲疏。
谁若轻信他们一派胡言，
难免卷入纷争自食恶果，

至爱亲朋争夺相煎何急；
儿子恬不知耻投靠恶人，
胆大妄为公然反对家父，
竟然不知犯下弥天之罪，
即使显赫望族至尊眷属，
也会众叛亲离遭到攻击，
受尽尊敬享受锦衣玉食，
到头来落汤凤凰不如鸡，
常言道九鼎至尊轮流当，
履顶峰不胜寒回头失落，
其间多少浪潮汹涌澎湃，
世事纷争云水翻腾激荡，
古往今来风云际会莫测，
也从未看见过如此混乱。
军阀重开战乱世出英雄，
热血洒疆场豪气贯长虹，
野心勃勃痴人妄想吞象，
风华正茂岂料战死沙场。
一旦血气方刚投身其中，
背水一战怎能半途而废，
只听吵吵闹闹甚嚣尘上，
惊天地泣鬼神寸土必争。
到那时寡恩鲜耻逞威风，
到头来正人君子义难伸；
愚蠢人人信仰言听计从，
我们只好开始学习糊涂，
无知草包反倒成了裁判。
洪水肆无忌惮铺天盖地！
比作洪水一点也不过分，
四时农事哪能耽误种植，
那时风波乍起后劲犹酣，
直到风云翻滚惊涛骇浪，

顶风搏浪战士防不胜防，
被巨浪卷走浑身湿漉漉，
事出有因理应咎由自取，
他们全身投入不肯宽待，
甚至无辜羊群也不放过，
忙着开膛破腹抽筋剥骨，
不是为了上供祭祀神明，
而是成了凡夫俗子美餐，
到现今请各位好好考虑，
世上万物如何逢凶化吉，
纷扰世事怎能求得平静，
滚动的球体如何能安宁？
愈是得利愈是不甘释手，
切勿错失良机牢牢把住，
费尽心机巧施千方百计，
圆球心甘情愿负起重轭，
哪知惨遭失败一蹶不振，
将落到败北的罪魁头上；
可惜一错再错后悔莫及，
一度回光挽留夕阳西沉，
但大地终将被黑幕笼罩，
比日食比黑夜还更深邃，
瞬时自由将从大地消失，
得不到上天半点的光照，
茫茫大地惟余一片苍凉。
还有沉沦泯灭潜在后头，
此前终日不安诚惶诚恐，
山岳震撼好像强烈地震，
就是埃特纳火山顶头压，
提坦之子也不觉得猛烈；
意想不到竟会突然发生，
伊纳里美忽然山崩地裂，

巨人提丰力拔山气盖世，
连忙拔起山峰抛进海底。
快如风迅如电顷刻之间，
大起大落令人可悲可叹，
把握不住只好让人称雄。
暂告一段落正是好时机，
长期练兵也该有个终结，
因刚才提到的那股洪水，
提醒人人应该马上回归，
可是人们正当告别之前，
星空灿烂火焰如此明亮，
蛟龙降服宣布大功告捷。
变故过去之后留有余响，
蒙天主眷念的喜气洋洋，
饱尝玉液琼浆山珍海味，
还有巨大的荣誉各赏赐；
上天所憎恶的一无所有，
这是理当如此命运注定，
事情到这里也该告终了。
人人得到了他预定命运，
坚持到底的人受到尊敬。

高康大读完这首诗谜，深深地叹了一口气，对在场的人说：

“福音的坚定信徒受人迫害，并非始于今天；但只有不被世俗观念所囿，始终如一地沿着天主和圣子所指明的目标奋勇前进，永不偏离这神圣路标的人，才是幸福的。”

修士问道：

“依您所见，这篇诗谜指的是什么，该怎样理解呢？”

“那还用问吗？神道无边，万古流传啊。”

“圣戈德朗做证！”修士说道，“我不这样认为，这显然出自亚瑟的老术士、预言家梅林①之手。仁者见仁，智者见智，只是各抒己见而已。你和大家

① 梅林，即梅林·德·圣日列，十六世纪诗谜作者。

喜欢玄念猜想,那是个人的自由。不过在我看来,这只是用晦涩的语言描述了一场球赛罢了,别无深奥道理。那些挑起纷争的有闲之辈,其实就是球赛的朋友。一般经过两场角逐,球员一出一进。绳子横跨球场中间,球是从线上或线下过,全凭场上第一人说了算。所谓滔滔洪水,其实就是大汗淋漓;那球拍的网线是用羊肠子做的,浑圆的机体就是指网球。比赛过后,人们稍为休息,拥着炉火而坐,更换衬衫,然后欢悦地步入宴会厅,得胜者自然春风得意,尽情畅饮!"

第二部

渴人国国王庞大固埃传奇

还巨人本来面目谱写英勇功勋

第五元素提炼者瓦索朗弗·雷伯拉遗作

于格·萨莱尔[1]大师致本书作者的十行诗

若因幽默诙谐寓教于乐，
作者妙语惊人赢得喝彩。
你的大作问世天下风行：
足下微言大义一目了然，
书中妙趣横生叶茂根深，
开卷有益令人赞叹不已，
宛如是德谟克利特再世，
尘世万象尽管嬉笑怒骂，
不论成败只要持之以恒，
下界不认光环自在天庭。

天下所有虔诚的庞大固埃主义者万岁！

① 于格·萨莱尔（1504–1553）：法国著名诗人，《伊利亚特》的法语翻译者。

作者前言

威名四海的豪俊、绅士和一向乐于善信的精英们，你们想必看过、读过或听过《超凡的巨人高康大无与伦比的伟大编年史》，而且像虔诚的教徒阅读《圣经》一样，爱不释手，深信不疑；当你们与名媛淑女百无聊赖时，找不到更好的话题消遣时光，曾多次津津乐道书中的奇闻轶事，借以排遣寂寞与无奈，你们因此受到高度赞赏和永远的祝福。

我当然希望人人放下手中的劳作，忘记自己从事的职业，把一切都抛诸脑后，排除私心杂念，全神贯注地阅读；切勿心不在焉，应把书中的故事牢记在心，以防万一印刷厂歇业了，或者世上所有书籍遭到销毁，我们依旧能把书中的故事告诉子孙后代，就像是宗教的经典代代相传。本书蕴涵的内容博大精深，不是那些长满疥疮的狂妄之徒所能想象得出的，他们对书中的插科打诨的理解之差，比起拉克雷[1]教授对《罗马法》的曲解，有过之而无不及。

我认识很多高官显爵，他们到野外猎获猛兽或放鹰飞捕野鸭时，如果跟踪不到野兽，或者猎鹰只顾在空中追逐彩云而忘了扑向野鸭时，一定会很扫兴。此时，他们就是靠谈论高康大无与伦比的英雄事迹来聊以慰藉，解闷消愁的。

还有些人（这可不是无稽之谈）牙痛难忍，不知付给医生多少钱还未

---

① 拉克雷：多勒法学教授，作者有意讽刺他连《罗马法》也不懂。

治好，索性贴上一块膏药并用两块热毛巾夹了这本《高康大的伟大编年史》压在痛处热敷，居然疗效显著，比任何药品更有效。

至于那些可怜的花柳病和痛风病患者，我们无数次看到他们浑身涂满膏药和各种油脂，脸膛油光发亮，像餐柜白晃晃的小锁；牙齿上下打颤，如同教堂的管风琴或钢琴的琴键，在乐师的手指下跳动不止。他们口吐白沫，就像被猎犬逼进陷阱的野猪！他们还能做什么呢？唯一能使他们看到希望的是请人读上几页高康大传奇给他们听。有些接受蒸气治疗法的患者，痛苦难熬时，人们便给他们念高康大传奇，疗效立竿见影。他们边说边洗澡边听这本书的故事，真像临盆的妇女听到有人为她们念《圣玛格丽特传》一样，浑身轻松。如果还感到不够舒服，那他们只得去见魔鬼罢了。

这本书虽奇效无比，也许还有人认为不算什么。那好吧，你们若能再找出一本书，不论是何种文字，何种题材，只要也有如此魔力，同样的功效，那么我愿意献出半“品脱”肠子。不会有的，先生们，不会有这种书的。我这本书是唯一的一本，是无与伦比、举世无双的。即使我被当成异端，在火刑柱上受刑，我还是坚持这种说法。如果有人认为还能够找得到，那么他们肯定是江湖骗子、宗教狂热者、说谎大王、邪恶的教唆犯。

的确，有些高质量的书也具有某些令人惊叹的魔力，比如《大酒鬼》[①]《魔鬼罗伯尔》[②]《巨人菲拉布拉斯》[③]《勇猛无敌的威廉》[④]《波尔多的于勇》[⑤]《蒙台维尔》[⑥]和《玛塔布鲁娜》[⑦]，但这些书与我所谈的这本书相比要逊色多了，不能相提并论。根据不可否认的事实，人人都知晓《巨人高康大的编年史》的神奇功效，因为这本书在两个月内所销售的册数比《圣经》九年销售总数还多。

正因为如此，我，你们谦卑的仆人，为了给你们更多娱乐，现在再奉献给你们一本书，它跟头一本是从同一个金模子印出来的，但更理性一些，

① 《大酒鬼》：作者虚构的书名。

② 《魔鬼罗伯尔》：描写十一世纪诺曼底大公罗伯尔一世的故事。

③ 《巨人菲拉布拉斯》：十二世纪武功诗。

④ 《勇猛无敌的威廉》：描写爱蒙四子的武功诗，威廉为四子之一。

⑤ 《波尔多的于勇》：十二世纪武功诗，于勇为作品中英雄。

⑥ 《蒙台维尔》：十四世纪风行一时的蒙台维尔游记。

⑦ 《玛塔布鲁娜》：一本骑士小说，玛塔布鲁娜为小说中狠毒的老祖母。

更可信一些，具有同样功效。希望你们不要以为我是犹太人谈法律，自吹自擂（如果这样是大错特错）。因为我并不生在那个地方，从未撒过谎，也从未编造虚假的东西。我是一只鹈鹕，殉道者和殉情者的神圣肉体喂饱了我，我只会说出我亲眼看见的。我要说的就是我所见的庞大固埃令人敬畏的英雄事迹。我从懂事起到现在都一直在为他效力。有了他的允许，我才回到故乡看看我是否还有亲人活着。

我在结束这篇前言之前发誓，假如我有写下半点的谎言，就把我的灵魂和肉体、五脏六腑交给魔鬼处置吧。倘若你们固执己见，还一味认为我写的故事不可信，就让圣安东尼的火烧死你们，让你们的羊痫风发作，遭五雷轰顶，让你们腿脚生疮，溃烂、走不动。

叫你痛苦如油煎，
浑身疼痛坐针毡，
银针根根刺入肉，
五脏六腑全扎遍。

让你们像所多玛和蛾摩[①]那样毁灭在硫黄里、大火中、深渊里，顿时化为乌有。

① 所多玛和蛾摩拉被天火焚毁。故事见《旧约·创世纪》第十九章。

第一章　庞大固埃的家谱溯源

趁现在闲聊，我不妨给你们介绍一下好汉庞大固埃家族的渊源，这并非无所益，也不会浪费时间。因所有著名的史学家都是这样开始作传的，不仅阿拉伯人是这样，巴巴利人，罗马人，还有那些真正懂得举起酒杯，按教规喝酒的高贵希腊人也是如此的。

请大家注意，在世界形成之初（我指的是远古时代，按古时德鲁伊特的计时方法，要用四十几个四十个夜晚方能算出具体时间），亚伯被他的哥哥该隐杀死后不久，正义之血浸染了大地，土壤出奇肥沃，馈赠给人丰硕的果子；特别是欧楂，三个就能装满一蒲式耳了，那一年就叫作“大欧楂年”。

这一年开始采用希腊历法，所有的经书都这样写着，那年的大斋节并不是三月份，现在的八月中旬当时才是五月。我记得是十月初，或是九月末（我尽量努力想着，不要弄错），所有的史书都记载着有三个木曜日的那个出名的星期。因闰年不规律的原因，确实出现一星期有三个木曜日。太阳就像跛了脚一样左偏了，月亮远离轨道六千多英里，显然，所有被称作托勒密的星体摇晃着，颤动着，昴星团中央的那颗星也远离伙伴，偏向赤道。处女座的那颗叫作角宿的星星也滑到天秤座。这天相变化之大真是惊世骇俗，令人费解，就是天文学家研究再三，也不得其解；若能一口啃下这难题，他们的牙齿也的确太长了。

你们肯定想到的，又红又大的欧楂令人垂涎，人人都说味道好极了。那位老圣人诺亚（我们当然要感谢他为我们种了那值得称颂的葡萄，才能酿出琼浆玉液般的、香气四溢的葡萄酒，饮之飘然似神仙，被称之为酒的饮品）饮酒贪杯，喝多了也会神魂颠倒的，他忘了酒有这么猛的功效。那时候，男女老少都像他一样，只顾尽情享受这肥美的欧楂了。

谁能想到，病从口入，吃了欧楂后，每个人身上都长了可怕的肿块，只不过肿的地方不同罢了。有的人肚子肿了，像个圆滚滚的大桶，他们就在上面写着：万能的大肚。这都是些嘻嘻哈哈的乐天派，后来的大肚皮圣人和大肚皮星期二就是这一派系的后代。有的人肩膀鼓起大包，背驼成一座小山，被叫作"人山"，或"背山人"。这些人现在还遍布世界，他们当中不乏男人和女人，也有贵族和平民，这一族系哺育了伊索。他的箴言和善行都有文字记载，代代相传。

有的人在我们称之为"天然的挖土机"的这个部位增长了，那个东西变得又长又粗壮，坚挺得像骄傲的孔雀。据说，以前那东西就是这样，当腰带使用，可缠腰五六圈。一旦这个东西快活起来，又扯风鼓帆，好像个个持着梭镖，赶着上靶场呢。这一派恐怕灭绝了，因女人们总是抱怨：

那粗大的东西再也没有了。

后半部的歌词，是你们所知道的。

有的睾丸长得特别大，三个就能装满一个大桶。这一族系的后裔就住在洛林，他们的球球不肯待在裤裆里，总是垂到裤管下面。

有的人腿脚长长的，若见了他们还会以为是长脚鹤、火烈鸟，或是踩高跷的。孩童从学校里学来的构词法，称他们为"长腿人"。

还有一些人鼻子长得特别大，就像长长的壶嘴，上面斑斑点点，有如天上繁星；脓疱密密麻麻，红红紫紫。这种酒糟鼻，只要见过法古特会长和昂热的"木脚"医生就知道是什么样子了。这种人并不热衷五谷、水和茶，他们就是爱喝酒。巴布里斯·奥维德斯·那索也就是现在被称作奥维德就是这一族人。后人为他们写下了"忘了我的罪过"，其实是"忘了我的鼻子"。

一些人耳朵长得特别大，单一只耳朵就足够做成一件上衣、一条裤子，外加一条头巾，另一只耳朵可以做成西班牙斗篷。据说这一族系繁衍下来，住在波旁，我们说的"波旁耳朵"就是这样来的。

有一些人身体硕大，就成了巨人一族，庞大固埃就是他们的后代。

沙尔布劳斯是巨人的始祖，

沙尔布劳斯生了萨拉布劳斯[1]，

萨拉布劳斯生了法里布劳斯[2]，

法里布劳斯生了乌尔塔里，喜欢面包浸着肉汤吃，成了洪水泛滥时代的国王，

乌尔塔里[3]生了宁录[4]，

宁录生了阿特拉斯，他用双肩擎住苍天，不让它塌下来，

阿特拉斯生了哥利亚[5]，

哥利亚生了爱里克斯，这位西西里巨人就是玩碗碟把戏的发明者，

爱里克斯生了提图斯，

提图斯生了阿里翁，

阿里翁生了波吕斐摩斯[6]，

波吕斐摩斯生了卡克斯，

卡克斯生了爱提翁，第一个患天花的人，是因夏天他没喝够冰凉的酒（意大利法学家巴塔奇姆可以证实这一点），

爱提翁生了恩刻拉多斯[7]，

恩克拉多斯生了塞乌斯，

塞乌斯生了提弗斯，

提弗斯生了阿鲁斯，

阿鲁斯生了奥托斯，

奥托斯生了埃吉翁，

---

①② 沙尔布劳斯、萨拉布劳斯、法里布劳斯都是作者虚构的，其他的名字有的来自《圣经》，有的来自神话，有的取自传记。

③ 乌尔塔里：据希伯来文记载，此为巨人，在洪水泛滥时，因骑在方舟上得以不死。诺亚曾从窗户送食物给他。

④ 宁录：基督教《圣经》故事人物，作为英勇的猎手而闻名。

⑤ 哥利亚：基督教《圣经·旧约》的《撒母耳记上》中记载的非利士族巨人，为大卫所杀。

⑥ 波吕斐摩斯：独眼巨人。

⑦ 恩刻拉多斯：百臂巨人，曾与诸神战，后为宙斯所杀，葬于西西里的埃纳火山下。

埃吉翁生了百手巨人布里阿鲁斯[1]，

布里阿鲁斯生了波尔菲里翁，

波尔菲里翁生了阿大玛斯特，

阿大玛斯特生了安泰[2]，

安泰生了阿伽托，

阿伽托生了保鲁斯，亚历山大大帝曾同他交战，

保鲁斯生了阿朗达斯，

阿朗达斯生了伽巴拉，他最先发明了与人干杯，

伽巴拉生了塞贡狄的哥利亚，

哥利亚生了长鼻子奥弗特，鼻子可直接伸进大桶喝酒，

奥弗特生了阿尔塔切斯，

阿尔塔切斯生了欧罗美东，

欧罗美东生了盖玛贡格，他是尖头鞋的发明者，

盖玛贡格生了西西弗斯，

西西弗斯生了泰坦，泰坦又生了海格立斯，

海格立斯生了恩纳克，他是医治手生湿疹的高手，

恩纳克生了法布拉斯，后来曾被法国贵族、罗兰的战友奥利维尔击败过，

法布拉斯生了摩尔根，就是世界上第一个戴眼镜掷骰子的人，

摩尔根生了法拉卡苏斯，梅林·可卡伊在诗中写过他(其实他就是提奥菲罗·佛南哥)，

法拉卡苏斯生了菲拉古斯，就是萨拉森的巨人，

菲拉古斯生了哈帕穆斯，他是第一个把牛舌放在火炉上熏了吃的人，而在以前，牛舌跟火腿一样，都是腌着吃，

哈帕穆斯生了波利瓦拉斯，

波利瓦拉斯生了朗格斯，

朗格斯生了格奥弗，他的睾丸是杨木，那根东西是棠球木的，

格奥佛生了马切弗，

---

① 布里阿鲁斯：百手三巨人之一。

② 安泰：巨人名，只要身体不离土地就能百战百胜，后被海格立斯识破，把他举在空中掐死。

马切弗生了布鲁斯勒弗，

布鲁斯勒弗生了恩格勒冯，

恩格勒冯生了盖拉哈，他发明了酒瓶，

盖拉哈生了米尔朗高，

米尔朗高生了盖拉弗，

盖拉弗生了法鲁丹，

法鲁丹生了罗伯斯特，

罗伯斯特生了康布拉的索尔蒂布兰特，

索尔蒂布兰特生了莫米尔的布鲁申特，

布鲁申特生了布鲁埃尔，他在同法国上议员“丹麦人奥吉尔”的战斗中被击败，

布鲁申特生了马勃兰，

马勃兰生了弗塔斯农，

弗塔斯农生了哈克巴克，

哈克巴克生了维德格兰，

维德格兰生了大古吉，

大古吉生了高康大，

高康大生下了尊贵的庞大固埃，他是我的主人。

我完全明白你们看完这一段后，定会产生疑惑的，这是理所当然。你们不禁要问：这怎么可能呢？在洪水时代，除了诺亚和七个人待在方舟里得以脱险外，其余都被洪水淹死了。而这七个人的名单，查来查去也没有前文提到的乌尔塔里？

可以肯定，你们的疑惑是合情合理的。我的答复也会使你们满意，要不然就是我神志不清。因当时我不在场，也无法目睹这一切，更不能信口胡言，但我只相信犹太人的老学究——也就是希伯来文《圣经》的解释者的权威论断。他们也认为，乌尔塔里当时不在诺亚方舟里，但并不是他不愿进去，而是他体形巨大进不去；他只好骑跨在方舟顶上，两腿叉开，跨在方舟的两边，就像小孩子骑木马，又像伯尔尼的“大公牛号手”[①]骑在一门

① 指1515年马利尼昂之战役，法国人打败了瑞士人，一个非常肥胖的伯尔尼人是个吹号角的，他带领七八个战友破坏过敌人两三门大炮。

发射石弹的大炮上。他简直如骏马一般，不知疲倦往前冲。他也因此而得名，除了天主之外，他就是另一个搭救诺亚方舟中遭难者的人了。正是他，用腿夹着方舟前进，用脚控制着方舟的航向，就像船上的舵手一样。为了答谢他的恩情，方舟里的人从一个烟囱中为他送来了足够的食物，还不时赞颂他一番，按鲁西安的话说，如同哲学家伊卡洛美尼普斯同天神朱庇特一样。

我这么一说，你们听明白了吗？那么，请大家干一杯，可不要往酒里掺水。如果你们也不相信，“我也不相信，因为她已经说过了”[①]。

① 这是一首民歌叠词，作者随便引用的。

第二章 巨人庞大固埃的离奇诞生

当高康大四百九十四岁又四岁，他的妻子——乌托邦雅马洛蒂斯国王的公主巴德贝克为他生下儿子庞大固埃，可惜婴儿一出生母亲就死了。因婴儿巨大无比，若不憋死其母亲，庞大固埃是无法出世见阳光的。

为理解庞大固埃受洗取名的由来，你们必须注意他出生那年有一场可怕的旱灾：整个非洲大陆已有三十六个月零三个星期又四天再加上十三个小时多一点的时间没下雨了。酷日炙烤着大地，土地全干裂了，比先知艾里亚[①]时代还更炎热，赤地上的树光秃秃的，没见一棵有叶子或花苞的。草枯河干，泉水断流，可怜的鱼儿在枯竭的河床上煎烤，张口呻吟着，挣扎着；空中干燥，没一丝水气，鸟儿飞不起来。狼、狐狸、牡鹿、野猪、斑鹿、野兔、家兔、鼬、貂、獾和许许多多动物都倒地不起，张着口，苟延残喘。人的遭遇更可怜了，就像连续跑了六个小时的猎犬，舌头伸得长长的，气喘吁吁的；好些人唇焦口燥，一头栽进井里解渴，有的人躲在奶牛肚皮下的阴凉处（荷马称这些人是“脱水人”）。大地死气沉沉的，毫无声息，像抛了锚似的。看到人们为了解渴而与恶劣环境搏斗的场面，真叫人心酸。单单保护教堂里的圣水不被干掉就够伤脑筋；还好教皇和红衣主教都明确规定，任何人只能蘸一点圣水。当神父走进教堂时，你会看到许许多多干渴的可怜虫挤在他身后，嘴巴张得大大的，以盼得到点滴赐福；他们唯恐圣

① 艾里亚：希伯来先知，约生于公元前900年，曾预言国内将大旱三年。后来果然如此。

水掉到地上，其窘相就像《路加福音》中那个受折磨的富人乞求凉水解渴一样。在那毒日炎炎、火辣辣的年代，谁家的地窖存满冰凉的酒就是十分幸运了。

哲学家在谈到海水发咸的缘由时，道出其中的原因：太阳神福玻斯让他的儿子驾驶那金光闪闪的太阳车，那个小男孩不知如何驾驭，不懂得太阳车应从一条回归线到另一条回归线的轨道行走，偏离了正道，离地球太近了，于是所经之处，太阳车底下的地面全部烤干，甚至把天烧灰了一大片，那就是哲学家称作"牛奶路"①，而醉汉和一些花花公子称为"圣约翰路"的地方，更有一些自命不凡的诗人说是朱诺给海格立斯喂奶时奶水洒下的地方。地球因此变热，大汗淋漓，这些汗水就汇聚成海水，海水也就变咸了。你们只需尝一下就知道这是不是真的，也可舔舔自己的汗水，或尝尝梅毒患者洗蒸汽浴时出的汗，哪一种都行，反正效果都一样。

就在这大旱三年出了这样一件事：一个星期五，大家都在祷告，巡行祈祷，唱赞美诗，祈求全能的天主发发慈悲，救苦救难。也许他们的祈祷感动天主，只见大颗大颗水珠冒出地面，就像有人在拼命出汗。这些可怜的人们开始欢呼起来，好像这就是真的有用的水。有人说空中没有水气降雨，大地就做出补偿。有一些人更有学问，说这是地球的另一端下的雨，这与塞内加②在《自然问题》第四卷中所解释的尼罗河水源的形成是一样的。但他们上当受骗了，巡行祈祷完了，大家赶紧去收集这珍贵的露水，咕咚喝下一大杯，却发现这是盐卤，甚至比海水还难喝，还要咸。

庞大固埃恰恰就是那个星期五生下来的，他的父亲就为他取了这样一个名字："庞大"，就是希腊文"一切"；"固埃"，阿拉伯语是"渴"的意思，暗示儿子出生的那一时辰大地饥渴，似乎预见到他儿子将来会成为"渴人国"的国王。同时，还有一个更明显的征兆说明这一点。孩子的母亲临盆时，所有的接生婆都等着接生，首先蹦出她肚子的是六十八个赶骡子的人，每个人都牵着一头驮着盐的骆驼，接着就窜出九只驮着火腿和熏牛舌的单峰骆驼，再来是七只驮着咸鳗鱼的双峰驼，还有二十五辆装满洋葱、大蒜、韭菜和青葱的大车，这可把接生婆吓坏了。但是有的人却说：

---

① 牛奶路即银河。

② 塞内加（公元前 4—65）：古罗马哲学家、政治家和剧作家。

“这真是太丰盛了,这说明我们喝酒时不该有所节制,或像瑞士人那样小心倒酒了。这真是好迹象,可以开怀畅饮了。”

接生婆正叽里呱啦闲扯时,庞大固埃蹦了出来,全身长满了毛,像只熊。一位接生婆预言道:“出生时浑身长毛,必定成大器,活在世上定会健康长寿①。”

① 民歌中词。

第三章 高康大的丧妻之痛

庞大固埃出生之时，谁目瞪口呆、惊慌失措呢？是他的父亲高康大。当如此英俊、如此硕大、如此健壮的儿子诞生了，但妻子却难产而死。面对这一切，高康大悲喜交集，真不知该说什么。他最为困惑的是不知道该哀悼妻子，或喜庆儿子诞生。他哭笑不得，按哲人们那套诡辩理论去做是不为过，但他还是不知所措，不懂得如何处置。他像只被夹住的老鼠，又像被逮着的小鸟一样团团转。

"我哭吗？"他问自己，"是的，应该哭，为什么呢？我亲爱的妻子死了，相濡以沫这些年，我再也见不到她了，她懿德风范，是无与伦比的。我再也不能钟情于她了，再也找不到像她这样的妻子了。这是多么巨大、无法弥补的损失啊！天啊，我做了什么错事竟遭如此惩罚。老天啊，你不公，为什么不让我死，却嫁祸于她呢？没有她，我日夜难度。啊，巴德贝克，我的爱人，我的小乖乖，我的小……（其实她那个东西足有三英亩大），我的温柔的小甜心，我的裤裆，我那舒适的旧鞋，我的拖鞋——我再也见不到你了！噢，可怜的庞大固埃，你失去了慈爱的母亲，你亲亲的奶娘，你至亲至爱的阿妈啊！死神，你瞎了眼，找错了门，你竟敢无情无义，心狠手辣地夺走我指天为证、白头偕老的妻子。"

他说着说着，就像母牛一样号啕大哭，但不经意间突然想到他的儿子庞大固埃，又像小牛犊一样顿时笑了起来。

"噢，我的乖儿子，"他说，"噢，我的小宝贝，我的小脚丫，你多么可爱，感谢天主赐给我这么一个漂亮的儿子，这么会笑，这么快活，这么漂亮！噢，我太高兴了！干杯，干杯！抛开所有的悲伤！小伙子，摆上上等美酒，洗净酒杯，铺上桌布，把狗赶走，让炉火熊熊燃烧，点上蜡烛，把那边的门关上，把面包切成片浸在汤汁里，把贫苦人都请过来吧，好好招待！帮我脱下这长袍子，我要穿上紧身的上衣，好好招待我的朋友。”

说到这里，高康大就听到教士祈祷念经的声音，他们是来为他刚死去的妻子送葬的。刚才说的话，他全然忘了，触景生情，又悲伤地说：

“天主啊，我必须永远悲伤吗？这令我太难过了。我不再年轻，我会变老的。在这多灾的年月，我会得热病，也可能就在这儿起不来。我就着贵族的名义起誓，少哭多喝才是上策。我的妻子死了——天主啊，原谅我这么说，我的泪水不能使她起死回生。她超脱了，不再受苦受难，她现在至少在天堂上。她为我们祈祷，她非常幸福，不再为我们的痛苦和灾难担心。我们都会有同样的命运：让天主保佑那些活着的人，我得开始考虑再给自己找个女人。”

“你们干什么去呢？”高康大冲着接生婆喊着，“所有这些聪明能干的女人们(你们在哪里？我的朋友，我怎么一个也没看见)，你们都去看她下葬吧，我在这儿给我的儿子摇摇篮。我觉得自己像被掏空了似的，我可能要生病了[①]。先喝酒去，喝了会好受些，我以我的人格担保，请相信我。”

接生婆们照办了，都去参加葬礼，可怜的高康大待在宫里，他为妻子写下墓志铭，请人刻在碑上：

我高贵妻子死于分娩，
哀其不幸我啼笑皆非；
她美妙绝伦恰似天仙，
明眸皓齿又身段窈窕，
祈祷仁慈天主施恩惠，
请宽恕她从未招非议，
爱妻长眠于此像睡莲，
哀悼于某年某月某日。

---

① 作者有意指出当时国王是不参加葬礼的，连他们亲近眷属的葬礼也不参加。

第四章　庞大固埃的童年

古代的历史学家和诗人常在著作中提过，许多人出生离奇古怪，类似这种事不胜枚举，我就不再重复了。如果你们有时间，可读读普林尼《博物志》的第七章《惊人奇妙的降生》就知道了。但庞大固埃的出生更是世之罕见，你们很难相信他长得如此神速，如此健壮。比起他，海格立斯在摇篮里掐死两只蟒蛇是不值一提的，因那蛇并无攻击性；而庞大固埃在摇篮里的表演才真是惊世骇俗。

在这里，我且不说庞大固埃每顿饭是如何喝下四千六百头母牛的奶，也不说为了给他铸造煮奶的大锅，动用了安茹省索默市、诺曼底省的维尔第欧市、洛林的勃拉蒙市所有的打锅匠，也不说为了倒热牛奶特造一只大的木槽（这只木槽还在伯吉斯，就放在宫殿附近）。当时，庞大固埃的牙齿已长得十分巨大坚固，一口就把木槽咬下一大块，你们可以去看看。

一天早上，人们带了一头奶牛准备给庞大固埃吃奶（史书从未记录过他用其他方式吃奶），他竟然挣脱了摇篮上的布带，伸一只胳膊，从牛的腿弯下面抓住那头奶牛，一下子就吃掉它的两只奶、半个肚子，还有肝和肾。若不是奶牛嗷嗷直叫，他会把整头牛吃掉。人们闻声赶来，才把奶牛从他手里拽走。可是，庞大固埃力大无比，还死死地抓住牛腿，像咬香肠一样津津有味啃起来，连骨头也咬碎吞下，就像鸬鹚吞食小鱼那样。吃完后，他还大声喊着："好吃！好吃！好吃！"因他口齿还不清，只是想让人们表明他觉得牛腿好吃，再给他多吃点。看到这情景，仆人们就找来最大的缆绳把他绑起来,那绳子粗得像从泰恩港往里昂运盐的货船用的缆绳,比起停泊在诺曼底的哈弗尔港口的法国第一艘大海轮上用的缆绳也相差不了多少。

庞大固埃的父亲养了一只大狗熊,有一天偷跑来舔他的嘴巴(他那懒惰的奶妈没有把他的嘴巴擦干净)。这时他轻而易举地挣脱了粗绳,就像大力士参孙挣脱非利士人捆在他身上的锁链。我的主啊,他一口就把狗熊叼起来,像吃小鸡一样嚼起来,大口大口趁热吃着。

高康大担心孩子这样做,恐怕连自己也会被伤到,忙叫人找来四条粗链把他绑起来,摇篮也牢固地加了防护,围成个拱形。那四条粗链现在有一条在拉罗切尔,晚上,码头上两座高塔中间牵起的铁索就是;另一条在里昂,还有一条在安尔,第四条被魔鬼拿去捆绑路西弗了,正好那天早饭,他如同吃炒肉般地吃了一个巡官的灵魂,腹绞痛,被折磨得大撒野而把铁索挣断。现在你们总该相信尼古拉·德·里拉[①]评注《诗篇》里赞美巴桑国王奥格的那段话:奥格小时候,力大无比,桀骜不驯,只得用链子把他捆在摇篮上。现在,庞大固埃果然老实地待在摇篮里,因为他不容易扯断四条铁链,况且摇篮里没有足够的空间让他施展拳脚。

但这种事却恰恰发生了。有一天,高康大要备盛宴款待宫廷里的贵族亲王,所有的人都为这宴会忙得团团转,无暇顾及可怜的庞大固埃,没人理睬,只把他冷落在一边。这时,他干了什么呢?

我的好朋友,听我细细说来。

他想试一下挣脱摇篮的锁链,但是太粗大了,没办法。于是他用两脚乱踢,终于把摇篮的一边踢开了,另一头却用三尺见方的大横梁挡着。这样,他把两脚伸出摇篮外,并用力把脚向下挪动,使两脚慢慢着地。接着,他使劲地站稳,把摇篮背了起来,这样子如同一只爬墙的乌龟,又像是吉诺的五百吨重的大帆船倒立着顺风而行。庞大固埃就这样肆无忌惮地走进宴会厅,所有的宾客都惊得目瞪口呆。因他两只手仍被绑住,不能抓东西吃,而只能费好大力气猫着身子,用舌头舐几口。他父亲见状,明白他被弃在一旁没东西吃,便在亲王大臣劝说下叫人替他打开铁链。高康大这样做,还参考御医们的意见,他们说老把他绑在摇篮里,以后会遭受膀胱紊乱之苦。

---

① 尼古拉·德·里拉:十四世纪方济各会修士,以注释《圣经》闻名。

锁链解开了，他们让庞大固埃坐下，只见他有模有样享受着美食。他饱吃一顿后，便一拳对准摇篮打去，摇篮被砸成五十万片，他发誓不再回摇篮里了。

第五章 庞大固埃的少年轶事

庞大固埃一天天长大，学了很多东西，当父亲的自然喜出望外。高康大看他还是个小孩，就叫人给他做了一张石弓，让他打鸟雀玩。这张石弓现在号称"尚特利最大的攻城武器"。随后，又送他去学校读书，希望他好好学习，度过关键的少年时光。

为此，庞大固埃被送到普瓦蒂埃[①]大学学习，确实大有长进。在学校里，他看到有些学生闲暇时无所事事，真替他们感到可怜。于是有一天，他从一处叫作帕斯鲁丹的大山崖上搬下一块周长大约七十二英尺、厚度十二英尺的巨石，轻轻松松架在操场中央的四根柱子上。学生们闲得无聊时，就可以爬到上面，尽情享受他们带去的美酒、火腿和烧肉，用小刀把自己的名字刻在上面。今天这块石头就被称作"被抬高的石头"。为了纪念这件事，如今每一个上普瓦蒂埃大学的新生必须先去克鲁台尔喝一下马蹄泉，再爬上帕斯卢尔丹的那块大石头后才被允许注册。

后来，庞大固埃读了祖先们的列传，发现鲁西格南的乔弗里爵爷，外称长牙乔弗里，其实就是他后母的儿媳妇的叔父的女婿的姑妈的姐姐的表姐夫的祖父，死后葬在马勒赛的圣本笃修道院内。于是，有一天他请了假去拜谒这位先贤。他约了几个朋友从普瓦蒂埃出发，途经热居格，拜访了德高望重的修道院院长阿迪隆；沿途还到鲁西格南后又去了桑赛、色勒

---

① 普瓦蒂埃：在巴黎西南，当时有法国最出名的普瓦蒂埃大学，学生四千人。

斯、库隆吉斯，在封特奈·勒·孔特，在那里拜访了博学的狄拉科博士，最后来到马勒赛，拜谒长牙乔弗里的墓地。庞大固埃看到墓碑上乔弗里的遗像，作怒气冲冲拔剑出鞘之状，于是，他就询问死者何以这样凶狠。教堂的看守告诉他，正如贺拉斯所说，画家同诗人一样有随心所欲的创作自由。但是他不满意这样的回答，说：

“他不会无缘无故被画成这样的。我怀疑他被谋害而死，要他的亲人为他报仇。待我深入调查后再行定夺。”

庞大固埃没有径直回到普瓦蒂埃大学，而想去参观一下法国的其他大学。到了罗切利后，他就乘船到波尔多去，那里并不热闹，只见到码头装卸工在海滩上玩西班牙拉米纸牌游戏。

后来，他又从波尔多到图卢兹去。在那里，他学会了跳舞，舞姿潇洒利索，也学会了当地大学生都爱玩的双手舞剑。但没待多久，因他看到当地学生把老师像烤熏红鲱鱼似的活活烧死。他不禁大为感叹，说道：“天主保佑不要让我这样死，我出生的时候已经渴得要命，我不想再被烧烤了！”

随后，他又来到蒙特佩利埃[①]。他发现密尔福的葡萄酒很鲜美，还有一大帮快活的伙伴，便想在那儿学医，但又觉得当医生太乏味，也容易令自己悲伤，医生就像老魔鬼一样，全身都有灌肠水的味道。

他又想改学法律，但一看到教法律的四个老师中有三个是无赖，一个低能儿，便撒腿就跑。还不到三个小时，他就到了嘎得的罗马大桥和尼姆斯的圆形剧场（这剧场巧夺天工，似乎是神建的，而不是人造的）。他又来到阿维侬，还呆不到三天时间，就坠入爱河——因为这是罗马教皇的地盘，那儿的女人精力充沛、风流浪荡。

看到这情景，庞大固埃的导师爱庇斯特蒙（希腊语是博学的意思）觉得此地不可久留，赶紧把他带到多菲内省的瓦朗斯大学。这儿也没什么意思，镇上的暴徒还会打学生，他实在气坏了。一个晴朗的星期天，有一场公开舞会。他看到暴徒不让其中的一名学生进去跳舞，就替学生打抱不平，把那帮无赖赶得远远的，一直赶到罗讷河畔。他本想把他们丢进河里淹死，但他们却像鼹鼠一样钻进了河底一米半深的一个土洞，蜷缩在里面。那个洞直到现在还能看得到。

---

① 蒙特佩利埃：当时蒙特利埃大学的医学最有名，作者即在此处得到医学博士学位。

然后，他们就离开了，三步一跳就来到昂热。他很喜欢这个地方，想多待一会儿。可城里发生瘟疫，他只好离开那里。

他们又到了伯吉斯，庞大固埃就在法律系读了很久的书，颇有收获，有时他会说法学书就如一件金碧辉煌的袍子，耀武扬威，珍贵非凡，可惜用粪便做了镶边。他说：

"世界上再没有比罗马的《学说汇纂》装帧更精美漂亮，文辞更典雅的书了。可是它的镶边，尤其是弗朗索斯·阿古尔修斯[1]的注释一派胡言，肮脏污秽，简直就是一文不值的粪便。"

离开伯吉斯，他们来到奥尔良。奥尔良充斥着土包子学生，他们见到庞大固埃非常高兴，很快把他教成打手球的好手。这些学生只热衷于锻炼身体，有时也带他去卢瓦河中央的小岛打木球。现在他不再绞尽脑汁学习了，说是为了保护视力。他的一位老师做报告时说过，没有什么比眼疾更糟糕的。他认识一位攻读法学士的学生，虽然同其他学生一样对学习一窍不通，而在跳舞和打球方面可是个能手。庞大固埃为此做了一首打油诗作为座右铭，献给该大学的学生，诗行如下：

裤裆夹着手球，
手里握住球拍，
领带长过脚跟，
踩着曼妙舞步，
标志法学博士。

① 阿古尔修斯（1182–1260）：出名的法规注释人。

第六章 庞大固埃如何巧遇利穆赞[1]人 其人仿效巴黎人的风雅谈吐

有一天,我说不清确切是哪一天,庞大固埃和他的同伴们晚饭后出去散步,走到通往巴黎的城门口,看见一位风流倜傥的学生迎面走过来,两人行见面礼之后,庞大固埃问他:

"我的朋友,你从哪里来?"

"吾自催人奋进兮,辉煌雄伟兮,闻名遐迩兮,人称勒赛斯的学院来也。"

"他说什么来着?"庞大固埃问他的一个同伴。

"从巴黎来。"同伴答道。

"噢,你从巴黎来,"庞大固埃接着问,"你们巴黎这帮文质彬彬的学生每天做何正事?"

学生答道:

"晨曦与夕照兮,余等涉水塞纳河,漫步通衢道,徜徉于闹市街头。吾侪操风雅之拉丁文,款款如多情公子,风情万种,博得窈窕美女的芳心。偶尔兴之所至,吾辈也涉足灯红酒绿之青楼,春宵一刻,云雨际会,酥胸玉袖盈青芬,云浓雨霖乐逍遥。出入于名楼酒肆,如"松果"、"古堡"、"玛格德琳"和"母骡"等,美味珍馐,大快朵颐。倘若时运不济,囊中羞涩,无以付款时,

---

① 利穆赞:法国中部利穆赞三省省会。

只好典当书籍和行当，静候古时好心施主的馈赠。”

庞大固埃听完这段话后，说道：

“你在胡说些什么？我就着天主起誓，你肯定是个离经叛道的异端。”那个学生连忙说：“不，殿下，每天晨熹微露，余等便虔诚地奔赴那光彩夺目的教堂，洒圣水净化，口中呢喃几段祈祷文，遵照神明的旨意，把一夜之间的污秽涤洗干净。我向天上诸神表达我深深的敬意，那至高无上的天主，更是我无休止追随的目标。我对周围的人仁慈宽容，恪守十戒；我虽无材，还是竭尽所能，不离诫命一蹄之远。大概财神并不慷慨地眷顾我，我也未能赠予在我门口乞求施予的人。”

“噢，见鬼去，见鬼去！”庞大固埃说道，“这个白痴在说些什么？他是不是编造妖言，说些咒语来迷惑我们。”

他的同伴回答：

“殿下，此君想模仿巴黎人的谈吐，却弄巧成拙践踏了拉丁语。他自以为是了不起的演说家，不屑学普通人那样讲话。”这位学生回答道：

“尊敬的殿下，我的才能远非这位狡猾的撒谎者所说的那样，我痛斥我们通俗的高卢语。相反地，我把全部注意力，把帆和桨都一起用上，使用拉丁语华丽的包装来丰富那庸俗的语言。”

“我就着天主发誓，”庞大固埃说道，“我会教你怎么说话！但是你得先告诉我，你是哪里人？”

学生答道：“我最原始的祖先住在利穆赞，也就是尊敬的圣马西利亚安魂的圣地。”

“哈，我完全明白了，”庞大固埃说道：“你是个彻头彻尾的利穆赞人，却要冒充巴黎人。我非戳穿你的伪装不可！”

说罢，他一把拧住那人的脖子，呵斥：

“你在糟蹋拉丁文，为了圣约翰的名义，我会让你吐得干干净净，非剥你的皮不可。”

那倒霉的学生开始求饶：

“求求你，殿下！圣马西利亚救救我吧，放我走吧，看在天主的份上，不要碰我，听到了吗？”

庞大固埃说道：

“现在他总算像人一样讲话了。”

庞大固埃放了他，因为这可怜的利穆赞人早已吓得拉了一裤屎，还好他的裤子是燕尾式的，而不是封裆的。庞大固埃说道：

“圣阿里庞丹[1]在上，真是只臭鼬！见他的鬼去吧。真臭！”

他放了那个利穆赞人。可是这次可怕的经历却让那个学生的内心一直受到折磨。他一直觉得喉咙干得发紧，总是说庞大固埃还在掐住他的脖子。几年以后，他就得了罗兰那样的病干渴死了，真是神的报应，这证实了阿卢斯·盖里乌斯和那位哲学家说得有道理，说话要小心翼翼避开生僻字，就像领航人要让船尽量躲开海里的暗礁一样。

---

① 圣阿里庞丹：作者虚构的名字。

第七章 庞大固埃如何到了巴黎 圣维克多图书馆珍藏多

在奥尔良，庞大固埃勤奋学习了一段时间后，决定去参观巴黎的名校。但出发之前，他听说在奥尔良东南面的圣爱格南教堂里，有一口大钟埋在地下已有两百一十四年之久。这口钟硕大无比，人们想尽一切办法都不能移动它，连古罗马建筑学家维特鲁维乌斯的《论建筑》、意大利建筑家阿尔伯特斯的《建筑艺术》以及几何学之父古希腊人欧几里德，数学家希翁、阿基米德和希罗的《论机械》等著作里所提到的方法都试过了，还是无济于事，这口钟依然纹丝不动。该城的工商各界和市民请求庞大固埃帮忙，庞大固埃欣然接受了，决定把钟搬回到原来的钟楼上。

因此，庞大固埃来到大钟落下的地方，仅用一只小拇指，就把钟轻而易举地勾起来，这口钟好像是一个系在牲口笼头上，或是绑在鹰脚上的小铃铛。他心想钟放回钟塔之前，应该让市民们欣赏那悦耳悠扬的钟声。于是，他提着钟走街串巷，边走边敲。洪亮的钟声一响，市民们无不倾城而出，欢欣鼓舞，热闹非凡。但料想不到的事情竟然发生了，钟这么一敲，没想到奥尔良的美酒竟然发酸，变成了醋。当时并没有人发觉，是到第二天晚上才发现的。有人喝了这变味的美酒，觉得喉咙干渴难忍，吐出了像马耳他棉花一样的白沫，他们边吐边说："我们都被庞大固埃传染了，喉咙发咸。"

大钟安置后，庞大固埃和伙伴们就来到巴黎。一进城门，万人空巷，大家都争先恐后要目睹他的风采。你们要知道，巴黎人天生爱凑热闹，瞎起哄。他们全都好奇地望着庞大固埃，同时又担心他会像他父亲从前那样，摘下巴黎圣母院的大钟安在自己的牝马当铃铛，还将他们的市政厅搬到边远的地方去。

庞大固埃在巴黎待了些时间，认认真真把文科七艺，即语法、修辞、逻辑、算术、几何、音乐和天文钻研一番。他觉得巴黎这个城市是安居的乐所，但不能乐不思归，千万别客死在这里，因圣伊诺桑公墓里的乞丐，冬天里靠烧死人的骨头来暖屁股。虽然巴黎有不尽人意之处，但他觉得圣维克多教堂的图书馆富丽堂皇，藏书特别丰富。他从目录上看到一些书，譬如：

《乘救赎之车腾飞》

《法学的遮羞布》

《松软拖鞋和强硬政令》

《神学要览》

《神父的羽毛掸帚》一醉汉创作

《英雄的巨卵》

《主教的爱情解毒药》

《论猿猴》马莫特莱图斯著圣方济各教友德奥博疏

《巴黎大学娼妓穿着打扮法规》

《圣格特普对坡瓦西一分娩修女显形》

《在大庭广众放屁的艺术》

《忏悔发霉的芥末瓶论》

《吊袜带，或称耐性及膝靴制法》

《艺术荟萃》

《进汤、饮酒之礼仪》雅各宾党的西尔维斯特著

《宫中被骗的丈夫》

《公证人的纸篓》

《束缚的婚姻》

《敛心默祷的磨炼》

《法律的童话》

《酒和奶酪的刺激作用》

《学术的污秽》

《论大便法》皮埃尔·塔塔特（神学大师）著

《罗马的吹牛大法》

《辨别百羹之技巧》另一位神学大师吉拉姆·布里科特著

《谦逊的旧靴》

《高尚思想三步曲》

《宽宏大量的煲制》

《忏悔给教士的麻烦》

《神父如何说不》

《如何匆匆咽下熏肉》(三卷本)唐镇鲁宾修士著

《教会禁食期间如何食用洋蓟炖羊肉》马尔莫莱神学大师巴斯奎利著

《狡猾的神父为六人伪造十字架》

《去罗马朝圣路上的眼罩》

《如何用血做布丁和香肠》

《主教的风笛》

《肥美的肚肠》贝答著

《律师对取消贿赂的抱怨》

《穿猫皮的检察官》

《油炒豆,附注释》

《卖赦罪符发财》

《论重校阿克斯夸夸其谈注释的愚蠢性》刑民两法博士,著名法学家皮洛特·培尼斯奎译著

《神箭手巴农莱之战术》

《兵法》弗朗托皮努斯著特冯插画

《有利可图的马骡剥皮法》魁北居大师著

《封神父之丑态》

《论餐后进芥末》(十四卷)罗斯托克斯托詹姆贝达尼斯著神学家沃瑞隆旁注和脚注

《推销技巧》

《康斯坦斯宗教评论大会上讨论十星期的,在空中的幻影是否由第二意志提供》

《律师的贪婪下颌》

《司各脱的涂鸦》

《红衣主教的蝙蝠翅膀状帽子》

《论马刺的使用、滥用和不用》阿贝雷·德·罗莎塔著

《如何装饰头发》(三卷本)著者同上

《安东尼·德·勒瓦入侵巴西国土》

《如何为红衣主教的御骑掏粪》罗马学士马弗里斯著

《为教皇御骑非时不食之说一辩》

《以“西尔弗斯假睾丸”为首篇之预言集》空梦大师松克鲁森著

《敲竹杠九则》教皇恩许三年不得逾期出版权

《童贞女大便》

《寡妇的光臀》

《修士的蒙头斗篷》

《天界神甫的阴阳怪气》

《修士乞讨的代价》

《贼窝》

《神学家的捕鼠器》

《学生的先进拍马屁法》

《新剃度的小修士》

《祈祷时刻的科学分析》(四十卷)

《修士会之翻筋斗史》作者未详

《酒鬼的洞穴》

《西班牙好汉的汗臭味》伊尼格·德·洛奥拉修士编造

《穷人的灭虫粉》

《意大利人之懒惰》布鲁勒福大师著

《王公贵族消遣之法》卢留斯著

《伪善士的性行为调查》

《神学士和博士最喜爱的饮酒之处》(八卷本)查居隆著

《教廷监印官、录事、书记员、速记官、检察官、收发官的诡计》雷基斯编

《为痛风和花柳病患者制作的万年历》

《清理炉灶之法》爱克著

《商界把戏》

《修道院的欢娱》

《盲从者的大杂烩》

《小精灵、棕仙、小妖精传》

《老兵与流浪汉》

《官场骗子》
《男人之山》
《哲学家的无稽之谈》
《各种话题的讨论》白痴修士著
《蹩脚诗人的肚脐眼》
《炼丹家的风箱》
《贪婪乞丐的敛财术》塞拉提斯教士汇编
《宗教的枷锁》
《撞钟人的球赛》
《如何长命百岁》
《如何让贵族闭嘴》
《猴狲念经》
《虔诚的手铐》
《四季适用的大锅》
《政治陷阱》
《归隐修士的长胡子》
《祖父的伪装》
《托钵修会修士的行骗》
《纨绔子弟的生活》卢达都斯著
《为学士帽讲布道》卢波都斯著
《旅客的小玩意》
《主教饮酒秘方》
《科隆神师们对大学者罗伊希林的愤怒》
《贵妇人的荒淫生活》
《方便大便的后开叉裤》
《拾球球童的游戏》傻瓜修士著
《勇士的靴子》
《小精灵的诡计》
《教会废黜教皇法》热尔松著
《学术候选人名册》
《开除教会的可怕》让·迪特布隆迪尤斯著
《呼唤男女魔鬼法术》吉因贡弗斯著

《讨饭修士的美食》

《异教徒的民间舞蹈》

《红衣主教卡吉坦的牢骚》

《骗子和伪君子的来历》(七卷本)

《六十九本翻旧了的祈祷书》

《托钵修道会五条向大肚皮致敬的命令》

《适用于异教的红靴剥皮法》

《法官的大肚皮》

《教士们的粗阴茎》

《修士与神学家皮埃尔·古特力尔反对称他为无赖之徒人士，也证明教会并不谴责无赖之徒》

《泻药》

《扫烟囱的星相学家》

《栓剂的正确使用》

《药房的洗肠器》

《外科手术专用的吻肛门器》

《清除道貌岸然的伪君子》吉斯提尼安茹斯著

《灵魂的愈合剂》

《魔鬼国》梅力努斯·可卡马斯著

以上所列书目有一些已经出版了，其余的正在以出版好书闻名的图宾根[①]市印刷。

① 图宾根：德国城名，以出版事业发达出名。

第八章　旅居巴黎庞大固埃收诫子书 父亲高康大鸿雁传书寄深情

庞大固埃在巴黎刻苦学习，学业大有长进，因他天资超人，脑袋是常人的两倍大，可装得下十二桶橄榄油。有一天，他收到父亲情真意切的来信，信的全文如下：

我至爱的儿子：

至高无上的造物主创造人类之初，赋予人的各种天赋、恩典和权利中，我认为最为独特、最为神奇的莫过于人虽有一死，却能获得永生。人在尘世间不过是短暂的一瞬，但通过神圣婚姻而繁衍子嗣，延续了他的姓氏和种族。我们的始祖亚当和夏娃犯下原罪而失去的东西，却获得了某种程度的补偿。但他们违背造物主的规约，犯了不可饶恕的罪过，因此人都要死亡，而造物主赐予人的美好身躯也随着死亡而消失殆尽。

代代繁衍，父母的生命在孩子身上得以延续，而孩子的生命会遗传给后代子孙，如此传承直至最后的审判日，也就是耶稣基督把不再有任何危险和罪恶的和平王国交给天父的时候为止。那时候将是一切王朝与罪恶的末日，世间万物也将停止他们以前无休止的嬗变更替，人类将会实现和完善渴望已久的和平并达到完美的境界，尘世万象都将获得圆满的归宿。

因此，我应该感谢天主，我的保护神，他让我看到我的穷穷皓首在你的身上又鲜活青春起来，这是情理之中的。当主宰万物的天主乐意让我的灵魂脱离这躯壳时，在涅槃中，我只觉得自己从一个地方转移到另一地方，并非完全死亡。藉着你，我的形象得以在这个世界存在下去，完完全全活下来，如同以前一样，同所有品行高洁的人结为挚友，谈笑风生。我承认我在这世上，神的帮助和恩惠为我引路，我并不是没有犯过什么过失（我们都是罪人，必须经常恳求天主的宽宥），但总的说来，是无可指责的。

正如我肉体的形象得以在你身上延续，你身上也同样闪耀我的灵魂，否则没有人认为你真正保存了我们家族的不朽名声，视你为我们家族的珍宝。但我也不愿看到，因我身体中最差的部分延续下来，而我的最精华的部分，也就是我的灵魂，我们流传久远的家族名声，却每况愈下，以致腐朽，贬值了。我并不是因怀疑你的品性说出这番话，你的道德品质已经得起我长期的考验。我只是为了鼓励你锦上添花。我写信给你的目的，并非要你循规蹈矩，恪守德行，而是为了让你神采奕奕，积极向上，再建功勋。

为了使你日臻完美，你应该记得我不遗余力尽可能帮助你、指导你，仿佛这世上我别无其他宝物可求，一心一意望子成才，但愿在我有生之年，能看到你的道德、品行、学问上有所建树，一切高深的学问能都精益求精。我辞世之后，你就能像一面镜子映出我——你父亲的形象。也许在实际生活中，你无法像我所期望的那样尽善尽美，但一定要尽力而为，心里有了这种志向和愿望才能趋于完美。

我还深深怀念已故的父亲大古吉，他付出所有精力使我获得最为实用的知识，我也不辜负他的期望，努力拼搏，使他万分欣喜；何况你要知道，当时我学习时不像你有这么多良师益友。那时社会昏暗漆黑，哥特人破坏各种各样的艺术作品，给人们带来痛苦和灾难。然而，圣明的天主，让我看到文学艺术重见光明，恢复了尊严。这一大进步与过去相比不可同日而语。想当年我年轻时，被称作当世最博学之士，还不如现在优秀的小学生呢。我并不是吹嘘炫耀，虽然在这封家书里我可以光明磊落地这样做。正如西塞罗的《论老年》和普鲁塔克《如何恰到好处表扬自己》所说的，我的苦衷是希望你能超越我。

现在，各门学科的学习已回到正轨，语言的学习享有至高无上的荣誉。不懂希腊文而自诩是个学者的人必遭人耻笑；希伯来文、迦勒底文、拉丁文也一样重要。在我那个年代，我们掌握了印刷精美书籍的技术，也受魔鬼驱使，懂得制造火炮和其他武器。当今世界充满学者、博学的老师，还有藏书丰富的图书馆。我认为没有哪一个年代能比现在学习便利，即使柏拉图、西塞罗或者巴比利昂①的年代也远不如现在。从现在开始，如果没有在密涅瓦学院接受正规教育的人，是很难找到立身之地和良师益友。即使现在的窃贼、强盗、刽子手、普通的步兵、马夫，我看也都比我当时的学者和神父高明。现在的妇人和女子也以渴望获得奇妙的、天赐的知识为荣。我虽垂垂老矣，也迫切想学希腊文，我年轻时，虽然不像加图那样鄙视希腊文，却苦于没有时间学习。现在我一边虔诚等待我的造物主召唤我离开尘世之前，一边阅读普鲁塔克的《论道德》、柏拉图优美的《对话集》、保萨尼阿斯②的《希腊记事》和阿特涅乌斯的《考古学》，这对我来说是何等赏心乐事啊。

因此，我的儿，我郑重规劝你不要浪费青春，要充分利用这美好时光学习知识，修身养性。你身居巴黎，又有导师爱庇斯特蒙的教导，你可以耳闻目睹，向你身边的人学习，效仿所有光辉的榜样。

我殷切期望你能娴熟掌握各种语言，首先要学好希腊文，就像昆提利安所要求的那样；第二是拉丁文，再来是希伯来文，掌握这些文字可以理解《圣经》，同样也要学好迦勒底文和阿拉伯文。我希望你能形成自己的文学风格，希腊文要向柏拉图学习，拉丁文要向西塞罗学习。希望历史上的重大事件无不清晰、生动地印在你脑中。为了做到这一点，读读地理书是会有所收益的。

在文科七艺方面，你五六岁时，我就引导你学习几何、算术和音乐。你要进一步研究，还要掌握天文学的所有规律。你可以忽略占星学和预言学，以及卢尔的炼金术，远离所有这些伪科学和空洞无物的东西。

至于民法，我希望你能牢记所有有价值的著作，并用哲学思想来分析理解。

我希望你能热爱自然界。海里、河里、溪里没有你不知道的鱼。

① 巴比利昂：三世纪罗马帝国名政治家。

② 保萨尼阿斯：二世纪希腊地理学家及史学家。

空中的飞禽，森林里所有树木，地上所有的庄稼、花草、深渊里的矿藏，东方和中东的所有宝石，这一切东西没有你所不认识的。

你还要仔细重读希腊、阿拉伯和罗马医学家的著作，同时也不要轻视犹太学者和犹太教神秘哲学提出的理论。要经常练习解剖，完完全全了解人这个世界。每天花几小时阅读福音，先读希腊文的《新约》和使徒的信，再读希伯来文的《旧约》。

总而言之，希望你对所有的知识刨根究底钻研。你长大成人以后还要离开清静、和平的学习生涯，而去学习各种武艺和兵法，以便保卫我们的家园。如果朋友遭受坏人袭击时，你可以挺身而出。

不久，我就会让你展示你究竟学了多少知识。你最好是在公开场合参与各种辩论，同所有向你质问的人辩论，这些辩论可是写论文的好素材；你还要同巴黎那一大群有学问的人结为朋友，互相学习。

但是正如先贤所罗门说过，智慧不入邪恶的灵魂，知识没有自我的觉悟只会损坏你的灵魂。你必须皈依、敬仰和畏惧天主，将你的一切思想、一切希望交给他，用你的敬畏孕育你的信仰，把你自身同天主紧密联系起来，不让罪孽将你们分开。当心这世界上一切罪恶的行径，不要让你的心受名利的诱惑，因为我们只是世间的匆匆过客，而天主的哲理才是永恒。帮助邻里，爱他们就像爱自己，尊敬你的老师，避开那些你不愿效仿的人们，不要辜负天主赐予你的恩典，等你学完了巴黎所能教会你的东西便回到我身边来，在我离世之前能够看看你，并为你祝福。

我的儿，愿和平和天主的恩赐与你同在。

阿门！

你的父亲　高康大

三月七日于乌托邦

庞大固埃读完父亲的来信，心中更燃起了一种学习的激情，比以前更加努力。见到他这样努力、这样学有所成的人都说，他与书本就如同干柴与烈火，一触即发，定会燃起熊熊火焰，永不熄灭！

第九章 庞大固埃邂逅巴汝奇[①] 两人终成为刎颈之交

一天，庞大固埃在城外散步，沿着圣安东尼的西多会修道院的大路走去，边走边同侍从和几个学生谈天说地。这时，他无意中看见前面一位身材高大、儒雅英俊，却伤痕累累的年轻汉子向他走来。这位汉子衣衫褴褛，像是刚逃过一群疯狗的狂咬，或者说得好听一点，就像众所周知的常被树枝刮破衣服的、贝尔奇乡下的摘苹果的人。

庞大固埃远远地目视着他，对侍从说道：

“你们看见那个从夏朗东大桥走过来的人吗？我敢肯定他只因一时穷困，才如此潦倒。但从他高贵的仪表，可断定他是名门之后，只是生性好奇，不安本分，时运不济，才会落到如此落魄的地步。”

那个年轻汉子一走到跟前，庞大固埃就问道：

“我的朋友，请稍留步，我向您求教几个问题，谅必不会多心吧。看到您如此穷困，我于心不忍，想尽我所能帮助你。那么，请告诉我吧，朋友，您是谁？来自何方？要去哪里？您想要什么？叫什么名字？”

年轻人用德语回答他：

“大人，愿天主赐您幸福昌盛。说实话，您问起我的伤心事，可怜的我不愿重提悲痛的往事，因重揭伤疤，痛在自己却对人无益。尽管古代的诗

① 巴汝奇：精巧奸诈，什么都做得来的人。

人和雄辩家在格言和古训中曾说过，回忆痛苦和贫穷是一大乐事。”

庞大固埃说道：

“我的朋友，我不明白您说的话，如果您想让别人听懂，换种语言说吧。”

于是，那个人又用一种莫名其妙的语言胡诌一通。

“你们听懂了吗？”庞大固埃问身边的侍从。

爱庇斯特蒙答道：

“这肯定是哪个乱七八糟的国家讲的话，魔鬼也听不懂。”

庞大固埃说道：

“朋友，我不知道城墙是否听懂您的话，我们实在一个字也听不懂。”

年轻人又用意大利语说道：

“大人，经验告诉您，风笛只有肚子憋足气才能吹响。我也是一样，我那可怜的肚皮干瘪瘪的，是无法告诉我的遭遇。我觉得我的手和牙齿好像失去了原有的功能，再不听从我的使唤了。”

爱庇斯特蒙听完说道：

“他现在说的还不是跟前面一样，谁听得懂呢？”

年轻人又换了苏格兰语回答：

“大人，您的智力如果与您相貌一样超乎寻常，您该会同情我的，因人生来是平等的。可是造化如小儿，真是恶作剧！有的时来运转，平步青云，有的命运注定，活该倒霉。所以道德常常被鄙视，有德行的人反被瞧不起，因为未到最后审判日，就不知谁是真正的好人。”

“亲爱的，我还是听不懂。”庞大固埃说道。

于是，年轻人又用巴斯克语说，大意是：大人，任何一种罪过都有赎罪办法的，只有找到问题的症结才是最关键的。我不止一次请求过您，我们把这事儿解决了吧。如果您填饱我的饥饿，我会欣然回答您提出的任何问题，给我来两份吃的也不错，愿天主保佑。

“你们听到了吗？”爱庇斯特蒙说，“他说天主。”

庞大固埃的另一随从卡帕林说道：

“圣特丽尼安，原来您是苏格兰人，我好像听懂几个字。”

年轻人又说了一长串含混不清的话。

爱庇斯特蒙说：

“朋友，您是说天主教徒的话，或像笑剧《巴特兰律师》里面的人那样叽里咕噜地说。”

年轻人用荷兰语说道:“我说的都是天主教徒的语言。其实,我一言不发,就凭我身上的破烂衣服,也能告诉你,我需要什么。请发发善心吧,给我一些能让我活下去的东西。”

庞大固埃回答:“还是一样听不懂。”

年轻人用西班牙语说道:“大人, 我已经说得唇干口燥。请大人想想《圣经》的箴言吧,你会被感动,照自己的良心行事;如果那些箴言还不足以引发您的恻隐之心,那就听从您那与生俱来的怜悯,我相信您不是铁石心肠吧,话说到这地步,我再也无话可说了。”

庞大固埃回答:

“朋友,毫无疑问,您能说各种语言。请用一种我们听懂的语言道出您所需要的。”

那年轻人用丹麦语说:

“先生,即使我是小孩或动物一样不懂得说话,但我的破衣裹着瘦骨的样子,足以说明我的需要了。给我一点吃的、喝的东西。可怜可怜我,给我一点能安慰辘辘饥肠的东西, 就像喂冥府的守门犬刻耳柏洛斯一样,给我一点吃的东西吧! 愿您长寿。”

庞大固埃的另一侍从优斯登说道:“哥特人就是这样说话。如果天主允许我们用屁股说话,就是这种话了。”

那人又接着用希伯来语说:“大人,向您请安。如果您愿意帮助您的仆人,就立刻给我一点面包吧。《圣经》说:怜悯穷人就是为主祷告。”

听完这话,爱庇斯特蒙说道:

“这次我听明白了,他说的是极为流利的希伯来文。”

年轻人又用古典希腊语回答:“慈善的老爷, 您为什么不赐给我一点面包? 您看我都快要饿死了,您还一点也不同情我,只是一直盘诘我。通情达理的人都看法相同:明摆着的事实,何必多费口舌。只有问题还没弄清时,才有必要争论。”

“您说的是希腊语,”卡帕林喊道,“我听懂了。这是怎么回事呢? 您在希腊待过吗?”

那年轻人又继续说下去。

“我听懂了,”庞大固埃说道,“至少我觉得这是我们在乌托邦说的话,或者是相近的。”

庞大固埃还要继续往下说，被那个人打断了，他用拉丁语说道："我已经恳求过您好几次了，请您看在天主和所有神灵的份上，您若动了恻隐之心，您就会救济我，否则我的呼吁和悲伤都没作用了。算了吧，我求求您；算了吧，你们这些铁石心肠的人，让我听从命运的安排，该漂泊到哪里就到哪里，不要讲那些废话来烦我，别忘了那古老的谚语：饿肚子的人，耳朵听不清。"

"朋友，说真的，"庞大固埃问道，"您会不会讲法语？"

"我法语说得很好，大人，"年轻人说道，"感谢天主，法语是我的母语，我就是在号称法国的花园都兰省出生长大的。"

"那么，"庞大固埃说道，"请您告诉我尊姓大名，您从何处来。说真的，我非常喜欢你，如里您愿意，我们将成为生死不离的朋友，就像《伊尼特》中王子埃涅阿斯和他的忠实伴侣阿凯提斯那样情笃意深。"

"大人，"那年轻人说道，"巴汝奇是我的真名，我受洗的名字，我刚从土耳其回来，因在远征迈蒂莱时，我们时运不济，我被俘了。我很愿意把我经历的一切都告诉您，那可比尤利西斯的冒险经历更为精彩。既然您愿意留我在您身边（我也欣然接受，我发誓紧紧跟随您，不论刀山火海），我们会有更合适的机会，更多的闲暇听我的故事。当务之急是给我一些吃的。我的牙齿锋利，肚子空空，喉咙干燥，我饿得都快把自己整个吃下去。你若要懂得我怎样投入工作，只要看我狼吞虎咽的样子，就包您满意的：看在天主的份上，快下总动员令吧！"

于是，庞大固埃命令侍从把巴汝奇带回他的住处，马上为他准备丰盛饭菜。一切都准备好了，巴汝奇美美吃了一顿，饭饱酒足之后，他就像只饱食的母鸡倒下去便睡，一直睡到第二天中午，听说吃中饭，他便从床上一跃，又三步一跳上了饭桌前。

第十章　疑难大案悬而未决难判
庞大固埃秉公了断钦佩

庞大固埃牢记父亲来信的谆谆教诲，总想有一天能出人头地，脱颖而出。为此，他想检测自己的聪明才智，便叫人在市内的大街小巷张贴辩论的题目，共有九千七百六十四个题目，几乎囊括了所有的学科门类，并对各个学科提出了最晦涩难解的问题。

首先，在文学院正前方的斯特劳大街，庞大固埃同所有的教授、学生和雄辩家展开激烈辩论，一一击败了对手。接着，他又来到神学院与神学家进行长达六个星期的辩论，每天四点开始，晚上六点结束，中间只有两个小时吃饭和小憩的时间。

司法界大部分的人士都闻讯赶来参加辩论，包括高级法官、院长、顾问、审记、文书、律师等等，还有市政厅官员、医学家和教规大师。这些高手们各不相让，争得面红耳赤。尽管他们用遁词，耍花招，庞大固埃还是一一挫败他们。他们锐气大损，觉得自己只不过是穿着裙子被人戏弄的小狗。

庞大固埃学识渊博，力挫群儒，轰动了全城，成了家喻户晓，令人羡慕的人物。连那些老妪、洗衣妇、媒婆、烤肉的、磨刀的一见到他从街上走过，都会高呼："就是他，大名鼎鼎的硕儒！"庞大固埃听了喜在心里，那种喜悦的心情，就像希腊雄辩家狄摩西尼当年遇到一位老妇的心情一样。当时，老妇见到狄摩西尼，便跪着指点他说："就是他。"

正在这时候，城里有一件悬而未决的诉讼案：此案涉及两位大老爷，原告是舔屁老爷，被告是吃屁老爷。他们的争端涉及一项非常抽象、非常令人费解的法理，连上诉全国最高法院也无法裁决。于是，国王下令召集全法国最有权威、最博学的四大机构组成大法庭，审理这个案件。来自法国、英国和意大利最负盛名的学府的名教授也都应召而来，其中包括帕多瓦的梅汝斯·杰生、比萨的菲力普·戴克、彼得·皮利特和许多须发花白的法学界耆宿。他们共同研究了四十六个星期，还是无法理清这案件的来龙去脉，甚至也不知道问题的症结该依哪条法理来解决。他们互相争辩大发雷霆，又面面相觑觉得羞愧难当，屎屙了一裤子。

有一天，正当他们绞尽脑汁，还是没有眉目时，只见一位来自杜杜埃最有学问，最富有经验，最明事理的人文主义学者布里昂·瓦莱老爷站了起来，说道：

“诸位先生，我们已磋商很久了，却毫无进展，浪费很多时间。我们不但找不到问题的关键，甚至连案件的来龙去脉也搞不清楚，越弄越迷糊了，真叫人羞愧难当啊！我们也受到良心的责备。如果不另请高手，理清案件，我们非身败名裂不可，因我们的讨论纯属无稽之谈啊！我有一个建议：想必大家都听过庞大固埃的大名吧，他学问渊博，人称旷古奇才；他舌战群雄，天下无敌。我建议请他过来，一同研讨这个案子。如果连他也无能为力，谁还公断得了呢？”

在场所有的人一致赞同这个建议。

于是，立即派人去见庞大固埃，请他仔细分析案情，依照他对法律的见解，提交一份报告，阐明用何法理分析。同时，他们还把装了好几个袋子的全部卷宗交给他，可谓卷帙浩繁，连四只大肥驴子也驮不动。这时，庞大固埃却向来人问道：

“各位大人，本案的两位当事人还活着吗？”

“都还活着。”他们回答道。

“那么，”他说，“你们真见鬼，为什么要拿这么一大堆烂纸片来困住自己呢？去听他们面对面的申辩，总比看这些废纸强多呢。这堆破烂货都是骗人的鬼把戏，钻营法律条文的空子，全是陈词滥调。你们插手审理这个案子，早已加上各自的臆断，本来是清晰易断的案子，被你们引经据典，诸如阿克斯、彼得·波都斯、波伦亚的巴特勒斯、那不勒斯的保罗·德·卡斯特罗、亚历山大·德·伊摩拉、希波利图斯、帕诺米塔努斯、贝塔切·德·费漠、亚历山大·塔塔诺、科提乌斯等等，他们是一群老笨牛，连查士丁尼写的《法学汇编》也从未读过，对于该如何运用法律，他们简直一窍不通。而你们把这些老朽的糊涂论断搬出来乱搅一通,案子自然弄得模糊不清了。

"众所周知,这些人既不懂希腊文,也不懂拉丁文,只懂得哥特语和野蛮人的语言。而我们的法律起源于希腊,乌尔比安[①]的《法学的起源》可证实这一点。我们所有的法律条文都用希腊的单词和短语。其次,律条都用最典雅、最精美的拉丁文草拟的,超越了萨卢斯特[②]、瓦罗、西塞罗、塞内加、李维或昆提利安的文辞。这些守旧的老学究怎能读懂法律条文呢?他们从未读过一本优秀的拉丁文的原著,对于这一点,他们自己的文章可是很好的证明,其中的笔调同扫烟囱的、做饭的、烧火的毫无差异,更不必说出自于法学思想家的手笔了?

"再说,法律源于道德和哲学,这些白痴怎么能懂呢?我敢肯定他们懂得的哲学还没有我骑的骡子多呢。对于人文知识以及古代历史的研究,他们懂的不会多于青蛙背上的毛。而这些知识对于理解法律是至关重要的,没有这些知识谈不上领会法律的精髓,我会撰写一本书再详细讨论这个问题。

"如果你们要我负责审理这个案子,要先把这些烂纸堆烧掉;第二,把原告和被告双方带到我面前,一听完他们的供述,我就会把意见告诉你们,绝不会有半点杜撰或虚假。"

尽管如此,庞大固埃的解决办法还是遭到反对。大家都知道,任何一个场合,蠢人总是多于聪明的人,那些喊得最大声的总是压倒正确的少数人,正如李维在论到迦太基人时曾说过这样的话。但上面提到的杜杜埃老爷却力排众议,全力以赴同这些人争辩。他坚决反对这部分的意见,极力赞成庞大固埃的建议,认为那些原来的记录、调查、证词、反驳、声明、提议都是骗人的鬼东西,为的是颠覆法理、拖延审判。他们若不走正路,不行使福音书和哲学的公正裁决,魔鬼会找他们算账。

于是,那堆破烂货被付之一炬,两位当事人也被传讯,庞大固埃问他们:

"你们就是重大纠纷的当事人吗?"

---

① 乌尔比安(?—228):古罗马法学家,罗马帝国大法学家之一,主要著作有《萨宾派民法》评注,《法学的起源》等。

② 萨卢斯特(公元前86—34):古罗马名史学家。

“是的，大人。”他们回答道。

“谁是原告？”

“是我。”舔屁老爷回答。

“现在请你一五一十把整个事件的经过说一下，就着天主起誓，如果有半点谎话，我会砍掉你的头，以此告诫众人在法律面前，只能说出事件的真相。切记！不能添油加醋或歪曲事实。快从实交代。”

第十一章 案件的当事人不用律师
面对庞大固埃当庭申诉

于是，舔屁老爷开始申诉了：

“大人，事实的缘由就是我家一个老妇人带一些鸡蛋上市场……”

“免礼，把帽子戴上吧，舔屁老爷。”庞大固埃说道。

“谢谢大人，”舔屁老爷接着说，“言归正传吧。那一天，从南北回归线向天穹顶飞来六块银币和一枚小钱，正与大洞穴居人恰恰相反的方向。

那一年，里菲山大闹饥荒。正引起了一场混合语派与缩略语派之间蜚语之争，关于瑞士人叛乱的流言。瑞士人越聚越多，像嗡嗡叫的蜜蜂一样多，为的是参加英国新年大联欢，到时得拿好汤喂牛，又把煤、钥匙交给小女孩，让她拿燕麦喂狗。

“整整一个晚上，那些家伙手提茶壶，忙碌着赶紧催促车骑、步兵阻挠敌船出航，因船上有一些偷来的物品，裁缝师想用偷来的零头布缝制一个大吹气管盖住整个海洋。按照捆草人的说法，海洋女神喝了一锅白菜汤怀了孕。但医生又说，从她的尿里没检验出明显的特征，从妓女的步法上看，也看不出她是如何边吃芥末边吃双刃铁斧，除非是法庭的老爷们不再严禁梅毒的传播，不许四处寻找蚕茧，因那些穷光蛋，如果按节拍跳舞，就要把一只脚伸进火里，而头还要放在正当中，正如老穷光蛋雷格特过去常说：

“噢，先生们！天主按自己的意愿安排好一切，命运变幻无常，与命运抗争的人必折鞭子。我军比可克一战，大败而还，水田芥安蒂杜斯反而取得了‘天下之蠢者’专业毕业证书，这真是天大的大玩笑，正如教会法学家所说:蠢人自有福相。

“为什么圣菲亚克把斋期定得这么死,不是为了别的原因,那是:

圣灵节莅临我家
叫我钞票大把花,
杯中美酒先喝光,
小雨足以压大风。

“庭吏只对我一个人把目标靶心定得太高,那些法院录事也就无事可做,光舔握公鹅毛笔管的手指头,很明显,只要每人都承认自己的错误,我们就可以看得很清楚。只要抬起头看一眼壁炉的那个方向,就可以看到四十个圆环吊起的酒幌子。他们花了五年时间,用二十匹马驮运来的。说到底,谁不想不放诱饵钓大鱼呢,因为袜子反穿常常没记性,啊,愿天主保佑泰波特·米塔尼!”

这时,庞大固埃听后插话说:

“朋友,天主会这样做的,慢慢地讲下去,不必动怒,我知道怎么一回事了,请接着讲吧。”

“大人,”舔屁老爷接着说,“我刚才提到的那个女仆人念着她的经文,穿了一件翻领衣服也遮不住自己。坦白地说,她无法跟大学府的特权对抗,只能把自己泡在圣水里,用七颗钻石来遮掩自己,她还拔刀出击,不料刀却飞到破布摊附近,卖的是弗兰德斯画家异想天开时用的破布。世人都会孵鸡蛋,为什么就没人能下蛋呢?我真是百思不得其解。”

听他说到这里,吃屁老爷忍不住要打断他的话,抢着要说,但庞大固埃却说:

“嗨,圣安东尼的肚子!我没叫你说,你又怎能随便说话呢?我为了听懂你们的申诉,已经煞费苦心了,你还想烦我吗?请安静!请安静!等他说完后,你再说个痛快吧。”他转过身,对舔屁老爷说道,“你接着说吧,不着急,慢慢来。”

舔屁老爷继续说:“有鉴于我们的国王查理二世颁发诏书,限制罗马教皇的权力,但罗马教皇却允许许多人自由放屁,只要不弄脏自己的裤子就行,不管世人如何贫穷,只需正正经经画十字,而在米兰上空刚出现的彩虹正孵育着云雀,根据肥卵子的小鱼提出抗议,同意我家仆妇要侍奉那些大吃大喝坐骨神经痛的人,因为只有那些小鱼才懂得做旧靴子。

“然而,约翰牛,她的大堂兄,却拿了火堆上的一块木柴,劝她不要过于冒失和马虎,以至于还未曾用纸把火点着,就急着去洗衣服,因为:

走路小心谨慎,
过桥不怕落水。

“鉴于财政部大臣不顾德国笛子的警告不肯出庭,而用这种笛子吹奏的曲调创作《王爷眼镜考》,这就是在安特卫普新近出版的让·米其诺特的新作。

“大人们,先生们,一篇乱七八糟的文件会破坏人们对制定者的印象,我以圣教徒的身份宣誓,这是真的。我谨遵我王之令,从头到脚都用做鞋底的皮革严严实实地包裹起来,连肚皮也包上,可以跑去看收葡萄的短工如何裁制高帽子,准备表演模特儿把戏。然而这还不是圩市的季节,可能还是个多事之秋,看多少国王的士兵在大阅兵中被剔除下来,尽管我的朋友博第聪说按照马的疥疮和马腿红肿的程度,那壁炉是够高的。

“这一年,阿尔拖斯境内的蜗牛大丰收,做箩筐的老爷们美滋滋的,可大啖蟹壳和龙虾壳,吃个痛快。我希望每个人能高歌一曲,使网球打得更棒,专家用来考证淑女木跟鞋的字源所用的小把戏会更便利流进塞纳河,又可以像以前一样为磨工桥服务,卡纳尔国王曾颁布此御诏,现在还保存在法庭书记官的卷宗里。

“大人,我求您以您的智慧,为我讨回公道,维护法庭的神圣,并依法要求败方赔偿一切费用、损失和利息。”

庞大固埃问道:

“我的朋友,你还有什么话要说吗?”

舔屁老爷回答:

“没有了,大人,该说的我已经都说了,我以名誉担保,我没有更动一点点事实。”

“现在轮到你了,吃屁老爷,”庞大固埃说,“你现在可以想说什么就说什么了,但要说得简练些,当然不要漏掉任何对你的申辩有利的话。”

第十二章 吃屁老爷如何为自己申辩

吃屁老爷是这样替自己辩护：

“法官大人，各位先生，假如人的恶行能像牛奶中的苍蝇那样清晰可见，能直截了当定罪，那么整个世界就壮得像四条大牛，就再也不至于为老鼠骚扰和啃啮，它们已卑鄙咬掉许多耳朵，落在地上还在蹦跳呢。虽然从文字和准确的描述来看，我的对手的申辩含有那么一点点鹅毛一样轻的真实，但是先生，诡计、诺言、暗桩就潜藏在那些事实里面，就像藏在玫瑰花盆下的污秽。

“我难道该忍受这一切吗？就像我坐在自己的饭桌旁享受美味的浓汤时，不想某人的坏事，不说某人的坏话，却让别人的谎言在我耳边嗡嗡作响？那人还唠叨着：

谁若吃酒又喝汤，
死时双目永不瞑。

“啊，圣母，战场上有多少威武的军官，当有人拿着修道院祝福过的圣饼到处乱扔，他们为了更能受到眷顾，为了更方便被搂抱，便吹起了笛子、放着大屁，在大庭广众跳起舞来！

“现在，这个世界完全脱节了，都是因这几捆英国亚麻造成的。有一捆被狗叼走了，这儿还有五或四或十捆。如果法庭不维护秩序，那么今年收割稻谷时，收成会像往常一样差，或者全变成了杂草。如果某个可怜虫跑进浴室,用牛粪把自己的大鼻子涂得油光发亮,或者去买一双冬靴,恰巧有法官或外面巡逻的警官走过,被灌肠的粪水或便壶浇得浑身恶臭,那么是否就该割掉硬币上的金边、银边、焚烧掉木质的银币呢?

“有时我们推想事情应当这样发展,而天主却偏偏让它那样,太阳一落山,所有的动物都躲在阴暗处。如果我不是光明正大把活生生的证据告诉你们,我也不敢奢望让你们相信我。

“公元 1536 年,我买了一匹德国短尾巴名驹,这匹马连耳朵也是短的,身子又高又短,那红鬃毛又厚又密,就像主教头顶的红帽子,这一点银匠可以见证,虽然公证人加了不少如此这等的证明。我不是学士,不能像他们在黄油罐里放进爆炸工具,吹嘘自己能把月亮摘下来。世人都说吃了咸牛肉,无须烛火照明,你便能找到酒喝,即使它藏在采煤人的袋子下面,上面还盖着一整套盔甲,可以保护你的手臂,你的肩膀,你的大腿,你穿上后就可以去享受野餐,那就是一只羔羊的头颅。俗话说得好,当我们沉溺在爱河时,一眼就能看到焦炭堆里一头母牛被烤黑了。我已把这案情的来龙去脉说给法官先生听,他们根据三段论法的第五格做出裁决,在夏季,最惬意的是带上纸、笔、墨,还有罗讷河上里昂制的小刀在阴凉的地窖里消磨时间。但你不免要嘀嘀咕咕,因为你的盔甲一旦有大蒜的气味,露水和铁锈就会腐蚀肝脏,你所能做的是脖子直挺挺立着,嗅嗅晚饭后小憩的味道。相信我,这就是盐为什么这么贵的原因。

“列位大人,你们切勿相信前面你们听到的仆妇用鸟胶粘住那只旅鸽,为的是提高庭吏的记忆力,他们从那只旅鸽里掏出的肺、心和肾在高利贷的钱袋里蠕动着。在这种情况下,最好的防御食人生番的办法莫过于拿起一捆洋葱和三百头萝卜绑在一起,外加一点羔羊毛,(这是药剂师能给你的最好的合成),用泥土和铁锈弄脏他的拖鞋,涂上美味的菜籽油,然后躲在一个小小的鼬鼠洞里,当然得注意省下几片熏肉。

“假如掷骰子点数不妙,在结束时出现了两个三点,眼睛盯住那王牌,把那女人按倒床头,抱着她跳,然后灌酒下肚,千万别担心你那最昂贵的靴子和长筒袜里的青蛙。这是为了那被关在育肥笼里,小脚蹦来蹦去的小鹅,它们就等着钻出那铁笼,为那些爱喝啤酒的先生燃烧自己的蜡油。

“毋庸置疑,我们前面说到的四头大牛很健忘。然而,为了跟大家步调一致,它们不怕任何老鹰或萨瓦的鸭子,我家乡的良民对它们寄予美好的愿望,说:这些孩子将会掌握算术,这对我们来说也是一项基本的法理。我们只要把篱笆筑得比风车还高，就会逮住狼，这一点我那学识渊博的对手已经谈过了。但是地狱里的魔鬼妒火中烧，把德国人赶走了，因为他们喝酒比魔鬼厉害，这儿有啤酒，干，干！如果你想要骰子成双成对也行。古语说，巴黎的小桥有新孵出的小鸡卖，刚刚离开草堆，鸡冠就像野鸥，除非你用锋利的墨水剪了流苏（用大写或花体字）。只要装订线不被虫蛀，在我看来都是一样的。

“现在，我们假设两条狗一交尾就跑了，小姑娘就会吐出舌头，或做其他动作，而这时公证人尚未（用犹太神秘哲学的艺术）做汇报，那不一定就是六英亩草地没有鼓气吹气便能制成三桶上等墨汁，你若考虑到在查理王的葬礼上，只需掷骰子，就能买到上等的羊毛，我敢担保你也能买到。

“我看到所有好的风笛，通常你去捉鸟雀，绕着壁炉舞三圈，提交你的委托书，你只需束紧腰身，让气从你屁眼出去，如果天太热，就滚一滚吧。

他们看了信之后
就偿还他的母牛。

“公元 1517 年，同样的判决书便在圣马丁节发布出来，都因鲁士弗杰罗斯的管理不善，我指的是芳达内附近的拉·洛奇·弗格斯，恳请法庭注意这一点。

“我无权说就喝圣水一事不公正地取消某人的权利，就像在织布机上织布一样，凡是别人不愿接受的，就不能强迫，不然就该一报偿一报。

“诸位大人？什么样的法律适合少数人呢？我们知道，按照撒利族的法典，第一个趁乐声响起，吹起鼻子，无须哼修鞋匠的调子就能弄断母牛的角必须在庆典时节，用半夜弥撒时收集来的青苔来弥补他那东西的不足，为的是打倒那些绊脚的安茹白葡萄酒，就同布列塔尼人一样，抓住脖子打倒在地。

“综上所述，我要求赔偿费用、损失和利息。”

吃屁老爷申诉完毕后，庞大固埃转身问舔屁老爷：

“我的朋友，你还有什么要申辩吗？”

舔屁老爷回答：

“没有了，大人，因为我把事实都说了，看在天主的份上，让我们了结这场官司，因为我们来这儿双方都花了不少钱。”

第十三章 庞大固埃公断这场官司

这时,庞大固埃站起来了,召集了在座的所有庭长、顾问、法学和神学博士,然后问他们:

"诸位先生! 你们已经都听到了双方当事人对纠纷的亲口申辩了,有何高见?"

他们回答道:

"我们确实听见了,但坦白地说,如堕五里雾中,不知所云。恳求您,发发慈悲,公断这场官司吧,对您的裁决我们完全赞同,一致签署认可。"

"好吧,诸位,"庞大固埃说道,"既然你们相信我,我就照办了。但我觉得此案并非你们想象的那么复杂,那么难办。你们精通法律,什么《加图法》《兄弟法》《高卢法》《五倍信都姆法》《饮酒法》《宅地法》《母节法》《妇节法》《圣职人选公告法》《蓬卜尼乌斯法》《基本法》《购买法》《管制法》《商人法》和一大堆五花八门的大法,我看这些典籍,比这案件难得多了。"

他说完后,就在大厅里踱来踱去,正沉浸于深沉的思考,就像一头被重物绑得紧紧的驴,不停地大口喘气。他正竭力思索着如何主持公道,既不能出尔反尔,也不能偏袒哪一方。最后,他回到自己的座位,坐了下来,宣判如下:

"本院听完舔屁老爷和吃屁老爷的申诉,了解整个案情始末,经过仔细分析判决如下:

"鉴于蝙蝠越过夏至点,弹跳减弱,为了追求精神错乱的想法,用那些邪恶的、无理诉讼的方法躲开阳光，只好作拱卒计，这是在罗马的天气中发生的事，你们能于其中看到一个骑马的耶稣像，腰里还挂着弓。原告完全有理由去填嵌那老仆妇鼓起的宝船，只不过是一脚穿鞋，一脚赤裸，他会立即得到最低估价，心里清楚这其中的荒唐事就如十八头大母牛身上的毛一样多，绣花匠比他更倒霉。

“原告也是无罪的，他被指控拥有肮脏的特权，因为他不能随便拉屎，根据一副被臭屁香熏的手套的决议，他的家乡米尔巴莱所使用的核桃心蜡烛的习俗，用青铜炮弹挂出斜篷，马童就在斜篷上烤卢瓦的蔬菜，给鹰套上在匈牙利调试过的精美的铃铛，他的姐夫特地把它放在一个镶着三条浅红花边的篮子里，这三条花边是用大麻编织，或鱼脊形排列。鹰冲出篮子，向一只羽毛华丽的长尾小鹦鹉扑去。

“被告被指控为一匹无用的马，一只偷吃奶酪的老鼠，制造木乃伊的。本院经过详细审查，判定这些全是虚假的指控，鉴于被告也为自己做了很好的辩护。法院判原告供给被告三大杯乳酪，要调过味的，像平常那样添加香料，要在五月至八月中旬付清。

“不过被告必须供应草料、树茬，这些吞下曼陀罗所必需的，所有这些东西要好好塞在修士的斗篷里，好好地筛一筛。

“法庭命令你们必须友好如初，省去任何费用，这个判决为的是达到这个目的。”

判决书颁布之后，双方都心满意足，马上离开法庭，这实在是一件不可思议的奇迹。因为自洪水为灾以来，一直到又过了十三个五十年为止的漫长时间，永远也只有这两个本来希望得到相反判决的人，到最后竟然同时对一个希望相反的判决满意。

这时，旁听的法律顾问和其他法律博士听他宣判，一个个目瞪口呆，怔了足有三个小时。他们对庞大固埃的超凡智慧佩服得五体投地，因对于这个棘手的案件，他竟能秉公裁决。如果不是后来用了醋和玫瑰水让他们恢复神志，恢复他们的行动和理智，他们也许到现在还会怔在那里呢。事情过后，对天主的赞美声不绝于耳。

第十四章　巴汝奇讲述如何从土耳其人的魔掌中逃脱

庞大固埃对案件秉公而断，犹如快刀斩乱麻，事情一经传扬开，无人不知，无人不晓，此案例被大量印刷发行，其卷宗还被记录在法院的档案里。鉴于此，大家异口同声地说："所罗门即使断案如神，把孩子还给了母亲，让母子团圆，但其才智也不可能与超凡的庞大固埃相媲美。我国出了庞大固埃这样的俊彦，真是万幸。"

于是，大家请他当主法官和高级法院的院长，都被他婉言谢绝了："这些官职供职于司法部门，"庞大固埃说道，"都要恪尽职守，尽心尽责。当今人性已如此堕落，要公正严明，秉公而断，谈何容易。天庭的空职必有人争着去填补。即使再过三十七个五十年，我们也等不到最后的审判日，古萨主教的预言也不能实现。你们可要当心：我可是提醒你们。不过，如果你们有多少桶好酒尽管拿来，我会乐意收下的。"

大家欣然接受这个建议，把全城最好的佳酿给他送去，让他喝个痛快。可怜的巴汝奇也着实喝得酣畅淋漓，他的身子虽瘦得像一条熏干的鲱鱼，但走起路来却比一只饿猫还敏捷。他刚喝下一大杯红葡萄酒，就有人提醒他说："嗨，憋着点！你喝酒就像个疯子一样。"

"见你的鬼，"巴汝奇说，"我才不是你们巴黎娇贵的小酒客呢，通宵就泡在一壶酒上，喝起酒来就像金丝雀，有人扇一下尾巴，才喝一口。啊，朋友，如果我能飞上天，就同喝酒那样痛快，我早就同恩培多克勒[①]畅游月宫

---

① 恩培多克勒（公元前490–430）：古希腊哲学家、诗人、医生。

了！我真不知道到底怎么了，这酒再好不过了，可我越喝越渴。我猜是庞大固埃殿下的影子会使人觉得渴，就像月亮的光让人着凉。”

听到这话，大家都哈哈大笑，庞大固埃见状问道：

“巴汝奇，你们笑什么？”

“殿下，”巴汝奇回答，“我正告诉他们土耳其那些鬼家伙如何不幸，他们从未沾过一滴酒。即使穆罕默德的《古兰经》并没有什么不好，但单凭不让喝酒这一条，我也不会信奉它。”

“行了吧，”庞大固埃说，“告诉我，你怎么从土耳其人的掌中逃离的？”

“天主在上，”巴汝奇说，“殿下，我会把经过原原本本告诉你。

“那些作恶多端的土耳其人把我当兔子似的叉在炙叉上，浑身抹上油，还用熏肉把我全身裹好，因我皮包骨头，不抹肥油，肉肯定很难吃，他们想把我活活烤熟。当我被烤时，我祈求神的仁厚，心里想起圣洛朗在炙肉叉上殉道的故事，我一直期盼天主能救我脱离苦海，天主果真拯救我了，真神奇。因我把自己托付给天主的仁慈，口中念着，‘主啊，救我！主啊，救我脱离苦海，我信奉你，这些奸诈的狗东西就这样折磨我！’这时，那翻动炙叉的土耳其人突然睡着了。是天意如此，还是善良的墨丘利运用神术让百眼巨人阿耳戈斯睡着似的。

“当我发现炙叉不再转动，也瞅见烤肉人睡了，便用牙齿咬住一根烧了一半的木棍，使劲扔到烤肉人的膝盖部，又再扔了一根，尽量瞄准，刚好扔在炉灶旁边的行军床下面，这个烤肉先生的草垫子就铺在上面。“火引燃了草垫子，霎时大火熊熊，从草垫子烧到行军床，又从行军床烧到用松木搭盖的天花板，最精彩的是我扔到烤肉人膝盖上的火棍烧着了他的命根子，又烧着他的睾丸，但他的阴阜污垢太多了，到了第二天才觉得痛。他一下子像只公山羊跳了起来，冲到窗口，声嘶力竭地喊，‘着火了，着火了！’随即向我扑来，要把我从炙叉上揪下扔到火堆里。他正要砍断绑在我手上的绳子时，房屋的主人正在街上同帕夏[2]和穆斯林教士散步，一听到着火的喊声，又闻到烟熏火燎的气味，便疾步如飞地冲回家救火，抢救屋里的财物。

“屋主一进屋，急忙抽出叉我的炙叉，不分青红皂白当场刺死那个烤

---

① 帕夏：旧时奥斯曼帝国和北非高级文武官员的称号。

肉人,烤肉人成了叉下的冤魂。屋主余恨未消,又执炙叉朝烤肉人的下腹掷去,不偏不倚刺破肝脏的第三叶,又向上穿透隔膜,刺向心包,叉尖又从背部脊椎骨和左肩胛骨之间穿出来。

“当然,炙叉从我身上抽出时,我便跌落在柴火堆边。这一摔可不轻啊,但还好,因我身上涂了厚厚的油,又裹上熏肉作垫底,缓冲一下。“那位屋主看到大势已去,无法挽救,整个屋子被烧个精光,金银财宝也化为灰烬。他痛心疾首,号啕大哭,不停地叫喊管火的魔鬼,连喊九遍‘格里戈思、阿斯泰罗斯、拉帕罗和格里伯利斯’,叫喊声声,凄厉揪人。

“听到撕心裂肺的喊,我心惊胆战,担心这些魔鬼会立刻显形把这个疯子带走,当然也会把我也带走的!我被烤得半熟了,身上的熏肉魔鬼可喜欢呢,这可从扬布利克和默梅尔大师合著的《论驼背和造假者》里找到佐证。我画个十字,一直喊着,‘天主神圣,天主不朽!’果然有用,一个也没出来。

“那位可恨的帕夏老爷见此情景,竟想自戕,拿起炙叉对准自己的胸口,刺向心脏。他往自己胸口一戳,却戳不进去,因叉尖太钝。不管他狠下心,使劲地刺,还是戳不进去。

“这时我过去对他说:

“‘嗨,你这头猪!你白费工夫。你这样刺是死不了的,最多坏几根骨头,就在外科医生那里度过下半辈子吧。如果你愿意,让我杀了你吧,你不会感到痛苦。相信我吧,我已经杀了许多人,他们都感到好极了。’

“‘哈,朋友,’他说,‘请吧,就算我求你了!动手吧,这是我的钱袋,拿着,拿着。里面共有六百金币,还有完美无瑕的钻石和红宝石。’”

“这些东西在哪里啊?”爱庇斯特蒙问道。

“圣约翰在上!”巴汝奇说,“远去了,不晓得在哪里?”

“‘去年的雪今安在?’巴黎诗人维永[①]就一直为此烦恼。”

“讲下去吧,”庞大固埃说,“说说你是怎样结果这帕夏老爷的。”

“我以我的名义担保,”巴汝奇说,“我会一字不漏告诉你的。我在旁边找到一条烧了裤管的大裤子,用它捆住帕夏,再用原来绑我的绳子把他的手和脚都绑起来,就像绑一头猪一样,绑得严严实实,动弹不得。然后,我

---

① 维永:法国诗人,狂放无行,曾多次入狱,其诗人美名与品行不端罪名同为世人所知。

拿起烤我的炙叉对准他的喉咙刺进去，将他串起来，再把炙叉架在他们挂斧钺的两个大铁钩上，就在他下面烧起旺火，像熏鲱鱼那样烤着帕夏老爷。后来，我一把抓住他的钱袋，又从铁架上抽了一只短梭，便溜之大吉。说实在的，我站起来时，觉得自己就像一头死猪一样，浑身疼痛。

“我冲出大街，正遇见一大群人闻声赶来，拿着水桶灭火。他们看到我被烧得半焦，可怜我，便把所有的水往我身上泼，我浑身凉爽，顿时精神焕发。他们又给我吃的东西，可我几乎一口都没吃下，因他们给的只是水，这是他们的习俗。

“他们倒没对我怎么样，只是有个长着鸡胸的土耳其小崽子，想偷我身上的熏肉吃。我用短镖狠狠地扎了他的手指头，他再也不敢了。还有一个姑娘给我带来一碗上等的壮阳果子酱，是用土耳其人最神奇的方法腌制的。因她偷窥了我那可怜的，被跳蚤啃啮的家伙，确实在大火里烤过，晃悠悠垂到我的膝盖。不过，这次烧烤可把我的痼疾坐骨神经痛治好了，这病痛折磨我七年多了。因烤肉人打盹时，就没翻动炙叉，火只烤我疼痛的这一侧，竟然被烤好了。

“这时，救火的人只顾同我搭讪，却忘了救火，大火蔓延起来，烧了两千多幢屋子，其中一个人见状大声喊道：‘穆罕默德的肚子，整座城都烧光了，我们还坐在这儿玩游戏啊！’于是大家就跑开了，各司其职去了。

“我呢，直取大道往城门跑，直跑到附近的一座小山上，我才像当年罗得[①]的妻子那样回头一望，只见烈火熊熊，整座城池都烧了起来，我欣喜若狂，高兴得像要屙屎。可我却受到天主的重惩。”

“怎么了？”庞大固埃问。

“是这样的，”巴汝奇说，“我正在观看大火，龇牙咧嘴地笑，还嘲笑他们：‘啊，你们这些可怜的虱子——你们这些可怜的老鼠——这冬天可不好过了，大火烧光了你们的床！’突然，从城里冲出六百多只大狗，不止，大约有一千三百一十一只，大小小小一群疯狗，火里逃生。这群疯狗逼近了，一闻到我身上烤肉的香味，就一齐向我扑来。唉，若不是一直守望我的好心天使及时出来，教我应急的办法，我恐怕早就被吃光了。”

“你为什么怕咬痛呢？”庞大固埃问，“你刚才不是说治愈了坐骨神经

---

① 罗得：基督教《圣经》故事中人物，据说在带领妻子逃离即将毁灭的城市所多玛时，其妻因回头探望，即刻变成一根盐柱。

痛吗？”

“天主在上！”巴汝奇回答，“还有什么比狗牙咬你的大腿更刺心的痛呢？我急中生智，想起裹在我身上的熏肉，就赶紧撕下来，往狗群中扔，那群疯狗就围了上来，为抢熏肉，互相乱咬，趁机我拔腿就跑，让疯狗咬疯狗。这样，我因烤肉得以逃脱，平安无事，烤肉的刑罚万岁！”

第十五章　巴汝奇提出改筑巴黎城垣的新法

有一天,庞大固埃伏案读书甚久,想休息片刻,便信步来到圣马塞尔郊区,到高伯林乡间别墅看看。巴汝奇陪同前往,他同往常一样袍子里总是藏着一瓶酒和一大块火腿,没带上这两样东西他从不出门。他说,这些是他的护身保镖。庞大固埃见他没有别的武器,想赠他一件宝剑,而他却说,佩带宝剑会使他的脾过热。

"说真的,"爱庇斯特蒙问道,"若别人向你进攻你要如何自卫?"

"我会拔腿就跑,"巴汝奇回答,"同他比舞剑是不可能的。"

他们回城的路上,巴汝奇打量着巴黎的城垣,揶揄地说道:

"看看这城墙多么宏伟壮观啊!但别瞧那个样子很吓人,不过只能防护小鸡小鹅式的小人吧!凭我的胡子做证,像巴黎这样一座美丽的城市,这城墙可就太寒碜了,母牛放个响屁就能推倒一大片。"

"噢,我的朋友,"庞大固埃说道,"你难道忘记了有人问阿格西劳斯,斯巴达的首府为什么没有城墙呢?他指着崇尚武艺、骁勇善战的斯巴达市民说道,勇敢善武的市民就是这座城市牢不可破的城墙。言下之意,坚不可摧的城墙是市民的脊梁骨筑成的,任何铜墙铁壁都比不上民心所向,众志成墙。斯巴达首府拥有勇于作战的市民,不筑城墙却固若金汤。如果要把巴黎城垣筑成像斯特拉斯堡、奥尔良或费拉拉那样,成本昂贵,简直是不可能的。这笔费用谁承受得了?"

"真的吗?"巴汝奇说道,"可是万一有敌人入侵,有一堵石头城墙还是比较好的。你可以凭墙俯视,大喝来人是谁?至于你所说的那一大笔筑墙费用,我看就不必了。若城里的贵族老爷能给我一桶佳酿,我就会教他们筑墙新法,那可是花小钱办大事喽。”

“什么方法? ”庞大固埃问。

“如果你肯保密,”巴汝奇回答,“我就会教你。

“在这个世界上,女人的屁股比石头还便宜。我们可以用女人的屁股筑城墙,但只要根据建筑上的平衡、和谐之美,最大的屁股放在前排,然后按驴背式的坡度,把中等的放在中间,最后才放小的,垒完之后,再用修道院里修士裤裆里的金刚皮条铆起来,做成金刚石尖,就像伯吉斯的塔楼一样。

“如此的城墙还有哪个魔鬼能动得了它? 这比任何金属的抵抗性还强。果真有重型大炮轰击,天主在上! 你会看到那汩汩而出的伟大的圣果梅毒似倾盆大雨而下,魔鬼为证!一触即染,连闪电也不敢靠近。为什么呢? 因为这些东西都是被赐过福、祝过圣的。不过说实话,缺点倒是有一样。”

“啊,哈,哈,哈! ”庞大固埃听他一说,捧腹大笑,“快说,什么不足? ”

“那就是苍蝇,因这些淫水可会招惹苍蝇了。苍蝇成群结队飞过来,滋事生非,这城墙也就被毁了。但办法也有一个,就用狐狸的大尾巴,或是普罗旺斯肥驴的那个大东西把它们赶跑。就这一点,我告诉你(我们先坐下吃东西吧),吕班修士在他的著作《行乞修士饮酒篇》里有一个很好的例子。

“回到动物能说话的日子(其实才三天以前的事),一只可怜的狮子听完弥撒后,路经枫丹白露的林子,嘴里还嘟囔着经文,从一棵树下经过,正好有一个砍柴的在树上砍柴,一见到狮子,便甩下斧头,狮子的大腿被砍了一个大口,狮子踉踉跄跄跑出了林子,想寻求帮助。它遇见一个木匠,那位木匠很热心,看了看它的伤口,便替狮子清洗伤口,还帮它敷上了苔藓,并告诉它必须把苍蝇赶走,不要让苍蝇在上面拉屎。木匠说完,就去找些蓍草敷上。

“狮子腿伤好了些,又继续在林子里走着。这时,一位老态龙钟的老妪在林中拾柴,见到前面来了一头狮子,吓得趔趄一下,一头栽倒在地。这时,一阵风把她的裙子、衬裙和上衣都吹到肩膀上。那狮子看到了,赶紧跑过去看她是否伤着了。狮子看到她那不知以何命名的东西,惊叫:

“‘可怜的老女人,是谁这样伤了你? ’

“狮子正在说话,看到一只狐狸。狮子对狐狸说:

“‘狐狸老兄,嗨,过来,赶快过来。’

“狐狸跑了过来，狮子说：

“‘老兄，不知谁伤害了这个老女人，你看她两腿之间有一个那么可怕的伤口，这确实是个大裂缝；你看从肛门到肚脐，至少有五拃半长，肯定是被斧头砍了，这伤口已是旧伤痕。你快帮着赶苍蝇吧，里里外外，狠狠地赶。你有这么一条长尾巴，刚好赶苍蝇，老兄，赶吧，我去找些苔藓把那伤口敷上，我们互相帮助吧。你使劲摆动你的尾巴，就这样，使劲摆。你看，伤口这么大，不使劲摆，那女人肯定不会舒服。小兄弟，使劲赶吧，赶吧，赶吧！天主是多么仁慈，赐给你这么一条又粗又长的尾巴。使劲赶苍蝇，别停下来。要做一流的赶蝇能手，必须不停地摆尾巴，苍蝇才不会沾上来。小伙计，赶吧，赶吧，我的小战士！我一会儿就回来。’

“狮子就跑去找苔藓，没多久，又跑回来对狐狸说：

“‘要不停地赶，兄弟，不要停下来，小兄弟，天主做证，我会让你做玛丽女王身边的摇扇人，或是唐·皮埃特、德·卡斯蒂罗贴身的摇扇人。你只要不停地摇尾巴，其他什么也甭做。’

“这只可怜的狐狸就这样拼命地扇着尾巴，左边、右边，里边，外边，扇得老太婆满地打滚，臭屁满天响，一百个魔鬼放的臭屁都没有那么臭。这只可怜的狐狸恶心了，不知该朝哪个方向躲过这些响屁和臭气。它先把脸转到这边，再转到那边，往下一看，看到老太婆还有另外一个大洞，虽没有刚才那个洞大，却源源不断放出熏天的臭气。

“狮子终于回来了，带回来的苔藓足足可以绑十二捆。狮子就用找来的棍子往那大伤口塞苔藓，很快就塞进了十六捆半，吃惊地说：

“‘真见鬼！这个伤口怎么这么深，我已经塞进可以装两车多的苔藓了！’

“这时狐狸赶快提醒：

“‘狮子老兄，我的朋友，别把所有的苔藓都往那里塞，留下一点，因那儿还有一个小一点的洞，发出的臭味比五百个魔鬼还臭。这臭气可真令人受不了，我快中毒了。’

“所以我们该用这种办法赶走城墙的苍蝇，还必须给这些赶蝇能手高工资。”

庞大固埃问道：

“你怎么能说连贞洁女子的那个东西也不值钱吧。在巴黎也有很多正派的、洁身如玉的女子啊。”

巴汝奇回答：

“到哪里去找呢？我所说的并非我的一家之见，这确实是真有此事。我不是吹牛，我来这儿才九天就已经拧过四百一十七个这种浪荡女人了。就在今天早上我遇见一位老人，背着两个口袋的褡裢袋，一前一后放着两个小女孩，才两三岁。就像伊索寓言描述的（你把自己的缺点搁在脑后，视而不见，而别人的优点则放在前面品头论足）。那位老者向我求点布施，我说只有睾丸，钱是没有的。于是，我问他，‘老兄，这两个小女孩是处女吗？’他对我说，‘兄弟，我一直这样背着她们两年了，前面的那个，从来没有离开我的视线，我想她应该是，但我也不敢拿我的性命替她担保，后面的那个，我就一无所知了。’”

庞大固埃听完说道：“你讲的真有趣，有你做伴真快活，我要你穿上跟我随从一样的衣服，留你在身边。”

于是，就按当时的时尚，把巴汝奇打扮得像个豪侠，只不过巴汝奇坚持需要大裤裆，要做三尺长，而且要剪成方形，而不是圆形。大家就照他的吩咐办，这样的款式实在美观。巴汝奇说：“真可惜，世上并没有多少人知道穿上大裤裆的好处。”他还颇有哲理性地说：“随着时间的推移，这种好东西会被普及的。”

“天主保佑那些因穿上大裤裆而获救的朋友！天主保佑那位能用大裤裆在一天之内挣到一百六十九个金币的人！天主保佑那位用大裤裆救满城百姓不被饿死的人！天主在上，我一有时间就会写一本书论述大裤裆的好处。”巴汝奇说。

果然，他写了一部皇皇巨著，讨论这个专题，还配上精美的插画。但据我所知，这本书至今尚未付梓。

第十六章 巴汝奇的个性和行事作风

巴汝奇中等身材，既不太高也不太矮，长着一个鹰钩鼻，很像剃须刀的刀把。他三十五岁上下，看起来潇洒倜傥，像镀金的铅刀，徒有其表。他有点好近女色，也患上了一种叫作“没钱就比悲伤更痛苦”的病。不过，他至少有六十三种法子可弄到钱，最为平常最为体面的是神不知、鬼不觉地偷。在巴黎，他是出了名的捣乱鬼、骗子、酒鬼、游手好闲之徒、扒手。除此之外，他还是世界上最坏的家伙，总是绞尽脑汁给警察和巡夜人制造麻烦。

有一次，他纠集了三四个彪形大汉，让他们喝上一整个晚上的酒，然后领他们到圣热纳维埃芙教堂或是纳瓦尔神学院附近，等候巡夜人经过——他把宝剑放在路上，侧耳倾听，如听到宝剑震动声，这绝对无误告诉他巡夜人就要过来了。他便和同伴将备好的粪车，朝路的斜坡猛地一推，那些可怜的先生被撞得鬼哭狼嚎，而他们却朝另一个方向逃之夭夭了，因还不到两天时间，他就摸熟了巴黎的大街小巷和旁道，对此了如指掌，就像饭后念谢恩祷告一样熟练，没人能抓得住他。

还有一次，他摸清了巡夜人将要路过的确实地点，便在那里放了一排火药。等巡夜人踏步过来时，他就扔根火柴，火药引爆了，巡夜人狼狈逃窜，还以为是圣安东尼的大火烧着他们的大腿呢。其实，他最喜欢惩罚的是那些可怜的艺术大师和神学大师。他每次在街上碰见他们时，就会搞些恶作剧，要么在他们的宽檐礼帽上抹上新鲜的牛粪，或在他们的外套后面拴上一条狐狸尾巴或兔子耳朵，还是别的玩意儿。

有一天，那些神学大师被召集到草叶大街去，他们的信仰和教义将在那里接受检验。巴汝奇做了个大饼招待他们。内馅填满了一吨大蒜污泥,还加上“嘎尔巴奴姆”、“阿沙费蒂达”和海狸香这三种有毒的、令人作呕的“调味品”,再加新鲜大便(还热乎乎),又把整个大饼浸泡在坏疽的脓血里。一大早,他把大饼涂在草叶大街的路上,每个角落都涂上,奇臭无比,即使是魔鬼也受不了。奇臭熏得那些有修养的大师又呕又吐,在大庭广众面前出了洋相,一个个像被剥了皮的狐狸,有十或十二个死于瘟疫、十四个死于麻风、十八个长了疥疮,还有不止二十七个得了梅毒,巴汝奇对此却满不在乎。他袍子下藏着一根鞭子,遇到替主人送酒的仆人,就狠抽他们一顿,催促他们扬鞭奋蹄,快点送去。

他的外套有二十六万个以上的小口袋,里面的东西琳琅满目,应有尽有。

一个装着一对小骰子,里面灌满铅,一把小刀如皮货裁缝的针一样锋利,是用来割别人钱袋的。

一个装上一些酸性的酒或醋,是用来洒人眼睛的。

一个装着毛毛的或带刺的东西,并把鹅毛或鸡毛粘在上面,朝穿着体面礼服或戴帽子的人一扔,有时还给他们挂上时髦的犄角,他们会不知不觉戴着在街上招摇过市,有的当帽子戴一辈子。

对于女人,他会制作出一些小小的男人玩意儿,粘在她们的帽子上或衣服后面。

一只口袋装了许许多多的角形纸筒,里面塞满了虱子和跳蚤,这是从圣伊诺桑的乞丐群那里搜集来的,他用芦苇或写字用的笔,把这些小纸筒发射给他所遇见的最漂亮的小姐,甚至在教堂里,他也从来不高高地坐在唱诗班厢席里,总是坐在下面的中殿里跟女人混在一起,不管是做弥撒、晚祷或布道的时候。

另一只口袋里面装着一大堆鱼钩和绣针,一见到有人群,他便把男人和女人别在一起,尤其是穿塔夫绸衣服别得更紧,不把衣服扯碎是无法分开的。

还有另一只口袋装着一块好的打火石,满满一堆导火索、火柴和引火用的东西。

另一只口袋装着两三个放大镜,他用来照出男人、女人的丑态,逼他们发疯,失去自控,甚至在教堂他也敢,正如他所说的一句话“为宗教疯狂的女人”和“疯狂扭屁股的女人”没什么两样。

还有另一只口袋储备了满满的针线，他用这两样东西搞出千万种恶作剧。有一次在法院正门的大厅里，法官请来一位圣方济各修士做弥撒，巴汝奇主动请缨，帮修士穿法衣，披祭披时，他趁机把道袍、衬衣和内衣缝在一起，等法官各就各位望弥撒时，他却早已溜走了。当修士宣布弥撒完毕要脱下法袍时，却只能把衬衣和内衣一并掀起，因为早就紧紧缝在一起；只见修士用力一拉，便把衣服整个脱到肩膀上，下身的隐私处在大庭广众暴露无遗——毫无疑问，修士的那个阳具可是硕大笔挺的。这可怜的修士越拉越扯就暴露得越多。终于有一位法官发话了："这究竟怎么了？这神父是不是想让我们吻他的屁眼？让圣安东尼的大火吻它好了！"据说后来就规定修士不能在众人面前更衣，而只能在自己的衣帽间，尤其不能在妇女面前脱衣服，以免诱她们产生邪念。正当大家对修士的阳具为何硕大无比而百思不得其解时，巴汝奇却巧妙地做了解释：

"驴子的耳朵为什么这么大，那是因为它妈妈从来不给它们罩上兜帽，这一点神学大师皮埃尔·戴丽在他的《推断与假设》一书里提到的。以此逻辑可推断神父的阳具如此之长是因为他们穿的裤子没有裤底，阳具就无拘无束自然地下垂了，摇摇晃晃垂到膝盖下，就像女人腰间挂的大念珠一般；至于那么粗，这是因身体的精气都下行，聚集在阳具。我们都知道，不停地晃动和运动会产生吸引力。"

巴汝奇的大衣还有一只口袋装满明矾粉，是一种受刺激而会发痒的剂粉，他喜欢撒在傲慢女人的脖子上，让这些粉末滑到背上去，奇痒无比，只好当众脱下衣服，或像只踩上热炭的小鸡跳个不停，或像鼓槌一样敲个没完，或发疯似的在大街上跑着，巴汝奇就跟在后面追。对于那些裸女，巴汝奇会非常殷勤地把自己的斗篷披在她们身上，俨然像世上最彬彬有礼、最慷慨大方的绅士。

在另一只口袋里，他装了一瓶满满的老陈油，一遇见穿得花枝招展的女人或体面的男人，他便假装触摸和欣赏衣服的面料，不停地夸道："这是多好的面料，多漂亮的绸缎，多好看的塔夫绸，夫人，愿天主赐予你所要的一切！你穿上新衣服，还带上新朋友，愿天主赐予你快乐！"他边说边把油抹在衣服最显眼的地方，一会儿摸摸衣领，一会儿摸摸背部，留下大大小小很深的污渍，这些污点深深印在他们的灵魂深处，正如古语所说，这些印记已深深印在身体上，连魔鬼也无法洗掉。他会对她们说："夫人，小心别摔倒，前面有个很大、很肮的泥淖。"

他在另一只口袋里装了一种研成细粉末状的药，这种药味道十分刺激，会使人肠胃不适。他把一块精工细作的花边手帕塞在这口袋里吸取这种气味，这手帕是他帮法院大楼一位漂亮的洗衣女捉虱子的时候偷来的（当然这虱子也是他放进去的）。遇上贵妇淑女，他便把话题引向织物花边上，用手摸她们的胸衣问道："这是弗兰德斯还是阿伊诺的织品呢？"随后他会抽出身上的那块手帕，说道："大家过来看啊，看看这做工有多精致！这不是弗依蒂根，就是芳达拉比的上等织品。"他又在她们的鼻子下面优雅一晃，她们便会连续打上四个小时的喷嚏，他自己也像马一样放响屁，女人们便会笑他，问道："怎么了，是你在放屁吧，巴汝奇？""不不，夫人，"巴汝奇打趣地说，"那只不过是一曲和谐的奏鸣曲，配上你们用鼻子演奏的音乐。"

他的一只口袋还装着一把盗贼用的扳钳、一把锁匠的撬棍，一把钩子和其他铁工具，没有什么门或是保险柜他撬不开的。

他还有一只口袋里装满了很多小酒杯，他可以拿在手里变各种各样小把戏，他的十指十分灵巧，比得上密涅瓦和阿拉喀涅①。他从前曾做过巡回表演的主持人，他去换零钱的时候，除非那个换钱给他的人的眼力比魔术师的眼力更敏锐，不然，每一次在光天化日之下，五六银币就在你的眼皮底下不翼而飞，丝毫让你看不出什么破绽，你只能感觉到一小股轻风掠过，银币也就随之消失得无影无踪了。

---

① 阿拉喀涅：神话中吕底亚国少女，善织绢，密涅瓦拿了她一匹绢，她气愤自杀，密涅瓦使她变成了蜘蛛。

第十七章 巴汝奇买赦罪符巧赚钱、出嫁老妇和打官司

有一天，我看到巴汝奇愁眉不展，一声不吭，心想他肯定不名一文了，于是对他说：

“巴汝奇，看你的脸色就知道你病了，入不敷出。别担心，我还有五六个从没见过爹娘的法郎，你需要时，它们是不会撇下你不管，反正梅毒长在自己身上，痛痒自己知道。”

巴汝奇答道：

“钱算什么，总有一天我会钱用不完——我有一块点金石，像磁铁一样把别人钱袋里的钱吸过来。不过，”他接着说，“你愿不愿意跟我一起去买些赦罪符？”

“说真的，”我对他说，“我这辈子对赦罪不感兴趣，谁知道下辈子是怎么样呢？不过，我还是跟你去吧，只花一法郎，不多也不少。”

“那么，”他说，“请借我一法郎吧，我会连本带息还给你。”

“你不用付利钱，”我说，“这是送给你的。”

“那多谢了。”他说。

于是，我们就出发了，先到圣古尔伐斯教堂。我在第一个箱子里买了一些赦罪符，其他的我便不拿了，因我对这类事情不感兴趣。我念了几句祷文，祷告圣勃利吉特。但巴汝奇每到一个箱子都买了赦罪符，每次都是付现金。

后来我们转到圣母堂、圣乔安娜堂，又转到圣安东尼和其他的教堂，这些教堂都卖赦罪符，我再也不买了，而巴汝奇每到一处，都跪下来，吻了

圣物,买得越来越多,都是付现金的。长话短说吧,在我们回家的路上,他领我去城堡酒馆,让我看了十一二个装满钱的钱袋,我见了连忙画十字,问道:

“哎哟,转眼间你怎么弄到这么多钱?”

他说,这是从赦罪盘子里弄来的。

“你瞧,”他说,“我把第一枚钱币付给他们时,我便大大方方地放下去,让他们看到这是一大枚金币。然后变个戏法,用另一只手抓起十几个,或二十几个、四十几个银角子,另一只手也抓了三四十个。我去的每一处教堂都是这样做的。”

“天主在上,”我说,“你会像蛇一样被打入地狱——你偷了钱又亵渎了神灵!”

“是的,”他说,“只有你才这样想,我可不这么认为。让我告诉你吧,卖赦罪符的人拿起圣物让我吻的时候,就把那钱币送给我了。他说,你将会成百倍收回——我给一枚钱币就能收回一百枚。‘收回’这个动词是按希伯来语的语法使用的,是未来时,而非命令式,与《圣经》里的‘你必须热爱天主’的命令是一样的。因此卖赦罪符的人说将百倍收回,就等于命令式地收回一百倍吧。经学大师拉比和伊本·埃兹拉就是这样解释的,《圣经》的马所拉本和巴特勒斯本也是这样说的。除此之外,教皇西克斯特每年从他的土地和财政收入中拨一千五百金币给我,因为我治好了折磨他很久的痈疽,他本以为他将会终生残疾。而我今天是用自己的手,从同样的教会财政中拿出钱给自己用,这有何不同?

“我的老师,”他又说道,“如果你知道我靠十字军东征饱了私囊,你会更惊讶的,那可是六千多金币啊。”

“然后它们又都长了翅膀飞走了,”我说,“因为你一分也没有了。”

“它们从哪里来就回到哪里去,”他说,“只不过是换了主人。”

“但我也曾将三千金币派上好用场,那是给老不死、老掉牙的老丑婆做嫁妆。年轻的姑娘就不同了,她们的丈夫可是够多的。我想,这些老丑婆年轻的时候可是拼命干,那个洞总是敞开的,来者不拒,可最终却人老珠黄、无人问津了。天主在上,我要让她们两腿一蹬之前再享受一次良辰美景!于是,我给这一个老太婆一百金币,给另一个一百二十金币,下一个三百金币,给的数目多寡视他们的丑陋和令人作呕的程度而定,长得越可怕,越恐怖的人就要多给嫁妆,否则连魔鬼也不愿同她们苟合。接着,我便去找了一个个长得又大又粗的樵夫安排这桩婚事。我还没让他看到老太婆的时候先让他看到钱，我对他说，'老兄，如果你肯把她们大干一场，这些钱都归你。'一听这话，这些可怜虫的那个东西就硬得像公驴。我还安排了一场宴会，摆上最上等的美酒，加上许多作料，让他们做好热身运动，开始工作。他们还是像勇猛的汉子一样，干得不错，至于那些实在惨不忍睹的老太婆，我用个口袋把她们的脸蒙住了。

"再说，我打了几场官司也花了不少钱。"

"你怎么会惹上官司呢？"我问道，"你既没土地，也没房产。"

"老兄，"他说，"本市的小姐受了地狱魔鬼的驱使，流行穿上高领，系上领巾，把乳房捂得严严实实的，你的手根本伸不进去；她们还把衣襟开在后背，这样一来，那些可怜的情郎可就郁闷了。一个星期二，我便以原告的身份向法院递了状纸，状告那些小姐，我对此表现极大关注，抗议说如果法院不能解决这个问题，那男人便把裤裆开在裤子后面。结果呢，那些小姐联合起来，表示她们在根本问题上意见是一致的，并请了律师为她们辩护。我据理力争，最终法院颁布了禁令：除非前面有开口，否则女性不许穿高领，系领巾。可我为这场官司花了不少钱。

"还有一次，我同掏粪坑师傅和他的同事们打了一场又脏又臭的官司。我要求他们不要在晚上，在黑暗中念《粪桶》或《小臭桶》，我要他们在大白天念，在神学院前面当着所有的神学家和那些伪君子的面念。这场官司，由于我的律师起草状词时犯了个小错误，我就打输了这场官司，我必须付诉讼费和其他费用。

"还有一次，我是因法官和顾问的骡子打官司，我声称骡子在法院大楼的院子里吃草时，应该给它们系上漂亮的小围嘴。因它们吃草时唾沫四溅，这样就不至于弄脏了路面，法官和顾问的仆役轻轻松松掷骰子或玩其他游戏时，也就不至于把整条裤腿弄脏了，我打赢这场官司，却花了不少钱。

"所以，你可以加一加，算一算我定期请法官的仆役花去多少钱。"

"你为何这样做呢？"我问道。

"我的朋友，"他说，"你不懂得玩。我比国王玩得快活，如果你愿意就加入我这边吧，我们会比魔鬼还敢干。"

"不，不，"我说，"你这样会被套上绳索的。"

"你呢，"他说，"你也会被埋在土里的。哪一种更好呢？是在空中呢，还是土里？你这头笨猪！我一看到法官的仆役在大吃大喝时，我替他们看骡子，就瞅准机会把蹬马那边的皮革割断，只留一根线系在上面。这些大腹便便的法官、顾问要蹬上马时，就像一块大肥肉那样扑通掉在地上，令众人捧腹大笑，那笑胜得过赢一百多法郎。我知道我还有更开心的事，他们回家时就会把这些仆役打得屁滚尿流，这样我花钱请他们吃喝就没什么好抱怨的。”

总而言之，如上面所说，巴汝奇赚钱有方，起码有六十三计赚钱的法子；不过他花钱也有招，恐怕不少于两百一十四招花钱的法子，这还不包括填饱他鼻子下面那个打哈欠的大洞呢。

第十八章 英国学者欲与庞大固埃辩论却被巧舌如簧的巴汝奇挫败

就在那时候，有一位英国大学士，名谓多玛斯特(希腊语为可钦敬之意)，听说庞大固埃的学问天下无双，名闻遐迩，便不顾旅途劳累，特地从英国赶来谒见庞大固埃，想探探虚实。一到巴黎，他立即前往庞大固埃的下榻之处——圣丹尼斯修道院。当时庞大固埃正在花园里一边散步，一边同巴汝奇讨论哲学问题，颇似亚里士多德的逍遥学派风度。多玛斯特一见庞大固埃气宇轩昂，先是吓了一跳，但还是迎上前问候起居，谦恭有礼地说：

“正如哲学王子柏拉图所说，如果智慧和学问是有形的，是人的眼睛可以看得见的，举世必敬而仰之；但因声名远播，一旦传入哲学家之流的耳朵里，会令他们思贤若渴，寝食不安，要急于跑去目睹这位早已在自己心中建立了知识圣殿、传播神谕的圣人的风采。示巴女王为我们树立了很好的榜样，她从最遥远的东方，渡过波斯海，亲临哲人所罗门的府上，聆听他那睿智的话语：

“阿那卡西斯从锡西厄到雅典拜谒梭伦；

“毕达哥拉斯也曾长途跋涉，会见过孟斐斯的先知；

“柏拉图拜访过埃及的术士以及塔兰多的哲人阿尔奇塔斯；

“阿波罗尼乌斯，从浠拉奴斯出发，穿越高加索山脉，途经锡西厄人、马萨基塔人和印度人的国家，泛舟循比松江，来到婆罗门拜访了哲人喜阿夏斯，后又途经巴比伦、卡尔底亚、美底亚、亚速、巴尔提亚、叙丽亚、腓尼基、阿拉伯、巴勒斯坦、亚历山大,到埃塞俄比亚进谒印度天衣派信徒。

“古罗马历史学家李维又是另一个例子,许多好学之士曾从法国和西班牙的最边境,千里迢迢来到罗马,目睹这位大学士的风采,聆听他的教诲。

“我不敢冒昧把自己列入这些杰出贤哲之列,但却渴望被视为一名好学之士,不但热爱知识,也仰慕有识之士。

“因此,我一听到您的学问盖世无双,便背井离乡,离开了父母,不顾旅途劳累和异国他乡的陌生,而来贵地拜访您,向您请教哲学、占卜学和神秘哲学里的一些章节。如果您能使我醍醐灌顶,我甘愿俯首为奴,鞍前马后,侍候左右,直至子孙后代,永不改悔。您的恩德比天高比海深,倾尽四海之水也难报万一。

“若是空口无凭,我会贴出告示,明天将昭示于全城的学者,当众辩论。

“我希望辩论的形式要有别于其他,不能像本地和其他地方的诡辩家那样,将论点仅分为赞成或反对;也不能像学院派的人那样争论不休;也不能像毕达哥拉斯和皮克·德·密兰朵拉在罗马玩数字游戏。我们只用手势辩论,无须说一个字,因为这些问题如此深奥难懂,只能意会不可言传。

“恳请阁下接受我的邀请,明天早上七点钟在纳瓦尔神学院的大厅与我一起商讨吧。”

他一说完,庞大固埃便彬彬有礼地说:

“阁下,天主对我的恩德,我岂能拒绝他人与我同享天主赐予的恩典?我们所有美好的东西都是天主所赐的。学问,是天主赐予的精神食粮,天主希望我们能与有资格、有能力接受这真止学问的人分享——在我们这个时代,我看得出来,你是他们当中的佼佼者。我特此通知阁下,我会在任何时候听从你的差遣,尽我的绵薄之力,满足你的要求,我也明白这是我应该向你学习的。正如你所说的,我们应该一起讨论这些疑难问题,穷追不舍,直到找到问题的答案,甚至潜入无底的深渊也要弄个水落石出,因为赫拉克利特说过,真理是深藏不露的。

“我非常赞赏你所提出的辩论风格,也就是只用手势而不用任何言语,因为这样只有你和我能懂,避免了那些幼稚的诡辩家听到哪一方提出更好论断时而拍手或鼓掌。

“所以,我明天一定会准时在你指定的地点出现。不过我想要提醒你的是我们之间没有任何纠纷，也没有任何争吵，我们既不寻求荣誉或掌声，我们只要真理。”

多玛斯特回答道：

“阁下，愿天主眷顾你。感谢阁下降贵屈尊同意我的愚陋之见，愿天主保佑你，明天见。”

“再见。”庞大固埃说道。

诸位读者，你们读到这里，肯定很难想象当天晚上，更没有人比得上多玛斯特和庞大固埃那样彻夜难眠，兴奋不已了。多玛斯特对他下榻的克吕尼修道院的门房说，他一辈子也没像这一夜那么渴过，他说：

“我感觉庞大固埃似乎掐着我的脖子，帮我叫些酒来，再帮我准备足够的凉水，我要好好润滑我的上颚。”

庞大固埃也极度兴奋，一整夜都苦思冥想着：

贝达[①]：《数字和符号》；

柏罗丁：《论无法表达的事物》；

普罗克洛斯：《论祭祀与魔法》；

阿提米多路斯：《释梦》；

阿那克萨哥拉：《符号学》；

狄那里乌斯：《无人知晓之事》；

菲利斯提的著作；

希波纳克斯：《无法辩论之事》……

还有许许多多其他的著作，最后巴汝奇对他说：

“陛下，不要再做这些理论探究了，上床休息吧，我看得出你狂躁不安。确实如此，过度的思考和精神紧张会得热病的。你先去喝上二十五杯或三十杯好酒，然后上床美美睡一觉，明天让我去找那位英国才俊辩论，如果我不能让他哑口无言，你尽管骂我好了。”

“不过，”庞大固埃说道，“巴汝奇，我的好朋友，此君可是学识渊博，你将如何对付他呢？”

“很容易，”巴汝奇说，“但是请别声张。就把这事情交给我办好了。你知道这世上还有谁同魔鬼一样聪明？”

---

① 贝达：七世纪英国教士及史学家。

“确实没有，”庞大固埃说道，“除非他们有神的特殊恩赐。”

“你瞧，”巴汝奇说道，“我同魔鬼进行多场争论，每次都让他们像个白痴，每次都让他们屁滚尿流，明天我会让这位自负的英国人当众出丑。”

随后，巴汝奇通宵达旦地同侍从喝酒，赌钱，他甚至连裤腰带也赔进去了。但约会时间一到，他便陪同他的主人庞大固埃来到约定的地方。巴黎的三教九流早就聚集在那里等候，大家都在想：

“庞大固埃这个鬼精灵击败了我们当中聪明的家伙，所有老资格的神学家、哲学家在他面前只不过是小孩一般。现在，他该有好下场了，因为这个英国人也是魔鬼一般精明。我们看看今天到底鹿死谁手。”

大家都聚集在大厅里，多玛斯特也在那儿等着他们。当庞大固埃和巴汝奇步入大厅时，所有的学生，包括小学生、中学生、大学生都像往常一样喝倒彩，可是庞大固埃声音大如双响炮，喝住他们：

“请安静！以魔鬼的名义叫你们安静！我对天主起誓，你们这些无赖，敢在这儿骚扰的，当心我把他的头砍下来。”

听了这些话，他们一个个怔住了，就像哑巴鸭子一样，即使你让他们吞下十五磅鸭毛也不敢咳嗽一声。庞大固埃这一大吼令他们唇焦舌燥，舌头伸出半英尺长，好像被庞大固埃烤焦了一般。

于是，巴汝奇开始发言，对英国绅士说道：

“阁下，你到这里是为了争辩你所提出的问题，或是在这儿老老实实学习真理？”

多玛斯特回答：

“我赶赴这里的唯一愿望是弄明白我一辈子苦苦思索还不明白的问题，没有任何一本书，也没有一个人能为我指点迷津。至于辩论和争论，我并不感兴趣，这些都是无聊的玩意，留给那些流氓一般的诡辩家吧，他们从不为寻求真理而辩论，而只是互相诋毁，辩论那些空洞无物的东西。”

“既然如此，”巴汝奇说，“如果我，我主人庞大固埃手下的一名侍从能够在这些问题上给您满意的答复，那么麻烦我的主人就是有伤尊严了。因此，最好让我的主人来主持这场讨论，评判你我的观点，如果我不能消除你求学的饥渴，他会让你满意的。”

多玛斯特说道：“言之有理。”

“那我们现在就开始吧。”

诸位请注意，巴汝奇说着，就在他的大裤裆底部系上一条用丝绸做的流苏，红、白、绿、蓝相间的穗子，裤裆里还塞了一只大大的、多汁的橘子。

第十九章 巴汝奇用手势让同他辩论的英国人出洋相

于是，全场鸦雀无声，静静地观看这场用手势展开的辩论。只见那个英国人一先一后将左右两手高高举起，十个手指捏成在酾农那里称作“鸡屁股”的样子，用一只手的指甲敲击另一手的指甲四次，然后摊开双手相互击掌，发出“啪”的一声。接着，又如前合上两手击掌两下，连续把手掌开合四次，最后他又合掌，把一只手搭在另一只手上，像是虔诚地向天主祈祷。

巴汝奇突然举起右手，将大拇指塞入鼻孔，其他四指平伸贴在鼻尖上。他闭上左眼，眯着右眼，眉毛和眼皮都深深凹陷下去。然后他举起左手，四个手指完全伸直，跷起大拇指，与右手掌平行贴着，两手之间隔着半个鼻子的距离。他把两手徐徐放下，放到胸部就停住了，好像对准英国人的鼻子。

“如果水星——”英国人发话了。

巴汝奇一下子打断他：

“你说话了。请安静。”

英国人又做出下面的手势：摊开左手，高高举起，四个手指捏成拳头，大拇指贴紧鼻梁。接着又突然举起右手，摊开手掌，又放下来，让右手的大拇指紧靠着左手的小拇指，上下摆动其他的四个手指。随后，他又反过来，让右手做刚才左手的动作，而左手做右手刚才做的动作。

巴汝奇不慌不忙用左手拉开自己的大裤裆，左手从裤裆里掏出一根白色的牛肋条和两块同牛肋条形状一样的木块，一块是乌木，另一块是巴西红木。他把这三样东西整齐地夹在右手的手指间，然后相互撞击，就像布列塔尼的麻风病人手执拍板发出声响，让人闻声避开，只不过更响亮、更和谐。接着，他慢慢地把舌头往后卷，站在那里愉快地哼着小曲，眼睛直瞪那个英国人。

神学家、内外科医生看了这个手势，都想巴汝奇意指英国人是个麻风病人。

而法律顾问、法学家和宗教法律师则认为，这是指麻风病人也有他的乐趣，正如天主说过的那样。

那位英国人不慌不忙举起双手，最大的三个手指合拢，让大拇指从食指后中指间穿出去，小指笔直伸出。他把这两只手对准巴汝奇，然后让右手的大拇指贴住左手的大拇指，其他四指也相互贴紧。

看了这个手势，巴汝奇也一声不吭比出下面手势：他用左边食指的指甲贴近大拇指的指甲，围成一个圆圈状，又把右手除食指之外的手指捏成拳头状，再将食指插进又拔出左手的那个圆圈，然后他伸直右手的食指和中指，尽可能分得开开的，让岔口对准多玛斯特。他又把右手大拇指顶住左眼角，整只手伸展成像鸟的翅膀或鱼的脊骨，上上下下优雅地摆动着。右手也按同样的动作做了一遍。

这时，多玛斯特脸色开始苍白、腿如筛糠，比了下面的手势：他用右手的中指敲打大拇指下方的手掌肌肉，然后像巴汝奇那样用左手的两指握成个圆圈，用右手的食指穿过那个圆圈，只不过他并不像巴汝奇那样从上面插进去，而是从下面插进去。

巴汝奇做了下面的反应：他立即握住双手，向手掌中吹气，接着，他又把右手的食指一遍又一遍插入左手两指形成的那个圈。最后他伸出下颏，跨着马步，两眼盯着多玛斯特。

在场的人虽然不明白这些手势的意思，但巴汝奇的问题却不言而喻："你知道这是什么意思吗？"

多玛斯特开始大汗淋漓，那表情就像沉思默想而神情恍惚。他盯着巴汝奇，把左手的指甲同右手的指甲一一贴紧，用手指做个半圆形，然后尽量将双手高高擎起，向众人展示这个手势。

巴汝奇见状立刻用右手大拇指顶住下颚，小拇指放进左手两指形成的圈中，使劲地用上颚的牙齿咬住下颚的牙齿，发出和谐的咯咯声。

多玛斯特痛苦不已地站起来，放了一个响屁，屁滚尿流浑身发臭，臭得像地狱的魔鬼。大家都捂住鼻子，很清楚知道这位英国学士还真给吓得一屁股屎。接着,他又举起右手,五指并拢,伸开左手,平贴在胸口上。

巴汝奇拽了一下裤裆的流苏,拉出一英尺半长,用左手提起,右手掏出藏在裤裆里的橘子,抛向空中,连抛七次,到第八次时用右手掌心接住,一声不吭托在头上,然后开始摇动他那宽大的裤裆,向多玛斯特炫耀着。

多玛斯特见状,便像吹风笛似的鼓起腮帮,使劲地鼓着,好像在吹猪尿泡一样。

巴汝奇做了如下反应:他把左手的一个手指塞进肛门,嘴巴则像吮壳中的牡蛎或喝汤时那样吸气;接着他微微张着嘴巴,用右手手掌对准嘴巴叭叭打着,发出巨大的声响,那声音仿佛是从膈膜下边通过气管传出来的,他这样打了十六下。

多玛斯特只能像鹅一样喘着气。

这时,巴汝奇将右手的食指伸进嘴里,紧紧夹住,接着又拔出来,发出巨大的响声,就像小孩子把萝卜塞进接骨木做的大炮发出的噼啪声,他一连这样反复九次。

多玛斯特大叫起来:

“啊,先生们!这真是个天大的秘密!他把手塞进胳膊肘里了。”他随手抽出一把匕首,让刀尖朝下。

巴汝奇抓住他的大裤裆,使劲地摇晃着,然后,他把双手做成梳子状,放在头上,舌头伸得长长的,眼睛就像一只快死的山羊那样吊着。

“哦,我明白了,”多玛斯特说道,“不过,他是干什么呢?”接着他用匕首的把手对准自己的胸口,手掌按住刀尖,指尖轻握住刀身。

巴汝奇则把头歪向左边,将中指插进左耳朵里,大拇指翘起来。接着两臂交叉放在胸前,连咳五声,咳第五声时他右脚跺地。他又举起左手臂,手指握拳,大拇指对准自己的额头,右手也握拳,捶了六次胸。

但是多玛斯特似乎不太满意,把左手的大拇指放在鼻尖上,其他的手指握紧。

巴汝奇把两手的食指放在嘴角的两边,拼命向两边拉,龇牙咧嘴,又用大拇指拼命把下眼角往下拉,做出特别难看的鬼脸,在场观看的人都有这种感觉。

第二十章 多玛斯特称赞巴汝奇德才兼备

于是，多玛斯特站起身来，摘下帽子，毕恭毕敬谢过巴汝奇，后又面对观众，大声说道：

“各位先生，请让我引用《圣经》里的一句名言：这里有比所罗门更大的人。你们看，在诸位面前有个稀世之才、无价之宝，那就是庞大固埃先生。他声威大振，把我从英格兰的边陲地区吸引到此地，与他商讨一些悬而未决的问题，包括法术、点金术、神秘哲学、占卜学、星相以及哲学诸多领域，这些问题曾困扰我多年了。不过现在，我觉得人们对庞大固埃先生的评价不恭，实在不公正，因为大家看到他的才华只是千分之一而已，人们还没有全部理解他的渊博学识和超人的才能。

“你们也亲眼看到了，单他一名弟子回答我的疑问，就远远超出了我的提问，甚至连其他许多疑问也解答如流。我告诉你们，他为我打开了最深奥、最纯粹的百科知识宝库，我从来未曾想过会有人在学问上有这么高深的造诣。我们的辩论只用手势，无须一言半语。在适当的时候，我会把刚才讨论和解决的问题诉诸笔端，以免别人误以为我们只是做些庸俗无聊之事，并将它印成册子，广为传播，让大家开卷受益。你们据此可以推断，名师出高徒，从弟子的才华可看出老师是非同凡响的。真可谓：‘学生无法超越老师。’

“现在让我们把所有的赞扬归予天主吧，感谢你们各位给我们的荣幸。愿天主永远赐福你们。”

庞大固埃也同样向在场的人表示衷心的谢意，随后便领着多玛斯特同他一起共进晚餐。大家尽可放心,他们一定会开怀畅饮,必将解开裤子上的纽扣让肚皮舒张。(那时候男人的裤子是扣上的,就像他们今天系领子的扣一样)。他们热情洋溢,推杯换盏,喝得迷迷糊糊,只会说上一句,“你打哪里来?”

圣母啊,你看他们狂饮作乐,杯盘狼藉,喝得酩酊大醉,还不停地喊着:

“这儿斟酒!”

“再倒些,再倒些!”

“侍者,拿酒来!”

“倒吧,见鬼,倒吧!”

当时不喝上二十五或三十大杯的不是酒中豪杰。你们知道为什么吗?天特别热,又兴奋又干渴,就像久旱逢甘霖,喝个痛快。

至于多玛斯特对他们辩论中所使用的手势的解释,我本很愿意告诉你们,但有人却对我说多玛斯特为此写了一部巨著在伦敦出版,他在此书中把辩论的每一细节都详细说明了,无一遗漏,我就不必赘述了。

第二十一章 巴汝奇热恋巴黎某一贵妇

自从巴汝奇同英国学士的辩论获得全胜以后，他的名声便在巴黎传扬开，这使得他的裤裆身价倍增。他特意请人在裤裆绣上了罗马花纹，居民们到处赞扬他，还编了歌谣到处传唱，还让小孩子口哼歌儿去买芥末。因此，巴汝奇受到名媛淑女的青睐，更飘飘然忘乎所以，竟打起城里一贵妇人的主意。

巴汝奇不屑模仿那种只会郁郁寡欢、深沉忧郁的所谓“封斋节情郎”，无须来一长段表白和倾诉，而是直截了当地对那位贵妇人说：

“夫人，您若能与我血液相融，传衍后代，这将是国之大幸，您也会觉得舒服，您的后代也会感到光荣。我认为您我的结合是必要的，实践会证明我所说的一切是真实的。”

那位贵妇人一听，猛地把他推出一百多码远，呵斥道：

“你这邪恶的大傻瓜，谁给你这么大的权利竟敢对我说这种话？你想想，你在同谁说话？滚！丑八怪，不要让我见到你；否则，我真会剁下你的胳膊和腿。”

“那倒好吧，”巴汝奇说道：“我愿意失去我的胳膊和腿，只求你能与我颠鸾倒凤，在床上玩狗咬狗游戏。你看，(指他的长裤裆)，裤裆里面有位约翰·托玛斯先生，他会为您唱支愉快的曲子，让您舒筋酥骨。他可会玩这个游戏，轻车熟路，您的小洞，肌肤的凹凸，还有那胳肢窝，这一东西在您身上扫过，准能一尘不染，无须再用鸡毛掸子了。”

听了这话，贵妇人气愤地说：

“滚开,你这可恶的东西,如果你再说一个字,我立刻喊人,把你揍个稀巴烂。”

“喔!”他说,“您别吓唬我,您虽口出恶言,心却是软的;否则,我就看错人了。像您这么漂亮、这么高贵的夫人,心里是没掺杂半点狠毒的。否则,就天地颠倒,次序混乱。”

古语说得好:

人俏美
心善良

“不过,这句话是用来描述平庸的女人。而你的英姿却是与众不同,百里挑一的,宛如仙女下凡。天地造化对您情有独钟,您是天生的安琪儿。苍天若有情,将施展出全部的能力和智慧,阳春泽布,化雨洒人间。你身上的一切是糖、是蜜、是天赐的‘吗哪’。

“帕里斯[①]应该把金苹果赠予您,而不是给维纳斯,或者朱诺,或密涅瓦,因朱诺远不及您雍容华贵,密涅瓦比不上您聪明伶俐,而您的典雅令维纳斯逊色。

“喔,愿天上的神灵赐下这样的恩惠,能同这个美人同床共枕,吻吻她。倘若如此,同她耳鬓厮磨的人该多么幸福!天主保佑,我心明眼亮,那个人就是我,因我看出她已经爱上我了,这是我的命中注定的,是托所有神灵的福,别再浪费时间了,快,张开您的大腿,让我们开始吧。”

说着,他便要去搂抱她。她连忙身子一转,把头探出窗口,佯装喊邻居救命。巴汝奇见势不妙,只好撒腿就跑,一边跑一边喊着:

“夫人,您就在这儿等着。您免开尊口,我去帮您叫人。”

他就这样溜走了,但对刚才所遭受的冷遇却丝毫不放在心上,也没有一点儿不高兴。

第二天,那位夫人去教堂听弥撒时,巴汝奇早已在那里等她了。她一走进教堂,他就为她大献殷勤,洒圣水,深鞠躬。当大家跪着听祈祷时,巴

① 帕里斯:特洛伊国王普里亚摩斯之第二子,曾把金苹果给维纳斯,没有给密涅瓦和朱诺,引起她们的嫉妒和仇恨。

汝奇亲热地靠近她,对她说:

“夫人,您要知道,我已深深爱上您,心急火攻心,屎尿都拉不出。不知您是怎么想的,如果我因此得病了,这难道与您无关吗?”

“滚开,”她狠狠地说,“滚开,我才不管!不要碰我,我要向天主祈祷。”

“啊,”他说,“请您说一句‘给博蒙子爵’吧。”

“我不懂。”她说。

“那意思是说,”巴汝奇轻声细语地说,“看到女人那美丽的小丘,男人的那东西就想爬上去。您可以祈祷天主,把您心里珍爱的东西赐给我,把您的念珠赐给我吧。”

“拿去吧,”她说,“别再烦我了。”

她想解开她那檀木镶金的念珠时,巴汝奇立刻拿出刀子,“咔嚓”一声,把念珠齐刷刷割下来,拔腿就往旧货市场跑,想卖掉它。他一边跑,一边说:

“夫人,要不要把我的刀送给您?”

“不用,不用!”她说。

“请记住,”他说,“这把刀随时等候您的差遣,全心全意。”

那位贵妇人失去了念珠,心里很不高兴,因为那是她上教堂的重要首饰,心里不禁嘀咕着:“这个胡说八道的家伙肯定头脑出问题,一定是个外来客。那念珠我是不想再要了。可怎么向丈夫交代呢?丈夫一定会不高兴,我就哄他在教堂里被小偷割走了,他未必轻信,因那末梢还系在我腰上呢。”

吃过晚饭,巴汝奇又去看贵妇人,袖子里藏着一个鼓鼓囊囊的钱袋,里面装的全是法院记账用的筹码,他开口便说:

“我们谁更爱谁呢?是我更爱您,还是您更爱我?”

她回答道:

“我当然并不恨你,我遵天主圣训,要爱世上每一个人。”

“这样确实说来,”他问,“您爱上我了?”

“我已经告诉你了,”她说,“你不许再对我说这种话!如果你还是这样说,我就要让你知道这无耻的话只能对某些女人说,而不许对我说。还有,还我念珠,我丈夫会问起这件事的。”

“什么?”他说,“您的念珠,夫人?我以名誉担保,我不能这样做,但我很乐意送给您别的东西。你喜欢哪一种呢?有镶金的大颗珠子,或是同心结，或是金锭一样的大珠子？还是您喜欢乌木，橘红色宝石配点蓝色，或石榴石镶嵌绿松石的大珠子，或黄宝石、闪闪发光的蓝宝石，还是红宝石配上钻石大珠子，那钻石可有二三十个棱角呢？

“不不，这些都不够好。我还知道有一种精美的翡翠做的念珠，上面镶着大大的圆形琥珀球，在环扣处有一颗橘子那么大的波斯珍珠。这得两万五千金币，我想买下来送给您，我可以轻轻松松买下来。”

他边说边晃动着袖子里的筹码，它们就像金币那样响着。

“您需要不需要一块鲜艳的红丝绒，配上绿色条纹，或是织锦的缎子，或大红缎子？你想要什么呢？金项链、金头饰，戒指吗？您想要什么只要说一声就行。即使要花五万金币也无所谓。”

巴汝奇这么一说，还是令她垂涎三尺，但她还是回答：

“不，谢谢，我不需要你给的任何东西。”

“天主做证，”他说，“我确实需要您身上的东西，而这不花你一分钱，你给了我，还是完完全全拥有它，看这儿（他又提出他的长裤裆），这是我的约翰·托玛斯先生，他要找个洞跳进去。”

说完，他又上前要拥抱她。她惊喊起来，还好声音并不大，巴汝奇随即卸下伪装，对她说：

“您真的不想让我沾一点？您要倒霉的，您不配上天给您的恩赐和荣耀，我发誓让公狗来玩你。”

说完他就尽快跑开了，他怕不逃会挨打，他是个胆小鬼。

第二十二章 巴汝奇同巴黎贵妇人开了个卑鄙龌龊的玩笑

大家可别忘了,第二天正是圣体瞻礼的日子,全城的妇女身着艳丽的盛装,打扮得花枝招展,我们说的那位巴黎贵妇人这一天也着意梳妆,穿上一件华丽的大红缎子长袍,里面套着名贵的白丝绒衬裙。

前一天,巴汝奇满街疯癫,东找西找,终于找到一只发情的母狗。他把它拴在腰带上带回自己的屋里,拿出极好的东西喂它一天一夜。第二天早上,他就把这条狗杀了,把古希腊魔术家和占卜者都知道的那一部分切下来,剁成极细的碎末,藏在身上,来到那位夫人巡行祈祷的必经之路。夫人一进来,巴汝奇就迎上前去,为她洒了圣水,谦恭有礼地同她打招呼。一会儿,当贵妇人做完祷告,巴汝奇就挨过去坐在她旁边的跪凳上,递给她一首精心准备的小诗,诗中写道:

美丽的贵妇人,就这一次
我向你示爱,你骂我无赖,
或将我赶走,叫我不要回来。
我不知道我做了什么事,
让您如此厌恶,我永远
不明白。这么靓丽的美人,
怎么会如此害羞?为什么不
温柔地告诉我:朋友,你的
热情白白燃烧,

就这一次。

掏出我的心，您心中的追求
就在那儿——别无恶意，只有
熊熊燃烧的爱焰，希望就像
太阳一样，只希望我的痴想
能给你销魂蚀骨
就这一次。

正当贵妇人摊开纸条读这首小诗时，巴汝奇很快地掏出藏在身上的狗肉末撒在她身上，撒了满身甚至连袖子和长袍的褶皱里也有，然后对她说：

“夫人，不幸的恋人内心是无法平静的。我因爱你，身陷炼狱，长夜漫漫，辗转难眠，痛苦不堪，只希望您给予体谅。您至少替我祈求天主，赐我忍受煎熬的耐性。”

巴汝奇话还没说完，在教堂周围蹓达的狗闻到贵妇人身上那股迷人的怪味道，都朝她奔过来，大的、小的、肥的、瘦的，都坚挺那家伙全部拥上来，在她身上嗅来嗅去，尿了她一身。她从没见过这么龌龊的场景。

巴汝奇假惺惺地替她赶了一阵狗，然后就跑开了，躲在旁边的祈祷室里看热闹。这些狗尿湿了她的衣服，有一只大猎狗还尿在她的头上，有的尿在她的袖子里，有的尿在她的背部，那些小一点的就索性尿在她的鞋子里。周围的女人推推搡搡，费了九牛二虎之力也不能把她从这群疯狗里救出来。

巴汝奇在一旁窃笑，对本城的一位老爷说：

“天主在上，那位夫人肯定发了情，否则便是刚刚有猎狗和她交媾过。”

当他看到满城的公狗都向贵妇人扑去，狺狺狂吠，像是追逐一只发情的母狗，他折转身去找庞大固埃过来看。

一路上每遇到一只狗，他便踢它一脚，说道：“还不赶快找你的同伴去参加婚礼。快跑，快跑，魔鬼有令，快跑！”来到了寓所，他对庞大固埃说道：

“主人，我求求你，赶快去看全城所有的公狗都在追逐一位巴黎最漂亮的贵妇，都想戏弄她呢。”

庞大固埃一听，便兴高采烈地赶去看热闹。这真是极富戏剧性的场面,非常有趣,也是天下一大奇观。

最精彩的是在整个巡行祈祷中，你可以看到六十万零十四只狗围着那位贵妇人,以一千多种方式捉弄她。无论她转向哪里,总有狗在后面跟着,她的长袍拖过的路面全都是狗撒的尿。

路上的行人都驻足观看狗的戏弄，有一些狗跳到她的肩膀搂抱她的粉颈,有的狗爬在她身上,用爪牙扯裂她靓丽的衣裳。贵妇人陷进群狗的围攻,情急之下只有狼狈地逃跑回家,而狗却在后面直起猛追。她东躲西藏,蓬首垢面,路人见此都笑得前仰后翻。她逃到家里,马上躲藏起来。女仆人见状,惊叫不止,连忙把门严严实实关起来。但周围半英里远的狗都嗅着怪味,争先恐后地围拢过来,在她家门口撒尿,尿汇流成一条河,连鸭子也在那里游泳。这条河流经圣维克多教堂门前,日夜川流,至今不息。戈伯林染坊就用这条河的水漂染羊毛,因狗尿的特殊成分,工人把羊毛染成大红大紫，奥里毕斯大师在一次布道中曾公开透露这个秘密。愿天主保佑,河边甚至可以安一个磨子磨玉米,只是还比不上图卢兹的巴萨克磨坊罢了。

第二十三章　庞大固埃获悉离开巴黎为什么一法里只那么短

不久之后，庞大固埃听说仙女摩尔根把他父亲高康大带到神仙王国去了，就像古代奥吉埃和阿尔图斯的故事一样。同时，他还听说渴人国国王乘机率兵跨越边境，摧毁乌托邦的一大片领土，现正重兵围攻首府阿摩罗蒂斯。国情万分危急，事不宜缓，庞大固埃来不及和任何人辞行，便日夜兼程离开巴黎，火速赶往鲁昂。

在途中，庞大固埃发现法里比其他国家用的里数短得多，便问巴汝奇原因何在？巴汝奇向他讲了马罗图斯·德·拉克修士在《加拿利国王传记》里的一则故事：很早以前，并没有用里丈量土地，当时没有法里、英里、罗马里、希腊里或波斯里，只有到了法拉蒙王时期才规定里数的丈量方法。法拉蒙王在巴黎挑选一百名强悍魁梧英俊的勇士，又从皮卡蒂挑出一百名貌美风流的姑娘，叫人带回去，好好款待一星期。过了八天，国王把他们召集过来，一个小伙子配上一位姑娘，又给他们足够的盘缠花销，命令他们成双结对各奔东西。但每次要与姑娘交欢时，就要在那里留下石头为记，这便是一法里的路程。

于是，少男少女便高高兴兴结对而上路。刚起程时，个个养精蓄锐精神饱满，游山玩水乐逍遥，每走完一段路，便急于和心上人做爱，这就是法国境内的里程很短的原因。但旅途遥遥无期，风尘仆仆，精力不济，就像灯油一样慢慢枯竭，筋疲力尽，无心顾及风流之事，每天只能草率应付一次（我指的是男的）。因此布列塔尼、加斯科涅、普鲁士以及其他一些地方，里程就比较长。其他人还有不同的解释,但我认为这个故事是最好的说明。

庞大固埃听了也欣然接受。

他们又从里昂来到洪福勒港口,庞大固埃、巴汝奇、爱庇斯特蒙、卡帕林、优斯登主仆一行人准备乘船渡海。当他们在洪福勒港口等候顺风捻船篷时,庞大固埃收到巴黎一位夫人的一封信(这位夫人当他很长一段时间的情人),信封上写着:

最被美人深爱的
勇士中最负心的
　　庞大固埃

第二十四章　巴黎贵妇致信庞大固埃
一枚金戒指刻字隐私情

看完信封上的字，庞大固埃大吃一惊，忙问信使究竟是谁差他送来的。同时，他连忙拆开信封，发现信纸上连一个字也没写，只有一枚镶嵌钻石的戒指。那枚钻石是平面的，而不是琢面。他把巴汝奇叫过来，告诉他事情的经过。

巴汝奇看了看信纸向他说，信纸上其实是写有字的，只不过写字的方法很巧妙，没人能看得见。

于是，巴汝奇建议把信纸凑近火烘一烘，看是否用盐卤的溶液写的。

然后再把信纸放入水中，看是否用大戟科植物的乳汁写的。

后来把信纸对着烛火，看是否用白葱的汁写的。

而后又用核桃汁抹了信纸的一角，看是否用无花果树枝的灰烬泡成墨水写的。

再用给第一胎女婴哺乳的乳汁涂在上面，看是否用蟾蜍的血写成。

又用燕窝灰搓信的一角，看是否用酸浆果汁写的。

以后他又用耳垢搓了信的另一角，看是否用乌鸦的胆汁写的。

以后又把信纸浸在醋里，看是否用人工种植的大戟科的汁写成。

而后又用蝙蝠油脂搓一搓，看是否用我们称之为龙涎香的鲸鱼精液写成。

再把它轻轻放入一盆清水里，瞬时取出，看是否用明矾写的。

试过上述的方法，都不能使字迹显现。于是，巴汝奇又叫信使过来，问他:“小兄弟,派你来的那位夫人是否捎带一支木棒?”因他想到古希腊人的妙法,是按某种形状把信纸缠在木棒上才能看清字迹。

但信使回答说:“没有,先生。”

巴汝奇忽然想到把信使的头发剃光,看看夫人是不是用一种特制的墨汁,把字写在信使的脑门上。但看到那个信使的头发很长,只好否认自己的想法,因这么短的时间,信使的头发是不可能长得那么长的。

于是,巴汝奇便对庞大固埃说道:

“主人,就着天主的圣德做证,我不知道该说什么,该做什么。为了查明信上是否有字,我尝试了托斯卡著名学者西格诺·弗朗西斯科关于如何读懂无形文字的秘密,也运用了索罗阿斯特的杰作《论难于解码的书写》和卡尔布尼乌斯·巴索斯的《论隐形书写》中提到的方法,但都无法使之显形。我想这戒指可能不只是一般戒指,我们仔细瞧瞧吧。”

他们仔细看了戒指,发现戒指上面用希伯来文刻着:

拉马哈撒巴塔尼

于是,马上把爱庞斯特蒙叫过来,请教他这句话的意思。爱庞斯特蒙答道:“这是希伯来文,是耶稣在十字架上说的最后一句话:‘为什么离弃我?’”

巴汝奇立刻解释道:

“我全明白了。你们看这颗钻石,这是一颗假钻石。这位夫人意思是:

“告诉我,负心郎,你为什么离弃我?”

听他一说,庞大固埃立刻明白了。他想起临行时没跟这位女士辞行,至今还很后悔,真想重回巴黎向她赔礼道歉。可是,爱庞斯特蒙给他重提埃涅阿斯如何背离狄多逃离的往事,又引用塔兰多的赫拉克利特的名言:船抛锚,如果紧急要出航,就要将缆绳一刀砍断,切勿把时间花在慢慢解缆。现在国难当头,庞大固埃应抛弃一切杂念,赶回去救援受敌人侵犯的故都。

恰好,一小时过后,海上刮起偏北的西北大风,他们马上顺风张帆,向碧波万顷的公海驶去。才过几天,就经过波多桑多和马德拉岛,停泊在加那利群岛。

他们又从加那利群岛出发,途经布兰可角、塞内加尔、佛得角、冈比亚、萨格角、利比亚的梅里河口、好望角，到达桑给巴尔的梅林达王国。又借着北风，扬帆起航，经过门登岛、乌提岛、乌登岛、杰拉斯姆岛、神仙岛，后又沿着阿卡丽王国的海岸航行，最后抵达乌托邦，离阿摩罗蒂斯还有三英里多。

他们上了岸，稍为休整，庞大固埃说道：

“弟兄们，离都城不远了，行动之前我们要先考虑该做什么，才不会像古雅典人那样总是事情发生后才来计划。你们是否愿意与我同赴国难共生死呢？”

“殿下，那当然，”他们异口同声答道，“您可以信赖我们，就像您相信自己手上的十个指头一样。”

“那么，”庞大固埃说，“现在有一件事情困扰我，围城的敌人如何部署的，兵力多少心中无数；只有知己知彼，胸有成竹，才能勇猛地进军。我们必须想办法摸清敌人的虚实。”

大家群情振奋，同声答道：

“殿下，您尽管放心，我们会去打听消息，您在此等候，天黑之前，定会给您准确的答复。”

“我嘛，”巴汝奇说道，“准备潜入敌人营地，混入卫兵和哨兵中间，同他们一起吃喝玩乐，保证不让他们发现。我会到处侦察，看看他们的炮兵阵地和将领们的营寨，虽潜入敌中却不被发现，来去无踪，神不知鬼不觉，就是魔鬼也动我不得，我乃是自割耳鼻混入敌军中的索比尔的后代。”

“我呢，”爱庞斯特蒙说道，“我熟悉古代英雄战士的作战策略和英勇事迹，深谙各种兵法的窍门和奥妙之处，若深入敌方侦察万一被发现，我有金蝉脱壳之术，也会让他们相信我的信口雌黄。我是将木马拖入特洛伊城的希腊名将西农的后裔。”

“我呢，”优斯登说道，“我会冲破哨兵和卫兵的重重关卡，越过战壕，踩过他们的肚皮，斩断他们的手脚。他们虽像魔鬼一样力大无比，但也对我毫无办法，我是大力海格立斯的后代。”

“我呢，”卡帕林说道，“我会像飞鸟一样飞进敌营，身轻如燕，轻盈掠过壕沟，穿过阵地，进入军营；即使刀枪如林，飞矢如雨，也奈何我不得；我是神行者，行走如风，就是珀尔修斯[1]那生有双翼的飞马珀加索斯[2]，还是侏儒帕

---

① 珀尔修斯：神话中大将名，朱庇特之子。

② 神话中飞鸟，珀尔修斯斩美杜莎，珀加索斯从她血里生出来。

科莱制作的神奇木马也追不上我，谈笑间遁形得无影无踪；我练就一身轻功，踩过麦穗和草叶如履平川，一点也不损伤，谁不知我是同埃涅阿斯作战的亚马孙王后卡密拉[①]的后裔。”

---

① 卡密拉，与埃涅阿斯及其追随者作战的英勇善战的王后，身轻如燕，能在麦穗上行走而麦穗不弯。

第二十五章　庞大固埃伙伴巴汝奇、卡帕林、优斯登如何施巧计，大败敌轻骑兵六百六十名

卡帕林的话还没说完，但见六百六十名全身盔甲披挂的骑士，骑着快马杀气腾腾疾驰而来，他们想一定是来探查刚靠岸的是哪家的船只，看来者那个架势，只要船上的人不多，就会把船上的人全带回去审问。

于是，庞大固埃说道：

“弟兄们，快回船上去。敌人来势汹汹，策马飞奔而来。看我宰小狗一样把他们全部歼灭，就是再来六倍十倍也无妨，你们上船玩去吧。”

巴汝奇说：

“不，殿下，您这样做不太合适，恰恰应该反过来才是。您和其他人回船上去，我独自横槊江边就应付得了他们。你们快上船吧，快！”

其他人说道：

“殿下，巴汝奇说得对。您回船上去吧，让我们帮助巴汝奇。你等候佳音，我们会做好的。”

庞大固埃说道：

“好吧，如遭遇不测，我会来助战的。”

巴汝奇从船舱里取出两条粗绳索，拴在甲板的锚盘上，然后放在岸上围成两个圆圈，大圈中套了一个小圈，他对爱庞斯特蒙说道：

“回船上去吧，看到我的信号时，你就用尽全力转动锚盘，把这些绳索收回去。”

接着，他又对优斯登和卡帕林说道：

“小伙子们,你们严阵以待。敌人一到,就假装向敌人投降,不管敌人怎么凶,你们要委屈点,服服帖帖。但千万不要走进两条绳子围成的圈子中,要站在圈外。”

说着,巴汝奇立刻返回船上,拿了一捆干草和一桶火药,把火药撒在绳圈中,手持导火索守候着。

此时,敌人的骑兵飞奔过来了,跑在最前面的四十四个冲到大船边,正想勒马止步,殊不知海岸又湿又滑,便连人带马跌入海里。后面的人看到前面人仰马翻跌落海中,还以为遭遇到抵抗力量。突然,只听巴汝奇喊道:

“先生,你们的朋友只是出了意外。对不起,这不能怪罪我们,应当怪罪滑溜溜的海岸,我们心甘情愿向你们投降。”

其他人也都跟着这么说,包括站在甲板上的爱庇斯特蒙。

当巴汝奇看到所有的骑兵陷入绳圈, 而他的两个伙伴也给来势凶猛的骑兵让出地方,退出了圈外,敌人的骑兵你争我夺都急于往前看看船上究竟有什么名堂,乱成了一团,这时,巴汝奇对爱庇斯特蒙喊道:

“拉,拉!”

爱庇斯特蒙立刻绞起锚盘,马腿全绊上绳索,马失前蹄,连人带马落地。敌人的骑兵立刻剑出鞘,准备一起砍断缆绳。巴汝奇立即点燃火药线,“轰”的一声,刹那间火光冲天,敌兵连人带马被烧得像在地狱里受罚的魔鬼,只有一个骑土耳其快马的骑士逃出圈外,但卡帕林眼明腿快,健步如飞,还不到一百米就赶上他,纵身一跃,上了马背,把那个人从后面拽住,拖回船上。

看到敌人被打得落花流水,庞大固埃满心欢喜,他啧啧称赞伙伴们的机智和勇敢,在岸上大摆庆功宴。大家席地而坐开怀畅饮,大快朵颐。俘虏也一起享受, 只是边吃边担心庞大固埃会不会把他们一口吞下去。说真的,庞大固埃的喉咙那么大,吞下一个人就像吃一颗甜杏仁,又像一粒小米掉在驴嘴里一样。

第二十六章 庞大固埃一行吃腻咸肉 卡帕林如何出去打野味

正当他们开怀畅饮时，卡帕林说道：

“圣盖奈的肚子！我们难道不能弄点野味吃？这咸肉真是渴死我了。我去给你们拿一条烤马腿来，刚才一把火现在该烤熟了。”

他站起身时，看到一只大牡鹿从林子边蹿出来，可能是被巴汝奇燃起的火焰吸引过来。卡帕林立即追了上去，像离弦的箭扑上去，一把抓住那只大牡鹿。他往回跑时，还随手逮着很多从他头上飞过的野味：

四只肥鸨，

七只鹤，

二十六只灰山鹑，

三十二只褐山鹑，

十六只野鸡，

九只山鹬，

十九只苍鹭，和

三十二只野鸽。

他还要一脚踩死了十多只大野兔和大家兔，

还有十八只小水鸭，都是一对一对的，

十五只小野猪，

两只獾和三只大狐狸。

卡帕林用短弯刀往鹿头上一劈，然后提着、挂着、背着野兔、水鸭和小野猪往回走，老远就大声吆喝：

“巴汝奇，我的朋友，准备醋，准备醋！”

庞大固埃以为他头晕，赶紧叫人把醋给他拿去。但巴汝奇心里很明白就要有兔肉下锅了，赶紧告诉尊贵的主人，卡帕林肩上扛着一只大牡鹿，腰带上缠满了野兔等野味。

于是，爱庇斯特蒙按照九个缪斯①的名字，用刚砍下的木头削了九只希腊式的炙叉，优斯登帮着剥这些野味的皮毛，巴汝奇还搬来两个死亡骑士的马鞍支起来当烤肉架，让俘虏用烧烤骑士的火来烧烤野味。烤熟时，他们往野味加了大量的醋，人人争先恐后吃了起来，看他们狼吞虎咽的样子真痛快。

这时庞大固埃说道：

“真希望天主给你们每个人的下巴挂上一副鹰的铃铛，我自己则挂上勒内、普瓦蒂埃、都尔和康伯莱的大钟，那就可以领略到我们大吃大嚼摇动大钟的声音是多么洪亮。”

“没错，”巴汝奇说道，“但最好还是想想我们在这儿的正经事，怎样才能打败敌人。”

“还是你想得周到。”庞大固埃说了，又转身问那个俘虏：

“我的朋友，如果你不想被活活剥皮，就要老实告诉我们，不能有半点虚假，我是能吃小孩的。现在，你告诉我，你们的军队有多少人马，怎样部署的，还建了什么防御工事？”

那俘虏回答道：

“殿下，说实话，军队里有三百个巨人，以石头铠甲做武装，只有那个叫‘狼人’的头目披挂的是大块铁砧。这些人都异常高大，只不过还没有你这么大。还有十七万三千名步兵，全身裹着妖精皮，同‘狼人’身上的披挂一样刀枪难入，他们个个骁勇善战。还有一万一千四百名装备武器的士兵，三千六百双门炮，不计其数的攻城炮。再加上九万四千名侦察兵，十五万随军娼妓，个个都美若天仙……”

“那是为我准备的。”巴汝奇说道。

“军队中有亚马逊人、里昂人、巴黎人、都兰人、安茹人、普瓦图人、诺

---

① 缪斯：神话中朱庇特之女，共九人，为司文艺、诗歌等之女神。

曼底人和德意志人，他们来自世界的不同地方，几乎说着世界上的所有语言。”

“那很好，”庞大固埃说道，“你们的国王在哪里了？国王也在军中吗？”

“是的，殿下，”那位俘虏说道，“国王御驾亲征，他的名字叫‘安那奇’①，是‘渴人国’的国王，为什么叫‘渴人国’呢？是因为您在世上的任何地方再也找不到比他们更干渴、更酷爱喝水的人了。那些巨人就坚守在国王的营帐。”

“好了，够了，够了，”庞大固埃说道，“小伙子，跟我们一起行动怎么样？”

巴汝奇应声说道：

“那些迟疑不前的人会遭天打雷劈！我想好了，怎么把他们像猪一样一个个宰了，即使魔鬼借腿给他们也是跑不掉的。但还有一件事烦着我呢。”

“什么事？”庞大固埃问。

“就是这件，”巴汝奇说，“我该怎样在一个下午之内把所有的娼妓都玩一遍，让她们一个也跑不掉。”

“哈，哈哈！”庞大固埃笑得前俯后仰。

卡帕林说道：

“我也要下地狱！天主在上，我也想抱一个玩玩。”

“还有我呢，”优斯登说道，“天啊，自从离开鲁昂我再也没有玩过了，我那东西硬邦邦的，快要翘上天，直指钟上的十点或十一点，简直比一百个魔鬼还要坚挺。”

“真的，”巴汝奇说道，“那么，那些最丰满、最健壮的女人就归你了。”

“怎么？”爱庞斯特蒙说道，“你们都玩女人去，就让我握住驴子的缰绳，那些闲在一边观赏的人可会被魔鬼带走！这就是战争，我们要享用这种特权，能拿的就拿走。”

“不，不，”巴汝奇说，“你可以把驴拴起来，再跟大家一起玩吧。”

庞大固埃讪笑他们这样迫不及待，对他们说：

“你们都把主人给忘记了。我担心的是照你们这样说下去，还不到天

① 安那其：希腊文意为“没有权势，没有能耐”。

黑,你们就不想打仗了,而敌人冲了上来,拿着长矛、长枪来戳你们。”

“好吧,到此为止!”爱庇斯特蒙说道,“我会把敌人统统抓起来交给您,要烤、要煮、要煨或要剁,全凭您发落了。他们肯定没有薛西斯[1]手下的人多,如果您相信史学家希罗多德和庞贝乌斯·特罗古斯的话,波斯王薛西斯统率了三百万士兵,而雅典大将地米斯托克利[2]仅以少数军队就把他打败了。请您不要有任何担心!”

“真见鬼!”巴汝奇说道,“单凭我的大裤裆可以把所有的敌人一扫而光,而裤裆里的那个玩意儿就足以把所有的女人都收拾干净。”

“行了,孩子们!”庞大固埃说道,“那我们就开路吧。”

---

① 薛西斯:公元前五世纪波斯国王,曾征服埃及,攻打希腊。

② 地米斯托克利:公元前五世纪雅典大将。

第二十七章　庞大固埃纪念战功立丰碑
巴汝奇另立纪念碑哀悼兔子
庞大固埃放屁造出一堆矮男女
巴汝奇在双杯上折断一根木棒

"在我们出发之前，"庞大固埃说道，"为了纪念你们刚刚立下的赫赫功勋，我希望在这里树立一座丰碑。"

他们一听这话可兴奋了，嘴里哼着乡村小调，就在一棵大树干上装饰起来，挂上一副铁骑的马鞍、一副马披、马护身、马蹬带、踢马刺、一副盔甲、一把斧头、一把短剑、一只铁护手、一根狼牙棒、一副护臂甲、一副护喉甲以及凯旋门或战功碑等必不可少的纪念物。

为流芳百世，庞大固埃还撰写了庆功碑文，内容如下：

英勇善战四勇士，赫赫战功立伟业。
无须持枪披盔甲，意志坚定靠智慧。
歼敌六百六十名，摧枯拉朽成灰烬。
历史教训应吸取，胜利源泉要记牢。
智取优于攻坚战，顺应天时主布施，
民心所向力无边，百无一失操胜券。
立碑铭记胜利日，帝王英明千秋颂，
坚信胜利永向前，国泰民安乐万年。

正当庞大固埃在撰写这篇碑文时，巴汝奇也立起了一棵大树干，挂上鹿角、鹿皮和两只鹿右脚；再挂上三只野兔的耳朵、一只家兔的脊背，一只野兔的下颚、两只的翅膀、四只野鸽子的脚、一瓶醋、一只放盐的牛角、叉肉用的木炙、盛油的勺子、一只千疮百孔的铁锅、一个深平底锅、一只陶制的盐罐和一只博韦[①]出产的雕花高脚杯。然后他模仿庞大固埃的碑记，也写了下面一首诗：

四位酒客摆佳宴，推杯换盏酒正酣，
畅饮佳酿抒豪情，神魂颠倒乐逍遥。
野味山珍头上悬，兔子断耳去了爪，
玉液润喉滑下肚，好为巴克斯干杯。
转起醋瓶子，举起盐坛子，
珍馐美味人称善，暑气炎热杯不停，
一瓶接着一瓶干，少醋兔肉味不好，
佳肴全靠醋调味，牢记菜谱不离谱。

庞大固埃说道：

“我们该动身了，伙伴们。我们在这儿吃吃喝喝花太多时间了，贪杯的酒徒很难在战场上打胜仗。在战场，没有什么影子能比得上展开的旌旗，没有什么气味能比得上战马的喘息，没有什么音乐比得上战场的厮杀声。”

爱庇斯特蒙听了这话笑着说：

“没有什么比得上厨房的影子，没有什么气味比得上烘烤的馅饼，没有什么音乐比得上杯盏相碰。”

巴汝奇接着说：

“没有什么比得上床幔的影子，没有什么气味比得上乳头的香气，没有什么音乐比得上睾丸碰撞的快活响声。”

说着他站起来放了响屁，又跳起来吹着口哨，高兴得大喊大叫：

“庞大固埃万岁！”

---

① 博韦附近萨维尼的瓷器是有名的。

庞大固埃也想学一下巴汝奇，但是他的一个响屁使方圆二十九英里的土地都震动起来，那臭气吹出了五万三千个小矮人，全都又矮又小，长相怪异。他又放了一个无声的响屁，又催生出了同样数目的女人，全都驼着背，而且长不高，就像牛尾巴一样垂在地上，她们越长越粗时便像利穆赞那圆圆的胡萝卜。

“嗨！”巴汝奇说，“你的屁真有这么多产？我的天啊，有这么多奇形怪状的男人和这么多呆头呆脑的女人，让他们结成夫妇就会产出牛蝇来了。”

于是，庞大固埃真让他们结婚了，给他们取名为“矮人国”，打发他们到附近一个小岛居住，就在那小岛上繁衍生息，人口增长很快。但是一种长腿鹤经常侵犯他们，他们也进行了勇敢的抵抗，因为这些矮冬瓜(苏格兰人叫他们“刷子把儿”)脾气暴烈，这当然是生理原因，因他们的心离粪门太近了。

这时，巴汝奇拿起了两只一般大小的杯子，往里面装了满满的水，又把这两杯水分别放在木凳上，两只木凳相隔五英尺，然后他又把一根五英尺半长的枪杆架在玻璃杯上，使枪杆的两端刚好置于杯子的边沿，一切摆设完毕以后，他抡起一根大木棍对庞大固埃和其他人说道：

“先生们：想想我们该如何轻而易举击溃敌人，我要让这枪杆折成两段而不打破这两个玻璃杯，甚至一滴水也不溅出来；同样，我们将打破‘渴人国’的头颅，而我们自己不伤、不损一兵一卒，但你们可能以为只有魔法才能这样，且看，”他转向优斯登说道，“你拿起这根棍子，尽量朝枪杆的中央打。”

优斯登照办了，枪杆一下子就断成两段，而杯里的水一点也没溅出来。巴汝奇说道：

“这样的花招我懂得不少，我们走吧，相信我们不会输的。”

第二十八章 庞大固埃出奇制胜大败“渴人国”军队

商讨完毕后，庞大固埃喊来那个俘虏，放他回去，并对他说道：

“回你国王的营帐去吧，向国王禀告你在这里所见的一切，叫国王明天正午设盛宴请我。我的舰队快到了，至迟明天上午，我将率领一百八十万大军和七千巨人与他较量，他们个个比我大，要叫你王明白，侵犯我国完全是丧失理智的蠢事。”

庞大固埃虚晃一枪，是想给敌方造成错觉，以为有后援军队，海上大军快到了。

俘虏一听，胆战心惊，便向庞大固埃投降，愿意当奴仆侍奉，心甘情愿效忠庞大固埃，反戈一击，血战沙场。俘虏请求庞大固埃看在天主的份上，答应他的请求。

但庞大固埃却不肯答应，命令俘虏照他说的话去做，立刻动身回去，并交给俘虏一罐做成糖丸状的大戟草。这些大戟草浸泡过酒精，比蓖麻油还要辛辣，味道更是浓烈，让俘虏带给国王，并要他转告国王说，如果国王能吃下一盎司这种糖丸而无须喝点什么，就可无所畏惧地与庞大固埃对抗。

那俘虏一听，“扑通”一声下跪，双手合十向庞大固埃请求作战时能饶他一命。庞大固埃说道：

“只要把我的口信原原本本告诉国王，把你的希望全部寄托给天主，天主不会丢开你不管的，就拿我来说吧，你看看我，我力大无比，这是你亲眼看见的，并拥有武装的军队无数。然而，我信赖的既不是我的力量，也不是我的聪明才智。我所信赖的只是我的保护神天主，凡是那些把自己的想法和希望都寄托予天主的人，天主是不会遗弃他们的。”

接着，那个俘虏又请求收取赎身费时给予照顾，庞大固埃说，他的目的并不是要抢劫或向他们勒索赎金，而是使他们富有，重享完全的自由。

“你可以走了，愿天主赐予你平安，”庞大固埃对他说，“不与恶人为伍，灾祸就不会降临到你的头上。”

那俘虏走了以后，庞大固埃对他的伙伴说道：

“我的孩子们，我故意虚张声势，让那个俘虏觉得我们还有海上来的军队，误以为我们会等到明天正午以后才会发动进攻。他们怕大军压境而惶惶不可终日，通宵达旦忙于准备战事，加固防御工事，而我们趁他们疲惫不堪，刚想合上眼皮时就向敌军发动猛烈攻势。”

暂时我们先不提庞大固埃和他的手下人，且说说安那奇国王和他的部下吧。

那个俘虏一回去，就立刻求见国王，说不知何方来了一个大巨人，名叫庞大固埃，我军六百五十九名骑士全被打败，并残酷地将他们烧烤，只留他一人回来报信。此外，那巨人还命令他转告国王，请国王明天正午设宴筵请，因巨人会在那个时刻大举进攻。

说完，他又把那盒草药做成的糖丸献给国王。国王刚咽下一小匙，喉咙马上灼热发烧，像被烧烂一样，舌头也烫伤了。不管何种镇痛药都无济于事，唯一的办法就是不停地喝东西，只要瓶子一离开他的嘴巴时，舌头马上又烟熏火燎般难受，侍从只好拿一个漏斗，安置在他喉咙上，把酒直接灌进去。

国王的文武大臣和侍卫见状也想亲自品尝一下这一药丸，看看是否真的如此灵验。果然如此，他们吃了就跟国王一样干渴难忍，只好拼命喝酒。一时间，俘虏回来的消息传遍了整个军营，都听说明天敌人就要进攻了，国王、大臣和所有的侍卫都在积极备战，个个狂喝滥饮以便迎战。因此，全营的将士也都跟着效仿，一时觥筹交错，对酒当歌，不一会儿，便喝得烂醉如泥，横七竖八躺满一地，像猪一样打鼾。

现在，让我们回头看看好汉庞大固埃是如何筹划这次战事的。

他们正要离开所建立的纪念碑和挂战利品的地点时，庞大固埃手握大船的桅杆，当作朝圣时使用的手杖，在桅杆上挂了两百三十七桶上等的安茹白葡萄酒（全是他从鲁昂带来的没喝完的）。然后往船里装满盐，把船拴在他的腰带上，居然像雇佣兵的随军女人跨着小篮子那么轻松。他就这样同伙伴们一同上路了。

快到敌营的时候，巴汝奇对他说：

“我的主人，您想要我们把事情做好吗？那就把那安茹美酒解下来，让我们学布列塔尼人的喝法[1]喝个痛快吧。”庞大固埃欣然应允，于是大家把两百三十七桶酒全喝得干干净净，一滴不剩，光留下一个都尔产的皮囊。巴汝奇小心翼翼地装满酒留给自己享用，称之为“我的跟班”，还有一些做醋用的可怜的酒渣子。

他们痛快畅饮之后，巴汝奇让他的主人吃一种他自己熬制的泻药，那是用碎石剂（这药性极强，可以融化膀胱的结石），利肾剂（可以很快掏空你的肾），加上西班牙苍蝇的榅桲酱，和其他利尿剂做成的。服用之后，庞大固埃对卡帕林说道：

“你爬进被我们包围的那可怜的城，要使出你的轻功，像小老鼠一样爬上城墙，叫城里将士立即冲出城来，与敌军决一死战。然后你便下城来，点燃火把，把敌军的营帐付之一炬，扯开你那隆隆作响的大嗓门大声喊叫，一边叫一边赶紧离开敌营往回跑。”

“这没问题，”卡帕林说道，“如果我把敌人的炮眼堵住不是很好吗？”

“不必了，”庞大固埃说道，“但要点燃他们的火药。”

卡帕林立即出发，一切按照庞大固埃的吩咐去办，让所有的敌军都倾城出动。

卡帕林放起火来，烧着敌人的营帐，当他神不知鬼不觉离开敌营的时候，敌人鼾声如雷，睡得正酣，全然没有察觉。他又到敌人安置大炮的地方点着火药，这可是极其危险，顿时火苗熊熊，差点烧到卡帕林，若不是他轻功绝技，早就成了烤鸡了。他跑得比离弦的箭还快，一溜烟离开了。

当他快要离开战壕时大喊一声，那声音大得像鬼哭狼嚎。敌人被惊醒了，但他们个个睡眼蒙眬，晕头转向，用句旺代地方人的俗语，就像听到第一声晨钟时还“搓着卵子”一样。

这时，庞大固埃开始将船里的盐向敌人撒去，恰巧敌人正张大嘴巴睡

[1] 布列塔尼人以善饮出名，“布列塔尼人的喝法”即喝得一滴不剩的意思。

觉,个个的喉咙里都被填满了盐,像狐狸似的咳个不停,嘴里直喊着:“哈,庞大固埃,你是不是往我们嘴里点火!”庞大固埃尿急,把尿撒了整个敌营,尿如汹涌的洪水,淹没方圆十英里。史书记载,如果他父亲的牝马当时也在场,也这样痛快地撒一泡,那洪水必将比普罗米修斯的儿子丢卡利翁所遭遇的还大,因那牝马一撒尿,就会流成像莱茵河和多瑙河那么大的河流。

那些已经逃出城的人们见状,说道:

“他们肯定全被无情杀害,看那血流成河。”其实他们搞错了,误以为庞大固埃的尿水就是敌人的血水，因为他们只能远远地凭借焚烧营帐的火光和一点月光来判断。

而这些敌人惊醒过来时,看到熊熊燃烧的大火和泛滥成灾的洪水,真不晓得发生什么事。一些人说是世界末日,这是最后的审判日,将有一场大火毁灭整个世界。有人说那是海神尼普顿和他儿子普罗透斯、特赖登等来进攻他们,因为这确实是咸咸的海水。

啊,现在谁能绘声绘色讲述庞大固埃大战三百巨人的故事呢？哦,我的缪斯,我的卡利俄珀[①],我的塔利亚[②],给我灵感吧!鼓舞我的灵魂吧,因为我现在位于逻辑学所说的“笨人难过的桥[③]”,要想用文字真实再现当时鏖战的壮烈情景真难啊！那是必须绞尽脑汁、斟酌一番的。

但愿我能给诸位斟上一觥好酒，让你们一边畅饮一边细细品味接下来我要讲的精彩故事。

---

① 卡利俄珀：九位缪斯之一，主管雄辩和英雄史诗的女神。

② 塔利亚：九位缪斯之一，主管喜剧和田园诗的女神。

③ 指无法避免的困难问题。

第二十九章 庞大固埃击溃三百名石甲武装的巨人和他们的首领“狼人”

巨人们看到自己的营盘被洪水淹没了，赶紧背起安那奇国王逃到壕堑外面，那落荒而逃的情形如同当年特洛伊被焚时，埃涅阿斯背父安喀塞斯逃出火城一样。巴汝奇见状，对庞大固埃说道：

“我的老爷，您看，巨人们纷纷出动了，按古代兵法挥舞您的桅杆吧。沧海横流，方显英雄本色，快使出您看家本领。我们坚决做您的坚强后盾，为了您，我冲杀在前，勇猛杀敌。说到做到，绝不食言。当年大卫轻而易举地杀死了哥利亚，他只不过是个小顽童，而我大丈夫男子汉难道还不如他吗？我们还有无与匹敌的英雄大搂粑优斯登，他比四头牛还健壮，谁敢觊觎呢？鼓起勇气吧，跃上您的战马，挥戈往前冲。”

庞大固埃说道：

“论勇气，我浑身是劲。但话不能这么说，连海格立斯也不敢以一挡二。”

“哈！”巴汝奇说，“您妄自菲薄，海格立斯怎能比得上您？天主在上，您牙齿的力量和屁眼里的智慧就大大超过海格立斯连身体带灵魂的威力。

人要懂得自重，才不会被人瞧扁。”

他们正说着时，“狼人”领着他的巨人团过来了。“狼人”只见庞大固埃孤单一人，便不把他放在眼里，骄横跋扈，胆大妄为，心想自己一个人就可以杀了这可怜虫。于是，“狼人”对巨人团说：

“我以穆罕默德的名义说话，谁想打头阵与他们决战，我叫你们不得好死！我一个人出阵就够了，你们在一边观看，助兴就行了，看我亲手收拾他们。”于是，巨人们就和国王安那奇退到一边，捡起他们的酒瓶子接着喝。巴汝奇和他的同伴们佯装患有淋病，跟在他们后面。巴汝奇假装口齿不清，手脚抽搐，声音沙哑地对他们说：

“兄弟们，就天主发誓，我们不跟任何人打仗。分一点吃的给我们。让我们的主人自己去打好了。”

这非常适合国王和其他巨人的心意，就让他们坐在一起享受美餐。欢饮中，巴汝奇为他们讲述杜尔班教士的奇闻轶事，圣尼古拉的传奇和仙鹤的故事。

话说厮杀的现场，“狼人”操着一根大铁棒朝庞大固埃扑过来。这根铁棒重九千七百又四分之一吨，用叙利亚的钢铸成，顶部还有十三个金刚尖头，最小的也有挂在巴黎圣母院那座最大的钟那么大，如果有所误差，顶多差一指甲那么厚，或者准确地说，也只有割掉逃犯耳朵的刀背那么厚，就差这么一丁点儿。那可是根魔棒啊，连神仙的咒语也打不断的，而碰到它的人或东西无不顷刻被碎尸万段的。

“狼人”耀武扬威逼近庞大固埃，而庞大固埃抬头仰望苍天，虔诚地把自己交给天主，心中祈祷道：

“我的天主啊，您一向都是我的保护神、救命恩人，但您知道我现在身处逆境，灾难临身。我来这里的唯一目的是为了保卫我们的家园、保卫我们的妻儿，这是一种与生俱来的大义，也是您赋予我们保全自己的权利；我从来没有违背您的旨意，学会耐心虔诚去领受。因为这种事情上，您希望人类能够好好忏悔，遵照您的旨意，不许大动干戈，兵戎相见，您是全能的主宰，会一切如您所愿。您法力无边，保护自己的能力大大超出我们的想象；您有成千上亿个天使，即使是最小的天使奉您的旨意，也可以毁灭人类，随心所欲搅得翻天覆地。从前西拿基立全军覆没正是如此。所以，您现在若愿意援助我，我把我的所有信仰和信心都交给您，并承诺，不管在世界的哪一个角落，在我的乌托邦国或外面，只要我的权力所管辖的领域，我将虔诚地、完完整整传播您的福音；那些单靠谎言蛊惑人心、毒害整个世界的假信徒、假先知就会在我力所能及的范围内被铲除干净。”

此时，人们从空中听到一种应和的声音：“照此去做，你必将胜利。”仇人相见，格外眼红，只见“狼人”张开血盆大口向庞大固埃扑来，而庞大固埃勇猛迎战，大喝一声：“无赖，你的死期到了！你的死期到了！”这是效仿斯巴达人作战的方法，声色俱厉地威慑敌人。接着，庞大固埃麻利地解开系在腰带上的船，把装在十八个大桶里的盐全朝“狼人”撒去，堵满他的喉咙和气管，更不用说鼻子和眼睛了。

“狼人”恼羞成怒，抡起铁棒，想把对手打得脑袋开花。可是，庞大固埃眼明手快，左脚向后一跳就躲了过去，但腰间的小船却来不及闪开，挨了“狼人”一棒，碎成四千零八十六片，盐也撒了一地。

“狼人”这一棒，来势可猛，庞大固埃连忙伸展双臂用力挥舞桅杆，使出全身解数，好像飞动板斧的战术，用那大头的一端狠狠地朝“狼人”的奶头刺过去。接着又从左侧甩到右侧，击中“狼人”的颈部。尔后，庞大固埃右脚朝前跨上一步，用桅杆的顶端向“狼人”的裤裆猛戳过去，桅棚却被捅破了，贮存在里面的三四桶酒全洒了出来，“狼人”一见，误以为自己的膀胱被戳破了，尿水倾泻而出。

庞大固埃绝不罢休，正想再从侧面进攻，给他一点脸色看看，谁知“狼人”高举大铁棒，步步逼近，只见他猛地向庞大固埃劈头盖脸打过来，这一架势令庞大固埃措手不及，若不是天主保佑，早已脑袋开花，肝脾碎裂；说时迟，那时快，庞大固埃虚晃一枪，雷鸣电闪般躲到左边，“狼人”的铁棒朝右边扑了个空，砸在一块顽石上，顿时四分五裂，入土七十三英尺之深，火光四溅，那团光环有九千六百只酒桶那么大。

庞大固埃躲过这一劫，但狼人的铁棒却把顽石击碎，一头扎进土里，拔也拔不起。庞大固埃见“狼人”受到牵制，便趁机冲上去，想用桅杆袭击“狼人”的头颅，殊不知桅杆正巧与“狼人”的铁棒相碰，迸出火花；可真是一根魔棒啊，“咔嚓”一声响，桅杆离手柄处三指远的地方被碎成两段，庞大固埃吓得目瞪口呆，那脸色就像铸钟工人突然发现新铸的钟裂开时一样，连忙喊叫：

“巴汝奇，你在哪里呀？”

巴汝奇听到这话，便对国王和巨人们说道：

“天主啊，如果不把他们分开，真要两败俱伤了。”

但巨人们无动于衷，正像赴婚宴吃喜酒一样，喜气洋洋，对巴汝奇不理不睬。卡帕林正要起身解救庞大固埃，却被一个巨人拦住了：

“我向穆罕默德的侄子古弗林发誓，如果你敢挪动一下，我会把你当痔疮栓剂塞进我的肛门里；这几天我便秘，不咬紧牙关就无法大便了。”桅杆挫损以后，庞大固埃只得捡起剩下的一头朝“狼人”狠狠打过去，却纹丝不动，就像铁锤砸铁砧，只不过迸溅些火花而已；这时，“狼人”已经从地里拔出他的铁棒，向庞大固埃挥舞过来，还好庞大固埃动作敏捷，迅速躲闪，“狼人”扑空几次，恨得咬牙切齿，使尽力气，猛冲过来，他厉声喝道：“恶棍，不把你千刀万剐、碎尸万段，更待何时？叫你以后永远不会害人口渴！”庞大固埃见“狼人”逼近了，便飞起一脚，朝他的肚皮踢过去，“狼人”冷不防趔趄一下，两脚朝天，倒退一箭之地。只见“狼人”口吐鲜血，惨叫几声：

“穆罕默德！穆罕默德！穆罕默德！”

听到“狼人”的惨叫声，巨人们都站起身想去抢救他，却被巴汝奇拦住了，劝他们说：

“先生们，你们最好不要凑过去，我的主人疯劲一起，杀将过来，昏天黑地的，不管三七二十一，谁敢挡驾谁就倒霉。”

但巨人们却不在意，因为他们看到庞大固埃没有桅杆做武器了。

庞大固埃看见他们逼近了，便拎起“狼人”的双脚（狼人还穿着他的铁甲），像握标枪一样，利用“狼人”的铁砧披挂狠狠地向石甲巨人群砸过去，巨人们东倒西歪，乱成一团，那石甲顿时成了碎石屑，庞大固埃乘胜追击，穷追猛打。一场恶战，杀声如雷，地动山摇，令我想起当年伯吉斯的圣艾蒂安教堂那座黄油铸成的大塔在阳光照射下融化的惨状。在卡帕林和优斯登的帮助下，巴汝奇迅速把倒在地上的巨人一箭封喉。

你们可以看到敌人一个也没有跑掉，庞大固埃像个手持镰刀（即“狼人”）的割草人在割青草（指巨人们）。在这场激战中，“狼人”的脑袋掉了，原来是当庞大固埃挥动“狼人”猛撞一个叫“利弗朗杜勒”①巨人时，那个巨人从头到脚严严实实裹上了砂岩铸成的铠甲，一下子把“狼人”的头给切下来，其中一块碎片飞了出去，竟把爱庀斯特蒙的喉管切断了。其他巨人穿的是轻便石甲，质地松软，杀伤力不大。

最后，庞大固埃看到敌人全死光了，便把“狼人”的尸体尽最大的力气抛到一个很远的城市，“狼人”肚皮向上，像只死青蛙一样跌在城中广场上，砸死一只有斑点的公猫，一只湿漉漉的母猫，一只小鸭子和佩上马笼头的鹅。

---

① 意为小偷。

第三十章　巴汝奇妙手接上爱庇斯特蒙的断头颅
爱庇斯特蒙起死回生捎来阴曹的信息

大战告捷之后，庞大固埃回到原来放酒的地方，把巴汝奇和其他随从一个个点名叫来，他们应声而到，全都安然无恙，只有优斯登在割一个巨大喉管时脸被抓破一点皮，还有爱庇斯特蒙不见踪影。庞大固埃为此万分悲痛，真比自己死了还难受，这时巴汝奇过来安慰他：

"殿下，莫着急，你再等等吧，我们去死人堆里把他找回来，到时候再想办法吧。"

于是，他们分头去找，发现爱庇斯特蒙已经僵死了，血染的头颅还留在两臂中间，优斯登喊道：

"唉，不幸的死神，你夺走了最完美的人。"

庞大固埃一听，犹如晴天霹雳，应声而立，伤心欲绝地对巴汝奇说道：

"唉！我的朋友，你那两个杯子和一杆标枪的预言完完全全错了！"

但巴汝奇却说道：

"我的朋友，莫悲伤，莫流泪。他四肢尚温，我把头颅给他接上，他又能鲜活过来了。"

说着，他便把爱庇斯特蒙的头颅藏在自己的裤裆里暖和暖和，不让受凉。优斯登和卡帕林把尸体抬到他们刚才吃喝的地方，他们想也不敢想断头能再接，只不过是带来让庞大固埃看一眼而已。但巴汝奇却让他们打起精神，说道：

"我若救不了他，就砍掉我的头（世上再没有比这个更疯癫的保证了),别只顾哭,过来帮我吧。”

于是,他们就用上等的白酒仔细洗净爱庞斯特蒙的脖子和头颅,并撒上一层金刚粪粉(这是巴汝奇随身带的东西)。再涂上一种我也说不上名字的膏药,小心翼翼地把头接在脖子上,血管对血管,肌肉对肌肉、神经对神经,关节对关节,对准各部位,以免爱庞斯特蒙以后成了个驼背(因为他比死更憎恶这种病)。拼好之后。他绕颈缝上了十五六针,头颅就不会掉下来了,又在所有的伤口上涂了称之为起死回生的膏药。

突然,奇迹出现了,爱庞斯特蒙缓缓启唇噏气,双眼微开,打了哈欠,又打了个喷嚏,再放了一个响屁。巴汝奇满有把握地说道:

“现在,他得救了!”

说着,巴汝奇又给他灌下了一大杯烈酒,还让他吃了一块浸酒的甜面包片。

就这样,爱庞斯特蒙被神奇地救活了,只是喉咙沙哑了三周多,还不停地干咳,只有喝酒才能缓解症状。

此后,他开始说话了,说他亲眼见过魔鬼,还和路西弗亲密地聊过天,在地狱和极乐世界里都过得很开心。其实魔鬼都是开心的酒徒,谈到被打入地狱的冤魂时,他抱怨巴汝奇太早把他召回来。

“因为,”他说道,“我看到他们的生活境况乐不可支呢。”

“这是怎么回事?”庞大固埃问道。

“其实他们并不像你想象的那样受到极端处罚,”爱庞斯特蒙说道,“只是他们的生活方式发生了改变,真令人吃惊。我看到亚历山大大帝缝补破裤子勉强过穷日子,

“波斯国王薛西斯一世当小贩卖芥末,

“罗马帝国的始皇罗穆卢斯不是修鞋就是卖盐,

“罗马帝国的第二个皇帝努马在钉钉子,

“第七个皇帝塔昆成了吝啬的放债人,

“罗马帝国总督皮索变成庄稼汉,

“罗马独裁者苏拉当了渡船工,

“另一个独裁者居鲁士是个牛倌,

“雅典执政官地米斯托克利做吹玻璃工,

“埃及名将伊巴密浓达在造镜子,

“罗马帝国革命者布鲁图和卡西乌在丈量地皮,

“雅典雄辩家狄摩西尼种植葡萄，
“西塞罗帮铁匠烧火炉，
“罗马统帅非比阿斯在编珠子，
“波斯王阿塔泽克西兹或清理汤锅残渣或搓绳子，
“特洛伊战争中的英雄埃涅阿斯当磨坊主，
“阿喀琉斯长满疥疮在干农活捆干草，
“米塞纳国王阿伽门农到处舔着锅底，
“尤利西斯在割草，
“特洛伊战争时的希腊长者内斯特成了扒手，
“波斯国王大流士清洗粪池，
“罗马第四代国王安科斯·马提乌斯捻船缝，
“罗马军事独裁卡米勒斯是个鞋匠，
“罗马帝国大将马塞卢斯在剥豆荚，
“另一大将德鲁苏斯靠敲核桃为生，
“平非将军西庇阿穿街走巷卖酒渣，
“迦太基大将汉尼拔卖鸡蛋，
“特洛伊国王普里阿摩斯卖旧衣，
“圆桌骑士‘湖边英雄’兰斯洛特在剥死马皮，

“其他的骑士都靠打短工度日，当那些魔头雅兴一来，想下水游玩，就在科塞特斯河、弗列格顿、斯提克斯、阿奇龙和利勒这些冥河为他们划大木船，就如同里昂的船工，威尼斯的刚朵拉船工一样劳作，所不同的是他们每摆渡一次所得到的酬金只是魔头轻弹一下指头，再加上晚上一块发霉的面包。

“罗马皇帝图拉真在钓青蛙，
“另一个皇帝安东尼勤快地为主人跑腿，
“还有一个暴君康茂德在制作墨玉工具，
“另一个皇帝帕提纳斯在剥胡桃，
“罗马大将卢卡拉斯卖烤肉，
“查士丁尼卖二手货，
“特洛伊国王赫克托在厨房里做调味，
“帕里斯衣衫褴褛满街跑，
“波斯国王冈比西斯赶骡子，

“罗马皇帝尼禄在街上拉提琴，萨拉逊巨人菲尔拉布拉斯给他当仆人；不过他想出千万种法子捉弄他的主人，给他吃干的面包屑，喝发酸的酒，而自己吃的、喝的全是上好的东西，

“尤利乌斯·恺撒和庞培在漆船底，

“骑士小说中的英雄瓦伦廷和奥森在地狱的澡堂里打工，

“加韦和吉格朗是贫穷的猪倌，

“长牙吉奥弗雷在做火柴和卖火柴。

“耶路撒冷的统治者戈德弗鲁瓦·德布莱在制作多米诺骨牌，

“伊阿宋成了敲钟人，

“卡斯提尔残暴的国王唐·彼得在卖赦罪符。

“另一位骑士英雄摩根在酿啤酒，

“波尔多的于勇在箍酒桶，

“皮洛斯成了粗俗的厨工，

“波斯国王安条克当了扫烟囱的人，

“罗马皇帝屋大维捡废纸，

“纳瓦成了马倌，

“教皇尤里乌斯贩卖糕点和馅饼，不过他那难看的大胡子被剪掉了，

“另一位骑士英雄——巴黎的约翰擦皮鞋，

“不列颠的亚瑟国王替人洗帽子，

“另一位传奇故事中的国王贝蒂斯背柴火，

“教皇卜尼法斯八世同阿塔泽克西兹一样在清洗汤锅，

“教皇尼古拉三世卖书，

“教皇亚历山人抓老鼠，

“教皇圣西克斯图斯为花柳病患者涂膏药。”

“什么？”庞大固埃一听这话，惊奇地大叫一声，“地狱里的人也会得花柳病。”

“那当然了，”爱庇斯特蒙说道，“我从来没有见过这么多人得花柳病，大约有上亿人，在尘世没患过，死后到阴间也会染上的。”

“天主在上！”巴汝奇喊道，“这么说我就没事了，我早就得了这病，我到过直布罗陀海峡，又钻进海格立斯的大柱里，肯定会碰上花柳病的人了！”

爱庇斯特蒙又接着说：

“丹麦人奥吉埃在帮人擦盔甲，
“亚美尼亚国王提格兰在帮人盖屋顶，
“复辟骑士精神的加利恩在捕田鼠，
“阿蒙的四个儿子在帮人拔牙，
“半蛇半女的仙女梅吕西娜在厨房当下手，
“传奇故事中美丽的女英雄玛塔布鲁娜是个洗衣妇，
“埃及艳后克娄巴特拉在卖洋葱，
“希腊公主海伦专为女仆找活干，
“巴比伦皇后塞米勒米斯为乞丐和流浪汉抓虱子，
“狄多在卖蘑菇，
“亚马逊人皇后彭忒在卖芥菜，
“罗马贵妇卢克丽霞在倒便盆，
“罗马女辩才霍滕西娅在纺线，
“罗马皇后丽维娅在刮铁锈和煤灰。

“由此可见，世上那些地位尊贵的王公大人死后都过上贫穷的日子，受苦受难。反之,在这个世界上的哲人和贫贱的死后则过上富足、有权有势的生活,因为风水轮流转。

“我看到哲学家戴奥真尼斯富得流出油,摆出富贵架势,身穿华丽的紫红长袍,威严地踱着方步,右手握着金节杖;当他发现亚历山大大帝没补好他的裤子,便举手揍了他好几棍,打得亚历山大叫苦不迭。

“我还看到另一位哲学家伊壁鸠鲁,着最新款的法式服装,在绿荫下漂亮凉亭里散步,旁边簇拥着一群年轻貌美的姑娘,说笑作乐,饮酒、跳舞、共度美景,珍馐佳肴摆满桌,身边还有一大堆亮闪闪的金币,凉亭的门楣上写着他创作的诗：

倚翠偎红舞蹁跹，高歌美酒乐无边，
无须劳作逍遥游，财源滚滚达三江。

“哲人看到我,便彬彬有礼邀我饮酒作乐,我自然乐意不过,喝了个痛快。这时赛勒斯过来了,以墨丘利的名义向他乞讨一点小钱,买点葱作晚餐的作料。‘没有,没有,’伊壁鸠鲁骂道,‘我没有小钱,你这个无赖,等一等,我给你一枚大金币,你可得作个老实人。’赛勒斯喜出望外,想不到得了这么多的施舍，可不幸的是当天晚上就被王公贵族亚历山大、大流士和其他人偷走了。

“我也看到曾经给宙斯的儿子拉达曼提斯当司库的帕特林，正同卖馅饼的尤里乌斯教皇讨价还价，他问，‘买一打多少钱？’教皇回答，‘三分钱。’‘呸，’帕特林说，‘值三棍子吧，把饼给我，你这个无用的家伙，把饼给我，再去多拿一些来！’可怜的教皇哭丧着脸跑开了。当跑到糕点师傅那里，说馅饼被抢了，就被老板打得皮开肉绽，他的皮连做风笛都嫌毛孔太大了。

“我还看到诗人让·勒迈尔正扮演教皇的角色，让那些曾在尘世上当国王和教皇的可怜虫伏在地上吻他的脚。他神气活现地为他们赐福，说道，‘买赦罪符吧，你们这些恶徒，买一些吧，可是便宜货呢。我赦免你们不必老是吃面包，喝粥，赐给你们特殊的东西，允许你们一辈子无所事事。’说完，他就召来了两个宫廷弄臣凯利特和特丽布雷特，对他们说道，‘红衣主教下令，每人腰上打一棍子。’一眨眼工夫就执行完任务。

“我看到大师弗朗索瓦·维永问，‘芥末多少钱一罐？’‘值一个金币。’薛西斯答道。维永骂道，‘你这个强盗，该发高烧烂身子！连十分之一的钱都不到呢，还想哄价！’说完，他就往芥末桶里撒泡尿，巴黎卖芥末的人也是这样做的。

“我还看到弓箭手巴若莱，他正在审判异教徒。不列颠国王贝蒂斯朝着画有圣安东尼大火的墙[①]上乱撒尿，便宜判他为异端，要活活烧死他。还好摩根及时赶到，送了见面礼，并送来啤酒（这就足以打发主教了）。”庞大固埃打断了爱庇斯特蒙滔滔不绝的述说，说道：

“这些精彩的故事就留着下回再说吧。你现在只需告诉我，尘世上的高利贷者到阴间受到何种待遇。”

“我见到他们了，”爱庇斯特蒙说道，“他们都匍匐在街上，忙着在臭水沟里捡生锈的针和弯曲无用的钉子，就像穷困潦倒的乞丐。但一百斤破铜烂铁才能换来一块面包，而且这种破烂也不多，这些尘世的吝啬鬼常常一连三个星期吃不上一片面包屑。但他们却依旧日日夜夜忙着干活，等待能有什么东西掉到他们怀里。他们忙忙碌碌，却劳而无功，受此惩罚还翻不了身。他们并不在乎这种工作和遭遇，总是盼着到年终有一些小钱就心满

① 花柳病医院的墙上都画着圣安东尼神火。

意足了。”

“好吧，孩子们，”庞大固埃说道，“让我们尽情欢乐吧，干杯！这是喝酒的好月份啊。”

于是，他们搬出一大堆好酒，就着从敌人那里缴来的口粮美餐一顿，只有那可怜的安那奇无精打采，满脸愁容。巴汝奇说道：

“我们得给这位国王找点活干，一旦他到阴曹地府也好有一技之长。”

“确实如此，”庞大固埃说道，“这可是个好主意。你就看着办吧，我把他交给你了。”

“谢谢，”巴汝奇说道，“像这样的礼物我可不敢拒绝，更何况是您的赏赐，我会好好安排的。”

第三十一章 庞大固埃收复阿摩罗蒂斯城 巴汝奇安排安那奇国王成亲事 并让其贩卖青酱油

打了这么一场神奇的胜仗之后，庞大固埃派卡帕林进入阿摩罗蒂斯城，向全城居民宣布安那奇国王已被俘虏。所有的敌人全被打败了。

喜讯立刻传遍全城，人们无不欢欣鼓舞。居民倾城而出，欢呼雀跃，敲锣打鼓，仪杖如林，井然有序地列队出城，迎接凯旋的庞大固埃。全城热闹非凡，张灯结彩，披红挂绿，缤纷五彩，街道两旁还摆上精美的桌子，上面摆着果蔬菜肴应有尽有。他们尽情欢乐，似乎重现了古时的黄金时代。

庞大固埃召来了全体议员，对他们说：

“先生们，我们不能盲目乐观，贪图安逸，必须趁热打铁，乘胜追击；直捣整个渴人国。凡是愿意跟随我出征的必须明天早餐之后整装待发。我并不是需要更多人援助才能征服这片土地，实质上这片土地已是我们囊中之物，只不过咱们这个城市太拥挤了，街上行人摩肩接踵，几乎无法转身，因此我带他们到渴人国去开辟殖民地，把整个国家交给他们管理。那可是世界上最美丽、最富饶、气候最宜人的地方。凡有去过的人都知道，没有一个国家比得上。那些想跟随我出征的人，就在指定时间准备出发。”

庞大固埃这一决策，得到全城的呼应。第二天早上，王宫前的广场上聚集了十八万五千六百零一十一人，还不包括妇女和小孩。他们整齐地排好队，浩浩荡荡向渴人国进军了，那情形就像以色列的后代逃离埃及渡过红海一样。

等一会我再说出征之事,我先告诉你,巴汝奇是如何对待他的俘虏安那奇国王。他牢牢记住爱庇斯特蒙告诉他的地狱见闻,尘世的国王和富人死后在阴曹地府要干卑贱、肮脏的活儿,勉强过上贫困的生活。

有一天,巴汝奇叫人给国王穿上一件破烂的小布衫,那一条条破布条就像侍卫的条纹衣,再给他套上宽大的水手服,不让他穿鞋子(因他一穿上鞋子就会手舞足蹈,飘飘然而认不清自己的俘虏身份)。再给他戴上一顶滑稽的小蓝帽,上面插着一根大羽毛,不,我搞错了,听说是两根羽毛,还在他腰上束一条蓝绿相间的腰带,说这身行头对他来说很合适,因为他曾使很多人生活贫困、沮丧忧郁。

巴汝奇把他带到庞大固埃面前,问道:

"你认识这混蛋吗?"

"一点也不认识。"庞大固埃答道。

"这就是那位曾是权柄在握,不可一世的国王,我要把他变成有用之人。世上的国王不过都是一群顽劣的牛,什么都不会,一无是处,只懂得耍弄权杖,骑在黎民百姓的头上作威作福,穷兵黩武,使世界不得安宁。我打算教他学门手艺,让他沿街叫卖青酱油。好吧,先学会沿街叫卖:便宜的——青酱油也。新鲜——好料哟。"

那倒霉的恶棍便乖乖地学叫起来。

"不够大声,"巴汝奇一把揪住国王的耳朵说,"大声吆喝!哆、唻、咪、发、嗦。再唱高点,你这个死鬼!嗓门不错啊。你不当国王也快活啊。"

庞大固埃见了也着实喜欢,不是我瞎说,国王已经变成一个最地道的小好人,成了一流的卖青酱油的高手。

两天之后,巴汝奇又让他同一个老鸨结婚,还亲自为他们举行婚礼,摆酒席,有美味熏羊头,美味芥末烤猪肉、大蒜香肠,还把这些佳肴给庞大固埃送去五驮子,庞大固埃胃口大开,佐以当地的葡萄酒和苹果酒,吃得一点也不剩。巴汝奇还请来一名盲人小提琴手,让大家跳舞尽兴。

晚宴之后,巴汝奇把这对新婚夫妇带到王宫觐见庞大固埃,他指指新娘,说道:

"她再也不用担心放屁了。"

"为什么?"庞大固埃问道。

"她的苞蕊已经全张开了。"巴汝奇说。

“什么意思？”

“难道你不明白？”巴汝奇说，“烤栗子的时候，如果栗子是完整的，就会噼噼啪啪响个不停，你要不让响，只需划破栗子皮。这新嫁娘下身苞蕊可全开了，就不再放屁了。”

庞大固埃赏给这对新人一套小屋，还给他们一个石臼舂酱，老公老婆就这样过起了小日子。安那奇成了“乌托邦”国最好的卖青酱油小贩。但后来我听说，他妻子嗜好打他，这可怜虫也不敢自卫，打不还手，真是个白痴。

第三十二章 庞大固埃用舌头为全军挡雨 作者在庞大固埃嘴里的见闻

庞大固埃率领大军到了渴人国境内，那里的百姓欢唪迎迓，立刻臣服归降，主动交出每个城门的钥匙；只有亚美罗兹人还负隅顽抗，对庞大固埃的使节说，除非有什么优惠条件，否则他们是不会投降的。

“什么！”庞大固埃说道，“他们吃着碗里的还要看着锅里，真不自量力。走着瞧吧，非把他们扫荡光不可！”

于是，他们整装待发，做好进攻前的准备。

可是，当他们行军经过一大片旷野时，天不作美，滂沱大雨倾盆而下，个个像落汤鸡，冷得直哆嗦，挤成一团。庞大固埃忙让各路军官传话，这只不过是一阵云雨。他从云层上看去，那只是一点雾水而已。但为了防止队伍混乱，他要大家重整队伍，准备为他们遮风挡雨。一声令下，士兵们迅速地排列，队伍又恢复整齐划一。这时，只见庞大固埃伸出一半的舌头，就像母鸡护小鸡一样，为军民们全挡住雨了。

我呢，就是给你们讲述真实故事的那个人，此时正躲在一片牛蒡草叶下，那叶子至少同蒙特里布勒桥的桥拱一样大；不过，我看到他们如此躲雨很有趣，也想凑过去和他们待在一起，但因人太多了，挤也挤不进去，正如常言所说，一个巴掌总遮不了天，想沾边也沾不上，我只好奋力往上爬，在他的舌头上足足走了六英里，最终才走到他的嘴里。

呵，众神啊，你们可知道我在他嘴里看见什么了？如果我有半句谎言，就让朱庇特的三叉雷电杖把我击死好了。我觉得自己像在君士坦丁堡的圣索菲亚教堂信步，看到龇牙锐齿犹如丹麦的高山，层峦叠嶂，还有广阔无垠的草地，一望无际的森林，还有许多城堡和大城市，高楼林立，栉比鳞次，不比里昂和普瓦蒂埃逊色。

我遇见的第一个人是个种白菜的老汉，我惊讶地问他：

"我的朋友，你在这里干什么？"

"我吗，"他说，"我是种白菜的。"

"种白菜做什么？怎么种的？"我问道。

"啊，先生，"他说，凡是男人都有睾丸，岂能一样大？总有那么几个睾丸坚如石臼，哪能人人都富贵。我种菜过日子，白菜长大了就挑到后边的城里去卖。"

"天啊！"我说，"难道这里还有一个全新的世界？"

"是的，"他说，"但也不完全新，我听说外面才是个新天地，有太阳和月亮，新鲜事层出不穷。这里的世界古老些了。"

"是吗，我的朋友，"我问道，"你去卖白菜的那个城市叫什么呢？"

"就叫食道城，"他说，"那里的人是正直的天主信徒，他们会欢迎你去的。"

经这一说，吊起我的胃口，我决定去那儿看看。

路上，我遇到一位布网捉鸽子的小伙子，我问了他：

"我的朋友，这些鸽子是从哪里飞来的？"

"先生，"他说，"它们是从另一个世界来的。"

至此，我才恍然大悟，想起庞大固埃打呵欠时，总会有成群的鸽子张开翅膀飞进他的嘴里，把那里当成一个鸟巢了。

我进了城，一切令人心旷神怡，美丽的市容，固若金汤的城墙，井然有序，天气也很宜人，只是在进城的时候，守门人要我出示护照和健康证，我觉得很奇怪便询问他们：

"先生，这儿是否闹瘟疫？"

"是的，大人，"他们说，"附近的人接二连三地死，收尸车子满街跑呢。"

"我的天啊！"我问道，"到底在哪里呢？"

他们告诉我发生在喉城和咽城，这两座城跟鲁昂和南特差不多大，物美价廉，生意兴隆。闹瘟疫的原因主要是从下面的深渊冒出恶臭的、传染性强的气味。仅上周就死了两千两百七十六人了。我推算了一下日子，顿时想起这是庞大固埃在安那奇的婚宴上吃太多大蒜,反胃发出的臭气。

离开那里以后,穿过石林,就是他的牙齿,爬上一座山崖,就是他牙齿的上端,眼前豁然开朗,一马平川,风光无限,那里有宽敞的网球场、精美的画廊、绿茵茵的草地,还有许多葡萄园。在一望无垠的田野上,点缀着数也数不清的意大利夏日小别墅。我在那里住了四个月,是我一生中最惬意的时光。

后来,我从后齿背后下山,走向他的唇边,就在毗邻他耳朵的地方,我正在穿过一片森林时遭到一伙强盗抢劫了。

我下坡时看到一个小村镇(我忘了名字了),在那里我过得比刚才更舒服,轻轻松松赚饭吃。你们能猜到我的工作是什么吗?我靠睡觉赚钱。那儿的人雇人睡觉,睡上一天可挣五六个铜子,能够鼾声如雷的可以挣到七个半铜子。我把在山谷遭遇抢劫的事告诉那里的议员们,他们说这不足为奇,穷乡僻壤的地方,没得吃,只好铤而走险,占山为盗。听了这话,我意识到这跟阿尔卑斯山南北侧的习性不同一样。外头有山里山外之别,这里则有牙里牙外之分,牙里天高气爽,空气清新。

我开始琢磨人们常说的,世界分为两半,这一半人不知道那一半人是怎么生活的。确实也合情合理。你看,还没有人写过关于那地方的书,虽然这里居住着二十五个以上的王国,还有大片的沙漠和海湾。为此,我冒昧写下一部很厚的书,书名是《咽喉国人史》;"咽喉国"之谓,乃因他们住在我的主公庞大固埃的咽喉里。

最后,我总得回去,便顺着他的浓密胡子往下滑,跳到他的肩膀上,又从肩上跳到地上,落在他面前。

他一见我,问道:

"瓦索朗弗·雷伯拉,你从哪里来?"

我回答:

"从您的喉咙出来的,先生。"

"你待在那儿多久了?"他问道。

"从您出征阿摩罗蒂斯城开始。"我说。

"但是,"他说,"这六个多月的时间你是怎样活下来的?你喝什么呢?"

我回答:

"我的大人,您吃什么,我就吃什么,我只是对进入您那喉咙的最新鲜而美味的食物征点税而已。"

“这是真的,”他问,“但你在哪里拉屎呢? ”

“当然,在您的喉咙里,先生。”我说。

“哈哈,你这小子真了不起,”他说,“承蒙天主相助,我们征服了整个渴人国的领土,我把萨马甘蒂城堡赠给你。”

“那真是太谢谢您了,先生,”我说,“您的慷慨赠予大大超过我对您的帮助。”

第三十三章 庞大固埃患了病又如何治愈

不久之后,好汉庞大固埃病倒了,胃痛得难受,既不能喝,也不能吃。古语说:祸不单行,他还得了热尿病,被折磨得痛苦难堪,难以忍受。但他的医生医术高明, 妙手回春。医生给庞大固埃服用大量的镇静剂和利尿剂,不一会儿,病毒便从他的尿里排出来。

他撒出的尿烫得很,直到现在都没变凉,就成了温泉。在法国就有好几处这样的温泉,因他的尿流经好几个地方。如:高特莱、利穆、达克斯、巴勒露克、蒙佩利尔、内利、波旁和其他地方。在意大利则有格劳特山、阿巴诺、圣彼得蒙塔贡、圣海伦、卡萨、诺瓦、圣巴尔托罗美奥。在波伦亚境内则有波伦塔和成千上万个地方有温泉。

那些愚蠢的医生和哲学家简直令我吃惊, 他们把时间耗费在辩论这些泉水之所以变热,是否里面含有硼砂、硫黄、明矾或是硝石。这些人瞎发议论,说些连自己也无法弄清楚的事,还不如把自己的屁股靠在蓟草上擦一擦,也许还更爽快些;因为这答案是显而易见,何需他们劳神。这些泉水之所以会热,是因我的主公庞大固埃撒下热尿而形成的。

好了,再说庞大固埃的大病是如何被治愈的。他服了一帖泻药:包括四百斤松香和树脂、一百三十八车的山扁豆、一万一千九百斤大黄,还不包括其他药草。

你们知道,根据医嘱,必须先排除他胃里的积食。为此,他们特制了十七个大铜球,比罗马维吉尔钟楼上的圆球还大。这些球中间开口,有弹簧可以开闭。庞大固埃的一个随从,带着灯笼火把率先钻进一个大球里,庞大固埃就像吞小药丸似的把这个铜球吞进肚里。另有五个健壮的小伙子，每人拿一把铁铲钻进其他五个大铜球，另外三个铜球钻进三个背扛铁锹的农民，还有七个健壮的脚夫，背着大篓子钻进其他七个球，这些大铜球也像药丸一样被庞大固埃吞下去。

这十六个人随着铜球到达胃部时，弹簧门就启动了，这十六个人从各自的铜球里钻了出来。打灯笼的在前面带路，他们在一个吓人的山谷里摸索走了一英里多，那条沟比女神梅菲蒂斯①喷出的硫黄毒雾、比卡马里纳沼泽的瘴气，比希腊地理学家斯特拉博记述过的索邦臭水湖还臭，若不是对心脏、胃，还有我们称为酒桶的头进行清毒，他们早就因这乌烟瘴气窒息而死。啊，如果拿这些臭气来熏荡妇光滑细腻的脸部肌肤，那该是多好的香气啊！

接着，他们就摸索前进，全靠鼻子嗅一嗅探路，接近那存放粪便和腐烂东西的地方。最后，他们来到一座叫粪山的地方，就用铁锹把整大团的垃圾山敲碎，带铲子的人就把垃圾铲进筐里，等待一切都扫除干净，才回到各自的铜球里。庞大固埃大咳一声，十六个铜球就从他喉咙里像打饱嗝一样吐出来，十六个人兴高采烈地从铜球里蹦出来。我不由想起特洛伊战争时，希腊人从木马里钻出来的样子。庞大固埃的胃痛就这样被治愈了，很快就恢复了健康。

这些铜球，现在仍有一个在奥尔良圣十字教堂的钟楼上。

① 梅菲蒂斯：罗马神话中的女神，形象是从地下喷出来的硫黄雾气。

第三十四章 本书结束语和作者歉词

诸位先生，你们已听过我的主公庞大固埃惊世骇俗的历史开篇了。这里，我把第一卷作个收尾，因我觉得有点头痛，脑子里的记忆似乎被这九月的新酿搅得颠三倒四，模糊不清。

传记的其余部分，将会在不久举行的法兰克福集会上面世，到时，你们将会读到巴汝奇怎样结婚，一结婚便被戴上绿帽子；知道庞大固埃怎样找到点金石，是用什么办法找到的又做何用途，知道庞大固埃如何翻越卡斯比山，横渡大西洋，大败食人族，攻占安的列斯群岛；知道他怎样娶印度国王普里斯特·约翰的女儿为妻；他如何大战恶魔，烧掉地狱的五个大殿，摧毁那黑色大厅，把冥府王后普罗赛尔皮娜扔入火中焚烧，打断路西弗的四颗狼牙和他屁股上的一个犄角，知道他又游到月宫，想去探查是否还有完整无缺的月亮在那里，因为至少有四分之三已经钻入女人的脑袋里，还有成千上万个精彩的故事，每个故事都是确确实实发生的，又是那么妙趣横生。

祝各位先生晚安，并请多多包涵，正如意大利人所说的，别想着我的过失，就像你们忘了自己的过失一样。

如果你们对我说："先生，看来你也不是什么正人君子，看你写的东西都是胡诌，只是些笑话而已。"我将会回答你们，要是你们读过而爱不释手，那你们也不正经。

不过，假如你们读得津津有味，轻松愉快，正像我写这些书一样也是乐在其中，那么诸位和我比起那些不守清规的僧侣、道貌岸然的伪君子、好吃懒做的二流子、骗子、假道学、假冒者和其他形形色色专事伪装，戴着假面具欺骗我们的人要好得多。

因为这些人表面上看来是敛心默祷、禁食斋戒、克制肉欲，只吃一点东西维持生命，事实上，他们可不是这样，只有天主晓得，正如古罗马讽刺诗人尤维纳利斯所说：

道貌岸然苦行僧
男盗女娼伪君子

在他们红通通的酒糟鼻和圆滚滚的肚皮上，你们可以清楚看到这两行大写的诗，除非他们用硫黄把自己掩盖起来。

至于他们读什么书，他们大部分时间都用来读庞大固埃式书籍；可他们并不是为了愉悦自己，而是心术不正，想伤害别人。他们居心叵测、用心不良啊，捕风捉影啊，望文生义啊，颠倒黑白啊，总之千方百计造谣诽谤。他们胡作非为，很像樱桃成熟的季节，村里的那些傻帽专门在小孩的粪便里找樱桃核，好拿去卖给药剂师做樱桃油。

对此无赖小人，我的态度，惹不起躲得起，远而离之，避而开之，憎而恶之；我向你们发誓，远小人避佞臣，洁身自好，你们若想做一个庞大固埃式的好汉，过着怡然自得、平平安安、快快乐乐的生活，切勿信任那些从黑袍的风兜孔看世界的人①。

渴人国国王庞大固埃传记终
其惊世骇俗的英勇事迹在本
书中均已还其本来面目
第五元素提炼者
已故瓦索朗弗·雷伯拉先生著

① 指传教士所戴的风帽式的大帽子，帽子上有洞，他们可戴着帽子偷听别人，偷看别人。

第三部

善良的庞大固埃的英勇言行

弗朗索瓦·拉伯雷先生著

医学博士

作者根据早期评论做了修订

敬请仁慈的读者把会心的大笑留给第七十八本书

弗朗索瓦·拉伯雷向那伐尔王后[1]献词

痴迷、高尚、执著的心灵，
你来自天庭令人敬仰，
抛开你那劳形的躯体，
让那温顺和蔼的主人，
像滚石般在尘世游荡，
迷失、孤独，全无动于衷，
难道你就不愿意走下，
那永远离不开的圣殿，
看看善良的庞大固埃
妙趣横生的英勇言行录。

① 那伐尔王后：即弗朗索瓦一世之妹玛格丽特·德·瓦洛亚，本书第三部一五四六年出版时，那伐尔王后正整天修行、日趋神秘，故作者请她暂离天庭，欣赏一下他新写的作品。

作者前言

善良的人们，时下闻名的酒徒，还有你们这些患痛风的至尊兄弟，你们曾见过犬儒学派哲学家戴奥真尼斯吗？如果你们见到他，一定会目不转睛地盯住他。否则就是我糊涂，缺乏逻辑推理能力。众所周知，能看见太阳（酒或金币）的光芒，那是一件美事。我想起《圣经》里那位家喻户晓、天生就瞎了眼的家伙。他得到全能者的青睐，获得想要什么就有什么的恩赐。因他的愿望只要全能者说出来立刻就会实现的。可是，那个瞎子什么也不要，只要求能看见。

你们也是如此。你们年龄不小了，有资格“在酒上”发表一通评论了，不但不是“毫无收获[1]”，而应是超乎表面的，即形而上的看法，你们还可以加入巴克斯俱乐部。另外，你们饮酒时要多多品尝，才能为这世人所钟爱的福酿评论一番，对质地、颜色、芳香、名气、突出的特点、性能、作用和气度说出自己的见地。

如果你们没有见过他（这我不难相信），至少你们也应该听说过他。因为他的事迹在这世上和天上都广为流传，时至今日，他的名气与日俱增。何况，所有的法国人都是弗里吉亚人的后裔（除非我错得离谱），即使你们没有米达斯[2]那么多金币，至少也会具备与米达斯共有的，我无法以言语称

① “在酒上” (en vin) 与“毫无收获” (en vain) 同音。

② 米达斯：弗里吉亚国王。

谓的东西。那就是从前波斯人赞美他们的密探所拥有的东西，也是罗马皇帝安东尼渴望拥有的（至少希望）的东西，这就是后来罗汉[①]城堡里的公爵流芳百世的东西，被称作漂亮的大耳朵。

如果你们一点也没听说过他，那就让我告诉你们有关他的故事吧。这样，既可以为你们喝酒助兴（干杯，干杯），也能使你们找到聊天的话题（请大家听我说吧）。让我开门见山地说吧，你们才不会像那些野蛮人那样头脑空空、视而不见。他是当时罕见的哲学家，是一位真正快活的人。如果说他有缺点，那只是因为你我都有。除了天主之外，世上没有十全十美的东西。尽管亚历山大大帝有亚里士多德当他的导师，这位伟大的帝王对我们所提到的这位高尚的哲学家也是推崇备至的，他说过如果他不当亚历山大，就要做戴奥真尼斯。

当马其顿国王菲力普准备进攻科林斯，想毁灭这个城市，科林斯人早就从侦探那儿获悉这个消息，市民虽很紧张，但准备工作仍有条不紊地进行，每个人都坚守自己的岗位，做好还击敌人，保卫自己城邦的准备。有的人把牲口、粮食、酒、水果、供给和必需的装备，凡是他们能够携带的东西统统从郊区运进城里。

一些人忙于修建城墙，构筑防御工程，挖壕沟，清理地下通道，摆放栅栏，加固炮台，巩固炮位，在外面的通道加设门闩，筑上土台，加厚防护坡、墙垣，建哨所，筑低矮挡墙，在观察口周围砌上石块，镶上竖直铁条，有时可用石头当武器，还修理了寨大门的铁栅，放步哨，派兵巡逻。

为了抵御外敌入侵，军民严阵以待，忙着备战。他们磨甲擦铠，清洗马盔、马鬃、铠甲、铁袍子、头盔、护领、头罩、带钩长矛、带有护鼻的盔甲、弓箭手的帽盔（带有高高的羽饰）、盾、护肩、护腿、腋片、胸衣等，还有轻便型的短衣，罗马式的护腿，护手、护脚的铠甲和踢马刺。

还有一些人在擦拭弓箭、石弓、石弩、各式各样的石炮，还有其他摧毁城堡的武器。

还有一些人磨快长枪、铁斧、弯刀、戟、带有弯头的铁矛、长柄钩镰、梭镖、顶端有尖铁的木棍。他们还磨亮各种刀刃，有土耳其式剑、短剑、短弯刀、短镖、双刃长剑、大小不一的匕首、弹簧刀、罗马式双刃长剑以及手中的

---

① 罗汉：布列塔尼一贵族姓氏。

各种刀片和箭矢。

所有的人都用刺刀练习冲刺，挥舞着手中的剑，就连贵妇人和老婆子也做好上战场的准备，你可知道，古时候的科林斯人都是勇猛善战的。

戴奥真尼斯看到全城的人都忙得不亦乐乎，而自己却无所事事，只能袖手旁观。这几天，他是一声不响。蓦然间，他似乎受到这种战斗精神的鼓舞，独自向格拉里母(科林斯城近郊一座小山)走去。他一边褪下外套披在身上，一边捋起袖子，乍一看像个摘苹果的果农。他把褡裢、书本和写字本全赠给一位老朋友，自己滚到他的土瓮里去了，那是他唯一能遮风挡雨的住所。一到那里，他挽起袖子，伸出胳膊，用力地转动那个土瓮，翻来覆去，滚东滚西，又是拍，又是敲，又是打，一会儿颠过来，一会儿倒过去；有时滚得快，有时滚得慢；忽儿转东，忽儿转西，反反复复，滚来滚去。接着，又是拳打脚踢，乱击一通。时而用两腿夹紧，时而滑到地上，蹦来蹦去，上下折腾着。然后，他把土瓮从山上滚到低谷，又把它从山下再推到山顶，就这样没完没了玩弄，像西西弗斯滚石头一样。这样上上下下好一阵子，差点儿把他的土瓮打成碎片。

一位朋友见他这样反复无常地滚动那个大土瓮，便奇怪地问是什么事情使他如此激动。戴奥真尼斯回答说，他这样玩弄土瓮，是为了不让别人看到他无事可做，因全城的人都齐心协力，忙于备战，群情激奋，相比之下，觉得是件可耻之事。于是，他只能如此折腾土瓮，消耗自己多余的精力。

我也是这样的。尽管生于和平地带，但若被人视为无所作为，心里也会愧疚的。再看看我们整个伟大的法兰西王国，从南面到北面，每个人都在为抵御外侮、保家卫国而奋发工作。国家的一切都进行得有条不紊，对着天主发誓，我们将来一定会兴旺发达的(法国的疆土定能开拓，人民定能安居乐业)。我完全同意赫拉克里特所说的，战争是一切善事的根源。拉丁文中的战争“bellum”同法文的“belle”(美好)是一样的。这并非像有些老学究所认为的，这两个词是个纯粹的反义词。因为在他们看来，战争毫无美感。我却发现这两个词之间的相互联系是显而易见的，只有战争才能让我们看到一切美好的东西，才能暴露一切邪恶和丑陋。因此，英明的所罗门在《旧约·雅歌》中把无法言说的神的完美智慧比作旌旗林立的军队[①]，这

① 见《旧约·雅歌》第六章第四节。

再恰当不过了。

由于我被认为是身体衰弱，不能作战，因而未能被征召；即使我同其他法国人一样在军队服役，也不能参与防御工事，哪怕是挖土、铲粪或是填草皮。那些勇敢、能言善辩的人在整个欧洲的注视下正努力在这场悲喜剧中扮演自己的角色，演好这出戏。而我，却只是一个百无聊赖的旁观者。尽管要尽我自己的绵薄之力，但我也不知道投向何处。我觉得这是莫大的耻辱，因为我变成了只是冷眼旁观而不出力的人。我一向认为，对国家不尽力的人不能得到丝毫光荣。他们把自己的金银财宝藏起来，像个懒汉一样搔头搔痒，像蠢牛一样冲着苍蝇打哈欠，像阿卡狄亚[①]的驴一样听到乐师歌唱时偶尔竖起耳朵，而后傻笑说明它听懂音乐一样。这帮游手好闲者只知一味要别人劳动，而自己却四体不勤。

出于这样的考虑，我认为，滚动一下戴奥真尼斯的酒瓮并不是一点用处也没有，这个瓮是在遇祸灯塔旁边乘船失事后的唯一遗留物。根据你的观点，活动一下又有什么用呢？就着那光臂圣母发誓，我也不知道，等一下，等我喝一口酒再说。酒可是我的灵感之泉，我的赫利孔[②]山上的灵泉，是唯一令我狂喜的东西。我边喝就能边想，边解决问题，边得到结论，然后再喝上几口。恩尼乌斯[③]就是边喝边写，边写边喝的。如果普鲁塔克在《宴会》里所说的话是真实的，埃斯库罗斯也是如此写作的。但荷马从来不是空着肚子写东西，而加图只有喝完酒才能下笔。我举这些先贤的例子，是想告诉你们，这并不是我独创的生活方式，我只是跟随那些有名望的人物罢了。这酒很美，很新鲜，恰好是你们所说的合适温度。愿天主，愿万军之主萨巴斯[④]永远受到赞美！如果你们偷偷喝上一两口（把酒壶藏在袍子下），我并不在意，只要你们感谢天主就行了。

既然这是我命中注定的事（我们并不是人人都那么幸运能住在科林斯），我的看法是大家互相帮助。这样，我就有事可干而不会被冷落在一旁了，我能挖壕沟，筑城墙和做工兵所做的事，同从前尼普顿、阿波罗二人奉

① 阿卡狄亚：古希腊地名。

② 赫利孔：神话里缪斯居住的山。

③ 恩尼乌斯（公元前 240–169）：古罗马诗人，生于希腊。

④ 萨巴斯：即希伯来文军队的耶和华。

宙斯之命,为特洛伊王拉俄墨冬建筑城墙一样,或像雷诺·德·蒙塔班老年时帮助砖石匠建科隆大教堂。我会同泥瓦匠一起共事,为他们生火做饭,用膳完毕之后,还会为他们奏乐,让他们伴着音乐做游戏。宙斯之子安菲翁[①]就是以七弦竖琴的魔力筑成底比斯城墙,为了参战的将士,我会再次给我的酒瓮凿个口子。我喝了从那酒瓮里倒出的酒,就曾完成了前面两部书,但愿印刷工没有想尽办法毁了我的书,我还将用饭后的饮酒享乐来写出英勇故事的第三部。接着,我还将把庞大固埃有趣的大智慧写进第四部。我允许你们把这些书称作戴奥真尼斯式作品。尽管我不能作为一名战友陪伴那些参战的士兵,至少我能忠心耿耿地为他们安排节目,尽我的能力使战士们从战场回来得到放松。我会歌唱,不知疲倦地歌唱,赞美他们的英勇和取得的胜利。我会使出天主的最大耐性,除非战神错过封斋节。只要战神自己有把握,我就决不会误事。

我曾读过关于拉古斯的儿子普陀里美[②]的故事:有一天,普陀里美从堆满战利品的露天大礼堂里，拿出一头遍体通黑的巴克特里安双峰驼和一个半黑半白的奴隶给埃及人看。那奴隶并不是以横膈膜为界,上黑下白(不像提亚拿的哲学家阿波罗尼乌斯在希达佩斯河[③]和高加索山脉之间旅行时,看见的用来祭祀印度美神的女人),而是垂直分开的半黑半白,这在从前的埃及是从未见过的。普陀里美是想用这一新奇的东西增强人们对他的爱戴。但结果呢?人们一见那双峰驼,不是害怕就是愤慨;看到那半黑半白的奴隶,一些人开始嘲笑他,而一些人则认为这是自然一时疏忽,制造出的臭名昭著的妖怪。他本来要讨好埃及人,让他们自然而然更加归顺他,但希望也就这样落空了。他渐渐明白埃及人喜欢的是美妙的事物,而不是离奇古怪的东西。他对那奴隶和双峰驼也开始感到反感。久而久之,因为没人照料,那奴隶和双峰驼也就白白饿死。

这个例子使我置身于希望和恐惧之间,犹豫不决。我担心,期望的事情不但不能收获喜悦,反而会招来厌恶。财宝全都变成尘土,维纳斯变成可恶的狗。我本想成为有用之人,反而惹人们生气;想取悦他们,却冒犯了他们;想令他们高兴,却让他们扫兴。我就会成了普劳图斯在《一罐金子》

---

① 安菲翁：宙斯之子，底比斯城墙是在安菲翁的琴声中自己建立起来。

② 普陀里美：古埃及国王。

③ 希达佩斯河即印度的底吉拉姆河。

中所描写的，奥索尼乌斯[①]在诗歌《格里芬》和其他人的诗作中所描写的那只闻名遐迩的大公鸡一样，因它为从地下刨出宝藏，结果被割破了喉咙而死。这真是令人不快。这事情确实发生了，就可能再次发生。我祈求海格立斯别让这种事情再发生！我从我为他们写故事的勇士身上看到一种我们的祖先称为庞大固埃式的乐观精神。本着这种精神，他们把所有事情都想象成美好的，其出发点都是诚恳、正直的。我就看过这样的例子。有些人虽然软弱，但因为有善心，他们还是愿意接受我的东西并加以赞扬的。

现在，这个话题说完了，让我们再回到酒瓮上吧。干杯吧，我的朋友！儿郎们，开怀畅饮吧！如果你们不喜欢，就不要勉强喝。我不是那死皮赖脸的德国人，用强迫的手段逼自己朋友和乡里人喝酒，甚至将他们灌醉。一切诚实的朋友，一切患痛风的朋友，任何一位真正口渴的人请到我们酒瓮边上来。如果不想喝就作罢，如果他们想喝酒，喜欢这酒的味道，就痛饮大口喝吧，不用花一分钱，不用克制。我的话就这么多。请不用担心，这儿的酒决不会像在加利利的迦拿婚礼上的酒一样不够喝[②]。你从瓮中的一个口倒出多少酒，另一个口就会再注入多少酒。这酒瓮可是取之不尽，用之不竭的。它有活的源头，会源源不断地补充。它是婆罗门圣人描述中的坦塔罗斯[③]杯中的饮料，是加图所称赞的西班牙盐山，是维吉尔使之扬名的供奉地下女神的金枝，是真正幸福和喜悦的丰饶角。有时你们会想这酒瓮见底了，那也无所谓，它是不会被喝干的。它的希望就潜在瓮底，就像潘多拉的盒子一样，而不像达那伊得斯[④]的桶那样毫无希望。

请注意听我讲吧，请注意我邀请的是哪些人。因为我之所以打开酒瓮，是因为想让你们善良的人、美酒的品尝家、痛风病患者享用，就像卢奇利乌利[⑤]写诗只给塔朗图姆和卡拉布里亚人看一样。那些靠贿赂生存的大法官，那些吞食烟雾的家伙们，他们袋子里的猎物可够多了，他们愿意到哪

---

① 奥索尼乌斯（310–394）：罗马诗人。

② 故事见《新约·约翰福音》第二章。

③ 坦塔罗斯：神话中吕底亚国王。

④ 达那伊得斯：神话中达那乌斯的五十个女儿，有四十九个在新婚之夜把新郎杀死，被罚在一无底桶内灌水，永远没有灌满的时候。

⑤ 指西塞罗，他担心斯特拉博批评他希腊文不好，便表示他是写给塔朗图姆和卡拉布里亚人看的，即写给平民看的。

儿就到哪儿去好了，反正这里也没有他们想捕获的大猎物。

至于那些戴花边帽子[①]的神学大师们，那些吹毛求疵的老家伙，你们千万别和我交谈。我以最受你们尊敬的四片弹性屁股的名义，还有把那些屁股连在一起的坚挺的、涌动生命的小棍子的名义请求你们。那些所谓的哲学家，那些伪君子就别提了。虽然他们也是好酒之徒，也长满梅毒，有着永不解渴、贪得无厌的嘴巴，可我决不会给他们好脸色。为什么呢？因为他们不是好人，是邪恶之徒，是我们每天祈求天主让我们避开的坏家伙。尽管他们有时装得像穷乞丐一样可怜，也不要上当，老猴子永远不会做出漂亮的鬼脸。

滚开，狗东西！别挡住我的阳光，你们这些戴兜帽的魔鬼！你们摇着尾巴来这儿，到我的酒瓮嗅嗅，是想在我的酒瓮撒尿吗？看到这根棍子吗？这是戴奥真尼斯在遗嘱中写着死后放在他身边的棍子。这是专门用来驱打阴间的小鬼和地狱的恶狗的。滚开，你们这些伪君子，你们这些骗子，滚到地狱里去吧！怎么，还赖在这里，如果我能抓住你们，我会愿意放弃上天堂的权利。滚开！你们这群不用鞭子抽就不拉屎，不用棒打就不撒尿，不多打几下就不舒服的狗东西！

---

① 指神学大师，他们帽子上有一条花边。

第一章 庞大固埃迁移一群乌托邦人到“渴人国”

庞大固埃完全征服了“渴人国”以后，便迁移一大群乌托邦人到渴人国，共有九十八亿七千六百五十四万三千二百一十个男人(不包括妇女和小孩)。他们都是各行各业的工匠和文科各类的学者，因为过去渴人国大部分地区是人烟稀少的沙漠，对于庞大固埃来说，要使得渴人国生活安乐，就要把人口调整到相当水平并繁荣集市贸易。因而，庞大固埃的移民计划并非为了增加男女的人口，而是想迁移那些无限忠诚于他的古老的乌托邦臣民来维护渴人国的稳定。你们大家都很清楚，乌托邦的男人和女人就像蝗虫那样会繁殖，男人的生殖能力特别强，女性的子宫又大又强韧，生理结构很合理。只要一结婚，平均每九个月至少能生七个孩子，而且男女比例一样，这就像被逐入埃及的犹太族一样(如果尼古拉·德·里拉修士没有瞎编)。为了使渴人国安邦定国，庞大固埃想让自己忠诚的子民教会渴人国人民履行公民的义务，忠于自己的君主；因为乌托邦的人民向来不曾希望拥有其他君主，只希望一辈子侍奉庞大固埃。这些乌托邦的臣民一出世，除了有母亲的奶水哺育外，就是沐浴在庞大固埃王朝的仁爱温情里。因而，庞大固埃相信他们无论被迁移分散到什么地方，都会对自己的君主忠心耿耿，视忠君如同自己的生命，不但会把这种美德传给自己的后代，也会教给那些新并入乌托邦帝国的所有国家的人民。

事情的发展正如庞大固埃所预料的。因为乌托邦人在迁移至“渴人国”前，就已经对庞大固埃如此忠诚；一旦迁到渴人国，当地的臣民同他们相处几天之后，就会受其感染，更显著地表现出乌托邦人的这种优点。渴人国人的身上涌动着一种无以名状的激情，那是人类开创新事业时油然而生的热诚，但他们向天、向崇高的神灵表示唯一的遗憾是没有更早地听到善良的庞大固埃的威名。

我的酒友们，请注意，治理和固守在一个刚被征服的国家，决非(像一些专横残暴的人所认为的那种错误的想法)采取强取豪夺、滥用刑罚、苛捐杂税等办法。这些方法，简单地说就是鱼肉百姓，正如荷马称残暴的君王为"吃人的人"。古代的例子我就不一一列举了，我只想提醒你们，回想一下，你们的父辈的生活以及你们所目睹的一些情况，除非你们当时太年轻了，没有印象。一个刚被征服的国家的子民就像新生儿一样，需要喂奶，百般呵护，让他们快乐生活；他们就像刚栽下的树苗一样，需要扶持，免遭任何狂风暴雨的破坏；就像大病初愈的病人一样，必须悉心照料，使之康复。这样做的目的，是要让他们有这样一个观念，就是：世界上任何一个国王或君主都希望敌人越少越好、朋友越多越好。就拿伟大的埃及王奥西里斯[①]来说吧，他并不是靠武力来征服天下的，他靠的是合理的法制、仁义道德和慈爱，他教导百姓如何安居乐业。因此朱庇特通过底比斯一位埃及女人之口，称他为伟大的慈善君王。于是，奥西里斯的美称"大恩人"就在全世界传开了。

赫西奥德在他的"教规"中把善良的魔鬼(即我们所说的天使或天神)称为神和人的中介，他们的地位是介于神与凡人之间。这些善良的魔鬼赐予我们上天的财富和幸福，还经常保佑人类扬善止恶。君王就应该扮演这样的角色，只行善，不做坏事，赈济百姓。全世界的帝王马其顿人亚历山大就是这样的。还有海格立斯对人民实行仁政，把人民从各种欺压剥削、苛捐杂税中解救出来，秉执公道，因地制宜，制定合适的法规，取长补短，好上加好，对以往一切的过错既往不咎，就像色拉西布洛斯[②]铲除雅典暴君之后对雅典人施行的大赦免，就像西塞罗在罗马施行的一样，就像奥勒利乌斯统治罗马时一样。

德政，对于勤劳俭朴的人来说，的确是一种保护的手段和方法。一国之君，无论是国王、王子或是学者，都得施仁政才能长治久安。武力只体现

---

① 奥西里斯：古埃及之神，亡人之主保神。

② 色拉西布洛斯：公元前四世纪雅典大将。

在攻城掠地上，正义则表现在为了子民的利益，颁布法规、确立宗教信仰、公平对待自己的子民。正如诗人维吉尔在评价屋大维·奥古斯都时说：

胜利者要顺从战败者的民心，
其制定的法律才能顺应人心。

正是出于此因，荷马在《伊利亚特》中把善良的王子和尊贵的国王称为“人民的装饰”。罗马的第二任国王、正直的政治家和哲人努马·庞皮利乌斯也有这种想法。庞皮利乌斯在纪念界神[①]的那一天（即人们所说的界神节），命令禁止杀牲祭神。同此他向人民展示：要使国与国之间的边界和附属国祥和安定，靠的是仁义道德，而不是沾满血腥的双手。他严正地指出，倘若谁违背了，将不仅会损失已经获得的东西，而且还会招致非难和责备，被贬为邪恶的、不义的君主。他再三强调，以不正当的方式获取的东西是不能够保持长久。他说，巧取掠夺的财富，失得也莫名其妙，即使能安享一世，但身后也不得安宁，会遭人唾骂，成为千古罪人，正如俗语所说：“不义之财，富不过三代。”

你们这些痛风患者，一定要记住，庞大固埃在移民这件事上是把一个天使变成了两个。恰恰相反，查理曼大帝把萨克森人迁移到佛兰德斯，再把佛兰德斯人迁到萨克森。其恶果则是把一个恶魔变成了两个。因他无法管辖新并入帝国的萨克森人，而萨克森人却趁查理曼大帝远征西班牙或其他远一点的地方的时候，无暇顾及他们就起兵造反。于是，查理曼大帝便把萨克森人迁到较为驯服的佛兰德斯去，再把佛兰德斯人迁到萨克森，因他相信佛兰德斯人即使身处异地也会效忠于他。但事与愿违，不仅萨克森人依旧顽固不化，一直造反，而佛兰德斯人也因住进萨克森而沾上了萨克森人的叛逆性格。

① 界神：古罗马司边界之神灵。

第二章　巴汝奇被任命为“渴人国”的萨马甘蒂总督并提前花掉所有收入

庞大固埃想着手治理“渴人国”，遂任命巴汝奇为萨马甘蒂的总督，每年给他的薪俸六十七亿八千九百一十万六千七百八十九块“金币”，这并不包括销售金龟子和蜗牛的不固定收入。而不固定收入每年也能达到两百四十三万五千七百六十八到两百四十三万五千七百六十九块金币。遇到蜗牛的丰收年和金龟子供不应求时，这笔不固定收入可以攀升到十二亿三千四百五十五万四千三百二十一块金币。当然并不是每年都是这样。这位新总督可谓治理有方，善于经营，到任还不到两星期，便把三年内的所有收入花个精光，包括固定的和不固定的。他的钱并不像你们所说的花在修寺庙，办学校和建医院上面，或是买个香肠做成的项圈给自己的狗用，而是全部花在一千多场大大小小的宴会上，酒徒、美女都来赴宴；这些钱还花在一些精致的物品上。除此之外，还有砍伐树木，烧了大树墩去卖灰，先赊账，贵买贱卖。总之，没有收入时就借债度日。

庞大固埃一听到这消息，既不恼怒，也不哀伤。我过去不是一再给你们说过么，庞大固埃是天底下最善良的人，身上从不佩带长剑或短剑。他随遇而安，每件事都往最好的方面想。他不让忧愁折磨自己，也不为什么事感到愤慨。倘若悲痛伤心而改变心境，那就把自己驱逐出理性的神殿。对他来说，天底下发生的任何事情，不管是天上的、地下的，横的、竖的，都不值得扰乱我们的心绪，搞乱我们的理智。

庞大固埃把巴汝奇悄悄叫到一边，和颜悦色地提醒他，如果你真想就这么生活,不改变治家的方法,那么就不可能,至少是很困难变得富有。

“富有?”巴汝奇回答,“这是你所想的吗?你担心我不能富有吗?看在天主和善男善女的份上,享受生活吧!我看你还是多享些清福,不要让任何烦恼侵入你那神圣的脑门。你内心的宁静不能被任何失望、恼怒的愁云所笼罩。只要你心情愉快、健康长寿,那我会比富有更高兴。有人对我喊着,‘别太花钱!节俭吧’。可惜,他们并不明白什么叫真正节俭,得来向我请教。我明白告诉你,可要记住啊!借债是我向巴黎神学院和司法衙门学来的,这两个地方可是普天下神学思想和一切正义思想的真正来源和活化身,谁若怀疑这一点,或是不太热情拥护它们,那就是不折不扣的异端。在巴黎神学院,就在主教到位的那一天,所有的宴请就会吃去一整年的收入,有时甚至吃掉两年的收入。而主教既不能躲起来,也不能开溜,除非当场被石头打死。”

“而且,这也是严格履行四大品德:

“首先是审慎。先把钱拿了再说,有谁知道谁会死或不付钱?谁知道这世界是否能再存在三年?即使这世界还能存在更长时间,有哪个傻瓜能保证自己能再活三年呢?

生死未卜难先知,
明日在世谁确保?

“其次是公正。一要公平交易。加图在《持家的艺术》中告诉我们,要贵买(即通过赊账)要贱卖(即用货币)。他认为一家之主必须一直是售卖者。如果把家里的东西都保存起来,这个家庭就不可能富裕。分配也要讲求公平,要把吃的东西分给善良的朋友和好伙伴(这里强调是善良的),命运之神常让这些好人的船触礁,没有什么可吃可喝的东西,就像尤利西斯那样。吃的东西要分给风流的年轻女子(这里强调的是年轻,正如希波克拉底所说年轻女子不能挨饿,尤其是当她们精力充沛,行动敏捷之时),因为这些年轻女子乐意给好男人带来欢娱。她们是柏拉图和西塞罗的忠实追随者,无法想象她们单独生活在这个世界上会是一种什么情景。她们把自己可爱的身体一半献给她们的祖国,一半献给自己的男伴。

“第三是坚毅。要像古希腊的伐木工米隆一样让大树轰然倒下,将漆黑的森林夷为平地,摧毁野兽的洞穴,捣毁强盗、杀人犯、伪币制造者、歪门邪道者的藏身之处，开辟一片净土，绿草如茵，把树木拿去卖钱，而木墩子可留作最后审判时当席位，那会是舒适无比的。

“第四是要有节制。你看我还没等麦子熟了就开始吃，我正是学隐士以青菜、草根为生，而把味美可口的食物留给病人吃。这样做可以省下一大笔钱，就不用付锄草人、割麦人、捡麦人、打麦人的酒钱和饭钱了。那打麦人可是连园子里的葱、蒜和莴苣都连根拔起，不信去问维吉尔的赛斯提丽。还有呢，不会担心磨面人偷面粉，面包师偷面包了，更不用提老鼠偷食、仓库被偷、虫子啃啮带来的大损失。这样一来，我不是省下一大笔钱吗？

“青麦还能做上好的青酱油，有很多的功效：可助消化，提神醒脑、可明目、健脾、舒心、润喉、清肺、健体、活血、清肝、利尿、扩精囊、使阳具坚挺，还可使你的整个消化系统畅通无阻，可大声打嗝，放响屁、拉屎、撒尿、打喷嚏、哭泣、咳嗽、吐痰、呕吐、打呵欠、擤鼻涕、打鼾、出汗、吸气、勃起等等好处。”

“我明白了，”庞大固埃说道，“你的意思是只有聪明人才能在这么短的时间内把这么多钱花完。但这种左道旁门观点并不是你第一个提出来的。尼禄早就这么说了，他最欣赏的人是他的叔父利古卡拉。他叔父能在几天之内神奇巧妙地花掉提比略留给他的全部财产。但是你并没有恪守罗马人关于吃喝的法律，诸如奥奇亚马、法尼亚法、狄底亚法、里奇尼亚法、科内利亚法、雷比底安那法、安提法和科林斯法都严格规定不得入不敷出，而你在吃的方面可胃口不小，跟犹太人逾越节吃祭祀的羔羊、罗马人祭祀时吃祭品一样，吃不完的就往火里一烧，第二天就没东西吃了。我实话告诉你吧，正如加图所提到的阿尔比都斯一样，他奢侈无度，把所有的家产吃光后，又把仅剩的房子也付之一炬，这样才说‘完了’。你也像圣托马斯·阿奎那吃掉一条大海鳗后喊道‘吃完了’，但他还能想到钉在十字架上的耶稣。好吧，你也别太在意了。”

第三章 巴汝奇赞美债务人

“但是,”庞大固埃问道,“你什么时候才能还清债务?”

“当希腊人有自己的历法,”巴汝奇回答,“当世界上的每个人都幸福美满,当你可以继承自己的时候,天主就会保佑我不欠债!因为到那时就没有人再肯借一点小钱给我,就像头天晚上没有留下酵粉,第二天早上就无法发面一样。你一定得欠人一点债,这一来债主就会向天主祈求,让你健康长寿,因他害怕你死了无处可讨回债务。债主还会每到一处,便会为你说好话,你就有了新的债权人,可以借别人的钱来偿还欠他的债务。比如从前在高卢,德鲁伊德统治时期就制定这样的法律;在主人的葬礼上,他的奴仆和奴隶也要被活活烧死来陪葬。因此,奴仆们就会永远为主人的死担惊受怕,因主人一死,他们也就活不成了。这些奴仆就拼命地向墨丘利神、死神和财神祈求,愿他们的主人长命百岁,他们会忠心耿耿侍奉自己的主人,他们的生死存亡可是息息相关的。我说的准没有错:你的债主会更加热情地向天主祈祷,因为他们宁愿失去自己的生命也不愿丢掉那些金币,朗德鲁斯的那些高利贷者一看到年成销好、麦子和酒的价格下调就急得纷纷上吊。”

庞大固埃只是一言不发,巴汝奇又接着说:“我的天啊!你责备我欠债的时候,我还有一张王牌呢。我正是由于当了债务人而令人敬畏,受人尊敬。所有的哲学家都认为虚无是无法创造出什么东西的,我就不一样了,虽然我一开始一无所有,但却能生产出东西,我是从无到有的创造者。

“我创造出什么了?我创造了一群和善的债权人,即使他们把我扔进火堆里,我也会这样说的,他们可是好心人啊!不愿意把钱借出来的人是丑陋、邪恶的,就像从地狱里逃出来的魔鬼。

“至于我还做出些什么了?我欠了些债。这可是稀世珍品!它的好处比色诺克拉底[①]曾计算的读音组合还多。如果你能算出一个债务人到底有多少债权人,那么你的算术是无懈可击的。

“想象一下每天早晨醒来,看到一群债主恭恭敬敬地围着我,脸上堆满了谦恭尊敬的笑容,我是多么舒心。如果我朝其中一个人笑得多一点时,那个傻瓜会以为我会最先把钱还给他,好像我的笑容就是到手的金币。我觉得自己像是扮演天主的角色,有一群天使在我的周围。他们是我的追求者、我的随从,总是问候我、祝福我的人。我差点以为赫西奥德所谓的英雄山是用债务垒成的。我已经迈上某个高度了,达到了所有的人都渴望接近这个顶点(当然并不是很多人能成功,因山高路险)。我环顾四周,看到人世间芸芸众生都在疯狂地积累新的债务,结识新的债主。

“但是并不是每个人都能当债务人,也不是每个人都拥有债务人。你问我什么时候能还清债务,岂不是想让我失去这种高雅的情趣?“再说得严重一点,如果我不是相信债务是天与地之间的联姻,是人与人之间联系的纽带,就让圣巴波林把我的灵魂带走好了。没有债务,整个人类就会从地球上毁灭,债务就是柏拉图和他的弟子们所说的赋予万物生命的超灵。

“如果这的确是事实的话,只要你静静地想象一下,没有债务人和债权人的世界会是什么样子。不用说整个世界,哲学家美特洛多罗斯[②]所想象的世界的三十分之一,或者贝特洛纽斯[③]所想象的七十八分之一就行了。天地间,天上的星辰将不按原有的轨道运行,一切都混乱无序。人们会因为朱庇特不再欠农神萨杜恩的债,就把他扔出了自己的轨道。人们会用荷马史诗中的大锁链把所有的天神、妖魔鬼怪、精灵,土地和海洋都捆起来。农神会与战神联合起来搅得整个世界乱了套。墨丘利不再充当伊特鲁西亚所说的卡米勒斯,为别人服务,因为他觉得自己不欠债。没有人会再敬畏维纳斯,因为她怎么也不愿贷出东西。进一步说,月亮将会因为不向太阳

---

① 色诺克拉底(公元前406-314):古希腊哲学家,柏拉图的学生,他曾计算过希腊字母拼出的读音,共有一亿零二十万。

② 美特洛多罗斯:公元前三世纪哲学家,伊壁鸠鲁的学生,他认为宇宙间有无数的世界。

③ 贝特洛纽斯:公元前六世纪毕达哥达斯派哲学家,他认为宇宙间有一百八十六个世界。

借贷光明，而会变得漆黑一片，太阳将不再照耀大地，星辰也不再起作用，地球将不再为星辰提供空气和水。而这一切正是赫拉克利特、斯多葛派和西塞罗所认为的星辰所必需的物质。因而，大家互不往来，元素之间也不会结合或转化，没有任何元素愿意借给其他元素，地球上将不会有水，水将不会成气体，气体也不再变成火，火将不再为地球提供动力之源。这样，地球将只生产妖魔、泰坦和其他巨兽，地球将不再有雨、有光、有风，没有四季更替，路西弗将挣脱枷锁，从地狱深处逃窜出来，并伙同疯魔、恶魔把各国在天上的大大小小神灵都驱除出去。

“互不借贷的世界简直就是龌龊混乱，比选举巴黎神学院院长的竞选还要阴险毒辣，比在杜艾[①]上演的古代神秘剧还要凶残。人与人之间老死不相往来。你会听见有人喊道：‘救命啊！着火啦！有人落水了！杀人啦！’就是没有人应声搭救。这是为什么了？因为人们之间互不借贷，彼此不欠。着火、船遇难、死亡跟大家都没有关系。这样一来，大家不但不愿贷出什么，而且大灾难之后更不愿意这样做了。

“总而言之，世上的诚信、希望和仁爱三种品德将从这个世界消失，接踵而至的是猜疑、蔑视、怨恨、其他咒语和所有的灾难。人生是要互相关照，若没有相互帮助，那么这个世界就充满潘多拉倾倒罪恶的地方。世上豺狼、小魔鬼、小妖精横行挡道，就像吕卡翁[②]、柏勒洛丰[③]、尼布甲尼撒[④]的人；世界充斥着强盗、杀人犯、放毒人、各种为非作歹的人，跟以实玛利[⑤]、迈塔布斯[⑥]、雅典的泰蒙[⑦]一样的憎恶所有东西的人。即使是空中养鱼、海底放鹿也比忍受这个毫无借贷的卑劣世界来得容易。我对天主发誓，我憎

---

① 杜艾：镇名，该处有圆形剧场，演戏时总要发生争斗。

② 吕卡翁：阿尔卡底亚国王，因为违反了接待人的法律，朱庇特使他变成了狼。

③ 柏勒洛丰：哥林多国王格劳科斯之子，因欲乘飞马珀伽索斯飞越奥林匹斯山，为诸神憎恨，打入冷宫。

④ 尼布甲尼撒：犹太国王，后变为牛。见《旧约·但以理书》第四章第三十三节。

⑤ 以实玛利长得像野驴，他的手要打人，人的手要打他。见《旧约·创世纪》第十六章第十二节。

⑥ 迈塔布斯：普里维尔奴姆国王，后被放逐。

⑦ 雅典的泰蒙：公元前五世纪古希腊哲学家，被鲁西安和普鲁塔克描写为愤世嫉俗的人。

恨整个没有借贷的世界！“以这个不肯借贷的世界作为原型，你们可以想象得出作为一个世界，即人本身，是怎样一种可怕的混乱。人们对这个世界痛心疾首。头不肯把眼睛借出来指导手和脚的行动，脚不情愿支撑躯体，手不听大脑使唤。心脏也恼火了，不愿意拼命工作，让脉搏跳动。肺只对自己呼吸，肝脏不愿为别的器官供血，膀胱不再对肾有恩，拒绝接受尿水。大脑因为这一切反常运动，渐渐疯了，神经也失去知觉，肌肉不再活动。总之，整个没有借贷的世界将变得疯狂，你会看到比伊索在他的寓言——胃和身体其他器官的对话所描述的还要邪恶。这样的世界只有走向毁灭，而且很快毁灭，即使人人都是神医埃斯科拉庇俄斯[①]也无济于事。肉体将迅速腐朽，而灵魂将下入地狱，紧追着我交给魔鬼赎我罪孽的金钱，四处奔逃。”

① 埃斯科拉庇俄斯：医学之神，阿波罗之子。

第四章 巴汝奇继续歌颂债务人

"现在反过来想象一下，一个有借有贷，人人都是债务人和债权人的世界，将是什么样的。

"宇宙按正常规律运转，该是多么和谐。我就像柏拉图一样，听到天体运行的音乐。各元素之间是多么协调！大自然的生产是多么顺畅！刻瑞斯[①]掌管谷物，巴克斯管酒，福罗拉[②]管花，波摩娜[③]管果，朱诺在天界亭亭玉立，她让周围的气氛变得宁静、温馨，想到这里我的心都要醉了。我在人类身上看到了和平、仁爱、喜悦、忠诚、宁静、喜宴、欢娱，黄金、白银、金链、戒指和各种物品往来交易。在这里没有官司、没有战争和争执，也没有高利贷者、贪心不知足的强盗，没有吝啬鬼，也没有人死守自己的财物，不愿出借。天主啊，这难道不是黄金时代的到来，进入了传说中农神萨杜恩王朝，荣耀的奥林匹斯王国时期，没有邪恶，只有仁慈统领着一切。所有的人都善良、美好、公正。啊！幸福的世界！居住在这幸福世界的幸运的人们，愿你们能够三倍、四倍地亨福。我想象着我就生活在这个世界里。我以真神的名义保证，在这个美好的世界，如果人人愿意相互协助，人人都能摒弃私心杂念，不出几年，你将会看到更多的圣人、更多的奇迹，听到更多燃烧的圣烛，

---

① 刻瑞斯：农神之女，司农业。

② 福罗拉：罗马神话中的花神。

③ 波摩娜：罗马神话中管果实之女神。

更多的祷告，这将超过布列塔尼九个教区的总和(除司法保护神圣伊夫以外)。

“请你们想一想，在我们所熟悉的剧本里，当尊敬的巴特林神化威廉·约索姆的父亲，把他奉承到三层天的时候，只是说道：

> 他把自己所有的东西，
> 借给任何来告贷的人。

“这句话说得多妙啊！以此为例，想象我们人这个小世界。人身上的各个部分都是按自然规律借出和借入。因为，自然创造人的目的也是为了借出和借入。宇宙天体的和谐运转，也不及人体各部分协调。这个小世界的创造者把灵魂和生命寄托在人体里，像客人寄宿主人家里。生命是由血造成的，血保住灵魂，因此这个世界唯一的任务就是不停地造血。为了完成这项任务，身体的所有部位都要各司其职，每一部分都要不停地向另一部分借入，也不停地出借，每一部分都相互欠债。自然提供了可以被转化成血的原材料——面包和葡萄酒，这两样东西还包含我们要摄入所有养料，也就是哥特语所说的‘每天放在餐桌上的东西’。为了获取这些东西，准备好并烹饪这些东西，双脚必须背负整个身体到处行走；眼睛必须统率其余器官；食物在胃里，脾脏分泌的胆汁激起食欲，命令输送食物。舌头要尝味，牙齿要咀嚼，经过胃消化后肠子吸收有用的东西，排斥废物，用力把废物排泄出去。肝脏利用输送来的有用物质制造血液。

“身体的每一部分看到这跟金子一样珍贵的液体时是多么兴奋，这是他们唯一补充元气的物质。这种喜悦之情胜于炼丹者历尽艰辛、耗资巨额后看到劣质金属在炉子里变成了金子。

“接着，身体的每一部分都做好准备，竭尽全力净化和提炼这一珍贵的物质。肾脏把水排出去，形成尿，再经由尿道到达膀胱，膀胱再把尿排出体外。脾脏排出所谓的忧郁的渣滓。胆囊排出多余的黄胆汁。此后，这些物质又被带入另一个机制，进行更精细的加工。心脏通过舒张和收缩对这一物质进行加热和提炼，这些物质在右心房完成最后的加工，再由静脉输送到全身。每一部分都各取所需，它们现在就由先前的借出者变成借入者。左心房把这珍贵的东西进行加工，成为我们所说的‘精神’，再由右心房的动脉输送到全身，可以温暖静脉的血液，并为它们供氧。肺部通过肺叶不停更换新鲜空气。心脏认识到肺部提供的这项服务的重要性,通过肺动脉把最好的血液输送给肺部。最终血液经过这一神奇网络的精心提炼,产生了一种生命的活力,我们有了这种活力就可以想象、说话、判断、讨论、解决问题、思考和记忆。

"我的天啊!越说越糊涂了,我自己也不知道说到哪里了!我一陷入这有借有贷、和谐完美的世界的深渊里,真的神魂颠倒,我自己也迷失方向了。总之,你要知道,借出是神圣崇高的善举,负债是英雄美德。还不止这些呢。这个有借有贷的世界太美好了,供求关系太完善了,还未生出来的,就已经想借给他东西了。人就是用借贷关系来延长自己,繁殖和自己相似的形象,即人们常说:制造孩子。为了这个目的,身体的每一器官都挑选自己最精华的部分输送到下面早已准备好的接收器中。这些精华从这些接收器发射出来,通过曲曲折折的通道来到生殖器官,而生殖器官便按照男性或女性的构造吸取合适的物质来传宗接代。这整个过程就是通过借出和借入产生的,循环往复,婚姻的义务就由此产生。

"对那些拒绝借出的人,会遭到自然的处罚,那就是各个器官的恼怒,进而神智疯狂;而对于那些承认这种借贷关系,愿意借出的人,自然会赋予他们幸福、快乐。"

第五章 庞大固埃对所有债务人的憎恨

“我懂了，”庞大固埃说道，“你可真是一流的辩手，说得头头是道。可是，你即使从今天一直说到五旬节，说得天花乱坠，你也休想让我欠债。圣保罗说得好，相互之间除了爱意之外，不要亏欠什么。

“你用了生动形象的例子向我阐明道理，确实优美动听。但是我告诉你，如果你能想象一位厚颜寡耻，伤风败俗的欠债人回到对他的为人十分了解的城市，你会发现居民的惊恐比阿波尼乌斯在以弗所见到化为人形的瘟疫更可怕。我同意波斯人所说的欠债为第一恶习，撒谎为第二恶习，因这两种恶习是密不可分的。

“我并不是说你永远不能欠债，或永远不要借给别人。没有一个人富到能不需要向别人借钱，而再穷的人，有时也会有人向他借一点东西。但是我们要像柏拉图在《法律篇》里所说的那样去做：假如邻居没有事先在他自己园里挖井，没有挖到能出水的称作陶土层的地方，你就不应该允许他汲水。因为地下土质坚硬厚实，而泉水却长期保存在地下，不可能轻而易举地涌出来。

“因而，一个人不努力出外谋生出力挣钱，而到处向人家借钱，此种人无论走到哪里，都是可耻的啊。只有当他竭尽全力工作而一无所获，或遇到大灾难、大损失时，才能借贷。“我们的这个话题就暂且谈到这里吧。今后不许你再同高利贷者交往。以前的债就让我来还吧。”

巴汝奇说道：“对此，我向您表示我所能做的最起码的事，就是向您表示感谢，即使这种谢意与您对我的恩惠相比不足一二。因您对我的仁爱是无法估量,无法用任何容器衡量出来,那是永无止境的。就是用恩惠的计量器,或用受惠者的满意程度来衡量,也都无法衡量出您对我的关爱。您为我做了许许多多好事,超过我应当接受的,也超过我对您做出的回报,甚至远远超过我所值得的关怀。我别无选择,只能坦然接受。但是,在这个问题上,我还是诚惶诚恐的。

“使我难受,整日纠缠着我的是,让我难以排遣的还不在这里。我所烦恼的是,从此我还清了债务,我将会是什么面目呢?你应该相信,头几个月我肯定很尴尬,因为我一向没有这种习惯,这令我恐惧不安。

“还有尤甚者,将来萨马甘蒂的人放屁,肯定会朝着我的鼻子放。所有的放屁人会边放边喊:‘我们两讫了!’这会使我短命的。我的命运肯定会被屁熏死。到时,你可要为我写墓志铭。如果有老妇人存屁太多而放不出屁来,一般的药又难以治好,这个被屁熏死的木乃伊上面的油就是灵丹妙药了,保准涂上一点,就让她们响屁放个不停。

“我求求你了,还是给我留下几百笔债务吧。夏尔特的主教米尔·狄里埃被驱除出审判庭时,仍然恳求国王路易十一给他几桩案子,让他练练脑子,才不至于无事可做。我欣然同意把卖蜗牛和金龟子的收入全部用于还债,虽然只能抵掉一点点,但不要免掉我欠的债务。”

庞大固埃说道:“我刚才不是说过了,暂且不谈这个话题了。”

第六章 新婚男子为何可以免除兵役

巴汝奇问道:“是哪条法律规定:刚种新葡萄的人,建新房子的人和新婚的男子可以在头一年免服兵役呢?”

庞大固埃回答:“那是摩西的法律。”

巴汝奇又问道:“为什么新婚男子不用打仗呢?我这把年纪,种葡萄不太合适,我让别人替我种就行了,种葡萄的事我就不操心了。至于那些用死石头建房子的人也与我不相干。我一向只造活石头,即人。”

庞大固埃说:“依我之见,那是为了让他们在第一年可以尽情做爱,用这段时间为自己缔造后代。如果他们第二年战死,他们的名字和战袍就由他们的孩子继承。此外,这也可以判断他们的妻子是否具有生育能力(那时候,根据结婚时的年龄,一年的尝试已足够),当她们的丈夫阵亡,妻子可以改嫁他人。那些生殖能力强的人,就可以嫁给那些希望生一大群孩子的人;而那些生殖能力弱的人,就嫁给那些对传宗接代不感兴趣,只需要娶个贤惠、有生活情趣、能操持家务的人。”

巴汝奇说道:“瓦莱纳的传教士忍受不了寡妇再婚,称她们愚蠢、不知羞耻。”

庞大固埃说:“她们的性欲热度比疟疾还要高啊!这可是她们的痼疾。”

巴汝奇说:“这一点也不假,一个叫安盖南的教士在巴莱日讲经时,就直截了当攻击了寡妇再婚。他发誓,宁可和一百个处女做爱,也不愿和一个寡妇共床。若不是这样,就让地狱里跑得最快的恶魔要他的命。

“我认为你说得很有道理。但倘若这些新婚男子利用第一年免服兵役而尽情享受性爱之欢(当然这也是他们的义务),把精囊的精液耗光,只落得萎靡不振、瘦巴巴的。那么,一旦要让他们上战场的时候,他们就会背着行李像鸭子一样一头扎进水里，而不愿厮杀沙场。即使战神的战旗挥舞，也无法使他们打出一拳,因为他们的精力已经在维纳斯的床上花光了。

“这样的例子确实存在。从古时候起就留下一种习俗,结婚后一定天数,这些男子总被家长打发去拜访他们的舅舅,不管他们是否有舅舅或舅妈,这其实只是为了把夫妇暂时分开的借口。让他们休息一下,调养好身体,身体复原后再和女人做爱。记得我和伯德布恩跟随叫花子王在布罗沃德战役之后,便被遣回家里休养。我小的时候,爷爷的教母曾经对我说：

祈祷诵经，天天如此。
新手上阵，一个顶俩。

“我之所以问这种问题,是因为刚种葡萄的人,第一年几乎吃不上一颗葡萄,更甭提喝一杯葡萄酒。而建新房屋的人,头一年也怕空气稀薄会闷死而不敢住进去。正如盖伦在《呼吸困难》的第二卷里所说的。

“陛下,我并不是无缘无故乱问的。我问的是有充分的理由依据,请别见怪。”

第七章 巴汝奇戴镶虱子耳环不再穿上他的大裤裆

第二天，按照《旧约》上的规矩[1]，巴汝奇的右耳被穿了个孔，戴上了一个小金环，上面镶嵌着一只虱子，这虱子是乌木颜色，听说很贵重的。这可是萨马甘蒂的会计仔细复核过账的，比希尔喀尼亚一只母老虎结婚后每一季度的花费还要多百分之二十五。约略估算，大概需要六十万块大金币。巴汝奇还清了债务后，第一次花了这么一大笔费用，心里有些忐忑不安，因他和君王、律师一样由臣民的血汗供养着。

巴汝奇又拿来四码棕色的粗毛料裹在自己身上，像一件长袍。他不再穿大裤裆了，把眼镜挂在帽子上。

他就这么一身打扮来见庞大固埃，庞大固埃惊奇地打量着他，觉得他这样穿太古怪了，尤其是不见了他那巨大、豪华的大裤裆，这可是巴汝奇神圣的避风港，躲避灾难的避难所呢。

善良的庞大固埃不明白其中的奥妙，便问巴汝奇这身新行头究竟为何。

“我呀，”巴汝奇回答，“耳朵上有一只虱子，我想要结婚了。”

“好啊！”庞大固埃回答，“这消息真令我高兴。但我还是不太相信这是真的。想结婚的人绝不像你这样打扮。像这样不穿裤裆，身上随便用一条

① 见《旧约·出埃及记》第二十一章第六节。

粗毛料裹着，长过膝盖，颜色又最稀奇的，谈情说爱的人怎会有这身打扮呢？”

“过去有少数的异教徒、离经叛道者也经常这样打扮，招摇过市、矫揉造作，但我不会因这一点去责怪他们，绝不会以衣冠取人。各人有各自的爱好，一个人品行的优劣不能取决于外表。外表本身并无好坏之分，只要不是发自内心的思想。一切善与恶都是从心里产生的。所谓善，就是心中萌生美好的情感并以此感染人；所谓恶，就是内心被邪念所驱使而又误导别人。我只是看不惯你全然不顾穿衣习惯，穿得这样怪异不得体。”

巴汝奇回答：“这颜色很适合穿这种衣服的人，这布料也正合适。从现在起，我会注意我的开支。我现在不欠债了，如果天主不帮助我，我将会变成最令人讨厌的人。“看到我的眼镜了吗？从远处看，你肯定会说我就是那个有名的圣方济各牧师让·布尔茹瓦。我相信明年还能好好讲一下十字军的布道。愿天主保佑我的睾丸安然无恙！

“别小看这粗毛料，它可是有魔力的，可惜鲜为人知。我今天早上才套上它，就已经觉得浑身兴奋，简直到发狂的地步。我迫不及待想结婚，让我这身粗毛料使劲在我老婆身上搓来搓去，不用担心会挨棍子。我是伟丈夫！我死的时候，肯定有人会隆重地把我火化，并把骨灰保存下来当作是杰出的、完美的、永垂不朽的丈夫。天啊，他们用这种棕毛料做桌布，铺在会计桌上，我的那些会计最好不要在我的账户上乱搞，否则我的拳头定会像棕色马驹的蹄子一样在他们脸上嗒嗒作响！

“看看我衣服的前面，再看看后面，这确实像古代罗马市民在休战时期穿的托加袍①。我模仿了罗马图拉真柱子和塞普提米乌斯·赛维路斯②凯旋门的样式。我厌恶战争，厌恶甲胄，厌恶笨重的盔甲。我的肩膀都被甲胄压垮了。我期盼着：放下武器，穿上托加袍吧！至少明年应该这样，因为就如你昨天所说，结婚第一年根据摩西的律法可以免服兵役。

“至于我不穿裤子，我的姑妈劳伦斯很久以前对我说，裤子是为裤裆服务的。我完全同意，正如盖伦在《人体各部分用途》第九卷里说道，我们的脑袋是为眼睛而设的。你看自然并没让头长在膝盖上或肘上。为了让眼

---

① 托加袍：古代罗马人在不打仗时穿的一种古代式的罩袍。

② 塞普提米乌斯·赛维路斯：公元一九三至二一一年之罗马皇帝。

睛能高瞻远瞩，眼睛就长在头部。这道理就像港口高高矗立的灯塔和高塔一样，是让人从远方看见灯光。

“还有，因为我想在一段时期，至少也得一年，尝试一下战争的艺术，也就是结婚的艺术，所以我不用穿裤裆，也就不用穿裤子，这裤裆可是男人上战场的重要甲胄。我认为土耳其人的装束不适合打仗，因为他们的法律不许他们穿裤裆，即使他们把我绑在火刑柱上，我也会坚持这么说。”

第八章　裤裆怎样成了战士最重要的披挂

庞大固埃问道:“你真的认为裤裆是战士最重要的披挂吗？这种说法真是荒谬离奇啊！我们总是说,要装上踢马刺才算开始披挂上阵。”

巴汝奇说:“我确实这样想,这也没有错。我坚持。”

“你看,大自然创造了花、草、树木、植虫,就一定让它们代代相传。尽管时过境迁,个别生物死亡了,但并不会影响物种的传递,大自然还会让植物发芽、开花、结果,让它们长上包皮、外壳、荚、叶鞘、坚壳、核、萼、刺、绒毛、树皮、荆棘等外饰物。这些东西就是自然的坚实而又美观的裤裆。你看豌豆、蚕豆、栗子、桃子、杏子、棉花、沙果、小麦、罂粟、柠檬、栗子和所有的植物,它们的种子都比其他部分得到更好的保护。但是大自然并不能以同样的方法为人类提供保护层。在一开始的黄金时代,造出来的人类是纯真、赤裸、脆弱、易受攻击,没有任何防护外壳或武器。我认为人类更像动物而不是植物,那是为和平而不是为战争而生的动物,天生为了享受植物和它们的果实,和平统治其他动物的动物。

“但是,当黄金时代被朱庇特所统治的铁器时代所取代时,邪恶便在人类当中滋长,地上开始长出荨麻、刺、荆棘和其他与人作对的植物。几乎所有的动物都试图摆脱人类,甚至开始共谋不再为人类服务,不再听人使唤,尽它们的力量伤害人类。

“因此,人类为了维持最初的统治,为了还能让一些动物为他们服务,必须开始武装自己。”

“天啊！”庞大固埃喊道,“自从上一场雨下过之后,你就变得能喝善吃了。哦,应该说能言善辩了。”

巴汝奇说道:“想想看,大自然如何启发人类武装自己,最先被武装的部位就是两腿夹着的那玩意儿:

生殖之神普里阿普斯啊,
盖好之后不要显山露水。

“希伯来人的首领和哲学家摩西在《创世纪》里所说的就是例证。亚当很有创造性,用无花果叶子为自己做了个结实美丽的裤裆。这无花果叶的质地、形状、柔顺、大小、颜色、气味对覆盖和保护那对摇晃的卵子合适极了。

“当然,洛林省人那大得惊人的玩意儿是个例外。它晃荡着一直垂到裤底下,不愿受高高裤裆的束缚。最好的例子就是高贵的狂欢之王弗阿迪埃尔。他在五月一日的那一天,为了出风头,把那玩意儿摊在桌上。我亲眼所见,那东西跟西班牙斗篷一样大,还一个劲地搓着,看起来更为壮观。

“以后我们送士兵上战场,如果告别语要恰如其分,就别再说‘嗨,胆小鬼,当心你的酒罐子(指脑袋)’,而应该说‘当心你的奶罐子(指睾丸)’,丢掉脑袋只是死了一个人,失去了睾丸,那可是扼杀人类。

“这就是我们豪侠的老朋友盖伦在他的一本书《论精子》里所做出的总结,宁可没有心脏,也不能没有生殖器。因为那是延续人类的种子居住的神圣殿堂。用不着给我一百法郎,我就会相信诗人所说的,丢卡利翁和他的妻子皮拉在洪灾毁灭人类时,往后扔石头重新创造人类,他们其实扔的正是这些种子。

“这也驱使英勇的查士丁尼一世在《应消除道貌岸然的伪君子》第四卷里写下,‘裤裆和裤子里隐藏着最崇高的德行。’

“正是由于以上所述原因,迈尔雅尔老爷随国王出征。有一天,他在试穿一件新战甲(他的战甲旧了,锈迹斑斑,不能用了,再加上几年工夫他的肚皮离腰越来越远了),他的妻子在一旁仔细看着他,发现他对他们结婚以来共同拥有的那整套东西保护不当,因为他的唯一披挂就是铁胸衣,她觉得他最好穿上放在柜子边上的大防护罩,把那整套东西防御好。

“这个妇女的故事是以诗句写在《少女的笑脸》第三卷里:

她见丈夫披坚执锐
正要血战沙场，唯独裤裆遮盖不周，
她说，‘亲爱的，别让人伤了它，
要护好它，这可是我的至爱。’
怎么？这样嘱咐不应该吗？
不！我说完全应该：
这是血脉的根本，岂能受损？
护好它，她的心肝小宝贝。

她非常喜欢这小玩意儿。

“陛下，别再对我的新打扮感到惊奇了。”

第九章　巴汝奇向庞大固埃请教他是否应该结婚

庞大固埃一言不发。巴汝奇深深叹了口气说道：

“陛下，你已经听到了我的心声：我打算结婚，除非世界上所有的洞窟全都关闭，上了锁。我求求您，看在您一直关心我的分上，给我一点忠告吧。”

“好吧，”庞大固埃说道，“你既然扔出了骰子，早已拿定主意，下定了决心，那就不必再说了，尽管做就是了。”

巴汝奇说：“是这样的，但我还是想倾听您的忠告和建议。”

庞大固埃说：“好吧，那我就把建议告诉你吧。”

“但是，”巴汝奇说道，“如果您觉得我还是像现在这样更好，那我就不试新花样了，我宁可不结婚。”

“那你就别结婚好了。”庞大固埃回答。

“您说的话是真的吗？”巴汝奇问道，“您希望我这辈子就一个人，没有妻子陪伴吗？你知道《圣经》里说：独居不好[①]！单身男人享受不到已婚男子的快乐。”

“天啊！那你就结婚吧！”庞大固埃回答。

“但是，”巴汝奇说，“如果我的妻子欺骗了我，你知道这可是‘乌龟’的丰收年，那将会使我发疯！我很同情当‘乌龟’的丈夫，他们也把我当好朋

① 见《旧约·创世纪》第二章第十八节。

友。但是我宁可去死,也不愿戴上绿帽子。这真的令我烦心。”

“那你就别结婚了,”庞大固埃回答,“因为塞内加说过:你怎么对待别人,别人就会怎么对待你,这可是举世公认的真理。”

“真的吗?”巴汝奇问道,“没有例外吗?”

“他说没有。”庞大固埃回答。

“天啊!”巴汝奇说,“真见鬼!他说的难道真的是这个世界?有可能他指的是死后另一个世界。

“但是,我还是不能没有女人,就像盲人不能没有拐杖(我想让我那个东西保持活跃,否则我该怎么活下去)。我想娶个体面、贞洁的女人,总比整天担心挨揍、得梅毒好得多吧。良家妇女从没跟我发生过关系,她们的丈夫尽可以放心。”

“天啊,那么你就结婚吧!”庞大固埃又叫了起来。

巴汝奇说道:“如果天意让我同一位正经女子结婚,而如果她又打我,我必须有约伯的一半耐心才不会气疯。有人告诉我,这些品性正直的女子通常脾气特别犟,因她们厨房里的好醋可多!我老婆肯定更厉害,我会狠狠地揍她,打她的胳膊、大腿、头部、胸部,她的五脏六腑,撕破她的衣服,让魔鬼站在门口等着收走她的灵魂吧!这些麻烦事也很难处理好,实事求是,今年是应付不了。我想还是不结婚的好!”

“那就不要结婚吧。”庞大固埃回答。

“好吧,”巴汝奇说,“但现在我没有债务,又没有结婚,当心债务还清,厄运就来了!因为我债务累累时,我的债主最关心的莫过于我是否有子嗣。而现在无债又未婚,没人关心我,也没人爱我,我的意思是结婚的女人会爱她的丈夫。我一旦生病了,那处境肯定很差。《圣经》上说:家无主妇,病时无人照顾。我确实看到这情形就发生在教皇、教皇使者、红衣主教、主教、修道院院长、司铎和修士身上。我不希望这事也发生在我身上。”

“天啊,那你就结婚吧!”庞大固埃回答。

巴汝奇说道:“但是,我一旦生病就不能履行婚姻义务,我的妻子可能会不耐烦,耐不了寂寞,就找上别人了。她不但不会照顾我,反而讥笑我的无能,我经常看到此类事情发生,这是最让我受不了的事。到时候,你就会看到我穿着内衣在旷野上跑着。”

“那就别结婚。”庞大固埃说。

巴汝奇回答:“不结婚当然可以,但我就没有嫡亲子孙了。我希望有人能继承我的姓氏、我的铠甲，我所有已经继承的和留下的东西(我在近日会把我抵押的房产还清)，我想同他们共同享乐。如果没有后代，我会很悲伤的。你能同善良、慈祥的父亲在一起享受天伦之乐，这是人人所向往的。但我呢？现在无债又未婚，情绪会不好的。我会想你不是在安慰我，反而是在讥笑我！”

“天啊，你就结婚吧！”庞大固埃又大叫起来。

第十章　就结婚一事庞大固埃劝巴汝奇有困难 只得用荷马和维吉尔的诗句占卜凶吉

巴汝奇说："你的建议简直就像里科舍的歌谣一样，翻来覆去唱个没完没了，没个定论。你所说的净是些讽刺、讥笑和自相矛盾的话，你要我怎么注意呢？"

庞大固埃回答："在你的论述中，有那么多'如果'和'但是'的话，我找不到有力的论证，也无法弄清楚。你知道你想要什么吗？这是最主要的问题：一切均是偶然的，要听天由命，不是你所能主宰的。

"我们看到很多人婚后很幸福，看着他们仿佛感受天国的喜悦。而还有一些人婚后极为不幸，他们的处境比在底比斯和蒙特塞拉特沙漠上受魔鬼引诱的修士还糟糕。如果你已经决定好了，你只有闭上眼睛，低下头吻脚下的土，完全依赖天主。我还能给你更好的安慰，或做出更有把握的承诺吗？

"如果你愿意，我们不妨这样做。把维吉尔的作品拿来，掀开三次，你的手指所按住的那几行就会替你占卜结婚的命运如何。许多人用荷马的作品为自己占卜过许多次，

"例如苏格拉底在狱中时，就听见《伊利亚特》第九卷里阿喀琉斯的演讲：

> 一路通行无耽搁，
> 三天后抵达可爱的故乡佛提亚。

“他预测自己三天之后会死，就通知他的弟子埃斯基涅斯[①]。柏拉图的《克拉托篇》、西塞罗《论占卜》第一卷和戴奥真尼斯·拉厄提乌斯作品中都曾提到这一点。

“欧匹留斯·马克里奴斯[②]也想知道自己能否成为罗马皇帝，刚好手指的是《伊利亚特》第八卷的这一段：

老年人啊，可畏的年轻士兵，
今后你怎能抵挡得住呢？
你的壮年已逝不再复返，
伴随着你的是人老珠黄。

“他确实老了，只当了一年又两个月的皇帝，就被年轻力壮的黑利阿加巴卢斯推翻并因此殒命。

“布鲁图也是一个例子。他想知道法萨利亚之役的吉凶。他也是在这次战役中丧生的。他指的句子是《伊利亚特》第十六卷普特洛克勒斯临终时的遗言：

造化这小儿的作弄，
我被勒托的儿子所杀。

“他指的是阿波罗，作战那天的口令就是用这位怒神的名字。

“先人总是用维吉尔的作品来占卜，决定一些重大事情，包括是否能登上皇帝宝座。亚历山大·塞维鲁就是用这种方法占卜，从《埃涅伊特》第六卷的诗行中得知自己是否能成为罗马皇帝。

罗马之子啊，你将君临天下，
要勤政爱民免于沉沦。

---

① 埃斯基涅斯：公元前四世纪古希腊哲学家。

② 马克里奴斯：公元二一七至二一八年之罗马皇帝。

“不到几年，他真的成为罗马皇帝。

“罗马皇帝哈德良即王位之前很想知道图拉真皇帝对他的看法。因此，他就用维吉尔的作品占卜，手指的是《埃涅伊特》第六卷的这段话：

那个从远处走来的人是谁？
他手持橄榄枝气宇轩昂。
从他须发斑白仪表堂皇，
告诉我他是已故的罗马君王。

“不久，他就被图拉真收为义子，继承他的王位。

“还有克劳狄二世，一位深受罗马人爱戴的皇帝，从《埃涅伊特》第六卷预知自己的命运：

不出第三年，
你的王位就要完毕。

“事实上，他只在位两年。

“克劳狄二世还想占卜是否可让他的兄弟昆提利安参与朝政，他又翻到《埃涅伊特》第六卷的这行字：

命运注定他只是昙花一现。

“果然，当他成为罗马的共同执政官之后，正如预言所暗示，他六七天之后便死了。同样的命运也发生在小戈尔迪身上。

“克罗迪乌斯·阿比努斯很想知道他的未来会是什么样子，也用《埃涅伊特》来占卜，又是翻到第六卷：

这位骑士，发现罗马
动荡不安，保卫了
帝国的居民，战胜了迦太基，

铲除了高卢叛军。

还有戴佛斯·克劳迪亚斯皇帝。他急切地想知道是否后继有人，在《埃涅伊特》第一卷得到一句诗：

我要他们子嗣后代繁衍昌荣，
共享天伦之乐幸福生活绵长。

“真灵验，他子孙兴旺、国家发达。

“还有皮埃尔·艾米[①]修士。他想知道是否能逃脱一些无知的、嫉妒心强的小人设下的圈套。在《埃涅伊特》第三卷中，他发现：

逃出这惨无人道的地方，
逃脱这贪得无厌的海上。

“果然他安然无恙地逃脱小人的摆布。

“还有成千上万个例子，我就不再一一说明。他们是用那些诗文来预测命运。

“当然，我并不是说这种占卜是千真万确的，因为我怕你会被误导。”

---

① 皮埃尔·艾米：作者在方济各会修道时的好友，曾一起学习希腊文。

第十一章 庞大固埃向巴汝奇解释不能用骰子算命

巴汝奇说:“这样说,倒不如用三个骰子更便当。”

庞大固埃说:“这哪里行?骰子算命是骗人的鬼把戏,危险得很。你千万别受骗上当。那原来颇受人攻击的《骰子算卦》是很早以前由魔鬼编造出来的。魔鬼们就在希腊的布拉附近,在海格立斯塑像前利用这种把戏让头脑简单的人上当受骗,现在他们在其他很多地方仍大行其道。你可知道我的父亲高康大在他的王国里是禁止这本书。他焚烧了这本书,把这本书的模板都销毁了。他对待骰子算卦就像对待危险的瘟疫一样,坚决地予以取缔。

“接子游戏与骰子是一路货色,都是害人不浅的骗局。你别跟我提起提比略在盖丽翁[1]显灵的阿波努斯喷泉前面,搞的骗人把戏来说服我。这只不过是魔鬼引诱头脑简单的人下地狱的另一种伎俩罢了。

“如果你高兴,也可以在桌上掷三个骰子,骰子的点数就是翻到的那页的行数。你带了骰了吗?”

“我有满满一口袋呢,”巴汝奇说,“这可是默林·科卡乌斯在《魔鬼国》第二卷里所说的魔鬼的诱饵,如果没有这些骰子,魔鬼怎么引诱我呢?”

说着,他随即掷了三个骰子,有一个五,一个六,又一个五。掷好后,他说:

---

① 盖丽翁:希腊神话中最有力之巨人,被海格立斯所杀。

“一共就是十六点。我们看看翻到的那页的第十六行是什么。十六点，这个卦肯定不错，我喜欢这个数字。我想肯定会遇上好玩的事。魔鬼，你听好了，新婚之夜，我一定要翻来覆去对付我的妻子，玩个十六次，弄得她神魂颠倒，哭爹喊娘，如果不是这样，我情愿像木球戏中的那只球一样滚到魔鬼的怀里去！或者，像射向一队步兵里的炮弹一样，我愿意。”

“这一点我相信，”庞大固埃说道，“但是你没必要发这么狠的誓。如果你打球第一次得十五分，失误一分；早晨起来补一点，不就轻而易举拿到十六点了吗？”

巴汝奇说道：“你可明白我的心意？告诉你，在我肚皮下为我守卫的那个勇士从来没失误过。你见我搞错过？没有，绝对没有，和我一起玩过的人都能做证，我可像神父一样完美无缺！”

他们的妙语刚讲完之后，维吉尔的诗集已被送过来了。巴汝奇还没翻开之前，就对庞大固埃说道：

“我的心跳得多厉害！你摸摸我左手的脉搏跳得多快，你还会说我是在索邦大学应付论文答辩呢！答不好而是紧张成这样子。在看诗集之前，你是否同意我们先祈祷一下海格立斯和命运之神戴尼特吗？”

“都不必了，”庞大固埃说道，“你现在只需要翻开诗集就行了。”

第十二章　庞大固埃用维吉尔的诗句为巴汝奇的婚姻大事占卜

于是,巴汝奇翻开书,在第十六行看到下面诗句:

他不配列入神的殿堂,
也进不了女神的床第。

庞大固埃说:"这个卦对你不利。卦中说你的妻子会对你不忠,你要当乌龟的。"

"谁不愿意受女神的垂青, 要知道女神密涅瓦是一位可怕的处女,凶残而又神通广大,是所有乌龟、奸夫的死敌,淫妇、姘头的对头。所谓神中之神,是指执掌雷电的朱庇特。根据古伊特鲁里亚人的说法,雷劈(他们认为火山隆隆作响就是打雷)是密涅瓦和她父亲朱庇特享受的特权。奥林匹斯山上的其他神仙都无权使用雷劈,因此人类惧怕朱庇特和密涅瓦。我再稍加解释,你也可以用古代玄妙的神话来解释。当巨人同诸神宣战,一开始众神嘲笑他们,说他们的仆从就足以抵挡他们。但是当他们看到巨人成功地把泊利翁山堆在奥萨斯山上①,并感到奥林匹斯山开始摇摇欲坠不,就要倒在这两山之上时,他们开始害怕了。于是,朱庇特赶紧召集诸神召开

① 神话中巨人曾把泊利翁山堆在奥萨斯山上对抗天庭。

大会，诸神同意开始认真自卫。由于他们知道战斗会因随军的女人妨碍而失败，便决定把会带来灾祸的女神赶出天庭，让她们变成鼬鼠、黄鼠狼、蝙蝠、鼩鼱和其他各种动物逃窜到埃及的尼罗河流域。只有密涅瓦留在朱庇特身边，一起共掌雷劈，因为她是艺术和武艺、参谋与执行之神。她生来就手握武器，是在天上、海上和地上都会令人敬畏的女神。”

巴汝奇说：“天主在上！难道我就像诗人调侃的火与锻冶之神伍尔坎吗？不，我既不瘸腿，也不造假币，更不懂得冶炼。我的妻子会同维纳斯一样漂亮，但不会像她那样荒淫。我也绝不会像伍尔坎那样成为一只乌龟。那个跛子被当着众神的面宣告是乌龟，这与我迥然不同。

“这一卦暗示我的妻子将来一定是贞节、乖巧、忠诚，绝不会好战，或像密涅瓦那样没有头脑（或像帕拉斯那样从脑汁中生出来），那好色的公羊朱庇特也不会去勾引她。我和朱庇特一起坐下来吃饭的时候，他不会在我的汤里沾面包。

“想想有关朱庇特的故事，看看他都干了些什么。他是最臭名昭著的淫棍、最不道德的修士，是个无耻之徒。如果巴比伦人阿加索克利斯没说错的话，他是一只母猪在克里特岛狄克特山的一个洞穴里养大的。他像公羊一样好交媾。有人说，他吃母羊阿玛尔特亚[①]的奶长大的。见鬼！他一天就干掉世界的三分之一，包括动物、人类和山川，我指的是欧罗巴洲。他那么好色的德行，让阿莫尼特人[②]把他画成长着犄角、正在交媾的公羊。

“不过，我知道该怎样处置这个带角的恶棍。我绝不是愚蠢的安菲特律翁，能让朱庇特这个淫棍乔装其模样，诱其妻成奸；绝不是那百眼巨人的白痴阿耳戈斯，绝不是胆小怕事的阿克里修斯，把自己的女儿关在塔里，却让朱庇特变成金雨入内；绝不是底比斯那没头脑的吕科斯，绝不是爱做梦的阿盖诺尔，绝不是那懒惰的阿索波斯，让自己的女儿被朱庇特拐走；绝不是腿上长毛的吕卡翁，绝不是突斯卡尼的笨瓜克里图斯，让妻子厄勒克特拉与朱庇特私通，也绝不是像厄勒克特拉那没有头脑的父亲阿特拉斯，只会以肩顶天，不能保护自己的女儿。

“朱庇特可以千变万化，变成仙鹤，变成公牛，变成半人半羊的萨梯，

---

① 阿玛尔特亚：神话里养育朱庇特的母山羊，它的一只角即后来的丰饶角。

② 阿莫尼特人：古代叙利亚民族，据说是罗得的儿子阿蒙的后代。

变成金雨,变成布谷鸟引诱自己的妹妹朱诺,或是变成鹰、羊,还是勾引阿基亚少女普提亚时变成鸽子,管他再变成火、蛇、虱子、伊壁鸠鲁的原子,甚至变成神学大师所谓的思想之思想,无论如何,我都会抓住他。你知道我会怎么整治他吗?我会像农神萨杜恩对付他的父亲,就按多产女神对付阿提斯那个样子。我会割掉他那玩意儿,让他从前面一直到肛门都平坦光滑,绝不留下一根毫毛。这样他就当不了教皇,因为他没有睾丸。"

"说得好,说得好,"庞大固埃说道,"再翻一下书吧。"

他们读到的是:

> 骨折肢解,吓得浑身血液冻结。

庞大固埃说道:"这一卦的意思是说她会把你打得青一块、紫一块。"

巴汝奇说道:"不,这恰恰相反,这指的不是我。她胆敢冒犯了我,我会像老虎一样向她猛扑,圣马丁的牧杖刚好派上用场。如果手头没有棍子,我就会学吕底亚国王康泊活活吃掉自己的妻子吞到肚子里。如果我不能这样做,就让魔鬼把我吞吃掉吧。"

庞大固埃说:"好样的!你动起火来连海格立斯也不敢与你争斗。这就像巴加门游戏,一个约翰[①]可顶俩。海格立斯一个人当然抵挡不了两个人。"

"我是约翰吗?"巴汝奇问道。

"别在意,别在意,"庞大固埃说道,"我不过是想起巴加门游戏。"

他们再翻第三次时,读到的诗句是:

> 带着女性的欲火,
> 掠劫他人的衣衫。

庞大固埃说道:"这一卦的意思是说她会偷你的东西。从这三个卦就可知道你结婚凶多吉少,你会变成乌龟,挨打、被窃。"

巴汝奇说道:"恰恰相反,这最后一卦是说她会真心实意地爱我。古罗马讽刺诗人尤维纳利斯是不会说谎的,他说被爱欲燃烧的女人会有偷窃

---

① 约翰是乌龟的别名。

她爱人的冲动,她会偷些什么呢?一只手套、一把梳子,就一些无关紧要的小东西,只是你一下子找不着罢了。

“这就像爱人之间也经常会拌拌嘴,为一些琐碎的事争论不休,而这恰恰是爱情的新鲜剂,增进爱情。这好像我们看到磨刀匠有时敲敲磨刀石,会把刀刃磨得更锋利。

“因此,我觉得这三个卦都预见了好事,否则我就不会接受。”

庞大固埃回答:“你也可以不接受,但是如果命中注定,你也没办法,我们古代的法学家却是这么说的。巴尔都斯①在《法学释例》的最后一卷说道,没有什么东西能高于命运之神,命运之神不允许任何人表示异议。巴尔都斯还在他的《法学汇纂》第四章第七款清清楚楚阐明这一点。”

① 巴尔都斯:十四世纪法学家。

第十三章　庞大固埃建议巴汝奇用梦境占卜结婚的成败

庞大固埃说道:“既然我们对维吉尔的算命方法意见有分歧，那就尝试另一种算法吧。”

“什么方法?”巴汝奇问道。

庞大固埃回答:“这是一种古老而又可靠的算法:用梦境占卜。希波克拉底在他的《论梦境》一书中说道,做梦时,灵魂常常能预测未来。柏拉图、普洛提努斯、安姆布里科斯、昔兰尼加的塞尼西乌斯、亚里士多德、色诺芬、盖伦、普鲁塔克、阿提米多卢斯、希罗菲卢斯、昆图斯·卡拉贝、忒奥克里托斯、普林尼、阿忒里乌斯和其他许多哲学家也都这么认为。

“我也无须旁征博引证明这一点,举一个普通的例子就足够了。当小孩子梳洗干净,喂饱奶进入甜美的梦乡时,奶娘们就出去享乐了,自由自在,随心所欲,因为此时婴儿不需要她们。我们的灵魂也是这样,当身体睡着了,体内完成了消化,灵魂无事可做时就会幸福地飞走了,去重访它的故乡——天国。

“在天国,灵魂又恢复了原有的灵性,凝视着这浩渺灵动的天体。天体的中心是面向宇宙各处,在无边无际的太空永不休止地运转(赫耳墨斯·特利斯墨吉斯忒斯认为这个天体就是天主),一切都成为永恒、一切都不会消亡,所有的时间都持续在现在——我们的灵魂不但能洞悉过去,而且能预见未来。灵魂把它所看到的一切反映给躯体,通过躯体的感观和各种器官传到全身,于是灵魂就被称为预言家和先知。当然,灵魂不可能完全真实地汇报它所目睹的一切,因为受到躯体的缺陷所限制,正如月亮接受太阳的光辉,却无法按原来光的亮度、纯度或热度传递给我们。因此,这些梦境需要有技巧的、聪明、有创造性、有经验、有理性的人来诠释,希腊人称他们为释梦者或圆梦者。

“赫拉克利特曾说过,梦境既不能揭示什么,也不会隐藏什么。梦只是让我们从中探索有关未来的线索的工具。这种探索为我们其他人提供一些吉祥的或凶险的征兆,以此预见未来。《圣经》里有这样的例子,尘世的例子更是不胜枚举,很多梦境在做梦者本人或者他所为之做梦的人身上都应验了。

“但是那些居住在亚特兰蒂斯岛和萨索斯岛(基克拉迪群岛之一)上的人就不能运用这便捷的工具:在那些岛上没有人会做梦。此外,多利亚的克里昂和我们同时代的人色拉西布洛斯也是那样,博学的西蒙·德·内维尔一辈子就从没做过梦。

“等到明天,当晨曦微露,黎明用她那玫瑰色的手指拨开夜幕时,你就尽管沉浸在你的美梦里吧。但是,你得抛开会左右你情绪的情感:爱、恨、希望与恐惧。

“古代伟大的预言家普罗迪斯的行为与梦有些相似。他经常乔装打扮,把自己变成火、水、老虎、龙或其他离奇古怪的动物,来避开人们对他的请求。若要他预见未来,除非他恢复到原来的模样才能预测未来。因此,人要具有灵性,也就是先知的高级本领,必须使自己内心的那一部分最靠近神——我们称之为精神与思想,必须心平气和,不受外界激情或情感的干扰,预言才会如期而至。”

“我会那样做的,”巴汝奇说道,“我今晚应该多吃或少吃呢?我并不是随便问问,因为如果我吃不好,便睡不好,整个晚上都会胡思乱想,最终将是思想和我的肚子变成空的。”庞大固埃说道:“根据你目前的身体状况,不吃晚饭更好。阿波罗的儿子,著名的先知安菲阿诺斯要求那些想在睡梦中获得神谕的人一整天都不要吃东西,三天以前不能喝酒。我们无须遵守这么严格的饮食规定。

“很难相信一个饱食膏粱、纵酒饮乐的人可能会吸收灵性的事物。同时,我也不同意长时间禁食的人接受灵性的事物就比别人容易。我的父亲高康大(向他的名字致敬!)告诉我们,斋戒自笞的隐修士写出的东西同他们的身体一样冷酷,毫无生气。当肉体饥饿时很难心平气和。医学家和哲学家们都同意这种看法。动物的生机是由动脉血产生并开始运行,然后经过大脑下面神奇的神经网络净化和提炼而成。我曾听到关于一位哲学家的例子。他为了更好地思考问题,便使自己独处一室,远离尘嚣。然而事与愿违,他发现周围充斥各种声音:狗吠、狼嗥、狮吼、马啸、象鸣、蛇嘶、驴叫、蟋蟀唧叫、鸽子咕咕叫,简直比封特奈和尼奥尔的集市还吵,还混乱!这些声音都是饥肠辘辘产生的幻觉。饥饿使人头昏眼花,你的血管开始吸食身体各部的生机,就会拖住那可以畅游天国、无忧无虑的灵气,这就像只停在手上的鹰,想飞上天却突然被绳索猛拉回来。哲学之父荷马留给我们一个权威的故事:希腊人哀悼阿喀琉斯的友人普特洛克勒斯时,一直哭到饥饿涌上心头,肚皮饥饿,无法再产生眼泪为止。长时间斋戒会使眼泪枯竭。

"不过,大家还是赞成节制的。所以你也需节制。晚饭不能吃豆子、兔肉或其他肉类,也不能吃鱿鱼或章鱼,不要吃白菜和其他一切影响你灵性的东西。好比一面镜子,如果雾气蒙蒙或阴雨天气模糊它那光亮的镜面,就照不清外面的东西。我们的灵性也是如此。如果身体里面被吃下去的食物搞得乌烟瘴气,那么灵性就无法接收通过梦境传递的预言,因为身体和灵魂之间的纽带是无法分离的。

"你只要挑几个克鲁斯士美尼亚或贝尔加莫特产的大梨子就行了,再吃一个香苹果,几个图尔的李子,再加上从我自家果园里摘的几个樱桃就够了。只要这样,你就不用担心梦境暧昧含糊了。尽管一些逍遥派哲学家曾说过,秋天比其他季节的水果吃得多,因此用秋天的梦来占卜是不可靠的。古时候的预言家和诗人也神秘地说,隐藏在地上的树叶下面,尽是些骗人的、不灵的梦。其实他们的说法都是不对的。因为,新收下的水果含有丰富的天然养分,可以很快被身体各部位吸收。此外,你再到我自家的泉水边喝点纯净的水。"

巴汝奇说道:"我觉得这些有点难于接受。不过,无论如何,我都要尝试的。我决定明天早上梦醒之后,赶紧好好吃一顿。同时,我把自己托付给荷马的两扇梦之门,还有睡梦之神摩耳甫斯,恐怖双神伊丝龙和福贝特,显形之神方塔絮丝,我求他们帮帮我。假如他们帮了我,我会用上等的鹅毛为他们建造美轮美奂的圣坛。如果我是在拉哥尼亚的伊诺皇后的殿堂里,两边是俄提卢斯女神和塔拉姆斯女神,那曾经拯救过奥德洛斯的朱诺一定会在我甜美的睡梦中帮我解决了问题。"

于是,巴汝奇又问庞大固埃:

"在我的枕头下放点挂花不是更好吗?"

庞大固埃说道："现在不必了。这是迷信的说法，据阿斯卡龙的塞拉皮翁、安提芬、菲洛克卢斯、米勒图斯的阿提蒙和弗根提乌斯和迦太基主教普兰西阿蒂斯等人的说法，这种做法是骗人的。如果我听说的不是对德谟克利特老先生失敬的话，这和用鳄鱼或变色蜥蜴的左肋一样；和利用名叫'优美特里德恩'的巴特里亚石头一样；和用阿蒙神的角[①]一样，会得到神谕。埃塞俄比亚人把一种金黄色、样子像羊角的宝石叫朱庇特·阿蒙神之角。据说，谁带着这些睡觉，做梦会很灵验。

"也许这些只是荷马和维吉尔在诗作中提及的两扇梦之门，也是你所乞灵的。透过象牙之门看到的全是含糊不清、张冠李戴、捉摸不定的梦，这就像你是不可能透过象牙看得清晰，不管这象牙有多薄，因为象牙质密又不透明，有形的灵性透不过去，也就无法看到了。而从另一扇门是一种角似的东西做的，从这扇门里来的是清晰可辨的梦境，是真实确切的，因为角似的是透明的，闪闪发亮，所有灵性的形象都可以看得见。"

约翰修士插话说："那么带角的乌龟所做的梦将会是十分灵验，那么巴汝奇这乌龟（在天主和他老婆的帮助下）所做的梦也会是这样的吧？"

① 阿蒙：埃及人的太阳神，"阿蒙的角"是一种古化石，亦称菊石，十六世纪意大利哲学家斯卡里格尔说用"阿蒙的角"伴眠可助做梦。

第十四章 巴汝奇的梦境与释梦

第二天，早晨七点钟，巴汝奇来到庞大固埃身旁。当时，爱庇斯特蒙、约翰修士、包诺克拉特、爱德蒙、卡帕林和其他随从都在场。他们看见巴汝奇进来，便对庞大固埃说道："做梦的人来了。"

爱庇斯特蒙说道："从前雅各的儿子就因说了这句话，付出了不小的代价①。"

巴汝奇说："我确实着了魔似的做了梦，乱梦无数，简直莫名其妙。我只记得在梦中，我拥有年轻貌美的妻子，娇媚迷人，对我温柔体贴，像待宝贝孩子似的关心我。她奉承我，讨我欢心。她总是爱抚着我、抚摸我的头，吻我，抱我。谁都没有比我更舒心、更幸福。她还开玩笑地在我头上做了一对漂亮的小犄角玩。我被逗乐了，告诉她应该把犄角安在我眼睛下面。只有这样，才能使莫摩斯神在断定牛角的位置时不至于认错地方。可是，那女人就是不听我的，一个劲地把犄角往上装，真是太奇怪了，但我一点也没痛。

"不一会儿，我好像被变成一面鼓，她仿佛变成一只尖叫的猫头鹰。连我也不知道什么事。突然，我的梦就中断了。我惊醒后一跃而起，完全没有睡意，既懊恼又困惑。这就是我做的梦，说出来与你们共享：希望你们听了高兴，能帮我圆圆梦。卡帕林，走，我们去吃早饭吧。"

---

① 故事见《旧约·创世纪》第三十七章第十九、第二十节。

庞大固埃说道:“如果你们觉得我对释梦还略知一二，我就发表一下看法吧。依我看,你妻子在你头上装的并不像萨梯长的那种真正的犄角,这暗示她会不守妇道,跟别人偷欢,让你变成乌龟。阿提米多卢斯大师就这一点已经做了很多解释,这再明白不过了。

“即使你不是真的变成了鼓,她也会把你当成婚礼的一面鼓,不停地敲打你；即使她不变成一只尖叫的猫头鹰，她也会像猫头鹰那样善于偷窃,无休止地偷汉子。你看,你的梦境与维吉尔的预言是多么吻合:你将变成乌龟,要挨打;要被偷窃。”

约翰修士大叫起来:

“天主在上,说得对极了。我打赌你真会被变成乌龟,戴上真正的美犄角,哈哈,我们的‘犄角大师’比埃尔·科尔奴是徒有虚名,你才是真材实料,愿天主保佑你!你说两句话吧,我马上要到处化缘去了!巴汝奇说道:“我圆的梦跟你们恰恰相反,那是‘丰饶角’,我所想要的,会源源不断赐给我。”

“你是说萨梯的角吗?但愿如此。但愿如此。这样,我的那玩意儿就会像萨梯的那样坚挺强壮了。这可是许多人梦寐以求的,可是上苍并不总是赐予给个人。我怎么会变成乌龟呢?我还不具备使男人成为乌龟的唯一条件!

“为什么会有无赖在外面乞讨呢?因为家里揭不开锅了。为什么狼会蹿出林子觅食呢?因为林子里的东西不够吃。女人为什么会偷汉子呢?如果你们不懂,就去请教我们那些博学的牧师、法官、律师、顾问、公诉人和所有那些曾经撰写过关于性冷淡和性无能话题的大师们吧。

“如果我误解了你们的意思,那十分抱歉,你们说‘牛角’暗示老婆与人私通,成为乌龟显然是错的。月神狄安娜不就是头上有犄角,像一轮弯弯的新月,但她成乌龟了吗?她还未结婚怎么会成乌龟呢?你们说话可要明智点,小心她会拿惩罚亚克托安①的犄角给你们戴上。

“我们的好兄弟酒神巴克斯头上也有犄角。畜牧神潘②头上有角,阿蒙神和其他许多神也是这样。难道他们全是乌龟吗?这样说的话,天后朱诺一定偷汉子了?按照你们的逻辑推理,就会得出这个结论。当着孩子的母

① 亚克托安：神话中的猎人，因看见狄安娜沐浴，被罚变作鹿，当场被猎犬咬死。

② 潘：希腊神话中之羊神。

亲说孩子是私生子,这等于说孩子的父亲是乌龟,孩子的母亲偷汉子。

"你们可要更谨慎措辞。我妻子装在我头上的角是'丰饶角',里面装了很多好东西。我发誓。鼓呢,这是说我会像婚宴上的鼓一样快活,且唱且歌,咯咯作响。相信我吧,这可是天造地设的一对。我的妻子漂亮伶俐,就像只可爱的小猫头鹰。如果你不相信,

地狱外加绞刑,
圣诞节好欢欣。"

庞大固埃又接着说:"我把你前后说的话作了对比,开始时,你对梦境狂喜万分,但梦醒之后怎么变得不知所措,还愤愤不平……"

巴汝奇说:"那当然了,我晚饭没吃,肚子空着呢。"

庞大固埃说道:"错,错,错,我看得出来。你要知道,这个梦凶多吉少。这绝对是真的。如果最后使做梦人愤慨的梦,就预示了一些不好的事即将来临。

"凶兆,就是一种严重的疾病。它是潜伏在体内的恶性的、传染性强的病,很难医治。医学理论告诉我们,只有经过睡眠,疾病才会渐渐显露。睡眠是增强消化的力量。睡眠一中断,对疾病不利,第一感觉提醒你要予以同情、坚持下去,就像谚语所说:不捅马蜂窝,不搅动泥沼,不打草惊蛇。

"凶兆呢,就是说灵魂经过梦中的启示,预感到灾祸注定要降到我们身上,不久即将发作。

"比方:赫卜柏那可怕的梦和惊醒,还有奥菲士的妻子欧律狄刻的梦,恩尼乌斯说她的梦做好之后,就突然惊醒。后来果然赫卜柏醒来后,看见她的丈夫普里阿摩斯、她的孩子被残杀,整个国家被毁灭了。欧律狄刻梦后不久便惨死了。

"还有埃涅阿斯,梦中和死去的赫克托耳说过的话。忽然惊醒过来。当天夜里特洛伊沦陷,惨遭烈火焚烧。还有一次,他梦见他的家神,也吓醒过来,第二天,他的舰队在海上便遭遇了可怕的风暴。

"还有图尔奴斯,梦中受到剧烈狂怒的刺激,曾和阿斯宣战,吓醒过来,胆战心惊,后来经过长期病苦,最后被埃涅阿斯所杀。这样的例子不胜枚举。

"我还要提醒你们,非比阿斯·皮克特告诉我们,埃涅阿斯每做一件

事,什么重大计划,在他身上发生过的每一件事,都有梦境的凶兆给他启示。

“毫无疑问,梦境很应验,因为根据哲学家和诗人们的主张,梦和睡眠都是上天的特殊恩赐

> 当睡梦——上天的特殊恩赐——降临时,
> 疲惫的人会抛弃一切烦恼而爽快、舒适。

“那么,若不是给人昭示某种即将来临的厄运,这样的恩佑就不应该变作愤怒与不安。若不是这样,就无所谓心神的宁静,无所谓恩赐了。至此,睡眠也不会是我们热心的朋友,也不会是天神所赐,而是我们的敌人魔鬼所给的。正如谚语所说:敌人的礼物并不叫礼物。“一家的男主人正坐在摆好的桌前吃饭,开始品尝,胃口很好,突然间他站起来,你一定会感到惊奇:到底发生了什么事?或许是他仆从喊‘救火!’或许是女仆喊‘抓贼’,或许是孩子喊‘杀人了’。他别无选择,必须撇下饭菜,火速去搭救他们,让一切恢复秩序。

“我告诉你:犹太教神秘主义者和其他《圣经》的诠释者教人们如何辨别天使的真伪(因为撒旦常假扮成光明使者欺骗人类)。他们说,真假天使的区别在于:善良仁慈的天使显灵时,人们将快乐、满足,即使一开始人们会感到惊讶;而邪恶、引诱人的天使出现时,人们将不安、愤怒和不知所措,哪怕一开始时人们很快乐。”

第十五章 巴汝奇的歉意与对修道院咸牛肉的解释

巴汝奇说道:“愿天主保佑那些有眼睛而没有耳朵的人们!我能清楚地看到你们,但是听不见你们说的话。我不明白你们在谈论什么:饿肚子的人是没有耳朵的。天啊,我可饿死了,这真是一件苦差事啊。今年如果有人能再让我做一次梦,那他的本领肯定超过一流的巫师术士。

“不吃晚饭?真见鬼,如果我再让自己挨饿,那就让我长梅毒好了!约翰修士,过来吧,我们一起去吃饭。好好吃上一顿早饭,肚子里的粮草就充足。如果为了应急,万不得已午饭不吃也不打紧。但是不吃晚饭,我宁可长梅毒!在这件事上犯错的话,那可是违背常理的。

“自然界给了我们白天,以便大家活动和工作,便于各人处理各人的事务。供应蜡烛(太阳明亮和快活的光),是为了把事情做得更好。到了夜晚,大自然把光亮收回去,悄悄告诉我们:‘孩子们,你们都是好样的。你们已经辛苦工作一天了,天黑就该停下来休息,好好吃饭喝酒吧,饭后稍微娱乐一下就该躺下休息,这样就能恢复活力,振作精神,准备投入明天的工作。’

“放鹰的人就是这样做的。他们刚喂饱鹰后并不马上放它们去飞,而是让它们暂息一下,把食物消化了。那位第一个规定斋戒制的好心罗马教皇就深谙其道理。他规定斋戒到下午三点钟就该停止,过了这段时间尽可以大吃大喝。在以前,很少有人吃午饭,你们一定会说那些修士们,那些修女们,是吃午饭的。是的,那些人除了吃以外,无所事事,对他们来说,天天都是像过节,严格遵守隐修院的一条规定:从弥撒到饭厅。就是院长还没到，他们也不管，想吃就开始吃，坐在饭桌旁狼吞虎咽，一面等院长，无论等多久，都是用这种方式等。可是晚饭呢，却是每个人都必须吃的，除了那些睡眼惺忪的做梦人之外，因此晚饭才是名副其实的'晚餐'，也就是大家都有份的意思。

"约翰修士，你听明白了，咱们去吃饭吧！真见鬼，我的肚子饿得咕咕叫，就像饿狗在叫吠。我赶紧往嘴里扔下一块浸过汤汁的面包，让肚子别造反了，就像西比尔[①]讨好守冥府的猛犬刻耳柏洛斯一样。你喜欢早餐吃得好，我呢，则喜欢晚饭吃得好。只要晚餐能再加几块九段经的咸牛肉，我就心满意足了。"

约翰修士说道："我明白你说的意思。这句俏皮话是从修道院的厨房里来的。所谓'九段经'，是指煮得熟透的牛肉。

"在我那个时代，修道院的老神父有制定的老规矩，尽管不是明文规定，却代代相传。老神父们每天早晨起床之后必须经过一系列特殊程序之后才能上教堂：到大便处大便，到小便处小便，到吐痰处吐痰，到咳嗽处咳嗽，到打盹处打盹，动作要协调，所有这些杂事全做完了才能去做圣事。他们最先踏入的就是圣堂(指的是修道院的厨房)，十分虔诚地探视牛肉是否在火上煮了，天主的弟兄们的早餐是否准备好了。他们甚至自己点火。

"他们早课要念九段经。天亮之前就早早起床，饿着肚子念经有口无心，就把早课缩减了，最多就念一段或三段。根据我前面提到的不明文的规定，越早起来的人就能越早吃早餐；牛肉煮的时间越长，就煮得越好，也就煮得越烂，嚼起来越不费劲，味道越吃越香，肠胃消化更容易，吸收更好，因此教士都是营养很好。这才是创立这一规定的人的主要目的：不是为了活着才吃，而是活着是为了吃，在这个世界上没有比他们的生命更要紧的事了。巴汝奇，我们去吃吧！"

巴汝奇说道："这次我可听到了修道院的老家伙如何遵守院规。我可以忘掉我的资产，不去管算卦、贷款和利润之事了，但不能不吃东西。你把修道院的厨房秘史都告诉我了，这真有趣。卡帕林，我们走吧，约翰修士，走吧！再见了，诸位，我的梦已做够了，现在该喝个够了，走吧！"

巴汝奇话音刚落，就听到爱庇斯特蒙大叫起来：

---

① 西比尔：神话中的女巫。

“要理解别人的不幸是多么容易啊，这些都是平凡的事，并没有什么稀奇。但是，要预见、推测、领会自己不幸，却是少之又少！伊索在《寓言》里明智地说道，我们每个人都脖子挂褡袋出世的，褡袋的前面沉沉地装满了别人的缺点和不幸，因此我们可以一目了然，而后面的那个袋子装满了我们自身的缺点和不幸，而我们却从来就看不见，也从来不明白，除非有天主仁慈善意的指点。”

第十六章　庞大固埃叫巴汝奇到潘佐特找女卜师

不久之后,庞大固埃派人把巴汝奇叫来,对他说:

“我对你深切的关爱与日俱增,使我不得不考虑你的安宁和幸福。听说在潘佐特,离克劳莱不远的地方,有一位远近闻名的女卜者能预见任何即将发生的事。让爱庇斯特蒙做你的旅伴,去见见她吧,听她怎么说。”

爱庇斯特蒙说道:“她可能就是贺拉斯所说的卡尼狄亚和萨加那,毒蛇变成人样的巫婆。潘佐特可是个臭名昭著的地方,那里的巫婆术士比塞萨利还多。我可不乐意去。这种非法的行当是摩西律法所禁止的。”

庞大固埃说道:“我们又不是犹太人,再说,也没有人证实她是个巫婆,你回来时我们再斟酌吧。

“她是第十一个女预言家西比尔,还是第二个被赋予预言能力的卡珊德拉?我们无法确定。也许她不配被称作西比尔。那么,同她讨论某些问题有什么关系呢?何况,她的知识面和洞察力胜过这个地区的任何人。人的求知不应有什么限制,即使那是个酒鬼,一个瓶子,一根羽毛或是一只皮鞋,只要它能给我们提供知识,也就行了。又何必管那么多呢?

“你一定记得亚历山大大帝在阿尔贝拉击败大流士王之后发生的事吗?亚历山大同他的部下坐在一起,拒绝接见一位求见人。后来,他为此事后悔莫及,但已于事无补。事情是这样的,他当时在波斯大获全胜,离开祖国马其顿太远了,远隔千山万水,又受大片沙漠的阻隔,通讯十分困难,他想不到联系的方法十分难过。这并不是一件鸡毛蒜皮的小事,而是事关重大。因为他的祖国可能会被外敌侵略,并在他得到消息赶回去之前就把他的领土完全分割了。这时,刚好有一个西顿来的云游商人路过此地,要求进见说他发现一条通道, 能在五天之内让马其顿人知道他在印度的大胜仗,并为他捎来马其顿和埃及的消息。由于这位商人从外表来看衣衫褴褛,一副穷酸相,亚历山大便觉得他所说的不可能是真的。因此,亚历山大拒绝接见他,于是那个商人就继续上路了。

“听听这位商人的想法又会耗费亚历山大什么呢?了解一下他所说的方法和道路,有什么不好,有什么坏处呢?

“大自然创造耳朵是让它敞开,既没有门关闭,也没有栅栏限制着。而不是像眼睛、舌头以及身体的其他部位一样受着管制。我想其中是有原因的。那就是,大自然让我们不论白天黑夜,都能耳听八方。因为只有不停地听,才能从听中学。因听觉是学习的最佳途径。也许那一天想觐见亚历山大的人其实是个天使,是天主的使者,就像天主曾派天使拉斐尔去看望多比亚司一样,亚历山大拒不见他真是考虑欠周,后来竟追悔莫及。”

爱庇斯特蒙说道:“言之有理,但是你不能让我相信能从一个女人,而且是住在那个地方的那种女人身上学到什么重要的东西。”

巴汝奇说道:“我倒是从女人的建议中受益无穷,尤其是老女人,多亏了她们的指点,我现在拉屎比平常多上一两次。我的朋友,她们可是真正的猎狗,有灵敏的嗅觉,能摸清规则,尤其是产婆,真正是知识渊博的女人,我倒愿意称她们为女预言家,因为她们能预见未来,并告示你将来的进展如何。有时我称她们是‘谋士’,而不把她们称为淫妇,朱诺是生育之神,罗马人遇事总乞求于她,而她总是能给予劝诫。问问毕达哥拉斯、苏格拉底、恩培多克勒和我们的奥尔士奴斯大师就明白了。

“我很赞赏日耳曼人的习俗:把老女人的忠告视为金玉良言,听从她们的忠告,他们便事事顺利。维斯巴芗[①]时代的老妈妈老奥瑞亚和维勒达就是很好的例子。

“请相信我,老女人总是言词丰富,我的意思是她们的预言很应验。好吧,咱们走吧!天主保佑,再见了约翰修士,我把我的裤裆托给你保管了。”

爱庇斯特蒙说:“好吧,我陪你去,但一旦发现她使用巫术,我只陪你走到门口,你自己进去好了。”

---

① 维斯巴芗:公元六九到七九年的罗马皇帝。

第十七章 巴汝奇如何与潘佐特的女卜者交谈

他们一共走了三天。第三天，他们在山上一棵枝繁叶茂的栗子树下找到了女卜者的家，随即便走进这间随意搭盖的茅草屋，发现里面陈设简陋，乌烟瘴气。

爱庇斯特蒙说道："太好了！伟大而又神秘的斯各脱派哲学家赫拉克利特，走进这样的屋子也不会吃惊的。他曾经告诉他的弟子，神住在这种地方同住在豪华的宫殿里没什么区别。我肯定没记错，月亮、大地和冥界女神赫卡忒就喜欢住在这样的小屋，并在小屋里设宴款待了英雄忒修斯[1]。俄里翁的父亲希流斯的屋子也是这样简陋，而朱庇特、尼普顿和墨丘利三神也大驾光临，并在那里大吃大喝，过了一夜，他们临走时还在牛皮上撒尿，造出巨人俄里翁酬谢他。"

一位老妇人就坐在壁炉旁。

爱庇斯特蒙大叫起来："她的确是个女卜者，正如荷马所说的蹲在壁炉旁的女人。"

这个老妇人长着一副穷酸相：衣衫褴褛，面黄肌瘦，牙齿全掉光了，无精打采，弯腰驼背、鼻涕直淌。她正在煮一锅绿包菜汤，汤里加上一点在这个锅里煮过的猪皮和牛骨头。

爱庇斯特蒙叫道："众神之母啊！我们白来了，她不会告诉我们有用信

---

① 忒修斯：希腊神话中英雄，雅典国王。

息的。因我们忘了带上金币给冥府的守门人。”

巴汝奇说道:“我带了,在我的钱袋里有一枚金戒指和一些金币。”

于是,巴汝奇向她深深地鞠个躬,并献上六条熏牛舌、一大罐黄油、一瓶酒、一个牛胃做成的钱袋,里面装满了新钱币。接着,巴汝奇还毕恭毕敬地把一枚漂亮的、上面嵌着工艺精良的勃斯蟾蜍石的戒指戴在她的中指上。然后,巴汝奇简单说明了此行的目的,谦恭有礼地向她征求意见,求她为自己的婚姻算个卦。

老妇人静静地坐了好长一段时间, 一语不发, 若有所思地嚅动着嘴巴。然后,她就坐在一个斗底上去了,捡起三个纺锤,在手中翻来覆去摆弄着,摸了又摸,把最尖的那个留下来,把其他两个扔进一个大石臼里。后来,她拿起缠线的工具转了九圈,到第九圈时她不转了,却目不转睛地盯着那旋转的轮子,让它自动停下来为止。她又脱下一只木屐,把围裙包在头上,就像牧师做弥撒时头上披的白方巾。她还用一条旧的,有各种颜色的斜条纹布扎在脖子下面,喝了一大口巴汝奇送给她的酒,并从那个牛胃钱袋里取出三枚金币,分别放进三个栗子壳里,又把它们全部塞进一个装满鸡毛的罐子里。她又拿起扫帚在壁炉上扫三下,又抓起半捆欧石南和干桂树枝扔进火里。她就站在那里,静静地看那干桂树枝无声无息地燃烧。突然,她惊恐地尖叫起来,发出一些含糊不清、没人听懂的声音。

巴汝奇很吃惊,便对爱庇斯特蒙说道:

“天啊,我全身都在发抖,我感到好像中了魔似的,这老女人讲的不是人话。我看她把围裙翻上去,绑在头上,一下子高出十尺。她嘴唇动个不停说些什么?耸动着肩膀又是什么意思呢?她为什么像猴子剥虾一样撇着嘴唇呢? 我的耳朵烫得很,我觉得似乎听到了路西弗的妻子普罗塞耳皮娜被冥王劫走时发出的尖叫声, 又像大小魔鬼要从地狱里跑出来了似的。啊,这些可怕的野兽!我们赶紧离开这儿!你这只蟒蛇,我可要吓死了!我不喜欢魔鬼,他们一点也不友好,他们会折磨我的。我不要结婚了!从现在起我宣布放弃了,我要做个单身汉。”

巴汝奇说罢,便从屋里逃走,可那老妇人比他更快冲了出去,手里拿着那个尖的纺锤, 跑到屋旁花园里的一棵无花果树下。她使劲摇了三下树,用那纺锤在八片飘落下来的叶子上写了短诗,而后把这些树叶抛向空中后,对巴汝奇和爱庇斯特蒙说道:

“如果想知道婚姻的凶吉, 就去把这些树叶捡起来, 我都写在上面了。”

她说完话便走回那黑漆漆的茅草屋，但在快跨入门槛的时候，这位老妇人突然撩起自己的长袍、衬裙和内衣，直到胳膊底下，把自己的光屁股对着巴汝奇他们。巴汝奇见了，对爱庇斯特蒙说道：

“天啊，看！那就是女卜者的大窟窿。”

老卜者狠狠地把门关上，再也没见她出来。于是，他们跑去寻找那八片叶子，风早已把那叶子吹到下面的灌木丛里，花了很大的力气才找回来。他们把顺序排好，发现上面的诗句：

像剥掉豆皮一样，
撕开了你的画皮。
生下儿子，
不是你的。
吸掉你的
甜甜麦饴。
剥你的皮，
不会断气。

第十八章 庞大固埃和巴汝奇对潘佐特女卜者的诗句理解不同

爱庇斯特蒙和巴汝奇把那些叶子全部收集起来,便打道回府了。他们一路上又喜又怒,欢喜的是安全回来了;恼怒的是路崎岖不平,怪石嶙峋,旅途十分艰辛。回去以后,他们便把旅途经过和女卜者的情况一五一十告诉庞大固埃。最后,还把写在无花果叶子上的短诗拿给他看。

庞大固埃全部看完,叹了口气,对巴汝奇说:

"你们出色完成了任务,但现在你也该明白了。这位女卜者的预言同维吉尔的诗和你自己做的梦都是不谋而合的,你的婚姻注定会失败的。你老婆定会让你当乌龟,还会委身于别的男人,搞大肚子;此外,她会偷净你的精液,打你,剥你的皮。她将伤害你所有的部位,特别是你那玩意儿。"

巴汝奇说道:"你对卦的理解不见得比我高明, 就像猪对烹饪一样一窍不通。如果我冒犯了你,请别生气,但我确实有点发火,你的理解跟事实是背道而驰的。请听我仔细说。那个老妇人的意思是,蚕豆不剥皮看不见它的真面目,同样没有娶老婆,我的能力、本领便无人知晓。我多次听你说位居高官,才能真正显示那个人的价值。那也就是说当一个人被委于重任时, 我们才能真正了解他的为人和他的价值。倘若一个人一直默默无闻、孤身一人,没有人能确切了解他,这就像没有被剥开的蚕豆一样,这是第一句诗的解释。否则的话你认为妓女的屁股上挂着一个好男人的声誉吗?

"第二句诗的意思是说:我的妻子会怀孕(这难道不是结婚的大幸事吗?),但这孩子不是我的。当然是这样!她怀上的是聪明可爱的小男孩!我爱他,对他着了迷,他真是我的第一个小乖乖。我一见到他,听到他稚嫩的童音,有趣的话,世界上就再也没有使我烦心的事,不管有多大,多么令人气愤的问题,我都能容忍。愿天主保佑那位老妇人!我想在萨马甘蒂这个地方给她设立一点产业,这并不只是死后不得由人继承的,而是像那些法学高官一样可以世袭的,让她世代衣食无忧。我老婆的胎里怀的当然不是我!难道你想让我老婆孕育我、生养我,这岂不让人嘲笑:‘巴汝奇是巴克斯第二,被生了两次①,也像希波品托斯一样;同普罗透斯也一样,第一次由西蒂斯所生,第二次由哲学家阿波罗里乌斯的母亲所生;或像西西里西曼特斯河畔生了两个帕利西一样。’难道你喜欢听别人说巴汝奇的妻子怀的是他自己!你想让别人说在巴汝奇身上又出现了古时麦加拉学派的再生理论和德莫克利特的灵魂转生说吗?天啊,这真是胡言乱语!没有人会对我说起这类事情。

“第三句诗说道:我的妻子会吮吸我的精华。我可高兴。你很明白夹在我两腿之间的那玩意儿。我对天主起誓,我会永远让它保持生气勃勃、鲜美多汁。她是不会白吸的,那饲料袋里总是有燕麦,也许还有更好的东西。那个小玩意儿永远准备得好好的,随叫随到。你把这种事形容得很含蓄,比作偷窃。我赞赏你的观点,我喜欢这个比喻,但我理解的意思跟你不一样。你也许对我的爱太过于真切,才会使你想到不好的一面:学者总是说恋爱之美妙在于令人诚惶诚恐,无所畏惧便无所谓真爱。但你内心深处必须明白这老妇人所指的偷窃在很多拉丁学者看来是指偷香窃玉,就是维纳斯喜欢偷偷摸摸、神秘云雨一场。为什么呢?那是因为躲在门后边、在台阶上,或藏在帷幔的遮掩下、在草垛上偷偷摸摸地言情做爱,比在光天化日之下,或(像犬儒学派戴奥真尼斯所言)在公共场合做爱,或在金丝线绣成的床第间边拿着丝绸羽扇或印度羽毛扇驱赶蚊蝇,女的从草褥上拔出草根剔牙时做爱,更能取悦这位塞浦路斯女神维纳斯(我承认有一些权威人士持不同看法)。

“如果不是这样,你难道以为她吮吸我,就像人从壳里吸食牡蛎,或像西西里亚女人(根据狄奥斯科里德斯而言)用嘴咬橡树一样吸干我?这是不可能的。偷的人,不是吸而是偷,不是砸而是拿。他们哄骗,像变戏法似的

---

① 巴克斯先从赛美列生出来,后来又从朱庇特的腿上生出第二次。

掩人耳目。

“第四句诗是说，我的妻子会打我，但不会让我断气。这句话说得多好！你却以为说的是她要打我，伤害我。这是浅陋之见。天主保佑你！我只求你从尘世的思想里提高你的灵魂，超越世俗的眼光，抬头仰望一下大自然给我们创造的奇迹。你就会意识到你犯下多么低级的错误，曲解了女卜者的神谕。

“即使可以这样理解，但我也不能容忍说我老婆受到地狱魔鬼的挑拨要偷我，要诽谤我，让我完全变成彻头彻尾的乌龟。何况这些事情，她是办不到的。我这样说可是有根有据的，是从修道院的泛神学里引出来的。记得一个星期一的早晨，天上下着雨，我和爱思塞克修士一起吃小肠时，他说给我听的。

“世界上最早的时候，或稍晚些，女人们曾聚集在一起，决定活活剥掉男人的皮，因为她们想处于统治地位。女人们都立下神圣的誓言，但她们多么愚蠢，多么脆弱！她们确实开始要活活剥掉男人的皮（正如卡图卢斯所说），便从她们最感兴趣的部位开始，那就是我们那坚定不移、所向披靡的阳具，到今天有六千多年了，她们也才剥下了那个头部。犹太人发火，他们自己修剪了包皮。他们宁愿被称作‘行过割礼的马拉诺’[①]，也不愿像其他人那样由女人剥皮。我老婆也会投身于这项公共事业。假如我未曾剥开，她会替我剥开的。我完全同意。但，不是整个剥开，不是整个剥开！”

爱庇斯特蒙说道：“你还没有提到那个桂树枝呢。我们看到它悄无声息地燃烧着，这老妇人尖叫了一声！你知道，那是个不祥之兆，是个可怕的象征。普洛佩提乌斯、提布卢斯、普费里、乌斯塔提乌斯和其他许多哲学家都证实了这一点。”

巴汝奇说道：“不错，不错，亏你提起他们来。诗人，都是疯子；哲学家，都是糊涂虫。他们的哲学和他们满身的疯病，都是如同一辙，臭狗屎一堆。”

---

① 西班牙人称皈依天主教的犹太人和摩尔人为“马拉诺”。

第十九章 庞大固埃建议用聋哑人手势预测巴汝奇的婚姻

庞大固埃听完之后，沉默了许久，好像正在苦思冥想着。最后，他对巴汝奇说道：

"你被邪神所诱惑。听我说，最真实最可靠的神谕并不是用文字写下来的，也不是用言语说出来的。因为这样的预言含糊不清、晦涩难懂，即使是精明、世故的人也会被误导。所以，希腊人才会谴责预言之神阿波罗，称他为阴险狡猾之神。最有价值、最真实准确的预言是通过手势和征兆表现出来的，赫拉克利特就是这样认为的。朱庇特在阿蒙预言和阿波人对亚述人预言，都采用手势和征兆。因此，亚述人把阿波罗画成一个沉着稳重的、胡子飘飘的老者，而不是希腊人画的赤身裸体、年轻而没胡子的。因此，我们也依赖同样的征兆——手势和比画吧，而不是语言，我们得找一个哑巴请教一下。"

巴汝奇说："我同意。"

庞大固埃说："我们得找一个生来就聋哑的人才行。只有从未听见别人说话的哑巴才是最纯洁的。"

巴汝奇说："怎么会这样？如果听不见就不会说话这个假设成立，在逻辑上你就会得出一个不可能而又荒谬的结论。不过，这个暂且不谈。你大概不会相信希罗多德所说的关于两个小孩子的故事。这两个小孩子被埃及国王普洒美提科斯关起来，生活在一个完全无声的世界里，他们只知道吃，没人教他们说话。一段时间后，他们居然能说出弗里吉亚语的'面包'。"

庞大固埃说:“我一点也不相信，那些主张人类天生就有语言是荒谬的。语言是社会的构建,是人们为了方便,在获得集体同意之后人为地创造出来的。辩证哲学家就说过,语言本身并无意义,这意义是我们赋加上去的,并非信口胡诌,巴尔脱鲁斯在《语言的目的》第一卷里说了这么一个故事。在他那个时代,意大利有个叫内罗·德·加百利的人,突然间变聋了,但同他讲意大利语,他却能听懂,尽管嗓音压低。他是依据嘴唇动作和手势来理解话意。我还读过一位博学大师所说的关于亚美尼亚国王提里达特斯访问罗马的故事。罗马皇帝尼禄为亚美尼亚国王举行盛大隆重的接待仪式,因罗马人希望能同他世世代代友好往来。罗马国王带领他参观了罗马城的名胜古迹。临走时,罗马皇帝赠送他各种礼物。另外,还请他挑选最喜欢的东西带回去。无论他挑的是什么,罗马皇帝将慷慨奉送。可亚美尼亚国王其他什么东西也没要，只要求把戏院里见到的一个喜剧演员送给他。尽管他不懂这位演员说些什么话，但他能看懂喜剧演员所做的手势。亚美尼亚国王说,他们是多民族的王国,讲多种语言,他们既要听懂别人又要被别人听懂,其间要经过翻译;而这个人不用翻译。因他用手势表示得太好了,简直是用手指头说话。

“然而,你还是应该找一个天生就聋哑的人。这样,他的手势才是自然的、预言性的,而不是虚伪的、做作的。此外,你得考虑一下,是找男的好,还是女的好呢。”巴汝奇说道:“我更喜欢女的,但是有两件事情令我烦心:

“一件是,不管看到什么东西,女人们总是马上反映到她们的头脑里,而后完完全全以男性生殖力之神普里阿普斯的形象来考虑问题。她们满脑子都是那坚硬的东西,因此无论我们提出什么手势,她们却把这一举一动与那圣物的运动相连,都会用性来解释,我们会上当受骗的。记得罗马城建立二百五十年以后发生的故事吧。一位年轻的绅士恰巧在凯里翁山上遇上一位女子,她的名字叫维罗纳,但这位绅士不知道她天生又聋又哑。他以意大利人习惯用的手势同她交谈,问她在那山上遇上哪位议员,而这位女子听不见他所说的话，便以一个年轻男子会自然而然要求女人做些什么来理解他的手势。于是,她用了手势(手势在爱情的表达上比言语更有效),把他带到自己的屋里,用手势让他明白她喜欢做的事。于是,他们两人二话没说,便发疯似的干了起来。

“另一件是,对我们的手势,她们不作答复,只是猛地向后一躺,好像接受我们对她的无声要求一样。不然,就是她们回答我们的手势,是那样放荡、可笑，我们反而以为她们要搞我们。你记得在克劳基诺斯，一位绰号‘胖屁股’的小修女被一个名叫‘硬东西’的修士把肚子搞大的故事。当女修道院院长得知情况便传小修女问话，并当着众修女的面斥责她败坏修道院规定。这小修女自我辩护，说她不是出于自愿，而是被这位‘硬东西’修士强暴的。而这位院长竟然说道，‘你这个邪恶的女人，这事情就在你的房间里发生，你为什么不大声喊叫，我们都会跑来救你的！’这修女说，她不敢在房间里大喊大叫，因为大家都安静地睡觉。院长又说，‘你真是可恶，为什么不向睡在你边上的人做个手势呢？’修女说，‘我使劲地摇着屁股，可没人来帮我。’院长咆哮起来，问道，‘那你为什么不跑到我这儿来控告他呢？假如我碰到同样的事，我一定会这样做，证明自己的清白。’修女回答，‘我怕活在罪孽之中，怕戴罪死去，我很担心我会猝死，没办法忏悔了。于是，在他离开房间之前，我向他忏悔，他给我的补赎就是我不能把这件事告诉任何人，把忏悔过的事告诉任何人是不可饶恕的罪过：天主和众天使都厌恶这样的罪过。天主可能会发怒，焚烧整个修道院，而我们所有的人都要陷入地狱，就像大坍和亚比兰因反对摩西而受到惩罚一样[①]’。”

庞大固埃说：“你所说的这些话，我一点也不觉得好笑。我完全了解，所有修道院的修士更担心的是触犯自己的院规，而不是天主的诫令。那好吧，我们就不找女的。我觉得那兹德卡勃（绰号山羊鼻子）能胜任这个工作。他天生又聋又哑。”

---

① 大坍和亚比兰是流便子孙中以利押的儿子，因为攻击摩西，受到耶和华的惩罚。见《旧约·民数记》第十六章第三十至三十三节。

第二十章　那兹德卡勃怎样和巴汝奇做手势

那兹德卡勃接到邀请,第二天就来了。他刚抵达,巴汝奇便赠给他一只肥牛、半只猪、两桶酒、一担麦子再加上三十法郎作为零用钱。随后,巴汝奇便带他去见庞大固埃,当着宫廷里所有王公听差的面,巴汝奇做了下面的动作:一开始,他打了个大大的呵欠,边打呵欠边用右手大拇指在嘴边做了希腊字母T的字样,一连做了几次。接着,他两眼向上翻,眼珠子滴溜溜乱转,像只正在分娩的母羊。他一边咳嗽,一边深深地叹息。然后,他指了指他穿裤裆的地方(但当时他并没穿),一把掏出那个玩意儿,夹在两腿之间有节奏地噼啪作响。这时,那兹德卡勃看见他没有穿裤裆。接着,巴汝奇便左腿屈膝,鞠了个躬,两只胳膊叉放在胸前。

那兹德卡勃聚精会神地看着他。接着,那兹德卡勃举起左右手,将大拇指和食指的指甲贴在一起,将其余手指都弯向手心。

庞大固埃说道:“我明白了,他比的这个手势的意思是要结婚,根据毕达哥拉斯派的说法,指的是三十,意思是你将要结婚。”

巴汝奇转过身对那兹德卡勃说:“真是太感谢您了,您真是我的小管家,我的执事,我的总领,我的首脑,我的警官。”

那兹德卡勃把左手举得更高,五个指头伸得笔直,彼此尽量远离。

庞大固埃说道:“他又再次向我们示意,并更完整地使用了数学家称为五的数字说你一定要结婚,不但要订婚、迎娶、结婚,而且在婚礼之前你们已经住在一起了。毕达哥拉斯用数字‘五’表示结婚,指的是结婚的最终实现,婚礼将要举行,用‘三’作为第一个成单的奇数,用‘二’指的是男女合而为一。以前,在罗马,结婚那天要点上五支蜡烛,即使再富有的人结婚时也不能多点,而再穷的新郎新娘也不能少点。还有,以前的外族信奉五位神明,如结婚之神朱庇特,司婚礼庆典之神朱诺;美神维纳斯;雄辩与口才之神皮多和分娩之神狄安娜。或者,也有人供奉可以赐予一对夫妻五种恩惠的神灵。"

巴汝奇说道:"我亲爱的,最亲的那兹德卡勃先生!我要把西奈附近的一片农场和米尔巴莱的一个风磨赠给你。"

突然,那哑巴狠狠地打了个喷嚏,并且浑身颤抖地左转身而去。

庞大固埃叫道:"天啊,这会是什么意思?一定是什么征兆。他说你的婚姻不吉利,主凶。按照特普松的观点,打喷嚏是苏格拉底的诞生。喷嚏打向右边,意思是你可以大胆地、满怀信心执行你的计划,你自始至终都自将幸福和成功。而喷嚏打向左边,则意思完全相反了。"

巴汝奇说道:"你总是把事情往最坏的方面去想,整天就像罗马的奴隶一样担惊受怕。我可是一点也不相信,那特普松也不过是骗骗人罢了。"

庞大固埃说:"西塞罗在他的《论占卜》第二卷里也曾这么说过,只不过我忘记怎么说的了。"

巴汝奇转向那兹德卡勃,做了下面的姿势:他把眼睑往上翻,下巴从右边向左晃动,舌头伸出一半在嘴外。接着,他伸出左手,摊开手掌,让中指直竖着放在裤裆中央。右手握拳,只留大拇指伸展着。他把右手向后挪至右边胳肢窝底下,再转而放在臀部上方,放在阿拉伯人称为"骶骨"的位置。突然,他交换双手,右手放在刚才左手放的裤裆位置;而左手放在右手刚才放的"骶骨"部位。他来回重复这个动作,一共做了九次之多。到第九次时,他才垂下眼皮,不再晃动下巴,收回舌头。他斜着眼睛打量着那兹德卡勃,嘴唇翕动着,就像一只深沉的猴子吃东西一样,又像兔子在吃麦青。

这时,那兹德卡勃伸出右手,高举在空中,把大拇指夹在食指和中指之间,其他各指紧绕着大拇指握拳,只伸出食指和小指,然后把这只手放在巴汝奇的肚脐眼上,并用伸出的食指和小指在肚脐眼上扭来扭去,随后开始沿着巴汝奇的肚子、胃、胸膛、脖子往上移动。接着,他把手抬高到下巴,把大拇指直接伸进他的嘴里,再搓搓他的鼻子,往上移到眼睛的位置,好像要用大拇指把他的眼睛挖出来。

巴汝奇很生气。他想摆脱那个哑巴,但那兹德卡勃却不放手,继续用大拇指向上移,移到他的眼睛、额头,一直伸到帽子边缘。最后,巴汝奇叫起来：

“天啊，你这个白痴，再不走开，我就要揍你了，你再惹我，我这手就像面罩一样狠狠盖在你的丑脸上！”

约翰修士说道：“他是个聋子，听不到你说什么。你还是在他脸上比个拳头的姿势吧。”

巴汝奇说道：“这个超级大傻子到底在做什么呢？他把我的眼睛都搅成黑黄油了。天啊，宽恕我啊，我要破口大骂。你这个白痴，我要狠狠地往你鼻子揍去，再加几个刺拳。”

巴汝奇嘴里学着放屁的声音，想挣脱开，但那个聋哑人看见巴汝奇要走，赶忙跑过去将他挡住，用力拖住他，做了下面的手势：把右手伸到膝盖上，尽量往下伸，然后握拳，把大拇指放在食指和中指中间；然后用左手搓着右胳膊肘下面的地方，慢慢地抬起右手，高过肘部，忽然又放下去，和刚才一样；然后再抬起来，再放下去，拿手给巴汝奇看。

巴汝奇气坏了，举起拳头要教训这个哑巴，不过，当着庞大固埃的面还是克制住了，没有打下去。庞大固埃说道：

“如果做做手势就使你生气，那么，一旦预言真的发生了，你就会气死了！那是完全符合事实的。哑巴的预言是你会结婚，做乌龟，挨打，被偷。”

巴汝奇说：“是的，我接受他说的结婚；其他的我都不信。我请你相信，在女人和马匹方面，没有人像我有这么好的运气，这是命中注定的。”

第二十一章 巴汝奇向法国的老诗人拉米那格罗比斯讨教婚姻大事

庞大固埃说:“我从来没想过会碰上一个像你这样固执的人。不过,为了消除你的疑问,再试试别的方法吧,能做的事尽量去做。我现在还有一个主意。阿波罗的神鸟天鹅,只有临近死亡的时候才会歌唱,尤其是在弗里吉亚的米安达河畔(我这么说,是因为埃利安和亚历山大·孟迪乌斯说,他们在其他地方见过临死前不唱歌的天鹅)。因此,当天鹅唱歌时,它们就知道要死了,会把这歌唱了才死。受阿波罗指引和保护的诗人也是如此。当他们临近死亡时,受了阿波罗的灵感启发,通常具有预言的本领,能预见将要发生的事情。

“我还常听说老年人,到了垂垂老矣,奄奄一息之时,也能够预见未来。我记得阿里斯托芬在他的一部喜剧里,就把老年人称为预言家。这就像我们站在码头,远远看着有只航船在波涛汹涌的大海上航行。这时,我们只有默默地为他们祈祷,祝福他们平安回来。当他们的船只靠近港口时,我们便会满心欢喜地迎接他们。祝贺他们平安地回到我们中间。但是天使、英雄和所有善良的鬼神(根据柏拉图的说法)看到那些接近死亡的人即将到达稳定的、风平浪静的港湾,远离尘世的烦恼时,也会欢迎他们的到来,安慰他们,同他们交谈,开始教给他们预言的本领。

“古时候就有许许多多这样的例子,我不必一一列举出来。像以撒对雅各的预言,普特洛克勒斯对赫克托耳,赫克托耳对阿喀琉斯,波利内斯特对阿伽门农和赫卡柏,还有波西多里斯称赞的罗得人,印度人加拉奴斯对亚历山大大帝，欧洛德斯对美赞提乌斯的预言等等。我只是再向你提起朗热的封主、博学而勇敢的吉拉姆·杜·贝莱骑士的故事。他在他七年一次的人生转折期，也就是按罗马年历计算的一五四三年的一月十日那天死在塔拉山上。在他咽气前的三四个小时，他心神宁静，用清晰有力的字眼预见了即将发生的事。他的预言有一部分已经应验了，有一些还在等待之中。同样地，当他说出这些预言时，我们都觉得离奇古怪、危言耸听，因为对于他所见到的，信心十足所预言的事情，我们尚未看见任何征兆。

“在我们这里，在维拉迈尔镇有一个上了年纪的诗人，名叫拉米那格罗比斯，他是个真正的诗人。他的第二个老婆脸上长满了麻子，却为他生下了一个漂亮女儿巴佐奇。我听说他将驾鹤西归了，你可以去找找他，听他唱什么歌。也许阿波罗会借他之口替你解决这个难题。”

巴汝奇说道：“这太好了，我们赶快去吧，爱庇斯特蒙，别让死神赶在我们前面，约翰修士，你也跟我们一起去，好吗？”

约翰修士回答：“为了我对你的爱，我欣然前往，我一想到你浑身就热乎乎的。”

于是，他们马上出发，来到这位诗人家里，看到他临死挣扎的痛苦，但双目还是炯炯有神，表情安详。

巴汝奇施礼过后，便把一枚镶嵌着美丽东方宝石的金戒指戴在这位老诗人左手的无名指上，作为礼物。接着，他又仿照苏格拉底的做法，赠他一只白色的大公鸡。这只公鸡一跳上床头，便昂起头，扇着双翅，喔喔地打鸣。巴汝奇这才彬彬有礼地就自己的婚姻大事向这位老诗人讨教。

老诗人吩咐取来笔、墨、纸。笔、墨、纸马上送来了，只见他写了下面诗句：

结婚好，不结也好，
结婚，金玉良缘，
不结，美满幸福。
要赶紧，莫心急；
退一步，进两步；
　结婚好，不结也好。

要斋戒，也要加餐，

好的，还要拆散，
拆散，又要成全。

愿长寿，望早亡，
结婚好，不结也好。

写完之后，这位老诗人把这首诗交给他们，说道：

“拿去吧，我的孩子们，愿天主在天庭里眷顾你，不要再拿这种事或其他任何事来烦我。今天是五月的最后一天，也是我活在尘世的最后一天。我费了很大力气，好不容易把一大群恶魔赶出我的家门，他们就是教会里一群厚颜无耻、令人作呕的豺狼，有黑的、白的、褐色的、灰色的、带花点的，他们不让我安静死去，用他们骗人的把戏，贪婪的魔爪、蜇人的芒刺，把我从平静、甜美的梦中拉了回来。而我，早已进入这美梦当中，正在欣赏、触摸和品尝我们善良的天主为他忠诚的信徒准备的福分。我已摸到、尝到善良的天主给他所挑选的人在另一个世界里所准备了的福气。我劝告你快躲开这些恶魔，也不要和它们一样再来骚扰我。我求求你们让我安静会儿吧。”

第二十二章　巴汝奇为乞讨修士的会别辩护

告别了诗人拉米那格罗比斯之后，巴汝奇大惊失色地叫起来：

“我就着神圣的天主起誓，那个人肯定是个异端，否则你们把我扔给魔鬼好了！他诽谤那善良的乞讨修士，圣方济各会和多明我会的修士。这两个教会是天主教的两个半球，就像陀螺仪上那对保持平衡的重物。不管出了什么差错或产生异端，总是能围绕罗马教会这一庞大机构做同心转动。真见鬼！那些可怜的嘉布遣会修士、那些可怜的乞讨修士到底哪里触犯了他？这些可怜虫受的苦还不够多吗？他们浑身上下都散发着痛苦的气息——噢，他们是因为守斋时吃太多鱼而被恶语中伤的！约翰修士，你觉得拉米那格罗比斯能上天堂吗？天主在上，他走上了毒蛇的老路，会有三万筐魔鬼去惩罚他！他竟敢诽谤教会那善良勇敢的支柱！难道这就是所谓的‘诗人的激情’？我可不喜欢，这是卑鄙的罪过，是对教会的亵渎，我感到非常震惊。”

约翰修士说道：“我倒不在乎。那些修士也侮辱其他人，如果有人也要侮辱他们，那就随他们去吧。让我们读读他写些什么。”

巴汝奇仔仔细细地读了这位老人写下的诗句，说道：

“这个老酒鬼在梦游着，但我会原谅他，因他快死了。我们替他准备好墓志铭。我同其他人一样联盟，才不会被他的诗句所蒙骗。爱庇斯特蒙，我的好兄弟，你不觉得他给的回答已足够清楚说明他就是个天才的诡辩家。我敢打赌，他是个马拉诺人，被迫改信天主教而暗地信奉原来宗教的犹太人。就所有的圣灵发誓，他说话可真小心谨慎，似是而非，出尔反尔，怎么说肯定会有一半是说对的。他可真是个油嘴滑舌的骗子！布莱基尔的圣埃古在上，肯定还能找到像他一类的人。”爱庇斯特蒙说道：“记得盲人先知提瑞西阿斯[①]吗？这位伟大的先知对每个向他求教的人都说过：我说的要么会应验，要么不会应验。这是明智的预言家惯用的技巧。”

巴汝奇说道：“但朱诺还是把他的眼睛挖出来。”

爱庇斯特蒙说：“没错，因为她生气他回答朱庇特的问题回答得比她好。”

巴奇说道：“到底是什么魔鬼控制了拉米那格罗比斯大师，让他失去理智，无缘无故怒斥那些可怜的多明我会、圣方济各会的乞讨修士呢？我真是十分愤慨，无法平静。这真是可怕的罪，他那该死的灵魂一定会被三万筐魔鬼吞噬。”

爱庇斯特蒙说道：“我可不这么想。是你自己令我吃惊，竟然曲解老诗人的话，把他所说的黑色，棕色和其他颜色的豺狼说成是乞讨修士了。根据我的理解，他不会用这样荒唐、诡辩的比喻。他说的无非就是虱子、臭虫、咬人的蜘蛛、苍蝇、蚊子之类的害虫，它们有的黑色、有的棕色、有的灰色、有的栗色，有的古铜色，它们真是令人讨厌，不但折磨生病的人，而且骚扰那些健壮的人。也许他肠子里有虫，或蛲虫，甚至是绦虫。也许他就像埃及或红海附近的那些人一样，遭受着毛细线虫叮上手臂或大腿的痛苦，阿拉伯人把这种丑陋的虫子叫作麦地那虫。你这样曲解老人的话是不对的，对这么一位好诗人来说是一种侮辱，你再把这些话套到修士身上，也就是对他们不敬。特别是你谈到你所熟悉的人更应该讲好话，而不是往坏的方面想。”

巴汝奇说道：“你应该告诉我如何辨别浮在牛奶上的苍蝇！天主在上，那个人是个异端。是一个顽固不化、长满疥癣的异端，他应该被活活烧死！那三万筐魔鬼会好好地烤烤他的灵魂。你知道他会在哪里被烤吗？就在普罗塞耳皮娜的便桶里，那就是地狱的火锅，就在煮人锅的左边，离路西弗的爪子只有三尺远，路西弗会一把将他拖进蛇发女怪戈耳戈的黑洞里，哈！这个恶棍的下场就是这样！”

---

① 提瑞西阿斯：底比斯预言家，市民奉之若神。

第二十三章　巴汝奇怎样陈述理由再访拉米那格罗比斯

巴汝奇不停地说："我们回去吧！看在天主的份上，我们要让他明白，他说了多么恶毒的话。我们回去吧，这将是一件善事。因为即使救不了他的性命，至少可以挽救他的灵魂不会永入地狱！我们要引导他为自己的罪忏悔，并向所有在场或不在场的修士乞求宽恕。我们要书面陈述这件事，而且要盖印，他死以后，才不会被宣判为异端，也不会被罚入地狱，就像圣方济各会修士处置奥尔良市长的夫人一样。当然，他还要补偿他们所受的冤屈。我要让省内所有的男女修道院获得更多的布施，做很多弥撒，包括每年的祭奠亡人礼仪。而且在这个老人死的那天，给全体修士加发五倍津贴，让他们的大酒瓶装满酒，在坐满既有化募的丑恶寄生虫，又有司铎和神职人员；既有初修的小教士，又有发过愿的老修士的一排排饭桌上往来传去。这样，他才能确保天主原谅他。"

"哎哟哟，我真是在欺骗自己，一错再错，如果我回到那位老头那里去，就让魔鬼把我扛走吧！天啊，他屋子里已满是鬼了，我听见他们争吵着，抢夺拉米那格罗比斯的灵魂，都想第一个把他的灵魂叼在嘴里，带回去献给他们的主人路西弗。我们走开吧，我不去了，如果我去了，就让魔鬼把我带走吧。天晓得，他们会不会找个替死鬼，不去抓那老头的灵魂，反而抓走可怜的巴汝奇的灵魂，因为现在他已经偿还债务了。我从前负债累累的时候，他们就常常这样做，还好都不能得逞。我们走吧，我不去了！天主保佑，我会被吓死、气死的。我会同一群饿鬼待在一起，同一群看门的、做买卖交易的恶鬼待在一起！我们走吧！我敢打赌老头下葬那天，没有任何修士敢去帮忙的，多明我会、圣方济各会、加尔默罗会、嘉布遣小兄弟会和圣佛朗西斯·德·保罗的修士都不会露面。他们可是精明人，老头子在遗嘱里不会给他们什么好处。如果我回去找他，就让魔鬼把我带走吧，那老头如何下地狱，也是活该，他为什么要恶语中伤这些善良的乞讨修士呢？为什么在他最需要他们帮助，需要他们虔诚的祈祷，神圣的告诫时把他们驱赶出家门呢？为什么他在遗嘱中不给他们留点津贴，不给他们留点吃饱、穿暖的东西，那些可怜虫的生命就是他们在这个世界上的唯一财产。谁愿意去就由谁去了，如果我去了，就让魔鬼把我带走吧。让他倒大霉去！我们去吧！

“约翰修士，你愿意让三万筐的魔鬼把你带走吗？你要做下面三件事：第一，把你的钱袋交给我吧。因为印在钱币上的十字架和算卦问卜完全对立。你若把钱袋带在身边，不久前，让·多丹所发生的事会在你身上重演。那时，多丹是古德莱城堡的看守，他想渡过韦德渡口，但桥已被士兵炸毁了，这位老兄碰上了米拉波修道院一位真正严守会规的圣方济各修士亚当·库斯科伊。这位修士身强力壮，多丹主动提出如果修士能背他过河，便赠送给他一套新的修士服。库斯科伊修士答应了，便把衣服卷到上半身，把苦苦哀求的多丹背了起来，就像小克里斯托夫驮耶稣过河、埃涅阿斯将其父安喀塞斯负于肩，逃离大火焚烧的特洛伊城一样，他们还一路高唱着‘万福，圣母玛丽亚’。当他俩走到渡口的最深处，离水磨不远的地方，这位修士问多丹身上是否带钱。多丹回答他钱袋里满是钱，当然不会背弃承诺。库斯科伊修士大叫起来‘你明明知道我们圣方济各会严令禁止带钱在身上。你可真干了一件坏事，让我触犯教规。你为什么不把你的钱袋送给磨坊主呢，你不久就会遭到报应的。如果我把你背到米拉波修道院，我会让你从头到尾听一遍米泽里厄里诗篇。’他随后便把多丹扔进水里。

“约翰修士，我的好朋友，你得把你的钱袋给我，这样你才能更舒服地被魔鬼带走，不要带上印有十字架的钱币，你知道这有多危险。如果你带了，他们便会狠狠地把你摔在岩石上，就像老鹰把乌龟摔在岩石上，让龟壳四分五裂一样。还记得老鹰把乌龟砸在埃斯库罗斯秃顶的故事吗[①]？我的朋友，这对你没有好处，我会非常难过的。也许他们会把你扔到海里去，我

---

① 鹰把埃斯库罗斯没有头发的头顶错当岩石，把它要摔死的乌龟扔在诗人头上，把诗人砸死。

不知道会扔进哪里的海，但肯定是遥远的地方，就像伊卡罗斯掉进海里一样，自此以后，他们就得把那海称作安脱摩尔海(约翰修士的姓)了。

“第二，根据我的亲身经历，魔鬼喜欢没有债务的人，魔鬼不停地讨好我，巴结我，我负债累累的时候是不吃这一套的。当一个人债务累累的时候，他的灵魂软弱贫血，魔鬼是不喜欢吃这种肉的。

“第三，你就穿着这身修士服，戴着这方巾去见拉米那格罗比斯老头，若是没有三万筐魔鬼把衣冠楚楚的你拖走，那我会请你喝酒，祝你健康。如果你想确保万无一失，找个人陪你去，请别来找我，我先提醒你，我不会去的，如果我去了，魔鬼会把我带走的！”

约翰修士说道：“我并没这么担心，虽然大家都这么说，但只要有一剑在手我就不怕了。”

巴汝奇说道：“你说的一点没错，这确确实实像是一位诡秘的傻博士说的。当我还在托尔多读书时，那里是魔法称王称霸，鬼学院院长、尊敬的鬼神父皮卡特里斯说过，宝剑的亮光会把魔鬼吓跑的，就像明亮的太阳光一样。当海格立斯下地狱追逐那些魔鬼时，他并没有真正把他们吓跑，因为他身上披的是狮子皮，手里只拿一根长棍，而埃涅阿斯则受到女卜者库玛的指点，穿的是亮闪闪的铠甲，手持明晃晃的锋利宝剑，因此更有效。这也许就是约翰·雅各·特里沃兹老爷临死时，叫人拿来他的宝剑，拔出剑握在手中的原因，他想像英勇的骑士那样在床上挥枪舞剑，把在死亡路上等待他的魔鬼赶跑。当你问那些学习犹太教神秘哲学的博士，为什么魔鬼不能进天堂，他们能说出的唯一原因是天堂门口有一位手中握着旋转火剑的天使。但事实上，以一位真正的托勒多鬼学者的身份说话，我承认击剑杀死不了魔鬼，根据魔鬼学说，他们可能会遭受某种连续性的中断，就像舞剑只能暂时砍断大火或浓烟一样。因此他们遇到这样被暂时砍断，肯定疼痛难忍，鬼哭狼嚎。

“当两军交战，你觉得那惊天动地的声音是人发出来的吗？那是铠甲、铁马金戈相碰的声音吗？是战士的厮杀声？是伤者的哀号声？是战鼓的响声？是马嘶的声音？是枪炮的声响？毫无疑问，会有这些声音夹杂其中，但那震耳欲聋的声音却是魔鬼的声音。他们在战场上等待着拖走阵亡战士的灵魂，有时也会遭到刀砍剑劈，他们那在空中缥缈不定的无形躯体就这样被砍断发生的痛哭声。这就像厨房里的小厮正在偷吃烤肉串，被大师傅一棍子打在指节上痛得嗷嗷直叫。魔鬼发出的惨叫声，就像战神玛斯在特洛伊被狄俄墨得斯打伤时一样。荷马曾说过,他那尖声喊叫,比一万人同时喊叫还要可怕。

"怎么了,我们怎么一直讲着被擦亮的铠甲和明晃晃的剑。约翰修士,你那把剑可不是这样的,因为没机会给它用武之地,你的剑比废弃不用的储藏间的锁还要生锈。你有两件事可以做:要么磨光,让它亮闪闪;或者置之不理,但记住不要到拉米那格罗比斯那里去。我可不去。如果我去了,就让魔鬼带走我好了!"

第二十四章 巴汝奇如何向爱庇斯特蒙请教

于是,他们便离开了维拉迈尔镇,上路回去找庞大固埃。巴汝奇对爱庇斯特蒙说道:“我的好朋友,我的好伙伴,你看我有这么多难题,你是个有办法的人,为什么不帮帮我呢?”

爱庇斯特蒙便抓住这个机会,就巴汝奇的着装批了一通,因为每个人都嘲笑他这怪模怪样,建议他喝点黎芦根草药排排毒,不要再有离奇古怪的举动,换回平日穿的衣服。

巴汝奇说道:“爱庇斯特蒙,我的老兄,我对结婚可是想入非非,但我又害怕成为乌龟,婚姻不幸福。所以我向小圣方济各发了誓(小圣方济各在普莱西都尔口碑很好,尤其是虔诚的女信徒都爱戴他,因为他创立了‘好男人会’),我会一直把眼镜戴在帽子上,而且也不穿裤裆。”

爱庇斯特蒙说道:“你这个誓发得太有趣了。我很奇怪你为什么不恢复理智,把这些离奇古怪的想法从你头脑里清除出去,还是回到神态自若的你吧。听你这么一说,我想起了长头发的阿尔戈斯人发的誓,他们在争夺塞瑞亚一战被斯巴达人打败以后,就发誓他们如果不雪耻,不夺回自己的土地就让自己永远秃顶。我也想起那个有趣的西班牙人迈克尔·多里斯,他发誓如果没同英国骑士决斗,决不把腿上那片碎护甲拿下来。

“我也不知道这两个人谁更应该戴上那顶绿黄相间,上面有着兔子耳朵的帽子,是这位光荣的西班牙挑战者,或是那位全然不顾卢奇安对历史记事的教诲,只会写流水账、拖沓冗长历史事件的史学家昂格朗。因为,读到这本冗长的作品,一开始你会觉得一场生死攸关的战斗,或一个国家的重大历史变革就要发生了。但当你读完了整个故事,你只会对这个可怜的、幼稚的西班牙人和最后同他挑战的英国人嗤之以鼻，这位史学家真是荒唐无聊透顶。就像贺拉斯笔下描写的那座山，如女人生孩子一样叫着哭着,引得方圆几英里的人都赶过来,以为会看到什么英雄横空出世,可最后‘砰’的一声,只有一只小老鼠从山里窜了出来。”

巴汝奇说道:“我并不觉得这有什么可笑,不过是罐子嫌锅黑罢了。我会坚守我的誓言。你我是多年的老朋友了，是在友谊之神朱庇特·菲里奥斯面前结拜的朋友。看在天主的份上,告诉我,你觉得我该不该结婚?”

爱庇斯特蒙说:“我承认这种事情是说不准的，自己也觉得无法给你忠告。如果朗格[①]的希波克拉底对医学的评论是正确的,医学是很难判断的，那么在这点上也是合适的。当然我可以想出一些办法解决你的问题,但没有什么办法真正令我满意。柏拉图学派的人说,如果你能看见自己的鬼魂,你就可以得知自己的命运。我并不太信奉柏拉图学派,你也不必听从他们。我担心这是骗人的。我在伊斯坦古尔看到在一位学问精深的绅士身上所发生的事,证明了我的想法。这是我想说的第一点。

“还有另一点,如果我们还能祈求神谕——如埃及的朱庇特,赫利孔山上的阿波罗,或在得尔福、得洛斯、希拉、帕塔拉和波伊塔、拉丁姆、利西亚和克洛芬的阿波罗,或是叙利亚安条克附近,布朗奇特伊之间,卡斯坦利亚泉边的阿波罗,还有多多娜的阿波罗、佩特雷附近法拉的墨丘利神、埃及埃皮斯的神谕、卡诺普斯的塞拉皮斯、美拉利亚、提沃利阿布尼安泉边的农林神福纳斯、奥孔美奴斯的提瑞西阿斯、西西里亚的摩普苏斯、勒斯包斯的奥菲士、爱奥尼亚海上勒卡狄亚的特洛佛尼乌斯,我就会建议你去这些地方,听听诸神对你婚姻大事的预测(虽然我可能不会去)。自从救世主降世以来,这些神灵就像鱼一样哑巴了,所有的神谕、预言都被一扫而光,就像光芒四射的阳光把所有的鬼怪、吸血鬼、恶魔、狼人、小妖精驱赶得无影无踪。即使这些神灵还能预言,我也不太会相信他们,有好多人就是上当受骗。

“此外，我还记得阿格丽娜谴责漂亮的洛丽塔向阿波罗·克劳卢斯祈祷问卜,想知道她会不会嫁给克劳狄国王。为了这件事,她先被驱逐,后被

---

① 朗格：即科斯，希波克拉底的出生地。

残忍地处死。”

巴汝奇说道:“我们在这件事上可以做得更好。奥奇其斯岛离圣马洛港不远,我们可以请求国王航船去那里。古代有一些善良的作家曾提过在这四个岛屿中最靠西边的那个岛上住着许多预言家、占卜者和先知。据说农神萨杜恩也在那里,被结实的金锁链绑在一块金石头上,每天都有不知名的鸟儿(也许就是那些在沙漠中给第一个隐修士圣保罗送吃的那些乌鸦)从天上叼来仙果和仙露来喂他。任何人愿意知道自己的未来命运和前途,农神都会清清楚楚地把他的整个命运,即将发生的事情告诉他。因为,如果命运之神纺织什么,无论朱庇特想什么或者打算做什么,这位慈善的父亲没有不知道。即便他睡着了也会知道。如果他能对我这难题给予指点,那我们就会省去很多麻烦。”

爱庇斯特蒙说道:“这真是无稽之谈,是骗人的鬼话,我不会去的。”

第二十五章 巴汝奇向赫尔·特里巴老爷求教

爱庇斯特蒙接着说:“但是,在我们回去见国王之前,我想还可以试试其他办法。离这儿不远,就在酾农附近,有个布沙尔岛,岛上住着一位名叫赫尔·特里巴的老爷,他能用占星术、土占卜术、手相术、面相术和其他法术预知未来。我们去找他商量你的大事吧。”

巴汝奇回答:“你说的这些法术我真是一窍不通。我只知道有一天他同全法兰西国王谈论玄奥的天文知识,宫中的侍卫却在楼梯口、走廊里调戏他的老婆,因她实在漂亮。这位无须戴上眼镜就能预知地上、天上的大事,正津津乐道古今之事,还能预见未来,可眼下他的妻子受人调戏,却不能预见。天啊,既然你如此强烈要求,我们还是去见见他吧。多问一个人总没多大坏处。”

第二天,他们就来到赫尔·特里巴老爷家里。巴汝奇送他一件狼皮长袍,一把精制短剑,并带有金边天鹅绒剑鞘,还有五十块亮闪闪的金币。随后便同特里巴老爷讨论自己的问题。

赫尔·特里巴老爷一见到巴汝奇,便仔仔细细地打量他的面相,说道:

“你的头部和面相表明你会是个乌龟,而且是个十足的、令人吃惊的乌龟。”

接着,他又看了看巴汝奇的右手,说道:

“你手上的朱庇特丘[1]有根断纹,只有乌龟才有这条虚纹。”

---

① 朱庇特丘:食指下面高起的一块肌肉。

他又拿出一支笔，随随便便画了一些圈，再按占卜术的方法把它们连起来，说道：

"现在，毫无疑问，你结婚之后肯定马上成为乌龟。"

说完之后，他又问了巴汝奇生辰的星相。巴汝奇告诉他以后，他马上画出完整的天宫图，把所有的星座对号入座，并研究了摆在他面前的这幅天宫图，深深地叹了口气，说道：

"我已经说得很直接了，你会变成乌龟，这是肯定无疑的，现在我看得更清楚了，你会成为乌龟，而且你老婆还会揍你，抢夺你的东西。我看到第七宫①的样式不太好，还有好多星座全是带角的，就像白羊宫、金牛宫、摩羯宫等等。第四宫②的朱庇特渐渐衰退，和农神萨杜恩和墨丘利正好围成了四边形。你一定会倒大霉的，我的朋友。"

巴汝奇回答："我会吗？你这个老不死的傻瓜，你这个令人作呕的白痴！乌龟们游行的时候，你就是扛大旗的。我这两个手指头当中怎么长块癣了？"

他边说边伸出前两根指头对准特里巴老爷，形成一个犄角状，另外三根指头握拳。他对爱庇斯特蒙说道：

"这位才是真正受马尔西亚③耻笑的奥流斯，他唯一的任务就是观察、研究别人的厄运。自己的妻子开赌馆和妓院都顾不上了，他比那叫花子伊鲁斯还可怜，可是他风风光光地生活着，不，那是卖弄炫耀，比十七个魔鬼还要令人难受。一言以蔽之：那神气的叫花子，这是古人对那些一文不值的渣滓的称呼。我们走吧，这个口吐白沫的白痴，这个狗样的傻瓜，让他同自己的魔鬼说去吧。我才不相信魔鬼会愿意跟这种恶棍打交道呢。他连哲学的第一句话'要认识你自己'也不懂，看到别人的一点瑕疵，便趾高气扬，而挡住自己眼睛的一根粗棍子却看不见。这是普鲁塔克所描写的一个'爱管闲事'的人。真是拉米亚在世，在别人家里、在公共场合、跟大家在一起的时候，比猫的眼睛还敏锐，一到自己家里，便比鼹鼠还不如，什么也看不见，因为从外面回到家里，就从头上把活动的眼睛取下来，藏在挂在门后面的一只木鞋里了，就像别人取下眼镜一样。"

---

① 即"婚姻宫"。

② 即"家族宫"。

③ 马尔西亚：一世纪讽刺诗人。

特里巴听完之后，便捡起一根欧石楠枝。

爱庇斯特蒙见了说道："这个主意好啊，尼坎德尔称之为'预言树'。"

特里巴老爷说道："你还想知道得更清楚吗？我们可以用火视法，或者用观察空气、云和风的方法，这些都是阿里斯托芬在《云雾》里提倡的方法，还可以用水视法，或者倒影法，这些可是从前在亚述人当中广为流传的，又被赫尔摩劳斯·巴尔巴鲁斯采用的。只需一盆清水，我就会让你看见你未来的老婆同两个土包子睡觉。"

巴汝奇说道："你把鼻子凑近我肛门的时候，记得把眼镜摘下来。"

特里巴接着说："要不要我用镜照法。罗马皇帝狄都斯·尤利安就是用这种方法预测将来发生的事。你无须戴上眼镜，就能从镜中看到你未来的老婆正同别人干起来，这同你在佩德雷附近密涅瓦庙堂旁边的水泉看到的一样清晰。或者你想用筛网视法，古时候罗马人在宗教庆典上常用的方法。只需要筛子和一些钳子，你就能看到鬼。或者尝试麦粉法，忒奥克里托斯在他的《药理学》一书讨论过，或面粉视法，将麦粉用玉米粉混合起来。还有豆视法，我这儿有现成的设备。还有奶酪洞视法，我有一块很好的泊莱蒙奶酪可以派上用场。还有转圈法，你一圈一圈转着，我现在就可以告诉你，你最后会落在左边。还有胸视法，天啊，你的胸部确实不匀称！或者你喜欢香视法，我们只需要点香就行了。还有腹视法，菲拉拉出名的腹语家雅各巴·罗多吉娜夫人就一直使用这种方法。或者看驴头颅法，德国人就用这种方法，在烧得很旺的炭火上烤驴头。还有熔蜡法，所熔化的蜡烛倒在水里，你就能看到你未来的老婆和那些同她玩得不亦乐乎的男人。我们还可以用烟占卜，把罂粟籽和芝麻放在热炭火上烤，闻气味，观察烟的颜色，听声音就可占卜吉凶。还有斧视法，只需准备一把斧子和一块黑玛瑙就行了，先把斧子烧热，再把石头放在斧子上，看斧子的细微震动就行了，荷马对佩内洛普的追求者就用这种方法。还有油视法，只需油和蜡就行了。还有灰视法，那随风而逝的灰烬会勾勒出你老婆妖冶的打扮。还有叶视法，我这儿就有一些鼠尾草，或者无花果叶视法，这是十分灵验的！或者鱼视法，这也是有名的占卜法，提瑞西阿斯和波丽达马斯就试验过这种方法，在狄安娜深深的神洞里，在阿波罗的圣林里，在利西亚的土地上都使用过。还有猪占卜法，我们可以弄到很多猪，把所有的尿泡都送给你。还有书内算卦法，这种方法同主显节前夕你找蛋糕中的豆子一样清晰可见。或者我们可以掐死一些婴儿，看看他们的内脏来占卜，罗马皇帝黑利阿加巴卢斯曾用过此法,这并不是一种最好的办法,但对你也适用,反正你命中注定要做乌龟的。或者请女卜者算命法。还有用名字算法,可以用人名,或者地名,你叫什么名字?”

“吃你的屎去吧!”巴汝奇回答道。

“……另外还有公鸡占卜法。我可以画一个很圆很圆的圈,你在旁边看着我把它分成二十四个等份,每一等份里画一个字母,再放上一粒麦粒,然后放一只没有交配过的雄鸡进去,我敢打赌,这只雄鸡吃的肯定是组成 CUCKOLD(乌龟)字母上的麦粒,这方法很灵验,就像瓦林斯皇帝不知道谁将是自己的继承者,那只神通广大的公鸡为他啄起 THEOD 这些字母,继位的皇帝就是狄奥多西。

“我们还可以用祭祀用的牲口来占卜,你感兴趣吗?可以观察内脏占卜,还可以用飞鸟占卜法,预言鸟的叫声也可以,或者用神鸡嘴里落下的谷粒占卜。”

巴汝奇说道:“还有粪便法。”

“我们还可以用尸体占卜,我会让刚为你死去的人复活,就像阿波罗尼乌斯为阿喀琉斯,或是那女巫为扫罗而死一样,那复活的死人能把一切都告示我们。埃里克多也是让一个死人复活,告诉庞贝法萨丽亚一战的凶吉。如果你怕死人,因为乌龟本来就是这样,那我只用灵魂投影法就好了。”

巴汝奇回答:“滚开,你这个疯子!下地狱去吧,让阿尔巴尼亚人去干你,这样,你就可以同他们一样戴上尖帽子。见鬼去吧!你为什么不叫我舌头下放绿宝石,或放上狼眼里剖出的石头呢?你为什么不让我用戴胜鸟的舌头,或绿青蛙的心脏放在睡眠中女人内衣里呢?或者吃龙的心肝,从仙鹤或飞鸟的叫声中,像古时候的阿拉伯或美索不达米亚人那样,来了解我的命运呢?愿三十个魔鬼把你抓走!你这只长犄角的魔鬼,你这只乌龟,你这马拉诺人,耍魔法反基督的巫师!

“我们回去见我们的国王吧,爱庇斯特蒙。如果他知道我们来到这穿长裙的魔鬼的贼窝,他肯定会不高兴的。我真后悔来这儿,我情愿捐出一百金币,外加十四块劣币,请出在我裤裆里吹气的神灵,让它用它的唾液吐到这老家伙的胡子上。天主在上,这老家伙用他的妖术把我搞得臭气熏天,让魔鬼随时抓走他好了,念声阿门,我们去喝酒吧,我肯定两天都笑不起来,天啊,也可能要四天呢。”

第二十六章　巴汝奇向约翰·安脱摩尔修士请教婚姻大事

巴汝奇对特里巴老爷可真有一肚子气。当他经过了伊姆镇时,巴汝奇才一边搔着耳朵,一边结结巴巴地对约翰修士说:

"我的好朋友,让我兴奋一下!那个老疯子的话差点把我气昏了。我告诉你,我的小家伙。

"我的乖家伙。

"我的声名远播的家伙。

"长条瓜的家伙……

"像火枪一样的家伙。有后坐力的家伙。约翰修士,我的好朋友,我是多么敬重你,仰慕你,让你来压轴,请你给我一点忠告吧,我该不该结婚?"

约翰修士欣然同意,说道:

"就着魔鬼发誓,你要结婚,要结婚,让你的那两个球风流快活。越快越好,这是我的建议,最好今天贴上结婚公告,晚上就让她和你同床共枕。天主保佑,你还在等什么呢?难道你不知道世界末日即将来临?今天又比昨天离世界末日近了两竿子和半寸。人家告诉我,反对基督的人已经出世了。没错,他现在只能抓抓他的奶妈和保姆,魔鬼尚未把他们积累的宝贵经验全部传授给他,因为他还太小,相信写在经上的话,活着的人,日益增多、繁衍。只要一袋麦子只值三分钱,一桶酒只卖六个金币就行了。难道你想等到最后审判日来临时,你被抓住,被审判时那两个球还沉甸甸的吗?"

巴汝奇说道:"还是你的思想冷静, 看问题看得清楚, 一说就说到要害。你那玩意儿有主教，或红衣主教的那么大。勒安得耳[①]为了去看望在欧洲塞斯多特的情人海洛，要从亚洲的阿比多斯穿越达达尼尔海峡，他祈求尼普顿以及所有的海神：

只要保佑安全到达，
哪怕回来葬身大海？

“他不愿意死时睾丸胀得厉害。我提议今后在我管辖的萨马甘蒂，处死犯人的时候，要给他一两天时间像鹈鹕一样尽情玩女人，直到精囊里剩下的精液还不够写个希腊字母Y，精囊里这么宝贵的东西怎能浪费！也许他还能创造出另一个人，这样就能死而无憾，因为他知道一命还了一命。”

① 勒安得耳：阿比多斯青年，每夜游过达达尼尔海峡到对岸塞斯多特看望情人海洛，终溺死。

第二十七章 约翰修士给巴汝奇出的好主意

约翰修士说道："就圣里高美发誓，巴汝奇我的好朋友，我绝不会劝你做你自己不愿意做的事。你可要注意，要一直干下去，不要放弃。如果你稍有中断，我的朋友，你就输了，就像奶妈一样，一停止喂奶，奶就断了。如果你停止使用上帝赐给你的武器，里面的'奶'也会枯竭，只能成为排尿的工具，而那两个球球就会像干瘪的袋子一样。听我说，我亲爱的朋友，我经常看到男人想干的时候却力不从心，只因为他们有能力的时候却没有用。大学士说得好，不用则废。因此，我的孩子，要让那两个低低垂挂的穴居人永远有活干，不能让那个小小东西跟贵族老爷们学，终日游手好闲，靠地产收入过日子。"

巴汝奇回答："约翰修士，你真像我左边的那个球球。你没有浪费时间，把该说的都说出来。你不会拐弯抹角，你所说的话扫除了我的顾虑，使我的恐惧没了踪影。愿上天赋予你说话永远单刀直入的能力。听了你的话，我要结婚了，这准没错的，你以后去看我时，都会看到美丽的侍女，我会让你保佑她们的姐妹情谊，这是我布道的第一部分。"

约翰修士说道："瓦莱纳的钟声响了，听听它们在说些什么？"

巴汝奇说道："我听见了。就着我嗜酒如命起誓，那钟的叮当声比多多那朱庇特神庙周围悬挂的大锅更灵验。听，它们说快结婚，快结婚，结婚了，你会快乐，你会快乐，快结婚，快结婚，因此，我一定得结婚。整个世界都催促我结婚，一言既出，驷马难追。"

"还有第二部分，你好像疑心，甚至于怀疑我做父亲的能力，仿佛那阳刚的男性生殖力之神普里阿普斯并不真正青睐我。请你相信他对我可是有求必应,对我总是毕恭毕敬,慷慨仁慈,言听计从的。我只需解开束缚他的链条,我指的是皮带搭扣,把猎物带到他面前就行了。即使我未来的老婆的性欲有梅萨利纳或英国温切斯特的侯爵夫人那么旺盛,相信我,里面总是有东西让她玩得心满意足。

"我没有忘记所罗门的权威言论,也没忘记继他之后,亚里士多德所说的话'女人的那个东西是永远不会满足的'。我要让人知道,我那东西是铁铸的,也是永远不知疲倦。你不用跟我谈起那些玩女人高手,海格立斯,普罗克利斯,恺撒,或在《古兰经》里吹嘘他那东西抵得上六十个壮年汉子的穆罕默德。他在撒谎。也不要跟我提起泰奥弗拉斯特斯、普林尼和阿忒涅乌斯所夸耀的那个印度人,靠某种草药壮阳,一天能干七十几次。对这些话,我全都不信。这是谣言,请不要相信,但是请相信我那无须任何援助,自然而然的那个东西才是这个世界上首屈一指的。

"听我说吧,你们这些听腻的朋友们,你们见过卡斯特尔的修士服吗?你们只需把他的衣服放在屋里,不管是明里放,还是暗中藏,这衣服就会有令人难以置信的魔力,整个屋子的男人和女人或动物,都会顿时发起情来。我告诉你们,以我的名义发誓,我觉得我自己的裤裆比这个更神奇。

"我现在不跟你们说高楼或是茅屋,说布道或是市场,只说有一次在圣玛克桑演《耶稣受难》的情形。我一走进观众席,裤裆里那隐蔽的超强力量顿时征服了在场的每一个人,不管演员、观众、天使、凡人、男鬼或女鬼都立即感到一种想发泄的冲动。制作人丢开了剧本,演圣米歇尔的演员从天梯飞下来;魔鬼从地狱里钻出来,把所有可怜的女人都拽进去,路西弗挣脱了锁链。总之,那里一片混乱。我学古罗马执政官加图的样子,立刻离开现场。加图在弗洛拉节上,一见到自己引起了骚乱,便立马转身溜走了。"

第二十八章 巴汝奇怕当乌龟，约翰修士好言安慰

约翰修士说："我明白你的意思，不过，不用担忧，时间会冲淡一切，大理石也好，花岗岩也好，总摆脱不了被岁月侵蚀的命运。也许现在对你来说没什么，但若干年后，我会听你抱怨你那小东西就像其他许多男人一样耷拉下来，因为囊里的东西被掏空了。我现在已经看见你头上的白头发了。你那胡子是各种颜色交杂，有灰的、白的、棕色的、黑色的。看起来活像一幅世界地图。你看，这是小亚细亚，这是底格里斯河和幼发拉底河，那儿是非洲，这儿是月球上的山。你难道没看出这是尼罗河的沼泽地吗？欧罗巴洲就在那儿。这儿就是特乐美。这一大堆全白的东西就是白雪皑皑的北极山了。我的朋友，就着我的嗜酒如命发誓，山上有白雪，我指的是头顶和下巴，你裤裆里的那块谷地就不会有多少热气了！"

巴汝奇说道："愿你的脚生疮！你一点也不懂逻辑，山上覆盖白雪，正说明雪、风、雨、霹雳及所有的魔鬼都到盆地里去了。你愿不愿意亲自去看一下，你可以去瑞士的封德巴利赫湖①看一看，这湖离伯尔尼有四英里远，就在去锡安山的路上。你一直责怪我的白头发，却不清楚它完全是韭菜的长法，上白下青，又直又硬。

"当然，我并不否认我也会苍老。但我是越老越青，不要告诉别人，这是我们俩人之间的秘密。我能保证我的美酒越久越是醇香。不过，我担心

① "封德巴利赫"意思是"美妙的"，瑞士无此湖名，可能指顿湖。

这酒会变质,你注意,虽说正午已过了,夕阳西下已近黄昏。但是,我还是跟以前一样精力充沛,也许还更有劲。就着魔鬼起誓,我担心的并不是这个问题,这也不是困扰我的问题。我担心的是我要跟随我王庞大固埃外出执行任务,即使去见魔鬼我也得去,长期在外,我老婆就会趁我不在跟上别人,我就成了乌龟,不管我找谁商量过这个问题,大家都提醒我这是命中注定的。"

约翰修士说道:"你想当乌龟还不一定能当成呢。如果你是乌龟,也就说你老婆很漂亮,还要对你好,你有很多朋友,你将来一定会进天堂,这是我这个修士的逻辑。如果你是乌龟,你的身份也随之提高,我的罪人。这对你更有益,你会活得最自在,什么也不缺,还会越来越富裕。如果这是你命中注定的,为什么要竭力反抗呢?告诉我,退劲的家伙,长霉的家伙……

"腐烂的家伙!

"长痦的家伙!

"……

"见鬼的家伙,巴汝奇,我的朋友,既然命运之神已经决定让你当乌龟,你为什么还想让所有的星辰倒退着走呢?你为什么要改变天体的秩序呢?你难道想弄钝纺锤的尖儿,叫骂纺锤的滚石?诽谤纺锤的线轴?诬蔑线管,恶语中伤那些丝线,把命运女神所编织的东西拆掉吗?你这头脑发疯的家伙!你比巨人还不如,看着我,你这个没用的家伙,你愿意不知不觉当上乌龟,还是无缘无故争风吃醋!"

巴汝奇说道:"这两样我都不感兴趣,但是我一旦发现了,我一定要有所作为,除非这世界上再没有一根坚挺的棍子。约翰修士,我对着天主发誓,对我来说最好还是结婚,我们现在离钟声更近了,听听看,钟声在预告什么:'别结婚,别结婚,别,别,别,如果你结婚了(千万不要结婚,千万不要结婚,不要),你会后悔的,你会后悔的,后悔的,乌龟,乌龟!'天主保佑!我真的恼火。你们这些白白小脑袋的修士,难道就无计可施了吗?难道大自然就这么剥夺人类的权利吗?结了婚的男人,就一辈子无法摆脱做乌龟的危险,一辈子无法做乌龟吗?"

约翰修士说道:"我教你一招,让你老婆无法背着你偷情,无法没征得你同意让你当上乌龟。"

巴汝奇急切地问道:"我的朋友,你那东西如天鹅绒一般,赶快告诉我吧。"

约翰修士说:“办法就是要戴上美林达国王珠宝匠汉斯·卡尔文的戒指。

“汉斯·卡尔文是一位博学专业的人。他总是泡在书堆里,他也是个善良明智的人,有很好的判断力,和蔼可亲、仁慈厚道、乐善好施的人,是一位哲人,也是个乐天派,好喝酒,他的肚子有点圆;脑袋经常摇摇晃晃,有时也会生点小病。在他上年纪后,娶了执政官贡科达的女儿为妻,这女人年轻貌美,精力充沛,性欲旺盛,对自己邻居和仆从过于友善。几个星期后,卡尔文老头便像头猛虎一样妒火中烧,怀疑自己的老婆另有所爱。为了防止这一点,他便给她讲了通奸招致厄运的凄美故事,还给她读了很多关于贤惠、贞洁妇女的故事,一有时间就向她布道贞洁的美德。他还特地为她写了一本书,歌颂忠贞不渝的幸福婚姻,强烈谴责失贞的邪恶。他还送给她一条镶嵌东方宝石的精美项链,但是她仍旧一如既往地和邻居交往,这使他的妒火愈烧愈旺。

“一天晚上,这老头同她躺在床上,因为内心深受折磨,他梦见他同魔鬼交谈,把自己的烦心事都说了出来,那魔鬼一边安慰他,一边往他的中指戴上一枚戒指,说道:

‘我把这只戒指送给你,你只要戴在手上,你老婆就不会背着你同别人有肌肤之亲了。’

“汉斯·卡尔文说道:‘我的鬼老爷,太谢谢你了,我若是摘下它,就让穆罕默德同我断绝关系!’

“魔鬼消失了。汉斯·卡尔文欢喜异常,当他醒来的时候,他发现自己的手指正插在他老婆的那个里面。我忘了告诉你了,她老婆觉察到,便把屁股挪动一下,好像说‘不,不要放在这个地方。’汉斯·卡尔文还以为有人要偷他的戒指呢。

“现在我问你,这是不是个万全之策?如果你相信我,就照我的意思做吧。千万别让你太太的戒指离开你的手。”

他们一路上说的就是这些。

第二十九章　庞大固埃召集一位神学家、一位医生、一位律师和一位哲学家共商巴汝奇的难题

他们回到庞大固埃的王宫，便把此次出行的经过一五一十地说给他听，并把拉米那格罗比斯所写的诗拿给他看。庞大固埃看了一遍又一遍，说道：

“我再也没见过比这更令我满意的答复了。他直截了当地说，在婚姻问题上只能由个人做出决定，个人只能找自己商量；这是我一贯主张，也是我们初次讨论这问题时我给你的建议。当时你虽然没发表太多看法，但你觉得这显得很愚蠢，我知道是你的自负把你蒙蔽了。我们换别的方式吧。众所周知，人生在世，离不开这三样东西：灵魂、肉体和财物。而保全这三样东西的职责就委托给三种人：灵魂托付给神学家，肉体交给医生，财产由法学家负责。我决定这个星期天宴请一位神学家，一位医生和一位法学家，同他们三人探讨你的问题。”

巴汝奇说道：“圣彼科特在上！这不会有什么用处的，看看我们现今世界的运行机制就一目了然了。我们把灵魂托付给神学家，可他们大多是异端；我们把身体交给医生，可医生自己却讨厌医学，也从来不吃药；把我们的财产委托给法学家保管，可你什么时候看见他们控诉自己的同行。”

庞大固埃说道：“你的话跟卡斯蒂廖内[①]笔下的侍臣说得差不多，看不

① 卡斯蒂廖内（1478–1529）：意大利外交官、侍臣，著有《侍臣论》，用对话体描述文艺复兴时期理想的贵族和侍臣的礼仪。

起有学问的人，你说的第一点，我不同意。因为善良的神学家一生的首要任务，也是他们唯一的和特别的任务，就是用自己的言行和著书立说来根除异端和错误思想，把基督教的信仰牢牢地植根在人们心中。

“你的第二点说的没错，因为好的医生总是致力于对疾病的预防，向人们宣传养生之道，因此也就不需要药品的治疗。

“第三点我也赞成，因为合格的法学家忙于为当事人辩护，处理诉讼案件，根本无暇关注自己的事情。

“下星期我们要请的神学家是希波撒德斯，医生是隆第比里斯，法学家就是我们的朋友布列德古斯，因为我觉得我们还是听从毕达哥拉斯派所说的‘四是最完美的数字’，我们再加上忠诚的哲学家、能言善辩的特鲁洛根。特鲁洛根确实是个完美的哲学家，总是能解决我们提出的问题。卡帕林，你负责请这四位客人下星期天来吃饭。”爱庇斯特蒙说道：“我想这是整个国家最适当的人选了。我认为这不仅接触到各人最擅长的学科，他们已达到无可指责的程度；而且隆第比里斯现在结婚了，不再是光棍；希波撒德斯一直都是光棍；布列德古斯结过婚，现在又离婚了；特鲁洛根已经结婚很久，现在女人还在。让我替卡帕林做点事吧。如果你同意，我去请布列德古斯吧，他是我的老相识了。我想和他谈谈他那位德才兼备的儿子，现在正由图卢兹博学多艺的布瓦索纳教导，是个诚实用功的好孩子。”

庞大固埃说：“那太好了，随你去办吧。请你帮我想想看，我能否为高贵的布瓦索纳大人，或是他的儿子做点事？我非常敬重布瓦索纳大人，我认为，他是当今法学界德艺双馨的学者了，如果用得上我，我一定乐意为他们效劳。”

第三十章 神学家希波撒德斯如何为巴汝奇的婚事出谋献策

星期天的午宴准备好了,除枫贝通的代理主管布列德古斯还没来,其他被邀请的客人都到齐了。

等到上第二道菜时,巴汝奇怀着深深的敬意说道:

“诸位,我有句话想请教,我该不该结婚?如果你们对此也无能为力,那么,我只能把它归入皮埃尔·戴里的《无法解决》[①]一书里,没有答案的问题,没有人能想出办法。因为你们都是百里挑一,出类拔萃的人才,就像盘子里精挑细选的豌豆一样明摆着。”

希波撒德斯神父应庞大固埃的邀请,向诸位鞠了躬,非常谦逊地说道:

“朋友,你要征求我们的意见,但首先你必须自己问自己,你肉体上是否有强烈的性欲冲动?”

巴汝奇回答:“欲望非常强烈,我的神父,希望不会冒犯您。”

希波撒德斯说道:“我不见怪,在你与这种欲望斗争时,天主有没有赐予你自律的恩惠呢?”

巴汝奇回答:“没有。”

希波撒德斯说道:“那么,朋友,你就结婚吧。与其欲火焚身,还不如结

---

① 《无法解决》:十五世纪初法国神学家比埃尔·达伊的作品。

婚更好。”

巴汝奇兴奋地叫起来，说道：“天啊，你说得太好了，没有一点拐弯抹角，神父，万分感谢你，我会结婚，而且很快就结婚，我一定请你参加我的婚礼。我们会好好庆祝一下。我一定送你一条婚礼的彩带，咱们还会一起吃一只鹅，这不是我老婆烤的，不会被她吃光的。我还会请你同伴娘跳第一个舞，如果你肯赏脸。但还有一个小小的问题，这也可忽略不计，我会不会成为乌龟？”

希波撒德斯回答：“当然不会。朋友，如果上帝希望如此。”

巴汝奇大叫起来：“愿天主的恩典保佑我们！善良的人们，你们还想叫我怎么样呢？相信条件论么？条件论在辩证法里是既矛盾又有不可能性。如果我那只北高卢的驴有了翅膀，它就能飞起来了。只要天主降福，我不会成为乌龟；只要天主降福，我也会成为乌龟。天啊，如果我知道怎么避开这个条件，我就不用担心了。可是你们叫我取决于天主，由他的喜怒哀乐随意支配！你们这些法兰西人是怎么回事呢？神父先生，我想我结婚的那一天，你最好不要来了，那喧哗声、吵闹声会使你头疼，因为你喜欢安静、平和、孤寂。我觉得你也不会真的来，何况，你跳舞也跳得不好，让你头一个领大家跳舞恐怕让你为难。我还是让人给你送去上好的烤肉和一些新娘给的小礼物，你就在家里健康幸福吧！”

希波撒德斯说：“朋友，听我说。我说，‘只要天主乐意’，这对你又有什么不好呢？我说错了吗？这是令人讨厌的条件论么？还是亵渎了天主？这难道不是对我们的主，我们的造物主，保护神和我们的庇护者表示敬意吗？难道这不是承认天主是我们所拥有的一切的唯一源泉吗？这难道不是声明我们所有的人都要依靠他的仁慈，如果没有他，没有他为我们的注入恩惠，我们什么东西也得不到啊？难道我们所做的事情不都是遵守教规，所做的一切不都是要按照天主的旨意，不论在地上或在天上？难道这不是使天主的名字神圣？朋友，如果天主乐意，你是不会当乌龟的。要明白天主的旨意，就不要退缩，不要灰心丧气，把它看作是件深不可测的事，需要私下征求天主的意见或迎合他的喜好。我们仁慈的天主给我们的启示都在《圣经》中明确宣告，清楚说明。

“你在《圣经》里会看到你绝对不会做乌龟的，你的妻子也不会是粗俗下流的女人，如果她出生于善良的家庭，受过良好的道德教育；如果她结交的朋友都是品行端正，敬畏天主的正人君子；如果她热爱天主，通过自己的信仰和遵守圣规来取悦天主，她会惧怕因自己不够虔诚而违反神圣戒约而冒犯上帝，通奸是严厉禁止的；她会对丈夫忠心耿耿，钟爱她的丈夫，为她的丈夫效力，爱她的丈夫仅次于爱天主。

“为了更好地维护这种忠贞的情感，夫妻之间的恩爱，你要以身作则，树立良好的榜样。你要自己做到谦卑、纯洁、忠贞，正如你要求她这样做一样。因为真正好的镜子并不是镀金嵌玉的，而是能如实地反映物体形象。同样，我们赞赏的妻子，并不是家财万贯，美若天仙，或出身名门，而是那些在天主的庇佑下，能够使自己适应丈夫的性情，夫唱妇随。你看，月亮的光亮并不是来自水星、木星、火星或其他天体，她的光亮只来源于她的丈夫——太阳，并且按照太阳的位置和对她的影响接受一定的光和热并发散出去。因此，你必须在道德品质上给你妻子做榜样，还有，要不停地祈求天主的恩赐和庇护。”

巴汝奇捋了捋神父的胡子说道：“我知道，你要我娶的是所罗门所描写的毫无瑕疵的女人，但是她早已死了，我这辈子可没见过这种女人，愿天主宽宥我！不过，神父，我还是非常感谢你，吃一块杏仁饼干吧，这有助于消化，再喝一杯希波克拉斯红酒[①]吧，这有健胃之功效，我们再听听其他学者的意见吧。”

---

① 希波克拉斯红酒：中世纪一种加香料的甜药酒。

第三十一章　隆第比里斯医生如何劝告巴汝奇

巴汝奇继续说道："处理索西纳克那些放荡不羁、灰头土脸的修士的人，在阉掉卡多莱伊修士之后，说的第一句话就是'下一个'。我也同样说：'下一个！'现在该轮到我们的隆第比里斯医生，请你赶快告诉我，该不该结婚？"

隆第比里斯医生回答："我以我驴子上的蹄子发誓，我真不知道该怎么回答这问题。你说你深受情欲的煎熬，那么在医学领域，柏拉图学派教我们五种克制性欲的方法，首先是酒。"

约翰修士说道："这我相信，我一开怀畅饮，喝醉了酒就什么也不想，只想睡觉。"

隆第比里斯说道："我指的是过度饮酒。因为，酒喝太多会使血液变冷，肌肉松弛，驱散精子，知觉麻木，行动迟缓，这一切都会给做爱带来困难。确实是如此。不信你看酒神巴克斯的画像，没有胡子，着女人装，像个脂粉气十足的阉人。不过，适度饮酒的效果又不一样了。古代谚语就强调这一点，说维纳斯如果没有刻瑞斯和酒神巴克斯陪伴就会无聊透顶。根据古代西西里的戴尔多勒斯的记载，根据普萨尼阿斯人的记载，根据帕乌撒尼亚斯的记载，大家认为生育之神普里阿普斯是维纳斯和巴克斯的私生子。

"第二种是某些药物和草药可以使人血液冷却，精神萎靡，导致阳痿。这些药有睡莲、柳枝、大麻籽、忍冬、柽柳、蔓荆、曼德拉草、药芹、小泽兰、海马皮等等。这些药物被人体吸收后，就会发挥本来的药效，使精子凝集，阻碍精液的输送通道。当然还有些药物使血液沸腾，性欲高涨。"

巴汝奇说道："谢天谢地，这些我都不需要，医生，请别生气，我对你并没有恶意。”

医生又说道:“第三种是辛苦的劳动,因为劳动能有效耗尽体能,使身体疲惫不堪,因此忙于向全身输送营养的血液既没空闲,也没力量去制造精液,也不可能使精液饱满。自然就会抑制性欲,因为维持个体的生命比繁殖后代更为重要。这就是为什么狄安娜是圣洁的女神,因为她总是忙于狩猎。同样,军营和角斗场也被称为圣洁的地方,因为冲锋陷阵的战士和勇猛的斗士一刻不停地在拼搏。希波克拉底在《蒸汽、水和空间》一书写道,在他那个时代,锡西厄某些部落的人在做爱时比阉割过的人更无能,那是因为他们整日整夜骑马驰骋,不停劳作。哲学家告诉我们,懒惰闲适是淫欲之母。

“有人问奥维德,为什么埃癸斯托斯成为奸夫?他的回答没有别的原因,只是因他懒惰而已。如果世人改掉懒散的恶习,那么丘比特爱神就英雄无用武之地了,他的弓、箭和箭囊只成为无用的负担,不能射中任何人了,因即使再厉害的弓箭手也无法射中飞翔的仙鹤、灌木丛中奔腾的牡鹿(良好的弓箭手帕提亚人就是如此),这里我是指奔忙劳作的人们,要想射中目标必须是静止、不动的。无论坐在那里还是躺在那里,只要什么都不干就行。过去有人问泰奥弗拉斯托斯,性欲的激情究竟是种什么东西。他回答说,这是懒散产生的激情。戴奥真尼斯也曾说过,淫荡是那些终日无所事事的人的行当。因此,西西安①雕刻师卡那丘斯一反前人的做法,把维纳斯塑成坐着的样子,为的是向人们传达懒惰闲散是纵欲好色的主要原因。

“第四是致力于求学的渴望,因为那会使你消耗很多体力,没有足够的力气推动精子到达目的地,也无法使那海绵组织充血,精液喷射出去,完成繁殖任务。只要看看一个人专心投入学习的样子你就明白了,他脑子里的每条动脉像弦一样紧绷,以便迅速把足够的血液输送给负责思考、想象、推理、推断、记忆的各个器官,这血液来回穿梭不休,最后汇集到那神奇的动脉网络里。动脉是始于左心室,在体内经过曲折漫长的路径,把生殖的精力变成智力。因此对于一个刻苦钻研的人,你会看到他的身体机能似乎停滞了,外部感官也变得不活跃——总之,你会觉得他似乎没有了活力,

---

① 西西安:希腊古城名。

他内心的狂想已使他超然物外。因此苏格拉底说，哲学是对死亡的冥想，这并没有错。这也许就是德漠克利特把自己弄瞎的原因,因为比起失去视力,他更担心是眼睛的四处环顾会中断他的思考,使自己无法全神贯注。因此,智慧女神、学者的保护神和庇佑神帕拉斯是个处女,缪斯女神也全是处女,美惠三女神也永远保持贞节。我记得读过丘比特的故事。他的母亲曾多次问他为什么不去追求缪斯,他回答说,她们都是那么美丽、纯洁、谦逊,而且都忙于各司其职,有的对着星空冥想,有的忙于算数学,有的忙于画几何图形、有的忙于钻研修辞,有的在谱写英雄史诗,有的忙于作乐谱。他一旦靠近她们,便会自惭形秽,就不知不觉地放下弓箭,关上箭囊,熄灭火把,担心伤害到她们。然后他便解下蒙眼的东西,更清楚地欣赏她们美丽的脸庞,聆听那悦耳的歌声和气势磅礴的英雄史诗。这对他来说,是世间最美的享受。许多次他都被她们的美丽典雅所打动,常在这么和谐的氛围里酣然入睡,所以,他丝毫不会去追求她们,扰乱她们的工作。

“在这点上,我完全理解希波克拉底在谈论锡西厄人一书里,我前面已提到,还有《论繁殖》一书里宣称腮腺的动脉一旦被切除,人将丧失繁殖能力。我在前面谈到动脉里血液的流动和精液的产生已解释清楚了,希波克拉底也认为大部分繁殖的激素是源于大脑。”

“第五种是通过频繁的性行为来控制。”

巴汝奇说道:“我就等着听这一点,我要选择的就是这种方法。其他四种方法谁愿意用就让他们用吧。”

约翰修士说:“这正是马赛附近圣维克多修道院院长西力诺修士所说的禁欲苦行的办法。我完全同意(酾农附近圣拉第贡德的隐修士也赞同),在埃及沙漠里的特班隐修士每天干上二十五或三十次苦行，是压抑性欲的最好的办法。”

医生说道:“我看巴汝奇体格匀称,通情达理,身体健壮,正逢结婚的最佳时候,再加上他有结婚的强烈愿望,如果让他遇上一位志趣相投的妻子,他们的后代肯定胜过远古帝王的后胄。如果他想看到自己的子女出人头地,那么越快结婚就越好。”

巴汝奇说道:“尊敬的医生,我会很快结婚,这是毫无疑问的。刚才听了你的高论,我耳边的那只虱子也按捺不住,我一定请你吃喜宴,让我们痛快地喝个够。如果你愿意,把你的尊夫人和她漂亮的女伴都带来吧。大家一起热闹个够也无妨！”

第三十二章 隆第比里斯宣称结婚与乌龟是相伴相生的

巴汝奇继续说道:“还要解决一个小问题,一个很小的问题,你一定看过罗马旗帜上的S.P.Q.R,‘少等于无’。你看,我会不会成为乌龟?”

隆第比里斯大叫起来:“天啊,你问我一个什么问题呢?你会不会成为乌龟?我的朋友,我结了婚,你不久也会结婚,请用铁笔在你的脑子里刻下这几个字:结婚的男人都有当乌龟的危险。乌龟是结婚后相濡以沫的伴侣,紧跟在结了婚的男人身后,如影相随。如果你听到有人说,‘这个人结婚了’。那么你会说,‘也就是说,他现在是,或者已经是,或将来一定会,或可能会是乌龟’这样没有人称你是门外汉,不懂得自然规律。”

巴汝奇大叫:“见鬼,你们说些什么话呢?”

隆第比里斯答道:“有一天,希波克拉底打算离开色雷斯的朗高去看望哲学家德谟克利特。临行前,他给自己朋友狄奥尼斯写了一封信,嘱咐狄奥尼斯在他不在时,帮他把自己的妻子送回娘家去。因她的双亲都是德高望重的人,他不愿意让自己的妻子一个人留在家里。他还请示他的朋友密切注视自己的妻子,看她和她母亲都去些什么地方,还有谁到她娘家看她。他说,我并不是怀疑她的美德和贞节,因为经过长时间的验证,我对她的人品深信不疑,只不过她是一个女人,还是让我不放心。

“我的朋友,月亮极好地代表女人的天性,从下面这几点可以看出:当她们的丈夫同她们在一起时,她们总是娇羞矜持,躲躲闪闪;而一旦丈夫走了,她们便抓住机会好好放纵自己,全然卸下自己的伪装,展现真实的自我。就好像月亮一样,当她同太阳在一起时,我们从天上或地上都看不见她,而一旦与太阳遥遥相对,她便尽情发射自己的光亮,尤其是在夜间显得璀璨夺目,女人恰恰就是这样。

“我说到‘女人’,指的是如此脆弱,嬗变,不可靠,不完美的性别,以至于我认为大自然(我对大自然还是怀着敬畏之情)在创造女人的时候,有点心不在焉,缺少创造其他物种的理性。我已经在头脑中想过一百五十几遍了,还是找不出答案,只能说大自然创造女人时,更多考虑的是男人的快感与人类的繁衍不绝,而不是女人个性的完美。柏拉图也感到为难,不晓得该把女人归入哪一等级:是有理性的动物或是兽性的畜生,因为大自然在她们身体的幽深处,偷偷地安放了一个男人没有的器官,这个器官隐蔽,而又有动物的激情,它能分泌一种咸咸的、酸酸的、有腐蚀性、刺激人的液体,由于这一器官激烈的蜇刺和颤动(这隐蔽器官极易受到挑逗,极其敏感),她们的全身都被调动起来,一根神经都极度狂喜,失去理智,主观情感占了上风。因此,如果大自然没有在她们的前额抹上一点羞耻感,你会看见她们疯狂地追着男人的那个东西,比起被朱诺施法变疯,变成母牛的普罗透斯的女儿还不知廉耻,也比在酒神节上纵酒狂饮的米玛洛尼德斯[1]和泰迪斯[2]更疯狂。因为解剖学告诉我们,这种令人可怕的激情会传导到身体的每一个器官。

“根据亚里士多德学派和柏拉图学派的观点,我把这种激情称为‘动物’似的。根据亚里士多德所说,运动的能力是生命的明显迹象,能够自主运动的东西都被称为动物。柏拉图承认这个东西的自主运动包含有窒息、激动、收缩、愤慨,这种运动有时过于激烈,使女人失去知觉,丧失其他活动能力,就好像昏迷、晕厥、癫痫、中风,甚至如死去一般,因此柏拉图称之为‘动物’的激情是完全合乎情理的。还有,与这些症状相连的是分辨气味的能力,能使女人远离难闻的气味,追逐怡人的芬芳。我知道克劳狄乌斯·盖伦想证实这并不是它本身自发的功能,而是偶发性的。还有一些持这一派观点的人,也竭力证明它本身并不是有分辨气味的能力,而只是因为不同的物质发出不同的气味而已。如果你仔细分析他们的论点和推论,把它们放在克里托劳斯那灵魂与肉体的天平上衡量一下,你会发现在这件事和

---

① 米玛洛尼德斯:小亚细亚米玛斯山的人。

② 泰迪斯:信奉巴克斯的古雅典人。

其他许多问题上，这些学者只是草率敷衍了事，或只是为了同前人较量而提出新看法，并不是仔细研究，探求真理。

“这个问题我就不再深究了。我只想对你说那些谨慎、贞洁的女人，规规矩矩、无可指责地过一生是值得称颂的，因为她们具有驾驭这‘动物’的能力，使它听从于理性。我不想再往下说了，只想再补充说明一下，如果这只‘动物’能从大自然为之准备的营养物质男人身上得到满足(假如它真能够满足)，那么它那些特有的活动表现就会结束，所有的饥渴都会得到满足，愤怒也会被平息。但是，请别惊讶，我们会时时刻刻处在当乌龟的危险之中，因为我们不是时时刻刻都有足够的东西满足那只动物。”

巴汝奇说道：“真见鬼！你作为一个医生就没法子吗？”

隆第比里斯说道：“朋友，当然有个好方法，我自己也在用，这是一千八百多年前一位名作家写下来的。”

巴汝奇说：“天主在上，你真是个好人，我会全身心地爱你，吃一点做的糕点吧。榅桲有收敛作用，会帮助你把胃的阀门关上，第一道消化工序也就会完成得很好。听我说，我真是班门弄斧了，等一等，让我用这只聂斯脱利派的酒杯①敬你吧。再喝点希波克拉斯白葡萄酒，不要担心被呛着，酒里既没有莎草，也没有生姜，没有豆蔻。里面只有磨得很细的肉桂、上等的白糖，用的是在拉·德维尼那棵大栗子树旁，种大苹果树那块地里的葡萄酿制的。”

① 这种酒杯高脚，有四个把儿，每个把儿都用两条腿支着，上面有两只金鸽，对面啄食。

第三十三章 隆第比里斯医生如何治“乌龟”

隆第比里斯说道：“回到古时候，朱庇特创建奥林匹斯山诸神的大家庭时，曾给每一位神仙安排一个日期，让人们景仰他们，并且规定了他们显圣和信徒朝拜的场所，以及祭祀的所有礼仪……”

巴汝奇插嘴说：“这难道不是奥塞尔主教坦特维尔的做法吗？这高贵的主教和其他所有的好男儿一样，嗜美酒如命。所以，他特别爱护葡萄树(那毕竟是酒神巴克斯的老祖宗)，并特派一位助理牧师照顾它们。连续好几年，他都发现葡萄刚长枝芽时，就被霜、雨雪、冻雨、严寒、冰雹和其他恶劣天气无情摧残了，而且都发生在圣乔治、圣维塔利、圣乌托普、圣菲利普、圣十字架、升天节和其他宗教节日中，就是太阳经过金牛宫的这段时间，这位主教逐渐明白冰雹、霜冻是这些圣明所为，他们就是破坏枝芽的肇事者。于是，他决定把这些节日挪到冬天，在圣诞节和主显节之间，让这些神灵自由自在，尽情地下冰雹、下霜吧，因为这段时间的霜冻就不会破坏什么，反而会对葡萄树有好处。他把原来的节日换上了圣克里斯托夫、被砍头的圣约翰、圣玛丽·玛格德琳、圣安娜、圣多明我和圣劳伦斯等人的节日。等于把八月中旬移到五月。在这些节日里，就不会有霜冻的危险了，大家若有空闲，反而会去做些冷饮、冰奶酪、搭凉棚，做冷却葡萄酒的器械。”

隆第比里斯说道：“但是朱庇特把那‘乌龟’魔王给忘了，当时它正在巴黎的高级法院替他的一个扈从打无理取闹的官司。我不知道究竟几天以后，乌龟魔王发现自己被排除在节日安排之外，其中有诈，立刻赶回朱庇特大王面前，细数自己为大王立下的汗马功劳，恳请大王不能在诸神都有自己的节日而遗漏他，让他没有世人的祭祀礼仪。朱庇特深表歉意，向他解释所有的礼物已经分完了，再说日历也全排满了。后来在乌龟魔王的死搅蛮缠之下，朱庇特只好同意为他立个节日，享受世人献上的祭祀礼仪。

“由于节日全都排满，他的节日只好和忌妒女神排在同一天。这一天，乌龟魔王能控制所有的已婚男子，尤其是那些娶了漂亮妻子的。献给他的祭祀就是丈夫对妻子的猜疑、不信任、抱怨、发牢骚、跟踪、找碴。每一位已婚男子都必须在节日当天尊崇乌龟魔王，奉上前面提到的祭品，有谁不求助乌龟魔王的庇护，不祭祀乌龟魔王，乌龟魔王就不会光临他们的府第，不会与他们为伴，不管他们今后如何苦苦祈求，乌龟魔王就会让他们和他们的妻子永远待在一起，也不会有任何情敌。他会把他们当作异端、亵渎圣明的人而远离他们，就像其他神明对付那些没有祭祀他们的人一样：像巴克斯对付种葡萄的人，刻瑞斯对付种田的人，波摩那对付种水果的人，尼普顿对付航海的人，伍尔坎对付铁匠等等。而另一方面，乌龟魔王也发誓如果那天有人能出于对他的尊敬，停下自己的正事，去侦察自己的妻子，出于嫉妒把自己的妻子关起来虐待她们，遵守祭祀的规定，乌龟魔王会随时听候他们的差遣，热爱他们，不分白天黑夜都去看望他们，决不允许他们离开自己的情爱保护。”

卡帕林听了哈哈大笑，说道：“这个方法比汉斯·卡尔文的戒指还更新颖别致。如果我不相信你们的话，就让魔鬼把我带走好了。女人的本性确实如此。她们和雷劈一样，只能击倒和烧掉坚硬、牢固、有抗拒力的物质，而不会去关注那些柔弱的、空的、屈从让步的东西；她能熔毁一把钢铁宝剑，而不会伤到那天鹅绒的剑鞘，她能烧掉身体的骨架，而不会伤到覆在外面的皮肤。因此女性绝不会把自己的精力、诡计和强大的反抗力用在对她们来说不是严厉禁止的东西。”

希波撒德斯说道：“确实如此，禁果分外甜。我们一些学者认为这个世界缔造的第一个女人，就是希伯来人称为夏娃的，如果智慧果不是禁止她食用，她是不会被引诱去吃它的。引诱者最初提醒她的话‘这是禁果’，这似乎说，‘这对你来说是禁止吃的，因此你必须吃，否则你就不是女人了。’”

第三十四章　女人为什么总是渴求禁果

卡帕林说道："我清楚记得从前我在奥尔良的那些荒唐日子，引诱女人上钩，同我玩起性爱游戏的最行之有效，最具有说服力的莫过于语气坚定、明明白白、鄙夷不屑地说出她们的丈夫如何嫉妒她们。这并不是我发明创造的，书上是这样写的，我们从法律、理论和日常生活中可以找到很多例子佐证。她们一旦脑子里有这种思想，她们的丈夫非当乌龟不可。她们就是像塞米勒米斯①、帕西法尼②、艾戈斯塔③、或埃及孟第司岛上的女人(希罗多德和斯特拉博告诉我们的)那么淫荡，她们也满不在乎。"

包诺克拉特说道："说的没错，我曾听过有一天教皇约翰二十二世经过康宁福德修道院时，修道院女院长和其他一些老练精明的修女请求教皇给她们特许，允许她们相互之间忏悔。她们说，女神职人员总有一些隐秘，但能感知到的小缺点，她们羞于向男忏悔师启齿。信守忏悔的神圣约定，她们认为修女与修女之间的忏悔更自由，更亲密无间。

"教皇回答说：'你们要什么，我都乐意给你们。但问题是忏悔需要保守秘密，而女人一般很难守口如瓶。'"

"修女们回答：'我们比男人更会保守秘密。'

① 塞米勒米斯恋爱过马。

② 帕西法尼：神话中米诺斯之妻，恋爱过公牛。

③ 艾戈斯塔曾恋爱过由克里米修斯河变的一只狼（或狗）。

“当天,教皇交给她们一个盒子请她们保管,盒子里放了一只小燕雀,要她们把盒子藏在安全、隐蔽的地方,说如果保存得好,他以教皇的名义答应她们的要求,但是严禁以任何方式打开盒子,如违反命令,即要受到宗教的制裁,并永远逐出教门。教皇的话刚一出口,她们便迫不及待地想看看盒子里有什么。她们盼着教皇快走出大门,以便开始行动。教皇为她们祝福以后，就打算回到自己下榻的地方。当他还没走出大门三步之远,就有一群修女赶过来打开盒子,看里面究竟是什么东西。第二天,教皇来看望她们,修女们还以为是要授予她们特许权。但教皇并不谈及此事,而是让修女们把盒子拿过来检查。等她们拿来时,教皇发现里面的燕雀已无影无踪了。教皇对她们说,我再三强调你们要妥善保管好盒子,你们却管不了一天,可见要让你们保守忏悔的秘密太难了。”

“尊敬的大师,你真是我们的贵客,听了你的话真是全身舒坦。我赞美天主。自从上次在蒙特佩利埃见过你和其他学生一起演的道德剧,讲的是一个娶了哑妻的男人的故事。当时在场的还有你和我们的老朋友安东尼·莎波塔、吉·布吉尔、巴塔撒·诺埃、托勒、让·昆丁、弗朗索瓦·罗必内、让·佩德埃以及老弗朗索瓦·拉伯雷等。”

爱庇斯特蒙说道:“我当时也在场。那个善良的丈夫希望她能说话,内外科医生一起合作,把舌头下面的系带剪了,她马上就能讲话,而且叽里呱啦讲个不停,她丈夫只好求医生让她吃些药闭嘴。但医生说,他有很多能让女人讲话的药方,却没有能让她们闭嘴的良方。唯一的治疗办法,只能让她的丈夫变成聋子,让他不能听到妻子没完没了的唠叨。因此,他们又用了谁也不懂的魔法让这个白痴变成聋子。他的妻子看见他变聋了,她讲的话全是白讲了,便勃然大怒。医生向她的丈夫索要手术费用,她丈夫说他聋了,听不见他说些什么。医生就往他的背部撒些药粉,那可怜的家伙就疯了。那疯癫的丈夫和愤怒的妻子联手，把内外科医生狠狠揍了一顿,差点命丧黄泉。我一辈子都没见过这么好笑的戏。”

巴汝奇说道:“让我们言归正传，你刚才所说的那些医学行话不外乎是说我应该马上结婚,不要担心变成乌龟。你把王牌打出来了,好吧,我尊敬的大师,我猜我结婚那天,你可能会到哪里出诊去了,来不了,我会原谅你的。

医生日食三餐,

不是大便就是小便。

东家要草，

西家用饭。

隆第比里斯说道："你的第二句说错了，应该是：

'对于我们是象征，对于你们是美餐。'"

"假如我的妻子生病了……"

隆第比里斯回答："希波克拉底在《箴言集》第二卷第三十五篇中说，在进行治疗之前，我们要先检查小便，把脉，探查下腹和肚脐的部位。"

巴汝奇说道："错了，错了，这可不必。这话是说给法学家听的。我们有一条法律是从腹部检查是否有遗腹子。我只要给她来点强烈的灌肠剂就行了。你不必百忙之中抽空过来。我会派人把喜肉送到你们家去，你会永远是我的好朋友。"

说完，巴汝奇就走上前去，一声不吭地把四块金币塞到医生手里。那医生顺手接过去，随后便大叫起来，好像生了气：

"哦，先生，这可不必，但我还是要谢谢你。我从来不接收坏人给的东西，可不会拒收好人给我的东西。如果你需要什么帮助，我当为你效劳。"

巴汝奇问道："只要给你钱？"

"那当然了。"隆第比里斯回答。

第三十五章 哲学家特鲁洛根如何解决婚姻难题

他们的话说完之后，庞大固埃对哲学家特鲁洛根说道：

“忠诚的朋友，现在火炬就传到你手中，该由你发言。你觉得巴汝奇该不该结婚？”

“也该结婚，也不该结婚。”特鲁洛根答道。

“你在说什么呢？”巴汝奇问。

特鲁洛根回答：“你听到什么就是我说什么。”

“我听到了什么？”巴汝奇问。

“我说的话。”

“哈！哈！我们已经谈到这问题了，不是吗？”巴汝奇说道，“好了，这不是我能玩的游戏，我只想问你，我该不该结婚？”

“也不应该结婚，也应该结婚。”特鲁洛根回答。

巴汝奇说道：“你若不是把我逼疯，就让魔鬼把我抓走，如果我听懂你的话，也让魔鬼抓走我好了，请等一下，我把眼镜戴在左耳上，这样能听清楚些！”

这时，庞大固埃朝门口望去，看见高康大的小狗，他管这小狗叫“凯内”[①]，因为多比亚的狗都这么叫的。于是，庞大固埃对大家说：“我们的大王大驾光临了。我们起身迎接吧。”

---

① 希腊文“狗”的意思。

他的话音刚落，便见高康大进了大门。于是，在座的各位都起身向他鞠躬。高康大向他们热情地打了招呼，说道："诸位朋友，请你们千万别离开座位，也别中断你们的谈话，只要给我拿把椅子和一点吃的东西就行了，我为你们的健康干杯。你们都是我的贵宾。请告诉我，你们在谈论什么话题呢？"

庞大固埃回答道："第二道菜上来的时候，巴汝奇就给大家出了一难题：他该不该结婚？于是，我们请四位专家来研究。希波撒德斯神父和隆第比里斯医生已经阐明了他们的看法。在父王进门的时候，忠诚的特鲁洛根正在回答这个问题。巴汝奇先问了他：'我该不该结婚？'特鲁洛根说：'可要可不要。'当巴汝奇又问一遍时，特鲁洛根又回答，'不要结婚，也要结婚。'巴汝奇觉得特鲁洛根的回答自相矛盾、相互抵触，他真弄不明白。"

高康大回答道："这我倒可以理解。他的回答同一位老哲学家的口吻是一样的。有人问这位哲学家有没有女人。哲学家说：'她是我的情妇，我不是她的情人。我占有她，她不占有我。'"

庞大固埃说道："斯巴达的一个女仆，有人问她有没有同男人发生过关系？她回答说，'从来没有和男人发生关系，只有男人有时同她发生关系。'"

隆第比里斯回答："我们医学上称为中性，哲学上称为中庸。在这一端和另一端之间摇摆不定，这种人见风使舵，有时站在这一端，有时站在另一端。"

希波撒德斯说道："我觉得还是圣保罗说得更清楚，他说：'让那些结过婚的像没结婚那样；让那些有妻子的像没有妻子一样。'"

庞大固埃说道："我对有妻子又没妻子是这样理解的：有妻子指的是从大自然创造女人的目的出发，他拥有一个可以帮助他、给他幸福和相伴的女人。没有妻子是指切勿因为有了妻子而变得慵懒、软弱，不要让她损害男人对天主的至高无上的崇敬，对自己的祖国、亲人和朋友应尽的职责，也不能为了整日与妻子在一起而荒废了自己的学业和事业。如果你能从这层意思去理解这句话，我认为这个说法没有矛盾。"

第三十六章　怀疑主义哲学家特鲁洛根继续回答问题

巴汝奇说道:“你讲话就像拉风琴一样,优美动听,唱什么调都行。但我觉得自己却掉进了一个黑洞里，也就是赫拉克利特所说的能找到真理的地方①。我什么也看不见,什么也听不见,我头晕目眩,怀疑是中了邪。我们再试试另一种方法吧。

“我们忠诚的哲学家,请你先原地不动,也先不要把钱放进口袋里。我们再掷一下骰子,但这一次不要再讲模棱两可的话了。我知道我说的这些话上文不接下文,一定让您感到迷惑不解。好吧,天主在上,我再问一遍,我该不该结婚?”

特鲁洛根:“好像该结婚。”

巴汝奇:“我如果不结婚呢?”

特鲁洛根:“我觉得也没问题。”

巴汝奇:“一点问题也没有吗?”

特鲁洛根:“是的,没有,除非我看错了。”

巴汝奇:“我觉得有五百多个问题。”

特鲁洛根:“你一个个数数看。”

巴汝奇:“我说错了，把不确定的数字说成确定的数，我指的是‘很多’。”

---

① 这句话是德谟克利特说的。

特鲁洛根:“你说说看。”

巴汝奇:“我就着魔鬼发誓,没有老婆我是过不下去的!”

特鲁洛根:“把所有可恶的魔鬼赶跑吧!”

巴汝奇:“那我就天主发誓,所有萨马甘蒂的人都告诉我,一个人孤零零躺在床上,没有老婆陪伴,那是野人过的生活。狄多在她的哀歌中也是这样说的。”

特鲁洛根:“我愿为你效劳。”

巴汝奇:“喔,天啊!我再问一遍:我该不该结婚?”

特鲁洛根:“也许该吧。”

巴汝奇:“我会快乐吗?”

特鲁洛根:“那可要看运气了。”

巴汝奇:“如果一切顺利,我希望并相信会是这样的。我会幸福吗?”

特鲁洛根:“非常幸福。”

巴汝奇:“反过来说,如果不顺呢?”

特鲁洛根:“这也不是我的过错。”

巴汝奇:“这只是想求你给个忠告,我该怎么办?”

特鲁洛根:“你想怎么办就怎么办。”

巴汝奇:“真见鬼,你等于没说。”

特鲁洛根:“如果你不在意,请别再说鬼了。”

巴汝奇:“那么,天主在上,我只要你给我忠告。你建议我怎么办呢?”

特鲁洛根:“没有任何建议。”

巴汝奇:“我该不该结婚?”

特鲁洛根:“这我不管。”

巴汝奇:“我不结婚,可以吗?”

特鲁洛根:“我可不是巫师,无能为力。”

巴汝奇:“如果我不结婚,我永远不会是乌龟。”

特鲁洛根:“我也是这样想的。”

巴汝奇:“假设我真的结婚了。”

特鲁洛根:“这怎么假设?”

巴汝奇:“我是说,如果我结婚了。”

特鲁洛根:“我不能接受任何如果。”

巴汝奇:“我的鼻子是不是出大便了?天啊,如果我能破口大骂,我会好受一点！现在只有耐心，再耐心！如果我结婚，我会不会成乌龟？”

特鲁洛根：“他们已经说‘会’。”

巴汝奇：“如果我的妻子坚守妇道，我就不会成为乌龟了吗？”

特鲁洛根：“我想你说对了，是的。”

巴汝奇：“现在请听我说。”

特鲁洛根：“我洗耳恭听。”

巴汝奇：“她会坚持操守吗？那是我要追究的唯一问题。”

特鲁洛根：“这我表示怀疑。”

巴汝奇：“你从没见过她吗？”

特鲁洛根：“据我所知，是的。”

巴汝奇：“你为什么对你一无所知的事产生怀疑呢？”

特鲁洛根：“有某种理由。”

巴汝奇：“如果你认识她呢？”

特鲁洛根：“那就更怀疑了。”

巴汝奇：“那边的小伙子，帮我把帽子递过来，我把帽子送给你，但眼镜还是我的。你到外面替我起誓半小时吧，如果你愿意，我也会替你起誓……告诉我，谁会让我成乌龟？”

特鲁洛根：“某个人。”

巴汝奇：“就着某人的圣肚起誓，如果我知道是谁，一定揍他一顿。”

特鲁洛根：“随你便吧。”

巴汝奇：“我以后一出门，就用贞节带把我老婆绑起来。如果我没这样做，就让那没有眼白的魔鬼立刻抓走我好了。”

特鲁洛根：“请使用更得体的语言。”

巴汝奇：“还不是你把我们的讨论搅浑了，现在我们该得出结论了。”

特鲁洛根：“我不反对。”

巴汝奇：“请等一下。从这血管抽不出你的血，我只好再换另一条血管了。你结婚了吗？”

特鲁洛根：“既没结婚，也没有不结婚，两者兼有。”

巴汝奇：“天主保佑，救救我吧！我像个苦役一般，觉得自己的消化工作已经停止了。我的整个横膈膜、胸部似乎被悬置起来，等着把你所说的话塞进我的智囊中。”

特鲁洛根：“我不会阻止你。”

巴汝奇:"我忠实的朋友,让我再问你一遍吧,你结婚了吗?"

特鲁洛根:"好像结过。"

巴汝奇:"你以前已结过吗?"

特鲁洛根:"可能吧。"

巴汝奇:"第一次结婚好吗?"

特鲁洛根:"那是有可能的。"

巴汝奇:"那么第二次呢?"

特鲁洛根:"就像命中注定的那样。"

巴汝奇:"你自己觉得好吗?"

特鲁洛根:"也许是吧。"

巴汝奇:"天主在上,愿天主保佑我,对着圣克里斯托夫背负的基督发誓,让你给个肯定的答复,简直比让死驴放屁还难。试试看这样做好不好。我忠诚的朋友,让地狱里的魔鬼感到羞耻吧,让我们实话实说。你做过乌龟吗?我说的是此时此地的你,而不是天上的你。"

特鲁洛根:"如果命中注定没有,就没有。"

巴汝奇:"就着圣肉发誓,我放弃了!就着圣血发誓,我引退了!就着圣体发誓,我认输了!我抓不住他。"

听了这些话,高康大站了起来,说道:

"愿天主得到赞美。我从一开始有意识到现在,这个世界本身变得越来越复杂,越纠缠不清了。这难道不是吗?我们最博学的学者和最聪明的哲学家都变成了怀疑主义者了,难道不是吗?愿天主得到赞美!今后,揪着鬃毛抓马,捏起鬣毛抓狮子,逮着牛角抓牛,牵着鼻子捉水牛、揪着尾巴抓狼、拔着胡须抓山羊、提起鸟爪抓小鸟,都比从话里抓住哲学家容易。晚安,我的朋友。"

高康大一说完便离开了大厅,庞大固埃和其他人想送送他,都被他拦住了。

高康大走后,庞大固埃就对他的宾客们说:

"柏拉图的提美乌斯在宴会开始时,总要清点客人的人数;我们反其道而行之吧,在宴会结束时才点名。一,二,三……第四个呢?是不是该轮到我的好朋友布列德古斯了?"

爱庇斯特蒙说曾到他家里邀请过,可是他不在家。米尔兰格的一个庭吏把他叫走了,说要他亲自出庭向最高法院剖白他所做的判决。因此,他前一天就从家里动身了，为的在开庭那一天赶到会场，不至于缺席迟到。

庞大固埃说道："但愿我能知道这事情的原委。他在枫贝通已经当了四十多年法官，处理的案子多达四千余件。虽然其中有两千三百零九件被败诉的一方上诉到米尔兰格最高法院，结果还是维持原判，上诉被认为毫无根据而予以驳回。他一贯光明正大，办案如神，现在到了老年，却被最高法院传令出庭，这其中一定有什么不祥之兆。我一定竭尽全力帮助他找回公正。在我们这个世界，魔鬼当道，每况愈下，正直的人急需我们的帮助。我们赶紧想想办法处理这件事，以免发生什么不幸的事。"

宴会到此散场了。庞大固埃给他的宾客都赠送了贵重的礼物，有戒指、珠宝和金银器皿。庞大固埃对他们一再表示衷心感谢后，便回到自己的寝宫。

第三十七章 庞大固埃劝巴汝奇向疯子求教

庞大固埃回宫时,看到巴汝奇仍待在走廊里,神情恍惚,垂头丧气,便对他说:

“看起来你像被夹子夹住的老鼠,越挣扎,夹得越紧。你想摆脱困境,却越陷越深。我看除了这个办法再也无计可施了。听好,我经常听说疯子也能开导智者。既然寻些博学的人不能给你一个真正令人满意的答复,就去向疯子求教吧,也许他会给你更满意的答复。多亏有了疯子的预言和忠告,才有多少王子、国王和执政官获救,多少战役获胜,多少难题得以解决。我无须举出具体实例。你想想看就会觉得这是有道理:那些关注自己个人的私事,小家庭的利益,不错失任何为自己敛财的机会,想方设法摆脱窘境的这种人,虽然从上天的慧眼来看,是平庸无奇的,但世人即称之为智者。我把上天视为智者的人才称为智者的,他们因受上天的启示,能够承受预测未来的恩惠,我尊之为先知。这样的人会忘记自己,使自己摆脱世俗的种种欲望,净化自己的精神,把人世间的一切都看得无关紧要,因此这种人常被一般人认为是疯子。

“伟大的预言家,拉丁姆人的国王皮库斯的儿子福纳斯被凡人耻笑为疯子,就是这个缘故。

“再想想看巡回演出的剧团,在分配角色时,总是由团里最有才华、最有经验的演员扮演疯子、弄臣的角色。

“星相学家说国王和疯子同属一个星座。他们举的例子是埃涅阿斯和疯子克洛比斯(优弗利翁称之为疯子)的星座是一样的。

“再给你提提下面几件事，也不算偏离正题。像乔·安德利亚关于教皇写给拉·洛舍尔地方官的教廷通谕所说的话，像巴诺米顿人尼古拉斯·特德斯科关于同一教廷通谕所发表的言论，像巴巴里亚斯[①]在他的《论查士丁尼法典》所说的话，还有新近杰森·德·梅奴斯在《法理集锦》里提到的巴黎远近闻名的疯子——约翰老爷，他也是一流的疯子卡莱特的曾祖父。下面是有关约翰老爷的故事：

“在巴黎一小城堡附近的烤肉店前，一位搬运工正一边闻着烤肉飘出来的香味，一边吃着他的面包。他觉得在烤肉的缭绕烟雾中，面包吃得更香。那店老板一开始没阻止他，但最后当这搬运工把面包吃光时，那位店老板一把抓住他的衣领，要他付烤肉香气的钱。搬运工据理力争，说他既没有损坏店主的食物，也没有拿走任何东西，不该付钱。那烤肉的香气自然而然会随风飘走的，在巴黎从没有听说过烤肉的香气能卖钱。但店老板却回答说，这烤肉的香气不是给他这样的搬运工闻的，如果他不付钱，就要他的搬运工具来抵账。

“那搬运工抽出棍棒，随时准备与店老板拼命。两人的争执越来越激烈，巴黎人纷纷走出街头巷尾赶来看热闹，其中就有疯子约翰老爷。店老板一看见他便对搬运工说，‘你同意让约翰老爷来调解我们的争端吗？’搬运工回答，‘天主在上，可以。’

“约翰老爷听完双方争执的原因，叫搬运工从袋里掏出一枚硬币。搬运工给了他一块金币。约翰老爷拿来后就放在左肩上，似乎要掂量它的重量，接着又用左手掌拍拍金币，想听听是否足金，然后他用右眼仔细瞄准金币，仔细看看上面的印章是否真实。围观者都看得目瞪口呆，那店老板也一声不吭地看着，一脸的傲慢，只有那搬运工站在那里，悲伤无助。最后，约翰老爷拿着金币对着烤肉店的墙敲着，发出叮当声，然后做出法官的威严姿态，像拿起权杖似的举起手杖，把那有纸耳朵的猴头貂皮子帽戴在头上，那纸耳朵就像风琴管一样，他又咳嗽两三声，清了清嗓子后，便大声宣布：

“‘法庭现在裁决，就着烤肉香气吃面包的搬运工用金币的叮当声付给店老板肉香钱。双方各自回家，免付诉讼费，这桩诉讼就此了结。’

---

① 巴巴里亚斯：十五世纪立法学家。

“巴黎这位弄臣做出的裁决太公正了，那些饱学法典的法学士也相信，即使交由法国最高法院，罗马天主教最高法庭，或古雅典城邦的最高法院来审判，他们也未必能做出比这个更为公正的判决了。由于这个原因，你必须向疯子求教。”

第三十八章　庞大固埃和巴汝奇称道特里布莱

巴汝奇回答:“我以我的灵魂起誓,我会照你说的去办。我原来感觉扭成一团、梗阻不通的大肠现在宽松顺畅。正如我们挑选了各界的精英给我们指导一样,现在我更希望找一个不折不扣的疯子商量婚姻大事。”

庞大固埃说道:“我认为特里布莱就是个合格的疯子。”

巴汝奇说:“一个十全十美的疯子。”

庞大固埃说:“一个命中注定的疯子。”

巴汝奇:“一个高水平的疯子。”

庞大固埃:“一个天生的疯子。”

巴汝奇:“一个正好的疯癫的疯子。”

庞大固埃:“一个天上少有的疯子。”

巴汝奇:“一个地上罕见的疯子。”

庞大固埃:“一个善良快活的疯子。”

巴汝奇:“一个诙谐幽默的疯了。”

庞人固埃:“一个精明的疯子。”

巴汝奇:“一个英俊帅气的疯子。”

庞大固埃:“一个精神错乱的疯子。”

巴汝奇:“一个醉醺醺的疯子。”

庞大固埃:“一个行为古怪的疯子。”

巴汝奇:“一个浪荡的疯子。”

……

庞大固埃说:“罗马人把奎里那里亚节称为疯子节，我们在法国应当创立特里布莱疯子节。”

巴汝奇说:“如果所有的疯子都像马一样穿上保护臀部的铠甲，那么他们的屁股就会光滑许多。”

庞大固埃说:“如果女疯神法图拉的丈夫存在的话，那么他的父亲一定是被众人敬仰的男神,他的祖母一定就是慈悲的女神了。”

巴汝奇:“如果让所有的疯子都参加走路比赛，虽然特里布莱的腿有点弯曲,每步也可以跨过一‘特瓦兹’。我们马上去找他吧,他肯定会给我们一些锦囊妙计,我相信。”

庞大固埃说道:“我想去参加布列德古斯的听讯会。趁我到卢瓦河的对岸米尔兰格时,我会派卡帕林去布卢瓦把特里布莱请到这儿来。”

当卡帕林去完成这个差使时,庞大固埃和他的全班随从——巴汝奇、爱庇斯特蒙、约翰修士、吉姆纳斯特、里索陶墨等人一起前往米尔兰格。

第三十九章　庞大固埃旁听审讯用掷骰子断案的法官布列德古斯

第二天，庞大固埃就在指定时间来到米尔兰格。首席法官、地方法官和推事请他一起出庭，听取对布列德古斯法官判决收税官土其隆德的质疑，因为最高法院认为这个判决有失公正。

庞大固埃欣然接受邀请，和他们一起出庭，只见布列德古斯已经坐在正中被告栏内。布列德古斯反复解释自己年纪大了，眼睛花了，身体的各种疼痛随之而至，其他什么话也没有说。他引用首席辅祭注释的《教会法》第八十六款《莫此为甚》章中的记载，反复说之所以会出差错是因年纪大所引起的。由于年纪大，老眼昏花，骰子的点数，他不像以前那样能够看得清楚，再加上他那次的判决使用的是小骰子。这就像年老眼花的以撒把雅各当作以扫[①]一样，把四点看成五点。他反复重申根据法律的规定，自然的瑕疵不能说是有罪的。这在《国法大全》《军事法》《条律》“凡与”条、《限定法权法》《条律》“几近”条、《城市安全法》《期限法》都有说明。自然原因导致的错误不能责怪人本身。这在《条律》“最大流弊”条以及《法典》“城司令的自由”条中都写得很清楚。

首席法官特赖加迈尔问道：“我的朋友，你说的骰子是指什么呢？”

布列德古斯回答：“就是我用来断案的骰子。《敕令》第二十六卷第二

---

① 故事见《旧约·创世纪》第二十七章。

款'抽签法',《条律》'禁止出售法'条,《交易法》《条律》'不应再犯'条,《奖赏法》等条文中都有记载。你们这些学识渊博的大人和其他法官在神圣的法庭里通常使用的骰子,《论诅咒》《大全》《司法官法》《敕令全集》《条律》等的注释人亨利·费朗达指点法官在解决诉讼争端、意见不合的问题时所使用的掷骰子,和我使用的骰子本质上是一致的。亨利·费朗达曾说过,占卜是断案一种很好的、公正的、必要的办法。巴尔杜斯、巴尔多鲁斯和亚历山大在《条例》'多数继承人分配公产法'里有更清楚的记载。"

特赖加迈尔又问道:"我的朋友,那你是怎么做的?"

布列德古斯回答:"我简明扼要地回答吧,我根据《迟延审判法》《驳诉法》《上诉法》以及《法典注释》卷一等的规定:现代人都喜欢简略。我采取的方法跟诸位大人,所有的法官都是一样的,那是根据诉讼程序施行的。《集外法》《习俗法》《公函》《伊诺桑法》中明确规定我们的诉讼程序。我仔细阅读、再阅读、查明、再查明、梳理、浏览过原告的指控、休庭申请、法院的传令、诉状、询问、审判前申诉书、法律条文、申辩、辩护、合法要求、驳斥、记录、异议、重新裁定、证词、引证、移上审理申请、官方文件、发送宣告、判决、抄写誊录、送达宣判等等有关诉讼程序的方方面面。在《论证权利人》第三款、《论名义》'法官权限'条及《论回文》第一款里所规定的关于合格法官的职责我都履行了。

"接着,我就把被告的所有卷宗推到桌子的另一头,让他先掷骰子,这个优先权做法同你们诸位大人是一样的。根据《条律》'优待'款、《限定法权法》第六卷上所说的,当诉讼双方的权利含糊不清时,应该把优先权让给被告。接着,我又把原告的卷宗放在桌子的另一头,恰好与被告面对面。因为正反双方要面对面才能黑白分明,诸位大人也是这么做的,我也给了原告相同的机会,也为他掷骰子。"

特赖加迈尔又问道:"我的朋友,你又如何理解诉讼双方引用的那些含糊不清为自己申辩的法律呢?"

布列德古斯说道:"在这一点上,我的做法跟你们一样,只需看哪一方的卷宗多就能决定了。然后我也同你们一样使用小骰子,根据《限定法权法》以及用韵文写成的律法,如果案件含糊不清,总是要力求最无关紧要的细节。这在《教会法》第六款有关含糊不清也是这样规定的。

"我也有一些大骰子,声音响亮,那是给比较清晰,且卷宗较少的案件用的,你们诸位大人的做法也一样吧。"特赖加迈尔问道:"我的朋友,这一切都做好以后,你是如何做出裁决的? ”布列德古斯回答:“我还是同你们诸位大人一样,判决掷骰子赢的那一方打赢官司。这也是我们法律上有规定的,法典《担保法》中《信物》款项《债权》条,以及《限定法权法》第六款中都有规定:法律庇护那些在法庭掷赢骰子的那些人。”

第四十章 法官布列德古斯解释他用掷骰子来审理讼案的理由

特赖加迈尔问道:“我亲爱的朋友,既然你用掷骰子的方法做出判决,为什么不在诉讼双方上法庭的那一天就立刻做出决定?还有,案件的诉状和公文对你来说又有什么用呢?”

布列德古斯回答:“各位大人,这用途对你们来说也一样,有三种:完整性、必要性与真实性。

“第一,确保形式的完整。如果忽略了形式,那么所做的一切就毫无意义。这一点在《安全法》和《论回文》说得很清楚。此外,你们比我更清楚,在诉讼程序中,形式统领内容和实质,因形式随实质的改变而改变了。《国法大全》的《表明法》《继承法》《条律》《集外法》《什一税法》《晋见法》《做弥撒法》《某处法》等,都有这方面的记载。

“第二点对诸位大人的作用也是一样,这些卷宗为我提供体面的、健康的锻炼。已故的名医奥托曼·瓦德尔曾不止一次对我说过,造成我们这些法官和所有司法人员身体不健康、过早离世的最重要的原因是缺少锻炼。这一点早在《教会法》中《善会及兄弟会法》第十二卷就有记载。在座的各位大人,不管是上司或是下属都得锻炼身体。在《限定法权法》第六款、《条律》的《全体》条、《保证》条、《保证人》条以及《集外法》条,《条律》中《论职责》第一款等条文中,就允许做些健康的、娱乐性的游戏。圣托马斯·阿奎那也赞成这样做。大法家阿尔贝里克·德·罗萨塔也身体力行,这在巴巴里亚斯的《决疑原则》里有记载。《法典法释》序文、《国法大权》的《庶免第三者》条中已把道理讲得很清楚:要注意劳逸结合。

“一四八九年的某天,我到税务所去办点事,用钱买通执达史后才能进去。你们诸位大人都明白,有钱能使鬼推磨。巴尔多鲁斯在《法律》中《个别》里,《国法大全》的《如已申请》中,《撒里法典》的《回收物》条,《教会法》的《金钱处理》条,枢机注《克雷蒙法》的《论说礼》第一条中都说到这一点。我看到所有的官员都在玩一种“赶苍蝇”游戏,这是一种很健康的锻炼方法,不管饭前玩或饭后玩对我来说都没关系,只要这游戏健康就行。诸位,请注意,这确实是健康、历史悠久、完全合法的游戏。这在《罗马法》的《申请遗产》款、《遗产转移法》和《表面道歉法》第十款都容许,那一天的‘苍蝇’正是提尔爱·皮格老爷。他在嘲笑其他老爷用帽子拍他的肩膀时太用力,竟把帽子打坏了。回到家中,太太是不会原谅的,这在《集外法》第一款《臆断》及《法典注释》中就有明文规定。现在,让我们用司法界的话说,我和在座的各位法官大人一样,认为在我们所居住的这戒备森严的法院内,没有什么比从包里倒出诉状和公文,翻阅文件、记录誊写、把卷宗扔篓,复审案件更心旷神怡的游戏了,巴尔多鲁斯和约翰·德·普那多在《法律》的《伪造证件》以及《国法大全》的《证件》款项中都提及。

“第三点,同你们诸位大人一样,我也相信时间能使一切成熟,时间能使一切水落石出;时间是真理之父。《法典注释》第一卷,《奴役法》,原本《赔偿法》的《赔偿条文》及吉奥莫·杜朗注释的《良心条件》都曾提及,所以我就向你们诸位大人学习,把审判一拖再拖,一延再延,直到整个案件经过一段时间的彻底公开讨论、去伪存真,能够日趋明朗化。因此,不管通过掷骰子判哪方败诉,必须承当后果的那一方也就更容易接受。《法典注释》《国法大全》的《推诿理由》《条律》的《三种负担》款中曾说过:心甘情愿承受的担子会变轻。

“如果我在时机不成熟的时候审判,那是危险的。这就像医生在疮未熟的时候穿刺、在有害的体液没完全被吸收之前就开始催泻一样,都是会带来问题的。《依诺桑法典》《法典注释》的《其他》款以及《集外法》的《权益损害》中都有类似的记录。

“药物可治病,审判可断案。

“大自然还告诉我们,果实成熟了才能摘。《各种制度》的《有关人》款及《国法大全》的《出售行为》款和《茹里亚奴斯法规》中都有说到这一点。女儿要到结婚年龄才能出嫁,《国法大全》的《夫妻间赠与法》,《条律》的《缘本

案情节》,《如某人将未婚妻》条,《法典注释》第二十七款都有谈及:

> 已经成年的童贞女
> 就可以谈婚论嫁。

“一切都必须等待时机成熟,这在第二十三款及第二十三款末条有明文规定。”

第四十一章　布列德古斯述说诉讼调解员的故事

布列德古斯说道："这令我想起我在普瓦蒂埃师从法学大师布罗卡蒂姆学法律的时候，在斯马夫附近有一名叫彼得·当丁的老人。他名声响亮，既会种庄稼，又是教堂里的唱诗好手。他和在座的各位名气相当，年龄也相仿。他常说他亲眼见过戴那顶大红帽子的'拉特朗议会'，他还说曾见过'拉特朗议会'夫人——'国事诏书'。他说这位好心的夫人佩带天蓝色的绶带，挂着墨玉大念珠。

"这位和事佬调解过的争端不计其数，比普瓦蒂埃的法院，蒙特墨里翁的法庭、老巴特南的镇公所处理的诉讼案件还多。他在街坊巷里无人不晓，甚至连周边的小镇如乔维尼、努埃勒、克洛特尔、艾思格、里格、拉莫特、鲁西南、维冯、梅左克斯、伊思塔布一有争端、诉讼，也都找他解决，好像他是个至高无上的法官，其实他充其量只是个好心人。只要有人家里杀猪，彼得·当丁就能收到一些猪排和几段香肠。他几乎每天都要赴宴，比如结婚宴请、洗礼命名仪式、安产谢恩等庆祝活动。有时他也会在小酒馆里替人调解争端。请注意，没让双方一起喝酒，他是无法让他们重归于好的。喝酒是双方妥协、达成协议，获得新友谊的象征。这在博士注《国法大全》第一卷中《危险》及《财物变卖》中就有记载。

"他有个儿子叫斯蒂夫·当丁，是个高大强壮、文质彬彬的小伙子。天主啊，受他父亲的影响，他也想助人为乐，帮人调解诉讼争端，这真是应了一句古语：子承父业，女继母业。这句话在很多法典中都有记录，如《法典注释》第六款第一条《如有人……》《法典注释》的《论良心》第五款第一条末，博士注《法典》的《未成年子女及其代理人》末项规定，《条律》的《合法》，《国法大全》的《论人的地位》、《国法大全》的《城市安全法》中《任何人》条，《茹里亚奴斯法典》的《失节女子》第二十七款第一条。

“他对调解争端一事很积极主动，时刻保持警惕。常言道：关注法律的人，法律也会关心你，《孤儿法》《国法大全》的《骗取委托》《制度》等法律中都有记载。只要一听到哪里有诉讼争端，他便立即快跑过去替双方调解。经书上写着：活干不好的人，家也管不好。《国法大全》的《未成损害》也是这样说的，《情况未定》款也有记载，需要能使老妪奔跑。不过他运气很差，什么争端也没调解好，即使是最鸡毛蒜皮的小事也无法解决；相反，他的调解变成了煽风点火，使情况更糟糕，我想在座的大人也都知道。

“人人都会说话，但聪明人并不多。《国法大全》的《案情改变，法官换人》有记载。斯马夫的酒店老板都说过，这小子当调解员时，他们一整年卖出去的调解酒（勒古热名酒的别称）还不及他父亲当调解员时半小时之内卖出的酒。

“他向他父亲抱怨，把所有的问题都归咎于他这一代人的腐败。他甚至说，在他父亲那个时代，如果当时的世界也同现在一样堕落，好打官司，失去控制，不可调解，他父亲也不可能赢得打不败的诉讼调解员这一荣誉称号。斯蒂夫说这样种话，真是违反了法律。因法律禁止孩子指责自己的父亲。《法典注释》及《巴尔多鲁斯注释》第三卷《如有人》款，《国法大全》‘案情条件’款、《婚姻法》‘如前已制……’款第四条中都有论述。

“他父亲说道，‘我的儿啊，你要改变做事的方法。古人曾说：时机一到，水到渠成。这是事情关键之所在。你从未调解成任何争端，这是为什么呢？你总是在争端一挑起时就跃跃欲试，要知道这时候一切还不成熟，火候未到。我能化解一切争端，为什么呢？因为我总是到最后时机成熟，双方都筋疲力尽的时候才去介入，你难道没听过一句谚语：饱经风霜的果实尝起来更甜。这句话见《条律》‘未死……’《商定及签订文约法》。你难道不知道那句古语：等病快要自愈时，才请来的医生是最幸运的，因为大凡疾病都要有个发生和逐渐好转的过程，不管请不请医生。我的当事人也是如此，钱袋里的钱亏空时，也就该鸣金收兵了，不再争下去，就停止争吵，因囊空如洗，也就无力了，这也是应了一句古语：没有钱，一切都没了。

“这时候，他们需要的只是一个和事佬，一个帮他们调解的人，首先出来说说话，使双方免受羞耻，才不至于有人会说：‘是他先放弃了；是他先提出和解的;是他先不耐烦的;是他理亏,感到鞋夹脚。'我的儿啊,我就是等待机会的人,就像豆子快炒热的时候加上熏肉,是最适时的。那就是我等到的幸运时刻,也是我一路畅通的关键。我的儿啊,我用这个方法,可以让法兰西人和威尼斯人讲和,或至少能休战,我也能使瑞士人与他们的国王、英国人和苏格兰人、教皇和费拉拉人之间的恩怨一笔勾销。如果天主保佑我,就是土耳其人、波斯人、甚至鞑靼人、莫斯科人,也能化干戈为玉帛。

"你仔细听好了,我会在双方打得筋疲力尽,国库的银两亏空、他们再也不能从自己的子民身上榨出任何东西时,只有出卖王国、抵押土地,耗尽粮食弹药时我才出面。这时候,我就着天主和天主的母亲起誓,不管他们喜欢或不喜欢,只好停战,喘口气,和缓自己的贪婪欲望。《法典注释》里说得很明白:能恨,即恨之;不能恨,即爱之。"

第四十二章 诉讼是如何产生,怎样日臻完善的

布列德古斯继续说道:"我同在座的各位大人一样，把审理案件一拖再拖，等待着它的成熟和各部分的完善，我指的是诉状和卷宗的日积月累。我这样做是根据《条律》《茹斯提尼昂法》的《公产分配法》和《论良心》《敕令》第一卷《庆典仪式》款。

"诉讼案件一开始时,我觉得它没有形状也不完整,你们在座的也有同感吧。这就像一只刚生下来的熊,看不清脚掌、手、皮肤、毛发和头,只是原始的、无形的肉团,后来慢慢吮吸乳汁,身体的各部分也就长开了,清晰可辨了。我发现诉讼案件一开始时也是无形的,各部分都不清楚,一开始只有一两张诉讼状,至多也就是一只丑陋的小动物。但是随着时间的流逝,卷宗就会越堆越高,整个案件的各部分便逐渐形成,有眉有眼了,因为形态是事物存在的形式。《条律》'凡其……'、《国法大全》的《继承法》《集外法》中都有说到这一点。还有,《巴尔杜斯注释》末款、《集外法》的《习惯法》《茹里亚奴斯法典》《国法大全》'兹为表明款'、《条件》'所需……'、《国法大全》的《法规》第三卷中也有这样的记录,在《法典注释》第一款也曾这样说过:

"开始弱小,后来茁壮。

"《茹斯提尼昂法典》第三卷说,就像你们在座的各位大人一样,所有的律师、法警、执行官助手、代理人、检察官、评价员、律师、调查员、文书、公证人、书记员和地方法庭的法官全都不停地用力吮吸当事人的钱袋,使整个诉讼案件的头、脚、爪、嘴、牙、手、血管、神经、肌肉、情感慢慢形成。《法典注释》的《良心》款、《敕令》第四卷'汝既得……'款中说过:

“观其衣饰知其心。

“不过，在这一点上，诉讼者比执行官更有优势，因为施比受更有福。”

“《国法大全》的《圣餐》第三条、《集外法》的《举行弥撒》、《与马尔太》条中说：

“执掌霹雳的人，也要看给钱人的脸色。

“诉讼案件就这样日臻成形、完美起来。《教会法》注释说：收取、接收、获得是教皇喜欢听的词汇。阿尔贝里克·德·罗萨塔在谈到罗马时更清楚地说了这一点：

> 罗马是啃人手的，
> 憎恶吃不到的手；
> 给钱的手，
> 便会照顾；
> 不给钱的手，
> 蔑视和嫌恶。
> 道理何在？
> 有蛋堪取直需取，
> 莫待无蛋空捉鸡。

“《法典注释》、《国法大全》的《中间人》法就说了这一点。在《法典注释》的《幻觉》款末条中也说明了不这样做的不利方面：没有工作做，便会缺衣少食。

“诉讼这一词的真正意义就是不断地让诉状和卷宗堆积如山，使我们法官有吃有穿。请听这句奇妙的法律俗语：

> 诉讼使法律增长，
> 诉讼使法律富有。

“同样，《法典注释》的《极端》款、《臆断》款、《物证法》、《条律》‘不以信件……’条，‘不空手……’条中有：个人的力量弱小，需要齐心协力。”

特赖加迈尔说道：“你说的确实没错。但是，我的朋友，你是怎样处理刑事案件呢？如果当场抓获罪犯呢？”

布列德古斯回答："我还是同诸位大人一样，在采取任何法律行动之前，我先让原告好好去睡一觉，然后再让他把能够证实已睡一觉的证明呈献给我，要符合《法典注释》第三十二款第七条'奴与某人……'的规定。

即使大诗人荷马也时而打瞌睡。

"从这个公文就可以诞生出另一个公文，从另一个公文又可诞生第三个公文，就这样一环扣上另一环，一件铠甲也就成形了。最终整个诉讼案件的公文就齐全了，各部分也完整有序，这时候我才求助于掷骰子。我嵌入那一张睡觉的证明可不是平白无故，而是有根有据的。

"我记得在斯德哥尔摩的兵营里，有一个名叫格拉提亚诺的加斯科涅人，来自圣赛弗。有一天，他把所有的钱都赌光了，怒火满腔，你们都知道，金钱就是人体的另一种血液。正像安东尼奥·达·布德里奥(十五世纪布伦尼法学家)在《意外事物》法第二款，《集外法》'争讼未经证实……'和巴尔杜斯在《条律》'如与汝……'《诉讼要求法》、《条律》的《律师》款、《法庭律师》法等法律条文中所说的，金钱是人的生命，也是患难时的最佳保障。当他一出赌厅时，便对他的朋友叫嚣道：

"'小伙子们，我以牛的大脑袋起誓，愿你们个个都醉醺醺的，直不起身来。现在我的二十四块钱全都输光了，我还有拳头、巴掌可以奉敬。你们当中谁敢跟我来一场拳击比赛？'

"没有人回答，他又跑到德军的兵营，还是发出同样的挑战，邀请他们出来跟他较量，但他们却说：

"'这加斯科涅人名为向我们挑战，实则要抢我们东西；所以，亲爱的女人，你们可要小心看好我们家的东西。'

"见到没有人愿意出帐篷同他决斗，这位加斯科涅人又跑到法兰西雇佣兵的军营里，重复了刚才的挑战，像勇士般主动请战，并展示了加斯科涅人特有的武艺，但还是无人回应，这位加斯科涅人只好走到营房尽头，到一位来自安茹省的骑士克里斯蒂安的帐篷里睡觉去了。

"这时，一个雇佣兵也把所有的钱赌光了。他操着宝剑，冲出营房，决定同加斯科涅人决一雌雄，因为他自己也身无分文，正如《法典注释》的《论处分》第三款'如有多人……'条中说得好：钱输光了，流出来的才是真泪。他把整个兵营找了一遍，最后发现加斯科涅人正在营帐里呼呼大睡，于是

便冲着他喊道,‘嗨,见你的鬼!起来,我的钱也输光了,跟你一样。我们好好地打一架,看看谁能赢,我的剑并不比你的剑长啊。’

“这位加斯科涅人睡眼惺忪地回答:‘圣安诺的脑袋在上，你是谁啊，怎么把我吵醒了？你是不是喝醉酒了？加斯科涅人的保护神圣赛弗在上，我睡得多香啊,你竟敢来吵我！’听雇佣兵要跟他比武,但加斯科涅人已没有兴趣了,说道:‘可怜的朋友,我已经睡饱了,肯定能把你揍扁。你还是先打个盹吧,我们再比试。’他一觉醒来忘记了他输钱了,也不想打人了。长话短说吧,后来他们两个没有比武,也就没有打个两败俱伤,两人拿出宝剑当了一点钱,一起喝酒去了。你看,睡眠做了件好事,平息了这两位勇士心头的怒火。约翰在《判案》及《判案律例》第六卷末章所说的一句话可谓是金玉良言:歇息和睡眠使人恢复理智。”

第四十三章　庞大固埃如何谅解布列德古斯用骰子断案

布列德古斯说到这儿，结束了他的供词。特赖加迈尔示意他离开法庭,他遵命退出。于是,特赖加迈尔就对庞大固埃说道:

“尊敬的殿下,我们请您审理布列德古斯这一新奇、古怪的案子。刚才布列德古斯当着殿下的面,已承认用骰子的方法断案。我们这样做,不仅是看在您多年以来给予这一领地的恩惠，也是我们法庭及所有米尔兰格人民对您的爱戴,同时因万能的天主,一切美好事物的施予者赋予您睿智、审慎和卓越的判断力。因此,我们请求殿下依据您所认为公正的裁决来审理这个案子。”

庞大固埃回答:“诸位大人,你们也知道断案并不是我的本行。既然诸位如此厚爱,给予我这份荣誉,我就以一位恳求者,而不是法官的身份就这个案子谈谈看法吧。

“我认为布莱德古斯身上有几个特点，在我看来是值得我们原谅的。第一,是他年纪大了;第二,是他的单纯,你们比我更清楚。单凭这两点,我们的法律就能原谅他的过错;第三,还有一点,也可以从我们的法律条文中找到理由原谅布列德古斯。在过去的四十几年里,他断过的案子浩如烟海,而且断案如神,从未被人指责过。这一次的失误可以忽略不论,让它淹没在海里,就像我滴一滴海水到卢瓦河里,没有人会意识到它的存在,没有人会说河水变咸了。

“凭我的感觉，仿佛有某种神奇的力量支配着这神圣庄严的法庭,把这种靠机缘的裁决安排得公正、合理,让你们觉得布列德古斯以前的裁决都是正确的。你们也知道天主喜欢捉弄人，让智者糊涂，削弱了当权者的势力；让卑贱者变得职高位尊，以此来显示自己的荣耀。

“我们暂且撇开这些事吧。我请求你们宽恕他，这并不是看在你们受我家恩惠的情面上，而是看在我们长期以来防护卢瓦河两岸，维护你们法庭威信和尊严的份上，依照下面的两个条件宽恕他一次。第一，他应该使这次断案中被冤屈的那方感到满意，或者承诺保证他满意，这一点我会协助他，保证做好。第二，为了帮助他审理案件，你们要选派一个比他年轻，比他博学，比他审慎，品格端正的年轻人给他当助手，让他今后审理案子时可依赖他的忠告。

“如果你们决定撤除他的职务，我请求你们就把他当作礼物送给我吧。我会请他为我效力，给他很多事情做。最后，我祈求我们的保护神、创造者天主永远恩赐你们。”

庞大固埃说完后，向全体法官鞠了躬，便走出大门。此时，巴汝奇、爱庇斯特蒙、约翰修士和其他随从都在门口等他。他们便纵身上马，准备回到高康大那里。

一路上，庞大固埃把审理布列德古斯的经过一五一十告诉他们。约翰修士说，他在普瓦蒂埃封丹·勒·孔特时曾和彼得·当丁认识，那时修道院院长是教长阿迪龙。吉姆纳斯特说，那个法国雇佣兵去找加斯科涅人挑战时，他正巧在克里斯蒂安的营帐里。但巴汝奇却一直想不明白，为什么用骰子断案能够公正，并且使用了这么长的时间。爱庇斯特蒙对庞大固埃说道：

“从前有人说，蒙特里有个法官也是使用这种办法。不过，用骰子断案时间这么长，居然收效这么好，谁能相信呢？有一两个案子通过掷骰子裁决，这不足为奇，尤其是模棱两可、纠缠不清、剪不断、理还乱的案件，确实可用掷骰子碰运气。”

第四十四章　庞大固埃述说一件疑难讼案的离奇经过

庞大固埃说道:“确实如此,在亚细亚当总督的塞内乌斯·多拉贝拉就碰到一件棘手的案子,情况是这样的:

“在士麦拉有个女人,前夫留给她一个儿子叫 A·B·C。前夫死后一段时间,她又再婚,跟第二个丈夫又生了一个儿子叫 E·F·G。你们也知道,继父继母一般不会疼爱前人的孩子,她后嫁的丈夫和自己所生的孩子密谋杀害了 A·B·C。

“这女人知道他们犯下的罪行之后,决定不轻易放过他们,要替前夫的儿子报仇。于是,她就谋杀了后夫和她与后夫所生的孩子。事后,她被拘捕,带到多拉贝拉总督跟前。她当着总督的面,坦白了自己的罪行并为自己辩护,说事出无奈,按法应一命偿一命。

“总督觉得这案件有些棘手,不知该判哪一方有理。这女人谋杀后夫及与后夫所生的孩子,固然罪不可赦,但他认为也很自然,是符合人之常情的,因他们父子合谋杀死了她前夫的孩子,而前夫的孩子却从未冒犯或伤害过他们。他们杀人唯一动机就是要独霸家产。最后,怎么判呢?总督就把案件移交雅典最高法院,看看那些声名卓著的大法官如何裁决。”

“最高法院做出的答复如下:鉴于卷宗材料不齐全,只好把当事人亲自带到雅典最高法院审理,但必须等过一百年时间。也就是说,这案子对他们来说也是茫然费解,是非难辨,也是束手无策。

“如果这一案件用掷骰子来处理,不管做出什么裁定,都不会判错。如果女人输了,她理应受到惩罚,因她私自杀人复仇。这仇本应交给法庭处理，由法庭还给她公道。如果女人赢了。那是因为她饱受极大痛苦才复仇的，她有理由为自己辩解。

“布列德古斯用掷骰子断案这么多年不出差错，确实令我吃惊。”爱庇斯特蒙回答：“我确实不知道怎么回答你这个问题。我猜，他的好运只是上天的恩惠和整个宇宙沿正道而行的结果。布列德古斯法官单纯、诚实，不信任自己的学问和能力（同时他也清楚我们法律、敕令、条例和典章制度相互矛盾、互相抵触），魔鬼撒旦也就乘机要起诡计，经常装作光明的天使①，利用他的使者，就是那些堕落的律师、法律顾问、检察官和其他帮凶，颠倒黑白，让另一方不可思议地相信法律真正维护他的利益（你们也知道不管多么理亏，总能找到律师辩护，否则，这世上就没有官司了）。于是，便有布列德古斯这样的法官碰到棘手的案件时，便谦卑地把自己交给最伟大的裁判者天主手里，愿上天恩典能够帮助他，让神的意志来断案。于是，就通过掷骰子寻求神的旨意（也就是法院的审判）。替天行道的力量会支配着骰子，使有理的一方获胜，维护法律的公正。一些算卦的曾说，完全靠机缘来裁断并没有错，因我们对人为的审判不信任，而这种做法体现了神的旨意。

“我并不想多说些米尔兰格最高法院如何罪大恶极，贪赃枉法。当然，我并不觉得用骰子断案会比让那些双手沾满血腥，心地变态的法官来断案更不公正。而且，他们的司法指导全由特里波里安提供，此人是个彻头彻尾的坏人，背信弃义、野蛮罪恶、贪婪卑鄙，他把法律敕令、条例、法规拿去卖给高价的人。他为这些人把法律肢解得支离破碎，也就是我们现在使用的片言只语的法规。他把完整的法规废止了，因为完整的法规和古代法学家的著作都是以摩西的十二律法和其传道者和阐释者做出的评注为根据的，如果它们被公之于世，他的罪行就会马上被人揭穿。

“因此，与其让诉讼者为维护自己的利益寻求法律援助，倒不如让他们在蒺藜上走（至少不至于更坏），加图在当时就曾建议在法庭的地板上铺上蒺藜会有用的。”

---

① 见《新约·哥林多后书》第十一章第十四节。

第四十五章 巴汝奇如何向特里布莱求教

六天以后,庞大固埃一行人回到了家,特里布莱也从布卢瓦由水路抵达了。为了欢迎这位疯子,巴汝奇送给他一个猪尿泡,装着鼓鼓囊囊的干豆,碰撞时还哗啦作响;还送给他一把镀金的木剑,一个乌龟壳做的小钱袋,还有一瓶外套柳条筐的布列塔尼酒以及一筐布朗都罗产的苹果。

卡帕林叫道:“我的天啊!他那个疯脑袋长得就像甘蓝。”

特里布莱把那把新木剑别在身上,新钱袋扣在皮袋上,抓起那个猪尿泡,吃了筐中的一些苹果,把酒一股脑全喝光了。巴汝奇好奇地盯着他看,说道:

“我还没见过像他这样的疯子。我见过的疯子不计其数,价值超过十万法郎的疯子也见过,就是没见过能一口气喝下这么多酒的疯子。”

接着,他便用精心遣造的言辞,向特里布莱诉说自己的苦恼。

可是话还没说完,特里布莱便挥着拳头,朝他的腰背部狠狠打一下,把空酒瓶退还给他,还用猪尿泡猛砸他的鼻子。接着,他就站在那里摇头晃脑,什么话也不说,只是一个劲地喊道:

“天啊,天啊,你这个大傻瓜,当心修士!布藏塞[①]的风笛!”

说完,他便离开了他们,手里把玩着那个猪尿泡,欣赏袋里的干豆子为他演奏的乐曲。他们再也无法使他多说一个字。巴汝奇还想再进一步问

---

① 布藏塞:安德尔省地名,以制造风笛出名。

他，特里布莱便拔出木剑，要向他刺去。

巴汝奇说道："我们真的被骗了，这真是个了不起的答复。他是个十足的疯子，这点是不可否认的，带他来见我的人就更疯癫了，可我却把自己的心事说给疯子听，我也是一个大傻瓜啊。"

卡帕林说道："你的话是针对我说的吧。"

庞大固埃说道："大家都静一静，别生气，仔细想想他的动作和话语到底说明什么。我觉得这其中有玄奥的道理，怪不得土耳其人如此敬重这些疯子，称他们是圣人和预言家。你们注意到了吗，他开口说话之前，是怎么摇头晃脑的？根据古时候哲学家的信条，巫师术士常做的仪式和法学家的观点，我们应该把这一动作看成是预言的神灵袭上来，冲击着微弱瘦小的人体（当然了，小头是装不下大智慧的）。这种说法同医生的观点是完全一致的。医生解释颤抖的原因，一个是承重了突然压在身上的重担；另一个是人体本身的脆弱无力，无法承受所接受的重荷而引起的。

"有一个显而易见的例子是，斋戒的人不可能高举着一大杯酒而手不颤抖。女预言家皮提亚[①]又是另一个明显的例子。据说她每次预言之前，总是不住地摇晃她家的桂树。罗马历史学家兰姆普瑞丢斯也说过，罗马皇帝黑利阿加巴卢斯为了让人们觉得他是个通神的预言家，会当着他的狂热信徒，在祭拜他所信奉的神的庆典上晃动着脑袋。普劳图斯在他的《驴子的喜剧》里也写道：索里阿斯边走路时边摇晃着脑袋，就像个精神失常的疯子，路上的人都吓跑了。在另一个剧本中，他还解释了查尔米兹摇头晃脑的原因是一阵狂喜令他心醉神迷。

"罗马抒情诗人卡图卢斯在《贝雷琴提亚和阿提斯》中描述了酒神巴克斯的女祭司和神通广大的女预言家手拿藤枝，头部也跟着摆动，自然女神西布莉[②]的'受阉割'的男祭司在祭礼时也是这样。古代神学家告诉我们，'西布莉'在希腊语指绷紧脖子扭动着头。

"古罗马哲学家李维也写道：罗马人在庆祝酒神节时，男男女女都狂扭着腰肢，仿佛都具有预言能力一样。哲学家和普通民众都相信，上天赋予人神性时必须伴随着全身疯狂的扭动，这种身体的扭动不仅是接受神

① 皮提亚：得尔福阿波罗神庙预言家。

② 西布莉：神话中天之女儿，朱庇特之母。

谕所必需的，而且在显示和宣告神谕时也是必要的动作。

“有人曾问著名的法学家尤利安，那个跟一群狂热、怪异的人在一起，不晃动脑袋，却也会说出一些预言的奴隶是否算作精神正常的人呢？尤利安回答‘是的’。我们今天还能看到学生走神时，老师便会拧扭他们的耳朵，摇晃学生的脑袋（就像拿住锅柄摇晃一样）。因古埃及的圣贤认为，耳朵是掌管记忆的重要器官，他们这样做是尊重圣贤的指导，使学生的注意力回复到正常轨道，不再胡思乱想。维吉尔承认阿波罗确实拉过他的耳朵，晃动他的脑袋，这原因应该在此吧。”

第四十六章　庞大固埃和巴汝奇对特里布莱的断语有不同的理解

庞大固埃又继续说道："他说你是个疯子，而且世上无双的疯子，疯到至痴、至癫！到了这把年纪还要结婚，要让婚姻约束自己，束缚自己。他还对你说，'当心修士！'我以我的名义担保，他是说修士会让你成乌龟。请注意了，即使我成了欧罗巴洲、阿非利加洲和亚细亚洲独一无二、有无上权力的、享受太平的君王，我仍然要说，名誉仍是我最宝贵的财富。

"这聪明的疯子确实把我折服了。其他的神谕和占卜都说你会不知不觉成为乌龟，但都没有说明到底谁会同你的妻子通奸。这位高贵的特里布莱说出来了，修士会玷污你的婚床，这真是太败坏名声，丑陋可耻啊。"他还说你会做布藏塞的风笛，这意思是说，你要长犄角。记得那个代兄弟向国王路易十二游说的人吗？他本想获得垄断布藏塞的盐业买卖，结果却只得到一个风笛。你也一样。本想你能娶到一位温柔贤惠、品行端正的女人，可结果却娶了一个不守妇道的淫妇，自高自大，尖声叫喊，就像只风笛一样吵人。

"注意了，他还用猪尿泡打了你的鼻子，打了你的腰背部，这一些动作都暗示你的妻子会打你，会牵着你的鼻子走，会偷你的东西，就像你从沃布雷通小孩子手里抢走那个猪尿泡一样。"

巴汝奇回答："这完全不是这么一回事。我并不狂妄自大地否认与疯子王国有任何联系，我承认我是这一王国的忠诚子民，因为整个世界都是疯子。在洛林省，'疯子'村就坐落在'正常人'村子边上。每个人都是疯的，所罗门说疯子的数目不计其数，无穷无尽。亚里士多德说了无穷无尽就是无法增加，也无法再减少的数目。因为我如果是个疯狂的傻子，但我自己并不认为是个疯子，所以疯子和狂人的数目不计其数。伊斯兰医学家阿维森纳就说过，疯癫的种类也是不计其数的。

“至于特里布莱所说的其他话语和做出的其他动作是对我有利的。他说到我的妻子：‘当心修士！’这是说她喜欢燕雀，像卡图卢斯的情人丽斯比亚养的金丝雀一样，它会捕捉苍蝇，跟捉苍蝇的罗马皇帝图密善[①]一般无忧无虑的生活。

“至于那个风笛，他是说我的妻子身上有股田园气息，就像索里厄[②]或布藏塞的一支漂亮的风笛，整日奏着快乐的曲子。特里布莱真是说对了，他能窥视我内心的情感。我敢向你发誓，比起宫廷里那些穿着华丽、珠光宝气，有着浓烈香水味的贵夫人，我更喜欢那头发凌乱，衣服皱皱，屁股上散发着百里香的牧羊女。我更喜欢乡村风笛那悦耳淳朴的乐音，而不喜欢宫廷里那高贵的古琴和小提琴的靡靡之音。

“他在我的腰背部打了一拳，看在天主对我们的爱的份上，这没什么，这只不过减少我在地狱里所受的惩罚！他一点也没伤到我，他只是像打一个调皮的仆从一样。他真是一个善良的疯子，是个无辜的疯子，如果有人觉得他怀有什么恶意，那他本身才是个罪人。我从心底里宽恕他。”

“他敲了敲我的鼻子，这就是说我和我的妻子经常嬉戏打闹，要知道，新婚夫妇都是这样。”

---

① 图密善：公元八一至九六年罗马皇帝。

② 索里厄：法国黄金海岸省靠近索河地名。

第四十七章　庞大固埃和巴汝奇决定去寻求神瓶的启示

巴汝奇说道:“你还有一点没有考虑到,这才是至关重要的。他把那酒瓶还给我,这要说明什么意思呢?他想告诉我什么呢?”

庞大固埃答道:“也许他是指你的妻子会是个酒鬼。”

巴汝奇说道:“恰恰不是这样的意思,因为那酒瓶是空的。我敢以布里的圣菲亚克的脊骨发誓,我们那聪明的疯子特里布莱,他是世上独一无二的,一点也没有发疯,他只是把那个瓶子还给我。让我当着你的面,就着冥河起誓,我再重复一下我原先的誓言:在未得到神瓶给我的启示之前,我会一直把眼镜戴在帽子上,坚决不穿裤裆。我有一个好朋友聪明过人,他知道去哪里找神瓶,他知道哪个国家的哪个地区,哪个庙宇里藏着这神瓶和它的启示,他一定能带领我们到那儿。我们一起去找,好吗?请别丢下我不管,我会做你的忠实伴侣阿凯提斯,你的生死之交达蒙,一路陪伴你。我早就知道你喜欢旅行,喜欢开阔视野,相信我,我们一定能见识很多新鲜事!”

庞大固埃回答:“好啊!不过这次旅行肯定要花很长时间,而且会有很多危险和不测,我们出发前……”

巴汝奇打断了他的话,问道:“会有什么危险呢?不管我身处何方,在我周围七法里内危险都要回避,就像国王驾到,地方官就靠边站;太阳出来,驱走黑暗;康德的圣马丁一出世,疾病都不敢碰他一样。”

庞大固埃说道:“在我们动身之前,还有一些事情要办。第一,要把特里布莱送回布卢瓦(这件事立即办妥,庞大固埃送他一袭锦衣)。第二,我们要征得国王,也就是我父王的同意,并让他给我们一些建议。此外,我们还得找个西比尔一样的女巫给我们做向导,并当我们的翻译。”

巴汝奇说有他的朋友克塞诺玛恩[1](绰号进口货)就够了。另外,他主张途经灯笼国,只要在当地找个博学、热心的人与他们同行就够了,他会像陪伴埃涅阿斯经过极乐世界的西比尔一样为我们效力。这时要送特里布莱还乡的卡帕林听见了,大声说道:

“喂,巴汝奇!你这个无债一身轻的家伙,路过加莱的时候一并带上欠债老爷吧,他可是个‘古德·法罗’,也不要忘了灯笼国的负债人。这样,你的‘法罗’和‘灯笼’[2]全都齐全了,那就强身壮阳都有了。”

庞大固埃说道:“我已经预感到我们的旅途不会郁闷的,使我唯一烦恼的是我不会讲灯笼国的语言。”

巴汝奇说:“我懂得这种语言,会为你们做翻译。这种话我运用自如,讲灯笼国的语言,就像讲我的母语法语一样。”巴汝奇说到这儿,随便说了一些灯笼国语,让爱庇斯特蒙猜猜意思。

爱庇斯特蒙答道:“那是一些堕落鬼,爬行鬼、讨厌鬼的名字。”

巴汝奇说道:“完全正确。这是灯笼国宫廷里说的话。在途中,我会给你编一本小字典,不用花很长时间,比穿一双新鞋的时间还短,明早太阳出来之前,你就学会。我刚才说的话,从灯笼国语翻译过来就是:

> 当我还是一个求爱者,厄运如影相随,
> 从未曾有过安慰。
> 结婚的人是爱之骄子,
> 巴汝奇结过婚,个中滋味自然知。”

庞大固埃说:“现在只剩下请示我父王,取得他的同意。”

---

① 克塞诺玛恩:喜爱旅行,喜爱远方事物之意。

② “法罗”和“灯笼”都有强身壮阳之意。

第四十八章　高康大指出没有禀报父母并征得他们同意之前结婚是非法的

庞大固埃一进皇宫大厅，迎面就看到慈祥的父王从议事室走出来。他迎了上去，简要地向父王叙述了经过，提出他们的打算，并请求他能允许这次出行。这时，高康大手里正拿着两大捆讨论过的决议和尚待商榷的提议，把它交给跟随他多年的老传信官乌尔里奇·加勒，便把庞大固埃拉到一边，脸上露出十分高兴的神色，说道：

"我赞美天主，保佑我亲爱的儿子一直走在正道上。我很乐意你去完成这次旅行。但是我也希望你能考虑一下自己的婚姻大事，你也到了该结婚的年龄了。巴汝奇已经付出多大的努力，解决可能阻止他结婚的重重困难。你能告诉我你的想法吗？"

庞大固埃说道："慈爱的父王，我还未考虑过。不过在婚姻大事上，我一切听从您的良言和吩咐。我请求天主，宁愿看着我死在您面前，也不愿看着我违背您的意愿活着去结婚。我从未听说过任何法律，不管是属于正统的、异教的或是野蛮的，能允许孩子们无须征得父母、亲属的同意而随自己的意愿结婚。所有的立法人都不许孩子们有这种自由，而把这种权利托付给他们的父母。"

高康大说道："我亲爱的儿子，我信任你，我要赞美天主赋予你的都是美好的，值得称道的东西，只容许良善高尚的知识进入你的灵魂之窗。在我年轻的时候，在大陆上有一个国家，住着一些鼹鼠一般的教士，他们同弗里吉亚西布莉那阉过的祭司一样（这些祭司犹如阉过的鸡，而非雄性勃发的公鸡），对婚姻深恶痛绝，但却为人们制定婚姻法。我确实不知道哪一方更令人厌恶，是那些自行其是，残暴专横的教士，他们不乖乖待在庙宇里，却超越自己的权限去干涉自己不懂的事，或是那些愚昧、迷信的结婚者，他们居然起誓服从这种恶毒、野蛮的法律。他们已经被蒙蔽了（虽然这比晨星还明显），看不见这些关于婚姻的种种规约是对这些教士有好处，对结婚的人毫无益处，这一切就足够说明婚姻法是极不公正，是骗人的。

“一报还一报，他们可以给教士定下一些规范弥撒和祭礼的法规吗？因为教士是靠收取这些人的什一税，剥削他们靠血汗挣来的果实，才能过着寄生虫般的生活。我觉得，这些法规同教士强加给人们的清规戒律相比，根本算不上过分的。因为，正如你前面所说的，世界上没有哪条法律允许子女无须事先告知父母，未征得他们同意就随心所欲结婚。根据这些教士的婚姻法，所有淫荡下流的男子、无赖、恶棍、无耻之徒、强盗恶贼、麻风病人、惯犯，都可以用暴力得到他喜欢的姑娘，不管她如何高贵典雅、正派得体、家境如何富有、如何规矩守节，只要这些人同教士勾结在一起，同意把自己的好处分给他们，便能从她们的家里，从父母的怀里，不顾任何人的拦阻把她们抢走。

“过去的哥特人，锡西厄人或是任何野蛮人，对被他们围困许久，艰难地用武力攻克下的城市有做出比这更残忍、更惨无人道的事吗？可以想象父母亲看到一些野蛮的陌生人，乱七八糟的无赖之徒，又穷又脓疮满身的恶棍把他们娇美漂亮、衣食无忧、健康贤淑的女儿从自己的家里抢走时该有多么痛苦啊！他们爱女如命，教给她们做良家妻子的所有美德，和最体面的名媛淑女礼仪，希望到她们适婚年龄，能从自己的街坊邻居、亲朋好友中挑选诚实正派的如意郎君，同他们结为美满姻缘，让自己的女儿能享受婚姻的幸福。他们祖上的光荣传统、家产和所有的财产都将由后代继承，而这一切的美好愿望都被这野蛮的婚姻法粉碎，他们要面对什么凄惨的情景呢？

“这些父母亲的悲伤比罗马人和他们的联邦在听到自己的将领杰马尼库斯·德鲁苏斯战死的消息时的伤痛更深。

“也比斯巴达人看到那纵情声色的特洛伊王子偷走海伦时更痛心。

“刻瑞斯看到自己的女儿普罗塞耳皮娜被掠走，伊希斯[①]痛失自己的丈夫，维纳斯哀悼心上人阿多尼斯，海格立斯看到自己的伙伴海拉斯失踪，

① 伊希斯：埃及女神。

被水妖掳走，特洛伊王后赫卡伯看到自己的女儿波吕克塞娜遭人劫持时所表现的痛苦,都不及这些父母内心的悲痛与无助。

“然而,这些父母都惧怕这些撒旦的淫威,他们被迷信所蒙骗,不敢反抗,因为这些‘鼹鼠’一样的教士有办法使自己的罪行显得合情合法。这些失去爱女的父母就在家里暗自落泪,父亲总是诅咒自己结婚的时辰,而母亲痛哭不该生下这个不幸的孩子。他们就在痛哭流涕中度过本应颐养天年的后半生,直到生命的终结。

“有的父母被逼疯了,因为不能忍受这种耻辱,就投河、悬梁或用其他方式自杀,以此结束这种痛苦。

“还有一些较为勇敢的父母,他们便仿效雅各的儿子为自己被绑架的妹妹黛娜报仇的做法。他们找到了那个流氓和与他密谋掳走自己女儿的教父,为自己的女儿复仇,当场把他们砍成碎片,然后把教士尸首扔到荒山野里喂狼,喂鹰。这些唱赞美诗的教士和‘鼹鼠’们被他们的勇武大胆的做法吓坏了,他们被激怒了,便不断上诉,大喊大叫,要求司法部门严惩这种事,以杀一儆百。

“但是任何自然的公理,或是各国的法律,任何帝王制定的法律都没有任何条文规定对这种行为进行惩处。这样做不符合自然。因为,世界上任何有道德的人听到自己的女儿被绑架,被凌辱都会感到义愤填膺,这是合情合理的。因此,任何人只要发现有人预谋杀害自己的女儿,便可以当场把他杀死,这是符合理性,也是合乎自然的,法律上也不能定他犯罪而拘捕他。任何一个父亲,只要看到某些无赖,在‘鼹鼠’教士的帮唆下,诱骗抢走自己的掌上明珠(尽管她本人同意也好)都有权利当场处死他们,抛尸给猛兽肢解，因为这些无耻之徒不配享用神圣的大地母亲最后的甜蜜的拥抱,也就是不能入土埋葬。

“我亲爱的孩子,在我死之后,千万不要让我们的国家出现类似的法律。只要我还一息尚存,我一定会祈祷天主的帮助,做好这件事。既然你把自己的婚姻大事交给我来办,我会履行父亲的职责,把这件事做好的。现在,你就准备好同巴汝奇去旅行吧,带上爱庇斯特蒙、约翰修士和你所选中的其他人。你要从我的国库里拿多少钱都可以,你所做的任何事都会令我满意。到塔拉斯船厂挑一艘你中意的船吧。等顺风的时候,你们便可以以天主的名义,在他的保佑下起航。“你走的时候,我会为你挑选好你的妻子,并准备一场盛大的结婚典礼,那将是一场最值得纪念的结婚盛宴。”

第四十九章 庞大固埃准备出海远行和携带“庞大固埃草[①]”

不久以后，庞大固埃便向父王高康大辞行，带着父王对旅途平安的祈祷而要远行了。庞大固埃来到圣玛洛附近的塔拉斯港，随行人员有巴汝奇、爱庇斯特蒙、特乐美修道院院长约翰修士和王宫里的其他成员，特别值得一提的是历经许多危险征途的大旅行家克塞诺马恩，因他是巴汝奇在萨马甘蒂总督统治下一个名不见经传的世袭小领主，所以也被巴汝奇召唤来了。

庞大固埃一到塔拉斯港，便开始挑选船只，数目同古时萨拉米斯的埃阿斯率领希腊人讨伐特洛伊的船只一样多(有十二只)。每只船都配备有舵工、驳船工、桨手、翻译、工匠、士兵、粮食、枪支、弹药、衣物、钱和其他各种各样海上长途艰苦旅行的必需品。在这多色各样的物品中有数量颇多的“庞大固埃草”，有生的、未经加工的，也有熟的经过加工的。

这种草的根不大，但很硬，圆圆的，根尖是锥形的，白颜色，纤维并不长，入地只有一英尺半深。从根上长出一根圆圆的茎秆，有点像茴香的茎，外青内白，中间是空心的，就像伞形棵植物豌豆和黄龙胆一样。茎是木本的，多纤维，笔直但易碎，上面有些锯齿，就像雕刻过的细柱子。这种草的尊贵之处就在于它的纤维，特别是在中部最丰富。这种草的茎一般高五六

① “庞大固埃草”即麻。

英尺，有时也会高过枪杆，尤其是在土壤潮湿、肥沃、气候温和的地方，比如在奥隆纳的沙地和萨比尼亚普雷内斯特附近的罗齐亚这样的好地方，六月初和夏至前后还是雨水充足，就会长得比树还高（古希腊逍遥派哲学家，对植物深有研究的泰奥弗拉斯托斯称之为草木树）。虽然这是一年生草本植物，并不是根和枝干长久存在的树，那粗大的枝条就是从茎上长出来的。

"庞大固埃草"的叶子长度是宽度的三倍，绿色，像牛舌草一样有点粗糙，边缘有锯齿，像镰刀或水苏草，叶尖既像马其顿的落叶松，又像医生使用的柳叶刀。叶子的形状同木的叶子和兰草差别不是很大，因此有不少植物学家把"庞大固埃草"视为培植的品种，而把兰草称为野生的"庞大固埃草"。叶子在茎的周围成排长出，排距相等，每排约有五片或七片，这更显示出这种植物被自然赋予灵性，因为五和七这两个奇数是神喜爱的数字，叶子会散发出浓烈的味道，嗅觉敏感的人闻起来不舒服。

这种草的种子就在茎梢下面的地方，数量众多，呈椭圆形，或长菱形，浅黑或棕色，硬硬的，外壳极易脱落。因此，这种草籽是鸟类的最爱，像朱顶雀、金翅雀、云雀、白玉鸟、黄燕雀等等都喜欢。但如果男人经常吃，而且吃得多，生殖力便会下降。不过，古时的希腊人会用这种籽来做油炸面团、馅饼、蛋糕，作为饭后甜点或喝酒的小点心。但是这种东西很难消化，胃吃不消，会使血流不畅，还会热量过高，损伤大脑，使头部闷热、胀痛。

这种植物同其他草本植物一样是双性的，比如月桂、棕榈、栗子树、冬青、常春花、曼德拉草、蕨类植物、羊肚菌、马兜铃、柏木、松脂树、薄荷、牡丹等植物都有雄的和雌的。因此，这种庞大固埃草的雄株不开花，但果实累累；而雌株开白花，但这些花并没多大用途，也不结籽。它同其他草本植物一样，雌株比雄株的叶子大，可叶子却不如雄株坚硬，也不如它们长得高。

"庞大固埃草"的种植季节是燕子归来的时候，到了蚱蜢唱得声音嘶哑时[①]就可以收成了。

① 即九月里。

第五十章 “庞大固埃草”是如何加工和使用的

“庞大固埃草”的加工时间是在春分,可以全凭人们的想象力和各地的不同习俗进行多种方式的加工。庞大固埃最初教导的方法是:先把茎上的叶子和种子剥下来,再把茎放到不会流动的死水中泡五到十二天,如果天气干燥而水温热就泡五天,天气多变,变得冰凉就泡九到十二天。泡完之后,便在太阳下暴晒,后移入阴凉处,把纤维从木质部分离开,纤维也就是庞大固埃草的所有价值之所在。它的木质部分没多大用途,但可以拿它点火,当火把用;小孩子还会用它吹猪尿泡,有时候也有人拿来当吸管,偷偷地吮吸桶里刚酿的酒。

现代的一些加工者,为了节省分离纤维的人力,使用一种分离器,那样子就跟愤怒的朱诺极力阻止阿尔克墨涅生下海格立斯时并起来的手指。这种机器先把没用的木质部分敲碎,再把纤维抽取出来。不过,这种加工方法与常理相悖,只有那些想仿效诡辩的哲学家,或是退着过日子的那些人(当然那些织绳工必须这样)才一反常态这样做。还有的人为了不想让别人知道庞大固埃草的用途,便仿效命运三女神,尊贵的喀耳刻[①]在夜间玩的游戏,或是珀涅罗珀在她丈夫尤利西斯远征离家后,拒绝无数求婚者所使用的一成不变的借口一样,日织夜拆一直忙个不停,让别人无从打听。因此这种草的用途跟它的功效一样是数也数不清的,我只能为你们说

① 喀耳刻:神话中的巫女,曾使尤利西斯的伙伴变成猪,使尤利西斯不离开她。

出部分功效(因为要全部都说出来那是不可能的),首先请让我说说庞大固埃草如何得名的。

我发现植物的命名方法五花八门。有的是以发现者、种植者、改良者的名字命名的,如墨丘利的“墨丘利草”,埃斯科拉庇的女儿帕那斯的“帕那斯草”,阿尔特弥斯即狄安娜的“阿尔特弥斯草”,厄帕多尔王的“厄帕多尔草”,特勒弗斯的“特勒弗斯草”,海格立斯的儿子朱巴王的御医厄冯比斯的“厄冯比斯草”,克莱门努斯王的“克莱门努斯草”,亚西比德的“亚西比德草”,斯拉沃尼亚国王根提乌斯的“根提乌斯草”。在古时,用自己的名字命名新发现的植物的风气太盛行了,正像曾引起尼普顿和帕拉斯·雅典娜争执的、两人一起征服的土地应该叫谁的名字一样,雅典是从雅典娜来的,雅典娜也就是密涅瓦。同样的情形也发生在锡西厄的国王林科斯身上,他谋杀了奉农神之命刻瑞斯派遣给人类送小麦的小特里普托勒摩斯,因为当时人们还不知道小麦是什么东西,他想用自己的名字来命名麦子,争得对人类生命如此有用、如此需要的粮食的发现者的永恒光荣。但因自己犯下的罪恶,被刻瑞斯变成一只雪豹,又称“林 ”。同时,古时候,住在卡帕多奇亚附近的国王为一个小小的争端进行了很长时间的残酷战争,也是为了争执一种草应叫谁的名字。后来双方争执不下而引起战争,就把这种草取名“好战者”。还有一些植物的名字是以出产地命名的。比如米堤亚的柠檬、普尼西亚(或迦太基)的石榴、利古里亚的欧芹、巴巴利大黄都以这些植物的原产地命名的。据阿米亚奴斯考证,巴巴利大黄就是源于巴巴利河(就是现在的伏尔加河)上发现的草。此外,还有圣东日草、希腊茴香、因卡斯塔尼亚城而得名的卡斯塔尼亚栗子,波斯桃子、萨比尼亚杜松以及斯柴查德薰衣草,还有凯尔特甘松香等等。

有一些植物的名字来源于反义词或反语,比如“苦艾”就是美味的反义词,因为这种酒很难喝。还有“骨头”,本为“铁骨铮铮”,其实是反语,说的是一种最软弱、最弱不禁风的草。

还有的植物是根据特性和功效来命名的。譬如“安产草”可以为女人减轻分娩痛苦,“污斑草”可以治疗皮肤的污斑,“镇定草”可以舒缓情绪,“美发草”可以美发,还有“防咬草”、“痛风草”、“鼻通草”,等等。

还有一些植物是根据本身的生长特点来命名的,如“向阳花”,指跟随太阳的花,太阳升起时,花儿开放;太阳越升越高,花儿越开越大;太阳西斜时,花儿也跟着慢慢关闭,到了太阳下山时,花儿就全闭上了;“铁线蕨”即便生长在水畔，也不会潮湿，就是长时间浸泡在水里，拿起来也是干干的。此外，还有“明目草”、“羊须草”等等。

有些植物是神的化身，便用他们的名字命名。如“达佛涅树”（或月桂树），是由达佛涅变化而来的；“默特尔爱神木”、“皮蒂斯”、“那喀索斯”，即水仙花，“萨弗朗”，也就是藏红花，和“斯米拉克斯”，即天门冬等等，都是以变成这些植物的仙女或神的名字命名的。

还有一些植物是以同它们相像的东西命名的，如“马尾草”，是因为这种草看起来像马的尾巴。还有“狐尾巴草”、“飞蓬”，看起来就像跳蚤。“海豚草”、“牛舌草”、“鸢尾花”，也叫艾丽斯花，因花酷似朱诺的信使艾丽斯脖子上的彩虹而得名。此外还有“鼠耳朵草”、“牛蹄草”等等。同样，也有一些家族的姓氏源于植物的名字，像法比①姓氏是从蚕豆来的，皮宗族是从豌豆来的，兰特力姓氏来自扁豆，西塞罗是源自鹰嘴豆，还有一些姓氏来自尊贵的神灵，如“美神肚脐”、“美神头发”、“美神脑袋”、“朱庇特胡须”、“朱庇特的眼睛”、“战神血”、“墨丘利手指”等等。

还有一些植物的名字来源于其形状，如车轴草，或三叶草就因其三片叶子而得名；还有“五叶草”、“蛇形草”，就像蛇在地上蔓延，“爬地草”、“阳伞草”、“甜栗树”等，其实是阿拉伯的一种李子，因其果实像橡栗，而且富含油质。

① 法比：罗马民族，来自“法比斯”（蚕豆）。

第五十一章 “庞大固埃草”名字的由来和它的神奇功效

“庞大固埃草”就是以其发现者庞大固埃的名字来命名的(这绝不是虚构的,天主不喜欢我在这真真实实的历史故事中加入虚构)。这确实是庞大固埃发现的,当然我指的并不是这植物本身,而是它的一些功用。对于这种功用,小偷与它有着不共戴天之仇。这种仇恨比起杂草和菟丝子对亚麻的怨恨,芦苇对蕨类植物的怨恨,杉叶藻对割草人镰刀的怨恨,金雀花对青豆的怨恨,莠草对大麦的怨恨,斧草对扁豆,稗子对麦子,爬藤对石墙的仇恨都没有小偷对于“庞大固埃草”的仇恨来得厉害。这种作用超过睡莲之对风流教士的作用,超过了戒尺和木板对于那伐尔学校的学生的作用,超过白菜对于葡萄酒的作用,超过大蒜对于磁铁的作用,超过洋葱对于视力的作用,超过了羊齿草籽对于孕妇的作用,超过了柳絮对于不守清规的修女的作用,超过了水松树荫对于树下睡觉人的作用,超过了乌头对于豹子和狼的作用,超过了无花果和气味对于野性公牛的作用,超过毒芹对于小鹅的作用,超过了马齿苋对于牙齿的作用,超过油脂对于树木的作用,我们还见过不少坏人使用“庞大固埃草”吊着脖子结束了自己的性命。他们效法色雷斯女王菲莉斯、罗马皇帝波诺苏斯、拉提努斯的皇后阿玛塔,还有菲斯、奥托丽卡、利康伯斯、阿拉克、法德拉、丽达、利底亚国王阿凯乌斯等等。他们之所以对“庞大固埃草”深恶痛绝,并不是因为身体有病,而是“庞大固埃草”突然勒住了他们说好听的话、进好吃东西的喉管,比喉头发炎和严重的气管炎难过得多。

我们常常听到一些人当命运之神掐断他们的生命线时，痛苦地抱怨是庞大固埃掐住了他们的喉咙。善良的天主在上，这绝不会是庞大固埃干的，他从不是执行绞刑的刽子手。这是“庞大固埃草”发挥绞刑架的作用。他们这样说有失偏颇，是罪不可赦的，虽然我们可以说他们用了举隅法而原谅他们。他们是用发明者的名字代替这项发明。比如用谷物女神刻瑞斯代替面包，酒神巴克斯代替酒。我庄严地向你们发誓，以冰镇在桶内的酒瓶子所蕴含的箴言发誓，庞大固埃从来不掐人的脖子。

“庞大固埃草”与庞大固埃有很多共同之处。庞大固埃一出世时就和这种草一般高。要量出他的高度并不难，因为庞大固埃生于旱季，是这种草的收获时节。伊卡罗斯的狗向太阳的狂吠使全人类都成了穴居人，每个人被迫在地底下生活。

“庞大固埃草”名字的由来还缘于它独特的功效。因为庞大固埃代表了最快乐的意志、最完美的乐观精神(酒客们，你们都一致赞同吧)，我从“庞大固埃草”身上也看到如此巨大的潜能，同样的能量，如此完美的、令人称赞的功效。假如在古时选举树木之王的时候，如果“庞大固埃草”的这些神奇功效能被人们所知晓，那么它肯定能获得最多的选票。

我还用再说下去吗？如果奥里乌斯的儿子奥克西卢斯同他妹妹哈玛瑞亚德的结合能生出这种“庞大固埃草”，那么奥克西卢斯对这种草的珍惜和宠爱会超过对自己生的八个孩子的疼爱。要知道，这八个孩子全是神话王国里赫赫有名的树神。最大的女儿是“葡萄树”，第二个孩子是“无花果树”，接下来的是“胡桃树”，“栗子树”，“苹果树”，“梣树”，“杨树”，最小的一个是“榆树”，也是当时名闻遐迩的外科医生[①]。

我还要再接下去告诉你们，把这种神草的汁液挤出来滴在耳朵里，能够杀死在里面滋生的，或是爬到里面去的害人虫。把这种汁液滴入水桶，你会看到水马上凝结起来，就像成块的牛奶，就是这么神奇，这种凝结物可是医治马匹患急腹痛或气短的良药。

这种草的根在开水里煮过，可以舒活筋骨，治风湿痛和痛风病。

如果烫着了，不管是被热水或是大火烫伤，只要把新鲜的“庞大固埃草”涂在伤口上就行了，你就无须其他治疗，只要注意敷料干的时候换上

① 据说榆树皮能使伤口结疤，故称外科医生。

新的。

没有“庞大固埃草”，我们的厨房会一片狼藉，桌子也会令人作呕，即使上面摆满了美味佳肴。我们的床铺即使饰以黄金、白金、白银、象牙或是斑岩，也不会使我们舒适。没有“庞大固埃草”，磨工就不能把麦子扛到磨坊，也不能把磨好的面粉再带回来。没有“庞大固埃草”，律师怎么能把案情摘要带到法庭呢？没有它，怎么能把石膏运到加工厂，又怎么能把水从井里汲出来呢？没有“庞大固埃草”，法庭的书记员会终日无所事事，抄写员、秘书和其他文人也都要失业。没有这种草，文书和契约就会绝迹，伟大的印刷技术也会随之消失。没有这种草，我们用什么挡窗户呢，又如何敲响教堂的钟？伊希斯的祭司们用这种草遮盖身体，其他祭司们也是由于这种草才显得衣冠楚楚，所有的人类呱呱坠地时也要用这种草遮羞。印度的全部羊毛树，波斯湾泰罗斯、阿拉伯和马尔他的棉花树等合起来都比不上这种草能够满足这么多人的穿衣。这种草能够遮风挡雨，比以前使用兽皮来得舒服；这种草能为戏院、剧院遮阳；这种草能够把树木圈起来，为方便猎人打猎；这种草能洒进淡水或咸水里，为渔民捕鱼。它还可以做各种各样的靴子，如中统靴、高统防水靴、短统靴、便靴、轻靴、舞靴和轻底靴。“庞大固埃草”可做弓箭、弩、弹弓的弦。它还是一种神草，就像亡灵敬重的马鞭草一样，尸体必须裹上它才能入殓。

我还可以告诉你更多用途。用这种草能够捕获一切无形的东西，使它显形，像被关在牢里一样。有了这种草，那沉重的石磨可以轻松地被推动，大大改善了人类的生活。我因此感到震惊，在过去漫长的世纪里，为什么古代的学者就没充分考虑到这种机械的功效，没有它，那劳动强度会是多么令我难以忍受。

用了这种草可以驾驭海上的风浪，船可以顺着航行者的旨意开往任何地方，不单是货船、客船、大帆船，还有运载整个舰队的战船都可以劈波斩浪。

多亏了这种草，那些被大自然隐藏起来，鲜为人知，难以接近的国度现在与我们靠近了，我们也可以了解他们了，这是鸟类都无法做到的，不管它们的羽毛有多轻盈，不管大自然赋予它们多么超强的飞行本领。锡兰能和拉普兰接触，爪哇上的人也能看见锡西厄高山，阿拉伯人也知道特乐美，冰岛人和格陵兰岛人也能看见幼发拉底河。“庞大固埃草”使北风能到南风的王国做客，东风能拜访西风的国度。有了“庞大固埃草”，南极人看到北极人跨越大西洋，穿越两条回归线，跃过热带地区，经过整个黄道带，在昼夜平分地欢跃嬉戏，而地球的两极就在他们的眼界里跳着舞。天上的神灵看到这一切着实大惊失色，那些惊恐万分的奥林匹斯山上的神仙喊叫着：

"庞大固埃运用这种草的神奇攻效，给我们制造出新的烦恼，这比过去那些企图爬上奥林匹斯山的巨人更可怕。庞大固埃不久便会结婚生子，庞大固埃会日渐繁荣昌盛，我们无力阻拦，因为这是命运三姐妹用她们的双手和纺锤纺出来的命运，是命中注定的。他的孩子们可能还会发现另一种具有同样功力的草。人类就可以利用这种草上天偷窥制作冰雹的作坊，倾泻雨水的水闸门，锻造闪电雷劈的车间。他们可以侵入月球，还会到黄道的各个星座旅行，并居住在那儿，有的会占据'金鹰'座，有的占据'白羊座'，有的占据'王冠座'，有的占据'天琴座'，还有的占据'银狮座'。他们会跟我们平起平坐，还会娶我们的女神为妻，因为这是他们成仙的唯一办法。"

最后，神仙们决定在天庭召开一次诸神会议，商议如何应付的事宜。

第五十二章 “庞大固埃草”的另一功效——不怕火烧

我所告诉你们的一切都是超乎寻常，令人惊奇的，如果你还能相信这种圣草的另一神性，就让我来告诉你吧，信不信由你，我只要说出实话就够了。我会把实话告诉你们，但是要把这个问题讲清楚不是那么容易，就让我先问你们一个问题吧：如果我把两碗酒和一碗水倒入一个瓶子里，充分地把它们摇匀，你能用什么办法把酒和水分开呢，并且要同未混合之前一样多，你有什么办法呢？

换种说法吧：如果你的酒窖要贮存大量的酒，派你的车夫和船夫从格拉夫、奥尔良、博恩和朱尔沃地区运来一大桶一大桶的酒，但这些人在途中却把酒桶打开，偷喝了一大半桶酒，再往酒里掺入水（利穆赞人从阿根顿和圣高提埃运酒时，在路上就是一鞋子一鞋子偷喝酒，后加水），你怎么能把水分离出来，把酒提纯呢？对了，你可能会告诉我用一只象牙漏斗就行。这确实有记载，也被验证过一千多次，你们也都知道了。但是那些没听说过的，没有亲眼看见的人是不可能相信的。我们再继续讲吧。

如果我们是生活在古苏拉、马略、恺撒等古罗马帝王统治的时期，或在古代德鲁伊特人执政时间，那时流行把亲属或君主的尸体烧成灰，再把骨灰掺入上等白酒喝下去（就像阿尔特弥斯把她丈夫摩索卢斯的骨灰喝下去一样，或是把骨灰装入瓮或匣里，你有什么办法可以把骨灰同柴灰完全分离呢？请告诉我吧。

天啊，这肯定够你受的。让我赶紧把好方法告诉你吧。你只要用足够的神草“庞大固埃草”，把尸体严严实实包起来，并用这种草把它捆紧，凭你投入多旺的柴火，那火焰会越过“庞大固埃草”做成的外壳，很快把尸体的肉和骨头烧成灰烬，而这种草却不会被燃烧，也不会沾上一点点骨灰，你可以把“庞大固埃草”完好无损地拿出来，会发现它们比原先更漂亮、更白，也更干燥了，因此这种草又被称作“石棉草”。塞浦路斯岛的卡帕西亚盛产这种草，在埃及的阿斯旺地区也卖得很便宜。

这简直是多么神奇，多么不可思议的事啊！火能吞噬、烧毁一切东西，却令这种卡帕西亚的石棉草更纯净、更洁白。如果你们就像犹太人和其他神秘主义者一样，对这事半信半疑，要找出论据，你们只需做个简单的实验就行了。拿个新鲜的鸡蛋，并用“庞大固埃草”包起来，扔到最热、最旺的柴火里，随你烧多长时间都行。最后取出来时发现里面的鸡蛋全烧成炭灰了，而“庞大固埃草”却毫发未损，安然无恙。你可以自己做这个实验，只要花一点点钱就搞定了。

不要跟我提火蜥蜴：那是骗人的，跳动的小火苗会使火蜥蜴活跃起来，它喜欢火，那是真的。但是把它放入大火炉，它就像其他的生物一样会窒息，烧成灰烬。这种情况我们见过，很多很多年以前，盖伦也证实并阐明了这件事，这在他的《论气质一书》就证实过。狄斯考雷德在他的著作第二卷里也有记载。

也不要跟我提明矾，也不要提罗马统帅苏拉[①]无法用火攻下的比雷埃无斯的木质塔楼，那是因为米特拉达梯国王派驻管理那个城市的总督阿克劳斯把那个塔全部涂上明矾。

也不要拿被亚历山大·科尼利厄斯称为 eonem 的树同“庞大固埃草”相提并论。据他说这树像槲寄生橡树，水浸不湿，火烧不毁，那寄生的植物也是水火不怕，据说伊阿宋率领英雄寻找金羊毛所乘的船阿尔戈号就是这种木材做的。谁愿意信就信吧，我才不信呢。

也不要跟我谈你在布里昂松和恩布朗山上看到的树有多神奇，它树根周围长满蘑菇，树干可以挤出树脂，盖伦说这是和松脂功效一样的，它那细长的叶子接纳的是天神的蜜露，即“吗哪”，这种树很有胶性，油脂丰富，也不怕火烧。这种树在希腊文和拉丁文里称作 Larix，在阿尔卑斯山地区，被称作 melze，帕多瓦人和威尼斯人称它为 Larege。尤利乌斯·恺撒从高

---

① 苏拉：二世纪罗马独裁暴君。

卢回来，把无法攻克的皮德蒙特城堡称作拉里奴姆 Larignum 正是因此得名。

当时，尤利乌斯·恺撒命令皮德蒙特和阿尔卑斯山地区的所有的地主和居民把粮食和其他供给运到沿路指定的站点，为他的大部队经过时提供给养。每个人都遵守命令，只有拉里奴姆地区的人坚信自己地势险要，恺撒军队不敢轻举妄动而拒绝进贡。为扬其军威，恺撒大帝便率军出击，一走近城门，看到前面有座城堡，是由粗大的落叶松木建成的，木头一根一根堆叠，城堡很高，堡垒上面的人只需用滚木礌石就很容易把侵略者击退，当恺撒看到守城的士兵只使用滚木礌石外再无其他武器，便命令士兵在城堡周围架柴火焚烧。火势蔓延很快，火焰把整个城堡团团包围，恺撒大帝原以为那木结构的塔楼和整个城堡就会被大火烧毁。但当柴火烧尽时，整座塔楼却没有丝毫被损的痕迹。看到这情况，恺撒大帝又下令在城堡礌石射程之外挖壕沟，将城堡完全孤立起来。

于是，拉里奴姆人只得同恺撒大帝讲和，他从这些人口里得知这种木头的奇特之处。这种木头点不着火，也烧不着。也许这种木头在某些方面与“庞大固埃草”可相媲美，尤其是庞大固埃建特乐美修道院时，所有的门、窗、檐槽、板条、饰面都选用这种木材。他用这种木材来造大船的船尾、船首、厨房、甲板、舷梯、艏楼等部位，塔拉斯造船厂制造的双桅杆帆船、三桅杆帆船、轻帆船和其他船只也都选用这种木材。然而，与“庞大固埃草”不同的是，把这种木材放在足够大的火里，也会被烧坏，就像石头在窑里烧成石灰一样。而“庞大固埃草”可是越烧越纯净，越烧越光亮，永远不会被烧毁的。所以，

阿拉伯人、印度人、塞俾安人①，
别再吹嘘你们的没药、香料和乌木，
这里有更好的东西，请来观赏吧，
这种草的籽带些回去吧，
在你们那里若能繁衍生殖，
那就感谢上天的庇佑，

① 塞俾安人：阿拉伯民族之一。

让“庞大固埃草”的原生地法兰西，
繁荣安康。

善良的庞大固埃英勇言行录

第三部

终

第四部

善良的庞大固埃的英勇言行

弗朗索瓦·拉伯雷先生著

医学博士

献给最尊贵的名闻遐迩的
卡斯提翁红衣主教奥戴亲王[1]

最尊贵的奥戴亲王，你一定知道我过去曾经、并且现在每天都受到多少大人物的鼓励、要求、甚至恳求，要我把庞大固埃的故事继续写下去。他们说许多体弱、生病，或者受苦、受折磨的人只要一读到我的书，便会战胜烦恼，心情好转，得到一种新的希望和安慰。这也正是我写这些书的意图——为了游戏和消遣，对获得荣耀或博取称赞丝毫不感兴趣，我只希望我写的这些东西能够给那些生病的人和受着痛苦折磨的人带来一丝慰藉，就像我作为一名医生，当病人需要我的知识去为他们服务时，我会十分乐意效劳的。

我曾经不止一次长篇大论地向他们述说希波克拉底在好几个地方，尤其是在《论时疫》第六卷里向他的学生传授行医之道。以弗所的索拉奴斯、帕加马的奥里巴修斯，还有克劳狄乌斯·盖伦、哈里·阿巴斯和后来的许多学者也探讨了同样的话题，谈到医生的动作手势、言谈举止、面部表情、风度仪表、道德品行、待人接物，医生的穿着、胡子、头发、手、嘴，甚至如何修指甲都有说明。他们认为医生应该扮演喜剧里的求爱者或突进重围、进攻强敌的斗士。的确，希波克拉底把行医比作一场战斗，也比作是病人、医生、疾病三者合演的一出笑剧，这种比喻是十分恰当的。

---

① 卡斯提翁红衣主教奥戴亲王十八岁时即被教皇克雷芒委为红衣主教，历任要职，作者写此篇献词时，奥戴在包外做主教。本书一五四八年初版时无此献词。

读到希波克拉底的这些箴言，有时使我想起朱丽雅曾向她的父亲屋大维·奥古斯都说过的一句话。有一次她穿着妖艳浪荡的衣裙来见她的父亲，她父亲心里非常不悦，但没有声张。第二天她换了朴素的衣服，就像端庄的罗马女人的打扮又去见她的父亲了。他父亲虽然头一天看她那不合礼仪的穿着没说一句不满的话，现在看她穿得如此朴实，喜悦之情溢于言表，说道：

"啊！孩子，你穿上这身衣服再合适、体面不过了。"

朱丽雅早已心中有数，马上回答道：

"我今天这样穿是给父亲看的，而昨天那样穿是为了博得我丈夫的欢心。"

同样地，医生也应该在外表和服饰上装扮一下，甚至穿上古时行医时穿的那种有四个袖子的精致华丽的长袍(彼特鲁斯·亚历山德里奴斯在注释《论时疫》第六卷里告诉我们叫作 philonium 的修士式长袍)。如果有人说医生这样穿太滑稽可笑了，便可以这样回答：

"这样穿并不是为自己穿着考究或标新立异，而是为了迎合所要探访的病人的喜好，这才是唯一要取悦的人，不能冒犯他，不能让他不高兴。"

还有，阅读上面提到的希波克拉底老先生的那一卷著作里，使我们费尽气力争论不休的并不是医者的垂头丧气的表情——郁闷、烦躁、严肃、愁苦、不讨人喜欢、爱挑剔、冷峻的样子是否会使病人难过；或者医者喜眉笑眼平静、和蔼可亲、开朗、愉快的表情会使病人感到快慰。这一些早已被完全证实是毫无疑问的。而我们所要探讨的是病人的难过或精神振奋是否因为看见医者的表情从而猜测自己的疾病会是什么结果。如果医者心情愉快，病人对自己的病情就感到乐观；如果医者垂头丧气，病人就会感到病情严重而悲观失望。换言之，即医者的精神——平静或沮丧，神采飞扬或消沉沮丧，舒心愉快或多愁善感会传染给病人，影响病人的心理，直接关系到病人的健康，柏拉图和阿威罗伊就是持这种观点。

最重要的是，上面所说的这些学者还提醒医生，一旦被病人召见时应言辞谨慎，注意与病人谈论的话题和方式。必须牢记，与病人的所有交谈(当然不能冒犯神灵)只有一个目标，那就是让病人精神愉快，无论如何也不能让病人悲伤难过。希罗菲鲁斯曾严厉地指责一位名叫卡里亚纳克斯的医生，那是因为病人问他"我会不会死"时，他傲慢无礼地回答：

普特洛克勒斯都会死去的，

更何况你远不能与他相比！

还有一个病人想知道自己疾病的情况，以那位可敬巴特兰的方式，开玩笑地问他：

我的小便，
是否说明我死期临近？

他没头没脑地回答说：

“不会，只要你母亲是生了那对漂亮孪生兄妹福玻斯和狄安娜的拉托那就行。”

“盖伦在希波克拉底《论时疫》评注的第四册里也强烈地谴责曾在医学上给他指导的干图斯。据说罗马有一个病人，是一位体面的绅士，问他：‘大师，你肯定吃过饭了，我闻到你的酒气。’干图斯嗤之以鼻地答道：‘我闻到你嘴里有热病的气味，哪一种更香呢，是热病还是酒呢？’”

但是有一些食人生番、阴险恶毒的人，十足的谩骂狂，他们对我的辱骂太无理、太凶残了，使我再也忍无可忍，决定不再写一个字了。他们惯用的伎俩就是指控我的书充满异端邪说(其实他们连一个地方也找不出)，事实上，我的书笑料倒是很多，因为这是我全书的主题和唯一的用意，但对神与国王并无不敬之处。书中并没有任何异端，那是他们违反理性，牵强附会，任意歪曲我的文字。如果书中有这种内容，或我脑子里有过这种念头，我情愿死一千次。他们把面包曲解成石头，把鱼说成蛇，把鸡蛋误作蝎子。既然您曾多次听我亲自向您抱怨，我必须在此向主教直截了当说明白，假如我不是觉得自己是一个比他们更虔诚的教徒，假如在我的生命里，我的著作里，我的言谈里，甚至在我的思想里，如果能找到那么一丁点儿异端，我情愿效法凤凰，堆起干柴，点燃烈火自焚而死，他们也无须受魔鬼撒旦的指使，造谣诬陷我，使自己身陷臭名昭著的诽谤者的泥淖。

主教可以为我做证，我们永远怀念的已故国王弗朗索瓦一世，他生前为查明这些诽谤，特地请了全国最博学、最忠实的朗诵师一字一句、清清楚楚为他朗读我所写的书(在这里我之所以强调我所写的，是因为别有用心的人（天才晓得）把多少本与我毫无关系的异端邪说的书说成是我写的)，他仔仔细细听完之后并未寻出任何一个可疑的段落，反倒被某一吃蛇人[①]因为印书者一时疏忽，错把 M 排成 N(asme 灵魂便成了 asne 驴了)而指控作者是不可饶恕的异端而极为震惊。

后来继位的王子殿下，也就是我们如此善良、如此有德、如此受上天庇佑的国王亨利(愿天主保佑他长命百岁)也曾听过我所写的书，并授权主教赐我特许与保护，对抗那些诽谤者。这令人振奋的好消息是主教在巴黎通知我，后来，您探望红衣主教杜·勃勒时又再次告诉我。当时杜·勃勒久病之后正在圣莫尔疗养。圣莫尔那个地方，说得更恰当些，真是令人身心健康、精神愉悦、宁静恬淡，能享受到淳朴田园生活的所有乐趣的天堂。

因此，主教大人，我现在摆脱一切恫吓的威胁，重新挥起秃笔，希望您仁慈的庇护，使您成为法兰西的第二个海格立斯，赋予我知识、智慧和雄辩，对抗这些诽谤者。在德行、权势和威望上，您是名副其实的阿勒克西卡科斯[②]。我可以像明智的国王所罗门在旧约《传道书》第四十五章[③]里评价以色列伟大的先知和领袖摩西那样来评价您："一个敬畏天主，善待世人，为上天和世人所拥戴，千秋万世为世人所怀念的人。天主使他成为勇士中最勇猛者，让他的敌人惧怕他；天主恩赐助他成就一番惊人的伟业，在众王面前给他荣誉，通过他把自己的旨意向世人传达，让世人看清楚天主指引的光明。天主从众人当中挑选出他，使他信仰坚定，谦卑仁慈，让世人从他那里听到天主的声音，向黑暗中的人传授处世行事之道。"

除此之外，主教大人，我向您承诺，凡是遇上为了这些愉快人笑料向我表示祝贺的人，我将请他们把所有的感谢转呈给您，因为只有您才是应该被感谢的人。我还会让他们祈求天主保佑您，使您荣耀擢拔，而我别无他求，只希望能谦卑地谨守您的旨意行事，因为是您崇高的鼓励给了我勇气和创造力，使我继续写下去。没有您，我的心力业已交瘁，我的才思业已枯竭，愿天主永远以他神圣的恩典庇护您。

您最谦卑、最顺从的仆人
弗朗索瓦·拉伯雷医生
一五五二年一月二十八日于巴黎

---

① 指教士，他们终日躲在修院里，有如过去食蛇之穴居人。

② 阿勒克西卡科斯：海格立斯之另一称呼，希腊文为"济贫救难之保护人"。

③ 《旧约·传道书》只有十二章，此处指《圣经》以外之《伪经》。

作者前言

善良仁慈的人们啊，愿天主眷顾和庇护你们?！可是你们在哪里呢？我看不见你们。等一下，让我戴上眼镜?！

啊，哈?！“大斋节”终于顺利度过了！现在，我总算看见你们了，而且看得那么真真切切。听说你们今年酿的酒醇和回甜，这使我无比喜悦，你们已经找到一种消除干渴的神奇药方了，而且这种药是源源不断的，这真是最值得庆幸的事。你们及你们的妻子、儿女和亲朋好友可安好否？好，噢，这太好了，我很高兴。愿至高无上、仁慈善良的天主永远受到赞颂，并且（倘若这是他的旨意），愿你们永远快乐安康。

至于我，承蒙主的垂爱，我尚在人世一切安好，这是托主洪福。正如庞大固埃那种不为身外万物所囿，达观超脱的精神使我精神抖擞，意气风发，只要你们高兴，我随时随地都愿意和诸君开怀畅饮。善良的人们啊，你们会问我这是为什么？我可以给你们一个最满意的答复：这是最崇高最乐善的天主的旨意，我敬慕他，遵循他的圣谕。我敬奉福音中的至理名言，正如《路加福音》第四章对那个忽视自身健康的医生的尖刻讽刺和嘲弄，是那样一语中的，书中说道：“医生，该医治好自己的病①。”

克劳狄乌斯·盖伦很关心自己的身体，但并不是出自于对神的敬畏，虽然他对《圣经》怀有真情，并且和当时的信徒关系也很好。这在他的《人

① 《新约·路加福音》第四章第二十三节。

体各部分功能》第二卷第三章和《论各种不同的脉搏》第三卷第二章都可以找到证据。不过他也怕遭到那句恶俗讥讽语的嘲弄：

> 医生只懂得医治他人的病，
> 自己百病缠身却束手无策。

他总是得意地说，他不想暴露自己医生的身份。从二十八岁到老年，他的身体都非常好，除了偶尔犯过几次时间持续不长的寒热病外。此外，他并不是先天身体条件很好，胃比较虚弱。他在《养生之谈》第五卷中说道：“一个忽略自己健康的医生，是很难被认定为能治好他人疾病的医生。”

古希腊的医生阿克勒比亚德斯①更是炫耀自己作为一个医生，与命运之神已立下合约：假如从他行医起直至迟暮之年得过疾病，那他就不能算是个医生。他赢得了与命运之神的打赌，直到他垂垂老矣，还是声如洪钟，身体硬朗。只是到了生命的最后一刻，他运气不好，从简陋、腐朽不堪的梯子上摔了下来，这才去见死神。

诸位，如果万一不幸，健康逃离你们而去，不管它躲在哪里，上上下下，前后左右、里里外外，无论它离你有多远，但愿我们的救世主能让你很快地再找到它！一旦幸运地碰上它，一定要毫不犹豫地抓住它，凭着所有权或转让契约去认领它。法律给予你这种权利，国王也同意，我也催促你这样做，就像古时候的立法家允许主人追捕逃亡的奴隶那样，不管他逃到天涯海角，只要找到他，就可以逮住他。仁慈的天主和慈善的人们！在这高贵、古老、美丽、繁荣富有的法兰西王国里，不是早已约定俗成“死者把权利传给生者吗？这是由来已久的惯例和法律上的明文规定。如果你们不相信，那就请看看那位善良、博学、聪明、富有同情心、温和公正的安德烈·提拉各，也就是我们那伟大、百战百胜的国王亨利二世的机要大臣，前阶段在庄严的巴黎议会法庭是如何评论的。西西翁人阿里弗龙说得好，健康就是我们的生命。没有了健康，也就失去了生活的意义；没有了健康，生活也就索然无味，活着就像死了一样。所以，假如健康不在，也就等于死亡，何不

---

① 阿克勒比亚德斯：公元前一世纪古希腊医生，曾在罗马创立学派反对希波克拉底学说。

赶紧珍惜生活,赶紧珍惜生命呢?

但愿天主会听见我们的祈祷,因为我们的信仰是如此坚定;天主也会满足我们的愿望,因为我们不是过分的需求,是合情合理的,并有所节制的。节制,是一种高尚的禀性,古代圣贤称之如黄金般珍贵,广受称赞和欢迎。只要翻阅《圣经》,我们就不难发现天主从来不会拒绝那种谦卑的愿望。那身材矮小的撒该[①]就是一个很好的例子。奥尔良附近圣伊尔教堂里那些趾高气扬的教士们,在大庭广众炫耀撒该令人敬慕的圣骸就藏在他们的修道院里,并推崇为森林的保护神。撒该的愿望其实很简单,他只是想在救世主经过耶路撒冷时能见他一面。这个心愿再普通不过,或许每一个虔诚的信徒都会有这种强烈的愿望。可是撒该个子矮小,挤在熙熙攘攘人群中,就显得更加矮小了,尽管他踮起脚后跟,翘首张望,却什么也看不见。他心急火燎,到处乱挤,期望能从人缝中窥见救主的风采。他努力奋争,却寸步维艰,无奈他何,不得不爬上一棵桑树上。我们仁慈的救主发现了他,被他的真诚所打动,觉得他多么谦恭,便乔装打扮显现在他面前,不让他识出自己的身份,救主主动地同他搭话,并来到他的家中,让救恩降临他家。

在《旧约·列王纪下》中还记载了以色列先知的一个儿子的故事。有一天,这个青年正在约旦河畔砍树,不小心斧头脱柄飞出,掉到河里。他虔诚祈求天主能把斧头还给他。这只不过是一个很细微的请求。这个青年对主的坚定信念,并不像那些蛊惑人心、无事生非的魔鬼,宣扬要先扔斧柄再丢斧头。而那位青年并非如此,正如我们所看到的那样,他是无意中不慎斧头掉到河里,再扔斧柄的。这时,便发生了两个奇迹:只见斧头从水底浮出了水面,随后便自动地跟原来的斧柄接上了。假如这个青年人的愿望不是如此细微,而是希望自己能像以利亚那样乘着火焰战车飞上九重霄,或像老亚伯拉罕那样椿萱并茂,或像参孙那样身强力大,或像押沙龙那样英俊貌美,那么他的愿望还能实现吗?恐怕就难于办到了。

谈到诸如斧头失而复得这样普通而又有所制约的愿望,我还想再告诉你们那聪明的法兰西人伊索在他的寓言里写的另一则关于斧头的故事(请告诉我什么时候该停下来喝一杯)。我的意思是马克西姆斯·普拉奴德斯所说,根据最可靠的历史学家记载,法兰西人是从特洛伊民族繁衍而来

---

① 故事见《新约·路加福音》第十九章第一至十节。

的，因此原来是弗里吉亚人或特洛伊人的伊索就成了法兰西人了。埃里安说伊索是色雷斯人，阿加西阿斯和希罗多德说他是萨摩斯人。到底伊索是哪里人，说真的，我却毫不在乎。

在伊索生活的时代，有一个名叫巴利的格拉沃特籍的贫苦农民，他家徒四壁只能靠砍柴勉强度日。对他而言，斧头比他的生命还要珍惜。可是有一天，他的斧头突然不见了，急得他像热锅上的蚂蚁。他十分颓丧，怪谁呢？都是他的过错，只能怪自己。斧头是他的命根子，因他所拥有的一切，他的全部生活全靠那把斧头。有了那把斧头才能使他自食其力，在富有的樵夫面前能抬起头，维持自己的尊严。如今没有那把斧头，等待他的将是饥饿和死亡。六天已经过去了，斧头却还没有找到。此时，死神就敲他的门，见他失去谋生的工具，生活无着落，便想给他一把镰刀让他了却生命，将他从人世带进阴间。

承受这么大的灾难，他还是不想死；面对死神的威胁，他惊恐万分。他颂念经文，向朱庇特呼唤，用他所能想到的最能表达内心情感的言辞祈求这位天神（正如你们所知的，需要是能言善辩之母）。他诚心诚意双膝跪地，抬头仰望上苍，双手高高举过那光秃秃的头顶朝向天空，伸开十指，一遍又一遍地大声祈祷："仁慈的朱庇特，我祈求您给我斧子吧！我只要我的斧子，别的什么我也不想要了。仁慈的朱庇特啊，我只求我的斧子啊，或给我足够的钱买一把斧子。啊，我那可怜的斧子，我多么不幸啊！"

此时，朱庇特正在召开天庭大会，商议一些非常重要的大事。发言的是老西布莉[①]，或是年轻貌美的福玻斯，不管是谁并没有什么区别。巴利声嘶力竭地喊叫声，一下子就传到众天神的耳朵里。

朱庇特问道："是谁在凡界大喊大叫，我以冥河的所有威力发誓，难道还有谁嫌我们手头的事情不够多吗？现在我们不正是在恪尽职责，尽心尽力解决千事万端和错综复杂的分歧吗？我们刚刚平息了波斯王普里斯特·约翰和君士坦丁堡皇帝索里曼苏丹王之间的争执，解决了鞑靼人和莫斯科人之间的矛盾。我们也批准了摩洛哥王子的请愿，让他成功地进入奥兰。我们甚至让土耳其海盗德拉各·雷斯皈依成了虔诚信徒。我们还解决了帕尔马事件、马格德堡事件和阿非利加（那就是地中海上面的突尼斯城

① 西布莉：神话中农神之妻，朱庇特之母。

市,凡人称为梅何底亚,而我们称为阿佛洛狄修姆)事件也平息了。不幸的是,的黎波里被侵占了,换了统治者,这也是意料之中的事。加斯科涅人发誓不夺回教堂的钟绝不罢休。而处在另一端的萨克森人、汉萨人、东哥特人和德意志人——他们从前全是不可征服的,如今昔日威武荡然无存,却在一个卑劣的残废小人的统治之下,循规蹈矩。他们祈求我们相助,为他们雪耻,帮助他们重振雄风,恢复原有的自由。还有那两位难于对付的教授,仅为了一个亚里士多德而纠集自己的同僚将巴黎神学院搞得天翻地覆!这事情真是难办,我也不知道该支持哪一方。这两位教授都是好人,也都旗鼓相当。一个相当富有,另一个也想和他一般富有。一个见多识广,另一个也是饱读经书。一个喜欢交良友,另一个被良友所钟爱。一个是阴险狡猾的狐狸,另一个则像一只野狗,对古代的哲学家和雄辩家狂吠。普里阿普斯,你是生殖之神,你表个态吧,我向来都喜欢倾听你的建议,因为你的意见公正贴切,那个大东西能藏大智慧呢。"

普里阿普斯恭恭敬敬摘下他的修士斗篷,露出他那红光焕发的脑袋,说道:"敬爱的朱庇特陛下,既然你称他们一个是狂吠的疯狗,另一个是阴险狡诈的狐狸,那么您何必生那么大的气呢?您姑且把从前对待狗和狐狸的手段用在他们身上也就行了,您何须顾虑那么多呢?"朱庇特问道:"你说什么狗和狐狸,我一点印象也没有,这是什么时候的事,在哪里发生的?"

普里阿普斯回答:"您的记性可非同一般,难道您忘了?当时巴克斯老兄就站在这里,面红耳赤,发誓要向底比斯人报仇。他不知从哪里弄来一只被施了魔法的狐狸,并且将他放出去,任凭它在世间横行霸道,它总是安然无恙,其他动物都无法克制它。尊贵的伍尔坎便用古高卢的阿基台纳的铜造了一只狗,并用风箱的飓风朝它一吹,这只狗就活了。于是,他把狗赠予您,您又把它送给欧罗巴,欧罗巴又把它送给米诺斯,米诺斯又送给普罗克里斯,最后普罗克里斯送给了丈夫西发卢斯。这狗也被施予魔法,是只神狗,遇到什么就捉什么,别想从它利爪下逃脱,就像我们今天的律师。一旦这两只动物相遇了,结局会如何呢?狗是注定要捉狐狸的,而狐狸遇见狗也绝不会被逮着,这也是命中注定的。

"最后这个僵局就交给您来裁决。您说天命是不可被干预的,但这两只动物注定就是相互矛盾的。这对矛盾碰在一起,是天生不可调和的。您当时可是不知所措,挥汗如雨,有几滴汗水落到地上,都长出好几棵肥大的白菜。一下子连我们这威严的法庭也找不到解决问题的办法,大家都急得唇焦口燥,喝下了七十八桶佳酿,甚至还要多得多。后来我想了个主意被您所采纳。您把这两只动物都变成石头,所有的问题也就冰消瓦解了。

巍峨的奥林匹斯山的干渴之声得以暂停, 您还记得那一年底比斯和卡尔西斯之间的泰美索斯附近,男人的那个玩意儿都耷拉着。

“我想您应该借鉴这个先例,把这只狗和狐狸都变成石头,让它们不得再争吵,何况变形艺术您可是很在行。再说这两个博学教授的姓都是皮埃尔(也就是法文石头的意思),就像利穆赞人说的那句古语:一口灶要三块石头垒,您可以把皮埃尔·杜·柯内特也一起算进去,过去您也是由于同样的原因把他变成石头的。这样,在巴黎大教堂前面的广场上恰好可以把这三块石头垒成等边三角形,让他们的鼻子把蜡烛、火把、圣蜡、大烛台里点的火一一吹熄灭,就像在玩‘飞鼠’游戏一样。这两个人在世的时候,天天乒乒乓乓地闹腾,到处煽风点火,挑起争端,制造派系分裂,只是让无所事事的学生看热闹罢了。把他们变成石头,就可以一辈子为世人做证:狂妄自大的小人下场就该如此遭人唾弃, 我想这样做比让法庭来裁断英明得多,我要说的就这些。”

朱庇特回答:“亲爱的普里阿普斯大师,您对他们真是太仁慈了。但依我之见,您不是对每个人都这么友好的。既然他们都想让自己的名字流芳百世,最好的办法是他们一死便把他们变成坚硬的石头,如大理石块,而不是让他们回到土里去腐烂。

“现在在凡界, 就在我们身后的第勒尼安海和阿尔卑斯山附近地区,你看那些教士正制造多么悲痛的惨局, 这种狂暴就像里摩日瓷窑里的大火一样持续不断,但终究是会熄灭的,不过不会马上被扑灭,看来我们又要忙上一阵子了。唯一的问题就是自从诸神有了我的特许便肆无忌惮地向新安条克扔下一大筐一大筐的雷劈,我们雷劈的存货短缺了。那些守卫丁登卢瓦城堡的贵族士兵也效仿你们的作法,把弹药都用来打鸟,等到敌人突出重围,侵入心脏地带,他们才发现没有自我防卫的弹药,只好英勇无畏地把城堡交给敌人, 自己也一并投降。可是敌人早已对他们失去兴趣,他们也只好仓皇出逃,什么也顾不上了。伍尔坎,我的儿啊!请颁发我的命令,把你身边那些熟睡的巨人库克罗普罗斯、阿斯特洛普斯、斯蒂洛普斯、波吕斐摩斯、匹拉克蒙和其他人叫醒吧!让他们行动起来吧,确保他们有足够的酒喝!不能让开炮的人担心他们应得的那份酒。现在,让我们去应对那凡界的大喊大叫吧。墨丘利,你下去看看他是谁,需要什么?”

墨丘利飞到天上的一扇天窗(这天窗看起来就像船上的窗口,伊卡洛美尼普斯说他像井口),通过它,神可以聆听凡界的声音。他听到是巴利哭喊着要还他的斧子,便回到天庭向朱庇特禀报此事。

朱庇特说道:“真有此事!好极了,我们又有事情做了,我们是不是马上把斧子还给他呢?我们必须还他的斧子,这是命中注定的。他的斧子就像米兰的公国那样值钱,那斧子对于他,就像王国对国王一样重要。好吧,我们就把这件事处理好,把斧子还给他,把这件事了结了。现在该轮到处理教士和兰德鲁斯修道院之间的争端了。我们谈到哪里了呢?”

听完墨丘利的汇报之后,坐在靠近烟囱那个角落的普里阿普斯忍不住想发言,他毕恭毕敬而又幽默风趣地说道:

“朱庇特陛下,当时我接受您的任命并承蒙您的厚爱在凡间看守伊甸园期间,我发现‘斧子’这词的含义含糊不清,既可指用于砍树砍柴的工具,也可以指(或至少曾经有这种含义)经常同男人干得起劲的女人。我听说过所有的好男人称他们那浑身是劲的床上伴侣‘我的斧子’。还会边说边从裤裆里掏出自己的那个半尺有余的庞然大物。他们之所以那么大胆用劲地把自己的家伙插到她们那个里面,那是因为他们认为只有这样,她们才会不再普遍发生恐惧的事情;如果男人的那斧柄没有斧头固定住,他们那个东西就会从小肚子耷拉到脚跟上。我还记得(因为我曾经说过我那东西很大,记忆贮存量也很大)就在伍尔坎节,也就是伍尔坎在五月里的节日,曾听到一场音乐盛会,各地的音乐家都聚集一堂,有乔斯奎·德·普雷、约翰·奥克海姆、欧布雷希特、阿格里科拉、安东尼·布鲁梅、卡梅林、瓦格里斯、德·拉·法格、布鲁埃、普里奥里斯、塞格里、皮埃尔、德·拉·律、米迪、姆鲁、莫顿、马休·加斯科恩、洛伊塞特·康贝尔、希拉里·佩内、安东尼·费文、鲁塞、让·雷查弗、弗朗西斯科·罗塞利、让·德·康西里翁、康斯坦佐·费斯特、雅克·伯尔姆。他们一起大合唱:

提波特新婚,
伴新娘躺下。
一只大锤子,
随身紧带上。
亲爱的,新娘问道,

大锤子有啥用？
洞房云雨时，锤子逞威风。
你这个小傻瓜，我的小宝贝，
床上像骡用力顶。

“奥林匹克盛会后的九个月，或十个月之后——噢，那神奇的工具，不，我指的是神奇的故事，看我经常把这两个词混起来，我又听了一次音乐会。这是在一个私人花园里令人赏心悦目的凉亭下，桌上摆满了美酒、火腿、馅饼，流着蜜汁的美味烤肉，大家边品尝佳肴边欣赏音乐。参加这次聚会的有阿德里安·维拉尔、尼古拉斯·贡伯特、克莱蒙·简奎、雅克·阿卡黛、克劳丁·德·塞米西、皮埃尔·塞顿、皮埃尔·德·曼奇古特、奥塞尔、维利尔、桑德林、索伊尔、赫斯丁、克里斯托巴·莫拉尔、巴萨罗、梅尔、让·梅拉尔、雅科丁、吉拉姆·拉·赫拉尔、菲利普·维德罗、爱塞尔·吉内·卡蓬特拉、让·雷蒂尔、皮埃尔·卡德、都布勒、皮埃尔·维蒙特、布蒂埃、鲁皮、帕尼尔、米勒、杜·穆林、阿莱尔、马罗特、莫潘、让·拉·吉德尔，还有许许多多音乐家。他们高高兴兴地唱着：

斧子无柄有啥用？
无柄斧子空荡荡。
木柄专找斧子装，
我的木柄嵌你身。

“由此看来，我们必须弄清楚巴利大喊大叫，他要的是什么样的斧子？”

那些正襟危坐的神灵听完普里阿普斯的这一通话，都哄堂大笑起来，像一群苍蝇嗡嗡地叫着。伍尔坎为了向他的女友表示爱，尽管腿有点瘸，还是到前面的高台上，表演三四个轻盈美丽的小步跳。

朱庇特转身对墨丘利说道：“这样吧，你马上到凡界去，把三把斧子扔到巴利跟前：一把是他自己的，一把是纯金的，另一把是纯银的，像雪一样洁白，你就让他挑选。如果他心满意足地把自己的那把斧子挑走，你再把其他两把交给他。如果他选中的是金斧或银斧，那就用他自己的斧子把他的头砍下来，以惩罚他的贪婪。从现在起，我们就用这种办法应付丢斧子的人。”

朱庇特一转过头来,脸上的肌肉顿时扭成一团,就像吞下苦药的猿猴那样令人感到恐怖,让所有奥林匹斯山的神灵都吓得浑身哆嗦。

墨丘利戴上他的尖帽,披上作战用的斗篷,脚跟插上翅膀,佩上手杖,便从天窗纵身下跃,穿过大气层,轻盈地在凡界降落,他把三把斧头丢在巴利面前,对他说:

“你把你的嗓子都喊哑了,朱庇特已经听到你的祈求了,愿意帮你实现愿望。看看哪把斧子是你的,把它拿走吧。”

巴利捡起那把金斧子看了看,感觉太沉了,便对墨丘利说道:

“这,这当然不是我的了,这把我不要。”

他又拿起那把银斧子,说道:

“这把也不是。你自己拿去吧。”

最后,他捡起那把木柄的斧子,看了看柄端认出了自己标的记号,便高兴得上跳下跳,就像狐狸找到丢掉的小鸡一样,咧着嘴笑。

“圣母啊!”他喊道,“这才是我的斧子啊。如果您把它还给了我,我许诺在五月十五的那天用一大桶上面洒满鲜草莓的牛奶供奉您。”

墨丘利说道:“我的善良兄弟,当然你可以把斧子拿回去。从你的选择和愿望看出你是个不贪心的人,我还会把其他两把斧子一并赠予你,这是朱庇特的旨意,你会变得富有,过上好日子。”

巴利谦恭有礼地感谢了他,又向伟大的朱庇特鞠了躬,把斧子别在皮带上,让它垂到屁股,那样子活像在康伯莱教堂钟楼上那个敲钟的怪兽。他又把那两把较重的斧子挂在脖子上,高高兴兴地回去了。路上见到教区和邻居的人,他都笑脸相迎,不时重复着巴特兰的那句台词:

“我真的得到它了吗?我真的得到它了吗?[①]”

第二天,他便换上一件白色的罩衣,将那两把珍贵的斧子扛在肩上,向酾农走去。酾农是一座高贵、古老,举世闻名的城市,如果那些最博学的评论家没说错。他在城里便把银斧子换成一大堆银币,再把金斧子换成各式各样的金币,用这些钱买下了大片农场、谷仓、农庄、田地、草地、草场、耕地、葡萄园、林地、牧草地、池塘、磨坊、花园,还养了一大群公牛、母牛、公绵

① 见喜剧《巴特兰》,为巴特兰带着一匹呢回家时所说的一句台词。

羊、母绵羊、公猪、母猪、驴、马、母鸡、公鸡、阉鸡、公鹅、母鹅、公鸭、母鸭等等家畜家禽。不久他便富甲一方,胜过当时的富豪莫勒维利耶老爷。

附近的同乡和一些邻居看到巴利一夜之间发财致富,无不感到惊诧。以前他们对这个可怜人抱有同情心,现在却变成对他满腔的妒忌。他们便到处奔走,四处打听巴利是在哪里、什么时候得到这么多的横财。他们终于得知巴利是因祸得福,丢了斧头却意想不到发了大财。于是,他们个个手舞足蹈,兴奋异常地说:

"噢,是这样的吗?真的这么简单,丢失一把斧子就可以变成大富翁了。真是匪夷所思啊!我梦寐以求的发财之路,真有如此捷径?造化如小儿,真会捉弄人啊?!不就是丢失一把斧子吗?这比什么都容易。啊,天主在上,我亲爱的斧子啊,为了发财,我就要丢弃你了,你也不要怪我,为了招财进宝。"

在短短的时间里,他们的斧子竟然都不见了,谁还留着斧子就该下地狱了,那简直就不是良妇生的孩子。既然没有斧子,一时间树木也没有人砍伐了。人们总不会空手去砍树啊?!

伊索在另一篇寓言里又说到这么一件事,一些卑鄙小人觉得他们本应更有权势,就把一小片草地和一座小磨坊卖给巴利,用这笔钱把自己打扮成趾高气扬的贵族老爷样子。当他们得知巴利因丢失一把斧子而发了大财,便把所有的佩剑卖了,换来了许多斧子。他们心里暗想,既然一个砍柴的丢了一把斧子就能得到那么多的金银财宝,那么我丢了这样多的斧子,不就可以赢得金山银山吗?越想心里越是甜滋滋的,脸上露出笑容。这些人就像那些到罗马的朝圣者,为了买新当选的教皇那些汗牛充栋、不值一文的赦罪符,便变卖财产,债台高筑来支付这笔费用。如今这些人已丢了斧头了,他们就该大呼小叫、痛哭流涕,向朱庇特祈祷:

"英明仁慈的朱庇特,还我斧子吧,还我斧子吧,我的斧子会在哪里呢?朱庇特,求求您还我吧?!"

丢失斧子的人声响如雷地叫喊,响彻九霄云外。

墨丘利飞上飞下,很快就把斧子拿来了,他交给每个人三把斧子,一把是他们丢失的,另外两把是金的和银的。那些人都一把抢过那金斧子,并口口声声说那就是他遗失的那把,同时感谢朱庇特的恩赐。但当他们一弯腰要把地上的金斧子捡起来时,墨丘利就奉朱庇特的命令,毫不留情地把他们的头砍了下来。那些被砍下的脑袋的数目,正好与丢失的斧子的数目相符合。

这则寓言就说明了那些善良无辜的人们,他们那种平凡、有节制的愿望会得到好报的,而那些贪得无厌的人却适得其反,到头来会一无所有,必将受到惩罚。你们这些在田里劳作的乡间鄙夫,可要引而为戒,不要再异想天开,说你们不愿放弃十万法郎的梦想,切不可恬不知耻地胡扯八扯,再让我听到你们说:“请主赐给我一亿七千八百万个金币吧。那么,我将是多么荣耀啊?!”如果你们这么说,那就让你们的牙齿全掉光!你们普通百姓的胃口却这么大,那么国王、皇帝、教皇想得到的东西又会是什么呢?

因此,你们可以从生活中找到活生生的例子,那些欲壑难填的人所能得到的只能是百日咳与脓疮,什么东西也进不了他们的钱袋。他们和巴黎那两个叫花子没什么区别。一个希望能拥有足够的金币,相当于巴黎建城之日起到现在所有消费、买卖的总和,并且是按巴黎消费水平最高的那一年的薪金、商品价格和收益总额计算的。他这么想,难道你不觉得太过分了吗?这难道不是吃下未剥皮的酸李子?难道不会酸坏牙齿吗?另一个希望在巴黎圣母院堆满钢针,从地板一直堆到最高的穹顶,并用这些钢针来缝制布袋,能缝多少就缝多少,直到所有的钢针头都断了或变钝了为止,再把这些口袋装上满满的金币。这就是有些贪得无厌的人的愿望,你们觉得如何呢?他们最终结果会是什么呢?到了晚上,两个人的脚都生冻疮,下巴子也溃疡,肺部哮喘,喉咙一直咳嗽,屁股被烧了一大块,连一点点塞牙缝的面包都没有。所以,有节制地许下一些平凡的愿望吧,如果你辛勤劳动,不断努力,再加上天主的庇佑,你的愿望会实现的,说不定还会有意想不到的好处。

也许你会说:“主是万能,神通广大,他赐给我十七万八千个金币跟赐给我半块小钱的十三分之五没什么区别啊。一百万金币对他来说就只是一个小钱。”

啊,可怜的人们啊,谁教你高谈阔论天主的博大无边和主宰一切的能力呢?安静下来吧,在主的面前应该谦卑,时刻意识到自己的缺点吧。

患痛风的朋友,如果你们仅向主祈求恢复健康,那么主一定会满足你们的微小愿望。等等,再等等吧,要有一点点耐心。可那些热那亚人却不是这样的,他们一大早就在办公室里盘算今天应该向谁要钱,他们应该使出哪些花招向谁骗钱。他们一出门,见面互相打招呼的就是“祝你身体健康,财运亨通”。他们人心不足,只拥有健康是不会满意的,他们还想家财万贯,就像那排名第五位的意大利富豪伽台尼一样。到头来他们钱也要不到,健康也没了。

因此,清清你的嗓子,喝下三四杯美酒吧,掏掏你的耳朵吧,然后心平气和地阅读我们高贵善良的庞大固埃的传奇故事吧。

第一章 庞大固埃出海寻找神瓶的启示

在六月祭祀女灶神维斯太[①]的那一天，恰好也是布普图征服西班牙、奴役西班牙人的时候。这一天，正是贪得无厌的克拉苏[②]被帕提亚[③]人击败的日子。庞大固埃向他慈爱的父亲高康大辞行，带领其他队员出海远航。他父亲高康大按着原始的基督教的礼仪祈祷儿子出海平安，胜利而归。尔后，庞大固埃一行就从塔拉斯港出发了，随行的有巴汝奇、约翰修士、爱庇斯特蒙、吉姆纳斯特、优斯登、里索陶墨、卡帕林和其他忠诚可靠的侍从。和他们同行的还有那位在历经千难万险，征程万里的大旅行家和探险家克塞诺马恩，几天前他应巴汝奇的邀请，立即动身赶到这里，一同出海。这位旅行家经验丰富，又绝顶聪明，他曾经把一张仔细标有寻找神瓶航线的地图送给高康大。

船只的数目我在第三部已经交代过了，这里不再重复。这次远航比上次隆重得多，还配备了同样数目的三层桨战船、大划船、大帆船和利布尼亚快船。所有的船只都已经捻好缝，设备精良，供给充裕，还贮存大量的“庞大固埃草”。所有的官员、翻译、正驾驶、副驾驶、船长、船员、桨手、水手全都被召到庞大固埃的旗舰集合。这艘主舰与其他船只的主要区别是，没有悬挂庞大固埃颜色的旗帜，而是在船的尾部用一个巨大的酒瓶子作为标志。

---

① 维斯太节为每年六月九日。

② 克拉苏：罗马三大统治者之一。

③ 帕提亚：亚洲西部古国。公元前一世纪克拉苏在会战中被帕提亚大将刺死。

这酒瓶一半是璀璨夺目的银色,另一半金碧辉煌,上面镶嵌红色的瓷釉。红白相映衬,格外分明,象征旅行者的高贵身份和显示出海寻找神瓶的神圣目的。

第二只船的尾部,高高挂起一盏古式的灯笼,用光洁雪白的宝石和透明的云母精工细作的,暗示船队要经过灯笼国。

第三只船的标志是一只巨大的、富丽堂皇的瓷酒杯。

第四只船悬挂一只双柄金壶,那形状就如一只古瓮。

第五只船的标志是一只晶莹剔透的绿翡翠酒壶。

第六只船上有一只修道院中常见的大爵器,是用金、银、钢、铜四种金属做成的。

第七只船有个乌木做成的漏斗,全部用金线和其他金属相互镶嵌。

第八只船的标志是一个非常珍贵的藤酒杯,上面饰有大马士革的波形花纹。

第九只船上有一只祝酒杯,是纯金的。

第十只船上有沉香木做成的酒杯,有塞浦路斯的金子镶边,是那种大马士革的镶花工艺。

第十一只船上有一只黄金做的大篮子,镶有马赛克花边。

第十二只船上有一只金桶,是无花罩面漆的那一种,边缘镶嵌着印度进口的大珍珠,这些大珍珠都被雕刻成各种栩栩如生的动物。

凡是看过船队庞大阵容和这些特殊标志,他们不管内心多么忧郁、愤慨,或酸楚、悲哀,甚至连那悲天悯人、愤世嫉俗的赫拉克利特都会喜笑颜开,乐得前俯后仰。他们都会说船上的这些旅行者一定是豪放不羁的酒徒,毫无疑问,他们的旅途往返都会心情愉快,个个心宽体胖。

在旗舰上,庞大固埃对所有的船员做了简短有力、激奋人心的动员令,在报告中引用了《圣经》中有关航海的经文。演说结束后,他以洪亮有力的声音向天主祈祷,他的祈祷感人肺腑,催人奋进,以至于塔拉斯港的商人和居民都听得清清楚楚,深受震撼,倾城出动,纷纷涌到港口前的防波堤,浩浩荡荡仰首翘望他们离岸上船的壮观景象,并祝福船队一路顺风。

祈祷结束后,全体船员又一起高唱颂扬大卫王的颂歌,那歌词的第一句是“以色列出了埃及”[①],歌声悠扬动听,岸上送行的人群也同声歌唱,歌

① 见《旧约·诗篇》第一百一十四篇。

声在茫茫海面上激荡。颂歌唱完之后，船员们在甲板上迅速地搭起长台，摆出丰盛的酒席。而岸上送行的人们连忙叫人从家里拿来大量佳肴和美酒送给船员。他们共同举杯，祝愿船队一帆风顺。由于他们开怀畅饮，船员们出海之后，没有人有一点点不适应，既没有胃不舒服，也没有头痛的。假如他们出海之前听了那些愚蠢医生的建议，上船几天前就喝盐水，不管直接喝或掺到酒里喝，或是吃榅桲、柠檬皮，或喝苦涩的石榴汁，或禁食几天，用纸盖住胃，就是医生为出海人开的药方都没有这么好的效果。

一遍又一遍祝酒之后，船员才回到各自的船上。此时天色未晚，正刮东风，船队便乘着东风离岸起航。主要的领航员叫雅麦特·布莱耶，他操纵着罗盘，把握好航线。按照他和大旅行家克塞诺马恩的意见，都一致认为神瓶在印度北边靠近中国区域，他们不沿袭葡萄牙人走过的航线，即穿过赤道向南航行，绕过非洲南端的好望角，这样离二分点太远，航线太长，不能以北极作为导航。他们想尽量不偏离印度所在的纬线航行，从北极的西面绕一大弯，保持与奥隆纳港所在的纬线一致，船队不会再靠近北极行驶，否则船只将有被冻结在北冰洋的危险。沿着这一纬线调转方向之后，仍然朝东航行，只不过船队的位置有所变化，起航时在左边的船只就被调到右边了，沿着这样的路线航行，会带来许多好处，不用担心船队失事，也不会遇上任何危险造成人员伤亡（除了要用一整天时间绕过麦克里恩岛时比较惊心动魄之外）。他们会平安无事地抵达印度的北部，而且这样的航线只需四个月时间，而按葡萄牙人的航线则要花上三年时间，并且路上还会遇上许多艰难险阻。除非有更充足的理由纠正我的说法，否则我认定这条理想航线肯定是古时候的印度人从海路到达德意志，并受到苏威维[①]国王盛情款待时走的线路，那时昆特斯·麦特卢斯·塞勒正任高卢总督，这一切在古罗马作家科尔奈留斯·奈波斯、地理学家彭包纽斯·米拉以及后来的古罗马作家普林尼的著作都有记载。

---

① 苏威维：德意志东北部民族。

第二章 庞大固埃在“乌有岛”购买一些珍品

在海上航行了两天,天连水,水连天,茫茫大海望不到边,既看不到陆地,也看不到令人振奋的东西。这是一条古老的航线,很少人经过。第四天,船队到达一个名叫美达莫提(乌有岛)的美丽岛屿。岛屿的四周矗立着许多灯塔和大理石垒砌而成的塔楼。岛屿很大,面积和加拿大不相上下。

经询问,庞大固埃得知这是费罗法尼斯(希腊语盼望看见和被看见)王的领地。当时他不在岛上,正出岛去操办他的兄弟费罗泰蒙(意为好奇)和恩吉斯(意为邻邦)国公主的婚事。庞大固埃和他的随行为了补充船只的淡水和其他供给上了岸,欣赏摆在码头和集市的各式各样的挂毯、地毯、各种珍贵的飞禽、鱼类和其他具有异国情调的珍奇物品。原来这一天是当地一年一度最盛大的商品交流会的第三天,每逢这一天,来自亚洲和非洲的巨贾都带着自己的商品来到这儿交易。约翰修士买了两幅极为罕见的古画,一幅画的是诉讼当事人不服判决而上诉,另一幅画的是寻找雇主的年轻仆从。这两幅画均取材于现实生活,人物的手势、举止、脸部特征和表情、内心情感全都生动逼真、惟妙惟肖表现出来,不愧是出自于弗朗西斯一世的宫廷画师查尔斯·查莫斯大师的手笔。修士买画时为商人做祷告,扮鬼脸,这就当着付了买画的钱了。

巴汝奇买下了一幅巨画,其内容是参照古时菲洛梅拉的刺绣临摹的,说的是她向其姐普落克涅痛斥姐夫色雷斯国王蒂留斯奸污了她,并害怕她揭穿他的兽行而割去她的舌头的故事。我以这灯笼柄发誓,这确实是一幅优美的、上乘的作品,千万不要以为这是一幅奸淫幼女的下流图画,如果这样想,那就太愚蠢,太庸俗了。这幅画的意义非同寻常。如果你不信,可以到特乐美修道院体验一番。走进大画廊之后,在左手边的那幅画就是。

爱庇斯特蒙也买了一幅画,画面描绘的是柏拉图的哲学思想和伊壁鸠鲁的原子论,世上竟有如此超脱凡世的抽象画,真可谓天方夜谭。

里索陶墨也买了一幅画,画的是传说中"回声"女神的样子。

庞大固埃让吉姆纳斯特帮他买下了一组漂亮的大挂毯,由七十八幅组成,记述阿喀琉斯的生平和他的英勇事迹。每一幅挂毯长四英尺,宽十八英尺,用弗里吉亚的丝线织成,加上金丝和银丝装饰。这组挂毯画首先描述珀琉斯[①]和西蒂斯结婚,而到阿喀琉斯诞生,再写到他的少年时代(按照斯塔提乌斯·帕比尼乌斯所记),他的才智和英勇事迹(按荷马所歌颂的),阿喀琉斯之死及其葬礼(按照奥维德和士麦那的昆提乌斯所记),最后描述的是他的灵魂的显现和波吕克塞娜的英勇就义(按欧里庇得斯的记载)。

庞大固埃还买了三只可爱的小独角兽[②],一只是雄的,皮毛深褐色的,其他两只是菊花青色,是雌的。他还向一位来自锡西厄基罗尼亚的商人买了一只麋鹿。

那只麋鹿有小公牛那么壮,头部就像牡鹿的头,但大一点,长着一对大开枝鹿角,显得很威武、华贵,蹄分趾,皮毛像大熊,那皮有盔甲那么坚硬。这位基罗尼亚商人告诉他,即使是在锡西厄,这种鹿是很难看到的,因为它们能随着居住环境和草场的颜色变换皮毛的颜色:有时如草、树、灌木、花朵、牧场、石头的颜色,总的说来就是与周围环境的颜色相一致。它这一变色特点跟章鱼某些品种的狼、印度的豹和变色蜥蜴是一样的。变色蜥蜴是一种很奇妙的动物,德谟克利特还专门写了一本书论述它的外表、生理特征、神奇的功力和特性。

我曾见过麋鹿改变颜色,但这并不是如前面所说的由于接近那种带颜色物种的缘故,而是根据麋鹿本身的情感变化,如喜、怒、哀、乐和恐惧等等而改变的。譬如我曾见过它站在一块绿色的地毯上,它就变成深绿钯的,但过了一会儿,它又开始变成黄色,转而变成蓝色、褐色、紫罗兰色,就像印

① 珀琉斯:神话中伊奥科斯国王,阿喀琉斯之父。

② 即麒麟。

度公鸡上的鸡冠凭心情的变化而变颜色一样。这只麋鹿最引人注意的是不但它的脸和皮肤会变成周围环境的颜色,而且它的毛也会变色。当它靠近穿着家纺灰色长袍的巴汝奇,它的毛是灰色的。当它靠近穿着猩红色斗篷的庞大固埃时,它的皮和毛就变成红色。当靠近穿得像伊希斯和奥西里斯祭司的向导时,它的皮又变成雪白的。它比变色蜥蜴还高明,因红和白这两种颜色的变色,蜥蜴是无法变出来的。这只麋鹿的自然颜色,也就是它不恐惧,心平气和时,皮毛颜色同卢瓦河上蒙城[①]的驴子是一样的。

① 蒙城:近奥尔良城,靠卢瓦河,该处多磨坊,故养驴也多。

第三章 庞大固埃收到父亲来信和一种特快专递的方式

庞大固埃正在市场上穿梭,琳琅满目的货物使他流连忘返,突然听到防波堤那儿传来十响鸣炮声,紧接着便从舰队传来阵阵的喝彩声和欢呼声。庞大固埃循声朝港口望去,一眼就看见了父亲高康大派人送信的快艇。这艘快艇取名“海燕”,因船尾伫立着一只用科林斯青铜制作的展翅欲飞的海燕。海燕其实是一种飞鱼,像卢瓦河里米诺鱼一般大,肉结实,无鳞,长着一对像蝙蝠一般的软骨翅膀。那翅膀又长又宽,能跃出水面六英尺之高,比一支箭的射程还远(在马赛被叫作跳跳鱼)。这艘快艇就像这种飞鱼“海燕”,与其说它在海上航行,不如说是飞行。高康大的侍从官马利科恩就在这快艇上,他是奉高康大之命来看看庞大固埃是否安然无恙,并给他带来父王的亲笔信。

庞大固埃热情地拥抱他,向他深深地鞠了躬,在还未打开父王书信之前,别的都没有问,首先问道:

“你把空中信使鸽子带来了吗?”

“那当然带来了,”马利科恩回答,“放在笼子里。”

这是高康大鸽房里的一只鸽子,在信使的快艇出发时刚刚孵了雏鸽。如果庞大固埃遇到什么不幸,就在鸽子的腿上套上黑皮套,让它赶紧飞回去报信。若是庞大固埃一切平安无事,就在它的腿上绑一条白绸布后马上放飞。这只信鸽扑腾着翅膀,就飞上高空,以最快的速度飞回去,因为鸽子在孵雏鸽或刚孵出雏鸽时,就有一种与生俱来的天性赶紧飞回去照顾自己的幼仔。因此用不到两个小时的时间,就会超过快艇张帆全速航行,劈波斩浪三天三夜的行程。这只鸽子一飞回自己的窝与自己的幼仔团聚时,立即被人发现并禀告高康大。那英勇无畏的高康大知道鸽子的腿上缠着白布条时,心里便十分宽慰,因他知道儿子的一切安好,也就不用担心了。

这确实是他们父子一直使用的高效通信方法，尤其是他们关注的事情或要尽快得知的信息,如战争的情况,不管是海上或陆地上的,一些堡垒的攻克与防御情况,或一些重要争端的解决情况,一些王后或贵夫人喜添贵子,亲朋好友及盟友的病逝或病情等等诸如此类的事情。这些鸽子先由驿马沿着驿站传递下去,直到抵达想得到消息的目的地。根据事态的发展,在鸽腿系上黑色或白色的布条全凭消息的凶吉来决定。那鸽子在空中飞翔一小时的路程，超过三十四驿马不停蹄地疾驰二十四小时的路程总和,于是信鸽一把消息带回家,大家也都长舒一口气。这确实是节省时间的好办法。相信我,这并不是难办的事。在一年当中的某个季节,在乡村的鸽房里,你会看到许许多多鸽子正在孵蛋或喂养雏鸽,为了使鸽子飞行更快,消化更好,你只要在它的窝里放点硝石或神草——马鞭草就行了。

庞大固埃把鸽子放飞，给高康大捎去信息之后，就拆开父亲给他的信,信中是这样写的:

我最亲爱的儿子，父亲对儿子的这种与生俱来的爱，加上天主给予你的特殊恩宠，使我思儿日切。自从儿一起航，我朝思暮想，牵肠挂肚的全是你的安危，担心你在航行途中遭到挫折或意外。你是知道的，思儿益深，搅得我日夜心神不宁。正如希腊诗人赫西奥德所说，良好的开始是成功的一半，也就像面包一放进炉子，就知道味道如何。在你一起航的头几天，我特地派遣马利恩科前去了解情况，并及时反馈给我，免得我担惊受怕。如果一开始，正如我所希望的那样顺利，那么我就可以预测未来的情况。我又重新装订了几本好书，也让这位信使一并捎给你。当你闲暇之余，就可以翻翻这些书。信使也会更详细地把宫廷事务的巨细说给你听。愿主一直与你同在，保佑你平安。向巴汝奇、约翰修士、爱庇斯特蒙、克塞诺马恩、吉姆纳斯特以及所有的随从和我所有的好朋友问好。写于家中，六月十三日。

你的父亲和朋友　高康大

第四章 庞大固埃写信给父亲并托信使捎回珍奇物品

庞大固埃读完父亲的来信之后,便和信使马利科恩商谈起来。他们谈兴正浓,很久也不见停,巴汝奇只好上去打断他们的谈话,问道:

“你什么时候喝酒?我们什么时候喝酒?我们的朋友信使什么时候喝酒呢?你们的谈话也该结束了。”

庞大固埃说道:“说得没错,是该喝酒了,就在隔壁那家以森林之神萨梯骑马为标志的酒馆设宴款待吧。”

庞大固埃利用准备酒菜的时间,给他父亲高康大写了一封信,托信使带回去。信的内容如下:

> 我最仁慈的父亲,在我短暂的一生中,那些意料之外的事比那些事先预料的事更能促使感官受到强烈的刺激(确实如此,有时甚至会使灵魂离开我们的肉体,即使这意想不到的消息是我们所希望的好消息)。因此,您的信使马利科恩突然到来,着实令我深为感动,也深感不安。我从没想过在这旅行结束之前能见到您派来的信使,能获知您的消息。我已经把对您深深的思念留在我甜蜜的记忆里,不,是深深烙在我的脑海里,父王的形象时常栩栩如生浮现在我眼前,从中我也感到满足和欣慰。
>
> 现在,从您亲切的来信和信使的再三安慰,让我提前知道您一切安然无恙,宫中事务也有条不紊,我感到释然了。我现在迫切地觉

得很有必要把感谢天主作为首要的大事，感谢天主广施恩宠，保佑父王身体健康。

其二，我要永远感谢父王对这不肖儿子和无用的仆从那份永不改变的真挚父爱。从前，有一位名叫弗尼乌斯的罗马人，其父参与安东尼谋杀恺撒大帝的行动。当得知恺撒大帝宽赦他的父亲时，他对恺撒说道："今天您赦免我的父亲，真使我羞愧难容，不管我如何知恩图报，我今生或来世都无法报答您的大恩大德，我会被认为是个忘恩负义之人。"同样，您对儿子这种满怀深情的父爱，也确实令我深感愧疚，我担心我今生将无以回报，也会被认为忘恩负义。我只有按照斯多葛学派的观点去做才能逃脱这种负疚感。他们认为恩惠是由三部分组成的：施恩的人，受恩的人和报恩的人。受恩者因接受别人给予的恩惠，就该回报施恩者，要永远牢记施恩者的恩德；反之，如果受恩者鄙视或忘记他所得到的恩惠，那么他将是个忘恩负义的小人。

我欠下了无法估量的情债，这都是源于父王对儿无限的爱意，就算是其中最小的部分我都无法偿还，我只有时时刻刻把这种报恩之情留在我的心里，我也会不断公开宣扬和承认父亲对我恩重如山，但要说到恰如其分也不是一件容易的事。

除此之外，我始终坚信主对我们的仁慈和救助，他会保佑我这次旅行自始至终都是一帆风顺，全体随从也都身体健康。我将如实记录下旅行中的所见所想，回来以后以供父王阅读。

我在一个岛上买下了一只前所未见的锡西厄所产的麋鹿，这是一只珍稀动物，它的皮毛会随着周围环境的变化而改换颜色，您肯定喜欢，它和羊羔一样温驯听话，容易饲养。我还一并送您三只独角兽，肯定比小猫咪更乖巧，驯服。我已经告诉信使如何喂养它们，因为这些动物的前额长着长角，它们无法在草地上吃草，只能吃树上的果子，或把东西挂在高处给它们吃，或者把草、谷类、苹果、梨子、大麦、小麦和各式水果或蔬菜放在嘴边喂它。我觉得很奇怪为什么古代的作家在没有见过一只活的独角兽时，就说它们异常凶猛、野性十足。我想父王将要看到的完全不是这样，只要善待它们，不惹恼它们，那么它们跟世上其他温顺的动物一样听话。

此外，我还给您捎去一组关于阿喀琉斯生平和英勇事迹的挂毯，刺绣精美，精工细作。在整个旅途中，我会收集所见到的奇花异草，珍稀动物、奇石古玩，带回去给您欣赏，有天主的帮助，我能实现这个愿望，愿天主赐予您恩惠，保佑您身体健康。

写于“乌有之岛”六月十五日。巴汝奇、约翰修士、爱庇斯特蒙、克塞诺马恩、吉姆纳斯持、优斯登、里索陶墨、卡帕林都虔诚地吻您，问候您上百次，上千次。

您的不肖儿子和仆从　庞大固埃

庞大固埃在写这封信的时候，马利科恩正和船队的其他成员一起互相祝酒，相互热烈拥抱。他们乐融融地度过快乐时光，马利科恩不知答应给多少人捎口信回去。

庞大固埃写完信之后也同信使一起用餐。他还送给信使一条金链子，有八百金链，每第七个链扣上都镶嵌着钻石、红宝石、蓝宝石，翡翠、珍珠等珠宝，并且没有任何一种珠宝是重复的。他还赐给快艇上的水手每人五百金币。他送给父王高康大的那只西锡厄麋鹿背上还披着锦缎，镶上金边，那套记述阿喀琉斯生平和英勇事迹的挂毯和那三只独角兽也都有镶金边的披挂。于是，两批人同时离开“乌有之岛”，马利科恩回去高康大那里，庞大固埃继续他的航程。当船行驶在烟波浩瀚的大海上，庞大固埃心旷神怡，便请爱庇斯特蒙为他诵读父王高康大托信使捎来的书，这些书语言诙谐幽默，读起来妙趣横生，如果大家迫切想知道书的内容，我在后面会娓娓道来。

第五章 庞大固埃遇上一艘从"灯笼国"回来的商船

第五天，我们的船队便开始离开赤道，转向北面航行。这时，忽然发现一艘商船从侧面向我们驶来。我们船队的所有人别提有多高兴，那条商船上的商人也感到惊喜，因为我们可以向他们打听海上的消息，而他们可以向我们询问陆地的情况。

于是，我们的船队便靠近那艘商船。经过一番交谈，我们知道他们是法国的圣东日人，刚从灯笼国回来。得知这一消息，庞大固埃和全体船员更为兴奋，连忙向他们打听灯笼国的消息。我们获悉灯笼国在七月底都要召开一次全国大会[①]，现在正是六月中旬，看来可以赶上这次盛会，到时能目睹众多身着盛装、品行正直、热情友好的灯笼国人。他们已开始筹备这次隆重的大会，一切都要以体现灯笼国的风土民情为主。他们还说，我们到达灯笼国之前，必须先经过盖巴林国（希伯来语"战士"的意思），我们一定会受到那领地的好客主人奥哈贝国王的礼遇，从中我们还知道国王和他的所有臣民都会说法语，跟都兰省人说的是一个腔调。

正当我们聊得起劲，巴汝奇却和商船上一个名叫丹德诺的塔里堡卖羊人发生了争执，争吵的因由是这样的：

那丹德诺看见巴汝奇不穿裤裆，又把眼镜戴在帽子上的古怪模样，便

---

① 此处指一五四六年七月二十九日的第六届多伦多宗教改革会议。"灯笼国"指修士开会时戴的大风帽犹如灯笼。

对他的一个朋友说：

“瞧，那是个十足的乌龟。”

巴汝奇虽在耳朵上挂眼镜却更能耳听八方，他一听十分恼火，马上转过身气汹汹地对那位卖羊人吼道：

“真活见鬼，我怎么会是乌龟呢？我还没结婚呢，看看你那哭丧、红肿的脸就知道什么是乌龟了。”

那卖羊人回答：“你说的没错，我结婚了。你知道我的老婆可是全圣东日最漂亮、最有魅力、最贤惠、最贞洁的女人，她从来没有和别的男人发生过任何关系，就算你把全欧洲所有的眼镜和全非洲所有的放大镜都送给我，我也不会打光棍。我很爱她，每次出航，我都会送她一件礼物，你瞧，这次我带什么礼物给她呢？我这次带的可是一支漂亮的红珊瑚，足足有十一英寸长，这是给她特别的圣诞礼物。不过这与你何关，你为什么要管我的闲事？你是何方人氏？我看你倒像个戴眼镜的异教徒，告诉我，天主是不是你的圣父？”

巴汝奇说道：“我要问你的是如果哪一天，天遂人愿，我同你那位既漂亮迷人，又端庄贞洁的老婆好上了，我那无须担心有裤裆拦阻、出入自由的普里阿普斯，也就是那生殖之神插进她那个地方不愿意出来，并有一辈子待在里面的意图，除非你用牙齿把它拔出来，我很想知道你会怎么办？是让它一直待在你心爱的老婆的身体里面？或是用你那口漂亮的牙齿去咬出它？回答我，你这个信穆罕默德的卖羊人，你这个从地狱里爬出来的魔鬼。”

那卖羊人听了勃然大怒，说道：“我会用我的剑把你那挂眼镜的耳朵割下来，像杀一只羊那样把你宰了。”

他边说着，边去拔他身上的剑，可是那剑就紧紧地套在剑鞘里拔不出来。这不难理解，因为海上太潮湿，盐分太多，盔甲和其他的武器自然而然就会生锈。巴汝奇跑去找庞大固埃求援。在旁的约翰修士立即拔出他那把新磨的短剑，想一剑向那挑衅的卖羊人刺去。庞大固埃也极为恼怒，想就地要他的命。幸好那商船的船主和船上的乘客一再请求庞大固埃不要在他们的船上闹事，这场风波才算平息下来。巴汝奇和那位卖羊人也握手言欢，举杯和解。

第六章 争吵平息后巴汝奇和卖羊人讨价还价要买他一只羊

争吵和解之后,巴汝奇凑近爱庇斯特蒙和约翰修士的耳边说道:

"你们让开一点,准备看好戏吧。如果不出意外,这场戏肯定很精彩。"

巴汝奇走到卖羊人丹德诺身边,斟上满满的一杯灯笼国的佳酿,祝他身体健康。丹德诺也彬彬有礼地回敬他一杯。接着,巴汝奇热切地恳求丹德诺卖给他一只羊,丹德诺听了甚为惊讶,回答道:

"噢,你说什么?我的朋友,我的邻居,你真懂得开穷人的玩笑!噢,你看起来真是个尊贵的客户,是个有钱的买羊人啊!天啊,你看起来一点也不像买羊的,倒像个扒手。圣尼古拉斯在上,我的儿子!在解冻的季节到来时,你应该带上满满一袋钱去买那便宜的肠子,去骗骗那些不认识你的人,我可认清你的真面目。大家都来看啊,朋友们,瞧他多会装模作样,扮贵人相呢!"

巴汝奇说道:"老兄,你不要再说了。我是认真的,求你帮帮忙,卖给我一只羊吧,你说要多少钱?"

丹德诺说道:"我的朋友,我的邻居,你准备给我多少钱呢?难道你不知道我这群羊可是上等货,伊阿宋寻找的金羊毛正是这种羊身上的毛,勃艮第王室授予骑士的金羊毛勋章也正是用这种羊作为图案,这些全是珍贵的来自地中海黎凡特的羊,你看这些羊的肥膘和身上的金羊毛。"

巴汝奇说道:"我信你说的,但你不用说那么多了,只要卖给我一只就行,我一定给个高价,而且马上付账,我用纯正的、崭新的、没有破损的黎凡特金币给你,怎么样,说个价吧。"

丹德诺:"我的邻居,我的朋友,你的这只耳朵听不明白我说的话,你换一只耳朵再听我说说好吗?"

巴汝奇答:"悉听尊便。"

丹德诺问:"你要去灯笼国?"

巴汝奇答:"是的。"

丹德诺问:"去见见世面?"

巴汝奇答:"没错。"

丹德诺问:"去游山玩水?"

巴汝奇答:"说得对。"

丹德诺问:"我想你的名字叫罗宾羊吧。"

巴汝奇答:"你喜欢就好。"

丹德诺问:"我不想让您生气。"

巴汝奇答:"我没生气。"

丹德诺问:"你是国王的小丑吗?"

巴汝奇答:"就算是吧。"

丹德诺说:"哈,哈!你要去周游世界,你是国王的小丑,你的名字叫罗宾羊,看看这只羊,它的名字也叫罗宾,同你一样。罗宾,罗宾,罗宾。"

羊咩咩叫了几声。

丹德诺说:"它的声音真不错啊!"

巴汝奇说:"是啊,音调优美。"

丹德诺说:"这样吧,我的朋友,我的邻居,我们签个契约吧,你和我的罗宾羊各自放在秤的两端,我愿意拿出一百个最好的牡蛎作赌注,无论在重量、价值或价格上,我的罗宾羊都会把你吊得高高的,如果我说得没错,你将来的某一天就会这样被吊起来。"

巴汝奇说:"你可别这么说,如果你能卖我一只羊,即使是低音合唱团的另一只也行,你这样做就是帮了我的大忙,就算是为你的子孙后代积德,求求您了,老爷,先生。"

丹德诺说:"我亲爱的朋友,我的邻居,鲁昂的最贵重的衣服就是用这些羊的羊毛做成的。跟这些珍贵的羊毛相比,法兰西最上乘的呢绒礼服就像是粗布衣了。它的皮可以做最上等、最柔软的摩洛哥皮革,也可以把这些羊皮当成土耳其皮、摩洛哥皮、蒙泰利马皮或西班牙皮出卖,也没有人能看出真假。它的肠子可以用来做小提琴和竖琴的琴弦，能卖个好价，简直就是慕尼黑或阿揆雷亚[①]出品的。这样，你说我的羊该值多少钱呢？”

巴汝奇说：“如果你肯发发慈悲，卖给我一只羊，我会一辈子对你忠心耿耿，为你看门。钱就在这儿，你要多少钱随你说吧。”

巴汝奇边说边晃着他那塞满金币的钱袋。

① 阿揆雷亚：意大利地名，为古时商业繁荣之重镇。

第七章　巴汝奇和丹德诺继续讨价还价

丹德诺继续说:“我的朋友,我的邻居,我这些羊的肉味鲜美可口,那简直就是神仙吃的珍馔,只有国王和王子才能享受到。愿天主宽恕我们,我可是费了好大的劲才从那个以米罗巴朗水果干为食的猪猡国度中贩运来的,那里的母猪怀崽时只吃橘子花。”

巴汝奇说道:“我只求你卖给我一只吧。我以我的名义担保,我一定给高价。你说卖多少钱? ”

丹德诺回答:“我的朋友,我的邻居,你可知道我这些羊的家谱吧,它们的祖先就是宙斯选中的、驮着佛里克索斯[①]和赫勒逃脱继母迫害,横渡赫勒斯彭特海的金绵羊。”

庞大固埃说道:“岂有此理, 你简直就是学富五车, 不是教士就是学者。”

丹德诺说:“lta 就是白菜,vere 是韭菜,你应该分辨得出吧。哈,哈,我差点忘了,你名叫罗宾,但不是羊,当然听不懂我跟羊之间的谈话。你再往下听听吧! 凡是这些羊小便过的麦田,麦子就会长势很好,无须浇粪施肥了,这就像浇了天主的尿一样。而且,药剂师还从羊的尿中提取钾硝,医生能用这些羊的粪便治疗七十八种疾病, 最轻的一种病就是圣特的圣优特

---

① 佛里克索斯: 神话中贝奥提亚国王阿塔玛斯之子, 赫勒之兄, 曾飞渡赫勒斯彭特海, 带回金羊毛。

皮乌斯水肿病了，愿天主保佑我们无病无灾！我的邻居，我的朋友，我这些羊是不是无价之宝，我自己也是出大价钱买来的。”

巴汝奇说：“我才不在乎你的羊有多贵，卖一只给我吧，我会给个好价钱。”

丹德诺说：“我的朋友，我的邻居，想想看大自然赋予眼前这些羊的奇妙功效吧。它们全身都是宝，即使你认为可能没用的东西也大有作为。就拿这些羊角来说吧，只要你用铁杆、捣锤或木棍，或其他东西把它磨碎，然后把它洒在地里，只要有阳光和水分就行，几个月以后，地面就会长出全世界最好的芦笋，比拉文纳的芦笋还好。你说说看，你们这些头上长犄角的乌龟有如此神奇的功用吗？”

巴汝奇说道：“好了，你别再吹嘘了。”

丹德诺置之不理，继续说道：“我不知道你是不是学者，我所见过的很多有名的大牌的学者都是乌龟。这可是真的。如果你是学者，你就知道只有眼前这些有灵性的动物下肢，脚后跟，严格说来是在脚踝处，才能做古时候玩接子游戏的跖骨，其他动物跖骨可不能用的，甚至连印度的驴或利比亚的羚羊的跖骨也不行。想当时，屋大维·奥古斯都皇帝就是玩这种接子游戏，一个晚上就赢了五万金币。你们这些乌龟可别想赢那么多钱！”

巴汝奇说道：“你不要再说了，我们快点把这桩买卖做成吧。”

丹德诺说道：“但是，我的朋友，我的邻居，我刚才讲的只是这些羊的外部特性，它的内部特性我再怎么讲也是讲不完的。比如它的肩胛骨、腰腿肉、后腿肉、上等肋条肉、胸脯肉、肝、脾、大小肠，连可以用来吹成球的尿泡都有数不清、道不尽的用途。俾格米矮人国的小矮人还拿它的肋骨做成小弓弩，装上樱桃核就可射下仙鹤。它的脑浆，只要再加上一点硫黄就可以调制成神奇的药方，那可是治疗狗大便不通的灵丹妙药。”

船上的船主听了丹德诺夸夸其谈也厌烦了，说道：“别再卖关子了，要卖就卖给他，不卖就拉倒，别浪费时间了。”

丹德诺说：“看在您的面子上，我就卖给他一只吧，亲爱的船主。不过他得付给我三‘利沸’。”

巴汝奇说道：“你这样未免要价太高。在我们那个国家，这个价钱可以买下五六只羊呢。你要扪心自问是不是敲诈我了，像你这种人就想一夜暴富，到头来只会栽跟斗，只会穷一辈子。”

丹德诺说：“你真是发高烧，你这个傻瓜。我敢面对夏路修道院里神圣的耶稣包皮发誓，在我这群羊中，即使是最小的，最皮包骨的羊的价值也是古时在西班牙安达路齐亚科尔基斯人卖一两金子一只的羊的四倍。你得想想看，当时一两金子可值多少钱呢？”

巴汝奇说道：“我知道你发脾气了。好吧，就三‘利彿’一只吧，这是给你的钱。”

巴汝奇付完钱以后，就到羊群里挑选了一只肥美的羊，抱着它就走，那只羊咩咩地叫起来，其他羊也跟着咩咩叫，目不转睛地看着自己的伙伴被带走了。丹德诺见此情景，转身对他的看羊人说：

“这家伙可真会买羊啊，你看他把那只最好的带走了，真是个内行人，简直像个强盗，说实话，这只羊我本来是要留给肯卡尔老爷的，我知道他的嗜好。只要他手里握着大羊腿，他就欣喜若狂，马上烹起羊腿，那样子就像左手握住球拍，腾出右手挥舞刀子割下腿肉品尝。”

第八章 巴汝奇如何让卖羊人和他的羊群葬身大海

蓦然间，发生了一件令人不可思议的事。这事发生得那么突然，以致在场的人全都看不清究竟发生了什么事。巴汝奇抱着那只咩咩叫的羊不动声色地走到船舷边，说时迟，那时快，他把羊用力扔进浩瀚的大海，那羊在大海里拼命挣扎，咩咩直叫。接着，意想不到的事情发生了。船上剩下的羊，着疯似的声嘶力竭地喊叫着，推推攘攘，争先恐后地冲出船舷，跳进汹涌的大海，拦也拦不住，挡也挡不住了。这其中的道理并不奥妙。羊生来如此，总是紧跟领头羊的。领头羊走到哪里，它们就跟到哪里。领头羊掉进大海，它们当然也跟着跳。无怪亚里士多德在他的《动物史》第九卷说过：羊是世界上最笨最蠢的动物。

那可怜兮兮的卖羊人眼睁睁地看着心爱的羊接二连三，前仆后继地跳进大海，大惊失色，慌了手脚。尽管他使出浑身的力气，张开手臂想把它们拦住，左遮右拦，也无济于事，羊全部葬身大海。因生怕海上颠簸，羊早都用绳子拴在一起，一只羊跳下去就会连带拖下其他的羊。眼看最后的一只羊也要跳下去了，那卖羊人虽然精疲力竭，却也赶紧冲到船舷，一把揪住那头肥羊的羊毛，心想如能把它拽住，或许能把整个羊群拖回来。殊不知这只羊力大无比，简直就像独眼巨人波吕斐摩斯的那只能羊，它能把尤利西斯和他的同伴驮出山洞。于是，丹德诺经不住最后那只羊的拖拉，也掉到海里去了。此时，丧身鱼腹的不只是卖羊人，所有的牧羊人和看羊人也同他们的主人一起命断黄泉。在这危急关头，有人紧紧抓住羊角，有人抓住羊腿，有人揪住羊毛，丝毫也不放松，也难逃厄运。

这时，巴汝奇站在船上的厨房外面，手里拿着一根大竹篙，表情冷漠，肃穆凛然。他没有似水柔肠，也并非大发慈悲，想抢救溺水者的性命，而是防备他们爬上船来。他滔滔不绝地讲道，那雄辩的口才俨然就是小奥里维·马维尔修士或约翰·布尔日瓦修士在世。他运用修辞学的技巧，极具说服力地述说今生有无限的痛苦，另一个世界才是幸福的，趟过苦海到达彼岸的人，比那些还活着的人幸福多了。巴汝奇还许诺他从灯笼国返回以后，会在塞尼峰上为每个溺死者修坟墓，立墓碑，供后人瞻仰。另外他还说如果在这次变故中有人侥幸活了下来，他也不会气恼。因为这人命不该绝，时来运转，也许上天将派遣鲸鱼前去搭救他，驮着他漂流三天三夜，还能安然无恙地把他送回岸上，送回甜蜜的家园，就像约拿[①]被鱼救起一样。

巴汝奇看到卖羊人、羊群和看羊人全都被大浪卷走时喊道：

“船上还有羊吗？有提波[②]的羊吗？那么莱纽·勃兰的领头羊呢？还有正在睡觉的羊呢？我也不知道。约翰修士，你觉得我的主意怎么样？”

约翰修士说道：“你这仗打得够漂亮的，我并不觉得有什么地方不妥。这令我想起在过去战争年代，就在大战或发起进攻的前夕，将领们总是允诺发给士兵双倍的军饷。如果打了胜仗，那么将领们当然有足够的钱发放；如果打败仗，士兵们就羞于启齿要钱了，才不像塞里索战役之后，那些无耻的瑞士逃兵还好意思要钱。所以你尽管开个高价，但你也不用真正付钱，钱还留在你的钱袋里。”

巴汝奇说道：“这些钱可让我天翻地覆玩了一把。上天做证，我这个玩笑可值五万法郎。起风了，我们赶快进船舱里去吧。约翰修士，听我说，凡是使我心情舒畅的人，我肯定付给他报酬，或至少向他表示谢意。我不是个忘恩负义之徒，永远不会。凡是与我有仇的人，必定会后悔的，不管是在现世，或来世。我可是个爱憎分明的人！”

约翰修士说道：“是啊，对方也是罪有应得。这叫以牙还牙，以眼还眼，《圣经》里就是这么写的。”

---

① 约拿因违主命，乘船遇见风暴，耶和华派巨鲸吞之，三日三夜，始将他吐至岸上；故事见《旧约·约拿书》第二章。

② 提波：喜剧《巴特兰》里的放羊人，被控偷了主人呢绒商的羊。

第九章 庞大固埃来到无鼻岛以及岛上稀奇的亲属关系

我们的舰队乘着西南风全速航行,已经有一整天没看到陆地了。不过到了第二天,快接近正午时,也就是苍蝇最为猖獗的时候,我们看见了一座三角形的岛屿,从它的形状和地理位置看,与西西里岛差不多,这座岛的名字叫亲戚岛。

岛上的居民长得像红波亚都①人，其肤色就像用敌人的鲜血染过的。只不过岛上的男男女女、老老少少的鼻子都凹陷,长得像扑克牌里的梅花A,过去又称无鼻岛。岛上所有的人都相互有错综复杂的亲戚关系,他们也以此为骄傲。岛上的总督无不得意地对我们炫耀:

"你们这些从外地来的人,一说到亲戚关系,就会津津乐道罗马的非比阿斯大家族,说他们很了不起,为了抵御他们的敌人(指埃托利亚的维伊斯人),就在同一天(二月十三日),从同一道城门(指卡蒙塔门,就在塔尔皮亚岩石和台伯河之间朱庇特神庙的山麓)冲出三百零六位同属一家族的勇士及其后代,还带着五千名同他们出生入死的侍从,不幸的是,这些人后来都在巴卡那湖的发源地克雷米拉河附近战死了。在我们这个国家,如果有需要,我们可以派出三十万士兵,而且全都来自一个家族。"

岛上居民的亲戚关系真是离奇古怪，大家彼此都是亲戚，而且很混

---

① 波亚都人是从苏格兰民族来的，古时常以敌人的血染红自己的身体，故被称为“红波亚都人”。

乱,一个人有许多重的身份,他(她)可以是另一些人的父母、兄弟姐妹、叔伯姑姨、堂表兄弟姐妹、女婿媳妇、教父教母等等。更为有趣的是,这种亲戚关系与年龄、性别无关。我亲眼看见一个没鼻子的老人,叫一个三四岁的女孩为“父亲”,而那小姑娘也称他“我的女儿”。

岛上男女之间的称呼也是五花八门,稀奇古怪。我们在路上走着,听见一个男人称一个女人“我的小章鱼”,那女人称他“我的海豚”。约翰修士说道:“这两个人贴胸交股谈情说爱时,是不是会感到鱼腥味阵阵袭来。”

在路上,一个男人可以对一个花容月貌的少妇高兴地喊道:“早上好,我的马刷子!”那少妇也回敬:“你好,我的栗色马!”

巴汝奇打趣地说:“喂,喂,真有趣,快来看那边有一匹野马和一个马刷子,那马刷子上面沾了栗色的鬃毛吗?那匹黑纹马肯定被好好梳刷一番。”

一个人对他的情人说道:“再见,我的小案子。”那女人回答:“晚安,我的官司。”

吉姆纳斯特讪笑地说:“圣特里尼兰在上,那官司肯定搁在案上很长时间。”

还有一个人招呼女人:“我的小害虫”,那个女人回答:“我的坏家伙。”

优斯登笑道:“那小害虫肯定在那坏家伙身上爬来爬去。”

一个男人称他的女伴“我的小斧头”,那女人则叫他“我的斧柄”。卡帕林听了拍手称快,“斧柄怎舍得离开斧头,斧头怎能没有斧柄,那古罗马妓女不正是到处找那漂亮的斧柄吗?圣方济各修士的那根大斧柄也能凑数,不是吗?”

我们又向前走,听到一个浪荡子叫一个女人:“我的小床垫子”,她称他为:“我的被套”。他看起来确实像一床厚厚的被套。

有人叫他的女人:“我的面包屑”,她称他:“我的面包皮”。还有人叫对方:“标桩”,对方称他是:“铁杆”。有的人叫女人:“我那舒适的旧鞋”,女人叫他:“拖鞋”。有人叫女人:“我的高帮靴”,女人称他:“便鞋”。有人叫女人:“我的连指手套”,女人称他:“大手套”。还有个男人管一个女人叫:“猪皮”,她称他为:“熏肉”,猪皮和熏肉就是挺般配的一对。还有的男人叫女人:“我的煎蛋饼”,而那女人叫他:“我的鸡蛋”,他们就像蛋饼和鸡蛋一样融为一体,密不可分。此外,还有各种有趣的绰号,有男人叫女人:“我的柴捆”,她称他:“我的木棍”。按照我们一般的思维方式,我们根本想象不出他们之间是什么亲属关系,或是什么血缘关系,我们只知道绳子是用来捆干柴的。还有个小伙子管他的女人叫:“我的小贝壳”,那女人叫他:“我的小牡蛎”。

卡帕林说道:“牡蛎刚好附在一扇贝壳里。”

有个男人同一个女人打招呼:“祝你长命百岁,我的豆荚!”那女人回答:“你也一样,我的豌豆!”

吉姆纳斯特评论道:“豌豆刚好配豆荚。”

还有个可怜的小伙子,穿着一双大木屐,碰到一位胖的女人,说道:“天主保佑你,我的旧木鞋子,我的陀螺,我的抽水泵!”那女人也毫不示弱回敬他:“彼此,彼此,我的桦木鞭子!”克塞诺马恩在一旁发话了:“圣弗朗西斯在上,他那把好鞭子能让陀螺转动起来吗?”

有一位高傲的大学教授,戴着假发,穿着袍子,风度翩翩同一位贵族小姐交谈一会儿后,向她告辞时说道:“谢谢你,我的大美人!”那女人也回敬一句:“你更帅,运气不好的骰子!”

庞大固埃听了说道:“从大美人到运气不好的骰子也并不是完全不相关的。”

一个纨绔少年对一个少女说道:“好久不见了,我的旧包包!”那少女回答:“见到你,我总是很高兴,我的角笛!”

巴汝奇说道:“把这两样东西,包(bag)和笛(pipe)合起来不就成了风笛(bagpipe)。”

一个男人称他的女人:“我的母猪。”她称他是:“草料”。听起来这是一只很想去草场吃草的母猪。

在我们身边,我看见有一个背微驼的花花公子对一个女人说道:“再见,我的小洞洞!”那女人也同样滑稽地回敬他:“愿天主保佑你,我的木塞子!”约翰修士揶揄道:

“她看起来就像个小洞洞,他就是木塞子,只不过这个小洞洞能否完全被小木塞堵满。”

一个男人对一个女人说道:“再见,我的鸡笼!”那女人回答:“再见,我的小鸡!”

大聪脑说道:“我想那小鹅肯定待在笼里很长时间。”

一个酒徒同一个活泼可爱的少女聊天后对她说:“勿忘我,我的狗屁!”那少女回敬说:“你也一样别忘了我,我的狗屎。”

庞大固埃听了,忙问那位总督:“他们真的是亲戚吗?我倒觉得他们是一对冤家,男的叫女的狗屁,在我们国家,那可是最大的侮辱。”

总督回答道:“我的好朋友,你们从外地来的,当然不懂得没有比狗屁和狗屎更好的亲戚关系。它们都是从同一个屁眼冒出来,来到这个世界上的。”

巴汝奇说道:“把他们母亲的裙子吹起的西北风,总该是和他母亲待在一起的。”

总督回答道:“母亲,那是你们那个地方的称呼,我们这儿的人无父无母。海那一边那些穿草鞋的乡下人才有父母亲。”

善良的庞大固埃在这无鼻岛上亲眼看见、亲耳听到很多新鲜事,本来觉得饶有趣味,可听到总督这番话,感觉很不是滋味。

我们察看了无鼻岛的地理和风土人情之后,觉得肚子有点饿,就走进一家小酒店吃点东西。酒店里恰巧正在举行婚礼,每个人都兴高采烈。新娘丰腴性感,就像一只多汁的雪梨,新郎是个年轻的小伙子,头发浓密发亮,脸庞红润,就像新鲜的奶酪。我以前也曾见过这样般配的几对成亲,在我们那个小乡村,流传着梨子配奶酪,百年好合的说法。

在另一个房间里,还有一对新人在举行婚礼。那新娘是只又老又旧的鞋子,而新郎则是舒适柔软的新鞋。知情人士告诉庞大固埃,新鞋娶旧鞋是因为女方体格好,肥膘多,是干家务的好手,这对渔夫来说真是求之不得。

还有另一场婚礼也在另一个房间举行。新郎是一只崭新的舞鞋,而亲娘则是只旧拖鞋。原来新郎并不在乎女方是否年轻貌美,这个嗜财如命的男人看中的是新娘缝在自己身上的金币。

第十章 庞大固埃上了和平岛，受到国王圣巴尼贡的礼遇

我们告别了无鼻岛上那些鼻子长得像梅花A的丑陋居民，顺着西南风继续航行。到了夕阳快西沉时，我们来到了和平岛。这是一个大岛，肥沃富饶，人口众多，国王名叫圣巴尼贡（意为面包卷）。庞大固埃抵达的时候，国王率领王公贵族和政府官员，亲自到岸上迎接庞大固埃一行，并把他们迎进宫里。王后领着公主贵妃以及宫廷贵妇已在那里恭候多时了。国王要求王后和顺从人员按照当地的礼节习俗，向庞大固埃和他的随行行吻抱礼。于是，她们便一一吻抱客人表示欢迎，除了约翰修士混在国王的宫廷官员里，总算过了这一关。

圣巴尼贡国王盛情挽留庞大固埃留宿再走。但庞大固埃却婉言谢绝，因天气好，风向又顺，这对航海的人来说是求之不得的。这样好的天气，盼都盼不来，该好好利用。庞大固埃决意已定了，圣巴尼贡也不再勉强。于是，他请每个人多喝点酒，我们每个人都喝了二十五到三十杯酒之后，才送我们回来。

到了港口，我们才发现约翰修士没跟我们在一起。庞大固埃问起约翰修士的去向，巴汝奇也不清楚，正打算返回王宫寻找。就在这个时候，只见约翰修士乐颠颠跑回来了，还满面笑容，边跑边快活地喊道："尊贵的圣巴尼贡国王万岁！我以天主的肚子起誓，他真懂得享受美食！我刚从他的厨房出来，里面的东西堆得像座山。我可是美美吃了一顿，肚子塞得满满的，都快满到我修士袍头顶了。"

庞大固埃说道："我的朋友，原来你躲到厨房里去享受！"

约翰修士回答:“母鸡的身体在上,我在厨房里总比被那群女人亲吻、拥抱自在。又是鞠躬,又是行礼,又是拥抱,又是接吻,还要口口声声您请吧,谢谢,阁下、殿下、陛下等等,繁文缛节,真是腻透了,这全是卢昂的废话。天主在上!我并不是说万一哪个贵妇人看上我,我不愿尝试跟她好上一阵,只是这些烦琐的礼节让人晕头转向,真是比魔鬼还可恶。圣本笃说得好‘修士对人行礼,只许点头示意。’我凭我身上这套庄严神圣的道袍发誓,让我去吻那些忸忸怩怩的女人,还是不搭理的好,我怕遇上和盖尔士老爷一样尴尬的事情。”

庞大固埃问道:“你说什么?盖尔士王爷,可是我最好的朋友呢。”

约翰修士说道:“有一次,他应邀参加邻居举行的一次盛大宴会。周边的所有达官显贵、名媛淑女也都被邀请了。那些女人们趁等待盖尔士老爷大驾光临的时候,把她们的年轻侍从打扮成高贵典雅的贵族小姐,并让这些打扮好的侍从以小姐的身份在门口欢迎王爷的到来。当盖尔士王爷到达时,便按庄重的礼节谦恭有礼地吻过这些人。最后,那些躲在门廊等候他的贵妇人忍不住哈哈大笑,她们叫这些侍从脱去华丽的服饰。善良的王爷见自己上当,又羞愧又气恼,发誓以后不再亲抱无聊的夫人和小姐们!难道说这些妇人们就不可能是她们随从装扮的吗?不过手段更高明罢了。

“天主在上!恕我亵渎神圣,我们为什么不先到主人那喷香的厨房里呢?为什么不先去看看那些转动的肉叉,排列的炉灶,厨工翻动肉叉那娴熟优美的动作,以及肥肉炖的火候,肉汤是否烧热了,餐后甜点准备好了吗,打算上什么酒呢?行为纯全的人多么有福[①]。这可是《圣经》的指示啊。”

---

① 见《旧约·诗篇》第一百一十九篇第一节。

第十一章 为什么修士喜欢待在厨房里

爱庇斯特蒙说道:“这才是名副其实的修士说的话，我指的是真正在隐修院修行的修士,而不是那种只披上道袍的修士。你的话令我想起了二十年前在佛罗伦萨的所见所闻。那时和我在一起的与圣贤之士谈古论今和参观的全是一帮博学之士,酷爱游览,喜欢意大利的名胜古迹。我们欣赏佛罗伦萨的美丽风光,得天独厚的地理位置,教堂的建筑和豪华气派的宫殿,大家对眼前的美景赞不绝口,流连忘返。这时,有一位来自亚眠的修士,名叫贝尔纳·拉尔东走了过来,他恶狠狠地冲我们嚷道:

“我不知道你们受了什么魔鬼的驱使,竟然赞扬起这座城市。我同你们一样,仔仔细细看了一遍,况且我的眼力也不比你们差。说实在,这有什么值得大呼小叫?它们只不过是一些漂亮的建筑罢了。愿主保佑,愿仁慈的主保圣人贝尔纳在患难之时庇佑我们!在如此繁华的城市里,我逛了一整天,寻遍每个角落,竟找不到一家烤肉店。我告诉你们,我可是眼观四方,把左右两边的建筑物都挨个数了一遍,原想比较哪一边的烤肉店多,可结果却大失所望。在我们的亚眠,不要说我走了这么远的路程,只要走上四分之一,就算三分之一吧,我相信你们看到的不止十四家有名的老牌烤肉店,而且每一家都香气扑鼻。我真不明白,你们怎么有雅兴去看钟楼边上的几只狮子,几只非洲怪兽,盯着菲力普·斯特罗兹宫邸的箭猪和鸵鸟看个没完没了。我对天发誓,我更喜欢看在肉叉上炙烤的、喷香的大肥鹅呢。我承认这些斑岩和大理石好看,但是亚眠的奶油蛋糕更合我的口味。不可否认,这些古老的雕像栩栩如生,精细别致,可我敢对阿贝维尔看鹅的圣人圣菲奥尔发誓,我们家乡的靓女何止胜过它们千百倍!"

约翰修士问道:"请你们解释一下,为什么修士总喜欢待在厨房里,可国王、教皇和皇帝却从不大驾光临,原因何在?"

里索陶墨回答:"可能是厨房里的锅和烤肉架有一种本质上,或特殊的东西吸引着修士,就像磁石吸引铁一样,而恰恰相反,这种东西却对皇帝、教皇和国王不起作用。或者是因为修道服和斗篷与厨房产生一种更为微妙的亲和力,就自然而然地把修士推到厨房里,不管他们是否愿意。你们觉得言之有理吗?"

爱庇斯特蒙说道:"我认为外形是由事物内在本质所决定,阿弗罗厄斯也是这么说的。"

约翰修士说道:"所言极是。"

庞大固埃在一旁发话了:"这个问题有点棘手,你一靠近它就会被刺到了。我所说的并不是解答这个问题,而是说说马其顿国王安提柯的一则故事。有一次,安提柯走进军营的厨房,看见诗人安塔哥拉斯正在煎鳗鱼,这诗人可是亲自掌勺。于是,国王便打趣地问他,'荷马描写阿伽门农英勇事迹的时候,是不是也在煎鳗鱼?'安塔哥拉斯回答,'啊,我的国王,你觉得阿伽门农在成就这些英勇事迹的时候,会想到他的营房里是否有人在厨房煎鳗鱼吗?'这位国王认为诗人在厨房里下厨是不合适的,但这位诗人却使他明白国王进厨房就更不成体统了。"

巴汝奇说道:"我还有一个更绝的故事呢。让我告诉你们,维朗德里的王爷勃雷东对我的主人基兹公爵讲的故事吧。有一次,他们正在讨论弗朗西斯国王对查理五世发动的一次战役。在那次战役,勃雷东全身披挂,从头到脚都用锃亮的钢盔铁甲武装起来,还配有一匹骏马,可是在交战中却看不到他的身影。勃雷东说道,'我发誓,我确实就在战场上,并且这很容易向你证明,基兹老爷,我去的那个地方连你自己也不敢去。'他这么一说,令公爵老爷面露愠色,觉得他说话太狂妄鲁莽,于是便不再跟他谈下去了。后来,勃雷东轻轻松松地把这件事情摆平了,他说道,'我当时钻到行李堆里去了,那地方阁下怎么能屈尊藏身呢?'"

他们就这么一边说笑,一边回到了自己的船上,开始扬帆出海,离开了和平岛。

第十二章 庞大固埃游历诉讼国以及执达吏的怪诞生活方式

我们继续航行,第二天就抵达诉讼国。那是一个肮脏、污秽的国度,已被扰乱得破烂不堪,我也难以用什么语言来说它。这是那群到处可见、为所欲为的律师和执达吏糟蹋的后果,他们是什么事都干得出来。岛上没有人请我们喝点什么,或吃点什么,只是一味恭维我们,说只要给钱,要他们做什么都可以。我们的翻译官向庞大固埃解释这些人以一种离奇古怪的方式挣钱养家糊口,这种方式与当今罗马人完全相反。在罗马,有数不清的人是靠刺杀、毒打和谋杀别人过活的,而这些执达吏是靠挨打过日子的。因此,如果他们一直没有遭受皮肉之苦,他们和自己的妻子、儿子都得饿死。

巴汝奇说道:“这种人真是少见。他们是盖伦所说的那种人, 不被挨打,那玩意儿就无法翘到裤腰带的。圣提包在上,如果有人这么揍我,那东西早就趴下了,岂能挺起来?”

翻译官说道:“在这个国家,如果一个修士、教士、放高利贷者或者律师想诬陷某一个贵族,便派执达吏到他家里去。这些无耻的执达吏把传票交给他,告诉他某时某刻必须出庭听审,接着就仗势欺人,肆无忌惮地侮辱、骚扰、诽谤那位贵族,只要他还不是头部失去知觉,或是比蝌蚪还聋的白痴,就会忍无可忍地奋起鞭打执达吏的头,或是击上一剑,打断他们的腿,还有更厉害的贵族会把他们从城堡的窗户扔出去。不过执达吏被虐待也是有报酬的,他们至少四个月不愁吃穿了,因挨打是他们的谋生的方式。那些修士,放高利贷者或是律师会给他们一大笔报酬,那贵族也要给他丰厚的赔偿金,有些贵族就因此而倾家荡产,甚至在牢中受尽折磨而死去,就好像他们背叛国王犯下滔天罪行一样。”

巴汝奇说道:“我有一个妙计惩治这些执达吏, 那是巴舍公爵使用过的方法。”

庞大固埃问道:“快说,什么妙计? ”

巴汝奇说道:“巴舍公爵是一个勇敢、正直、宽宏大量、豪情侠义的人。他同菲拉拉公爵并肩作战,在法国人的帮助下,勇敢抵御残暴的教皇尤利乌斯二世发动的战争。长期征战,艰苦卓绝,这给他赢得荣耀,也带来麻烦。回来之后, 他每天都遭受到圣·路昂修道院那个肥教长随心所欲的折磨。肥教长不断派出执达吏骚扰,并穷凶极恶地敲诈勒索。”

“有一天清晨,他同家里人一起用餐的时候(他为人平易近人、和蔼可亲),他把面包师卢瓦和他的妻子,还有他那个教区名叫乌达尔的本堂牧师也请过来了,那牧师也是他的酒管(这是当时法国的习俗),并对当场所有人说道:

“‘孩子们和朋友们,你们已经看到了,那些恶棍执达吏是如何日复一日地骚扰我的。我已经下定决心了,如果得不到你们的帮助,赶走不了这些害人虫,我要离开这个地方,投靠到苏丹王的帐下,我若没这样做,就让魔鬼把我带走好了。从今天开始,不管哪位执达吏再来我的府第,我要你们都准备好。卢瓦尔,你和你的妻子就穿上华丽的结婚礼服,到我的大厅来,举行订婚仪式,而且要假戏真做,应有的程序一个也不能少。我将用一百金币为你们准备服装,我亲爱的乌达尔神父,你当然得在场了,要穿上你最好的白法衣,戴上最好的圣带,还要端好圣水,就像主持婚礼一样。你呢,特鲁东(这是他的鼓手的名字),你也要带上笛子和鼓到场。 旦新郎新娘互赠结婚誓言,吻了新娘之后(按着你的鼓点),我希望你们用拳头互相轻拍几下,作为婚礼的纪念品,这会使你们的晚宴胃口大开。可是抡打执达吏时,就要狠命打,就像捽打青麦子那样,不要停下来,要狠狠地掴,狠狠地捶,狠狠地抽,就算我求你们了。我会发给你们很好的比武用的手套,很沉重的,镶羊皮的。朝他身上四处乱打,不要在乎打了几下。打得最猛的人也就证明对我最忠心,你们不要担心要负什么法律责任,我会给你们每个人承担一切后果。当然你们别忘了我们这里的风俗[1],打的时候,脸上要挂着

① 用拳头打人的风俗当时在波亚都特别流行。

动人的微笑。’

“‘我们会照办，’乌达尔问道，‘可是我们怎么认出谁是执达吏呢？在您的贵府里，每天都有来自各地的宾客。’

“巴舍公爵说道：‘这个，我已经想过了。你们只要留意来到门口的那个徒步的，或骑一匹瘦马的，大拇指戴一个硕大银戒指的那个人，他就是执达吏。看门人会客客气气地引他入内，并摇铃提醒府内人关照他。听到铃声，你们就准备好，到大厅来吧，上演这出我事先安排好的闹剧。’

“就在那一天，真是天意，一个肥头大耳、满面红光的老执达吏果然来访了。看门人听到敲门声，开门一看，只见一个穿着笨重的长筒靴的人，他骑着一匹可怜的瘦马，腰带上垂挂着塞满诉讼状的布袋，尤其是左手大拇指戴着那枚大大的银戒指，便知道此人就是执达吏了。于是，看门人恭恭敬敬、有礼貌地将他请进院子里，并兴冲冲地摇响清脆的铃声。一听到铃声，卢瓦尔和他的妻子便穿上华丽的结婚礼服，来到了大厅等候举行婚礼。此时，乌达尔穿上他的白法衣，戴上了圣带。在他走出更衣室时，便迎面碰上了执达吏。于是，他便请执达吏到他的屋子里，端上酒菜，两人对斟。而其他人正乘这一段时间，全套武装，披挂上阵。这时，乌达尔便对执达吏说道：

“‘你来得太巧不过了，我们的老爷今天要办喜事，有一对新人要举行订婚仪式，马上就要宴请了。吃的应有尽有，丰盛极了。来，请你也一起参加吧，喝个痛快吧。’

“执达吏当然不会拒绝盛情的邀请，毫不推辞地一杯接一杯地喝着。巴舍公爵看大家都已准备好了，便派人请来乌达尔。乌达尔端着圣水走到大厅，而执达吏像跟屁虫、小心翼翼地跟在后面。当执达吏走进了大厅时，他便谦恭有礼地朝大家点头哈腰，脸上堆满笑容，并向巴舍公爵递交肥教长的传讯通知。巴舍公爵很热情地拥抱他，给他一枚金币，又请他留下来参加婚礼，他答应了。

“当订婚仪式快结束时，他们便按当地风俗互相赠拳。人们潮水般涌到执达吏面前，笑容可掬，挥起那威猛的拳头，朝执达吏身上猛打，打得他晕头转向，浑身青一块紫一块，一只眼睛被打得像烧焦的黄油，七根肋骨断了，胸骨和两边的肩胛骨都被打裂了，下牙床骨垂了下来，折成三断。见到执达吏的狼狈相，人们都笑得前俯后仰。天晓得在乌达尔牧师那短白衣的袖子下，藏着铁手套。要知道，他可是个了不起的打手。

“执达吏就这样遍体鳞伤，像挂着青一条，紫一条的彩带，宛如一只花斑虎回到布沙尔岛去了，不过他对巴舍公爵可没有半句怨言，而是溢满赞美之辞。当地一位有名的外科医生为他医治，他又得救了，但到底活多久却杳无人知，仿佛他从人世间蒸发了，再没人提起他，他就和葬礼的钟声一起随风而逝。”

第十三章　巴舍公爵如何效仿弗朗索瓦·维永大师奖赏手下人

“那执达吏抱头鼠窜逃出了城堡，骑上他那匹独眼龙（这是他对瞎了一只眼的母马的称呼）落荒而逃。巴舍公爵把自己的妻子，女儿和所有的仆从都叫到后花园的凉亭下，叫人拿来美酒和各种各样的美食，有火腿、水果和奶酪。巴舍公爵同大家一起举杯庆祝，而后对他们说道：

“‘弗朗索瓦·维永大师在他晚年时，隐居在普瓦图的圣玛克桑，受到当地修道院一位慈善院长的照顾。为了给当地老百姓来点娱乐，他便用普瓦图方言写了一出《耶稣受难》的剧本。角色已经分配好了，演员也排练好了，演出场地也选好了。大师告诉市长和官员，这出戏可以在尼奥尔集会前准备好，到时即可上演，现在只剩戏服还没有着落。市长和官员们命令有关部门协助解决这一问题。为了给扮演天主圣父的老农民准备戏服，维永大师亲自向当地方济各会的教堂司事艾提恩·塔波古（意为敲尾巴）借一件道袍和圣带。但塔波古牧师一口回绝，推说教规严格规定不得把任何东西赠予或借给剧团表演。维永争辩说，这些规定只限于滑稽戏或其他哑剧，但宗教剧是不在此限的，他在布鲁塞尔和其他地方就见过有教会出借演出服的。不管维永如何恳求，但塔波古还是推三托四，要他到别的地方打听打听，休想打方济各会的主意，绝对不会出借的。维永愤愤不平把这件事如实告诉他的演员们，并说天主一定会惩罚塔波古，而且很快就要有所行动，以警诫他人。’

“第二个星期六，维永听说塔波古牧师骑上修道院那匹未交配过的母马，到圣利盖尔募捐，要在当天下午两点左右回来。于是，维永大师马上筹划一场魔鬼巡游，在大街和市集上进行公演。魔鬼全都披上狼皮、牛皮和羊皮，头上戴着狼头、牛角或厨房的大锅，腰里系着宽皮带，上面绑着系在牛或骡脖子上的大铃铛，那铃声恣意作乐。有的拿着装满火药的筒子，有的拿着燃烧的火把，每到一个十字路口，便把大把的松香洒在火把上，发出骇人的火光和刺鼻的气味。这一出魔鬼剧逗乐了大人，吓坏了小孩。演出告一段落，最后他们来到郊外一户农民家里吃饭。这户人家正好在通往圣利盖尔的大路口，大家美美饱餐了一顿。不一会儿，维永大师远远地看见塔波古募捐回来了，他便编了一首打油诗唱道：

来了一个无赖吝啬鬼，
腰包装满化缘的钱财。

“众魔鬼一齐说道，‘见鬼，见鬼，此人连一件破道袍也不肯借给圣父。我们得教训教训他。’

“维永说道，‘这是个好主意。我们先让他走过来，你们得把火药和火把准备好。’

“塔波古一走到大路口，他们全冲了过去，一窝蜂拥了过来，烟火从四面八方朝他和他的母马四处开火，噼里啪啦震天响，摇起牛铃，大喊大叫，‘喝，喝喝，噢噢噢，呼，呼，塔波古牧师，我们是不是一流的魔鬼？’

“那匹母马吓得大跳起来，腾空而起，横冲直撞，又响屁连天，呼哧呼哧喷着气，像疯子似的；塔波古牧师用尽力气想抓紧马辔，但经不起颠簸，还是被重重地摔下来。他那马镫是用绳子编的。他的右脚被马镫套得紧紧的，拔也拔不出来。马就这样把他拖在屁股后面，狠命地踢，带着他窜过篱笆、灌木丛和水沟。一会儿，这匹疯马就把塔波古的脑袋撞碎了，脑浆喷在十字架边上，他的胳膊和腿也断了，这里一截，那里一块，肠子也被拖了出来，血迹斑斑。当这匹马跑回修道院时，塔波古牧师只剩下他那只深深嵌在马镫绳里的右脚了。

“维永看到一切正如他所意料的那样发生了，便对他的魔鬼演员说道：“‘噢，你们真是伟大的演员，我的魔鬼朋友，你们的角色扮演得很好。我敢肯定索米尔、杜埃、蒙脱、朗热、圣艾班、翁热，连普瓦图当地有演出大厅的魔鬼剧也比不上你们的，噢，你们的演技真是高超啊！’

“巴舍公爵继续说：‘伙计们，我预料的事也是这样。将来你们上演这出悲喜剧也会演得很成功,因为你们初次亮相,就能这样体面处理好那位执达吏。为此,我给你们的工资加一倍。至于你,亲爱的(他对妻子的称呼),你喜欢什么就拿什么吧,反正我的所有财产都给你保管,你可以随心所欲处置。我先敬你们一杯吧,你们都是我的好朋友。啊!这酒可真醇香,真提神啊!我该发奖赏。我的管家,你就把这银碗拿去吧,这是我给你的奖赏。还有你们,我的侍从,你们就把这两个镀金的银杯拿去吧。我的仆役,保证你们三个月之内不挨鞭子。亲爱的,把这些漂亮的白羽毛和金片分给他们吧。我亲爱的乌达尔牧师,把这个银瓶拿去吧,另外一个就送给主厨。把这个银筐子赠给室内仆佣吧,还有马夫,你就把这个镀金的银瓶拿去吧,看门的就奖你们两个盘子,马车夫,你就拿走十把汤匙吧。特鲁东,你就把这些银汤匙和这个精美的盒子拿去吧。还有,我的佣人,你把这个大盐碟拿去吧。朋友们,你们为我效力,我会永远感激你们。天主在上,我宁愿在战场上为我们英明的国王出生入死,承受一百大锤,也不愿意被执达吏这些狗东西传唤一次,以博得那个肥头大耳教长的开心。”

第十四章　执达吏在巴舍府邸被打记(续)

“四天之后,又有一位年轻的、瘦挑身材的执达吏来到巴舍公爵的府邸,以肥教长的名义通知传讯指令。他刚跨入大门,那看门人一眼就认出来,随即响起了铃铛声,暗示府里人又要上演一出滑稽戏了。卢瓦尔正在揉面,他的妻子也在筛面粉。乌达尔牧师在认真核对账目,府里的贵人热衷于打网球。巴舍公爵和他的妻子意犹未尽地在打牌,那些小姐们乐滋滋地玩接子游戏。侍卫们东一堆,西一撮在玩游戏,仆役们扳着手指头在玩猜谜。突然铃声一响,大家知道执达吏又来了,便立刻放下手中的玩具,分头准备。乌达尔牧师马上穿上道袍,卢瓦尔和他的妻子穿上华丽的服装,特鲁东一边吹起笛子,一边打鼓,人人笑逐颜开,欢欢喜喜。大家戴好重手套,随时准备出手。

“此时,巴舍公爵下楼会见执达吏,执达吏马上下跪行礼,并堆满笑容,恳请公爵谅解,不要因肥教长的差遣而大动肝火。他花言巧语地为自己开脱,说他只是教长的仆役,受人雇佣,只能替主人行事;并说他一直渴望能为公爵效劳,只要公爵想使唤他,任何最卑微、低贱的差使他都愿意做。

“‘好吧’,巴舍公爵说道,‘传票之事暂按一边,请先品尝一下我的甘格奈美酒。今天我要主办一场婚礼,请你参加。乌达尔牧师,你要好好招待他,让他喝个够,稍事休息,然后带他到大厅来。我们非常欢迎他的到来!’

“那执达吏酒足饭饱之后,就由乌达尔牧师带他到大厅里,即将上演悲喜剧的演员已经各就各位,准备就绪,一见执达吏进来,便笑脸相迎。为了炫耀自己善于交际，那执达吏也跟着哈哈大笑起来。乌达尔牧师主持仪式，新郎新娘手挽手，互相亲吻过后，乌达尔牧师向大家洒了纯洁圣水。等酒菜陆续上来时，悲喜剧也开始上演了。乌达尔牧师先发制人，抬起拳头，狠狠砸在执达吏身上。他的打架手套藏在道袍下面，迅速地套上它，开拳就打，稳、准、狠，随后许多戴打架手套的拳头，从四面八方雨点般地重重落在执达吏的身上，躲也躲不了。

"'喜庆的日子，'大家都叫喊着，'喜庆的日子，喜庆的日子！大家可别忘了！'

"执达吏被狠狠揍了一顿，天旋地转，分不清东西南北，只见他嘴巴里、鼻子里、耳朵里，全都出血了，而且肩膀脱臼，伤痕累累，前额头，后脑勺，后脊背，前胸脯、两胳膊全受伤了，青一块，紫一块，几乎没有完肤。那激烈程度，比那群年轻人在阿维尼翁的狂欢节上狂热的激情有过之而无不及，精彩极了。执达吏经不住这一顿打，终于趴在地上，奄奄一息。他们费了好大的劲，往他脸上浇了一壶又一壶的酒，又把一条黄绿相间的布条别在他的袖子上（那是傻子和疯子的标志），然后扶他上了那匹半死不活的瘦马。回到布沙尔岛之后，我不知道他的老婆或当地的医生是否治好他的伤，但从此以后没有人再提起他的名字。

"第二天又来了一个，因为昨天那位瘦执达吏没把背包里的公文送回，肥教长又派来一名执达吏传唤巴舍公爵，这一次还带了两个法警做保镖。看门人又摇铃了，府邸上下知道又有执达吏送上门，都欢天喜地。尽管巴舍公爵正同他的妻子在用餐，但他还是派人请执达吏进府来，让执达吏坐在自己身边，而那两个法警坐在小姐们旁边，大家一起开心地共进午餐。上甜点的时候，执达吏起身，当着这两名法警的面传唤巴舍公爵出庭。公爵客气地请他留下状纸的副本，（副本早已准备好了），公爵接过副本，马上赏给执达吏和他的法警四大块金币。接着，大家都离席去准备一场闹剧了。特鲁东开始击鼓，公爵请执达吏他们留下来参加府上一位管家的订婚仪式，并请执达吏为新婚夫妇证婚。执达吏倒也懂得礼节，立刻拿起纸笔，并让两个法警站在他身旁。这时，卢瓦尔从偏门走进大厅，他的妻子在府上小姐们的搀扶下从对门走了进来。乌达尔牧师身着道袍，握住两位新人的手，询问他们是否两相情愿。过后，他为新人祝福，并洒了圣水。婚书写好了，双方也签了字。然后就该上酒菜了，同时还向在场人员散发了大量各色彩条，而那些戴皮手套的人也偷偷地从另一个门溜了进来。"

第十五章 执达吏如何恢复订婚的古礼

"执达吏喝下一大杯布列塔尼的好酒之后,便对巴舍公爵说道:

"'我的好爵爷,这儿不是正在举行婚礼吗?不给结婚纪念品怎么能行呢?那些结婚的好风俗都丧失殆尽了,兔窝里空无一物,人与人之间的友情也消逝了。连圣诞节前的'噢'字祈祷的酒会也消失了。整个世界每况愈下,末日就要来临了。趁我还记得结婚古礼,我们好好热闹吧!

"他边说边抬起拳头,揍了巴舍公爵夫妇,然后又打了小姐们和乌达尔。

"就在这时候,那些跃跃欲试的人们立即行动起来,把执达吏打翻在地,其头颅被凿了九个洞,一个法警的右胳膊被打断了,另一个法警的上颌骨掉了下来,一直垂到下巴。你可以看到他的喉咙,连小舌头都露了出来,他的臼齿、门齿和犬齿也被打得一个也不留。

"接着,鼓点变了,那些人神不知,鬼不觉地藏得杳无踪迹,后端上糖果和点心,让大家尽情享用。人们凑在一起,互相祝酒,大家还轮流向执达吏和他的法警敬酒。乌达尔牧师抱怨他的肩胛骨被法警打得脱臼,尽管如此,他还是不记仇,愉快地与法警干杯。另一个上颌骨断裂的法警拱手求饶,乞求乌达尔牧师宽恕,他已经说不出话来了。卢瓦尔抱怨那个被打断胳膊的法警朝他的胳膊肘狠狠地打了一下,一直痛到脚指头。

"特鲁东一边用手帕蒙住左眼,一边取出一面已经打破的鼓说道,'我怎么伤害你们了?你们打伤了我的一只眼睛还不够,还打破了我的鼓。在婚礼上总是要打鼓助兴的。鼓手该是受人欢迎的。这面鼓只好拿去给魔鬼

做帽子了！'

“那个只剩一只胳膊的法警说道，'好兄弟，我会送给你一张很漂亮，很精致的古时皇家的信函。它放在我的背包里，你可以用这张羊皮纸去补你的鼓吧。看在天主的份上，饶了我们吧！里维埃的圣母，我们仁慈的圣母，我可没有伤害你！'

“一个侍从过来了，学着波塞岩那位善良、尊贵的公爵一瘸一拐地走着，对那位断了上颌骨的法警说道：

“'你们究竟是被人打，还是打人呢？或许是你们上门挨打的。你用那可恶的靴子往我身上踢还不够吗？还要用那锋利的尖鞋头狠命地戳我吗？你觉得这很好玩吗？天主在上，这可不是在开玩笑。'

“那个法警拱起手，乞求宽恕，但他说不出话来，只能像只猴子含混不清地嘟哝着：

'我的，我的，我的。'

“新娘哭笑不得，她羞赧地说，执达吏不只在她身上乱打一通，还无礼地在她身上乱摸，甚至卑鄙下流地动了她的隐私处。

“巴舍公爵说道，'愿魔鬼把他带走好了！这些国王的侍卫(执达吏和那些法警的自称)差点把我和我那善良的太太的脊梁骨打断了，我不怨他们，这只是古代婚礼的习俗罢了。我现在看清楚了，他传讯我时，眉开眼笑，像个天使；打我时，却穷凶极恶像个魔鬼，他骨子里就是个爱闹事的修士，我说的准没错。但我还是要诚心地同他干杯，还有你们，法警朋友，也为你们干杯。'

“公爵夫人说道，'但我不明白，究竟我与他们有什么冤仇，他们竟然如此狠命打我？如果我喜欢这种古代婚俗，就让魔鬼带走我好了。我一点也不喜欢。我活到现在，从没有人敢在我肩上下此重手。'

“总管的左胳膊像是被打断，用布带吊着，”他悻悻地说道：

'这婚礼肯定有魔鬼捣乱。我的胳膊都被打坏了，这哪里像结婚庆典？呸！这简直是狗屁庆典！就像鲁西安所描写的提比提人的婚礼，一片混乱的打斗场面。'

“执达吏一声不吭。法警说他们打人不是出于恶意，并请求看在天主的份上，饶恕他们的过失行为。

“他们便离开了公爵府邸，还未走半里路，执达吏便觉得恶心难受，死在半路。两个法警回到了布沙尔岛，当着众人的面称赞巴舍公爵的仁慈，说世上没有人比他更善良，世上也没有第二个爵府更值得留恋。他们也声称从未参加过像这样的婚礼。动手打架是他们的错，因为他们先动手打人的，我不知道这两个人后来在世上还活了多久。

“从此以后，众所周知，巴舍公爵的钱对于执达吏和法警，比古时候图卢兹的金子[①]和塞让的马还更致命，更危险，拿到了还要更倒霉。据说从此之后，再没有人敢麻烦巴舍公爵了。而巴舍的婚礼也成为无人不晓的典故了。”

---

① 西塞罗和斯特拉博等人的作品里都曾说图卢兹的金子谁拿到谁倒霉。

第十六章 约翰修士如何试探执达吏的天性

庞大固埃说道："这个故事太有趣了，只是我们眼里应时刻保持对天主的敬畏。"

爱庞斯特蒙说道："如果那些戴皮手套的拳头能像冰雹一般落在那肥教长身上，那故事就更完美了。那肥教长花钱给自己寻开心，还处心积虑地找巴舍公爵的麻烦，并对执达吏被挨打无动于衷。你看那些巡回法院的法官简直就跟肥教长一个样，借审理案子到处胡作非为，我真恨不得用拳头把他们的光头砸个稀巴烂。而那些可怜的执达吏何罪之有呢？"

庞大固埃说道："我想起古时候有一个名叫鲁修斯·奈拉修斯的罗马贵族。他出身豪门，财大气粗。但是他有个怪癖，那就是每次出门，他都叫佣人手里提着装满金币的大口袋跟在他后面。如果在街上一旦碰上衣饰整齐、风流神气的年轻小伙子，尽管他们并没有冒犯他，他也要对着对方的脸赏他几拳，心里才感到满足。过后，他就从口袋里拿出足够的钱分给他一些，完全依据十二表法的规定，双方都感到满足为止。这样一来，对方的怒火也冰消瓦解，自己又不会遭到起诉。他用自己的家财换来打人的乐趣，只要双方满意，也就是平等的。"

约翰修士说道："圣本尼迪克特的圣靴在上！我多么想立刻就闻到你的气味。"他上了岸，便从钱袋里掏出二十个金币，然后走到一群恬不知耻的执达吏面前，大声说道：

"谁想挨打一顿，挣二十个金币？"

他们争先恐后抢着回答："我，我，我！先生，挨打是皮肉之苦啊，但只要有钱赚,这点痛苦又算得了什么?”

这群执达吏一拥而上,便把约翰修士团团围住,争着当第一个幸运儿。约翰修士从中挑了一个塌鼻梁、红鼻头的执达吏,那人的右手大拇指还戴了一个又粗又大的戒指,上面镶嵌着一大块蟾蜍石①。

那个红鼻子执达吏被打时,我看其他人都嘟哝着,满腹牢骚。其中有一个瘦高个儿的年轻执达吏,据说是个博学、精明的学者,也是宗教法学家,他抱怨这个红鼻子的家伙捷足先登,把生意都抢走了。假如有三十个大棒可以赚,那么他至少把二十八棍半都抢走了。他的这些不满都是出于嫉妒。

约翰修士抡起自己的棍棒,朝着红鼻子执达吏身上的前后、手臂和大腿乱打,几乎无所不至,打得他嗷嗷直叫。我担心他可能会倒地而死。没想到那个无赖拿走了二十块金币,就立马跳起来,无比兴奋,简直比一个国王或者两个国王还乐。有些人对约翰修士说道:

“修士老爷,如果你还愿意打我们,即使价钱便宜一点也行。老爷,只要你愿意继续打的话,我们都悉听尊便,包括我们的卷宗,我们的纸笔等等。”

红鼻子执达吏听了,顿时心里不满,他大声抗议道:“天主在上!你们这群猪猡!你们想抢我的生意!别把我的主顾勾引走,你们敢这样,我就要在下星期把你们告上主教法庭,以沃维尔的魔鬼的罪名告发你们!”

说完,他便转身对着约翰修士满脸堆笑地说道:

“可敬的修士老爷,如果你打得开心,愿意再打我,我情愿要半价就好。你也不必棍下留情。我的老爷,我一切都听你发落,我的头、胸部、肠子都随时待命,我说的是实话。”

约翰修士没听他说完就逃之夭夭。于是,那群执达吏一起拥向巴汝奇、爱庞斯特蒙、吉姆纳斯特等人,苦苦哀求能打他们一顿,只要随便给一点钱就行了。否则,他们就要很长时间吃不上饭了。但是没有人应承他们。

后来,我们替船上的人寻找淡水时,在路上碰到两个上了年纪的女执达吏,她们又是哭,又是叫,真可怜。这时庞大固埃已经回到船上,我们也被钟声召回。我们怀疑这两个女人就是刚才被挨打的那个执达吏的亲属,

① 传说是青蛙头内出来的宝石,实际上是一种鱼牙化石。

便询问她们为何伤心痛哭。她们说之所以这么悲痛,是因为有两个善心的执达吏正在被人勒住脖子。

吉姆纳斯特说道:“我的仆从常常把睡熟的人捆起来。用绳子套住脖子就是吊死了——自己勒死自己。”

约翰修士说:“没错,没错,你说的话跟《启示录》里的圣约翰一模一样。”

我们询问了那两个女人,他们为什么要被绞死?女人回答说,因为他们偷了做弥撒时用的器皿,并藏在教堂的“扫帚柄”(意为钟楼)下面了。

爱庇斯特蒙说道:“这种委婉说法,真太有意思了。”

第十七章　庞大固埃来到混沌岛和空虚岛吞磨巨人布兰格纳里伊的离奇死亡

就在同一天，庞大固埃来到混沌岛和空虚岛。这两个岛的居民无处可做食，因巨人布兰格纳里伊（意为裂鼻孔）吃光了所有的风磨。不仅如此，他还把全国所能看到的煎锅、炖锅、水壶、罐子、盛油盘和双层蒸锅全都吃了下去。到了晚上，也就是他的肠子消化的时间，他感到胃脘胀痛难忍，以至痛倒在地。据医生说，他的胃只适合消化风磨和风叶，而对那些煎锅和水壶之类的东西却难以适应。但第二天早晨，从他两次撒出的四大桶尿的排泄物来看，那些炖锅和双蒸锅都被消化了。

医生试遍了所有的药方，想竭力治好他，但病情恶化而医治无效。就在当天早上，尊贵的布兰格纳里伊就这样撒手人寰，他的死比埃斯库罗斯的死更令人感到惊奇。你们还记得吗？那些占卜者曾预言埃斯库罗斯注定有一天会被从天上掉下来的东西砸死。他相信这种说法，从那一天以后，他就离开了城镇，远远躲开所有会倒塌的东西，就连房屋、树木、岩石、山丘都避之而唯恐不及。他来到一片大草原中间，他相信在广袤、空旷的天空下，一定会很安全的，生命一定不会受到威胁，除非天塌下来，但他想来想去，觉得这是不可能发生的。

不过，据说云雀很担心天会塌下来，因为一旦天塌了下来，它们就会无处可藏，全部被捉住。古时候住在莱茵河畔的凯尔特人也有同样的担忧，他们就是高贵、英勇、侠义、尚武、善战的法兰西人。有一次，亚历山大大帝问他们在这个世界上他们最害怕什么。亚历山大本以为凭借自己的丰功伟绩，和那战无不胜，攻无不克的赫赫声威，他们肯定会说最怕他。可出乎他的意料，他们都回答除了天塌下来以外，其余什么也不怕。当然，他们也不会婉拒同这么一位英勇高尚的大帝缔结盟约，结为友好盟友。这在斯特拉博作品的第七卷、亚利安的作品的第一卷里都有记载。还有普鲁塔克的《论月球上的人的面貌》一书中，提到月球上有个叫法纳斯的人，他担心月球会落到地球上面，因此他对那些生活在月球阴影下的人，如埃塞俄比亚人和锡兰人非常同情，担心那么大的东西会砸在他们身上。幸亏古时候的人相信阿特拉斯的巨柱顶着苍天，这在亚里士多德的《形而上学》第五卷中有这样的记录。

尽管这样，埃斯库罗斯置身于旷野里，最终还是难逃此劫：在空中飞翔的老鹰，鹰爪钩住的乌龟壳突然掉了下来，把他的脑袋砸成两半。还有许许多多离奇古怪的死亡。诗人阿那克里翁①是被一颗葡萄籽噎死的。还有罗马执政官非比阿斯是喝羊奶时，被里面的一根羊毛呛死的。还有那个羞涩的家伙，因为不敢在罗马皇帝克劳狄面前放臭屁，而活活地把自己憋死。还有那个埋葬在罗马弗拉米尼亚大道旁的那个家伙，他墓碑上记载说他是因为小猫咬伤他的小指头死的。还有勒赖卡尼乌斯·巴苏斯是因为针扎到左手大拇指而死的，那针眼小得几乎看不到。有一个诺曼底医生盖涅劳，他突然死在因用小刀割自己手上的一小块癣。还有菲勒蒙，他的死更加离奇。他的仆人为他准备了新鲜的无花果作为晚餐的第一道菜，谁知仆人出去端酒的时候，一头公驴闯进来，把盘子里的无花果吃个精光。菲勒蒙进来，看着这只驴津津有味地吃着无花果，便对仆人说：

“既然你为这头虔诚的驴摆上了无花果盛宴，你也应该把手里的好酒拿给它喝才对啊。”

他说完这话便哈哈大笑起来，笑得前俯后仰，一直笑个不止，脾都笑破了，也就一命呜呼。另外还有斯帕里乌斯·索非乌斯，他因沐浴后吃了个未煮熟的鸡蛋而死的。卜迦丘还写道有个人因用山艾叶剔牙而剔死的。还有名叫菲力波特·普拉库特，他一向身体健壮，只为了偿还旧债，竟然无疾而终。还有个画家名叫宙克西斯，他是望着自己画的一张老妇人的画像，禁不住大笑不止而猝死。还有许许多多这样的例子。在瓦里乌斯、普林尼、

① 阿那克里翁（公元前560–478）：古希腊抒情诗人。

瓦雷利乌斯·马克西姆斯、巴提斯特·弗尔古斯和大巴卡贝利的书中均有记载。

那个善良的布兰格纳里伊，他是在医生的指点下，在厨房门口吃了一块刚出炉的黄油而噎死了。

除此之外，我们还听说了空虚岛上库朗国王打败了美克罗特国王（意为疾病），而且占领了贝利玛（意为空虚无物）的要塞。

后来，我们还到过愤怒之岛和抗议之岛，还到过十分美丽的“吗哪”岛和“蜜露”岛，岛上盛产灌肠草。我们还经过“任何”之岛和“永久”之岛，这两座岛的名字就给赫斯[①]的领主带来不少麻烦，因他与查理五世鉴定的条文“不附带永久拘留”改为“不附带任何拘留”，一词之差，就能为查理五世赫斯的领主豁免囚禁，给他自由了。

① 赫斯：德国西南部地区。

第十八章 庞大固埃如何在海上遭遇风暴

第二天，我们看到从船的右舷驶来九条大船，船上载满了修士——有多明我会、耶稣会、嘉布遣会、隐修会、奥古斯丁修会、西多会、天福会、泰阿托会、伊纳斯会、阿美德会、方济各会、加尔默罗会、小修会和其他教派的会士，他们是去参加开西会议（意为疯子会议），商讨如何修改对付新异端的教义条款。巴汝奇一看到这些会士，有点喜出望外，他似乎相信这一天是个幸运日，接下来的日子也一定会走运的。他谦恭有礼地向这些慈爱的圣父们行礼，并请求他们为拯救自己的灵魂作虔诚的祈祷，为此他还派人送七十八打火腿到他们的船上，还有几大箱香肠，几百罐地中海鱼子酱，另加两千块金币作为救赎灵魂的费用。

而这时庞大固埃却默默站在一旁，显得心事重重，郁郁寡欢。约翰修士见此异常，心中不免纳闷，便问他为何神情不定。此时，船上的领航人发现船尾的小旗飘摇不定，预见一阵飓风即将来临。于是，庞大固埃便命令全体人员做好准备，严阵以待。他先命人赶快放下前帆、后帆、后桅主帆、主帆、后桅纵帆、船首斜桁；赶紧卸下前中桅三角帆、上桅帆、后上桅帆、收下所有的桁端，只留下绳梯和桅索。

突然，狂风大作，海面波涛翻滚，巨浪不停地撞击着船帮，狂风裹挟着雨雪、冰雹从桁端呼啸而过。刹那间，天昏地暗、电闪雷鸣，雨雹倾盆而下，天空变得越来越暗，除了闪电划破天际的闪光外，一片漆黑昏暗。

狂风、旋风、暴风阵阵作响，骇人的闪电火光，随着霹雳震耳欲聋轰鸣；人们精神恍惚，分不清东西南北。风暴掀起千重巨浪，又重重甩下，惊天动地。眼前的一切,仿佛就处在混沌初开的太古时代,火、空气、海水、陆地和所有的一切都是混沌苍茫,混乱不堪。

巴汝奇因吞下了很多吃粪鱼,把胃都塞满了,腹胀疼痛,似翻江倒海,痛得直在甲板上打滚,痛苦不堪,半死不活。他赶紧向每一位圣男圣女求救,许愿从今以后,一定记得随时随地忏悔,接着他又声嘶力竭地呼喊:

"管事的,喂,我的朋友,我的亲爹,谁能给我一点咸鱼,减轻我的痛苦,喝水也不会感到难受。从现在起,'少吃多喝'将成为我的座右铭。天主,天上的圣人,圣母保佑我吧。若能让我登上陆地休息一会儿,该多好啊!"

"噢,现在那些下贱种菜人都比我幸福多少倍!噢,命运之神,你为什么不让我去种菜呢?天生种菜人多么少啊,他们承蒙朱庇特特殊眷顾。他们至少一只脚总能踩在坚实的土地上,另一只脚也不会离地太远,大家都一直讨论什么是永久的幸福,让他们说去吧,我此时此地发誓,现在我只想成为一个菜农,至今我才真正懂得种菜人是真正有福之人。皮浪[①]这位哲学家真有远见卓识。有一次皮浪和我们一样处在危险之中。他看到岸边有一只猪正津津有味吃着撒给他的大麦,皮浪说猪比他双倍幸福,一来猪有很多大麦可吃,二来猪是在陆地上。

"啊,上帝啊,请给我一个高贵、舒适的乡村小屋吧,即使是牛棚也好!噢,那大浪就要把我们卷走了——天主救救我们吧!朋友,看在慈爱天主的份上,给我一点醋吧!看,我气喘吁吁,浑身湿透了!天啊!帆被扯破了,缆绳也断成好几段了,滑轮脱落了,上桅帆掉到海里了,船就要倒翻过来了,所有的绳子都被扯断了。哎呀,哎呀!我们的张帆索哪里去了?天啊,我们全完了!我们的桅杆也断了,天啊!谁还要这条破船呢?朋友们,快把我拖到那些厚重的门后面吧!孩子们,孩子们,你们的纤绳掉到海里了。哎呀!把稳舵,把主帆索和张帆索牢牢系上。我好像听到船舵的嘎吱声,是不是已经断了?天啊,好好握住方向盘,别再管那些绳索了!格,格格,注意指南针吧,领航师傅阿斯特罗菲尔(意为星宿之友),看看风暴是来自何方。天啊,我吓死了!格,格,格!我完蛋了!我太害怕了,屙出了一裤子的屎了。格,格格,哟哟哟!我就要淹死了!我就要死了,善良的人们,我就要死了!"

---

① 皮浪:公元前四世纪希腊怀疑论哲学家。

第十九章 巴汝奇和约翰修士在暴风雨中的表现

在暴风骤雨中,庞大固埃首先祈求永恒的救世主天主的保佑。而后他按领航人的指导,用手紧紧握住主桅杆。约翰修士也脱去长袍,换上短装,协助水手抢修。爱庇斯特蒙、包诺克拉特等人也都赶来救援,只有巴汝奇一屁股瘫在甲板上号啕大哭,怨天怨地。约翰修士从甲板的过道经过,看到巴汝奇这失魂落魄的模样,便冲着他说:“天主在上,巴汝奇,你这头蠢牛,哭爹喊娘有什么用呢?悲痛能帮我们闯过难关吗?你还不如过来帮我们一把,别像只狒狒坐在卵泡上哭得像头牛。”

“格,格,格,勃,勃,勃,”巴汝奇抱着双肩哆嗦着,悲痛欲绝地说,“约翰修士,我的好朋友,我要被淹死了,我就要被淹死了。我的好朋友,我完了。噢,我的圣父,我的朋友,连你身上的那把利剑也救不了我了!天啊!海浪把我们卷到最高的音阶处了,格格格,天啊!现在又被重重地摔到最低的音阶了!我就要被淹死了!我的圣父,我的天主,我一切的一切!水从我的领子一直灌到鞋子里去了。格格格,哟哟哟,我淹死了!我觉得现在我头朝下,脚朝上,像棵裂开的树倒栽在甲板上。啊,若是天主能指引我坐到早上遇见的那些圣父的船上该多好啊!我们可以一起参加圣会,他们是一群多么虔诚,快活、慈祥,而又那么肥胖的家伙。噢噢噢,哎哟!这浪简直是从地狱里涌出来的,真他妈的见鬼(吾主天主,恕我大罪),我是说这大浪就要把我们的船打翻了。哎哟!约翰修士,我的亲爹,我的朋友,我要忏悔,我这就跪下,我认罪!求求你为我赐福祈祷吧!”

约翰修士厉声说道:“胆小鬼,还不快点过来帮忙?要不我将叫三十个魔鬼把你抓到地狱,快点过来……你这胆小鬼,怎么还不动?”

巴汝奇说道:“我的圣父,我的朋友,这时候你不要诅咒我了,现在不要!到了明天,你爱说什么就说什么,我都不在乎。哟哟,天啊!船进水了,快沉了,我快被淹死了!哎呀!我们就要沉到海底了。我现在可是臭屎满身,狼狈不堪,如果我那臭气熏天的家乡还有活人的话,如果谁把我送到岸上,我就每年给他一万八千金币,并养老送终。主啊,我认罪,让我在临死前立个遗嘱吧,或至少是留下一两句话!”

约翰修士说道:“愿一千个魔鬼把你这个乌龟抓走!圣灵在上!我们现在危在旦夕,想到的应该是自救,而你却谈什么立遗嘱,你这个死鬼,还不过来?哦,我亲爱的头领,你这个善良的执皮鞭的监工,到这里来!吉姆纳斯特,到这个位置来。天啊,再来一个大浪,我们就全完了!我们的灯就要灭了。我们好像就要下地狱了。”

巴汝奇叫道:“主啊,主啊,格,格,格,哟,哟哟,难道我们注定

要死吗?噢,善良的人们,我淹死了,我就要死了,完了,我就要完了!”

约翰修士说道:“去去去,你这个只会哭的臭小子。喂,小伙子,小心看好水泵!你受伤了吗?天主在上,干脆把绳子拴在这木橛上好了,到这儿来,见鬼,到这儿来,孩子。”

巴汝奇又说了:“哈,约翰修士,我的圣父,我的朋友,我们不要咒骂了。这是有罪的,哎呀,哎呀,我就要淹死了,我就要死了,我的朋友们!我宽恕你们所有人,再见了,我把我的灵魂交到你们手里!格格格,奥尔的圣米歇尔,圣尼古拉,救救我这一次吧,以后可就没有机会了!我以主的名义许愿,如果你们这次能帮助我,我会为你们建一座美丽的教堂,不,要建两座。

在康迪斯和蒙洒拉之间,
让牛羊无法找到的地方。

“上帝啊,上帝啊!我胃里的水可以装满十八个大桶。格格格,海水又苦又咸!”

约翰修士说道:“我以天主的血、肉、肚皮和头发发誓!你这只缩头乌龟,如果你再哭哭啼啼,我就会像驯海豹那样驯你。天主在上!我保证把你扔到海底下去?划桨手,划桨手,嗨,我的好朋友,加紧划吧,挺住!抓紧!我还没见过这么可怕的闪电,还没听过这么大的雷声。他们肯定把所有的魔

鬼都放了出来，或许冥王的老婆普罗塞耳皮娜在生孩子，怎么这么多魔鬼都在一旁跳铃铛舞。”

第二十章 暴风雨中领航人准备弃船

巴汝奇不停地喊着:“嗨,约翰修士,我的故友,你可做错事了。我之所以称你是‘故友’,是因为现在你我都没指望活命。虽然我也不愿意这样说,但是我觉得咒骂对脾脏有神奇的功效,就像劈柴人每劈一下就‘嘻’地大喊一声,觉得通体舒畅。或者像滚球手一样,球扔不准,站在旁边的一个机灵鬼斜斜身子,歪歪脑袋,让扔出去的球正好把柱子击中,感到异常惊喜一样。不过,话又说回来,我的好朋友,你还是做错了事。现在,我们先吃点烤羊肉,或许能躲过这场暴风雨。我读过描述有关海上遇到风暴的书。在暴风雨中有个祭师像奥菲士、阿波罗尼乌斯、菲雷西德斯、斯特拉博、保萨尼阿斯、希罗多德那样,虔诚赞颂卡比利教门,结果总是能化险为夷,安然无恙。”

约翰修士说道:“可怜的家伙,你竟说些胡话。我让上千、上百万、上万万的魔鬼把你这个头上长角的乌龟抓走吧!嗨,死老虎,快过来帮帮我们!来不来?快到左舷去!你的脑袋尽装些圣人残骸!你两齿之间还在胡诌些什么咒语?都是因为你这疯子想出海寻宝瓶,我们才遇上了风暴,而整个舰队只有你呼天喊地的。天主在上,如果我能逮着你,我一定像个疯魔一样好好抽你!水手们,我的好伙计,把绳子递给我,让我打个双结。啊,这小家伙还是很不错的!愿天主指派你当塔勒蒙修道院的院长,而把现在的院长派到卡劳莱去!包诺克拉特兄弟,小心点,别受伤的。爱庇斯特蒙,把好舱口,别让海水冲进船舱里。”

“张帆吧!”

“就这样，张帆，张帆，快张帆！我看见船开过来了，快张帆呀！天啊，那是什么？船头坏了。你们这些魔鬼，尽管咆哮吧，放屁吧，打嗝吧！到海里屙屎吧，天主在上，我差点葬身海底！见鬼，上百万的魔鬼是不是聚集在这里开年会，或者是正在竞选大学的新校长。”

“到左舷去！”

“说得对。注意滑轮！嗨，小家伙，真见鬼，到左舷去，到左舷去！”

“格格格、勃勃勃，”巴汝奇喊着，“我快冻僵了，快要被淹死了。怎么我看不见天，也看不见地啊！天啊！如今四大元素只剩下火和水了。勃勃勃！愿万能的天主施恩，让我现在就在塞野的教堂附近，或在伊诺桑的面包房里。我现在就要去酾农画廊酒家，我要披上短衣亲自去烘烤小面包。善良的人，为何不把我送回陆地？我知道你们神通广大。如果有谁能把我活着送回陆地，我将把萨马甘蒂的所有一切，再加上卖蜗牛的全部收入都送给他。天啊！我快淹死了！主啊，我的好朋友，既然已经无法安然地回到陆地，那就随便找个地方停船吧，什么地方都行，我不在乎。把所有的锚都抛下吧，让我们避开这场暴风雨。我求求你们了，我的好朋友，把测深锤放下去吧，让我们测测水深，看看我们离海底多深。量一量吧，我的好朋友，以天主的名义，看看我们是不是能够把船定下来，看看直着腰是不是就会呛到水，我想会的。”

“嗨，转好舵！”领航人喊着，“紧紧抓住！所有的手紧紧抓住吊索！拉好中桅帆，再转舷，小心，帆！用力拉，改变航向，让船自由行驶吧。放下航柄，把所有的帆篷都收起来吧！”

“我们到了这危急的地步了？”庞大固埃喊道，“天主啊，救救我们吧！”

主领航人雅麦特·布莱耶喊道：“嗨，收好帆篷，收好帆篷！大家都想着自己的灵魂祈祷吧，现在只有圣灵显圣才能救得了我们！”

巴汝奇说道：“我们一定要好好地祈祷。天主啊，天主啊！勃勃勃，格格格！我们大家都一起捐钱，派一个人去圣地朝圣！来来来，每个人都把钱拿出来！”

“靠这边，嗨！”约翰修士喊道，“真见鬼！右转舵！收好帆篷吧，天

主在上！让舵自由转动吧。嗨！收下帆篷，收下帆篷！我们现在喝酒吧！我说要拿出最好的，对我们的胃最舒服的酒。听见了没有，到那边去！总管，把酒拿上来，要不就该让那些魔鬼给喝了。喂！小酒保，把我的酒杯子拿来（这是他对经本的称呼）。倒酒吧，朋友，就这样倒！天啊，这是真的冰

雹,又打响雷了！上边的人,请你们一定坚持住！诸圣节是什么时候？我猜今天是赶上倒霉的诸魔节了。”

巴汝奇说道:“哎,约翰修士又咒骂神灵了,该下地狱了。啊,我又失去了一个好朋友了！天啊,我们现在的情形比以前更糟糕了！我们真是处于锡拉岩礁和卡律布狄斯[1]大旋涡之间,进退两难了。哎呀,我要淹死了!我要忏悔了,但我要留几句话作遗嘱,约翰修士,我的圣父,五元素提炼者,我的朋友,我的忠实朋友阿凯提斯,我的克塞诺玛恩,我的一切,天啊,我就要淹死了。我就留两句话作遗嘱吧,就写在这张垫子上好了。”

---

① 锡拉岩和卡律布狄斯是意大利墨西拿海峡上两个相对的暗礁。

第二十一章　暴风雨还在持续，对海上立遗嘱的短评

爱庞斯特蒙说道："现在你应该尽你的所能帮助我们，使我们的船幸免于难，而你却要立什么遗嘱，这同恺撒部下攻占高卢时忙着立遗嘱、写遗言没什么区别。他们一进入高卢，便哀叹时运不济，夫妻分离，朋友离散，远离家乡，却无心做当务之急的事：全力以赴同敌人阿里奥维斯图斯战斗到底。你这种做法和他们一样不合时宜，这种愚蠢的做法，和赶车的在车子陷在淤泥里，便求助于天，双膝跪地，请求海格立斯帮助，却不去做应该做的事：鞭打牛让它使劲拖轮子，或者用力顶轭把轮子抬出，与此又有什么不同呢？你说，此时此地立遗嘱有什么用呢？目前，摆在我们面前只有两条路可选择：要么共渡难关，要么葬身鱼腹。如果我们逃过这一劫，遗嘱也就毫无用处；如果我们被淹死了，那么，遗嘱也将同我们一起葬身海底，又有谁能把它交给遗嘱执行人呢？"

巴汝奇回答："也许有一个巨浪把它冲上岸，像尤利西斯那样，如果碰巧国王的女儿在风和日丽的海边嬉戏，俯身拾起，并按上面所写的执行了我的遗嘱，在海边为我建一座宏伟的纪念碑，就像狄多为自己死去的丈夫西凯乌斯，埃涅阿斯在特洛伊海边为戴弗布斯，安德洛玛克在布特罗图斯城为丈夫赫克托耳，亚里士多德为好友赫米亚和尤布勒斯，雅典人为诗人欧里庇得斯、罗马人在日耳曼为其将领德鲁苏斯，在高卢为他们的皇帝亚历山大·塞维鲁，阿尔根塔里乌斯为他的儿子卡拉伊斯克鲁斯，色诺克拉底为利西底斯，提马鲁斯为他的儿子泰利塔哥拉斯，厄波里斯和亚里斯多底斯为他们的儿子泰奥提姆斯，卡利马科斯为狄奥克里德的儿子索波里

斯,卡图卢斯为他的哥哥,斯塔提乌斯为他的父亲,日耳曼·德·布里为布列塔尼的舰长艾维修建的纪念碑一样。

约翰修士叫道:“你是不是疯了?过来帮帮我们,看在五十万车魔鬼的份上,尽你的一份力来帮助我们吧!否则,就让你的胡子上下长疮,让你身上长满三大排脓疮,使你穿不上裤子!我们的船是不是要沉下去了?天啊,怎样才能让它浮起来呢?是不是海上的魔鬼都在这里聚会?看来我们再也躲不过了,还是把我们自己乖乖交给魔鬼处置吧。”

这时听见庞大固埃悲伤的哭喊声:

“主啊,救救我们,我们快没命啦!这不仅是我们的意愿,而且也是您的圣意啊!”

巴汝奇也跟着叫起来:“天主啊,仁慈的圣母,与我们同在吧!天啊,我就要淹死了!格格格,勃勃勃,将我的灵魂交给您吧。至高无上的主啊,派一只海豚把我平安地驮到岸上,就像从前驮着小阿里翁一样。我会用我的竖琴为你弹奏美妙的音乐,只要琴上有弦。”

“让所有的魔鬼把我带走吧。”约翰修士说道。这时,巴汝奇嘴里却嘟哝着:“天主与我们同在”,接着马上又转口骂道:

“天主在上,如果我能抓住你,我一定要瞧瞧你这东西是什么模样,是不是像一只长角的怪兽。真不像话,你这只会哀鸣的笨牛,还不起来帮忙,要不我叫三千个魔鬼一齐跳到你身上!你这头水牛,还不赶快过来,你这爱哭鼻子的家伙,真讨人厌!”

“怎么,你就没别的话说了。”

“好,现在为你提提神,把我的酒瓶拿过来,让我给你念一段:不行恶人的计谋……这样的人多么有福。嗨,这一段我全记得,就让我给你讲圣·尼古拉的故事。

惊人的风暴袭击着山顶。

“山顶?不,是蒙太居!那风暴是指在蒙太居公学鞭打学生的校长。如果那个校长因鞭打可怜、无辜的学生下地狱,那么我以个人的名义发誓,他现在肯定被绑在伊克西翁[1]那永远旋转的车轮上,打着那只拉着车轮不停

---

① 伊克西翁:神话中拉比提国王,因对朱诺不敬,被朱庇特打进地狱,绑在车轮上永受火刑。

转动的短尾巴狗。假使鞭打能挽救一些无辜小孩的灵魂，毫无疑问，那他一定高高在上……”

第二十二章 暴风骤雨结束了

“啊,陆地,快看,陆地!”庞大固埃突然惊讶地叫喊起来,“我看见陆地了!振奋精神吧,孩子们!我们离港口不远了。北方的天际开始放晴了,快起南风吧。”

领航人说道:“孩子们,鼓起勇气,加油吧!海水慢慢退了。快升前桅帆!张帆,张帆!再拉斜桁纵帆!把绳索盘在绞盘上!盘紧,盘紧,盘紧!拉起后桅帆的张帆索!拉高,拉高,再拉高!稳住!注意舵轮,把舵柄装上,挂帆篷!拉紧张帆索!趁风转舵!把斜桁纵帆降下一点,你们这些狗娘养的!”约翰修士对身边的一个水手说道:“伙计,再见到你母亲,应该很高兴吧。”

“顺风行驶!掌好舵!张满帆!”

“放心吧,一切都照办了。”水手们一起回答。

“一直开!驶进港口!张好帆!拉紧,拉紧!”

约翰修士说道:“是的,没错,做得对,来吧,孩子们——快张帆,张好帆!”

“往右转舵!”

“对,对,应该这样做。我看风暴渐渐平息,很快就要结束了。我们赞美上帝,所有的魔鬼全都离开我们了。”

“放慢,放慢!”

“对,对,这是明智之举。放慢,放慢,看在天主的份上,到这儿来!我的好朋友包诺克拉特,你这大情种!你搞出来的都是男孩子。优斯登,你这英俊的小伙子,到前面去,把前桅帆升起!”

“张帆，张帆！”

“对，没错。张帆！天主在上，张帆，张帆！”

“嗨，我们再也不用担惊受怕了，胜利就在前方。让我们共同庆祝吧！”

爱庇斯特蒙说道：“听！劳动号子唱得真好，大家鼓起劲，今天是庆贺的日子。”

“张帆，张帆，好！”

爱庇斯特蒙喊道：“快来哟，我从右舷看到不远处双子座星卡斯托耳了。”

“格，格，格！”巴汝奇的牙齿还在打颤，他说，“我担心你看到的是不正经的海伦。”

爱庇斯特蒙说道：“没错，那是米克萨查格瓦斯，也就是阿尔戈斯人对卡斯托耳的称呼。嗨，嗨！我看见陆地了，我看见港口了，我看见码头上万头攒动！我看见方尖塔顶上的光了。”

领航人说道：“喂，喂！我们得绕过岬角和防波堤！”

“知道了。”水手一齐回答。

领航人说道：“我们这只船一帆风顺，其他船只也航行得很好。真是天主保佑。”

“圣约翰在上！”巴汝奇说道，“这句话说得真好！听起来很舒服！”

“气死我了，气死我了，”约翰修士啜了一口酒后说道，“就是让魔鬼把我吞吃下去，我也不会让你沾一口酒！你听见了吗？你这个光有大卵泡的胆小鬼！喂，领航人，我的好朋友，给你一瓶最好的酒喝。嗨，吉姆纳斯特，把酒杯拿过来，还有那大火腿，大熏腿，你怎么叫都行。小心，领航人，让船平稳行驶。”

庞大固埃说道：“振作精神吧，孩子们！看，有两条划桨船，三只单桅船，五只双桅船，八只三桅船，五只小划船，还有六只快速帆船都朝我们驶来了，这是岛上善良的居民派来救我们的。那个没用的乌卡勒贡是谁？只会在一旁号啕大哭。我手里紧紧握住的桅杆，难道不比两百条缆绳捆绑的更直吗？”

约翰修士说道：“巴汝奇，可怜的家伙，他灌了太多水，以至于头昏脑涨，全身发抖。”

庞大固埃说道：“大概在暴风骤雨中受了惊吧，这是人之常情，不能怪他。如果在任何场合都感到害怕，那是懦夫的表现（阿伽门农就是这样的人，阿喀琉斯就曾嘲弄他的狗眼睛和鹿心肠)。如果在遇到致命危险时感到害怕,那是无知和毫无常识的表现。如果说活在这个世上有所畏惧,我认为是得罪天主,而不是死亡。我并不想介入苏格拉底和柏拉图的争论之中,因为这并不是死亡本身的错,而且死亡也并不可怕。不过我认为在海上沉船是可怕的,否则世上就没有什么可怕的事。正如荷马所说,死在海里是无比悲痛、令人恐惧和很不自然的。另外,埃坦阿斯在他的舰队在西西里附近遇见风暴时曾经说过,他宁可死在强敌狄俄墨得斯的手里,或者被特洛伊的大火烧死,也比葬身大海要强一百倍。我们船上的人全都安然无恙，我们的保护神天主应该永远受到赞美！但我们的船可坏得一团糟。没关系,我们会把所有的破损都修补好的。当心！不要让船撞到暗礁搁浅了！”

第二十三章 暴风雨过后巴汝奇充当好人

巴汝奇大声喊起来:"哈,哈,暴风雨过去了,一切都没事了。你们行行好,让我第一个上岸吧,我有急事要办。你们看,现在我该做什么?还是让我把绳索缠好吧。我胆子大,不会害怕的,都交给我去做吧。我的朋友,我真的不害怕。不,不,应该说我一点都不害怕。不过那股从船头刮到船尾的狂风巨浪,是多么吓人啊,确实让我心惊胆战。"

"把帆降下来!"

"说得对,咦,约翰修士,你怎么无所事事啊?现在可不是饮酒作乐的时候,谁敢肯定魔鬼不会再酝酿另一场风暴?你们那边要不要我帮忙?天主在上!我真的有些后悔了,虽然有点晚,我没有听从那些先哲的教导,他们说沿着海边,紧靠陆地航行才是最安全,最舒适的,就像步行一样,手里牵着一匹马,随时可以备用。哈,哈,哈,天主保佑,我们都安然无恙!那边还需要我帮忙吗?让我来做吧,都交给我吧,否则魔鬼就要插手了。"

爱庇斯特蒙在暴风雨中紧紧拽住绳索,手被划破皮了,还流着血呢。他对庞大固埃说:

"尊敬的殿下,你应该相信我,我刚才同巴汝奇一样害怕,可能比他还害怕。不过这也没什么,我照样干我应该做的事。我想如果死亡是不可避免,命中注定的(而且确实如此),我觉得此时死或彼时死,这样死或那样死,都是听从天主的圣意。我们就应该向天主恳求、乞灵、祈祷、哀求,可不应该就到此为止。我们要自强努力救自己,正像圣徒所说,我们必须与他合作。你还记得古罗马执政官盖伊斯·弗拉米尼乌斯被诡计多端的迦太基统率汉尼拔围困在特拉西美奴斯河,也就是贝鲁齐湖时,对他的士兵们说:'孩子们,光靠虔诚地祈祷神灵是无法救出我们的。我们只有依靠自己的力量和能力,用我们的宝剑在敌人的重重包围下杀出一条活路'。古罗马史学家萨卢斯特也告诉我们同样的道理。加图也说过,光靠许愿祈求和婆婆妈妈似的哭哭啼啼是无法得到天主的救助。你必须时刻警觉,尽自己所能去努力奋斗,事情才会朝着你希望的方向发展,使你平安抵达目的地。如果在危急关头,一个粗心大意、胆小怯懦而又懒惰成性的人,无论他怎样恳求天主都无济于事,只会令天主恼怒。"

"让魔鬼把我带走吧,"约翰修士说道,"假使……"

"我呢,只赞成一半。"巴汝奇说道。

"假使当时塞野的修道院遭抢劫时,我只会像其他魔鬼修士,不懂得努力抢救葡萄园,只会念念有词'抗击敌人的攻击'(经上有说),而不抡起那棠木十字架与列尔内的强盗斗争。"约翰修士接着说。

巴汝奇说道:"约翰修士什么都不干,却只会站在那儿,看着我出汗,为他干活。他应该改名无所事事的约翰。喂,水手朋友,打扰你们了,只问你们一句话,这条船的船帮有多厚?"

"有两指厚,"领航人回答,"所以你就不用担心了。"

"圣母在上,"巴汝奇叫起来,"我们离死亡仅有两指之远。这应该就是九种结婚快乐的一种吧。"

"哈!我的朋友,那太好了,可以用害怕为尺来测量危险的程度。"

"而我呢,我才不怕呢。我的名字叫威廉·无所畏惧呢。我有足够的勇气,怎么用也用不完!而且不是小绵羊的勇气,而是狼一般的勇气,处之泰然。除了危险以外,我什么都不怕。"

第二十四章 约翰修士说巴汝奇在暴风雨中的恐惧是毫无道理的

“早上好，先生们，”巴汝奇说道，“诸位，早上好！大家都平安无事吧？感谢天主，保佑我们闯过惊涛骇浪，真是太好了。咱们上岸吧，喂，划桨手们，架上踏板吧！让我们靠近那条小船吧！还需要我帮忙什么吗？现在我真想干活，浑身是劲，比四头牛还足。这真是个好地方，这里的人真好啊，淳朴又热情。孩子们，还需要我帮忙什么吗？看在仁爱天主的份上，不要怜惜我流多少的汗水！亚当，他是全人类的始祖，生来就必须工作和劳动，就像鸟天生就要飞翔一样。这是天主的旨意，你们明白吗？我们只有努力工作，全家才会温饱。而不像约翰修士什么也不干，吓得像木偶一般，光知道喝酒。啊，天气真美啊！此时此刻我才明白尊贵的哲学家阿那卡尔西斯的回答是多么恰如其分，有根有据的。有人问他，在他看来，什么样的船是最安全的，他回答，‘停泊在船坞的那一艘。’”

庞大固埃说道：“还有更妙的回答呢。有人问他世间是死人多，还是活人多。他反问道，‘在海上航行的人算不算呢？’言下之意，他暗示海上航行的人随时都有濒临死亡的危险，他们活着和死了又有什么差别呢。波尔修斯·加图说过，人生在世有三种事情会为之后悔：一是把自己的秘密告诉女人；二是无所事事混过日子；三是从海路去一个可以从陆地到达的地方。”

约翰修士对巴汝奇说道：“我的老朋友，我以身上穿的这身圣袍发誓。我的朋友，你在那场暴风雨中表现出那么恐惧是不应该的。你知道吗，你注定不会葬身海里，但你将来会被吊在空中被火烧死，就像致命的修士那样受折磨。殿下,您是否想拥有一件上好的雨披吗?脱下您身上狼皮或獾皮的大衣,然后把巴汝奇的皮剥下来,用他的皮给您做一件披风,肯定既美观又耐用。您要注意,穿上这身披风,不要靠近火,也不要走过火煅铁炉,否则顷刻之间就会化为灰烬,但你却可以穿着它经历雨、雪、冰雹。我就着天主发誓,你尽可以潜入水里也不会湿透。如果把皮拿来做冬天穿的皮靴,您的双脚永远不会冻僵的。还可以把它缝制成救生圈,吹足气让孩子们学游泳,我保证他们安全。"

庞大固埃说道:"这么说来,他的皮就比一种称之为'维纳斯秀发'的草(也叫铁线蕨)还好用,这种草永远是干巴巴的,不怕湿,不沾水,不管它浸在水里多久都没问题,因此也称作'不湿草'。"

约翰修士说道:"我的老朋友,你不能怕水啊,因你的命是同水相克的。"

巴汝奇说道:"你说得可好啊。不过即使是魔鬼厨师也会一时糊涂,把本该放在火上烤的放进水里煮了。就像我们这儿的厨房师傅一样,把鹑鸡、斑鸠和鸽子都抹上油,本打算用火烤的,可端出来的却是鹑鸡炖包菜、斑鸠煮韭菜、鸽子同萝卜一起煲了。听好了,我的好朋友,我要在尊贵的先生面前宣布,我会把坐落在康迪斯和蒙洒拉之间的那座为圣尼古拉建的小教堂改造成生产香水的场所。这样一来,公牛母牛就不会去那里吃草,我一旦发现会把它们统统抛进海里。"

优斯登说道:"瞧,我们的朋友多么超群啊!这真是应了那句意大利谚语:'危险度过,诅咒神灵。'"

第二十五章 暴风雨过后,庞大固埃登陆长寿岛

船驶进了港口,我们下船上岸,来到麦克翁岛,也就是长寿岛。

岛上的居民盛情地接待了我们。一位年老的麦克罗布(这是他们对德高望重的长老的称呼)邀请庞大固埃光临市政厅,共进午餐。可是庞大固埃在船上的人还没有全部上岸之前,他是不愿意离开码头的。等人都上岸后,庞大固埃便叫大家换好整洁服装,并把船上储备的食品都搬上岸,让船队的人都吃饱喝足。大家动作迅速,一一照办,不一会儿就准备好丰盛的午餐。当地的居民送来了很多吃的、喝的,虽然在暴风雨中受到一些损失,但庞大固埃也慷慨回赠更多的物资。吃过饭后,庞大固埃叫大家动手修补破损的船只,大家都欣然从命,热情很高。岛上的居民个个都会干木匠活儿,就像你在威尼斯造船厂所见到的那些能工巧匠,修船的工作干得非常顺利(这个岛很大,但人口不多,只有三个港口和十个教区有人居住,其他地方都是高大浓密的森林,同阿登的森林地区差不多)。

应我们的要求,老麦克罗布带领我们参观了岛上的名胜古迹。在岛上遮天蔽日、无人烟的森林里,隐藏几处庙宇的遗迹、方尖碑、金字塔以及一些古墓,有些石碑镌刻着各种碑文,有象形文字、希腊文、阿拉伯文、摩尔文、斯拉夫文等等。爱庇斯特蒙认真研究这些文字并饶有兴趣地把它们抄录下来。巴汝奇对约翰修士说道:

“这个岛名叫麦克里翁岛。在希腊文里,麦克里翁是‘长寿’,指‘长命百岁’,意思是说延年益寿,岁数很大。”

约翰修士说道:“你告诉我这些有什么用?难道你要我给它改名字吗?

这个岛叫这个名字时,我还没有到岛上来过。"

巴汝奇说:"据我所知,'麦克里翁'是从'鸨母'这个词演化而来的,因'鸨母'这行当只有老年人才有资格担当,年轻人只是跟在她的屁股后面。巴黎的'仙鹤岛'①跟这个岛有渊源关系。咱们一起去找带壳的牡蛎吧。"

老麦克罗布用希腊语问庞大固埃他们用什么方法,付出多大的努力,才使船在经受恶劣的暴风雨的袭击后,能安达他们的港口。庞大固埃回答,这是万能的上帝的恩惠,我们心地纯正,忠实真诚,此次航行的目的并不是为了赚取钱财或经商谋利,只是急切地想探访神瓶的启示,因而令万能的天主深受感动。在航队遭遇了风暴的危急关头,仁慈的天主救了我们。接着,庞大固埃又请教老麦克罗布,风暴是因何而起,这种风暴是否经常出现在近的海面上,就像大西洋的圣马太海峡和毛姆森海峡,或者像地中海的阿达里亚湾,托斯卡那的泰拉莫纳港、南拉哥尼亚的美里亚角、直布罗陀海峡、墨西拿海峡等那样经常遭受大风暴的袭击。

① 仙鹤岛:巴黎的妓院区。

第二十六章 长寿岛的长老诉说英雄的生与死

老麦克罗布回答:“远道而来的朋友们，这个岛屿是属于斯波拉提群岛，但它不是位于卡尔巴阡海域的，而是变化莫测于浩瀚无涯的大洋之中。从前这里富裕繁荣、人口众多,商贾游客云集,隶属于不列颠管辖;但随着岁月的流逝和世界的衰败,当年的繁华已被雨打风吹去,如今荒芜衰败。

“你看,那片苍郁浓密的森林,它的面积很大,长度和宽度都超过七万八千帕勒桑,里面居住着老态龙钟的英雄。三天之前,一颗还在发光的彗星现在已经消失了,大概是昨天又死了一位老英雄,因他的离世才引发了你们经历的那场可怕的暴风雨。只要他们还在世时,此处和临近的岛屿都物产富饶,连海上也风平浪静。如果他们当中有人死亡,我们会听见从那片大森林传来惊天动地的哀号声,瘟疫、暴风雨和各种灾难便会降临整个岛屿,空中乌云翻滚,遮天蔽日,海上狂风大作,巨浪滔天。”

庞大固埃说道:“你说的话,我倒有些明白了,我觉得他们好像是火把和蜡烛,点燃时,就会发出灿烂的光芒,照亮周围的一切,使人快乐,给人光亮,而它不会伤害任何人,人人都喜欢它。可一旦火焰熄灭了,就会冒出烟雾弥漫在空气中,危害地面上和海面上的人们,人人都嫌恶它。这些高贵、荣耀的灵魂也是如此。只要灵魂还没有离开肉体上,周边的人们就会和谐祥和,精神焕发,斗志昂扬。可它们一旦离开肉体时,不管是在岛上还是海里,便会一片混乱,而且空中乌云密布、天昏地暗、电闪雷鸣。陆地上地动山摇,海上狂风咆哮,哀怨声四起,各教派发生纷争,局势动荡不安,政权被颠覆。”

爱庇斯特蒙说道：“确实有过这样的经历，勇敢而又博学的骑士吉奥莫·杜·勃勒是个很好的印证。在他有生之年，法兰西国泰民安，风调雨顺，世上无人不向往她，没有人不惧怕她，希望能与她结盟。而这位骑士死后，法国就开始遭人鄙视，这种情形已持续很长时间了。”

庞大固埃说道：“你们听说过吗？特洛伊王子安喀塞斯在西西里岛的特拉帕尼死去时，一场风暴便给埃涅阿斯带来很大的困扰。犹太国残忍的暴君希律王，极其野蛮暴虐，知道自己将不久于人世（事实上，他是被虱子、虫子所咬，断了气的。在他以前古罗马的统帅卢西乌斯·苏拉、叙利亚人费雷西德斯、毕达哥拉斯的老师、古希腊诗人阿尔克曼①和其他一些人也都死于此病），并预见在他死时犹太人会燃起篝火，举国欢腾庆祝他的死。于是，他借口召集全国各地的所有达官贵人和地方官员到自己的王宫，说是共商国家大事。等人员全部到齐后，他就下令把他们囚禁在宫里的角斗场里，而且对妹妹莎乐美和妹夫亚历山大说道：‘我知道犹太人会因我的死感到高兴。如果你们忠实地按我的遗嘱去做，我就死得其所，葬礼将会体面隆重，举国上下都会哀悼。在我死后，你们便命令御用弓箭手（事先我已将此密令传达给他们），把关在这里的所有达官贵人和地方官员统统杀掉，全犹太国人知道此事，必将沉重哀悼，而外国人会以为这一切是因为我的死，那场面就像是伟大的灵魂谢世一样。’

“从前，还有一位暴君说过：‘我死之后，愿地球遭火焚烧，’他希望整个世界毁灭，给他陪葬。罗马皇帝尼禄这个恶棍把这句话改成‘趁我在世时’，这在古罗马传记作家苏埃托尼乌斯的书中有记载。另外，西塞罗的《论死亡》第三卷和塞内加《论仁慈》第二卷也提到这句令人厌恶的话。狄翁·尼卡乌斯和苏伊达斯则认为这句话出自于古罗马皇帝提比略之口。”

---

① 阿尔克曼：公元前七世纪古希腊诗人。

第二十七章 庞大固埃论述英雄的死亡以及朗格公爵吉奥莫·杜·勃勒死前骇人的征兆

庞大固埃说道："现在看来，我们经历那场可怕的风暴还是很幸运的，虽然它差点给我们带来灭顶之灾，使我们疲惫不堪，但却让我们听到了这位善良的长老讲述的故事。说真的，我相信他所说的在英雄死亡的前几天，他曾经在空中看见过那颗彗星。因为像这样高尚、尊贵、英勇的灵魂，在它们离世和陨落之前，上天会给我们预示。这就像谨慎的医生所做的那样，当他知道病人已无药可治，临近死亡，便会在病人死亡的前几天告诉病人的妻子、孩子、亲属和朋友，对他们说病人肯定会死的，趁他还在世，让他留下嘱托，使他对家里有所吩咐，如处理后事，鼓励自己的孩子用功努力，对他们寄予厚望，要妻子好好照顾自己，把孩子抚养成人，这样就不会在病人骤然死去时，来不及留下什么遗嘱，对自己的后事也没能做出安排。仁慈的上天，一向很高兴接纳这些高贵的灵魂升入天堂的。所以在他们离世的前几天，用彗星和流星作为欢迎的篝火，迎接英雄的到来，同时也向世人昭示这些可敬的灵魂就要离开自己的躯体和尘世。

"这种做法，如同古雅典城邦最高法院的法官的做法。他们用不同的符号代表对犯人有罪或无罪的不同裁决，例如 TH 表示死刑，T 表示无罪释放。A 表示案件还必须进一步审理，延期裁决。将这些符号公之于众时，犯人的亲属、朋友和其他关心审判结果的人就不会因为等待消息而忧虑重重。因此天空中出现的彗星也是这种符号。这是上天用无声的语言对我们说，'尘世的人，如果你们还想向这些高贵的灵魂学习、了解或预见有关

公众大事和个人私事的事宜，请抓紧时间去请教他们，因为他们的人生已到了高潮，接近尾声。一旦他们不在了，你们就后悔莫及。'

"天上的这些迹象是上天要昭示尘世的人们，你们不配再与这些伟大的灵魂待在一起，不能再享有他们的快乐，于是才用这些违反自然现象、不合常理的征兆，使他们惊恐、不知所措。你前面说到的朗格那位博学勇敢的骑士的死亡就是一个例子。在他的灵魂升天的前几天，确实出现骇人的征兆。"

爱庇斯特蒙说道："我至今还记忆犹新，一想起他死之前出现的那些令人不可思议、骇人听闻的怪事，我至今还感到心惊肉跳。当时在场的还有德·阿西耶公爵、查曼公爵、独眼马利公爵、圣艾尔公爵、维尔那夫·德·吉雅尔公爵、意大利医学家加百利·塔夫农，还有拉伯雷、科于奥、贝尔·克洛瓦公爵克劳德、马苏奥、美奥里西·贝洛，还有绰号为'市长'的塞尔古、弗朗索瓦·普鲁斯特、费农、查理·吉拉尔、弗朗索瓦·布雷以及死者的许多亲朋好友和仆从，他们全都吓得目瞪口呆、面面相觑。但所有的人都明白，法兰西即将失去一位英勇的骑士，这位能维护祖国荣耀、保卫祖国的英雄就要被召回天堂了，就像他本应归属上天一样。"约翰修士说道："就着我这身道袍的流苏起誓，在我有生之年，我也想做个博学之士！我相信我有足够本事。

请让我问你们一个问题，
就像国王问他身边卫士，
皇后询问他的太子殿下。

"你们所说的这些半人半神的英雄人物究竟会不会死？圣母在上！我还以为他们就像可爱的天使一样不死不灭呢。愿天主宽恕我的胡言乱语。不过，这位可亲可敬的长老却说他们会死，而且永远不能复生。"

庞大固埃说道："他们并不是全部会死。尽管斯多葛派宣扬说他们都会死，但只有一个是例外的。他将不死不灭，无疾无痛，杳无踪迹。

"古希腊诗人品达[1]曾直截了当地告诉我们，森林女神的线没有了，也就是说，不再产生生命了。因命运之神铁石心肠的姐妹不再为森林女神纺线了，不再善待她们所保护的森林了。据卡里马古斯所说，这些橡树生出

---

① 品达（公元前521—441）：古希腊大诗人。

了森林女神，保萨尼阿斯和马尔西亚奴斯、卡培拉[①]都同意这种说法。至于那些半神半人者，如人身羊足的畜牧神潘、人形羊尾的森林之神萨梯以及鬼怪、妖精、英雄及鬼魂，赫西奥德把他们不同的岁数通通加起来，平均可以活九千七百二十岁。他采用的算法是这样的，把四乘以二十再加一，所得的结果乘以三，然后乘以八，再乘以五的结果就是这个得数，可以参考普鲁塔克的《谕示之休止》。"

约翰修士说道："这绝对不是《经文》上所说的。若不是你说的，鬼才会相信。"

庞大固埃说道："我相信所有的学识渊博的灵魂都能逃过命运之神的命运之剪。他们不管是在天堂或是在人间，他们将得到永生。说到这一点，我给你们讲一个相当离奇的故事，许多博学、通晓古今的史学家都记录下来，并证明确有此事。"

---

① 卡培拉：五世纪罗马语言学家。

第二十八章 庞大固埃讲述一则有关英雄之死的悲壮故事

"有一天，雄辩家埃米里安①的父亲埃比泰尔斯乘船从希腊要到意大利,船上满载着货品和乘客。傍晚时分,当船行驶到埃基那德斯群岛(在摩里亚与突尼斯之间),风突然停了,船也无法行驶,只好停在巴古索斯港附近。此时,船上的乘客有的在睡觉,有的醒过来了,有的在吃东西,有的在喝酒,突然他们听到从巴古索斯岛传来凄厉的喊叫声'塔姆!'大家着实吃了一惊,因为塔姆是他们领航员的名字,是个埃及人,船上只有少数几个乘客知道他的名字。接着又传来第二声'塔姆!'声音更大,更阴森恐怖,令人毛骨悚然,船上无人应答。他们都一声不吭,惊恐战栗;又传来了第三次喊声,比前两声更吓人,更可怕。这时,塔姆没有办法,只好硬着头皮出去应答,'我在这儿,你要我做什么呢?'那声音喊得更大声了,而且以命令的口吻对塔姆说,要他到达巴罗德斯时向众人宣布巨神潘死了。

"埃比泰尔斯述说,在场的水手和旅客听到这个消息之后,全都惊愕万分。大家商讨着下一步该如何是好,是缄默不语呢,还是遵照指令公布这一消息。塔姆认为,如果海上起风,他们便绕道航行,就闭口不提此事;如果海上风平浪静,他们就遵命照办。当船行到巴罗德斯附近时,碰巧风平浪静,于是塔姆走到船头,脸朝着陆地的方向,大声宣布巨神潘已死。他的话尚未最后说完,就听见岸上传来一阵恸哭声,响声如闷雷。

---

① 埃米里安:普鲁塔克的学生。

“这消息一传十，十传百，很快就到了罗马。当时的皇帝提比略·恺撒马上派人请塔姆入宫，听他亲口说了此事后，才信以为真。他还请教宫里及罗马城的博学的人士关于巨神潘的身世，得知潘是墨丘利与泊涅罗珀所生下的儿子。

“希罗多德早就记下此事，西塞罗在他的《论神性》第三卷也有记载。但是，我认为潘是伟大的救世主，而且还受到那些不仁不义的大法官、大学士祭司以及维护摩西法律的教士的妒忌和诋毁，他蒙受羞辱被处死。我认为这种解释并非毫无根据，因为在希腊文里，潘的意思就是‘一切’，包括我们生活的一切物品，一切目的、一切的期望。我们的一切的一切都来自于他，都要仰仗他。他就是善良的潘，高贵的牧羊人，正如热情洋溢的牧童所说的那样，他不但热爱他的羊群，也热爱他的牧羊人。因此，他的死才会惊天地，泣鬼神。“从时间上看，我的解释也是合乎情理的，因为我们唯一的救主——仁慈善良的潘就是死在耶路撒冷附近，当时罗马的皇帝正是提比略·恺撒。”庞大固埃说完这一悲壮的故事，沉默不语，陷入沉思。不一会儿，只见如同鸵鸟蛋般大小的泪珠顺着他的脸颊滚落下来，如果我说的话有半点虚假，就让我去死好了。

第二十九章　庞大固埃经过鬼祟岛[①]
以及岛上的统治者封斋教主

船只经过整修后，这群快活人的供给也得到补充，就打算继续航行。长寿岛上的居民喜欢上庞大固埃，因他风度翩翩，知书达礼。同时，我们也格外快乐舒畅。第二天，我们便迎着北风，扬帆起航了。到了正午，克塞诺玛恩指着远处由封斋教主统治的鬼祟岛给我们看。庞大固埃对此有所闻，很想亲自见识封斋教主，但却被克塞诺玛恩拦住了，因为船要偏离航线，绕一个大弯，再说整个岛上，就连王宫里也找不到吃喝玩乐的地方，他劝庞大固埃打消上岛游览参观的念头。克塞诺玛恩说道：

"在那儿什么也没有，只有个啃干豆的家伙，吃鲞鱼干的家伙，捉鼹鼠的家伙，一个吝啬鬼，一个头上两道圈的半高个子，同他的亲属一样都是躯体硕大如灯笼，头脑空荡荡，带头吃鱼的人，吃芥末的暴君，鞭打小孩的人，额头灰不溜秋的人，医生的老子和奶娘，因拜圣堂、行苦路而被赦免的家伙，虔诚笃信、狂热崇拜的教徒。他们一天的四分之三时间，都花在哭泣上，也不参加喜庆。不过在周围四十个王国中，是制作串肉棒和肉叉子的最佳能手。六年前我经过这座岛屿时，就买下了一大捆这些东西，回去之后，全都赠给酾农附近在康迪斯的屠夫，他们当然高兴得很。等我们安全返回时，我带你去看看挂在教堂门口的两支烤肉串。

① 鬼祟岛：作者有意影射鬼鬼祟祟躲藏在修道院里的修士。

“他们吃的东西全是咸衬衣、咸铠甲，全都腌得咸咸的，吃这东西有时会小便灼热难受。他们穿的衣服可有特色，剪裁得体，色彩‘艳丽’，一般灰白两色，而且前胸后背都裸露着，胳膊也不例外。”

庞大固埃说道：“就像你给我描述他的衣着、饮食起居那样，再给我描述他的长相、身体每一部位的形态怎样，我一定会很喜欢听的。”

约翰修士说道：“是呀，我在经文里也读过这个人了，他排在不定期节日[①]之后。”

克塞诺马恩说道：“我当然乐意了，当我们经过肥香肠统治的野人岛时，听到的故事还会更多呢。封斋教主与肥香肠大王有着不共戴天之仇，仗总也打不完，若不是邻邦尊贵的狂欢节大王赶来搭救，那哭鼻子的封斋大教主早就把肥香肠人赶尽杀绝了。”

约翰修士问道：“那香肠人是男性还是女性？天使或凡人？是已婚女人呢，还是处女？”

克塞诺马恩回答：“她们是女人，是凡人，有一些是处女，有一些不是。”

约翰修士说道：“我若不是站在她们这一边，就让魔鬼把我带走吧！对女人开战，这真是违背了自然公理。我们赶紧回去，把那个大坏蛋痛打一顿。”

巴汝奇说道：“同封斋教主作战，我以魔鬼的名义讲话，我可没有那么傻！万一我们被夹在肥香肠和封斋教主中间，一边是铁锤，一边是铁砧，那该从何说起呢?去他的吧，把这事忘掉！前进吧！再见了，封斋教主，肥香肠，祝你好运，黑香肠也一样。”

---

① 天主教的瞻礼节日有定期的，有不定期的（即活动节日），封斋节日是在活动节日之后开始算起。

第三十章　克塞诺玛恩对封斋教主的分析和解剖

克塞诺玛恩说道："谈到封斋教主的内脏结构，就我当时看到的情况，那脑袋的大小、颜色、物质、能量就同一只雄千酪虫左边的睾丸差不多。"

脑袋内部像螺丝钻，
脑叶就像个木头槌，
黏膜如修士的头巾，
视神经犹如灰砂斗，
脑壳就像一顶呢帽，
松果体如一支风笛，
循环系统像马辔头，
下颌结如一双靴子，
耳膜恰似桁端摇柄，
前额头像鸡毛掸子，
脊梁骨如一根灯竿，
筋络像网状的水管，
舌头好比是个话筒，
上腭就像连指手套，
唾沫四溅像滩猪油，
扁桃腺像单片眼镜，
喉头犹如一扇大门，

喉管像一只大箩筐，
胃口宛如一个钱袋，
幽门像一把干草叉，
支气管如把小折刀，
咽喉就像一件乱麻，
肺脏如鼓起的披风，
心脏就像一件法袍，
竖隔膜像只啤酒杯，
胁膜正如一把弯钩，
动脉像件无袖披风，
横隔膜像一顶纸帽，
肝像玻璃匠的锤子，
静脉如织工的织机，
脾脏就像一支羌笛，
肠子好像一张渔网，
胆囊就像木匠斧子，
内脏如一副皮手套，
肠隔膜像高贵王冠，
小肠如牙医的钳子，
大肠像个长颈瓶子，
结肠像只盛酒的杯，
直肠如角制的酒瓶，
肾脏犹如刮泥的刀，
腰部像把陈年旧锁，
尿道就像一把铁钩，
肾静脉如一对水枪，
睾丸像两块千层饼
前列腺像个墨水瓶，
膀胱就像一把石弓，
膀胱口如一个钟锤，
小肚如一顶尖帽子，
腹膜像坚实的铠甲，
肌肉像打气的风箱，

肌腱如老鹰的爪子，
韧带就像个大钱包，
骨头犹如黄油饼干，
骨髓就像个大布袋，
软骨好比乌龟硬壳，
淋巴结像一把镰钩，
呼气像激烈的拳击，
吸气犹如轻弹手指，
血液像滔滔的河水，
小便在嘲笑异教徒，
精虫就像一只铆钉。

他的奶娘曾对我说他在半斋期结婚后，生下的孩子都以指地方的‘副词’①和‘迅速’为名字。

记忆力像一条围巾，
常识就像一只马蜂，
想象力像一座鸣钟，
思考像鸟儿在翱翔，
意识如飞出的苍鹰，
决心像是一堆大麦，
忏悔如支双膛的枪，
精力如同压舱的物，
理解力如翻破的书，
思维如爬出的蜗牛，
意志如碗里的坚果，
欲望好比六捆干草，
判断力像把鞋拔子，
谨慎就像连指手套，
理智就像只玩具鼓。

① “从哪里”，“到哪里”和“经过哪里”指地方的副词从“半斋期”到复活节使用特别多，因为大家都在打听到哪里可以得到赦罪。

第三十一章　封斋教主的外部解剖

克塞诺玛恩又继续开讲了:“这封斋教主除了比普通人多出七根肋骨之外,他的外部结构还是比较匀称的。

脚趾头像块琴键,
脚趾甲像螺丝锥,
双脚像两把吉他,
脚后跟如根球棒,
脚底如吊灯底座,
双腿就像硬皮鞭,
膝盖像块木凳子,
大腿如一张石弓,
臀部如坚硬锥钻,
腹部像束胸腰带,
肚脐如一把竖琴,
外阴像奶油馅饼,
阴茎像旧的拖鞋,
睾丸像皮套酒瓶,
阴囊犹如大萝卜,
睾丸肌肉如球拍,
会阴就像短笛孔,

肛门像面水晶镜，
屁股像把钉耙子，
腰部好像奶油罐，
骶骨像弹子球杆，
背部像一张弓弩，
脊柱像一支风笛，
肋骨像个风车轮，
胸骨就像石头盖，
肩胛骨好比研钵，
胸肌犹如喇叭口，
腋窝如一块棋盘，
肩膀如辆手推车，
胳膊如修士头巾，
手指像修院薪架，
腿骨像一对高跷，
前臂骨像把镰刀，
双手像一对马梳，
脖子就像乞丐碗，
喉咙像一个漏斗，
喉结像个桶，上面吊两个漂亮的铜瘤，外形如沙漏，
胡须像灯笼的穗，
下巴像羊肚的菌，
耳朵像对连指套，
鼻子像鞋的盾牌，
鼻孔好像婴儿帽，
眉毛像圆的盘子，
左眉下黑痣似壶，
眼皮像张三弦琴，
眼睛像流动小河，
视神经如打火石，
前额如块六角杯，
鬓角如排水沟口，

腮帮如一双木鞋，
下颌像一只酒杯，
牙齿就像利梭镖，

（他的一颗乳牙如今还存放在波亚都皇家高隆日，两颗保存在圣东日的布洛斯地窖的入口处。）

舌头像一把竖琴，
嘴巴像修士斗篷，
脸形像一个马鞍，
头形像个蒸馏器，
头颅像个大钱袋，
合缝像教皇印信，
皮肤像宽大袍子，
表皮像一张筛子，
头发像擦鞋的垫，
脸上长的——前面已经说了。

第三十二章　封斋教主长相的续述

克塞诺玛恩说道："如果能亲眼看见封斋教主的长相，并同他交谈，那就再好不过了。

"他一吐痰，便吐出一大筐洋蓟，

一擤鼻涕，便拉出许多咸鳗鱼，

一哭泣，便成蘸酱料的鸭子，

一发抖，抖出的是兔肉馅饼，

一出汗，流出黄油酱拌鳕鱼，

一打嗝，打出是剖干的海蛎，

一打喷嚏，喷出几大桶的芥末，

一咳嗽，便咳出一堆柠檬酱，

一呜咽，成为几大捆的水芥，

一打哈欠，就成了整缸的豆粉，

一叹气，熏出整大块牛舌头，

一吹口哨，引来了成筐的青猴，

一打鼾，便有整桶的皮青豆，

一皱眉，就成整大块腌猪脚，

一开口说话，就成为一大堆的奥维尔尼羊毛，就像巴利萨提斯女王希望她儿子波斯国王塞路斯一说话就成为她织出的紫红色绸缎那样。

一呼吸，便是赦罪的箱，

一眨眼，便是蛋奶烘饼，

一咆哮，便是三月的猫，
一点头，便是铁轮的车，
一赌气，便是折断的棍，
一嘟囔，便是国王断案，
一跺脚，便拖后了五年，
一后退，便是海边贝壳，
一清嗓，便是公共炉灶，
一无声，便是摩尔人表演，
一放屁，便是黄牛大腿，
一挠头，便是新的规章，
一唱歌，便是带皮豆子，
一拉屎，便是蘑菇伞菌，
一发怒，便是油焖白菜，
一说教，便是陈年积雪，
一烦恼，便是老秃驴子，
一施予，便是啥都不给，
一做梦，便是借条契约。“奇怪的是：他工作时无所事事，无所事事便是他的工作。睁着眼睛睡觉，睡觉睁着眼睛，就跟香槟省的兔子一样，睡觉时总是警觉地睁着双眼，随时提防宿敌香肠人来偷袭。他笑着吃，吃着笑；他斋戒时不吃东西，不吃东西时斋戒；在想中吃东西，在幻想中喝酒；到钟楼上洗澡，到池塘和河里晾干；在空中钓鱼、捉龙虾；到海底狩猎，追捕羚羊、山羊和鹿；把捉来的老鹰的眼睛全挖掉，只怕见到自己的影子和听到肥羊的叫声，偶尔上街闲逛；用束腰的绳子耍把戏，用拳头当榔头；用揣在裤子里的粗笔在带毛的羊皮纸上写预言和历法。”

约翰修士说道：“就是他，错不了。他正是我要寻找的人。我会同他决斗的。”

庞大固埃说道：“世上竟然还有这样的怪人，如果我们把他称为人的话。这令我想起阿莫敦特（拉丁文，意为没有形象的形象）和狄斯科当斯（拉丁文，不和谐）的外貌和形象。”

约翰修士问道：“他们是什么人？我从来没听说过，愿仁慈的天主饶恕我。”

庞大固埃说道：“我告诉你一个古代的寓言故事吧。菲西斯（即自然）

本身具有强大旺盛的生殖力，没有交配便生下了美丽和谐两个孩子。而安提菲西斯（即反自然）嫉妒自然这种纯洁高尚的生殖方式，决定与自然作对，便同泰卢蒙野合，生下阿莫敦特和狄斯科当斯。

“这两个孩子的脑袋是球形的，像气球一样圆，不像常人的头两侧稍扁。耳朵像驴耳朵一样竖起，生硬的蟑螂眼睛嵌在一块像人的脚后跟的骨头上，而且向外鼓出来，也没有眉毛，像螃蟹的眼睛；脚是圆的，像网球一样；胳膊和手都向上翻；走路时脑袋着地，双脚朝天，像车轱辘一样滚。就像在猿猴的眼中，小猿猴是世界上最漂亮的，安提菲西斯的两个孩子长得那副模样，他也夸耀自己的孩子长得漂亮，还竭力证明他们比菲西斯的孩子形态更为优美，声称这种漂亮的圆头和圆脚以及车轱辘滚动，正是最理想的体态和最完美的走相，具有某种神性，宇宙上永恒的事物都是如此。而且还认为头朝下、脚朝上正是模仿造物主创造天地的样子，人的头发就像树根更适合扎根泥土，而脚却像树枝在空中叉开。安提菲斯这样解释的目的是说明她的孩子是两棵正常的小树，而菲西斯的孩子反而成了倒栽的小树了。至于手臂和手掌朝上，也可以看着是保护措施。这样一来，就可以和前面的牙齿取长补短，相互配合。

“用这种野兽般的强词夺理为自己辩护，结果就把所有白痴、疯子和笨蛋拉拢过来，而且得到他们的称赞和支持。从这以后，安提菲西斯又生了一连串的疯子学究、伪君子、假装虔诚的教士、假冒伪善的主教、加尔文的狂人[①]、日内瓦的骗子、普伊·艾尔包似的癫痴、滥竽充数的贪婪的修士、偏执狂、食人者和其他丑陋畸形的、违反自然常态的怪物。”

---

① 加尔文派与拉伯雷为敌。

第三十三章 庞大固埃在荒野岛附近发现巨鲸

临近正午,船快接近荒野岛的时候,庞大固埃远远就望见一条凶猛的巨鲸朝我们游来。它"噗哧、噗哧"地喷着气,掀起的滔天巨浪高过船的主桅杆,不时从喉咙里喷出高大的水柱,转动时,轰隆作响,就像大河飞流直下。庞大固埃连忙指给领航人和克塞诺玛恩看。领航人立马下令舰上的人吹起号角,其余的船只向主舰靠拢,准备开战。

一听到号角,所有的大帆船、小帆船、划桨船、轻便船(依照航海次序)排成希腊字母Y形,这是毕达哥拉斯的神圣数字,也是仙鹤飞行时排列的尖角队形,主舰坐镇中央,随时准备英勇作战。约翰修士果敢坚定,随同炮手登上上层的后甲板。这时,巴汝奇又故态重萌,暴露出懦弱的本性,又在一旁呜咽抽泣,呼天抢地,边哭边叫道:

"格、格、格,我双手在发抖了,看来这一次比上次更倒霉,我们还是赶快各自逃命吧!这鲸鱼就是尊贵的先知摩西在圣人约伯的传记里所描述的那只海怪,它会把我们连人带船一口气吞下去,就像咽药丸那样轻巧。而我们一进入它那地狱般阴森恐怖的喉咙里,就像驴嘴里吞下一快糖。瞧!它扑过来了。快逃命吧,快点逃到岸上去吧!我发誓这就是古时候一口吞下埃塞俄比亚公主安德洛墨达[①]的海怪。我们全完了。在我们当中难道

① 神话中安德洛墨达的母亲夸耀她比仙女长得还美,海神尼普顿命海怪去吞食她。

就没有一个珀尔修斯[1]似的英雄,挺身而出,挥剑把它杀死吗?”

庞大固埃回答:“我就是珀尔修斯,有我在,不用害怕。”

巴汝奇说道:“圣母在上!若不是危险摆在面前,我什么时候害怕过?”

庞大固埃说道:“若像约翰修士所预测的那样,你命不该绝,你会害怕太阳神的那四匹有名的火马:匹雷斯、埃乌斯、埃伊通和弗雷公;因为从它们的鼻孔里喷出来的全是火,而你不该怕鲸鱼,从它鼻孔和喉咙里喷出来的是水。很显然,喷出来的水不会危及你的生命,不会杀害你,反而是能保护你、拯救你。”

巴汝奇说道:“天主在上,不管你说得多么动听,我是不会相信的。难道我没有跟你们解释过,元素之间的相互转换,火烤与水煮,水煮与火烤之间易混淆不清并可以转换。啊!它就要到了。我得赶紧躲到下面!它一扑过来,我们就全死了!我看见死神阿特洛玻斯站在上层的后甲板上,那个叛贼手中正拿着新磨的剪刀准备剪断我们的生命线。当心!它扑过来了!啊,多么恐怖、多么可怕的怪兽啊!从前,你不知吞噬了多少人,他们可不是自愿的。天主在上!如果喷出来的不是又臭又咸的海水,而是醇美香甜的酒,我们还能忍受得了,也能替自己找个体面的借口长时间忍受这种苦难。就像那位英国公爵,被判死刑时让他选择处死的方法,他竟然选择溺死在马姆齐甜酒的大酒桶里。啊!啊!这海怪又扑过来了,我不想看到你,你这丑恶可怕的魔鬼,去纠缠那些律师、法官和执达吏吧!”

---

① 珀尔修斯:神话中的英雄,曾骑飞马帕伽索斯拯救安德洛墨达,后娶她为妻。

第三十四章　庞大固埃杀死巨鲸

巨鲸闯进船队布下阵势,便对准最先遇上的几条船猛烈喷射海水,真像汹涌澎湃的尼罗河水倾泻在埃塞俄比亚的国土上。霎时间,标枪、短矛、飞镖、长矛、短棍、叉戟一齐向巨鲸飞去,真是万箭齐射,枪矛齐发。约翰使出浑身解数与巨鲸搏斗,而巴汝奇却吓得面色全脱。只见火炮齐发,炮声如雷轰鸣,虽然火力十足,但巨鲸却毫无损伤,因为那些铜弹、铁弹一碰到巨鲸的表皮,就像泥瓦一样,化为齑粉了,毫无作用。庞大固埃看到情况危急,必须出手了。于是,他便捋起袖子,准备与巨鲸决一雌雄。

史书上有记载:罗马皇帝柯莫杜斯箭法十分娴熟,他能够从远处射箭,穿过小孩的手指缝而不伤其指。

尊贵的庞大固埃,你也说过亚历山大大帝征服整个印度的时候,印度有一位弓箭手极擅射箭,他可以在很远很远的地方搭弓,让三肘多长的箭穿过戒指环,而且还可以穿透厚厚的铁盾环和护胸,不管多么坚硬结实、多么坚不可摧的东西,没有不被射穿的。

你还说过古时法兰西人有超凡的箭术,堪称一流,他们常常在箭头涂抹藜芦,射中的野兽不管是黑色或褐色的,那箭头的毒素会使猎物的肉更鲜嫩、更甜美可口,当然吃的时候要把箭口周围的肉剔掉。

你曾说过帕提亚人擅长从背后射箭,虽然箭法怪异,却比别国的人从前面射箭还要准。你也称赞过锡西厄人的射箭本事。从前他们曾派一名使节给波斯国王大流士送去礼物,包括一只小鸟、一只青蛙,一只老鼠和五支箭,却连一句话也没有。这令大流士极为震惊,便问使者是否捎带口信,这些礼物有何含义,使者都说没有。这时,大流士如堕五里雾中,不解其意时,他的七员大将之一,一位名叫戈布里阿斯,便拔剑杀了这名来使,然后对大流士解释说:

"这些礼物暗示:锡西厄人说如果波斯人不能像飞鸟上天,不能像老鼠钻地洞,或者不能像青蛙跳进池塘和沼泽,就会全被锡西厄人用百发百中的弓箭击败。"

当然,不管人们如何英勇善射,都不能与我们尊贵的庞大固埃的射术相比,他是盖世无双的。他可以在很远很远的地方,用他的粗大的标枪和飞镖(无论在长短、粗细、重量和铁的含量都与支撑南特、索米尔、拜尔日拉克等大桥的桥墩以及巴黎的交易所桥和磨工桥①的桥墩相当),把牡蛎射开而不伤及壳的边缘。他可以使蜡烛不灭而射掉烛花,可以射中喜鹊的眼睛,可以射掉靴子的跟部而不伤及靴子,可以射掉头盔系带而不毁坏头盔,可以把约翰修士的经书一页一页地射开,而不会射破纸张。

庞大固埃的船上,就存放了不少这样的箭,他开始搭弓射箭,第一箭就射中了巨鲸的前额,穿透它的上下颌骨和舌头。这一来,巨鲸张不开大口,也就不能吸水和喷水。第二箭射掉巨鲸的右眼,而第三箭把左眼也射掉了。在众人的欢呼声中,只见巨鲸头上插了三支箭,身体摇晃不定,左右摇摆,踉踉跄跄,昏昏沉沉。此时,巨鲸已双目失明,奄奄一息了。

庞大固埃还放心不下,他又向巨鲸的尾部射了一箭,巨鲸的尾巴顿时耷拉下来,接着又向它的脊柱垂直射出三箭,刚好从头部到尾部把巨鲸分成三等份。

最后,庞大固埃又朝巨鲸的左右两侧各射了五十箭,这样一来,巨鲸的整个身子就像三桅帆船,船上面插着桅杆,从远处望去,好像用铁环和锁链连接起来,煞是好看。

此时,巨鲸翻了个身,肚皮朝天死了,就与其他的死鱼一样。在它翻身的时候。身上的箭倒插入海里,活像一只巨大的百足蜈蚣,也就是古希腊贤哲尼坎德在书里所描述的那种大毒虫。

---

① 磨工桥:当时巴黎塞纳河上有三座桥,磨工桥在最西面,交易所桥在中间。

第三十五章 庞大固埃来到肥香肠人的古老居住地荒野岛

“灯笼国”号船上的几名水手把巨鲸捆绑起来，拖到附近的岛屿——荒野岛上。他们打算在那里把鲸鱼开膛剖腹，取出鱼肾里的油脂。据说这种油脂对治疗一种叫作“没钱用”的疾病相当有效，甚至是必需的药方。

庞大固埃对此并不在乎，他在法国海域曾经见过鲸鱼，而且比这一只要大得多。但他还是欣然同意到荒野岛稍微逗留，让那些被这条狠毒的鲸鱼溅湿和弄脏衣服的水手可以上岸休整休整，吃点东西。船队就在岛屿中部一个荒凉的小港口上了岸，附近有一片郁郁葱葱的森林，一条小溪从林子深处蜿蜒流淌而下，溪水清澈、甘甜，泛着金光。他们就在溪流边搭起帐篷，架起炉灶，燃起篝火，在炉火旁烧饭、烘干衣服。一切准备停当，约翰修士摇响了铃铛，接着便摆好桌子，饭菜也很快上桌了。

庞大固埃和他的随从高高兴兴地用餐。在上第二道菜的时候，庞大固埃发现几个小东西一声不响地爬上厨房旁的一棵大树，看起来倒像松鼠、鼹鼠、貂鼠或鼬鼠，庞大固埃便向克塞诺玛恩问道：“这些是什么东西？”

克塞诺玛恩回答：“那是肥香肠人。这个岛就是早上说起的荒野岛。岛上的肥香肠人和封斋教主结怨已久，无休止地进行殊死争斗。我想是我们向鲸鱼开炮的声音吓着了他们，担心敌人的大队人马已经上岸，要来突袭、烧毁、掠夺他们的岛屿。那封斋教主以前确实有好几次突袭，都因肥香肠人高度警觉，防守严密而未能得逞。肥香肠人（正像狄多在埃涅阿斯的同伴没事先通知并未经同意，擅自在迦太基登陆时告诉他们的话一样）因为敌人阴险狡诈,又近在咫尺,加上距离又近,他们才不得不时刻警惕,不给敌人任何可乘之机。”

庞大固埃说道:“我的好朋友,如果你想到结束这场战争,使双方和解,请务必告诉我吧,我将尽我所能,全力以赴帮助双方消除隔阂,签订和平协议。”

克塞诺玛恩回答:“目前还不可能。四年前我经过这里和鬼祟岛的时候,曾试图替他们调解,至少应该让双方想到休战的重要意义。只要这一方或那一方肯做出一些让步,放弃自己的一些要求,那么双方早已是好朋友、好邻居了。可封斋教主主张把自己过去多年的伙伴和盟友黑香肠人和山野香肠人排斥在和平条约之外,而香肠人则要求鲞鱼桶堡由他们管辖,就像统治咸鱼桶堡一样,把里面的那些不知来自何方的杀人犯、强盗、恶棍统统驱逐出境。双方对此互不相让,而且都认为对方的要求是不公正的和过分的。

“因此也就无法达成什么和解,协议一直没有签订。不过,从那以后,他们之间的冲突也没有过去那么尖锐了。但自从在开西会议上,香肠人遭受到审讯、刁难和警告,如果封斋教主同香肠人签订协议或结为同盟,将被列入龌龊、恶臭的咸鱼干行列。因此,双方的态度突然间改变了,变得更加凶狠、残忍和顽固,到了没法解决的地步了。要知道,让猫和鼠、猎犬和野兔和解,总比要他们双方妥协让步更容易做到。”

第三十六章　荒野岛上的香肠人伏击围攻庞大固埃

当克塞诺玛恩的话还没说完时，约翰修士发现码头那边有二十五到三十个瘦弱的香肠人正飞快地跑回他们的城堡和要塞里。他对庞大固埃说道：

“我看情况不妙，将会有一场骚乱。这些香肠人误把你当作他们的死敌封斋教主了，虽然你们之间看起来一点也不像。我们还是先别吃饭了，准备迎战吧。”

克塞诺玛恩说道：“这主意不错。香肠人终归是香肠人，他们是两面派，虚伪圆滑，爱要弄诡计。”

庞大固埃起身走到树林边。他仔细察看一番，就回来告诉我们说，在林地左边埋伏着肥胖的香肠人，而在右边半法里远的地方有一大队身强力壮的香肠人，正沿着小山丘，在军号、笛萧和鼓乐声的助威下，来势汹汹地向我们冲来，看来一场恶战是不可避免的。

他们的队伍里有七十八面旗帜，庞大固埃估计对方的人数不少于四万两千人。从他们整齐的步伐、威武的阵势和自信的气概，他断定这绝不是一些乳臭未干的肉丸子，而是香肠国里身经百战的勇士。从最前排的士兵到旗手都全身穿上铠甲，手执短矛，从远处还能看到短矛磨得十分锋利，白光闪闪。队伍的左右两翼还有剽悍的布丁人、魁梧的肉丸人，还有香肠国的骑兵、当地的强盗土匪和许许多多野蛮人，个个彪形大汉，能征善战。

庞大固埃一看这阵势，深感不安，这也是必然的。虽然爱庇斯特蒙对他说，香肠国的风俗习惯是以展现本国的军威来欢迎外国友人，正像尊贵的法兰西国王在加冕即位之后，首次巡查王国的主要城市时所受到的礼遇一样。爱庇斯特蒙说道：

“这些人或许是这个岛国王后的侍卫队，王后听到刚才在树上的几个小侦察兵的禀报，得知有豪华的舰队停靠在他们的港口，她想来客一定是富甲一方、有权有势的王子，于是亲自率领侍卫军出来迎接。”

庞大固埃听了不以为然，还是觉得此事非同小可，不可掉以轻心，便召集人员商量对策，听听他们对此事的看法。

他简明扼要地说明，从古到今像这种打着友好的幌子，往往乘其不备，给人以致命一击。他说：

“凶恶的罗马皇帝安东尼努斯·卡拉卡拉曾以类似的诡计杀害亚历山大人的。有一次，他还假装以迎娶波斯国王阿塔巴努斯的公主为借口，结果派兵将波斯国的军队歼灭了。但恶有恶报，不久之后，他被杀死了。雅各的孩子们因为妹妹底拿被奸污了，就用这种方法把所有的示剑男子都杀光了[①]。罗马皇帝盖利奴斯也是用同样的诡计，把君士坦丁堡的所有武士杀个片甲不留。安东尼乌斯也是打着友好的旗号，诱骗亚美尼亚国王阿尔塔瓦斯德，用铁链把他捆住，最后也把他杀死。古代历史上这样的事例不胜枚举。难怪直到现在，人们还称赞法兰西国王查理六世当年的审慎和智慧，认为他当时大胜弗兰德斯人和根特人之后，凯旋回归巴黎时，途经布尔热时听说有两万巴黎人手执木槌(这就是“木槌党”的由来)，以战斗阵列出城迎接。查理六世为了安全起见(尽管市民解释他们手拿武器是为了更隆重地迎接国王归来，并无其他恶意或不良动机)，还是命令他们全部解除武装，各自回家后，他才率军进城。

---

① 故事见《旧约·创世纪》第三十四章。

第三十七章 庞大固埃召唤"吞香肠"和"切香肠"的两位副将并畅谈人名和地名的意义

会议讨论后决定,无论如何大家必须严阵以待,以防万一。卡帕林和吉姆纳斯特遵照庞大固埃的旨意,把分别由副将吞香肠和切香肠率领的金碗号和金桶号的战士们召集到旗舰上。

巴汝奇说道:"让我代替吉姆纳斯特去传令吧,况且,这儿也需要他。"

约翰修士说道:"我以我身上的会衣起誓,这个胆小鬼是想躲避打仗,我敢以我的名义担保,他是不会再回来了!不过,这对我们来说也不会有什么重大损失。他在这里只会哭哭啼啼,呼天抢地,反而会削弱我们战士的斗志。"

巴汝奇说道:"我的神父,我保证会很快回来的,只不过你要确保那些可恶的香肠人不会爬到我们的船上。你在打仗的时候,我一定会像以色列人的领袖摩西那样,为你打胜仗而祈祷天主。"

爱庇斯特蒙对庞大固埃说道:"如果香肠人胆敢进攻我们,单凭你选的这两名副将的名字吞香肠和切香肠,就能保证这次战斗我们一定会胜利的。"

庞大固埃说道:"你深谙此理。我很高兴你能从两位副将的名字预见我们会获胜。这种预测方法古已有之,古时的毕达哥拉斯派就对此法赞赏有加,而且虔诚地效法。许多贵族君王也从此法获得裨益。譬如说罗马帝国的第二代皇帝屋大维·奥古斯都,有一天他遇上一位农人,名叫'厄提古斯',在希腊语是'吉利'的意思,他牵着一头名叫尼空的驴,这在希腊语是

'胜利'的意思。奥古斯都从驴夫和驴的名字感到惊奇万分,这也成就了他日后建立一个繁荣昌盛、胜利的罗马帝国。还有另一位古罗马皇帝韦斯巴芗,有一天他独自一人在赛拉皮斯[①]神庙里祈祷时,忽然间看见一位久病不愈的仆人朝他走来,那仆人的名字叫巴西利德斯,意思就是'王子'的意思,这个名字使他打定主意要成为罗马帝国的皇帝。雷基利安也正是由于他的名字是'君王'之意而被士兵推举为国王。你去读一读柏拉图那本神圣的《语言篇》就会明白了……"

里索陶墨说道:"说实话,我真想读读柏拉图的这本书,因我常常听见你提到他。"

"……从这本书,你就可以明白毕达哥拉斯派是如何用名字和数字来推算普特洛克勒是否会死于赫克托耳之手,赫克托耳是否要被阿喀琉斯杀死,阿喀琉斯是否要被帕里斯所杀,帕里斯是否该死于菲罗克忒忒斯之手。我对毕达哥拉斯的这个神奇的发现感到大为吃惊,他可以从一个人名字的音节数的奇偶来推断出这个人的哪一边是瘸了、驼了或瞎了以及是否患有痛风、瘫痪,或肺受损了等等其他疾病。他认为双数指代身体的左边,而单数指代身体的右边。"

爱庇斯特蒙说道:"确实如此。我曾在圣特的一次大巡游中看到这样的情况,当时在场的杜艾公爵,也就是那位德高望重、公正无私的最高法院法官布里昂·瓦雷可以为我做证。每次有瘸腿的、瞎眼的或背驼的走过,不管男女,只要把这个人的名字告诉他就行了,他无须见到这个人,只要根据名字的音节是单数或双数,就能宣布这个人哪边瘸了、瞎了、驼了,单数就指右边,而双数就指左边。无一例外,他全部说对了。"

庞大固埃说道:"用这种方法,学者们推断阿喀琉斯下跪时,被帕里斯的药箭射中的就是他的右脚跟,因为他的名字阿喀琉斯[②]的音节是单数(请注意,古人通常是右脚下跪)。他们也断定在特洛伊战争中,维纳斯被狄俄墨德斯伤到了左手,因为希腊语的维纳斯有四个音节。同理可知,伍尔坎是左腿瘸了,马其顿的国王菲力普和迦太基统率汉尼拔瞎的是右眼。当然用毕达哥拉斯的方法,也可以详细算出背痛、疝气、偏头痛是在哪一

---

① 赛拉皮斯:罗马时代的埃及神。

② 阿喀琉斯是三个音节,"斯"不自成音节。

边。

“我们再回到名字这一话题吧。我们看看前面提到的菲力普国王的儿子亚历山大大帝是如何通过对一个名字的诠释而获得成功。有一次他正围攻蒂尔城，这个城防御工事十分坚固，他投入了全部兵力，一连几个星期都攻不下，各种攻城的武器也无效了，蒂尔人很快修复好被他们摧毁的东西。亚历山大大帝看到攻城无望，想要放弃，但他内心十分苦闷，因为弃城会毁掉他的名誉。他就这样焦虑不安地睡着了。他梦见半人半羊的萨梯来到他的帐篷，抬起羊腿蹦呀，跳呀，亚历山大大帝想抓住它，但萨梯却溜了，后来他把它逼到一条小巷里才捉住它，就在这时候，亚历山大大帝醒过来了。他把这个梦讲给宫里的哲学家和学者听，他们都说神允诺他会获胜，蒂尔能被攻下，因为把萨梯这个词分解，‘萨’和‘梯’就是‘蒂尔被攻下’之意。的确如此，当他的军队再次发功进攻的时候，就击退了所有的抵抗，镇压了所有反叛的民众，大获全胜。

“反过来，古罗马的统帅庞培却因一个人的名字而陷入绝望。他在法尔萨路斯的战役中被恺撒击败之后，唯一能活下来的办法就是逃走。他从海路逃到了塞浦路斯岛。在巴弗斯城附近的海滩上，他看到了一座金碧辉煌的宫殿，于是便问舵工这座宫殿的名字。舵工回答‘卡口巴西利阿’，也就是希腊语‘恶君’。庞培一听，内心极为恐惧、怨恨，似乎掉进了绝望的深渊，他断定逃跑已不可能，即将丧命。船上的所有人，包括乘客和水手都听见他的喊声、哀叹声和呻吟声，果然不久之后，一位谁也不认识的，名叫阿基勒斯的农人砍了他的头。

“还有保禄斯·埃米里乌斯①的故事也是一例。当罗马元老院选他当皇帝，也就是让他担任远征马其顿国王贝尔赛乌斯军队的统帅。那天晚上，他回家准备启程时吻了他的小女儿特拉西亚，发现她一脸悲伤。他赶紧问道，‘我的特拉西亚，你为什么这么伤心难过?’她的女儿回答:‘因为贝尔莎死了。’贝尔莎是她很喜欢的一只小母狗。保禄斯一听这名字，就知道他一定能大败贝尔赛乌斯。

“如果时间允许我们讨论希伯来文的《圣经》，我们可以发现有上百个

---

① 保禄斯·埃米里乌斯（公元前227-158）：公元前181年罗马帝国执政官，公元前168年曾在比德大败贝尔赛乌斯。

典型的例子,这也说明希伯来人是多么笃信、虔诚和迷信名字的意义。”

正当他们结束名字的讨论时，那两名副将带着全副武装的军队来见庞大固埃。庞大固埃做了简短的训话,告诫他们不准先发动进攻(因他不相信香肠人会如此奸诈),如果战争真的不可避免,才可以反击,以“狂欢节”做暗号,一旦双方交战,就要英勇杀敌。

第三十八章　人类不应轻视香肠人的缘由

豪侠的酒友们,你们还在笑,或许不相信我说的是实话。我也无能为力了,信不信由你吧。不过我完全明白其中的道理。你们可别忘了古时的巨人力大无比,他们把高大的帕利翁山叠在欧萨山上,并用山岚氤氲的奥林匹斯山罩在欧萨山上。以此同神灵对抗,夺取天庭。这种力量可是非同寻常,不可等闲视之。然而巨人的半个身子只是香肠而已,严格说来,就是蛇。

当时在伊甸园里诱惑夏娃的那条蛇,就是香肠蛇,而史书记载它比田野里的其他动物更狡猾。眼前的香肠人也是如此。有些神学院的学者尚有争论,有的说那个诱惑者就是名叫“皮尼斯”(阳物之意)的香肠人,而且他长得和普里阿普斯神,也就是希腊文叫作天堂,法文叫作乐园里的女人的诱惑者一模一样。另外,瑞士这个勇猛好战的民族,没准以前就是香肠人。(我可不愿意自焚手指来保证他们不是香肠人!)此外,埃塞俄比亚有一个很有名的民族叫“弯腿人”,根据普林尼的记载也是香肠人。

如果我举的这些例子还不足以消除诸公的疑虑,请立刻(我是说酒酣耳热之后)到路西尼昂、巴尔特纳、沃旺、美尔旺和普瓦图的彭索日去看看。在那里会看到德高望重的见证人。我以圣里高美右臂的名义向你们起誓,他们的始祖美露西娜从头部到阴部为止是女人,而下半身是香肠似的蛇身,或是蛇似的香肠人。她总是热情奔放地扭着臀部,直到现在,布列塔尼人还模仿她跳摇摆舞,边跳边唱。

为什么埃里克托纽斯首先制造马车、轿舆和战车呢?据说是因为伍尔坎生了他的香肠腿,为了遮丑,他只好躲在车里而不能骑在马背上。当时,香肠人还不怎么出名。锡西厄的仙女奥拉也长成这个样子:上半身是女人,下半身是香肠。朱庇特看她太美了,就同她睡觉,生下个英俊的儿子克拉赛斯。

好了,别再取笑我说的事了,但请你们相信,除了《圣经》之外,什么也不能比我写的东西更真实。

第三十九章　约翰修士联合厨房师傅大战香肠人

约翰修士看到香肠人气势汹汹地杀将过来，便对庞大固埃说道：

“一场激战马上就要开始了。啊！我们的胜利会给我们带来多大的荣耀、多美的赞扬啊！我真希望有人看戏，您尽管回到船上看热闹好了，把这事情交给我和我的属下去办。”

“谁是你的属下？”庞大固埃问道。

“就是经书上提到的那些人，”约翰修士回答，“为什么埃及法老的御厨总管波提乏，就是那个买约瑟为奴并让他当乌龟的人，后来会当上埃及骑兵队的统管呢？巴比伦国王尼布甲尼撒二世的主厨纳布扎旦会被选中去攻打耶路撒冷呢？”

“你解释一下，我洗耳恭听。”庞大固埃说道。

“我以女人的那个神圣的阴户发誓，”约翰修士说道，“我敢保证他们以前与香肠人，至少同与香肠人的能力相差无几的人打过仗。要挫败、砍死、征服和宰杀这些香肠人，厨师是当仁不让，他们比全世界的所有勇士、骑兵、雇佣兵和步兵更为合适的。”

庞大固埃说道：“我倒想起西塞罗说过的一句诙谐幽默的话。当年恺撒和庞培在罗马打内战时，虽然恺撒获胜是众望所归，但西塞罗心里更倾向庞培。有一天，他听说庞培在一次战斗中损失惨重，就想亲自到他们的军营探望一下。到了营地，他看到士兵不多，士气消沉，一片混乱，他便预料军队会再被打垮。于是，他便发挥他的巧舌，这边嘲讽、那边戏谑。有几位坐在那里喝酒的军官装出若无其事的样子问西塞罗：

“你看我们还有多少鹰队(指罗马人作战时的军事单位)?”

“西塞罗回答:‘只有对付喜鹊,鹰队才派得上用场。’”

“现在我们要对香肠人作战,这是一场厨房里的战斗,只有同厨师联合起来才能打赢,现在按你的想法去做,我在这里等着你的捷报传来吧。”

约翰修士听了,走进厨房,和气欣喜地对他们说:

“伙计们,今天我要给你们一个施展抱负的好机会,让你们去完成一项史无前例的英勇事迹。世上竟然还有人有眼无珠,不屑置顾厨师?走,我们一起同这些混账的香肠人拼杀一番吧。我当你们的队长。伙计们,干杯吧。鼓起勇气!”

“队长”厨师们说道,“你说的完全正确。我们全都托付给您了,愿意为您出生入死。”

约翰修士说道:“这场战斗,我们的对手只不过是香肠而已。活是肯定的;死,那是不可能的。现在,就让我们做好准备吧,我们以纳布扎旦这个御厨的名字作统一行动的口令。”

第四十章 约翰修士准备“母猪”以及藏在猪体内的英勇厨师

在约翰修士的指挥下，一些技艺高超的师傅把僧瓶号上的“大母猪”组装起来。所谓“大母猪”，其实是一部工艺精良的战车，周围安上一排排大炮，可以发射石弹和有铁尖的四棱箭，车体很大，里面足够容纳两百多人。这种战车是依据雷奥尔的“母猪”图纸组装的。当时年轻的法兰西国王查理六世在位时，就是靠这部巨型战车从英国人手里夺回拜尔日拉克城。

英勇的厨师们就像当年希腊人钻进特洛伊木马一样纵身一跃，进了“母猪”体内，他们的名单如下：

酸沙司　　盐师傅
杂务工　　肥肚肠
胖肚皮　　捣研杵
宽肠子　　掺水酒
肥猪肉　　盐酱豆
油腻脸　　烤羊肉
拌酱果　　烤肉块
小面包　　羊肚杂
流浪汉　　煲牛肉
上调料　　猪肉饼
鳕鱼酱　　切肉师

千层饼　　剁肉师

这些尊贵的厨师们都佩戴着徽章，红底、银色条纹，左边垂挂绿色的烤肉叉。

大肥肉　　特肥肉
小肥肉　　去肥肉
香肥肉　　脆肥肉
拧肥肉　　抓肥肉
增肥肉　　三层肉
生肥肉

此外，还有棒肥肉。这位烹饪大师来自朗布耶附近的一个小镇，他的真名是"棒小伙·肥肉"，我们就用中略法称他为棒肥肉，就像我们把holyday(神圣的日子)合为holiday(假日)一样。还有：

脏肥肉　　好肥肉
嫩肥肉　　新肥肉
甜肥肉　　酸肥肉
嚼肥肉　　卷肥肉
粗肥肉　　坏肥肉
多肥肉　　重肥肉
条肥肉　　臭肥肉
块肥肉　　全肥肉

当然，上面的这些名字是犹太人所没有用过的(无论是否皈依)。还有：

大傻瓜　　绿沙司
色拉碗　　双层锅
芹菜碗　　三脚架
刮皮刀　　牛肉煲

猪肉煲	古怪人
兔子皮	刮锅底
胡椒罐	佐料瓶
油炸糕	咸喉咙
满罐子	蜗牛罐
油炸面	清面汤
芥末师	汤师傅
搅果机	挑骨头
泔水桶	奶糕师
乐天派	切饼刀
大笨蛋	舔锅底

还有鹌鹑头，他从厨房被调进内室伺候尊贵的红衣主教维诺·卡卢日，

烤烧焦	急躁人
破抹布	牛腰子
厨师帽	牛肩部
煤灰耙	酸奶酪
硬邦邦	越山人
命根子	肠出气
软塌塌	鳐子鱼
俏家伙	破蓑衣
新家伙	路难行
难知晓	鳄鱼泪
常胜军	小白脸
寿老头	疤痕脸
全身毛	土灰脸

还有“玛丹酱”(指夫人酱)的发明人玛丹,因“夫人”在苏格兰人的法语中为“玛丹”而得名。

话匣子	烘饼师
猴嘴巴	藏红花
俏舌头	去污剂
野山鹬	水田芥
洗锅刷	炖萝卜
老醉鬼	吃萝卜
肮脏脸	填布丁
洗鱼工	小猪猡

还有“罗伯特酱”的制造者罗伯特，这种酱用在烤兔肉、鸭肉、鲜猪肉、荷包蛋、腌鳕鱼和其他上千种类似的菜肴上，健康又可口，

冻鳗鱼	干鲞鱼
红鳐鱼	凉拼盘
鱼面相	马面相
白痴相	腌鲱鱼
面包篮	蛋糕鼻
吹牛皮	大鼻子
松鼠脸	肥嘴唇
牛肚子	屎满裤
大火钳	细爪子
硝石板	流氓头
炸薯条	铁板烧
懒骨头	填鱼馅
黑心肝	老蠢货
大脑袋	长脖子
拉肚子	笨小孩
猪蹄子	花公子

这些气宇轩昂，勇敢善战，动作灵活的厨师们都钻进“大母猪”里，准备与香肠人大战一场。约翰修士带上他的大弯刀，最后一个钻了进去，并从里面把门拴上。

第四十一章 庞大固埃大败香肠人

香肠人的军队越逼越近,庞大固埃看清他们持枪带械,不时地舞动着长矛,便派吉姆纳斯特前去询问为什么会兴师动众进犯从未伤害过他们的老朋友呢。

吉姆纳斯特走到香肠人队伍前面,深深地鞠了躬,然后扯开嗓门大声喊:

“自己人,自己人,有话慢慢说。我们都是从你们的老盟友狂欢节那里过来的。”

后来我听说,当时他把“狂欢节”喊成“节欢狂”。不管怎样,他一说完这话,一个凶神恶煞、又矮又粗的香肠兵从队伍跳出来,伸手想掐住他的喉咙。

吉姆纳斯特说道:“天主在上,我得把你切成片才能吃下去,你这么肥,我整个儿吞不下。”

说罢,他拔起那把他称为“亲我屁股”的宝剑,一下子就把那个香肠兵劈成两半。我的天啊,那个香肠人可肥得出油啊!他让我想起了瑞士军惨遭失败时在玛里格南被杀的那头伯尔尼老肥牛。我告诉你吧,他肚皮上的脂肪足有四英寸厚。

那香肠兵脑袋被砍下之后,所有的香肠兵一齐朝吉姆纳斯特猛扑过来,想狠狠地把他击倒在地。庞大固埃连忙派人过来救援,一场噼里啪啦的混战开始了。切香肠将军猛切香肠,吞香肠将军猛吞香肠。庞大固埃则横扫猛砍,打断香肠军的腿。约翰修士带领厨师勇士们待在“大母猪”体内按兵不动，密切注视着外面的动静，计划下一步招数。这时只见埋伏在一旁的肉酱人一跃而起，杀声连天地朝庞大固埃冲了过来。

约翰修士看到外面战得正酣，连忙打开“大母猪”的门，率领厨师军队一起冲了出去。他们有的抄起铁炙叉，有的挥舞着薪架（或大或小），煎锅、铁铲、铁锅、烤架、拨火棒、火钳、油锅、扫帚、双层蒸锅、研钵、杵槌等武器，惊天动地高喊着，“纳布扎旦！纳布扎旦！纳布扎旦！”的口号，像一队训练有素的破门入户者闯进香肠军队，迎头痛击肉酱人，杀得昏天暗地，溃不成军。香肠人看到对方声势浩大的援军，就像被地狱里的魔鬼紧追猛打一样，惊慌失措，四处逃散。约翰修士指挥手下发射石弹，把香肠人打得落花流水，兵败如山倒。勇士们穷追猛打，战斗到白热化，香肠人损伤严重，尸体遍野，据说，若不是上天的怜悯，整个香肠人种都会被这支厨房大军灭绝了。不过，正在激战的时候，奇迹发生了，信不信由你。

这时，从北方飞来一只又粗又壮的大灰猪，背上长着一对宽大翅膀，就像风磨的风翼。颜色是深红色的，像火烈鸟（希腊语称之为丹鹤）一样的颜色。两只眼睛像红宝石一般红，像要喷出火焰似的；两只耳朵翡翠般碧绿，牙齿像黄玉一样黄；屁股后面拖着一条长尾巴，黑得像罗马大将卢卡拉斯从埃及运回罗马的黑云石；蹄子是洁白的，如钻石般晶莹剔透，又像鹅一样趾间有蹼，很像从前图卢兹的贝多克皇后的鹅足。脖颈还套着金项圈，上面还有爱奥尼亚字，我只认得下面几个字：教导密涅瓦的猪。

原来是天气晴朗，但这怪物一出现，从左边传来一声霹雳，把大家都震住了。香肠人看见它，全都放下武器，匍匐在地，双手合十，举过头顶，默默地祈祷。

约翰修士率领他的厨师还是不停地刺戳香肠人，直到庞大固埃下令收兵，才停止战斗。那怪物在两军之间的上空盘旋了好几圈，往地上喷洒足足有二十七桶芥末，然后飞进云霄，边飞边喊着：

“狂欢节！狂欢节！狂欢节。”

第四十二章　庞大固埃和香肠女王讲和

怪物飞走以后,双方都停止了战斗。庞大固埃提出要和香肠女王妮夫勒塞斯(希伯来文是阳物的意思)谈判。女王就在王旗下面的主战车里,她欣然应允。

女王下了战车,谦恭有礼地向庞大固埃致意,表示见到他很高兴。庞大固埃对双方的战斗表示遗憾,女王也真诚地道了歉,说这场战斗都因误会引起的,她的哨兵把他误认为死敌封斋教主,并报告说他要把香肠人开膛剖腹,看看他们长得是怎样的肚肠。说完,女王又恳求庞大固埃原谅他们的冒失行动,并表示宁可往香肠人身上抹粪,也不愿得罪尊贵的客人。(因此她许下诺言,她及其继任皇后,率领全岛的香肠人,永远臣服于庞大固埃及继任者,服从他的一切指挥,永远把他的朋友当成自己的朋友,把他的敌人当作自己的敌人。为了表示效忠,每年进贡七万八千条皇族香肠,每年供奉六个月,给庞大固埃享用。

妮夫勒塞斯皇后果然承诺了。第二天,她就派了六只快艇,装上了以上数量的香肠,由岛上的公主小妮夫勒塞斯率领赠送给庞大固埃。尊贵的庞大固埃把它作为礼物送给巴黎伟大的国王。可惜由于天气的变化和缺少芥末(香肠的天然香料和保存香肠的防腐剂),香肠人几乎死光了。承蒙法王的恩准,把他们集体埋在巴黎的一个地方,后来那个地方至今一直叫作香肠路。

在皇后的请求下,小妮夫勒塞斯被请进宫里,受到了尊贵的礼遇。后来还同富有的王公贵族成了亲,生下了好几个漂亮的孩子,这一切都是天主所赐。

庞大固埃真诚地向女王表示感谢,对误会表示谅解,还赠送给女王一把精致的小刀。接着,庞大固埃出于好奇,询问女王先前出现的怪物是什么。她回答说,那是狂欢节的象征,他们作战时的守护神,也是香肠族人的始祖。因为香肠是用猪肉做的,所以它是一头猪。庞大固埃又问为什么那怪物朝地上喷洒芥末,这是否有什么含义。女王回答说,芥末是香肠人的圣血和香膏,受伤的香肠人只要在伤口上涂上少许,不久,伤口很快就能愈合,死者也能起死回生了。

庞大固埃问了这几个问题,便告辞了女王了,他率领那群快活的随从,携带上他们的武器和那只"大母猪"回到船上。

第四十三章 庞大固埃来到吃风岛

离开荒野岛的第二天，我们来到了吃风岛。我以昴星①的名义起誓，那岛上的人的生活方式比我所描述的还要离奇古怪。岛上的人靠吃风维持生活，除了风以外，他们什么也不吃，什么也不喝。他们的居住处到处是风信旗，花园里只种三种风媒花（即银莲花），除此之外，什么也不种。吃风也是要视经济能力的大小和社会地位的高低来划分的，一般人使用羽扇、纸扇或布扇扇风而吃。有钱人就用风磨。遇到喜庆宴请时，他们就选在风磨下设宴款待。大家就像赴婚宴一样开怀畅饮，宾客还会大谈什么样的风美味可口，什么样的风是健康食品，什么样的风是玉盘珍馐，这就像你们这些酒鬼赴宴时品酒一样。这个夸东南风，那个夸西南风，有人则说一种更柔和的西南风更美味，有人说北风好，有人偏爱西北风，还有人认为东北风才是极品等等。也有人对一种衬衣里鼓出的风大加称赞，这种风适宜调情和做爱。生病的人只能吃屁眼放出的风，就像我们喂病人吃流汁一样。

一个脸鼓鼓的小矮子对我说道："如果能吹到一股来自东西北的朗格多克风该有多惬意啊。名医斯基隆路过我们这里的时候说，这种风力量很大，可以把一辆满载货物的车吹翻。如果我这痛风的肿腿吹了这种风，一定好得很快，而且风越大，好得越快！"

巴汝奇说道："与其如此，我宁愿要一桶朗格多克的美酒，最好是米尔

---

① 古时人以昴星出现为暴风之征兆。

服、康德贝尔德里和佛隆提尼昂出产的酒！”

我看见一个长得高大雄壮的、肚子鼓得大大的男子正怒气冲冲对他一个肥胖的仆人和一个小侍从拳打脚踢。我不知道他为何如此生气，原以为生气打人是医生开出的药方，对主人的健康有益，而仆人挨打也可以锻炼身体。后来我才知道是因为他珍藏的大半袋的西南风被人偷走了，这可是他为秋后储备的美味佳肴啊。

岛上的居民从来也不大小便，也不吐痰，不过，他们却不时噗噗地放无声屁和响屁，也不住地打嗝。他们患有各种各样的古怪病，正如希波克拉底在《论气体》一书里所说的那样，气胀郁积是所有疾病的根源。他们最常见的病就是积气腹痛。治疗的方法就是用很大的火罐，把里面强大的气体吸出来，使积气顺畅。他们全都死于浮肿和膨胀。男人放响屁，女人放无声屁。因此，他们的灵魂总是通过屁眼离开肉体的。

后来我们在岛上闲逛的时候，看到三个肚皮鼓得像大风袋的家伙，他们是出去看雎鸠寻开心的。这种鸟在岛上随处可见，和他们一样也是吃风而活的。我注意到他们每个人的腰间都挂着个玲珑的小风箱，就像你们这些酒鬼出门随身带酒瓶、酒壶一样，以便没风的时候，这些小风箱会利用一吐一吸的原理制造新鲜的空气，因为你们都知道风是因空气的流动而形成的。

这时，当地国王派人向我们传达命令，在三个小时以内不许当地的人上我们的船，无论是男人还是女人。因为有人从他的风袋里偷了一大股风。这种风可是爱打呼噜的埃俄罗斯吹给尤利西斯，能在风平浪静的情况下吹动船前进。国王就像守护圣杯一样虔诚地保护着他的风袋，同时也用它治愈了好几种严重的疾病，不过每次只给病人放一点点，就像修女们放那种叫作“后门铃响了”的处女屁那样少。

第四十四章 小雨如何平大风

庞大固埃对岛上的管理方式和生活方式大加赞赏，他对当地的官员希波内米安(希腊语多风的意思)说道：

“伊壁鸠鲁说过人生最大福气是安逸(我觉得是那种恬静安适,无须辛苦的幸福),如果你同意这种看法,那么我觉得你们是有福之人。因为你们是靠风生活的,而风又是不值一文的,或者说,风可以毫不费劲地得到,只需吹口气就行了。”

那个官员回答:“你说的一点没错,不过在现世生活里,尽善尽美的幸福是没有的。常常在我们进餐时,就像教堂里的神父一样无忧无虑、舒舒服服地品尝美味时,时常会突然下了一阵小雨,就把送给我们的风赶跑了。因此我们什么也没得吃了,好几顿饭经常这样被糟蹋了。”

巴汝奇说道:“这好像是甘格奈的热南,他对他老婆克洛的屁眼撒尿,就是为了浇灭从里面放出来的臭屁。他老婆的屁眼好像是埃奥鲁斯的屁眼。不久前,我刚为此作了一首小诗：

傍晚时分，热南想喝新酿的酒，
可酒还未熟，酒性确实太浓烈，
便叫老婆克洛为他煮些大芜青，
准备晚饭时夫妻俩尽情地享受。
两人共享，心满意足，
吃罢上床，闭眼睡觉。

翻来覆去热南睡不着，
只因克洛噗噗放臭屁。
他朝她的屁眼撒泡尿，
大声地喊道：你看看，
小雨可以压过大风了。

那官员又继续说道:“除此之外，我们每年还要经历一场毁灭性的灾难。在混沌岛上有个巨人叫布兰格纳里伊,他听从医生的建议,每年春天都会光顾这里,大吃一番,就像吞药丸似的吞下我们许多风磨和风箱,这对他来说就是美味佳肴。这可把我们害惨了，每年就得进行三四次封斋节，此外还要进行祷告仪式和赞颂天主。”

庞大固埃问道:“你们对此就一点办法也没有吗？”

这位官员说道:“当然有了，我们的医学大师教我们在他每年到我们这里之前,在风磨里放些公鸡和母鸡。他第一次吞下它们时,那些公鸡和母鸡在他的胃里不停地乱啼乱跳,使他痛苦不堪,最后由于心绞痛和痉挛而停止心跳,那样子就像蛇从他的嘴里爬进去,钻进他的胃里。”

约翰修士说道:“这个比喻可不合适。我曾听说如果蛇钻进胃里,只需把这个人倒提起来,并在他的嘴边放一盆热腾腾的牛奶,就能把蛇引出来了,一点痛苦也没有。”

庞大固埃说道:“的确有人这样说过。但谁也没亲眼看到。希波克拉底在《论时疫病》里记下当时发生过的这种病例,不过那个人很快就痉挛抽搐死掉了。”

那位官员还说道:“还有呢,布兰格纳里伊连磨带鸡吞吃下去后,全岛所有的狐狸都追着那些鸡钻进他的胃里,他痛得哭爹喊娘。后来有个魔术师给他出了个主意,建议一发作时就让他呕吐,可以解毒和抗毒。后来,有人想出了更好的办法,为他配制了一服谷子、麦子和小麦的药剂让他喝下去,鸡马上就飞出来了,随后再吃一些鹅肝,把狐狸也吸引出来。此外,他还口服了一些由大猎犬和小猎犬做成的药丸。你看,我们是多么不幸啊！”

庞大固埃说道:“善良的人们,你们不用再担心了。那吞吃风磨的巨人已经死了很久。这消息千真万确。他是遵照医嘱,吃了一块放在热炉上的鲜奶酪给噎死的。”

第四十五章　庞大固埃来到反教皇岛

第二天清晨，我们来到反教皇岛。以前这里的居民是相当富裕与自由,因而被称作“快活岛”,而后来在“教皇派”管辖下就受罪了,也就十分贫穷、凄凉。事情的经过是这样的：

在一年一度瞻仰圣人的游行中(也就是把圣人像用木棍举起),岛上的市长、郡长和一些大人物都到邻近的亲教皇岛上去参加游行庆典了。有一个人一看到教皇的画像(用木杆撑起教皇的画像是必要的瞻礼),便对它做了一个手势(把大拇指放在食指与中指之间,这在快活岛是崇敬的意思;而在亲教皇岛却是侮辱人的手势),那里的居民认为这是对他们的最大不恭,心想报复。几天之后,他们便召集军队偷袭快活岛,把整个岛烧、杀、抢,夷为平地,把所有成年男子一律用剑砍死,只有妇孺和小孩得以幸免。亲教皇派的这种做法很像从前神圣罗马帝国皇帝腓德烈·巴尔巴罗萨对米兰人所采取的报复行为。

米兰人曾趁腓德烈不在城内的机会，便进行造反，羞辱腓德烈的妻子,也就是皇后,让她倒骑在一头叫塔科尔(意为屁股)的老母骡上,并把她游街示众。

腓德烈回来以后,平息了叛乱,又再次统治了米兰。他赶紧派人去追,把那头叫塔科尔的母骡子又追了回来。于是,他就在米兰大广场的中心当着被俘的市民,让刽子手把一只无花果塞进老母骡的隐私处,然后吹起号角,让刽子手宣布皇帝的命令,凡想活命的人必须当众把那只无花果咬出来,并完好无缺地放回原处,不准用手帮忙。那些拒不从命的人立刻被绞死。有的为了活命，就用牙齿把无花果咬出来，拿去给刽子手看，还要说："无花果就在这儿。"

快活岛上那些可怜的人，就是受了这种凌辱以后才幸免一死的。他们被沦为奴隶，被逼进贡，也因为他们侮辱了教皇的画像，所以被称作反教皇派。从那时起，这些凄惨的人就再也没有快乐过，年年都得遭受冰雹、暴风雨、疾病、饥荒和各种各样的灾难袭击，好像他们应为自己的父母亲或祖先的罪过受罚，万劫不复。

看到这里的人如此痛苦和不幸，我们都不忍心离去。我们来到港口附近的一座小教堂里，想蘸一些圣水为他们向天主祈祷。这座教堂破旧不堪，几乎废弃不用了，也没有屋顶，就像罗马尚未建好的圣彼得教堂。我们一进门，正要蘸圣水时，忽然看到有一个人穿着圣服浸在水缸里，就像一只潜水的鸭子，只露出鼻尖呼吸。在他旁边还有三个剃着光头的司铎，嘴里不知所云地念着一些驱魔咒语。

庞大固埃着实感到惊奇，忙问他们在上演什么闹剧。后来才知道三年前，这个岛遭受一场可怕的瘟疫，几乎有一半以上土地荒芜，没人耕种。瘟疫一过，这个躺在圣水缸里的人，当时正在开垦一大块种着一年一熟的麦地。就在他下种的那一天，一个小魔鬼(连打雷和下冰雹都不会，只会欺负欧芹和包菜，既不会读书，也不会写字)得到路西弗的允许，到反教皇岛游玩。魔鬼喜欢同岛上的男人和女人调情，它们常来玩耍。

这个小魔鬼一上岛，遇到了这个农夫，便问他在干什么。这位可怜的农夫回答说，为明年准备粮食，他正在种麦子。

"原来如此，"小魔鬼说道，"但是你知道，这田地不是你的，而是我的。自从你们侮辱了教皇的画像的那一刻开始，你们所有的一切都属于我们了，全由我们处置。但是，种麦子不是我干的活，我把这块地租给你种，但有一个条件，你的收成要归我一半。"

"只得如此。"农人回答。

小魔鬼说道："我把收成分成两部分，一部分是长在地上的，另一部分就是长在地下的。因为我是来自尊贵而古老的魔鬼世家，而你只是个乡巴佬，我有权先挑长在地下的，你说什么时候能收成呢？"

"七月中旬吧。"农人回答。

"好的，到时我会准时来，"小魔鬼说道，"乡巴佬，你就好好干活吧，我要去引诱贝特塞克(意为干屁)修道院那些尊贵的修女，还有那些伪君子司铎和行脚僧，让他们犯下淫荡的罪行。对于这些人，我知道该怎么办。只要把他们弄在一起，保准他们开始为爱而战。”

第四十六章　小魔鬼上了反教皇岛农人的当

七月中旬到了，那个小魔鬼带着一队小小魔鬼来到反教皇岛，遇见那位农人，便对他说道：

“怎么样，乡巴佬，麦子长势如何呢？现在该是咱们分收成的好时候吧？”

那位农人回答说：“没错。”

于是，农人带着一家大小去收割麦子，而小小魔鬼却忙着拔麦茬。农人把麦子打好，扬去麦壳，装上袋运到集市上去卖。小魔鬼也学他的样，捆好麦茬到集市上去，就摆在农人的麦子边上卖。农人的麦子是抢手货，很快就卖光了，那钱都快装满挂在他腰间的旧皮靴。可小魔鬼什么也卖不出去，还被集市上的人嘲笑了一番。

散市之后，小魔鬼对那个农人说道：“乡巴佬，这一次上了你的当，下次可不会这么容易了。”

农人说道：“尊敬的魔鬼先生，我如何骗得了你呢？这东西难道不是你先选的吗？其实是你想骗我，你希望地面上什么也不长，我就得不到我的那一份，而我播下的麦种还会全留在地里，你就可以独享其利了，告诉你，你的鬼把戏太差劲了。埋在地下的麦种早就烂了，正因为这样才能催生你看到我卖掉的那些麦子。这是你自己选择错了，该责怪你自己。”

“这事就作罢，”魔鬼说道，“来年你还想种什么呢？”

农人回答：“我觉得要收成好又有好价钱就种萝卜。”

小魔鬼说道：“啊，乡巴佬，你真是个好人啊！就种萝卜吧！我祝愿风调雨顺,不要有风雨和冰雹下到我们地里。不过,我们有约在先:这一回我要的是长在地上的,长在地里的就归你。乡巴佬,好好干活吧!我要走了,要去引诱那些异教徒了,你知道他们的灵魂烤得正是火候,多么美味多汁啊。路西弗老爷肚子有点不舒服,这烤肉可是他的好点心呢。"

不久收成的季节到了。小魔鬼再次带领一队小小魔鬼来收萝卜。他和农人一起到田里,便开始忙着割萝卜叶子,捆萝卜叶子。魔鬼忙完之后,农人把长在地下又大又粗的萝卜挖出来装进袋子里。他们就一起上集市了。农人还是卖了好价钱,魔鬼连一片萝卜叶也没卖掉。更糟糕的是,市场上的每个人都奚落他。

小魔鬼说道:"乡巴佬,我完全明白了,你又骗我了。好吧,我们就不再谈平分地里的收成了。我们来一场对抓比赛。谁最终输了,逃跑了,就要放弃应得的收成,赢者可以全部占有。我们以一星期为限吧。乡巴佬,我看你是不是像魔鬼一样难抓!现在我要去引诱执达吏、假司法文书、公证人、骗人的律师。不过我的一个掮客告诉我,我已经全部逮着他们了。其实路西弗非常厌恶吃这种灵魂,我经常拿去厨房洗刷干净,再佐以很多香料他才敢吃。你没听说过吗?早饭吃学者的魂最好,午饭吃律师的魂最饱,点心吃酒商的魂最美,晚饭吃生意人的魂最香,夜宵吃女仆的魂都不如随便哪一顿吃修士的魂味道好。所以,我们路西弗老爷喜欢每餐都以修士的魂做开胃菜,而且早餐总爱吃学者的魂。不过,最近不知倒了什么霉,几年来,学者也研究起了《圣经》,魔鬼无法降服他们,若不是教堂里那些伪善者帮忙,使用各种威胁、侮辱、逼迫、甚至火刑的方法,才从他们手中把圣·保罗抢走,否则,我们就再也吃不到什么东西了。

"路西弗经常吃那些徇私舞弊的律师、那些劫贫求富的人,吃得津津有味。但总吃一样东西会厌烦的。不久前,他当着众人的面说道,如果谁能抓到一个在布道时忘了请听经人为他祈祷的教士,他答应会给双倍报酬,连升三级。我们全都分头行动,但一个也抓不到。世上怎么会有这样傻的教士,忘记劝说那些贵妇人为修道院捐点什么呢?

"至于下午的点心,路西弗完全放弃了,因为他上次吃点心得了腹痛,原因是吃了北方那些受驱逐的教士的灵魂引起的。他晚饭时,吃那些放高利贷者、卖假药的、造伪币的、掺假货的倒是美滋滋的。有时他一来雅兴,也会把几个女佣当作夜宵吃了,因她们偷喝了主人的好酒,却往酒桶里添加臭水。

“好好干活吧，乡巴佬！我现在就要去特雷比宗德[①]引诱那些学者们。谁叫他们不顾爹娘，放弃规律的生活，欺君悖主，过着放荡不羁、无法无天的生活，蔑视、嘲笑所有的人，妄想戴上诗意的纯洁小帽，自己就可以变成为尊贵的修士啦？”

---

① 特雷比宗德：土耳其沿黑海城名。

第四十七章　小魔鬼上了反教皇岛上老女人的当

那位农人忧愁苦脸、心事重重地回了家，他老婆看见他这样子，还以为在集市上遭人抢劫呢。可是一听到他忧愁的原因和看到满袋子的钱，她便好言劝他，说这件事不必挂在心上，保证他会赢这场对抓比赛。要他放宽心，一切听从她安排就行了。她早已想出了对付的妙计了。

农人说道："顶多我就让他抓走吗。反正我斗不过他败下阵来，就把田地全部让给他好了。"

"别这么傻！"那老女人说道，"这事交给我去办，放心吧，让我来对付它。你说他只是一个小鬼，我会让他一下子就乖乖向你投降，这田地还是属于我们的。如果他是一个大鬼，我倒要用点心思了。"

他们约定比赛的那一天，正是我们上岛的日子。一大早，那位农人便上了教堂，像个虔诚的信徒一样做好忏悔，领过圣餐，遵照神父的指示，躲在圣水缸里，也就成了我们刚才看到的那个样子。

正当我们在听这一故事的时候，就传来了那个老女人骗走了魔鬼，赢回了田地的消息。事情的经过是这样的：那魔鬼来到农人的家门口，一边敲门，一边大喊：

"喂，乡巴佬！出来啊，我倒要看看你有多锋利的爪子！"

说罢，那魔鬼便神气活现地冲进门去，却看不到那位农人，只见他老婆躺在地上又哭又叫。

魔鬼问道："发生了什么事？你男人在哪里？他把你怎么样？"

"哎呀！"那老女人说道，"你问那个挨千刀的，他是个刽子手。他害得我好苦啊,我不想活了！”

“到底是怎么回事？”魔鬼又问道,“他把你怎么样了,我马上替你报仇。”

老太婆说道:“那个刽子手,那个怪兽,那个抓魔鬼的混蛋说他要和你进行对抓比赛，为了试试他的指甲，他就用小指甲在我两腿之间抓了一下,快把我扯成碎条了。我完了,一辈子也好不了了。你瞧,他又去找铁匠磨他的指甲去了,再套上铁尖头。魔鬼老爷,亲爱的朋友,你也快完了,他可是见什么就抓什么的,赶快离开这里吧,求求你了。”

说完,她便撩起裙子,跟古代波斯女人看到儿子从战场上逃回来所做的那样(表示他们不能再钻进娘肚),露出她身上那个叫不出名的东西给他看。那魔鬼看到那个伤口可够大的,而且往四处延伸,不禁大叫起来:

“穆罕默德！德米乌尔贡！墨纪拉！阿勒克图！帕尔塞福涅！别让他抓住我！我要马上离开这里,把田地让给他就是了。”

听完了这个故事,我们就回船上,没有在岛上久待。庞大固埃捐赠了一万八千块金币给教堂,作为岛上的扶贫赈灾之用。

第四十八章 庞大固埃来到了亲教皇岛

离开了荒凉的反教皇岛，我们又航行了一整天，风平浪静，心情舒畅，第二天便来到那座享受天国之福的亲教皇岛。船才刚刚抛下锚，绳索尚未系好，就有一条快艇朝我们驶来，上面站着四个人，服饰各不相同。一个穿着修士的道袍，邋里邋遢，长袍拖地，脚上还穿着长筒靴；另一个是放鹰人的打扮，戴着厚重的皮手套，还拿着一束唤鹰的羽毛；还有一个是律师模样，手里拎着一个公文包，里面塞满了辩护状、传票延期申请和各种弄虚作假的法律文件；最后一个像奥尔良的葡萄工，绑着布裹腿，提着篮子，腰里挂着一把钩镰。他们来到船前，便异口同声地大声喊道：

"诚实的船客们，你们有没有看见过他？"

"他是谁啊？"庞大固埃问道。

"就是他。"他们一齐回答。

"他指的是谁？"约翰修士问道，"我发誓，我如果看见他，一定让他脑浆迸裂！"他以为这些人是在追捕盗贼、罪犯或亵渎教会的人呢。

"怎么？"他们问道，"诚实的外乡人，你们难道没听说过'独一无二'的这个人吗？"

爱庇斯特蒙说："先生们，我们不明白你们是指谁。请告诉我们，你们到底在找谁。如果我们见过他，一定会毫不隐瞒地告诉你们实情。"

他们说道："就是那个'自有永存的'，你们真的没见过他吗？"

庞大固埃回答："根据神学的阐述，'自有永存的'指的是天主。他不是凡人的眼睛所能看得见的，当然我们没见过他。"

“不不不,我们不是指天国的天主,”那四个人回答,“我们指的是世间的天主,你们见过他吗?”

卡帕林说道:“我以名誉担保,他们说的是教皇!”

“对,对,对,”巴汝奇说道:“先生,我见过三个教皇了,不过对我来说并没有给我带来好运。”

“什么?”那四个人异口同声叫起来,“在我们神圣的《敕令》上说,世上只有一个教皇啊。”

巴汝奇回答:“我说见过三个,是依次看见他们的,也就是说每次我也只能看见其中一个。”

那四个人说道:“啊,你们是善良幸运之人啊,欢迎你们,真诚地欢迎你们到岛上来啊!”

于是四个人全都跪在我们面前,并且要吻我们的脚。我们都谢绝了他们的礼节,告诉他们只有教皇本人才能享受这种礼遇。

他们却说:“不不不!我们早就打算好了。我们要亲吻他的屁股和他前面的那个玩意儿。教皇《敕令》告诉我们,我们的圣父是要有阳具的,否则他就不能当教皇。因此根据《敕令》说的这个逻辑,教皇就必然要有那个阳具。如果这个世界上没有了阳具,那也就不可能有教皇了。”

这时,庞大固埃询问快艇上的一名年轻的水手,他们是什么人。水手回答他,他们是代表岛上的四大阶层。他还说,因为我们见过教皇,我们就会受到隆重的欢迎和礼遇。庞大固埃把这话告诉了巴汝奇。巴汝奇小声地说道:“天主在上!确实如此!耐心等待的人必得享福乐。我们见过了教皇,但以前并没得到什么好处。如今他显灵了,看来我们要有所回报了。”

我们上了这座岛屿,全岛上的男女老少就像朝见天主般地列队迎接我们。那四个人大声地对他们喊道:

“他们见过!他们见过!他们见过!”

一听到这样的宣告,在场的人一齐跪在我们面前,双手合十,高举过头,对着上天祈祷,大声喊着:

“有福之人来了!有福之人来了!”

他们欢呼雀跃,足足高呼了一刻钟。接着,岛上学校的校长和教师带着全体学生到我们的面前,并用鞭子狠抽这些学生,就像在我们家乡绞死罪犯时,大人们就鞭打小孩,这是为了叫他们永远记住这教训一样。庞大固埃见了,心中燃起怒火,他悻悻地说:

“先生们,如果你们再鞭打这些小孩,我们马上就走!”

他们一听到庞大固埃声响如雷,就像斯藤托耳的声音一样洪亮,他们都被震住了。这时候,只见一个驼背的小瘦子站了出来,对校长指指点点并说道:

“神圣的《敕令》在上!是不是凡见过教皇的人都会变得同眼前这位先生一样高大?我如果能早一天见到教皇,就能长得像他那么高大!”

欢呼声响彻流云,惊动了奥莫纳斯(也就是他们主教的名字,意为傻大个)。只见他骑着一头没有辔头、绿色披挂的骡子,身后跟着他的信徒(他们也是这么说的),还有仆从,扛着十字架,打着旗、幡、华盖、火把,拿着圣水盆急急忙忙赶过来。他一到就马上跪下去想吻我们的脚(就像瓦尔菲尼耶尔那位叫克里斯蒂安的老好人对待克雷芒教皇那样)。他告诉我们,他们的一位历史学家,也就是神圣《敕令》的诠释者和注释者,曾经写下:就像犹太人一直盼望复国救主弥赛亚的出现一样,总有一天教皇也会来到这个岛上。在等待这个幸福的日子降临的时候,如果有在罗马或其他地方真正见过教皇的人来到这座岛上,一定要视为贵宾,敬重地对待他。然而,我们还是婉言谢绝了他们的好意。

第四十九章 亲教皇岛的主教奥莫纳斯让我们看上天的敕令

主教奥莫纳斯对我们说：

“根据神圣《敕令》的指点，我们要先拜访教堂，才能下酒馆。”这已经成了一条合乎礼仪的惯例，我们打算顺从主人的意愿，就先去拜访教堂，再去赴宴。

约翰修士说道：“善良的人，你们就在前面带路吧，我们在后面跟着。你们的一言一行，就像虔诚的信徒，说得很有道理。我们很久没进过教堂了。我很乐意去，因为拜访了教堂后再吃饭一定吃得更香。遇上你们这样行善积德的人，我们真是天大的福气啊！”

在教堂的大门口，我们看见一本金灿灿的大书，上面镶嵌着光彩夺目的宝石，有红宝石、绿宝石、珍珠等，这些宝石都比屋大维皇帝敬献给卡匹托尔山上的朱庇特神庙的珠宝还珍贵。这本书用粗的金链悬吊在半空，链子的两端系在门梁的饰物上。我们仰头欣赏，可庞大固埃只一伸手就摸得着。他饶有趣味地把玩了一番，便告诉我们，触摸书本时，指甲尖会感到一阵酥麻，双臂也满舒服的，脑里产生一种强烈的念头，想揍揍那些为非作歹的法官。

这时，奥莫纳斯对我们说：“古时候，摩西曾经把天主的手谕交给犹太人，如今在特尔斐的阿波罗神庙门前还保留天主写的一句箴言：‘要认识你自己’。不久之后，又发现上天写的‘自有永存’，自然女神西布莉的神像也是上天有意安排在弗里吉亚贝西农特的这块土地上。据欧里庇得斯所说，狄安娜的神像也是这样安放在塔乌里斯的。法国国王的橙红色的旗帜，也是上天授与他作为镇压异教徒用的。罗马的第二任皇帝努马·庞皮利乌斯在位期间，有人看见那明晃晃的，被称作安西尔的盾牌也是天主赐予的。雅典卫城的密涅瓦神像也是从天外飞来的。眼前的这本神圣的《敕令》，是一位小天使亲手写的，不过你们这些海外来的人可能不相信……”

“真是难以置信。”巴汝奇说道。

“但这些东西确定是神奇的天外来物，正如一切学问(当然，除神圣《敕令》之外)之父荷马把尼罗河称为‘朱庇特赐给之河’。既然你们已经见过了教皇——我们永恒的保护者和《敕令》的宣扬者，我们允许你们翻翻这本书，如果你们愿意的话，还可以吻吻里面的条文。不过在此之前你们必须斋戒三日，诚心诚意地忏悔，逐一反省，不容带有一丝一毫的罪过。这是这部神圣《敕令》所要求的，必须照办。当然，要做到这样，需要花费时间的。”

巴汝奇说道：“善良的人啊，各种各样的《敕令》我们见过好多，有纸质的，有灯笼国用羊皮做的，有手抄的，有用羊皮印刷而成的。因此，我们不必再麻烦你们让我们看这本《敕令》了。不过，我们还是要感谢你们的一片好意。”

奥莫纳斯说道：“天主在上！这本《敕令》却与众不同，它可是小天使亲手写的，你们国家的那本《敕令》只是它的副本，是它的手抄本。我国古代的一位《敕令》研究者就是这样论证的。你们不必担心会不会给我们添麻烦，只需告诉我们，你们是否愿意忏悔并斋戒三天呢。”

巴汝奇说道：“忏悔倒是很愿意做的，但斋戒可就难办到。因为我们在海上已斋戒太久了，以至于牙齿都没动，嘴里都结了蜘蛛网了，不信你瞧瞧这位约翰·安托摩尔修士……”

此时，奥莫纳斯彬彬有礼地拥抱了约翰修士。

“你看，由于嘴巴缺少运动，喉咙里都生苔了。”

约翰修士说：“他说的一点也没错。我因为斋戒太久了，都变成了驼背。”

奥莫纳斯说：“那么我们先进教堂吧，如果没人为你们做大弥撒，请多多包涵。现在已经过了正午了，照神圣《敕令》的规定，一过中午就不许唱大弥撒了，我指的是有焚香、唱颂和隆重仪式的弥撒，不过还是可以给你们做一次干的(指不领圣餐)小弥撒。”

巴汝奇说道：“说心里话，我更喜欢做一次有安茹美酒湿润的弥撒，不过做小弥撒也好,请准备吧。”

约翰修士说:“天啊,我可一点也不喜欢,到现在还饿着肚子呢。如果我早饭吃得饱饱的,像修道院修士吃的那样。早知道要给我们做一台追思弥撒,我一定会带些面包和酒来,先饱餐一顿。还是忍耐吧!开始做吧,唱吧。越快越好,越短越好,不要拖泥带水了。再说,我自然有我的理由呢,求求你们了!”

第五十章 奥莫纳斯让我们瞻仰教皇像

弥撒做完之后，奥莫纳斯主教从大祭坛边的一个柜子里拿出一大串钥匙，一连开了三十二把大锁和十四把挂锁之后，才把祭坛上一扇被铁栅栏严严实实封住的窗户打开了，而后他又神秘莫测地用一块湿麻布罩在自己的头上，这才拉开一幅红缎子窗帘，让我们看一幅画。这幅画在我们看来画得并不是很好。奥莫纳斯主教用一根细长的棍子轻轻弹过灰尘，然后让我们每个人亲吻画像，最后才问我们：

“你们觉得这幅像是谁呢？”

庞大固埃说道：“这是教皇的画像。从他戴的三重冕、披的斗篷，穿的袍子和礼鞋，就可以看出来。”

奥莫纳斯说道：“你说的没错，这是我们心目中的世上天主的画像，我们虔诚地期待他的光临，希望有一天能在我们的国土上看到他。啊，那将是多么幸福，多么令人渴望的一天啊！你真幸运，有福气，上天如此眷顾，能有幸当面瞻仰世间天主。我们只要瞥一眼他的画像，就能赦免我们以前犯过的一切罪过，就连已经忘掉的三分之一又十八个四十分之一的罪过也一并得到赦免！告诉你们吧，我们只有在一年一度的大瞻礼的日子才能瞻仰他的画像。”

这时，庞大固埃不禁想起这幅画颇具有代达罗斯的艺术风格。虽画得不太逼真，有点粗糙，但画中确实蕴藏着某种神秘的能赦罪的神性力量。

约翰修士说道：“有一天，在塞野的修道院，叫花子们都聚集在济贫院里过节。吃过晚饭后，大家聚在一起闲扯，吹嘘自己的本事。有人说他在一天里讨到六块小银币,那个说讨到了两个'苏',另一个说他讨到了七块'卡洛路斯',还有一个胖胖的说他讨到了三块'代斯通'。他的伙伴们说道,'那是因为你有一条天主的腿啊。'没想到一条腐烂、化脓的腿还有如此大的功效。"

庞大固埃说:"我的朋友,下次你再跟我们讲这些故事时,别忘了顺便拿个便盆子过来,我差一点就要吐出来了。怎么能滥用天主的圣名讲这种肮脏污秽的事!呸!呸!如果你们修道院里确实允许你这样的话,那就留在修道院里说吧,千万不要把亵渎神灵的话扩散出来。"

爱庇斯特蒙说:"医生也说过,某种疾病里确实含有特别的成分。尼禄对蘑菇大为称赞,他引用希腊人的说法,称之为'神的食物',因为他用蘑菇毒死了他前任的罗马皇帝克劳狄。"

巴汝奇说:"我觉得这张画像不像如今的教皇。当今的教皇不披斗篷,而是头上戴盔,外罩波斯冠。其实当时整个基督教的世界是和平安宁的,而他们却挑起邪恶残酷的战争。"

奥莫纳斯主教说:"发动战争是不得已的,那是为了镇压那些不顺从地上天主的叛徒异端以及所有违抗天命的人。这样做法,不仅是合法的,也是神圣《敕令》所允许的。任何皇帝、国王、公爵、贵族或共和党人,只要一点儿不遵行他的诫命,他就有权惩罚杀死他们,没收他们的财产,剥夺他们的王位,并开除他们的教籍。不仅处死他们,还要诛杀九族,并把他们的灵魂打入十八层地狱,万劫不复。"

巴汝奇叫道:"魔鬼在上!你们可不像穿猫皮的异端,也不像德国人和英国人。你们可都是忠心耿耿、久经考验的虔诚的天主信徒啊。""不错,"奥莫纳斯说道,"我们都要忏悔。我们现在就去蘸点圣水,再去吃饭吧。"

第五十一章　进餐时对《敕令》的赞美

我的酒友们，你们不要忘记，当奥莫纳斯在做小弥撒时，有三个教堂的敲钟人，每人托着一个大盘子，在人群中来回忙碌着，还不停地放开嗓门喊着："可要照顾好那些真正面对面见过教皇的有福之人！"

我们一离开教堂的时候，就看到他们把盘子交给奥莫纳斯，上面堆满"教皇派"的钱币，这些自然都是募捐而来的。这些捐款是用来款待我们的，一部分买酒，一部分买肉，这是隐藏在神圣《敕令》中一个不明显的角落里、令人兴奋的注释中有类似的规定。

于是照规定办事，我们一起来到一家很像亚眠吉奥馆的酒店里。酒菜很丰盛，这是理所然的。我看到有两个特别引人注意的地方，一是每一样菜，无论是烤羊肉、阉鸡、猪肉（教皇岛上猪很多）、鸽子肉、家兔肉或野兔肉都加上大量的佐料；另一处是每道菜都由岛上豆蔻年华的美少女端送的，她们个个容貌秀丽，温柔娇美，秀色可餐。她们头发金黄，穿一袭雪白的纱裙，腰间系两条腰带，没戴帽子，卷曲的头发盘在头顶，并饰以紫色的丝带束成蝴蝶结，上面插满了玫瑰花、康乃馨、墨角兰、茴香花、香橙花等芳香四溢的花朵。她们每上一道菜，都频频地向我们行屈膝礼，嫣然一笑地向我们敬酒。在座的每一位客人都被她们迷住了，约翰修士歪着头直盯着她们看，很像一只偷鸡的狗。

她们上了第一道菜后，就唱了一首美妙动听的颂歌，歌颂神圣的《敕令》。

上第二道菜的时候，奥莫纳斯主教笑容满面地对酒管说道：

“侍童，给这边倒酒。”

一听这话，其中一位侍候在旁的少女赶紧端来一只大爵，斟满了酒。奥莫纳斯接过酒爵，深深地吸了一口香酒，然后对庞大固埃说道：

“阁下，诸位好友，我衷心向你们祝酒，欢迎你们大驾光临！”

他一口气喝干为敬，把爵递给那位上酒的美丽少女，然后高声赞美《敕令》：

“啊，神圣的《敕令》！你所赐予的就像美酒一样令人陶醉啊！”

巴汝奇说：“这酒味道确实不错。”

庞大固埃说：“如果那些敕令能够把坏酒变成好酒，那就更好了。”

奥莫纳斯又继续称赞道：“啊，天使般的《六世敕令》，对于救赎所有的穷人是多么必要啊！噢，出自于克雷芒教皇之手的神圣《敕令》，是真正信徒谨守的十全十美的诫命！如果没有你们，尘世间可怜的人将会误入歧途，落入穷苦的深渊里，灵魂都会毁灭！唉！这特殊的恩惠何时才能赐予世人，我们才能抛弃烦恼与忧伤，一心一意诵读你们，理解你们，领会你们，并能运用、践履你们，吸收你们，使你们化为自身的一部分，深入到头脑的最深处，进入骨髓的内部，流进血管那错综复杂的循环系统。啊，只有到那个时候，这个世界才会幸福，也只有你们，才能实现这一美好的愿望。”

爱庇斯特蒙听完这长篇大论，轻声地对巴汝奇说道：

“这里没有便盆，我只好出去方便一下了。吃这么多教会的佐料都让我腹泻了。我一会儿就回来。”

“啊！”奥莫纳斯又继续开讲了，“那时候，世界将不再有冰雹、霜冻或暴风雨！那时大地将五谷丰登，繁荣昌盛！那时整个宇宙将永久和平，不再有战争、劫掠、军役、盗窃、凶杀，除非是用来对付异端和邪恶的叛逆者！啊，那时候全人类将享受幸福、高兴、喜乐、愉悦和所有的福乐！永恒的《敕令》里蕴含的是多么崇高的神学，多么宝贵的学识，多么神圣的谕旨！只要念上神圣《敕令》的一小段条文和箴言，甚至只是一句话，你心中就会对神油然而产生敬意，对邻里的仁慈（除非他是个异端），对尘世间一切身外之物的蔑视，精神将会得到升华，可以升到三重天去，对所有的事物都能得以超脱！”

第五十二章 续谈《敕令》的奇事

巴汝奇说："尽管说得天花乱坠，我还是不愿意相信。我过去在普瓦蒂埃同一些苏格兰学者在一起时，听过一位研究《敕令》的教授讲过其中的一段，过后我一连四五天便秘，只能拉出一小块粪便来，如有半点虚假，让魔鬼马上把我带走。你知道那是一块什么样的粪便？那完全像卡图卢斯对他的邻居弗里乌斯所描述的那样：

一年到头难屙十块屎，你可以用双手去抠它，
决不会弄脏你的手指，它比蚕豆和石头还硬。

"哈！哈！"奥莫纳斯叫了起来，"圣约翰在上！我的朋友，你当时一定犯了不可饶恕的大罪。"

巴汝奇说："犯罪和这个是风马牛不相及的事。"

"有一天，"约翰修士说道，"在塞野，我用我们当家神父让·格里马扔在院子里的一张破《克雷芒敕令》擦屁股，结果我痔疮流血，可怜的屁眼百孔千疮，差一点当场丧命。"

"圣人在上，"奥莫纳斯又叫起来。"显然那是天主对你用圣书擦屁股的惩罚。那圣书是要受人尊敬的，它只可以亲吻，至少来说，应该像敬畏天主或圣人一般。巴诺尔姆斯的主教就是这样说的。"

包诺克拉特说道："在蒙帕利埃，约翰·巴诺从圣奥拉里的修士那里买到一套精美的《敕令》，是写在朗巴勒结实的羊皮纸上的。他想用这些厚纸

板打金片，可不知怎的，金片一片也没打成，全都残缺不全。”

奥莫纳斯说：“这也是惩罚，是神的报复。”

爱庇斯特蒙说：“在芒城开药店的弗朗索瓦·卡努曾用一套破旧的《敕令》来包装东西，结果包在里面的香料、胡椒、丁香、肉桂、藏红花、蜂蜡、姜、山扁豆、大黄、罗望子等全部药材立即腐烂变质了。”

“这是报复啊，”奥莫纳斯说道，“这是神惩罚他用神圣的《敕令》去做渎神的事！”

卡帕林说：“在巴黎有个裁缝师曾用一套旧的《克雷芒敕令》作为剪衣服的样纸，结果发生了很奇怪的事。所有按照那个样纸裁剪出来的袍子、披风、斗篷、法袍、裙子、皱领、外套、短装、衬裙等等全都走了样，没一件是好的。比如说打算裁一条披肩，结果裁出来的是裤裆；或裁裙子，却变成了礼帽；要裁法衣，结果却裁成修士帽，他的车工把它缝好以后，下面再缝上月牙边，看起来就像一个炒栗子的锅。要剪一个衣领，反成了靴子；用衬裙的式样来裁剪，却成了头巾；要做的是斗篷，剪出来的却是瑞士军帽。这怪事就这么永无止境地发生，直到这个可怜的人被判还给顾客那些毁坏了的布料，他到现在还欠债呢。”

“这是惩罚，”奥莫纳斯说道，“是神的报复！”

吉姆纳斯特说：“在卡雨萨克，艾提萨克老爷和劳桑子爵之间进行射箭比赛。贝洛杜从拉卡尔特教长那儿拿来一部《敕令》，就撕下来糊了个箭靶。结果当地的那些最好的弓箭手（其实古耶纳的弓箭手是天下最好的）没有一个能射进靶子，全都射偏了。神圣的箭靶没有一处遭到损坏。当时管靶子的老人圣索南曾经对天发过誓说，他明明白白、清清楚楚地看见卡尔克林的箭就要射中靶心，可就在一刹那间，那箭就一下子外偏六英尺之远，射到洗衣房那边去了。”

“真是奇迹啊！”奥莫纳斯叫了起来，“奇迹，奇迹！侍童，来给我倒酒！我要敬诸位一杯！啊，你们看起来确实是真正的信徒啊！”

听了这些话，少女们都咯咯笑起来了。约翰修士皱皱他的鼻子尖，好像准备像牡马一样骑在她们身上，那如饥似渴的样子就像饥荒，或我的老朋友艾尔包①恨不得把穷人压垮一样。

① 艾尔包有叫花子，贫穷化身的意思。

庞大固埃说道："这么看来，靶子倒成了最安全的地方，比从前戴奥真尼斯的靶子还安全。"

"这是为什么？"奥莫纳斯问道，"为什么这样说，难道他也相信《敕令》的神力吗？"

这时，爱庇斯特蒙正巧出恭回来，说道："真是出师不利啊！"

庞大固埃说道："有一天，戴奥真尼斯想出去找点玩的，就去看弓箭手射箭。当时有一个人的射技实在糟糕，轮到他射的时候，在一旁观看的人赶紧后退，生怕被射中。戴奥真尼斯看到他射一箭，那箭歪歪斜斜，偏离靶子一杆多远。于是，当他再射的时候，其他人赶紧往两边退开，而戴奥真尼斯却上前站在靶心的前面，说这才是最安全的地方，因为这位弓箭手哪里都能射到，就是射不到靶子，当然靶心就是最安全的了。"

吉姆纳斯特继续刚才的故事，说道："后来艾提萨克老爷的一个叫查姆拉克的侍从悟出了这一符咒。他让贝洛杜把糊上去的《敕令》取下来，改用普亚克的诉状糊上去。结果全部弓箭手都能百发百中。"里索陶墨说道："在朗德路斯让·德里夫的婚礼上，按照当时的风俗办了豪华的筵席，席后还上演各种滑稽戏、喜剧和闹剧，假面舞会和哑剧。那时候，我和我的同学花尽心思，想为这婚礼增添热闹(当天早晨，我们都收到了赠送的白色和紫色缎子)。我们决定来个热闹的化装舞会，用了圣米歇尔[①]许多贝壳和蜗牛壳把自己装扮起来。因为没有像牛蒡或海芋那么大片的叶子，手头也没有合适的厚纸，我们就把扔在一旁的一本旧的《六世敕令》拆下来做面具，在上面挖了几个窟窿，恰好露出眼睛、鼻子和嘴巴。可是，发生了令人难以相信的怪事啊。等我们跳完舞，取下假面具后，发现个个的脸看起来比杜埃上演的《耶稣受难记》中的魔鬼还更丑陋，更凶恶。凡是接触《敕令》的地方没有不被毁损的。有的长了天花，有的得了百日咳，有的得了梅毒，有的得了麻疹，还有的长了大疖。总之，我们当中那个牙齿全掉光的人算是最幸运的了。"

"奇迹，"奥莫纳斯叫起来，"奇迹！"

"这还不是最好笑的，"里索陶墨说，"我的两个姐姐凯瑟琳和勒娜拿《六世敕令》当作熨斗熨衣服(因为《敕令》的封面是硬木板，而且还用锁

---

① 圣米歇尔：英吉利海峡岛名，上有大教堂，为朝圣盛地。

锁住),把洗得洁白、上好浆的头巾、袖口和衣领压在里面。真是天主在上……"

"等等!"奥莫纳斯说道,"你指的是哪一天主?"

"天主只有一个嘛。"里索陶墨回答。

奥莫纳斯说道:"不错,天上是只有一个,不过地上不也有一个吗?"

"对,对!"里索陶墨说道,"我忘了,我以我的灵魂发誓,我忘了这一点!不管怎样,地上的天主在上,她们的头巾、领口、前胸假衬、领巾和其他内衣没有一样不比木炭还黑。"

"真是奇迹,"奥莫纳斯说道,"侍童,倒酒。别忘了把这些好听的故事记下。"

约翰修士忽然问道:"为什么人们会说:

'自从《教令》添翅膀,
军人行军带衣箱,
教士出门骑马背,
这个世界便乱套。'呢?"

"我明白你的意思了,"奥莫纳斯说道,"这就是新异端编造的歌谣。"

第五十三章 《教皇敕令》如何巧妙地使黄金从法国流入罗马

爱庇斯特蒙说道："我愿意出一桶香肠，看谁能把《敕令》里那些可恶的章节和原文对照一下，比如《应受诅咒》《惩罚》《遇有数种……》《一年收入税》《二人受审》《有关亲属》《委令》等条款，每年至少要从法国流走四十万达克特到罗马去，也许还会更多。"

"这不算什么，"奥莫纳斯说道，"这在我看来并不算多。你们可以想想看，虔诚信奉天主教的法兰西正是罗马教宗唯一的养护者。在这个世界上，你们还能找到其他书，不管是哲学、医学、法学、数学、文学、甚至是《圣经》，能有《敕令》这样巨大的感召力吗？我敢起誓，绝对没有。不过有些受魔鬼驱使的异端不愿意承认它，不去信奉它。对于他们，我们要置之于死地，烧死他们，钳死他们，剪死他们，淹死他们，吊死他们，捅死他们，把他们的肩膀砍下来，剁掉四肢，开膛剖腹，五马分尸。砍死他们，烧焦他们，切碎他们，钉死他们，放在油里煎、火里烤、水里煮、炭火烧，再把他们磨成粉。这些厌恶、扼杀《敕令》的异端分子，比杀人犯和弑父者还要卑劣，他们全是魔鬼派来毁灭《敕令》的刽子手。

"善良的人啊，如果你们希望被称作虔诚的信徒，我向你们拱手作揖，恳求你们，除了神圣的《敕令》和它们的增补本——《六世敕令》《克雷芒敕令》和《特别敕令》以及《敕令》的注释之外，其他的什么也不要信，什么也不要想，什么也不要说，什么也不要做！ 世上只有《敕令》才是上天制定的经典！只有《敕令》才能让你们享有荣耀、声誉、尊贵、财富、尊严、特权，成为这世上的宠儿，人们敬畏你们，个个向你们顶礼膜拜，你们将是被天主选中的人。普天之下，除了那些特别受神青睐的人之外，只有那些潜心钻研神圣《敕令》的学者才足以称得上全才的。

“你们想找勇武的国王、威武的将军吗？什么人才能率兵出征、运筹帷幄，排除艰险，进可攻，退可守，不冒险行事，获胜而不损一兵一卒?那些‘法令家’行吗？否，否！绝对不行。只有‘敕令家’才能举重若轻，运用自如。”

“混账东西！”爱庇斯特蒙骂道。

“在太平时期，谁能治理好一个共和国政体，或王国、帝国、君主国、教会、贵族和元老会，使其人民的财富得到保护，安居乐业，和睦相处，聪明颖达呢？唯有‘敕令家’。

“谁能在短时间内，不用穷兵黩武而能征服巴勒斯坦，并使那些异教徒，包括土耳其人、犹太人、鞑靼人、莫斯科人、埃及人都皈依圣教呢？非‘敕令家’莫属。

“在一些国家里，为什么会有暴民造反，官员贪婪腐败，学者愚昧无知呢？因为他们的国王，他们的官员、学者都不是‘敕令家’。

“平心而论，是什么才能创立和形成诸多会派，并像天上璀璨的星星，使圣教会光彩夺目，光芒四射，那唯有神圣的《敕令》。

“是什么才能使世间每天都能吐故纳新，孕育新的肉体、灵魂和创造财富呢？当仁不让只有神圣的《敕令》。

“是什么创立了罗马教宗的圣座，不管愿意不愿意，为全宇宙望而生畏呢？是什么使得所有的国王、皇帝、统治者和公侯，都要仰仗他，效忠他，由他来加冕，批准和赋予权力呢？是什么使得他们能匍匐于你们所看到的神圣画像的礼鞋前，而且去亲吻它？就是上天颁布的神圣的《敕令》。“让我告诉你们一个重大秘密吧。在你们大学的徽章和印戳上常有一本书，这本书有时候是打开着，有时候是关闭着，你说这是什么书呢！”

庞大固埃说道：“我哪里知道，因我从来没有见过。”

奥莫纳斯说道：“告诉你们吧，这就是神圣《敕令》。如果没有它，所有大学的权力和特权都不存在。多亏了我，你们才知道这一点！哈，哈，哈！”

说到这里，奥莫纳斯又是打嗝，又是放屁，又是笑，又是喷口水，汗流满面。他摘下那顶又高又大，有四个角的修士帽，递给旁边的一位少女，那位女孩子幸福地把它握在手里，深情地亲吻着它，好像拿到了她能第一个嫁给如意郎君的保证。

“万岁！”爱庇斯特蒙喊道，“万岁，万岁！乌拉，呼啦！干杯！这真是个玄奥的秘密啊！”

“侍童，”奥莫纳斯叫道，“侍童，给这里倒酒，来个双盏。上水果吧，我的小甜心！诸位先生，告诉你们吧，在这个世界上，你如果潜心钻研神圣《敕令》，你必然享受荣华富贵。由此可知，你也一定能够获救，登上幸福的天堂，因为天堂的钥匙已经交给《敕令》的作者——至高无上的教皇了。啊，我所崇拜而又从未谋面的仁慈的罗马天主，请赐给我们特殊的恩惠，至少在死亡即将到来时，能为我们敞开天堂的大门吧。你是我们教会取之不尽、用之不竭的宝藏，你是它的保护者、保管者、监护者和施予者！求求你在我们需要的时候，能赐给我们这些珍贵的祈祷书，这些美妙的赦罪符，不要让魔鬼的牙齿深深咬住我们可怜的灵魂，别让地狱张开血盆大口吞噬我们！假如需要在炼狱磨难，也求你赐予我们忍耐！你作为最高审判者，何时解救我们，全顺从你的安排。”

说到此处，奥莫纳斯热泪盈眶，捶胸顿足，把两个大拇指交叉成十字，狂热地吻起来。

第五十四章　奥莫纳斯赠送给庞大固埃虔诚教徒梨

看到奥莫纳斯悲伤欲绝的样子，爱庇斯特蒙、约翰修士和巴汝奇赶紧拿起餐巾捂住眼睛，一边“呜，呜，呜”地叫着，一边用手擦着眼睛，好像真哭了似的。侍候在旁的少女见状，便机灵地给每个人端上一杯斟满“克雷芒”[①]的酒和许多甜食，这才恢复了宴席的欢乐气氛。

酒足饭饱之后，奥莫纳斯叫人端来许多鲜美多汁的梨子分给我们，说道：

“我的朋友，我送给你们这些梨，可不一般啊，在别的地方是找不到的。并不是任何一个地方都出产所有东西。比如乌木只产在印度，赛伯伊[②]王国出产沉香，雷姆诺斯岛[③]出产制药的红土，而只有我们这个岛上才出产这种大梨。如果你们愿意，你们可以把它移植到你们国家。”

“这种梨叫什么名字？”庞大固埃问道，“我看这梨甜美多汁，把它切成四大块，再加点酒和糖下去炖，那将是非常有营养的食品，不管对健康的人或病人都是有益的。”

“一点没错，”奥莫纳斯说道，“这儿的人都是单纯的人，我们管无花果叫无花果，李子叫李子，梨子叫梨子。”

---

① 一种意大利名酒。

② 赛伯伊：也门古地名。

③ 雷姆诺斯：希腊岛名。

“是吗，”庞大固埃说道，“我们回家之后（蒙主恩典，这是不久之事），我一定要在卢瓦河沿岸都林省花园种植和嫁接这种梨子，称之为虔诚教徒梨，因为再也不能找到比你们亲教皇派更虔诚的教徒了。”

约翰修士说道：“如果能把这些少女送给我们两三车将更诱人了。”

“要她们做什么用呢？”奥莫纳斯问道。

约翰修士说道：“我们会用某种轻便的短刀在她们的两腿之间的那个地方划出血来。这样她们就能为我们生出虔诚的教徒的孩子，这一来你们的好传统将在我们国家发扬。说心里话，我们国家正缺乏这种东西。”

“天主在上！”奥莫纳斯大叫起来，“我们可不能这样做，因为你们会同她们沉溺在男女游戏之间，虽然我以前从未见过你们，可从你们的眼神就能看出来。哎呀，哎呀！你们可是优秀的青年，我可不能让你们永生的灵魂堕入地狱。这一点，教皇的《敕令》绝对禁止的，但愿你们明白这一点。”

“听我说，”约翰修士说道，“按经书上说，如果不能赠送，那就借给我们吧。这是任何博士，包括敕令学博士都知道。”

宴会结束了，我们向奥莫纳斯主教和所有虔诚的人们辞行，我们真挚地感谢他们的盛情款待。作为回报，我们答应一回到罗马，一定想尽一切办法请教皇亲临此地。说罢，我们便回船上去。庞大固埃为表示对教皇神圣画像的赏识和自己的慷慨宽大，送给奥莫纳斯九块绣金的织品，用来为教皇神圣的画像遮挡灰尘，还在教堂募捐箱里投了不少金币。此外，还赠给侍候进餐的少女每人九百一十四块金币，作为她们将来结婚的嫁妆。

第五十五章　庞大固埃在海上听到解冻的声音

我们在海上航行着，一边饮酒作乐，一边谈天说地。忽然，庞大固埃站起来环顾四周，然后对我们说道：

“我的朋友们，你们听见什么没有？我好像听见有人在空中说话，却见不到人，你们注意听听！”

我们便按照他的吩咐，竖起耳朵仔细听，就像牡蛎张开壳一样拼命地吸着空气，想听听是否有什么声音。为了不漏掉一点声音，有几个人学着罗马皇帝安东尼乌斯的做法，把手窝在耳朵后面，但还是听不到什么声音。

但庞大固埃站在原处，却坚持说他确实听到空中传来的声音，只是分辨不出是男人或女人在说话。我们也似乎隐约听到了一些说话声，或者是我们自己的耳朵在嗡嗡作响。我们越是仔细听，就越听得清晰，最后竟听出了完整的句子。这令我们感到害怕，因为看不见一个人，却听见各种各样的声音，有男人的，有女人的，有小孩的，有马的嘶鸣，而且十分清楚。巴汝奇大叫起来：

“天主在上！这跟我们在玩什么把戏呢？我们快完蛋了，赶紧跑啊！这是个埋伏圈。约翰修士，我的好朋友，你在哪里？我请求你跟我在一起！你带好你的短刀吗？赶快从刀鞘里拔出来吧，你老是不把它磨锋利。我们快死了！听，听。天啊，那是隆隆的炮声。我们赶紧快跑啊！我可不学布鲁图在法萨利亚战役中所做的那样，连滚带爬地逃，我得帆桨齐上，赶紧跑啊！在海上，我确实是个胆小鬼，若是在酒窖里或是其他地方，我倒是有些胆量，我们赶紧跑！快救救我们自己吧！这并不是说我害怕，而如我常说的，除了危险，我什么也不害怕。连弓箭手贝纽莱也是这样说的。我们不要心存侥幸，才不会碰壁。赶紧跑！转个方向！狗娘养的，转动舵把！我祈求天主现在让我回到甘格奈，那该多好啊，我情愿一辈子不结婚！赶紧跑吧！我们对付不了他们，他们十个对我们一个。再说，这是他们的地盘，而我们人生地不熟。他们会杀我们的，赶紧逃！这没什么可丢脸的。古雅典雄辩家狄摩西尼不是说过，逃跑是为了重新战斗吗？我们暂时避一避吧。向左舷！向右舷！开前桅！张帆索！我们会死的，赶紧跑！魔鬼在上，赶快逃吧！”

庞大固埃听到巴汝奇大嚷大叫，说道：

“谁在那儿哭哭啼啼了？我们要先看看对方到底是谁。他们有可能是好人。我还是什么也看不见，不过，我能看到方圆一百海里的东西。我们再仔细听听看。我曾在普鲁塔克的书中读过，一位名叫贝特洛纽斯的哲学家，他认为世界是由许多个等边三角形衔接而成的。正中心是‘真理’所在地，那里有‘语言’、‘概念’、‘形式和结构’以及一切过去和未来事物的‘形象’，而‘世纪’围绕在这些东西的周围。因为彼此之间的距离很长，所以在若干年以后，就有一些降落到人间，就像感冒降临人类、露水落在羊毛上一样，其余的还停留在原处不动，直到‘世纪’的终结。

“我也记得亚里士多德说过，荷马的语言是随风摇曳、飘忽不定，是活的，是活动的。

“安提法尼斯[①]也曾说过，柏拉图关于语言的哲理很可能是正确的。柏拉图认为在某些国家的严冬时节，说出来的话语一接触冷空气便冻结，不能听见。他还说柏拉图教给青年学者的哲理犹如寒冬说出来的语气冻结成冰，学生并没听进去，一直到老年也还是懵懵懂懂。

“现在我们可以运用这些哲理，看这里是不是那些冻结的语言融解的地方。这声音如果是来自奥菲士的头和他的竖琴，那可太奇妙了。你们可记得色雷斯的女人把他分尸之后，就把他的头和竖琴扔进希布鲁斯河[②]里，它们顺流而下，流进了黑海，又飘流到莱斯博斯岛，就这样始终没有分开。那头不停地唱着悲歌，哀悼自己的死亡，而风也拨动着琴弦，和着歌奏出和谐的曲子。我们看看这两样东西是不是就在我们身边。”

---

① 安提法尼斯：三世纪希腊喜剧作家。

② 希布鲁斯河：色雷斯之河流。

第五十六章　庞大固埃从冻结的语言中听出稀奇古怪的话

这时，领航人说道：

“殿下，请勿惊慌！这里靠近北冰洋区域。去年初冬，锡西厄的阿里斯马比亚人[①]和奈弗里巴特人(意为云中人)在这里展开一场鏖战。男女的呼叫声，刀剑、枪矛、盾牌的丁零当啷声，盔甲、马甲的撞击声，马匹的嘶鸣声，马蹄的‘嗒嗒’声，以及两军交战中的其他混杂声，全都冻结在空气中，现在严冬已过，天气回暖，冰雪消融，声音解冻了，又被人听见了。”

“我的天啊！”巴汝奇叫道，“我相信他说的话。但是我们什么也看不见？我记得当初摩西在山顶上向犹太人传授法律时，在场的全体人们都真真确确听到隆隆的雷鸣声[②]。”

“等等！”庞大固埃说道，“看，还有很多尚未解冻的。”

他一边说，一边把大把大把的冻结语言扔到甲板上，样子很像糖栗子，五光十色，有鲜红的、绿的、蓝的、黑的、金色的等等。一接触到热气，小球便像雪一样化开了。我们确实听得见，不过听不懂，因为都是外邦话。只有那一个比较大的，被约翰修士捧在手里，突然就像栗子扔进火里而发出劈劈啪啪裂开的声音，我们全都吓得浑身发抖。

约翰修士说道：“这是当时的大炮声。”

---

① 阿里斯马比亚人：即居住北方西提亚的独眼民族。

② 见《旧约·出埃及记》第二十章第十八节。

巴汝奇请求庞大固埃再给他一些。庞大固埃说，把话送给别人那是求爱者做的事。

“那就卖给我一些吧！”巴汝奇说道。

“卖话，”庞大固埃说道，“那是律师干的行当。我情愿卖给你沉默，沉默是金，就像狄摩西尼借口喉痛曾把自己的沉默卖给元老院。”

尽管如此，他还是往甲板上再扔三四把。其中有的话尖锐刻薄，鲜血淋漓（因为说话人的喉咙已经被割了），有的恐怖骇人，令人不寒而栗。这些话一解冻，我们便可听到嗽，嗽，嘶，嘶，滴答，飕飕、发发、勃勃、特特、嗡嗡等等莫名其妙的话。领航人说，这些都是冲锋时和两军交战的呼喊声和马嘶声。后来我们又听到一些大块的语言融解时的声音，有鼓笛声，有军号和喇叭声。我们可是玩得很痛快，相信我说的。我很想把几块红色的语言储放在油里，就像人们把雪和冰放在干净的稻草里保存一样。但是庞大固埃不同意，说把从来不会缺少，到处都有的东西保存起来，那是愚蠢的人才干的。因为在乐观的庞大固埃主义者看来，世上是不会缺少稀奇古怪的话的。

巴汝奇总是趁约翰修士不注意的时候捉住他的话柄，令他无话可说，对此约翰修士很气恼。因此约翰修士扬言要以牙还牙，就像吉奥莫·茹索摩后悔把呢子卖给那个巴特兰律师一样，得到的只是他的空话[①]。等巴汝奇结婚时，约翰修士就会像抓小牛犊一样抓他的犄角，因为“言语也能像绳子捆牛角一样捆住人。”巴汝奇咂咂嘴，表示毫不在乎，说道：“天主保佑我们在此时此地得到神瓶的谕示，那我们就不用再往前走了！”

---

① 见喜剧《巴特兰》律师巴特兰曾凭空话拿了吉奥莫的呢子，未付钱。

第五十七章　庞大固埃来到世界艺术鼻祖卡斯台尔[①]大师的居住岛

这一天，庞大固埃来到一座岛上，就它的地势和岛上的总督来看，可谓奇怪之至。一进岛，你就会发现岛上高山起伏，怪石嶙峋，山路崎岖不平，无法立足，比窦菲内山更难以攀登。那山形状似蘑菇，上大下小，就记忆所及，从来没有人能登上去，除了国王查理八世的第八炮兵统帅窦亚克曾用神奇的装置才爬上了山顶。他在上面看到了一只老山羊。至于山羊从何而来无人知晓。有人说是被老鹰或角鸮叼到上面，后来又逃进树丛里的。

我们艰难地攀登，费了九牛二虎之力才爬上了山顶。岛上的景色果然一派好风光，环境幽静，土地肥沃，草木葱郁，花香鸟语，宛如伊甸园(我们的神学大师一直争论不休的所谓的伊甸园，也许就在这里)。不过庞大固埃却认为这是赫西奥德所描述的阿勒德(即品德)的所在地，但他也不排斥更准确的说法。

岛上的总督名叫卡斯台尔，或肚子，是世界上最伟大的艺术大师。如果你相信火是所有艺术的主宰，正如西塞罗所记载的那样，那你就大错特错了。因为连西塞罗本人一点也不相信。如果你像古代的德鲁伊特人那样，相信墨丘利是艺术的鼻祖，那你又错了。还是讽刺诗人贝尔赛乌斯说得对，他说卡斯台尔，或肚子先生才是所有艺术的大师。

---

① “卡斯台尔”意思是“肚子”。

和他一起共处的是贝尼亚老太太，别名贫穷，是九位缪斯女神之母。她从前同丰富之神结合，生下了爱神，也就是柏拉图在《会饮篇》里所说的调和天地平衡的可爱的孩子。

对于这样一位至高无上的君主，我们只有深表敬意，唯命是从，因为他桀骜不驯、顽固执拗、严厉苛刻、从不让步，没有人能向他进谏，让他相信或规劝他，因为他全不听你的。就像埃及人称为沉默之神的哈尔波克拉特（希腊人称西卡里翁）生来就无口一样，卡斯台尔生来也是无耳朵的，就像康狄亚的朱庇特的画像一样。他用手势传达意思，大家一看到他的手势，比执行国王或其他官员颁布的法令还要迅速。他的传讯不允许有任何拖延或怠慢。常言道：狮子一吼，凡是能听到吼声的所有野兽都会吓得发抖，这是有所记载的，也是真实的，我自己也亲眼看见了。我敢说，一听到卡斯台尔的命令，天旋地转，一声令下，就得立刻执行，否则就是死路一条。

领航人告诉我们，整个索马特王国，就像伊索寓言里四肢反对肚子，他们也反抗卡斯台尔先生，密谋摆脱他的奴役，然而不久他们就痛悔不已，只得卑躬屈膝再回去为他效劳。若不是这样做，他们都要饿死。

不管他同谁在一起，谁也不能同他争个先后，他总是争上风，哪怕是同国王、皇帝、甚至教皇在一起。在巴塞会议上，他压倒群雄，不过在与会者当中，也有些胆大妄为者大动干戈，妄想争夺首席的位置。

整个世界的人都忙于为他效劳，每个人都为他劳作。他为了表达谢意，发明了各种艺术、技术，各行各业，各种机器和精细的工艺。他甚至教给猛兽自然所没有赋予它们的艺术。他让乌鸦、鹩哥、鹦鹉、椋鸟和喜鹊学作诗，让它们说、唱人类的语言，这一切全是为了填饱肚子。

他驯服山鹰、猎鹰、隼鹰、秃鹰、鹞鹰、苍鹰、鸷鹰，使之眼睛锐利，成为能飞、能偷、能猎的猛禽，可以随时让它们在空中自由自在地飞翔，想飞多高就飞多高，想飞多久就飞多久，让它们在高空中，时而俯冲，时而盘旋翱翔，在云端捉迷藏，献殷勤，然后又从空中猛地冲到地上，这一切全是为了填饱肚子。

他能让大象、狮子、犀牛、熊、马、狗跳舞、跳跃、飞跃、争斗、装死、听他的吩咐拿来东西，随心所欲送东西，这一切全是为了填饱肚子！

他可以叫鱼类，不管是咸水鱼或淡水鱼，巨鲸或海怪跳出水面，可以让豺狼离开树林，熊走出山崖，狐狸离开他的洞穴，蛇爬出地洞，这一切都是为了填饱肚子。

总之,他神力无边。他一生气,可以把所有的动物和人吞食下去。当古罗马将军米泰鲁斯对赛尔托留斯作战,巴斯克人被米泰鲁斯包围时,就发生了这种情况。当萨贡图姆人被汉尼拔围攻时,犹太人被罗马人围困时和其他六百多个战例里可以证明他的这种吞噬本领。这一切都是为了填饱肚子。

他的摄政者贝尼亚(贫穷)随便出巡到哪里,当地的议会立刻关闭,一切法律全部缄默,一切秩序全部紊乱。她不遵从法律,免受任何法律的约束。所到之处,每个人都躲开她,他们宁愿去海上冒险,上刀山,下火海,跳峡谷,也不愿意被她抓走。

第五十八章　庞大固埃憎恶艺术大师王朝里的腹语者和肚子崇拜者

在伟大艺术大师的宫廷里，庞大固埃发现两种人特别令人厌恶，一种是腹语者，另一种是肚子崇拜者。

腹语者声称他们是古代厄利克里斯人的后裔，并以阿里斯托芬的喜剧《黄蜂》为证据，这在柏拉图和普鲁塔克的著作里都有记载。《神谕之消失》一书中称他们为厄利克里斯人。在神圣《敕令》里，他们被称为腹语者，希波克拉底在他的《论时疫》第五卷用希腊文称他们“用肚子说话的人”。索福克勒斯称他们为“用胸部说话的巫师”。其实他们就是占卜者，或者干些欺骗普通人的勾当。他们不用嘴巴说话，而在腹部里说话，用腹语来回答他人询问的问题。

在救世主降临的一千五百一十三年后，意大利有一位出身卑微的女人雅科玻·罗多吉娜就是这样一位典型的腹语者。我们和菲拉拉以及许多人都听过从她腹部里传来魔鬼说话的声音。声音虽然含糊、沉闷、很低、很弱，但可以使人听清楚。后来意大利北部的王公大臣和富家公子们听说了，十分好奇就召她到府邸表演。为了证实事实的真假，总是把她的衣服脱得光光的，并用布团把她的嘴巴和鼻孔全堵上了。从她肚子里发出声音的鬼叫“辛辛纳图斯”，或叫“卷毛头”，他似乎很喜欢听人这么叫他，只要有人这样叫他，便立刻回答问题。若问他现在和过去的事情，魔鬼反应敏捷，回答准确，令人听了大吃一惊。若问将来的事情，魔鬼总是骗来骗去，从不说一句真话。他也常常承认自己的无知，或者不回答，只放响屁，或含含糊糊嘟嚷着一些谁也听不懂的话语。

另一种人是肚子崇拜者。他们总是三五成群地聚在一起，有的娇生惯养，有的闷闷不乐，有的脾气乖张，有的游手好闲，正如赫西奥德所说的，他们是人类的垃圾和包袱，只是关心自己的肚子，担心挨饿了肚子会瘪下去。还有一些人干脆穿上稀奇古怪的衣服把自己伪装起来，那样子确实可笑极了。

你们会这么说，而且许多古代圣贤也曾说过，大自然的创造力是无穷的，可以创造出美妙绝伦、层出不穷的东西。它好像尤其爱玩弄贝壳，设计出形状各异、种类繁多、色彩丰富、变化多端的形态和纹路。我可以告诉你们，这些扣着修士帽，崇拜肚子的人的穿着不比这些贝壳逊色，也是种类繁多，颜色令人眼花缭乱。他们把卡斯台尔大师当作最伟大的神，像对待全能的天主一样崇拜他、供奉他、侍奉他，爱他所有的一切，称他为独一无二的神灵。援引圣徒在《腓立比书》第三章所说的话来描述他们再恰当不过了：

“因为有许多人行事为人，根本是基督苦刑柱的仇敌。我以前常常提到他们，现在又流泪提到他们。他们的结局是灭亡，他们的神就是自己的肚子。”

庞大固埃把他们比作独眼巨人库克罗普斯·波吕斐摩斯，欧里庇德斯曾借他的口说出这样的话：

“我只信奉自己(而不是别的神灵)和我的肚子，我才是所有神灵中的至高主宰。”

第五十九章　吞吃鬼的怪异神像以及肚子崇拜者怎样供奉大肚神

正当我们吃惊地盯着这些饱食终日、无所事事、萎靡不振的肚子崇拜者时,忽然听到撞钟的声音。一听到钟声,他们便像开赴战场似的按职位、级别、年龄排成整齐的队伍去见卡斯台尔阁下。

领头的是个腆着大肚子的年轻人,高举着一根镀金的长棍子,棍子上端立着一尊木头神像(雕得很粗糙,油漆很不均匀),正像普罗图斯、尤维纳利斯和彭贝优斯·费斯图斯所描述的那样,在狂欢节里昂人称它为"啃面包屑"的,在这里被称为"吞吃鬼"。这个神像极其丑陋,怪异,小孩子看了很害怕,眼睛比肚子还大,头比躯干还大,牙床骨又宽又大,上下都有牙齿,镀金的棍子里有一根绳子可以拉动,一拉动,那上下牙齿便咔嗒咔嗒作响,就像圣·克雷芒节时在麦茨看到的那条龙差不多。

等崇拜肚子的人走近时,我看他们后面都跟着一群肥胖的侍从,个个都提着面包篮、柳条大篮、壶锅、大包小包等等。他们跟在吞吃鬼后面,一边唱着谁也听不懂的有气无力、醉醺醺的赞美诗献给他们的神灵,一边把篮子和锅里面的东西拿出来供奉,我看见有:

希波克拉斯白葡萄酒

烤面包

白面包

面包圈

甜面包

素面包

六种烤肉

熏野兔

芥末姜粉烩牛肉

面疙瘩

羊心和羊肝

九种原汁煨猪肉

肉馅饼

什锦浓汤

炖兔肉

里昂浓汤

牛髓炖菜心

炖牛肉

炖羊肉

佳肴总是离不开美酒，先上美味白葡萄酒，再上波尔多暗紫红葡萄酒和新鲜的深红色葡萄酒——告诉你们，喝起来如冰镇一般，用大的银酒杯盛着。

接着又供上这些美食：

芥末香肠

牛肉香肠

熏牛舌

猪蹄

青豆牛肉

炖小牛肉

血香肠

熏香肠

干香肠

火腿

箭猪头

咸鹿肉加萝卜

烤鹅肝

腌橄榄

这些菜肴还是配上美酒佳酿。
接着又往他的嘴里塞进去：
蒜蓉羊肩
热酱肉饼
雏鸡
鸭肉
羊肉
鹿肉
野兔和家兔肉
山鹑
雉鸡
雄孔雀和雌孔雀
大小鹳
山鹬和沙锥
圃鹀
印度公鸡、母鸡和小鸡
家鸽和野鸽
葡萄酒烩猪肉
洋葱鸭肉
鹩哥和鹌鹑
水鸟
野鸭
白鹭
河鸭
潜鸟
琵鹭
杓鹬
花尾榛鸡
梨汁烩白骨顶
旅鸫
羊肩炖白花菜
烧牛肉片

牛胸
炖鸡配牛奶冻
松鸡
小母鸡
大小兔肉
大小鹌鹑
大小鸽肉
大小苍鹭
大小鸨
刺嘴莺
珠鸡
凤头麦鸡
大小鹅
野鸽子
野鸭子
云雀
火烈鸟和天鹅
宽嘴鸭
山鹬
大鸻
鹧鸪
斑鸠
辣猪肉
乌鸦
所有这些东西都佐以大量香醋。
然而又敬献各种各样的肉馅饼,有:
鹿肉的
云雀的
鼠肉的
山羊肉的
鸽子肉的
羚羊肉的

鹌鸡肉的

肥猪肉的

原汁鸡肉的

腌鸡肉的

奶酪

蜜汁桃

洋蓟馅

松糕

瑞士甜菜

黄油鸡蛋馅饼

油炸面圈

十六种不同的馅饼：

煎饼和华夫饼

榅桲馅饼

奶油块

蛋白蛋羹

李子馅

冰糕

桂皮红酒

安茹蛋糕和杏仁饼

二十几种不同的馅饼

奶油

七十八种糖果和果酱

一百多种色彩的杏仁糕

奶油蛋糕

巴黎甜食

所有这一切上完之后，又上了一大盘醋润润喉咙，还端来了许多烤面包蘸酒吃。

第六十章 肚子崇拜者在守斋日如何供奉卡斯台尔肚神

庞大固埃对这群乌合之众接二连三地拿出这么多东西供奉他们的卡斯台尔肚神，觉得荒谬透顶，实在看不下去。他就想转身就走，但爱庞斯特蒙却劝他看完这出闹剧。

庞大固埃问道："这些无赖在吃鱼的守斋日供奉他们的肚神是什么东西呢？"

领航人说道："我告诉你吧。一开始先上：

鱼子酱

干鱼子

鲜黄油

豌豆汤

菠菜

白鲱鱼

各种獐鱼

沙丁鱼

鳀鱼

腌金枪鱼

油炝白菜

青豆和洋葱色拉

接着又上了百种不同的色拉：有芥菜、酵母花、芹菜、细洋葱、野蘑菇

（一种长在接骨木上的菌类）、芦笋、伞形花等等，再上：

咸鲑鱼

腌鳗鱼

剖开的牡蛎

吃这些东西都要喝酒，否则会渴死。不过，他们准备得很充分，他要什么就有什么，接着又供上：

酒烹海鳗	鲂鱼
大白鱼	鲭鱼
小白鱼	鳟鱼
灰鲤鱼	河鱼
条纹鲤	鳕鱼
鳐鱼	章鱼
墨鱼	鲽鱼
鲟鱼	比目鱼
鲸鱼	鲈鱼
鲐鱼	地中海鱼
欧鲽	鲍鱼
鲳鱼	菱鲆
煎牡蛎	青花鱼
扇贝	鲤鱼
鳌虾	狗鱼
狐鲣	斑点狗鱼
鱿鱼	海胆
刺鱼	欧洲鲤
海葵	电鳐
虾虎	海蜇
鲇鱼	圆鳍鱼
龙虾	箭鱼
蛤蜊	弓鳍鱼
普罗旺斯龙虾	鳊鱼
七鳃鳗	狗鱼
康克鳗	鲥鱼

海豚	虹鳟
鲈鱼	小鲤鱼
西鲱	鲑鱼
海鳝	鲢鱼
米诺鱼	虎鲸鱼
淡水米诺	鲛鱼
沙鳗	大菱鲆
腌小鳗	银鱼
乌龟	鲻鱼
海龙	檬鲽
淡菜	鲯鳅
大龙虾	庸鲽
明虾	金鲈
欧鲌	泥鳅
小欧洲鲤	沙螃蟹
斑点鳟	蜗牛
河鳗	青蛙

吃完了这些以后，也要再喝点东西，否则会噎死的，他们又给他上了一些汤汤水水的。

接着又供奉上：

腌鳕鱼

腌海鳝

鸡蛋，有煎、燉、红闷、蒸、烤、烘、蛋饼还有油拌等等

贝蚝

棘背鳐

黑线鳕

海鲚鱼

为了使这些东西味道更美，有助于消化，又上了许多美酒。最后送上：

米糕	面糊
小米蒸糕	小米粥
燕麦	小麦粥
杏仁露	李子糊

黄油	枣子
开心果	栗子
葡萄干	榛子
无花果	板栗
葡萄	洋蓟

后来又喝了很多酒漱口。

相信我吧,他们供奉卡斯台尔这位肚神,供品是相当丰盛的。如果说还比不上罗马皇帝黑利阿加巴卢斯的偶像和国王伯沙撒在位时巴比伦人的主神贝尔[①]的神像所接受的祭祀品更为体面,更为丰美,那也不能责怪他们了。但卡斯台尔肚神还不承认自己是个神灵，只说自己是个可怜的、卑微的小人物,就像马其顿国王安提柯一世回答诗人赫尔摩多图斯(这位诗人曾在诗中称他为神灵和太阳之子）所说的,'帮我提便盆的人也不承认'(便盆就是接肚子排泄物的瓦罐)。卡斯台尔肚神也派这些痴迷的修道院大学士到他便盆里去看、去研究、去思考、去推理,能否从他的粪便里找出什么神性的东西。"

① 贝尔：巴比伦人的主神，有如希腊人之宙斯。

第六十一章　卡斯台尔发明耕种和贮存粮食的方法

待那些供奉大肚神的魔鬼撤走之后，庞大固埃仔细研究起这位尊贵的艺术大师卡斯台尔。大家知道，自然馈赠给人类面包和其他食品，这是来自上天的祝福。此外，上天还赋予人类特殊恩赐，让人类懂得如何获取和储存面包。

一开始，他便发明了铸造铁器的方法和农业耕种，让土地生产粮食。他为了保护粮食，制造兵器，创立了战术；为了长时间贮存粮食，使之不会腐烂，不遭牲畜的破坏，不被盗窃，他发明了医术、占星术和数学，这些都是人类不可缺少的知识。为了把粮食磨成面粉，他发明了水磨、风磨、手推磨以及上千种机器来碾磨粮食；为了使面包发酵，他发明了酵母；为了使面包有滋有味，他发明了盐（因为他知道世界上没有比未发酵和没有盐的面包更容易使人生病了）。他还发明了火，烘焙面包，发明计时器和日晷来控制烧烤这种从粮食中获得的食品，即面包的时间。

为了调剂粮食的余缺，他还发明了运输粮食的方法。他不但发挥自己非同寻常的创造力，让母马和公驴杂交，从而生产出我们称为骡子的新牲畜，比马和驴更强健、更剽悍、耐力更强。他还发明了方便运输粮食的四轮和二轮马车，从而改进运输的方法。为了克服江河湖海阻断运输通道，他还发明了大小船只（这令大自然惊愕不已）横渡江河，漂洋过海，把粮食运到遥远的、陌生的外邦去。

粮食播种几年之后，有些年份没有适时降雨，庄稼长不出来；有时却因雨水过多，庄稼又被淹死了。有些时候也会遭受冰雹、风暴的袭击，庄稼全被破坏了，毫无收成。早在我们到来之前，他就发明了祈求降雨的技术，只要割地面上的一种草就行了，这种草在田野里随处可见，但很少有人认识，他拿给我们看了。这种求雨的方法很像远古在发生旱灾时，朱庇特的祭司往阿格里亚泉中扔下去的那种草，扔下去不久，在干涸的地面上潮气便凝结聚集成云层，云层又形成雨水降落，滋润着一整片干旱地区。他还发明了破坏冰雹的形成、平息大风和驱赶风暴的办法，就像特利逊尼亚的米西尼人经常使用的方法一样。

另外，灾难接二连三地发生。有时盗贼会把粮食从地里偷走，他就发明了建城郭、要塞、堡垒，安全地把粮食储藏起来。于是，粮食不再被留在地上，全部藏在城郭、要塞、堡垒，由专人严加看管，比赫斯珀里得斯[①]的金苹果由百首之龙保护更要戒备森严。于是，他又发明了攻城槌、石弹炮、弩炮等作战武器，用来攻打和摧毁要塞堡垒。他把这些武器的图样都拿给我们看了，其设计之精巧，结构之复杂就连维特鲁威的学生，那些心灵手巧的设计师和机械师都看不明白（伟大的法兰西国王弗朗索瓦一世的主建筑师和设计师腓力贝尔·德劳尔摩[②]阁下曾经向我们承认这一点）。后来防御者发明了高超的防御方法，这些重型的攻城武器又不管用了。而后他又发明了重型、轻型和中型的，还有迫击炮和高射炮，可以射出比大铁砧还要重的铁炮弹、铅炮弹和铜炮弹。这些武器的威力无比，连大自然都为之震惊，承认人类的技术胜过自然。古时候奥克西德拉克人使用霹雳、冰雹、闪电和风暴可以在战场上以迅雷不及掩耳之势把敌人置于死地，在现在看来，已不值一提了，因为这些炮弹比一百次的霹雳更可怕，更凶暴，更残忍，能杀害更多人；其威力也远远胜过任何攻城槌和弩炮，更有效地摧毁更多的城堡。

---

① 赫斯珀里得斯：神话中阿特拉斯的三个女儿，她们果园里有金苹果，命百首之龙看守，后海格立斯斩龙盗去金苹果，即海格立斯的第十一奇迹。

② 腓力贝尔·德劳尔摩（1515–1570）：法国建筑学家，作者在意大利时曾与他相识。

第六十二章　卡斯台尔先生发明避炮法

有一次,卡斯台尔储藏粮食的堡垒受到了无法无天的敌人的围攻,最后被穷凶极恶的攻城炮摧毁了,里面的粮食和面包被敌人洗劫一空。于是,他发明了一种保护城堡、碉堡和墙垛免受炮火攻击的好办法,使炮弹只停留在半空中,根本挨不到城墙边,或者即使炮弹碰到了城墙,也不会造成任何伤害,既不能摧毁防御工事,也不会伤及守城的军民。早在我们到来之前,卡斯台尔先生就已想出对付敌人侵扰的好办法,并做了演示。后来的弗隆通就沿用这个方法,直到现在特乐美人还一再演练,其方法是这样的(你知道以后,就更容易相信普鲁塔克告诉你的实验了:如遇到一群羊风也似的逃跑时,你只要用一棵蓟草,塞在那只落后的羊的嘴里,整个羊群就会突然停住不跑):

在一尊小炮上填允精心配好的火药(除去硫黄,用等量的纯樟脑粉代替),插入口径相同的铁球和二十四个铁弹,有的结实滚圆,有的如泪珠形状。然后找来一个年轻的侍从做靶子,仿佛要朝他开炮似的,让他站在六十步开外的地方,在侍从与火炮中间的直线上,支起一个T形木架,用绳子在上面悬挂一块大磁石(有时称作陨铁、铁石或海格立斯的石头。据尼坎德记载,那是古时一个名叫马格纳斯的人在弗里吉亚的伊达这个地方发现的,但我们还是称之为磁石或磁铁),接着便在炮口上点火,火药被点着了,为了填补急剧燃烧以后留下的真空(自然是憎恶真空的,世界如被真空替代,那么整个按部就班运转的宇宙——天空、空气、大地、海洋都将回复到原始的混沌状态),铁球和铁弹便会猛烈地从炮口发射出去,让空气呼啸而进。这么力大无比发出去的炮弹，似乎非把那侍从击倒不可，可是炮弹在半路上遇到磁铁，便丧失了所有的能量，停留在半空中，围着那块磁铁打转，尽管原先多么强劲，却跨不过磁铁这个障碍，那侍从也毫发未损。

他还发明了一种能使炮弹掉转头的方法，以发射时同样的强力和危害性从同样的线路反其道攻打敌人本身。这其实并不是什么很难的办法，有一种我们称为“爱西屋比亚丹参”的草不就是能打开所有的锁吗？还有一种非常弱小的鱼，叫“印鱼”，能够平息风暴，即使在飓风的时候，也能让海上最大的船只停下来，如果把它的肉用盐腌过，还可以从井里吊出金子，不管这口井挖得多深。

德谟克利特曾写下，后来泰奥弗拉斯托斯也相信并证实了，有一种草一接触铁椎，不管它如何深深地、牢固地嵌入多么大、多么坚固的木头里，便会立刻一跃而出。那种你们称之为啄木鸟的绿喜鹊，遇上有人用坚实的铁椎堵住它们在大树上精心营造的鸟巢时，它们就是用这种草排忧解难的。

还有鹿，不管公鹿还是母鹿，如果被标枪、弓箭或石弩射中，不管多深，只要让它们吃一点在康地亚随处可见的白鲜草，箭头马上就会脱落而下，伤口也自然愈合了。当时维纳斯的爱子埃涅阿斯被图尔奴斯的妹妹茹图尔娜的箭射中右腿时，维纳斯就是用这种草救了儿子。

天上的雷劈一闻到月桂树、无花果和海豹散发出来的香气便会转向，不会去伤害它们。狂怒的大象，只要一看到公羊便会心平气和；凶猛暴躁的公牛只要一靠近无花果树，便会呆呆地立定，一动也不动；发怒的毒蛇，只要一接触桦树的枝条便会平静下来。

据奥弗利翁记载，就在萨摩斯岛上，在朱诺神庙尚未建好之前，他曾见过一种叫“尼阿德”的动物，只要它发出叫声，周围的土地马上裂成沟壑或深渊。

据古代圣贤和泰奥弗拉斯托斯所说，制作笛子用的接骨木最好是长在听不见公鸡鸣叫的地方，因为这种地方长出的接骨木共鸣最好，就像公鸡的啼叫会使接骨木变哑、变裂、发不出声音似的。还有狮子，即使凶猛无比，一听到公鸡啼叫，也会茫然不知所措。

圣贤们所指的是野生接骨木，因为它们长在荒山野，远离城镇，听不到公鸡的啼叫了。这种野生接骨木当然比屋前屋后栽种的更适合于做笛子和其他乐器。

还有一些人能从更高的层次理解,他们不是根据字面上的意思,而是像毕达哥拉斯学派那样领会其他比喻意义。譬如说"墨丘利的神像不是随便选用一种木头就能雕刻出来"。其意义是不应该用普通、庸俗的方式来敬仰神灵,而应以某种虔诚的、崇高的方式。

按这种理解,圣贤们也教导我们真正的学者不应该沉浸在平凡的、浅薄的音乐里,而应该谛听天堂般的、超凡的、神圣的、更神秘的、更深奥的音乐。

这种音乐是来自闻不到鸡鸣之处的远方。如果说一个地方偏僻遥远,人迹罕至,常说这是闻不到鸡鸣的地方。

第六十三章 庞大固埃在“伪善岛”附近打瞌睡以及醒来后应对的问题

第二天,我们一边航行,一边东拉西扯地闲聊,不知不觉到了伪善岛附近。这时,纹风不动,海上风平浪静,庞大固埃的船像被什么拴住了,停留在原处不动,无法靠岸。我们只好拼命晃动系帆索,一会儿右舷成了左舷,一会儿左舷成了右舷,使船就地打转,慢慢摇动,但船还是无法前进,即使把大小帆全挂起来,也无法让船行驶。船员们既怨恨又泄气,个个面面相觑,谁也不说一句话。

庞大固埃手里拿着赫里奥多鲁斯的一本希腊文的书,躺在靠近舱舷的一张垫子上打起瞌睡。他经常这样,拿着书打瞌睡比用心学习更容易得多。

爱庞斯特蒙在星盘上观测我们现在所处的纬度。

约翰修士进了厨房,用肉叉和煎锅摆起星位图,想计算时辰。

巴汝奇咬着一根“庞大固埃草”,并用舌头吹泡泡。

吉姆纳斯特在削着大斋节用的精致的牙签。

包诺克拉特百无聊赖,在太阳底下,以手挠痒,自娱自乐。

卡帕林用一颗大胡桃壳做了一个小巧玲珑的风磨,可爱极了,上面还用一块榛木板削了四个小风翼粘上去。

优斯登在一尊蛇肚炮上滑动他的手指,就像在琴键上弹奏一样。

里索陶墨用一张乌龟壳做一个钱袋(外面还缝上绒布)。

克塞诺马恩正用一条拴鹰的皮带子修补一只旧灯笼。

领航人正逗着水手开玩笑。这时，约翰修士从厨房里出来，看见庞大固埃已经睡醒，便想打破大家的沉寂，于是兴高采烈地大声问道：

“在这纹风不动的海面上我们应该怎样消遣时间呢？”

巴汝奇随即附和着：

“有何种妙方可治疗空虚郁闷呢？”

爱庞斯特蒙也插话了，打趣地问：

“没有尿时怎么撒尿呢？”

吉姆纳斯特站起来问道：

“怎样治疗头晕目眩呢？”

包诺克拉特揉揉前额，弹弹耳朵问道：

“有什么办法才能不像狗那样睡觉呢？”

“且慢！”庞大固埃说道，“诡秘的逍遥学派哲学家曾告诉我们，任何问题、难题和疑问提出来时，都应该是确切的、清晰的，让人容易理解的。你说说‘像狗那样睡觉’是怎样睡觉？”

包诺克拉特说道：“那就是像狗一样饿着肚子在正午的阳光下趴着睡觉。”

里索陶墨蹲在甲板上，这时仰起头，深深地打了一个哈欠，在他的感染下，大家也自然而然地打呵欠了，他随即问道：

“请问有什么办法治疗打哈欠呢？”

克塞诺马恩正埋头修着那个破灯笼，突然问道：

“怎么调整和平衡胃囊呢，让它不东倒西歪呢？”

卡帕林玩着小风磨，也问道：

“一个人的肚子里经历了什么变化才会觉得肚子饿呢？”

优斯登听见大家七嘴八舌地说着，也跑到甲板上，站到了绞盘附近大喊大叫起来：

“为什么一条饥饿的蛇，咬了一个饥饿的人，会比二者都吃饱时更危险呢？为什么一个饥饿的人的唾液对毒蛇和其他毒物更有毒呢？”

“朋友们，”庞大固埃回答道，“你们所提出的这些疑难问题，有一个解决办法，就像你们所说的这些病症和病患，只要一种药就能治好。答案很简单，用不着空话连篇，长篇大论，那是因为挨饿的肚子没有耳朵，什么也听不见。所以我只需用手语就可以解决你们疑难，并让你们满意，就像古罗马最后一个皇帝‘傲慢者塔奎尼乌斯’（说着，庞大固埃便去敲钟，约翰修士立刻跑进厨房),他用手语回答他儿子塞克斯图斯·塔奎尼乌斯提出的问题。塞克斯图斯当时正在加比尼乌斯[①]那里，他派使者火速向他父亲询问如何才能完全征服当地居民,让他们俯首称臣。这位罗马皇帝对来者不太信任,没同他说一句话,而把他领到自己的后花园,当着他的面,拔出短剑,把园子里长势最好的罂粟花的头部一一砍掉了。使者回去之后,向王子殿下如实描述他所见到的一切。王子不难理解其父的用意:砍下加比尼乌斯部落首领的脑袋,让其他百姓闻风丧胆,言听计从。”

① 加比尼乌斯：罗马帝国一个部落。

第六十四章　庞大固埃无须回答大家的问题

庞大固埃接着问道：

“这岛上都住些什么人呢？”

克塞诺马恩回答：“岛上全是伪善者、狂妄自大者、口是心非的念经人、宗教骗子、敬神者、盲从者和隐修士。他们都是穷鬼（就像布莱和波尔多之间洛尔蒙的隐修士一样），靠旅行者的施舍过日子。”

巴汝奇说道：“我才不上那个岛，肯定不去，如果我上去了，就让魔鬼把我的屁股咬掉吧！隐修士、敬神者、宗教骗子、盲从者、伪善者全是魔鬼，全都给我滚蛋吧！我到现在还记得那些去参加开西会议的胖家伙，遇见了他们之后，我们遭到了多么可怕的风暴和厄运啊。我问你，克塞诺马恩，我的小胖子，我的打鼓手，这些伪善者、隐修士、口是心非的人是处女还是结过婚了？这岛上有没有女人？我们能否伪善地同他们做一点点伪善的事呢？”

庞大固埃说道：“这个问题提得妙！”

克塞诺马恩答道：“说的没错！这些伪善者有的是美丽淫荡的女人，再说岛上也有可爱的女伪善者、女修士、艳丽无比的女信徒，还有很多小小的伪善者、宗教骗子和隐修士。”

“别去碰他们！”约翰修士插话了，“一个小隐修士就是一个老魔鬼，可别忘了这句话。”

克塞诺马恩接着说：“如果没有女人，那就不能繁衍后代了，伪善岛早就成了荒岛了。”

庞大固埃派吉姆纳斯特乘快艇给他们送去了七千金币作为施舍，然后又问道：

“现在几点了？”

“九点多。”爱庞斯特蒙回答。

庞大固埃说道：“那正是吃饭的时候。日晷上的阴影就快接近阿克斯托芬在他的喜剧《传道士》里所称赞的那条神圣线了，也就是接近十字点了。在古时的波斯，只有国王才规定吃饭时间，其他人的胃口和肚子就是他们的钟了，普劳图斯的喜剧里写道，有一个扈从抱怨钟表和日晷的发明，他很厌恶这些东西，因为没有比肚子更准确的钟表了。有人问戴奥真尼斯应该什么时候吃饭。他回答，‘富人饿的时候就能吃，而穷人要桌上有东西才能吃。’医生曾说过更合适的吃饭时间应该是：

五时起床，九时早餐，
五时晚餐，九时就寝。

“不过那有名的国王贝托西里斯可有自己的另一套。”

庞大固埃刚说到这里，管膳食的人就摆好了饭桌和餐柜，铺上芳香的桌布，摆上盘子、餐巾、盐罐，拿来大小酒杯、酒瓶、酒壶。在约翰修士的带领下，几个侍从端来四张硕大的火腿肉饼，这四张饼高高耸立，真像都灵的那四座高塔。天啊，我们吃得狼吞虎咽，喝得酣畅淋漓！还没上甜点的时候，西北风就开始吹了，扯起了主帆、后帆、前帆、摩尔帆，大伙儿一同唱起颂歌，赞美高高在上的尊贵天主。

等到上水果的时候，庞大固埃问道：

“诸位，告诉我，你们的问题全都解决了吗？”

“感谢天主，我不再打哈欠了。”里索陶墨说道。

“我也不像狗那样睡觉了。”包诺克拉特说道。

“现在我的眼睛也不花了。”吉姆纳斯特说道。

“我也不饿了，”优斯登说道，“今天一整天，我的唾液不会毒害到下面的任何一种动物了，角蝰、蚂蚁、蜘蛛、短嘴鳄……”[1]

---

① 作者在这里按字母顺序罗列了九十八种爬虫名词，主要是从一五二七年新出版的阿拉伯名医学家阿维森纳的《药典》拉丁文版抄来的，有蛇类、蜥蜴类、鱼类、鳄鱼类等。

第六十五章 庞大固埃和随从怎样打发时光

约翰修士问道:"那么，巴汝奇未来的妻子应该属于哪一类毒虫毒兽的呢？"

巴汝奇说道:"尊贵的年轻人,有罪的修士,你也敢说女人的坏话？"

"凯诺玛尼的大肠，"爱庞斯特蒙说道,"欧里庇得斯在他的剧本里借用昂朵马克之口说道：凡人的创造力加上神的帮助可以找到治毒虫的良方,可是神和人在邪恶的女人面前却束手无策。"

巴汝奇说道:"欧里庇得斯这个吹牛的家伙一向恶语中伤女人，所以才像亚里斯托芬所说的那样会有神的报应，让他被狗吃掉。我们继续说吧,轮到谁了？"

爱庞斯特蒙说道:"我要去撒尿了,现在可任意撒尿。"

克塞诺马恩说道:"我的胃装得满满的,很稳了,不会左偏右斜了。"

卡帕林说道:"我现在既不想喝酒,也不吃面包。就像歌里唱的:既不渴,也不饿了。"

巴汝奇说道:"我现在也不郁闷了,感谢天主,也感谢你,殿下。我像鹦鹉一样快活,鹰隼一样自由,蝴蝶一样轻盈。你那位欧里庇得斯,就曾让那位有名的醉汉西勒努斯说了这句话：

饮酒后还觉得不酣畅，
就像那白痴愚蠢无知。

“这话说得一点没错，我们可得好好地赞美仁慈的天主，我们的造物主、救主、我们的保护神，他用美味的面包、香醇的美酒和所有的美味佳肴，医治我们肉体和精神上的烦恼，更不用说我们享用美食、畅饮美酒时的那种幸福快乐，飘然欲仙的感觉。但是，殿下，你还未回答令人尊敬的约翰修士提出的问题，我们该如何消磨时光。”

庞大固埃说道：“如果你们满意于这样解决疑问，那我也无话可说。只要你们愿意，我们还可以找个机会多谈谈。现在该解决约翰修士提出的问题了。是呀，我们该如何消磨时光呢？我们怎样才能更快活呢？大家看看，现在船上的桅杆的旗子被风吹得猎猎作响，船帆也呼呼响，支索、扣绳被风拉得多直。我们举起酒杯的时候，天气就转好了，这天气和我们开怀畅饮有某种神秘的照应。你们应该相信圣贤们所讲的神话故事，阿特拉斯和海格立斯也是依靠这种默契才能擎起下塌的天空。不过他们举高了一点点，那是因为阿特拉斯想同海格立斯一起畅饮更多的酒，弥补海格立斯过去在利比亚的沙漠里遭受的干渴之苦……”

约翰修士打断了庞大固埃的话，说道：“说得好！有好几位博学的人对我说过，你那仁慈的父亲的酒管特尔鲁班每年都要省下一千八百多桶酒，在客人和仆人还未感到口渴之前就先送给他们喝。”

庞大固埃继续说道：“这和沙漠旅行队里的双峰骆驼、单峰骆驼一样，喝水是为了预防将来的干渴。大力神海格立斯也是这样，只是他把天空举得太高了，振动了天庭，使得斗转星移，那些疯疯癫癫的占星学家也从此争论不休。”

巴汝奇说道：“这就应验了一句老话：

雨过天晴，
守着火腿的人们还酣醉不醒。

庞大固埃说道：“在我们吃喝的时候，不但消磨了时光，而且减轻了船的载重，这和伊索减轻重量的方法不同的是(它减轻重量是因为食物被吃光了)，我们还从斋戒的痛苦之中挣脱出来了。既然死人比活人重，那么同样道理，挨饿干渴的人比吃饱喝足的人更沉重得多。准备出远门的人美美地享用早餐后会说道：‘这样一来，我的马儿会跑得更快。’这句话是有道理的。古时候的阿米克雷人在诸神当中最敬重、最景仰的就是我们尊贵的酒神巴克斯老爷,并称他为'普西勒',希腊语意为翅膀。是因为鸟儿是借助翅膀才能轻盈地飞上天空，人们有了巴克斯相助（也就是有了美酒添翅),人的灵魂也可以升腾,肉体才可以变得更轻松,而所有尘世的忧愁痛苦才能逐渐平静、消逝了。"

第六十六章　庞大固埃下令对盗窃岛上的缪斯鸣炮致意

我们一路顺风航行,大家谈笑风生,庞大固埃忽然指着远处高低起伏的山峦,向克塞诺马恩说:

“你看到左边的山了吗?西边的山坡是不是很像弗西斯的帕纳塞斯山?”

“我看得清清楚楚了,”克塞诺马恩答道,“那是盗窃岛,你要上去看看吗?”

“不用去了。”庞大固埃回答。

“是的,”克塞诺马恩说道,“那里没什么值得看的,岛上的居民不是小偷,就是强盗。不过,在山的右边有世上最美的水泉,周围环绕着漂亮的树林,水手们倒是可以上去取水拾柴。”

“你说的倒是好主意!”巴汝奇说道,“嘿,我们可千万不要上这个贼窝。我告诉你们,我去过布列塔尼和莫格兰之间的该恩西附近的萨克岛和赫摩岛好几次了,这个岛同色雷斯菲力普王朝时期的恶人岛完全一样,是犯人、小偷、强盗、歹徒、刺客出没的岛屿,这些全是从巴黎牢狱里挑选出来的最可怕的货色。你们可千万别去,我求求你们了,如果你们不相信我的话,也该听听我们善良明智的向导克塞诺马恩的主意啊。天主在上!我敢保证,他们比食人的生番更可怕,他们会把我们生吞活剥的。求求你们,宁可下到地狱里也千万不能去。啊,我听到可怕的钟声了,就像从前波尔多的加斯科涅人听到盐税官来时的敲钟声一样。恐怖啊!我们赶紧逃命吧,离得越远越好。”

约翰修士说道:“船尽管开过去好了!相信那里是个可怕的地方。但我偏要去!保证在那里可以免费住宿。我将会把所有的恶魔鬼怪全除掉。我们往前开吧!”

“见你的鬼去吧,”巴汝奇吼叫道,“你这个鬼修士,你这个修士鬼,你什么都不在乎,你就像魔鬼一样。你也要将心比心,难道大家都和你一样是鬼修士吗?”

“你这个绿色麻风病人,”约翰修士也不退让,咄咄逼人地骂道,“叫魔鬼把你拖走,把你的脑袋切成薄片!你这个胆小鬼,什么都怕,什么事都会屙出一裤子!你若真的那么害怕,就别下船了,在这儿看行李,不然就跟其他魔鬼一起躲在普罗塞耳皮娜的衬裙底下。”

巴汝奇二话没说,转身就溜走了,躲到舱底的仓库,藏在那堆面包皮、面包屑里去了。

庞大固埃说道:“我觉得心里揪得紧紧的,仿佛远处有一种声音告诉我说,我们别去。每次当我有这种感觉的时候,我就尽量按照感觉去做,我总是得到好处的。”

爱庇斯特蒙说道:“这种预感就像苏格拉底心里的那个精灵,这在他的学生中广为流传。”

约翰修士说道:“我告诉你们,当水手们上去取淡水的时候,巴汝奇就会像狼一般藏在草垛里,你们要不要找点乐子?请你让船员开一炮,朝这座安蒂帕纳塞斯①山开炮,算是对缪斯女神鸣炮致意,反正火药不用也会变质。”

庞大固埃说道:“好极了,把炮手队长叫来。”

炮手队长很快就来了,庞大固埃下令他开炮,并交代他要重新装上火药。炮手队长遵令执行,没多久,庞大固埃主舰上的炮声一响,随着其他帆船、桨船、大小船只也万炮齐鸣,炮声隆隆,响声震天!

---

① 安蒂帕纳塞斯意为反帕纳塞斯,讽刺盗窃岛反缪斯之意。

第六十七章 巴汝奇吓得屙了一裤子屎，把吃熏肉的猫当成小魔鬼

巴汝奇像只吓呆了的山羊，慌慌张张地从船舱底跑了出来，只套着一件内衣，胡子全沾上面包屑，一只长筒袜掉了一半，手里拎着一只肥胖的长毛猫，猫缩在另一只裤腿里。他的下颌发抖打颤着，牙齿格格作响，就像一只在脑门上捉虱子的猴子。他径直跑向坐在右弦边的约翰修士，诚心诚意地请求约翰修士同情他，用他的短剑保护他。巴汝奇还以教皇的名义发誓，他看到地狱里的魔鬼全都跑出来了。

他说道："快看啊，我的朋友，我的兄弟，我的圣父，地狱里的魔鬼今天有婚庆啊！你们从来没见过在地狱里举行这么盛大的婚宴！你们没看到地狱的厨房冒烟吗？"（他边说边指着各条船上刚发炮的浓烟）。你们从来没有见过这么多罚入地狱的灵魂。看看吧，我的朋友，他们多么骄傲、金发闪闪，多么纤弱，我真想说他们是冥界的珍馐美味。我相信（天主恕我无罪）这一定是英国人的灵魂，今天早上，泰尔摩和得塞两位爵士肯定率兵攻占了苏格兰附近的马岛，把整座岛屿洗劫一空，守岛的英国兵士全部亡命了。"

巴汝奇一走近，约翰修士便闻到他身上有一股说不出来的味道，但肯定不是火药味。他让巴汝奇转过身，才发现他的内衣全是刚屙的屎。由于幻觉产生的恐惧，再加上响彻云霄的炮声，要知道在舱底听起来比在甲板上听更恐怖，巴汝奇的括约肌也失去控制了，那扇关住粪便的门户便敞开了，这也是恐惧的一种显著症状和结果。

古代早就有这样的例子，西耶那的潘多夫·德·拉·卡西纳大师有一次

乘驿马经过尚贝利，住在聪明的店主维奈的旅馆里。一进旅馆，他便进马棚里拿起一只叉子对维奈说道："离开罗马到此地，我还未屙屎，请你拿这只叉子把它吓出来吧。"维奈接过叉子，在他面前舞了几下，假装真要刺向他。潘多夫大师见状大声说道："如果你没有别的妙方，这是白费劲，请你真的下手吧。"维奈果然朝他的屁股和领口中间刺了一叉，把他击倒在地，四脚朝天颤动着。维奈见他的狼狈相，便大笑，"天主在上，这就叫作在尚贝利成交的契约。"没想到这反而给潘多夫大师带来了好运，他连忙脱下裤子大屙起来，比九只水牛、十四个奥斯提的总司铎拉的还要多。出恭完，潘多夫大师还为此诚心诚意地感谢了店家，说道，"万分感谢你，我的好店家，你帮我省了买栓塞剂的钱。"

还有一个例子，那就是英国国王爱德华五世的事。当时弗朗索瓦·维永大师在法国不得志被驱逐出境，来到英国王宫寻求庇护。英国国王盛情款待，视他为知己，宫内的任何小事都不瞒他。有一天，这位国王正在出恭，指着墙上一幅法国的盾徽图对维永大师说道：

"你看我对法国国王多么尊敬啊，我把他们的国徽画在我的私处，画在我出恭的地方。"

维永大师附和着："神圣的天主！你太明智、太理智了。你对你的健康多么谨慎小心，多么关注。你那位博学的御医托马斯·林那克对你的照顾真是体贴入微啊。他一定知道你年纪大了，自然常患便秘，每天要往肛门塞栓剂，否则大便拉不出来。于是，他就特别把法国的国徽画在这里，而不画在别处，这简直太高明，太有远见了。因为你一看见它，会吓得失魂落魄，便会像十八只包尼亚野牛那样往外拉屎。假使画在宫里别的地方、像寝宫内、餐厅里、小教堂里、回廊里，或者别处，我的天啊！你一见它保准会四处拉屎。如果你画上的是同样色彩浓烈、同样挥洒自如的法国大旗，我保证，你一看见，准会吓得把大肠从肛门屙出来。不过，哼，哼！再来一个！

生来是巴黎一愚人，
来自彭特瓦兹附近，
靠从头到脚的长绳，
量出颈项臀部深浅。

"愚人，我是说容易上当受骗，被人误解，也容易误解别人。我跟你过来的时候,我奇怪你为什么就在寝宫里脱裤子。后来我猜想也许在那帘子后面,或者寝床旁边可能就放着你的便盆。否则,你在屋里就脱好裤子,然后光着屁股跑到老远的地方去出恭,那真令我匪夷所思。这不是愚人的想法是什么?其实,你这样做显然是自有奥秘。你这想法实在太高明,应该赞美天主。因为,如果进到屋子里看到法国的国徽,你的裤子只能当便盆、便桶、出恭的地方了。"

约翰修士用左手捂着鼻子,用右手的食指指向巴汝奇的衬衫给庞大固埃看。庞大固埃看到巴汝奇惊魂未定,话也说不出来,浑身是屎,又被那只吃熏肉的名猫抓得伤痕累累,不禁大笑:

"你要拿这只猫干什么呢?"

巴汝奇说道:"这只猫?它肯定是个长毛的小魔鬼,否则叫我下地狱好了!我拿我的长筒袜当手套,趁它要溜出时,就在地狱的面包箱里逮着它。真是见鬼!它把我的皮抓得一绺一绺,像花边了。"

他说罢,便把猫掷在地上。

庞大固埃说道:"好了,看在天主的份上,赶紧去洗个热水澡,把自己洗干净,镇定镇定,拿件干净的内衣换上,像个样子!"

巴汝奇说道:"你说我害怕?我才不呢。天主在上!我的胆量可大呢,胜过吃下巴黎从六月的圣约翰节到十二月的诸圣瞻礼所有钻进糕点里的苍蝇那么多的人。哈,哈!好吃,你们叫这东西痢疾、屎、大便、粪便,粪团、大肠排泄物、残渣、脏物、污秽、兽粪、鸟粪、糟粕、垃圾、干粪或者羊粪么?可在我眼中,这是西班牙的藏红花。这准没错的,哈,哈!咱们还是喝酒去吧!"

尊贵的庞大固埃

英勇言行录

第四部

完

第五部

善良的庞大固埃的英勇言行录卷末

弗朗索瓦·拉伯雷先生著

医学博士

作者前言

亲爱的读者：

至高无上的、贪杯不释手的酒友，还有你们，尊贵而满身痘疮的先生们，趁你们还有闲情逸致，而我也没有其他要事要做，请允许我问你们一个问题：为什么大家都像说谚语一样深刻地说："今天的世界不再无味了"呢?你们可要知道，所谓"无味"，是指"毫无生气，未加盐，淡而无味，沉闷乏味"，其寓意是"疯癫、愚昧、缺乏理智，没有头脑"。你们是否能从这句话自然而然推断出这个世界过去曾经是无味，而现在却理智了呢？那么，是什么使它无味？为何无味？现在又为何变得理智了呢？过去的愚昧指的是什么？而今天的理智又涵盖什么呢？究竟是什么原因使这个世界由无味变得聪明呢？到底嗜好无味的人多呢，还是喜欢聪明的人多？确切地说这世界究竟何时开始无味？又是什么时候变得聪明呢？过去的愚昧从何而来？而今的聪明又来自哪里呢?又为什么现今的聪明从现在开始，而不是更早呢?以前的愚昧给我们造成什么伤害？而现今的理智又给我们带来什么好处?我们是如何摒弃过去的愚昧，又如何带来今天的理智？

你们若有兴趣的话，请你们回答一下，因为我不想再用别的表达方式请教诸公，唯恐那样会使你们这些有神性的人感到不舒服(或干渴)。你们不用害羞，也不必隐瞒什么，对着天堂的敌人，真理的敌人，魔鬼老爷说出实话。鼓起勇气吧，孩子们！如果你们是我这一边的人，请为我这篇说教的第一部分先干三杯到五杯，然后再回答我的问题。假使你们是另一边的人，那就"撒旦退去吧"！我发誓，如果你们不能帮我解答上述的问题，那我就会后悔最先向你们说出来了。事实上,我已经感到懊悔了,就像抓住狼的耳朵却没有希望得到别人救助的情形是一样的。

怎么了?我完全明白,你们回答不出来,就是对我吹胡子瞪眼睛,我也不作任何解释。我只向你们提起一位可敬的老学究所预言过的话,也就是那本叫作《教廷官吏的风笛》的作者。听听这老东西说了些什么呢?你们这些驴家伙,听好了,我告诉你们!

三十个五十周年,全部刮脸,
超出了三十,就不再疯癫了。
诵经满脸通红,可谓不尊敬!
貌似愚昧,但读经还是有恒,
我们不再愚昧,也不再贪婪,
这因为已尝到了果实的甘甜,
早春的花,曾使得他们畏惧。

你们全部听到了吧,而且真正听懂了吗?这位古代学者语言是多么简练,寓意又是多么深刻。虽然他谈论的是深奥的,令人费解的话题,但我们最高明的注释家还是把这位善良的老先生的话解释出来了。他们说:经过第三十个五十周年,即公元一五五零年,教皇会赐给我们另一个五十禧年,我们不用再担心这些早春的花朵了。这世界将不再无味,而将永远清新怡人。那些不计其数的傻子(正如所罗门告诉我们的),会死于自己的愚昧,而阿维森纳所说的那些形形色色的疯癫也会全部消失。肃杀的寒冬使愚昧畏缩,但当春回大地,汁液注满枝头,愚昧也跟着开花了。你们看到这一切在发生变化,该心知肚明吧。名医希波克拉底在《箴言集》里的"在春天"就对这一点作了详细的阐述。当这个世界变得更为理性,就越来越不用担心春天里冒出来的豌豆花了,在封斋节(也就是你一手握住酒杯,双眼泪水盈眶,虔诚恭敬禁食),一堆一堆的书似盛开的花朵,可爱的蝴蝶在花丛中翩翩起舞,但事实上却采不到花蜜,都是一些无聊透顶,令人气愤恼怒的东西,充满危险,长满花刺,就像赫拉克利特的著作一样令人费解,也像毕达哥拉斯和他的数字一样晦涩难懂(据贺拉斯所说,毕达哥拉斯就是豌豆之王)。这些书都将消失,再也没有人能看到它们,或者读到它们。这就是它们的命运,也是命中早就注定的。

取而代之的，将是豆荚里的豌豆，也就是令人欣喜，结出硕果的庞大固埃的传记。他的传记正当我们等待即将来临的五十禧年时，销路很好，这已是家喻户晓了。每个人都专心致志地阅读着，这个世界上的人也就因此变得“聪明”了。这样，你们的问题全部解决了，这就是获得真谛的捷径。现在请清清嗓子，让我们正正经经喝点酒吧，这正是葡萄挂满枝头，高利贷者自缢的时候。如果天气继续晴好，我就会送出许多绳子，因为我发誓赠送给他们绳子，只要他们想要自缢就尽管找我要绳子好了，不过，这样做可以省下许多雇佣刽子手的费用。

为了参与即将来临的理性世界，摆脱过去自己所受的愚昧的桎梏，你们必须马上为我做这些事：把那古老的哲学法则中论及毕达哥拉斯和他的那些定律统统擦掉，因为他禁止你们食用豌豆。所有善良的酒友都毫无疑问认为这一禁令就像已故的阿墨，那位无经验的医生禁止他的病人吃鹑鸡的翅膀，小鸡的尾巴和鸽子的脖子一样。他说翅膀这类东西不好，尾巴也有些问题，如果鸽子脖子能剥掉皮还马马虎虎。这一禁令成全他自己独享这些美味佳肴，却让他的病人去啃骨头。也有一些修士步他的后尘，禁止我们食用豌豆，也就是不许阅读庞大固埃的传记，就像古时肚神崇拜仪式的创始人费罗森努斯和那托一样，当宴席一开始，有人端来可口的东西，他们必朝这些食物吐痰，令人恶心翻胃，也就不敢吃了。这些丑陋的、流鼻涕、黏液满身、被虫子咬得千疮百孔的伪君子，他们不管在公开场合还是私下里，都憎恶崭新的书籍，放肆地在书上吐痰。现在我们能读到许多用我们的高卢语写下的优秀著作，诗歌与散文都有，而那些虚伪的中世纪的残骸虽然已所剩无几了，但我还是会像天鹅群中的鹅一样对此发出嘎嘎的责骂声，并不会因置身于这么多尊贵的诗人和雄辩家当中就缄口不语。我要扮演的角色是一位乡下人，同所有在我们这一崇高的舞台上昂首阔步的演员为伍，而不甘于默默无闻地埋没那些无足轻重的人群中，只配目瞪口呆地盯着苍蝇，像阿卡狄亚的驴一样听到音乐声就竖起耳朵，以沉默的方式表示它们接受别人的所有言论。

我既然做了这种选择，就觉得像戴奥真尼斯一样滚着那个瓮并不可耻，这样子你们就不会说我这样做没有任何可靠的向导了。

事实上，我已经想到有许多文人能做我们的榜样，比如柯力内、莫洛、杜埃、圣加莱、萨勒、马苏奥，还有在整个漫长世纪中高卢的诗人和雄辩家。我发现待在帕纳塞斯山上的阿波罗学院数个年头，同那些快乐的缪斯一起痛饮加巴林泉水时，我们这一质地平庸的舌头便被赋予了帕罗斯大理石、条纹大理岩，斑岩等等名贵岩石的基质。这些大诗人所描述的都是英勇的事迹、重大的事件，字字珠玑，风格精妙绝伦；他们创作的作品似仙露，那是何等宝贵的美酒，醇香、甘甜、令人回味无穷。这份荣耀不仅是男作家的功劳，女作家也做出相当的贡献。有一位享有法兰西尊贵血统的女作家（在这儿提到她的名字就会显出对她的不敬），以丰富的想象力、华丽的语言和创新的风格震撼了整个世纪。如果你们知道如何效仿他们就要向他们学习，而我却没有这种能力，正如谚语所说：并不是每个人都能住在科林斯。当所罗门建立他的殿堂时，也不可能人人都捐赠一枚金币。既然我们不能像他们一样设计出如此精美的建筑，我已决定效仿雷诺·德·莫托班，竭尽我所能帮助泥瓦匠，帮他们烧柴煮饭，倘若我比不上他们，至少他们会让我当一名读者，不知疲倦地阅读他们超凡的作品。

你们这些吹毛求疵，爱嫉妒的批评家，让你们活活吓死，选择一棵树把自己吊死吧，不要担心绳子不够。我在赫利孔山前，当着所有神圣缪斯的面宣誓，如果我能有一只老狗的寿命，再加上三只乌鸦的寿命，能像犹太人领袖摩西享有健康的身体，或至少能像音乐家色诺非卢斯或哲学家德莫那克斯那样无病无灾，我会举出尖锐的、无可辩驳的证据，对着所有无可救药的雇佣文人，那些只会旧瓶装新酒的作家，那些满嘴拉丁碎片、兜售陈腐、为人所无法理解的拉丁词语的迂腐学者宣布：法兰西的语言既不肮脏污秽，也不像他们所认为的那样软弱无能、卑劣下贱。就像福玻斯把他的金银财宝分给那些伟大的诗人，而让伊索承担寓言创作的任务，我也一样谦卑地祈求获得这份特殊的恩赐，因为我就像伊索一样，没有什么更高的企盼，让我就像皮里科斯那样，做一个只擅长画普通事物的画师。我们那些伟大的诗人会很仁慈，我知道他们会的，人类能有多少善良、仁慈、慷慨、和善，他们都能做到。因此，我的酒友们，你们会喜欢这些书的，就像喝酒一样会喝得一干二净，一滴也不剩。你们互相见面的时候可以引用书中的文字，从书页里挖掘其中的神秘，共享它们的底蕴，就像亚历山大大帝津津有味汲取哲学家亚里士多德著作的精华一样。

让我们肚子碰肚子吧，你们这些酒鬼，这群无赖、这群好色之徒！

同样地，我的酒友们，我也要提醒你们，你们要抓住机遇，只要一看到书店销售这些书，就尽快把它们大量储存起来，不要只是翻翻书面而已，而是要像喝下暖人心房的酒那样，吸收到肌体里去，才能真正知道其内核究竟蕴含什么精髓才会吸引那么多的人等着剥豌豆壳。我会敬献给你们一大篮子的豌豆,同我以前送给你们的一样,是在同一个园子里采摘的,我恭敬地请求你们带着笑容收下我的礼物吧,而更好的豌豆在下一回燕字成行的时候将会再奉献给你们。

第一章 庞大固埃来到钟鸣岛以及我们听见的声音

我们离开了盗窃岛后，又航行了三天。在茫茫的海面上，我们看不到陆地和其他新鲜东西，因为过去我们曾从这里走过。到了第四天，我们离开了赤道线，对着北极转弯，才看到一块陆地，领航人告诉我们这是钟鸣岛。我们从远处就听见接连不断的嘈杂声，就像大、中、小钟齐鸣。那种声音就像在巴黎、图尔[①]、雅尔柔[②]、墨东[③]和其他城市的大瞻礼上常听到的，靠得越近，钟鸣声就越响亮。

我们当中有人怀疑那是多多纳[④]的神锅，或是奥林匹斯山上的七音门[⑤]，也可能是埃及底比斯附近门农[⑥]坟墓上的巨大石像发出的不绝于耳的响声，要不然就是曾经从利奥里德斯利帕里岛[⑦]上那个坟墓周围传出的怪声。不过，这些说法从地理位置上都讲不通。

---

① 图尔：法国西部城市。

② 雅尔柔：在奥尔良城附近。

③ 墨东：塞纳·瓦兹省镇名，作者曾在此传教。

④ 伊壁鲁斯古地名，那里的朱庇特庙里有铜锅，用以宣示神谕。

⑤ 据说奥林匹斯山上有一门，撞击时会发出七种声音。

⑥ 门农：指埃及底比斯附近阿孟霍特普三世的巨大石像，每在日出时发出竖琴声，170年经罗马皇帝修复后不再发声。

⑦ 利帕里岛：西西里北面岛名。

庞大固埃说道:“我猜也许是一群蜜蜂突然飞散，当地的人们为了把它们召回,就敲起了锅、壶、盆,还有众神之母西布莉[①]的祭司们用的铙钹。你们再仔细听听。”

我们的船更靠近那座岛屿了,在袅袅的钟鸣声中,我们还听到了高昂的、连续不断地唱颂歌的声音。我们猜这是当地居民的声音。在登岛之前,庞大固埃建议我们改乘快艇,在一座小石头山登陆,先观察一下全岛。我们看见山上有一座四周花园环绕的小修道院。

在那里我们看见了一个瘦小、上了年纪的隐修士，名叫勃拉吉布斯(意为爱漂亮师傅),来自格力纳[②]。他详细地向我们讲述了钟声的由来,并以一种奇特的方式招待了我们。他告诉我们必须连续守斋四天,否则就不允许我们上钟鸣岛,因为那时正值四季斋期[③]的守斋日子。

巴汝奇说道:“这真是令人捉摸不透的,到底是怎么回事？这更像四季风期,而不是斋期了。因为一守斋,没有进食,满肚子空空的,全是风。事实就是如此。当地除了守斋外再也没有什么好玩的事，这日子可过得单调、呆板,若真的是这样,我们也没有必要参加宫里的庆典活动了。”约翰修士说道:“在我的拉丁语法里,只有三个时态[④]:过去,现在和将来时,这里的第四个时态,应该是送给佣人当小费。”

爱庇斯特蒙说道:“那是不定过去时,是由未完成过去时发展来的,希腊人和罗马人用它描述战时或其他特殊历史时期。对付的办法只能是容忍[⑤],正如麻风患者所说的。”

那个隐修士说道:“我刚才说了,这是规定,任何人都不能违反。谁反对了谁就是异端,要受火刑的。”

巴汝奇说道:“我的修士,你言之有理。但我想你更应该了解现在是在

① 西布莉：古代小亚细亚人崇拜的自然女神，她的祭司通常手持火炬或铙钹，狂歌狂舞伴随女神翻山越岭。

② 格力纳：法国波亚都省的一个地名。

③ 四季斋期：天主教规定一年四季每一季度的第一个星期，须守斋三日，即星期三，星期五，星期六。

④ “时态”法文 Temps 与前面“四季”系同一字。

⑤ 法文为 Patience，与一种治疗麻风的药物 Pitience（酸母，大黄）形相近。

海上，我虽然怕火，但更怕水，我现在更担心的是淹死，而不是烧死。不管怎么说，看在天主的份上，我们还是守斋吧。我已经守了太长时间的斋，身上只剩皮包骨，不久骨架子也会散开。此外，我还担心我守起斋来会冒犯你，因为我实在懂得不多，各种规矩都没能遵守好，又貌不出众，不少人曾对我这样说，我深信不疑。其实我并不在乎守斋，这是很容易的事，我更担心的是将来还得再守斋了，因为不守斋就得去磨东西吃，毕竟做不出无米之炊啊！天主在上，既然赶上守斋节，我们就守吧，我们已经很长时间没守过斋了。"

庞大固埃说道："如果我们必须守斋，那也是无可奈何，只好照办，就像走过艰险的道路吧。我想在守斋这段时间看看书，体验在海上学习和在陆地上学习有什么两样。柏拉图描述一个弱智无知的傻瓜时，就说他是在海上的船只里长大的，而我们会说是在酒桶里养大的，只能通过桶孔看世界。"

我们的这次守斋可真是太恐怖了：第一天我们折断棍子在守；第二天，我们弄断短剑在守；第三天我们握着锋利铁器在守；第四天，我们鲜血淋淋地守着。这可是天命注定的。

第二章　钟鸣岛上“歌唱亡魂者”[1]变成了鸟

斋戒过后，修士递给我们一封引荐信，这封信是写给钟鸣岛上一位名叫阿比恩·卡马的教堂司事，可巴汝奇见到他时却不小心称呼他为“笨驴师傅”[2]。他是一个小老头，头上光秃秃的，长着红鼻子，面色红红的。他看完信后，知道我们守过斋，非常热情地迎接我们。待我们饱餐一顿之后，这位教堂司事又详细向我们介绍了这座岛的独特之处，特别说明这座岛最初住的是“歌唱亡魂者”，可是由于自然规律，随着时间的推移，一切事物都会发生变化的，他们逐渐变成鸟了。我这才恍然大悟，明白了阿太乌斯·伽比托[3]、尤里乌斯·保禄斯[4]、马塞卢斯[5]、奥卢斯·盖里阿斯、阿忒涅乌斯、苏伊达斯、阿摩纽斯[6]等人留下的有关“歌唱亡魂者”的记载。也不难相信尼克提蒙、普罗尼[7]、伊提斯[8]、海尔

① 歌唱亡魂者：指在丧礼上唱歌及奏乐的人，影射以追悼亡魂为生的教士。

② 笨驴原文为 Antitus，与教堂衣务总管 Aedituus 音似。

③ 阿太乌斯·伽比托：古罗马法学家。

④ 保禄斯：古希腊修辞学家。

⑤ 马塞卢斯：古罗马名将，两度任执政官。

⑥ 阿摩纽斯：希腊语文学家。

⑦ 普罗尼：神话中色雷斯国王提琉斯之后，因报胞妹被侮仇恨，变作燕子。

⑧ 伊提斯：色雷斯国王提琉斯之子，被朱庇特变成野鸽。

赛妮[①]、安提戈涅[②]、蒂留斯[③]变成鸟类的经历了。当然,我们对玛塔布鲁娜[④]的小孩变成仙鹤,色雷斯帕雷纳岛[⑤]上的居民在特里多尼克湖里洗上九次澡就变成飞鸟的故事也不再怀疑了。

但是,从此时起,这位教堂司事只对鸟笼和鸟的话题感兴趣。那鸟笼宽敞舒适、富丽堂皇、制作精良[⑥]。里面的鸟大小不一,品种繁多,漂亮宜人,姿态优雅,就像我们那里的人一样,能吃、能喝、能睡、能拉屎,能放屁,也能干男女之事。总之,乍一看,你会觉得他们就是人,不过,那位教堂司事却说他们既非在俗,也非在教,根本不是人。这些鸟的羽毛色彩各异,叫我们看得眼花缭乱,有的浑身雪白,有的漆黑漆黑的,有的灰不溜秋的,也有的半白半黑,甚至还有红得像火焰,还有的半白半蓝,绚丽多彩,令人赏心悦目[⑦],应接不暇。这位教堂司事还向我们介绍了鸟类的品种,雄的有“教士鹰”、“修士鹰”、“司铎鹰”、“教长鹰”、“主教鹰”、“红衣主教鹰”和“教皇鹰”;雌的有“教士燕”、“修士燕”、“司铎燕”、“教长燕”、“主教燕”、“红衣主教燕”和“教皇燕”,其中“教皇鹰”是珍稀品种,因为只有一只。他还告诉我们近三百年来,也不知道什么原因,每五个月,鸟群里总是飞进来大量的“伪善鸟”,就像混进蜜蜂群的马蜂一样,什么事也不干,看到什么就吃什么,就糟蹋什么,整座岛屿惨遭蹂躏,污浊肮脏。这些“伪善鸟”丑恶可怕,令人憎厌,人人都设法躲开他们。而这些“伪善鸟”却歪着脖子装友善,双爪覆上柔毛,长着哈比[⑧]的利

---

① 海尔赛妮:风神埃俄罗斯之女,闻悉丈夫遭海难后,投海自尽,后双双变成翠鸟,具有平息海上风波之神力。

② 安妮戈涅:希腊神话中俄狄浦斯之女,为死去的哥哥营葬,变成仙鹤。

③ 蒂留斯:希腊神话中色雷斯国王,因强奸妻妹,被神罚作一种叫戴胜的鸟。

④ 神话中玛塔布鲁娜把七个小孩带入林中,盗走他们的金链,之后小孩都变成仙鹤。

⑤ 帕雷纳:希腊三大半岛之一。

⑥ 影射建筑雄伟的教堂。

⑦ 影射不同派别的教士,穿着不同颜色的会衣,圣本笃教会穿全白的,奥古斯丁教会则全黑的,圣方济会为灰色的。

⑧ 哈比:神话中的妖魔,脸及身躯似女人,而翼、尾、爪似鸟的怪物,性残忍贪婪。

爪和肚子，斯图姆帕洛斯[①]鸟的屁股，简直无法把他们赶走，杀死一只，又会飞进二十四只。真希望这座岛上能有海格立斯在世，好像杀死铁嘴鹤似的把斯图姆帕洛斯湖的鸟都消灭光。因为约翰修士受环境影响太深了，中毒甚久，此时有点神志不清。还有庞大固埃，也像普里阿普斯老爷看到刻瑞斯的女祭司们没穿衣服一样，笑得喘不过气来。

① 斯图姆帕洛斯：古希腊湖名，神话中说海格立斯杀死铁嘴鹤，就在此湖边上。据说湖上的鸟会用拉粪的方法驱赶敌人。

第三章 钟鸣岛上只有一只“教皇鹰”之缘由

接着,我们问教堂司事,这些可敬的鸟种类繁多,繁殖能力应该很强,为什么“教皇鹰”却只有一只呢?他回答我们说,这是宇宙间最原始的规律,是不可动摇的。“教士鹰”无须肉体交配就能产生“司铎鹰”和“修士鹰”,就像阿里斯泰俄斯能使用魔法,让小牛犊产生出蜜蜂一样。这些“司铎鹰”产生“主教鹰”,“主教鹰”又会产生那可爱的“红衣主教鹰”,只要这“红衣主教鹰”不中途猝死,最后便可以变成“教皇鹰”,并且一次只能有一只,就像蜂巢里只有一只蜂王,整个天地间只有一个太阳一样。等到这只“教皇鹰”死了,才能从整批“红衣主教鹰”中再产生一只,当然无须肉体交配。因此这种类别的鸟永远只能一个一个单传下去,就像阿拉伯的凤凰①鸟一样。不过,早在两千七百六十个月前,竟然产生了两只“教皇鹰”②,给整座岛带来了空前的灾难。

那位教堂司事说道:“当时,岛上混乱不堪,你抢我夺,鏖战不休,整个岛濒临灭绝的危险。好争斗的加入这个或那个阵营,个个为捍卫自己的阵营而英勇善战,追求和平的却像鱼一样闷声不响,再也不能尽情歌唱,甚至连岛上的钟也响不起来了。为了平息这场叛乱,不管哪一派都纷纷向住在陆地上的皇帝、国王、公爵、君主、伯爵、男爵和一些联邦寻求帮助,直到两

---

① 凤凰:传说中阿拉伯的神鸟,每五百年纵火自焚一次,借此在灰烬中得以新生。

② 十四世纪罗马教廷发生裂变,一度出现几个教皇并存的局面。

个“教皇鹰”死掉了一个，这种分裂局面才宣告结束，整座岛屿才重新获得统一。

当我们问道，为什么这些鸟儿会唱个不停？那位教堂司事说那是因为笼子上挂着钟的缘故。他还向我们说：

“你们看那些修士鹰，戴着像滤酒网一样的风帽，能像云雀一样婉转歌唱，你们要不要听一听？”

“那就有劳您了。”我们一齐回答。

于是，他在一口钟上拉了六下，那些“修士鹰”便围了过来，纵情歌唱。

巴汝奇问道：“要是我拉这口钟，也能让那些羽毛像熏鲱鱼颜色的鸟儿[①]唱歌吗？”

“当然可以。”教堂司事回答。

巴汝奇拉了一下钟，那些熏鲱鱼颜色的鸟儿马上飞过来齐声高歌，不过嗓子像塞了什么似的，很不清晰，嘶哑得很，听起来很刺耳。教堂司事说这些鸟儿就像鸬鹚和鹈鹕一样只想吃鱼，是新近培育出来的第五种“伪善鸟”。他还告诉我们，过去刚从非洲回来的罗伯特·瓦尔布林格[②]路过这里，曾预言不久就会产生新品种，名字叫作“嘉布遣鹰”[③]，比岛上任何品种的鸟更阴险、更躁狂，也更凶猛。

庞大固埃说道：“阿非利加洲总是出现一些稀奇古怪的事情。”

---

① 指方济各会会衣的颜色。

② 罗伯特·瓦尔布林格：指毕加底公爵罗伯尔瓦尔，曾随雅各·卡提耶去加拿大，后为加拿大总督。

③ 指嘉布遣会修士，为天主教方济各会的一支。该会会服有尖顶风帽。

第四章 钟鸣岛上的鸟为何全是候鸟

庞大固埃说道:“正如你刚才所说的,‘教皇鹰’来自‘红衣主教鹰’,‘红衣主教鹰’来自‘主教鹰’,而‘主教鹰’来自‘司铎鹰’,‘司铎鹰’来自‘教士鹰’,你能否告诉我这些‘教士鹰’从哪里来的?”

教堂司事回答:“他们全是候鸟,是从另外一个生活圈迁徙到我们这里的。有一些来自一个大得惊人的国家,叫作‘饥荒挨饿’国,还有一些是来自西面的‘人口过剩’国。这些‘教士鹰’离开自己的亲生父母,亲朋好友,年复一年地从这两个国家飞到我们这里。情况确实就是这样:在一些大家庭里,子女众多,不管是男是女都要平分家里的产业(这是合乎情理,符合自然规律,也是天主的旨意),家里的产业很快就被分完,家族也就完了。因此作为家长的,便想方设法把这些多余的人分散到布萨尔岛,也就是伛偻驼背岛。”

庞大固埃问道:“你说的是酾农附近的布沙尔岛吗?”

教堂司事回答:“不对,我说的是布萨尔岛。因为来到这里的都是驼背、瞎了一只眼、缺胳膊少腿的、痛风畸形、丑陋不堪,全是地上无用的累赘。”

庞大固埃说道:“这完全违背了以前挑选维斯太贞女[1]的原则。当时利贝奥·安提修斯说过,凡是灵魂有一点点堕落,官能有些缺陷,身体上有一

---

① 维斯太贞女:古罗马主持对女灶神维斯太的国祭的女祭司,一般由大教长自罗马大家族内选出,须终身洁身自好,否则即遭活埋。

点点瑕疵，即便无伤大雅，被掩饰得很好都不应该入选。”

教堂司事继续说道：“我真感到奇怪，这些做母亲的既然可以怀上他们九个月之久而分娩，却让孩子在家里待不上九年，甚至七年都不到，便舍得骨肉分离。她们只管往孩子身上套一件白袍，然后毫不怜惜地剃掉头顶上的多少美发，口中念念有词，就像埃及人圣化伊希斯[①]的祭司一样，一穿上白袍，削一下头发就行了，简洁明了，看得清清楚楚。这是一种毕达哥拉斯式的灵魂转生，无须损伤身体，就变成了你眼前见到的这种鸟。不过，朋友们，我也不知道那些雌鸟（不管是教士燕、修士燕或教长燕）为什么不唱那些使人快乐的感恩颂歌，就像琐罗亚斯德[②]规定唱给奥尔穆兹德[③]的经文，她们反而喊出了对魔鬼奥尔穆兹德那么多的诅咒和悲怨，不管年龄大的或年龄小的，都是劈头盖脸地咒骂那些把她们变成鸟的亲属朋友。

“他们大部分是从‘饥荒挨饿’的国家来的，这是个非常辽阔、人口众多的国家，那里的居民若是没粮食吃，面临饿死的危险，他们不懂得做事，也不愿做事，找不到一份好差使，也不愿到有钱有势的人家里做仆从。还有一些人婚姻失败、生意破产，悲痛欲绝；有作奸犯科，被通缉、被判死刑的人，他们全都选择到这里来。到这里找到了庇护所，来之前个个瘦得像小麻雀，现在就像榛睡鼠一样肥了，在这儿享受着平安、安全、舒适的生活。”

庞大固埃问道：“这些乌七八糟的鸟儿，飞到这儿以后还回到原来的老家吗？”

教堂司事回答说：“在很久以前有过一些，不过寥寥无几，而且都不情愿回去。后来，经过几次的变迁，出现了一些月食，受天上星移斗转的影响，有不少都飞跑了。不过，也不值得难过，因为留下来的只会分到更多。此外，在飞走之前，大部分鸟儿总是把羽毛脱得干干净净，扔在荨麻或刺林丛里。”

果然，我们找到一些丢弃的羽毛，又发现了一个插着玫瑰花的瓶子，还有一些稀奇古怪的事呢。

---

① 伊希斯：古代埃及司生育和繁殖的女神。

② 琐罗亚斯德：古代波斯琐罗亚斯德教创始人。

③ 奥尔穆兹德：波斯神话中光明与仁慈之神。

第五章 钟鸣岛上不会唱歌的“骑士鹰”

教堂司事的话还没讲完，我们就看见近处有二十五到三十只的鸟朝我们飞来，颜色和羽毛同我们在这座岛上见过的鸟不一样。羽毛的颜色瞬时变换，就像变色蜥蜴的皮，或像石蚕或者苦艾草的花不停地变换着颜色。在左翅膀的下面都有一个标记，就像平分一个圆圈的两条直径线，或两条直线垂直相交成希腊式或罗马式的十字。标记的形状、大小完全一样，只是颜色不一，有的是白色的，有的是绿色、红色、紫色或蓝色①。

庞大固埃问道：“这些是什么鸟？叫什么名字？”

教堂司事答道：“它们是杂种鸟。我们称它们是贪婪的‘骑士鹰’，这种鸟在你们国家住得可豪华了。”

我说道：“请你也让它们唱歌吧，我们也可以欣赏欣赏。”

“它们从来不唱歌，”教堂司事回答，“但吃东西却是别的鸟儿的两倍之多。”

“这种鸟有雌的吗？”我又问道。

“没有。”他回答。

巴汝奇问道：“它们为什么都长疥癣和痘疮呢？”

---

① 此处影射教会会别的番号。

教堂司事答道:“这是这种鸟特有的疾病,因为它们常要下海①,难免会有印记的。”

接着,他又告诉我:

“你瞧,这些鸟飞到你们那儿去,是想看看你们那里有没有一种凶猛的飞禽,这种鸟桀骜难驯,不受放鹰人利诱,也不会落在他的手套上,现在都在你们那里。有些腿上绑着名贵的皮带②,上面还写着‘谁若说它的坏话,’就罚它吃屎;有的胸前羽毛上挂着降服魔鬼的徽章③,还有的披着一身羊皮④。”

巴汝奇说道:“这些情况也许是有的,只是还没有被我们所证实罢了。”

教堂司事说道:“我们聊得够多了,现在喝酒去吧。”

“也得吃点东西吧。”巴汝奇说道。

“说得对,”教堂司事说道,“吃喝同样重要,没有什么比时间更宝贵的了,我们要充分利用这美好时光。”

他先领我们上“红衣主教鹰”那豪华舒适的浴场,舒舒服服地洗个澡。洗完之后,那些奴仆还为我们涂上名贵的膏油,但庞大固埃才不理这一套,喝酒就要喝得痛快酣畅。最后,教堂司事才领我们去享受一顿丰盛的美餐,他对我们说道:

“勃拉吉布斯修士让你们守了四天斋,在我这里,接下来的四天,你们就要连续不停地狂饮猛吃。”

“我们能停下来睡觉吧。”巴汝奇问道。

“你愿意睡就睡吧,”教堂司事说道,“半梦半醒时喝酒更妙。”天主在上,在这里我们过得太舒服了!那位教堂司事真是个大善人。

---

① 影射教士和土耳其人在地中海之海役。

② 指腿带会的标志:起源是撒尔斯巴利伯爵夫人有一次和英王爱德毕三世跳舞,落下腿带一只,国王俯身捡起,引起众臣窃笑,于是他说:“窃笑者当以戴此为荣。”于是便创立了腿带会。

③ 指圣米歇会的标志,标志上面是天神圣米歇尔在降服魔鬼。

④ 指金羊毛会的标志,1429 年由布尔高尼大公创立。

第六章 钟鸣岛上的鸟儿怎样得到食物

庞大固埃拉长了脸，似乎不满意教堂司事为我们安排这四天的生活日程，这一切早已被教堂司事看出来了，于是他问道：

"阁下，您知道一年当中冬至的前七天和后七天，海上都是风平浪静，这是大自然的恩惠，赠给西蒂斯[①]的神鸟——翠鸟在海边下蛋和孵化的时间。而大海经过长时期的平静之后，储藏大量的能量，一旦喷发出来，海浪便汹涌澎湃，只要一有旅人来到这里，就会兴风作浪整整四天四夜，巨浪滔天，风起云涌。我们出于礼节，把旅客挽留下来，让我们用鸣钟的收益好好款待他们。您不要觉得待在这里是浪费时间，这是神的旨意。你若不想同朱诺[②]、尼普顿[③]、多里斯[④]、埃俄罗斯[⑤]和其他恶神大战一番，就下定决心，在这里逍遥快活吧。"

开怀畅饮一阵过后，约翰修士便问道：

"岛上尽是笼子和鸟，它们不在地里干活，也整天无所事事，只会一天到晚呕哑啁哳，自娱自乐。那么，这丰富的粮食、这美味佳肴是从哪里来的？"

---

① 西蒂斯：海神涅柔斯的女儿之一。

② 朱诺曾使风暴阻止伊尼斯前进。

③ 尼普顿手执三股钢叉，使船翻身。

④ 多里斯：海神涅柔斯之妻，海中仙女之母。

⑤ 埃俄罗斯：风神。

教堂司事说道:“是从世界各地运到这里来的。除了北部一些国家近几年犯了错误,搅动了粪池①,不进贡以外。”

“妙!”约翰修士说道。

“他们会后悔的,一定会的,会后悔莫及,一定会的。”

“喝酒吧,朋友们!”

“告诉我,你们是哪里来的?”

“都兰②。”巴汝奇回答。

教堂司事说道:“真的么,你们来自都兰这个福地,肯定不会是那恶岛的后代。都兰每年都运给我们许许多多好东西。有一次,都兰人路过此处,告诉我们都兰公爵的全部收入还不够他填饱肚皮呢,这是因为他的前任对这里的圣鸟太慷慨大方了,送来了许多山鹑、松鸡、雉鸡、鲁敦的肥大阉鸡等各种家禽和野味,我们才能吃得饱饱的。喝酒吧,朋友们!看那边的鸟儿,吃得又肥又胖,那全是靠了都兰的赠送。作为回报,这些鸟儿也为恩人唱颂歌,即使夜莺的歌声也比不上他们的婉转。只要它们一看到那两根金权杖,就放声歌唱了……”

约翰修士插嘴说:“那是巡行祈祷。”

“特别是我撞起挂在笼子上的大钟时,它们就唱得更欢了。干杯吧,朋友!今天可是喝酒的好日子啊,不过,每天都是好日子啊!喝吧,我真诚地欢迎你们的到来。请不要担心我们的美食、美酒会不够,这里是不会发生这种事的。即使头上的天空变成铜,脚下的大地变成铁,我们也不愁吃喝。即使像埃及那样闹上七年饥荒,或八年,甚至更久也毫无关系。朋友们,举起酒杯,为我们的友谊干杯吧。”

“真是见鬼!”巴汝奇叫道,“你们在这个世界过得真幸福。”

教堂司事说道:“到了另一个世界还会过得更幸福的,那是个极乐世界啊。干杯吧,朋友们,我为你们干杯!”

我说道:“你们这座岛的奠基人,那些‘歌唱亡魂者’想出了这个近乎至善至美的主意,让你们享受到了世人梦寐以求,而又很少有人能过上的美好生活。你们的今生和来世都过上天堂般的生活。

“啊,有福之人!成仙得道之人!愿天主保佑我也能有这福分。”

---

① 此处指北欧国家脱离罗马教廷,不再向教皇纳贡。

② 都兰:法国西部一地区。

第七章 巴汝奇给教堂司事说了一则马和驴的故事

酒足饭饱之后，教堂司事又领我们进入了一间装饰华丽，摆设精美，镶金镀银的大厅。在那里，他还吩咐送来李子、香果、甜姜让我们尝鲜，还有足够的加香甜酒和饮料任我们享用，并关照我们要服用他送来的提神醒脑的药物。这样，我们就会像喝下忘川[1]水一样忘记海上舟旅的疲乏和劳累。他还往我们当时已经进港的停靠在码头的船只运去大量的食物。那个晚上，我们就在那儿休息，但连续不断的钟鸣声却吵得我们无法入睡。没想到刚到半夜，教堂司事就来喊醒我们，让我们一起去喝酒，他先干了第一杯，然后说道：

"朋友们，你们总是认为愚昧是不幸之母，这话说得没错，但你们却没有彻底把愚昧从脑子里清除出去，你们反而生活在愚昧里，而且在愚昧中继续这样生活下去，被愚昧所左右。因此，不幸的事一天比一天多，痛苦地折磨着你们。不幸将会越来越多，而你们愤愤不平，总是抱怨、哀叹，但永远不会满足。我现在就看出来了，是愚昧把你们压在床上，动弹不得，就像从前伍尔坎的锻冶技术牵制了战神。亲爱的朋友，你们宁可彻夜不眠，也不能放弃岛上应有尽有的好东西。你们现在已享用了三餐了，可要在钟鸣岛上吃上东西，必须早早就起来，而且你越吃，东西供应就越多，你不吃，东西反而供给越少。这就像你适时割草，草就会长得更茂盛，更有用处。而如

---

① 忘川：冥河的河流名，饮其水即忘记过去一切。

果不去割它,不久就会只剩下草皮了。喝酒吧,朋友,让我们干杯吧。听,我们最瘦的鸟[①]现在正在为你们唱歌。我们为他们干杯吧,一杯、两杯、三杯……九杯,这不是出自于热情,而是出自于仁爱。”

天刚亮,他又来叫我们吃早餐了,早餐是喝浓汤。从这个时候开始,我们一整天就接连不断地吃,真分不清是午餐还是晚餐,是点心还是夜宵。我们只是为了散散心,就在岛上达达,观赏岛上风光,听听那些圣鸟悦耳的歌声。

那天晚上,巴汝奇对教堂司事说道:

“阁下,如果您不见怪,我将给您讲一个有趣的故事,这是二十三个月以前在波亚都发生的。四月的一个早晨,有一位爵士的马夫正牵着主人高大的战马在田野里遛着,他无意中遇见一位快乐的牧羊姑娘,只见她

在浓密树荫底下,
守护她的小羊群。

“同羊群在一起的还有一头驴和几只山羊。马夫过去同她闲聊一阵,邀请她骑在他的马后边,一起去看看他的马棚,然后大家吃一顿便饭,谈谈心。当他们正在交谈时,那匹马也悄悄地在驴的耳边说道(那一年很多地方的不少牲口都会说话):

“‘你这只可怜的、不幸的驴,我对你表示深切的同情。从你身上磨损的挽具就能看出你每天都要辛苦干活,这倒没什么,因为天主造你就是要为人类服务,你是只恪尽职守的驴。但是,为什么我见到的只是你过的这种单调、劳累的生活,如果没有人更好地为你擦洗、刷毛、喂饲料,套上更好的挽具,我觉得这样对你有点暴虐了,而不只是不近人情。你看你身上蓬毛直竖,简直像只豪猪,疲惫不堪,皮也快磨光了,而你吃的只是麦秆、荆棘和蓟草。我的朋友,我请你跟在我后面小跑着,随我去看看我们这些为作战而生的马受到何种待遇,吃什么东西,看看我一天的生活,你会感慨万千。’

“驴回答说,‘马先生,我很想去看看。’

---

① 影射行乞的教士,他们诵经的时间是早晨和半夜。

"'驴,'那匹马说话了,'你应该叫我战马先生。'

"'请原谅,战马先生,'驴说道,'我们这些出生于村野里的牲畜真不懂得说话,因为没读上什么书。不过,既然您看得起我,邀请我,相信我,我会完完全全照您说的办,我会恭恭敬敬地跟在你身后,我不想再挨打了,你瞧我的皮满是一条条鞭痕。'

"牧羊的小姑娘骑上了那匹战马,驴小跑着跟在战马后面,心里想到那边的时候可以享受大餐。走到门口时,不料那个马夫看见那只驴,觉得很扫兴,竟吩咐看马棚的仆从操起叉子狠狠地揍它一顿。这只驴一听此言,赶紧一面向尼普顿祈祷,一面撒腿就跑,自言自语嘀咕着:'它说得有理,我不应该跟这些大老爷打交道。自然让我为穷人服务,伊索在他的一篇寓言里就很好地暗示过我。这都怪我太狂妄自大了,现在唯一的办法是心服口服地离开,越快越好,要比煮芦笋还快。'说完,这头驴就这样跑开了,连跳带蹦,还一路放屁。

"牧羊的姑娘看见她的驴逃走了,便对马夫说这头驴是她的,应该好好招待一番,否则她连门也不进了。于是,马夫连忙说,他宁愿自己的马八天没吃上燕麦,也要让她的驴吃得饱饱的。不过要把驴叫回来可是一件难事。尽管看马棚的仆从声嘶力竭地喊道,'喂,小毛驴,小毛驴,快过来。'那头驴却置之不理,心想:'说什么我也不回去了,我挨打还不够吗?'

"仆从越是哄它,那头驴就是死不回头,跑得越快,又是跳,又是放着大响屁。若不是依了那小姑娘的话,叫他们边叫边往空中洒燕麦,现在还是没辙呢。那头驴一看到燕麦,立刻回头,说道,'啊,现在他们给我燕麦了,不给我叉子了。我没有别的办法,只好跟着你们走了。'它赶紧朝他们跑过去,还哼着曲子呢。你们可知道,阿卡狄亚的牲口叫声多么动听。

"那驴一跑回去,他们便另眼相看,把它牵到马棚里那匹战马的身边,给它擦洗、弄干、刷毛,垫上新的褥草,饲槽塞得满满的,脖子上的饲料袋也装满了燕麦。那些仆从为它筛燕麦时,它对他们摇摇耳朵,意思是说不筛也能吃,它不值得如此娇养。

"吃饱之后,那匹马问驴子:"'怎么样,可怜的小毛驴,你觉得款待如何?你刚才还不肯来呢,现在还有什么话说?'

"'战马先生,'驴子回答,'我的一位祖先就喜欢吃无花果,曾使菲勒蒙哭笑不得,今天这些丰盛的食物和无花果比起来,简直就是天上的美味。但这只是满足了我一半愿望。恕我冒失问一下,你们这儿的马就从无

骑跨吗？'

"'小毛驴，你是说哪种骑跨？'马气得跳起来，喝道，'愿你的长耳朵被砍下来，你觉得我和你们驴一样吗？'

"'哈！哈！'驴回答道，'要学你们这些马使用的高雅语言真不容易，尊贵的马先生，我是说你们的雄马就不跳上雌马身上吗？'

"'小声点，小毛驴，'马说道，'如果被他们听见，一定拿叉子痛打你一顿，看你还对骑跨感兴趣吗？我们这里连撒尿时也不敢让那个头硬起来，生怕被打，除此之外，我们过着可是国王一般的生活。'

"小毛驴说道，'以我背上的驮鞍起誓，我不愿跟你待在一起，你们的褥草、干草、燕麦统统给我滚蛋！乡下的蓟草万岁！在那里你可以尽情呼吸，你可以享受骑跨的乐趣。宁可少吃，也要过得自由自在。这是我的主张，对我们来说这才是我们的干草和燕麦。战马先生，就这一点上我比你幸福，要是你能在我们聚会时见过我们开大会的欢乐场面就好了，你一定会羡慕我们。你一定会看到我们的女主人忙着卖鱼和葱时，我们就在一旁忙着骑跨[①]呢！'

"毛驴说完就离开了马棚，头也不回地走了。我的故事也到此结束。"巴汝奇说完故事，便一声不吭了，庞大固埃让他做个总结，却被教堂司事打断，他说道：

"聪明人不用多讲，我明白你借这个驴和马的故事要说什么，恐怕你只有害羞的份儿。你不是不知道，在这里这种事情是办不到，我们别谈这个了。"

巴汝奇说道："我刚才明明看到一个白羽毛的女教长，骑在她身上总比用手牵着惬意多了。假使其他的鸟都是先生，我觉得这只绝对是小姐，你看看她那么丰满，那么好看，值得去犯一两次罪。天主会原谅我的，因为我并没有想到其他坏事，只是喜欢这一桩而已。"

① 指交配。

第八章 我们好不容易见到教皇鹰

到了第三天，我们还是同前两天一样大吃大喝，没有什么意思。于是，庞大固埃急着想去见教皇鹰，可那位教堂司事却说教皇鹰并不是那么容易见到的。

"什么？"庞大固埃说道，"难道它头上戴着普路托的头盔，爪上套着古阿斯[①]的戒指，怀里揣着变色蜥蜴，可以隐身吗？"

"不是这样的，"教堂司事说道，"很难见到它是合乎常情的，不过，我会尽力而为的。"

他说罢，便转身离开，一刻钟以后回来，告诉我们这时候可以见见教皇鹰。他带着我们，蹑手蹑脚、静悄悄地来到教皇鹰栖息的鸟笼边。我们看到教皇鹰蹲在那里，两只小的红衣主教鹰和六只又肥又大的主教鹰陪在它身边。巴汝奇仔仔细细地打量着它的样子、举止和仪态，然后大声说道：

"该死的家伙，它戴着那个三重冕，看起来就像戴胜鸟[②]。"

"天主在上，说话小声点，"教堂司事说道，"它是有耳朵的，听力可敏锐，米歇尔·德·马孔[③]曾明智地说过。"

"戴胜鸟也有啊。"巴汝奇说道。

---

① 古阿斯：神话中吕底亚的牧羊人，手上有金戒指一枚，可以隐形使人看不见。

② 一种头上有冠的燕雀。

③ 可能是作者在一五三五至一五三六年在罗马认识的马孔主教查理·艾玛尔，当时是驻罗马大使。

“善良的人啊,如果它听到你们这样说亵渎的话,你们就完了。你们看见笼子里的那个水池吗?里面藏着霹雳、闪电、魔鬼和风暴,一眨眼的工夫可以把你埋入地下一百多尺深。”

约翰修士说道:“还是吃吃喝喝比较好啊。”

巴汝奇目不转睛地盯着教皇鹰和他的随从,突然看见笼子上有一只猫头鹰,他惊叫起来:

“天主在上,我们这下可完了,没救了。这里全是欺诈、哄骗、陷阱,看看那只猫头鹰,我们是被骗到这里来的。”

“嘘,小声点,”教堂司事说道,“这不是猫头鹰,这是一只雄鸟,是尊贵的财务官。”

庞大固埃说道:“让教皇鹰给我们唱唱歌吧,我们可以听听它悦耳的啭鸣。”

教堂司事说道:“它只在规定的时间唱歌,吃饭也一样要有规定的时间。”

巴汝奇说道:“我可不是这样,我可以随时吃饭,我们一起去喝酒吧。”

“你这样说才像话:这样说话,绝不会有人说是异端。我同意,喝酒去。”

回到喝酒的地方,我们看见笼子里有一只绿脑袋的主教鹰和三位教廷官吏在一起,他们全是快乐的鸟儿,全都坐在凉亭的阴凉处打着呼噜。旁边有一只美丽的教长燕,放开歌喉唱着颂歌,我们全听入神了,恨不得全身都长出耳朵,一点不漏地把它的歌吸入自己的五脏六腑。巴汝奇说道:

“那只漂亮的教长燕唱得那么卖命,头都要断了,你看那肥胖、讨厌的教长鹰只会在一旁打呼噜,魔鬼在上,我也得让它唱唱歌。”

他摇了摇挂在笼子上的钟,但他越是用力摇,那头主教鹰的呼噜只会打得更响,连一个音符也不唱。

“天主在上,”巴汝奇说道,“你这个自私鬼,今天我非叫你唱不可。”他捡起一块大石头,准备朝它的头部扔过去,教堂司事见状大声喊道:

“善良的人,你可以殴打、刺死、谋杀世上的所有君王,背叛他们,毒死他们,随你怎么处置都可以,也可以把天使赶出天庭,这一切都可以叫教皇鹰赦免你的罪。可是如果你珍惜你的生命和所有的享乐,在乎你的亲戚朋友,活着的还是死去的,甚至那些尚未出生的,那就千万别伤害这些圣鸟,否则灾祸便会降临所有的人身上。你还记得笼子里那个神奇的池子吗？”

巴汝奇说道:“我想我们还是喝酒去更好。”

约翰修士说道:“说得对。看到这些鬼鸟,我们忍不住要诅咒,而喝起酒来只会让我们赞美天主。我们喝酒吧,‘喝酒’这两个字听起来真舒服！”

我们就这样按教堂司事的要求豪饮了整整三天，才得以向教堂司事辞行。我们赠送给他一把精致的诺曼小刀,他比当时从一个农人手里接过一杯凉水的阿塔泽克西兹还高兴。他诚心诚意向我们感谢,还给我们船上送去各种各样的新鲜东西,此外还祝我们一路平安,胜利归来,还让我们以朱庇特的名义起誓,回来时一定要路过这里。最后,他向我们说道:

“我的朋友,要记住这个世界石头比男人多。千万别忘了。”

第九章 我们来到铁器岛

我们把肚子填得饱饱后，刚好刮顺风，便升起后桅帆，不到两天就来到了铁器岛。岛上荒无人烟，一眼望去，只见一排排参天大树，上面挂着锄头、铁帚、耙子、大镰刀、小镰刀、铲子、镘刀、短柄小斧、砍刀、锯子、锛子、剪子、凿子、钳子、铁锹和钻子。

此外，还有的树挂的是短刀、匕首、猎枪、大刀、索针、双刃剑、长剑、短弯刀、宝剑、窄长剑和折刀。

如果你想要，只要摇一摇树，上面的器械就会像李子般落下，而且落地的时候，会自然落到一种"鞘"的草茎里，自动套起来。不过，你要当心，不要让它们落在你的头、脚或身体的其他部位，因为落下时是尖的那一头朝下(这样才能准确地插入鞘内)，很可能造成重伤。在其他许多说不出名的树下，我还看到种类繁多的草，长得像矛、枪、梭镖、叉戟、三叉戟、干草叉、钺，而且长得很高，挨得着上面的树，可以接得上自己所需的刀身或尖头。而这些树早早就准备好刀身了，等着下面的草长上来，就像大人要准备好衣服，给脱去襁褓的小孩穿一样。

为了使你从今以后更敬重柏拉图、阿那克萨哥拉、德谟克利特(这些人可不是一般的哲学家)的意见，注意了，这些树在我们看来很像地上的动物，与我们所知道的动物没什么差别，都有皮肤、肌肉、脂肪、静脉、动脉、韧带、软骨、腺体、骨头、骨髓、体液、子宫、脑袋、容易看得见的关节，就像泰奥弗拉斯提斯所描述的那样，不同的只是植物的头(即它们的枝干)是长在下部，而头发(即根部)是植入土里的，脚(即枝条)是朝上的，就像是个倒立的人。

这些树和你们这些脓疮满身的人没多大区别，如果你们有风湿痛的腿和肩胛，会预见天气的变化，知道要下雨、刮风或出太阳，这些树的根、树干、树脂、树液也能预感长在下面的是什么器械的柄，可以为它们准备合适的刀身和尖头。不过，任何事物都可能出差错，这是自然规律(除了天主以外)。自然也不例外，它也会生出一些畸形丑陋的东西。我在这儿也看到了有些树长得不对，比如一只短戟朝着这些铁器树拼命长，结果碰到枝干时却不是接上铁的尖头，而是一扫帚头，不过扫烟囱正合适。有一根长矛柄却接上了大剪子，这也没事，可以用在除花园的毛毛虫上。还有一只钺的柄，碰到的却是镰刀，看起来不阴不阳的，但谁又在乎呢，农民用它收割庄稼刚好。相信天主，实在是太好了！

在我们回去船上的时候，我看见树后面有一些看起来像人、又不像人的，不清楚在做什么，似乎在磨什么铁器，也不知道在什么地方磨，也不晓得磨那东西做什么用。

第十章 庞大固埃来到骗人岛

离开了铁器岛的第二天，我们就来到了骗人岛，这座岛简直就像枫丹白露那样，土地贫瘠，连骨头（指岩石）都裸露在皮外面：沙尘漫天，沙砾遍地，寸草不生，令人感到有点窒息，更谈不到有什么良辰美景。领航人指着两块方形的小岩石叫我们看，每块岩石都有八个大小一样的角，雪白耀眼，看起来像是白大理石或是被覆盖着白雪。可是领航人说这是骰子，共分成六层，住着国内名列前二十名的可怕赌鬼，其中最大的一对是“双六”，最小的一对是“双么”，中间的称“双五”、“双四”、“双三”、“双二”，其余的是“六五”、“六四”、“六三”、“六二”、“六一”、“五四”、“五三”等等。我知道赌博的人很喜欢念咒语招来魔鬼，他们把两个骰子掷在桌上，就会万分虔诚地召唤着：“双六，我的朋友”（那是最大的魔鬼），或“双么，我的儿”（那是最小的魔鬼），或是“四二，快来吧，好小弟”等等，他们用名字和绰号亲热地召唤着魔鬼，称他们是自己的亲朋好友。但是魔鬼们并不是随叫随到，这是情有可原，因它们得根据召唤人的日期和感情的深厚来安排该去哪里，不该去哪里。然而，有的说魔鬼没有感官，也没有耳朵，这是不对的。这两者，魔鬼都有，而且很灵敏，你听我讲就明白了。

领航人还告诉我们，在这些岩石周围的海面上发生的触礁沉船、亡命伤财的事件数不胜数，比在叙而提斯、锡拉岩礁、卡律布狄斯大漩涡、西勒纳斯、希特罗菲得斯岛以及全世界所有海洋的漩涡和海沟里所发生的事故还多。我相信他所说的话，我记得古代埃及人制作的第一方块就用象形文字定名为尼普顿，用“么”代表阿波罗，“两点”代表狄安娜，“七点”代表密涅瓦等等。领航人还告诉我们,岛上有一个盛过圣血的盆子,是一件圣物,世上很少有人知道。在我们要上岸之前,庞大固埃再三央求当地执事,他才同意让我们看一眼。看这圣物的礼节十分隆重,比在佛罗伦萨瞻仰查士丁尼《法学汇编》的手稿,或在罗马看维罗尼卡的圣容巾[①]的礼节还要繁琐三倍。我从没见过用这么多贵重的丝绸包裹圣骸,还有这么多火把、圣烛、油灯,这么多的仪式。可是最后看到的只是一个烤兔子似的脸像。

此外,我们再也没有看到什么值得怀念的东西,除了看到一张"输钱女人的假笑脸",还有古时丽达生下且孵出的两个蛋的蛋壳,也就是那两个钻出来美人海伦的两个兄弟卡斯托耳和波吕丢刻斯的蛋壳。我们拿出面包换到的仅是一点点蛋壳。在离开骗人岛之前,我们还买了一大堆岛上的礼帽和便帽,对这些帽子的销售我不甚乐观,并且我相信那些购买我们帽子的人,再把帽子卖出去所得的好处不见得比我们还多。

---

① 耶稣背负十字架上山,维罗尼卡曾以布为耶稣拭汗,印有遗容,据说此布尚保存在罗马圣伯多禄大教堂。

第十一章 我们来到“穿皮袍的法猫”格里波米诺大公的洞穴

我们离开骗人岛之后，又来到另一个荒凉的岛屿——判案岛。其间，我们还经过了鬼门关岛。庞大固埃不愿意到那里去，这自有他的道理的，后来我们不得不佩服他，一走到那里，我们便被“穿皮袍的法猫”[①]格里波米诺大公下令把我们关押起来，失去自由，因为我们当中有人想把我们从骗人岛上买来的帽子卖给当地的一个执达吏。

那些穿“皮袍的法猫”是十分凶恶吓人的怪物，吞吃小孩，铺在大理石案上狼吞虎咽。酒友们，它们的脸就跟大理石贴着，鼻子哪有不被磨扁的道理！它们的皮毛不是向外长的，而是向内长的。它们的标识是敞口的口袋，但戴法各不相同：有的挂在脖子的围巾上，有的垂在尾巴上，有的吊在肚皮前，还有的悬在腰上，各式各样都有它不可告人的原因。它们的爪子又长又锐利，一旦被它们抓住，谁也休想逃脱。它们有的戴方形帽子，有四个斜槽或四条褶子，有的是反着戴，有的戴着黑色的大炮式帽子，还披上斗篷。

在它们的洞口，我们看见了一位乞丐，便布施一块硬币，他对我们说：

“善良的人们，愿天主保佑你们平安无事地从里面出来。你们可得当心这些厚颜无耻的强盗，它们可是所谓捞钱的‘格里波米诺(意为残忍贪

---

① 影射穿着貂皮镶边法衣的法官。

得无厌)'法律的支持者。请记住,如果你们能再活六个奥林匹克和两只狗的寿命[1],你们就会发现这些'穿皮袍的法猫'统治着整个欧洲,要是它们的后代没有一下子把这些不义之财挥霍一空，它们便会心安理得地占据所有的田产和财物。请相信一位诚实的乞丐说的话。这些老奸巨猾的恶棍以第六种元素[2]作为自己卑劣行径的准则,巧取豪夺、烧、杀、抢、掠,随便把人关押,严刑拷打,无恶不作。它们颠倒是非曲直。对它们来说,邪恶是美德,卑鄙是善良,背叛是忠诚,偷窃是赠予,抢劫就是它们的座右铭和所作所为,并能得到所有人的赞同,不赞同的人就是异端,因为它们拥有至高无上、不容违抗的权力。

"我所说的一切,你们可以从草料架上,而不是草料架[3]下的食槽找到证据。你们要记得我讲过的话。如果世界发生瘟疫、饥荒、战争、风暴、地震、火灾或其他的大灾难,请不要以为这是灾星合谋、罗马教廷腐败、世上国王和君主的暴政招致的,也不要责怪那些伪教士、异端、假先知、放高利贷者、伪币制造者、削刮银币者的招摇撞骗,或归罪于内外科医生、药剂师的愚昧、无耻和疏忽,或说这是毒死丈夫、杀死婴孩的淫妇违背伦常,而要把这一切都归到在"穿皮袍法猫"的洞穴里源源不断制造出来的不可告人的、令人无法想象、无法估量的罪恶上。然而它们并未遭人诟骂、没有被纠正或受到惩罚,因为这一切就像犹太教的神秘哲学那样不为世人所了解。但是,如果有一天它们的罪行暴露在大庭广众面前,那么无论它们多么能言善辩的代言人,无论多么严肃、甚至酷厉的法律也无法能令人生畏地为它们辩护，无论多么有权势的君主或法官也无法利用自己的权力免它们一死,它们全都应受到应有的制裁,活活地被烧死在自己的洞穴里。它们的亲生儿女,那些"穿皮袍的小法猫"以及所有的亲戚朋友也会对它们深恶痛绝。

"因此就像汉尼拔,当着他父亲哈米尔卡的面庄严、神圣地宣誓,在有生之年他一定会迫害罗马人一样,我也接受先父的遗训,要待在此洞口,

---

① 狗大约可活十年上下，"两只狗的寿命"，大约是二十几年。

② 当时化学家只提出五种元素，此处所谓第六种元素，是指"穿皮袍的法猫"的卑劣行为令人不可想象。

③ 指执法官员的办公案头。

等着上天的霹雳打在这些法猫身上把它们烧成灰烬，就像惩罚提坦那样触犯天庭的叛贼。那是因为人类受过无数次打击，已经变得麻木不仁，他们对‘穿皮袍的法猫’在他们身上已经犯下的、正犯下的，或谋划的罪行毫无感知，也预见不到，即使他们察觉了，既不敢，也没有能力铲除它们。”

“真的是这样吗？”巴汝奇问道，“天主在上，我不想进去了，我们赶紧回去吧，赶紧回去。

这诚实乞丐的话使我震惊，
胜过秋天晴空的霹雳雷声。”

我们想赶紧退出去，却发现洞门已锁，有人对我们说，这里如同阿维尔诺地狱之门易进难出，如果没有拿到“穿皮袍法猫”的释放证休想出去。俗话说，离开城市的大会可没有离开村镇的小集那么容易，何况我们又是那些须有纳税证明和书面许可方可进出的赶集赶会的小摊贩。

最糟糕的，是要进去里面索要释放证。因为要拿到这张证明，我们必须去见一个丑陋得无法形容的怪物。他的名字就叫格里波米诺，长得就跟开米拉[①]、斯芬克司、刻耳柏洛斯[②]，或奥西里斯[③]的形状一样丑陋。埃及人雕塑的奥西里斯是三个头接在一起的：一个是怒吼的狮头，一个是谄媚的狗头，还有一个是打哈欠的狼头，它们被一条咬住自己尾巴的巨狼缠在一起，被一道道亮光包围着。格里波米诺双手沾满鲜血，有哈比怪物的利爪，乌鸦的嘴，壮实野猪的利牙，两只眼睛像地狱的入口往外喷火。它从头到脚都被司法的行头包裹起来，只能看见露在外面的爪子。

它，以及和它一块儿的法猫们，坐在一条又长又宽，崭新的草料架那里，同刚才乞丐告诉我们的一模一样，那漂亮又结实的饲料槽就在上面，而不是在下面。主位的右边挂着一幅苍老女人的画像，右手拿着镰刀状的剑鞘[④]，左手托着天平，鼻子上戴着老花眼镜。两边的托盘上各放着一个绒

---

① 开米拉：希腊神话中的狮头、羊身、蛇尾的吐火女怪。

② 刻耳柏洛斯：希腊神话中守卫冥府入口的三个头的猛犬。

③ 奥西里斯：古埃及的冥神和鬼判。

④ 剑代表司法，这里镰刀状的剑鞘象征空洞、扭曲的司法。

里的袋子,一个装满了金币,重重地往下坠,一个空荡荡的,翘得高高的。我猜这就是格里波米诺司法公正的画像, 这与古时底比斯人的社会真是差别太大了。他们的法官死后,根据他们的功劳大小,用金的、银的,或大理石的不同材料为他们塑像,但都是没有手的,这表示他们是清廉的。

我们走上跟前,一群稀奇古怪的人,全身都挂满大包小包,披着写满字的羊皮纸,示意我们坐在矮凳上,就像坐在教堂里的忏悔席一样。巴汝奇说道:

“你们这些流氓恶棍,朋友们,我身体好着呢,站得正,这凳子对穿新裤子和短上衣的人太低了。”

“坐下来!”他们厉声说道:“不要让我们再说第二遍!现在问什么就说真话,若有假话,脚下的地马上就会裂开,把你们活活地吞掉。”

第十二章　格里波米诺让我们猜谜

我们刚一坐定，在“那穿皮袍的法猫”中间的格里波米诺便发出嘶哑的吼声：

“快点，快点，快点！”

“酒来，酒来，酒来！”巴汝奇嘟哝着。

格里波米诺迫不及待地出了谜：

豆蔻年华的金发姑娘，
还未结婚却先有身孕，
分娩顺利无丝毫痛苦，
刚一出世就像蛇一样，
生来性情急躁又乖僻，
咬伤母亲肋旁真造孽。
从此飞翔天空行如风，
登山下谷游四面八方，
使智慧之友叹为观止，
莫非是人性的大动荡。

“快点，快点，”格里波米诺咆哮着，“快说出谜底，马上告诉我这说的是什么。快点！”

“天主在上，”我回答道，“如果我碰巧有斯芬克司在身边，天主在上！

或是能像为你们铺平道路的维莱斯[①]那样有个青铜的斯芬克司,我就能很快猜出你的谜语了。不过,天主在上,那时还没我呢,所以天主在上,我绝对是清白无辜的。”

“好吧!”格里波米诺大声嚷道,“冥河在上,你既然什么也不说,好吧!好吧!我就让你看看落入路西弗和其他魔鬼的利爪,是不是会比落入我们的手里更好!你很快就会看明白的,好吧!你这个混账东西,你说自己清白无辜就想躲过我们的刑罚。告诉你,没那么容易,我们的利爪就像蜘蛛网一样,像你们这般愚蠢的小苍蝇、小蝴蝶全都被困在里面,跑也跑不掉,只有大牛虻才能冲破这张罗网,好吧!我们并不想捕获大盗窃、大暴君,这些东西我们可吃不消,会把我们噎死的!好吧!好吧!而你们这些微不足道的无罪的小可怜虫是不会害我们的,好吧!魔鬼会为你们唱弥撒的!”

约翰修士听完格里波米诺的一长串的辱骂实在受不了,便说道:

“喂,你们这些穿裙子的魔鬼,你们怎么能问一个他不知道的事情呢?说实话你们还不满意吗?”

格里波米诺说道:“你好大的胆啊!这可是我掌权以来第一个没经过我允许就敢说话的。是谁把这傻瓜疯子放到这里?”

“你这个大骗子。”约翰修士咬牙切齿地说着。

“轮到你回答时,看我怎么收拾你!”

“恶棍,胡说八道。”约翰修士嘴里嘟囔着。

“哦,你以为是在学院的森林里,和那些无所事事、整天探求真理的傻瓜在一起吗?在这儿完全是不一样的,我直截了当地说了,你们要回答一无所知的问题,承认你们从来未曾做过的事。就这样,要回答你们所不知道的问题。即使你满腔怒火也必须忍耐,我们要把鹅毛拔掉,还要鹅忍气吞声。你们没有请有权势的律师为你们辩护,我可看明白了,愿你们一辈子同瘟疫结婚过日子!”

“你们这些魔鬼,”约翰修士叫道,“不,是大魔头,你想叫修行的修士结婚,我可要控告你是异端!”

---

① 维莱斯:罗马执政官,曾因受贿赂受审,把一个斯芬克司的青铜塑像送给为他辩护的律师。

第十三章　巴汝奇解出格里波米诺的谜语

格里波米诺假装没听懂约翰修士的话,转头冲着巴汝奇说道:

“好吧——好吧——好吧！你这小丑,还有什么话要说吗？”

巴汝奇说:

“冲着魔鬼说话！这里的人没有一个头脑不发昏的。冲着魔鬼说话！无辜的人在这里根本得不到保护,倒是魔鬼舞蹁跹,在为我们唱弥撒,魔鬼在上！请允许我为大家付款,然后放我们走吧。实在忍受不下去,魔鬼在上！”

“放你们走？”格里波米诺说道,“没这么便宜,近三百多年来,还没一人能逃出这里,除非把你们的毛留下,或者把皮留下。放你们走,不就说明我们无缘无故把你们叫到这里,对你们待遇不公吗？你们真倒霉,假使猜不出我的谜,那就更倒霉了。快点,快点,说说我的谜语是什么意思？”

“好吧,魔鬼在上！”巴汝奇回答,“那是一只黑豆象,是从那白白的干蚕豆里钻出来的。它先在蚕豆里咬个洞,破洞而出就成了飞虫,时而在空中飞,时而在地上爬。引起第一个智慧之友,也就是哲人毕达哥拉斯对这种出生方式的迷惑不解,认为可能是人的灵魂转世。魔鬼在上,如果你们也都是人,你们死之后,按毕达哥拉斯的说法,你们的灵魂会寄生在黑豆象的身体里,因为你们在世时什么都咬,什么都吃,到来生,一定也会像毒蛇一样咬伤自己生母的肋旁,冲着魔鬼说话！”

“就着天主的圣心起誓！”约翰修士说道,“我真希望我的屁眼能变成一颗白蚕豆,让那些黑豆象咬一咬。”

巴汝奇说完话,便把一个装满金币的钱袋扔在审判厅的正中间,那些

“穿皮袍的法猫”一听到钱币的叮当响，个个张牙舞爪，就像乱弹琴的人高兴地欢呼着：

“香料来了！香料来了！这个案子真不赖，味道真香，真可口。这些可都是大好人。”

“是金子，”巴汝奇说道，“是纯正的金子，我向你们保证。”

格里波米诺说道：“庭上明白，对，对，对！你们可以走了，对，对，我们允许你们走了。我们虽然很黑，但还不及魔鬼，对，对，对！”

我们终于出了洞门，有几个带路人把我们带到码头。在上船之前，他们建议我们先向格里波米诺夫人以及所有“穿皮袍的雌猫”赠送厚礼才起航，否则，他们还会奉命把我们带回那个洞里。

“真见鬼，”约翰修士说道，“我们得掏掏自己的钱袋，数数看还有多少钱，尽量满足他们好了！”

“不过，”那些带路人又说，“可别忘了给穷鬼酒钱。”

约翰修士说道：“我们从来不会忘了这些穷鬼，不管在哪个角落，哪个时候，都忘不了他们的。”

第十四章 “穿皮袍的法猫”怎样以贿赂为生

约翰修士的话还未说完，就发现大约有七十八艘的桨船和快速帆船往码头靠岸。他赶紧去打听消息，看看船上装着什么货物，只见每条船都装满了野味，有野兔、阉鸡、鸽子、猪、山羊、凤头麦鸡、雏鸡、鸭子、野鸭、鹅和其他各种可食用的猎物。他还看到船上有成匹成匹的丝绒、绸缎和大马士革锦缎。他问水手这些精美的物品要运往何处、送给何人。他们都说这全是送给格里波米诺大公、“穿皮袍的大小法猫”。

“那么，你们管这些东西叫什么？”

“贿赂。”他们回答道。

“没错！”约翰修士说，“他们以贿赂为生，他们的子孙将会因贿赂而死。天主在上，情形确实是这样的。他们的上辈靠贵人为生，贵人便凭自己的能力，苦练放鹰和狩猎，练就一身好本领，可以随时迎战，因为猎场如战场。色诺芬尼[①]说得好，骁勇善战的将军就像从特洛伊的木马中出来一样，是来自猎场。我不是学者，只是听说而已，不过，我是相信的。按照格里波米诺的说法，这些猎人死后灵魂将托生在豪猪、牡鹿、山羊、鹭鸶、竹鸡等禽兽的体内，因为这些都是他们生前喜爱和猎捕的东西。而这些‘穿皮袍的法猫’在摧毁并吞食他们的府邸、田地、房屋、财物、租金、收入之后，还要在来生继续猎捕他们的血和灵魂。哦，那个乞丐说得一点也没错，事先提醒

---

① 色诺芬尼：古希腊将领，历史学家，苏格拉底的学生。

我们要注意那些草料架上的食槽！”

巴汝奇问那些水手：“你们是怎样弄到这么多猎物的？国王曾颁布诏令，不许猎杀牡鹿、雌鹿、豪猪、山羊等野兽，违者处以绞刑。”

“这倒是真的，”他们当中有一个人说了，“伟大的国王是如此善良、仁慈，而这些‘穿皮袍的法猫’却凶狠残暴，嗜教徒的血成性，因此，我们宁可触犯国王的法令，也不敢不贿赂这些‘穿皮袍的法猫’。特别是明天格里波米诺要把他的一只雌猫嫁给一只穿着厚厚皮袍的雄猫。过去，这类雄猫被称作‘吃草猫’，可是他们现在已经不吃草了。现在，我们称它们为‘吃兔猫’、‘吃竹鸡猫’、‘吃雉鸡猫’、‘吃山鹬、吃猪、吃羊、吃兔猫’了，因为它们吃的就是这些东西。”

“胡说八道，”约翰修士说道，“明年你们就叫他们‘吃粪猫’、‘吃屎猫’、‘吃大便猫’。你们信不信？”

“此话怎样讲？”他们问道。

“现在有两件事情要做，”他接着说道，“第一，先把这些野味扣下来，腌肉我早就吃腻了，一吃就让我的肠子上火。不过，我是会照付钱的。第二，我们赶回去，把那些‘穿皮袍的法猫’赶尽杀绝。”

“别叫我去，”巴汝奇说道，“我才不去了，我天生就胆小。”

第十五章 约翰修士做出铲除“穿皮袍法猫”的决定

“以我身上的会衣说话，”约翰修士说道，“这叫什么旅行？简直糟糕透顶，算是大便旅行！我们只会放屁，放屁完屙屎，胡言乱语，正经事一样也没干。天主那个心脏，这可不是我愿意过的日子！如果我白天不英勇地干点事，我晚上就翻来覆去睡不着觉。你们要我和他们一起旅行，难道只是为了唱弥撒、听忏悔吗？以天主的名义说话，第一个向我作忏悔的人，就让他马上补赎去，我会把他当成一个一无是处的胆小鬼，将他脑袋朝下扔进海底，让他免受炼狱之苦，我可是说到做到！

“你们知道海格立斯为何能英名远播、千古不朽吗？这还不是因为他无论走到哪里，都会把百姓从暴政、灾难、危险、压迫中解救出来吗？他把所有的强盗、恶魔、毒蛇以及所有害人的猛兽赶尽杀绝。为什么我们就不能效仿他，在我们所到之处也成就一番伟业呢？海格立斯把斯图姆帕洛斯的鸟群一网打尽，斩除了列尔内的九头蛇，扼死过卡考斯、安泰俄斯和半人半马的肯陶洛斯。我不是学者，可这些都是学者们记载下来的。我们以海格立斯为榜样吧，向这些‘穿皮袍的法猫’发动进攻，把他们铲除掉！他们全是罪恶的鹰隼，让我们把这块土地从暴虐的统治中解救出来。

天主在上，若是我能有海格立斯那样勇猛善战，我就不需要你们的帮助，也不要你们的指教了。怎么样，你们意下如何？我们干不干？我告诉你们吧，要杀掉它们并不难，它们打不了仗，这点我很清楚，还记得我们对它们的辱骂比十头猪喝下的泔水还多吗？可他们宁愿忍气吞声，也不敢还口。走！

“他们才不在乎受侮辱，丢脸面。只要钱袋鼓鼓囊囊，装满金币就行，即使全身是脏屎也无所谓。我们能像海格立斯那样打败它们，只是我们这里缺少阿尔戈斯国王欧里斯透斯[①]的命令，我现在只寄希望给朱庇特，让他携带雷电到它们那里走一遭，几个小时就行，就像他从前看望我们的好友巴克斯的母亲塞默勒那样就行了。”

巴汝奇说道：“仁慈的天主保佑我们历尽千难万险，终于逃脱它们的魔爪已经是万幸了。我决不走回头路，再受两遍苦。至今想起所遭受的折磨，我还全身发抖呢。我害怕去那里有三个理由。第一，因为我害怕；第二，因为我害怕去那里；第三，因为那里我害怕去。约翰修士，请你把右耳贴近我的左睾丸听一听，无论什么时候，哪怕是到什么魔窟去，或是到阴曹地府里见弥诺斯、爱考士、拉达曼图斯和狄斯这些冥府判官，我绝对奉陪到底。就算跟你一起渡过阿开隆、斯提克斯、高塞士斯这些冥河，把头深深地埋进雷塞河，喝忘川水，付给卡戎[②]双份的摆渡钱，我也在所不辞。若要再回那个该死的洞，你不想一个人回去，请找其他人陪你吧，我绝不回到那儿去，说到做到，决不食言。除非用武力挟持我，否则，我这辈子是不会靠近那个地方，就像海格立斯所立的两根柱子，卡尔坡山不能越过直布罗陀海峡接近阿比拉山一样。尤利西斯是否曾回到独眼巨人库克罗普斯的洞穴里寻找他的宝剑？朱庇特在上，他没有那样做。无论如何，我没在那里丢下东西，我是不会回去。”

约翰修士说道：“哦，你说得可头头是道，可是手为什么就不听使唤呢？我们学那博学的蠢驴邓斯·司各脱那样来谈一谈。你为什么把那满满一袋的钱扔给他们？谁强迫你了？我们的钱是不是太多了？扔给他们几块钱币不就得了吗？”

巴汝奇说道：“你没看到格里波米诺每次开口说话时，都要打开那个丝绒钱袋，嘴里不住地说着，‘好的，好的，好的’，也就是说‘拿金子来，拿金子来，拿金子来’。把金子扔给它们，我们就能脱身了。要知道，丝绒钱袋可不是装铜钱的，而是金子。约翰修士，你这个头脑简单的家伙，你懂么？等你

① 欧里斯透斯：希腊神话中阿尔戈斯国王，曾命令梅格立斯执行他的十二个功绩。

② 神话中地狱里斯提克斯河上的老船工，专摆渡阴魂过河，收摆渡费，若不付钱，要在岸上等一百年。

像我一样体验过烤人和被烤是怎么回事,你就不会这样说话了。现在我们还是把船开得越远越好,这也是它们给我们的警告。”

那几个带路的无赖还在码头等着,为了得到赏钱。当他们一见到我们要开船,便围住约翰修士,提醒我们要按法庭释放犯人的规定付给他们一笔赏钱,否则不能动身。

“真是活见鬼,”约翰修士叫道,“你们这群爪牙还在这里晃,难道你们骚扰我们还不够吗?天主在上,我会马上给你们赏钱,我说到做到。”

说时迟,那里快,只见约翰修士拔出短剑,跳下船头,挥刀朝他们身上猛砍,他们仓皇逃窜,跑得无影无踪。

可是麻烦事并没有就此了结。我们和格里波米诺周旋的时候,有几个水手得到庞大固埃的允许,到一家酒馆吃喝休息去了。我不知道他们是否付了酒钱,那个酒馆老板,一个老丑婆看见约翰修士站在岸上,便叫来一个执达吏(“穿皮袍法猫”的女婿)和两个跟班的当证人,告约翰修士的状。约翰修士被纠缠不休,极不耐烦,不禁大声喊道:

“你们这些无赖,是不是想跟我说我们的水手蛮不讲理?恰恰相反,他们都是通情达理的,我会马上请这把短剑法官来裁决。”

约翰修士说罢便挥起短剑,那些无赖撒腿就跑,只剩下那个老太婆,她对约翰修士说水手是通情达理的,只是没付饭后睡觉的床铺费,要付给五个金币。

“是吗?”约翰修士说道,“这太便宜了。他们真是有幸啊,这个钱由我来付好了,不过我要先看看是什么床铺。”

那个老太婆领约翰修士到她的酒馆,让他看看床铺,还不停地夸奖床的各种优点,说这样的好床铺付五个金币实在不算多。约翰修士付完钱后,便挥起短剑,把被子和枕头劈为两半,把里面装的羽毛扔出窗外,那些羽毛随风飘扬,那个老太婆赶紧下楼,喊着救命啊,杀人了!一边还不顾一切地追赶着空中的羽毛,想尽量挽救一些损失。约翰修士趁着羽毛像雪花满天飞舞,昏天暗地时还把床上的被窝、床垫,还有两条床单都带回船上去了。他把这些东西送给水手,并对庞大固埃说这些物品比在酾农买得便宜多了,虽然酾农产的鲍提尔鹅毛很出名。在这里,那个老太婆要五个金币的床位在酾农可要十二个金币。

约翰修士和其他人一上船之后,庞大固埃便下令张帆开船,可是海上突然刮起猛烈的东南风,我们一时迷失了方向,船又开回“穿皮袍法猫”的国土上。船被卷进了一个大漩涡,波涛汹涌,海浪涛天,桅杆上有一个小水手高声喊着他又看见“穿皮袍法猫”管辖的那可怕的王国了。巴汝奇一听到,吓得浑身发抖,不停地喊着:

“船长,我的朋友,不管刮什么风,掀什么浪,改个方向吧,不要再回到那邪恶的地方了,我的钱袋可都扔在那里了。”

后来,风把他们吹到另一座岛边上,一开始,他们还是不敢上岸,只是把船停在离岸一英里的巨石边。

第十六章 庞大固埃来到愚人岛以及遇到的奇事和妖魔

把锚抛下，船稳定后，大家下了船。善良的庞大固埃诵经感谢天主把我们从危险中解救出来。随后，他便带着随从一起上小船，准备靠岸。这时风平浪静，我们很顺利登上一块大岩石。

大家陆续上了岸，爱庞斯特蒙正环顾这险要地势，山石嶙峋的海岛时，一眼瞥见当地的几个居民。他最先跟其中一个人打招呼，此人穿着一件紫红色的短外套，那可是国王的颜色，羚羊皮做成的袖子，袖口镶着英式花边，戴着摺边帽，看起来仪表不俗，后来我们打听到他的名字叫"赚钱多"。爱庞斯特蒙问他这些奇异的石头和山谷叫什么名字，"赚钱多"回答说："这片多山的地区是从诉讼国的领地分出来的，叫诉状岩，从这里往前渡过一条小河就是愚人岛。"

"神圣的《敕令》在上，"约翰修士说道，"请问你，你们靠什么为生呢？能不能告诉我，从你们的杯子里能喝到什么东西？我看此处除了状纸、墨盒、笔以外，别的一无所有。"

"赚钱多"回答："我们恰恰以此为生，凡是要来这座岛办事的人都必须经过我们这里。"

"为什么呢？"巴汝奇问道，"难道你们是理发师，凡经过这里都要理理头发？"

"是的，""赚钱多"回答，"不过，我们剪的可是他们的钱包。"

"天主在上！"巴汝奇说道，"你在我身上可剪不到一分钱！求求你，好好先生，带我们去愚人岛吧，我们刚从聪明岛过来，在那里混得并不好，一分钱也没赚。”

“赚钱多”好歹答应了，领着大家边说边走，很快就渡过了小河，来到了愚人岛。庞大固埃饶有兴趣地欣赏着那里的房屋建筑，房屋的样式很像一个巨型的葡萄榨汁器，里面有五十级台阶，在进入主榨汁器(此处分有大、中、小型和隐蔽型的各式榨汁器)，要先穿过一条长柱廊，就可以看到里面几乎摆着来自世界各地的各式各样的压榨工具，有绞刑架、示众架、酷刑架等等，到处都是这些刑具，看得我们胆战心惊。“赚钱多”见庞大固埃看得出神，便说道：

“大人，我们进去看吧。这里没什么。”

“什么？”约翰修士问道，“这没什么？冲着我热得发烫的裤裆的灵魂说话，巴汝奇和我都饿得发抖了，我们宁愿喝酒去，也不想再看这些惨不忍睹的景象。”

“那好吧，跟我来。”“赚钱多”说道。

于是，“赚钱多”领我们到后面的一个小榨汁器里，岛上的土语称它为皮提斯(意为酒桶)。你们不用问我们的约翰或巴汝奇先生有多么高兴，那里的食品应有尽有：有米兰香肠、印度雉鸡、阉鸡、火鸡、马姆齐甜酒等各种美食佳酿，都已准备停当。

一个管酒的侍者看到约翰修士目不转睛地盯着一瓶同其他酒瓶分开，单独放在饭橱的酒，连忙对庞大固埃说道：

“大人，我看你们当中有人看上那瓶酒了，求求您叫他别动，这是给老爷准备的。”

“什么？”巴汝奇说道，“这里有老爷么？噢，现在正在收割葡萄呢。”

“赚钱多”带着我们从一条狭窄昏暗的楼梯走进一间小屋子，让我们看看在大榨汁器里的老爷。他告诉我们不能贸然而进，没经过他们允许就随便进去是非法的，因此我们只能透过小窗户看见他们，而他们却看不见我们。

我们看到在大榨汁器里有二十至二十五个肥胖的家伙面对面围坐在铺着绿台布的绞台边，他们的手有仙鹤的腿那么长，指甲至少有两英尺长，因为不许剪指甲，指甲长得弯起来，就像船锚和抓钩一样。这时候，从外面送进来一大串当地收割的葡萄，这种葡萄在广场“特别区”的葡萄架上常常看到[①]。他们一拿到葡萄，便迫不及待地塞进榨汁器里，反复不停地压榨，流出了金黄色的油汁，而那串葡萄的汁全被榨干，只剩干瘪的渣子。"赚钱多"告诉我们像这么饱满、汁又多的葡萄并不是经常能得到的，不过他们的榨汁器里总是有其他葡萄可榨。

"老兄，"巴汝奇问道，"他们是不是还压榨许多不同种类的葡萄？"

"是的，""赚钱多"说道，"你看他们刚放进榨汁器里的那一小串葡萄，那是从教会的什一税里来的，他们前几天就几乎把它榨干了，可是油里带着一股刺鼻的神职人员的钱柜的味道，老爷们没榨出多少油水。"

庞大固埃问道："那么为什么还要再榨一遍呢？"

"赚钱多"回答："他们想看看是否还有一丁点儿汁或其他东西留在葡萄皮上。"

"圣人在上！"约翰修士叫道，"你们称这些人是愚人吗？他们就像撒旦一般，就连石墙也想榨出油来。"

"确实如此，""赚钱多"说道，"因为他们经常把城堡、草地、森林扔进这个大榨汁器，想榨出适合饮用的金子。"

"你说的是能携带的金子吗？"爱庞斯特蒙说道。

"我说的是能饮用的，""赚钱多" 说道，"他们这儿的人喝的金子大大超过他们所需要的。那要压榨的种类实在太多了，没人能说出有多少种。你到这儿来看看，这院子里还有一千多种等着要榨取的。有公家的、有私人的财产——来自防御、借贷、赠予、司法审判、王室田产、日常零用钱、驿站、礼品，还有皇家的[②]等等。"

"那个被一群小个的团团围住，又肥又大的叫什么？"

"那是国家金库，""赚钱多" 回答，"那是全国最好的品种，榨过它之后，准保老爷们六个月也不会干渴。"

当老爷们最后起身走出去时，庞大固埃恳求"赚钱多"带我们去参观那台大榨汁器，他爽快地答应了。我们一进去，那位懂得世界各种语言的爱庞斯特蒙便告诉庞大固埃那个大榨汁器上镌刻的字母是什么意思。"赚

---

① 此处影射一五三五年九月四日因舞弊案被吊死的约翰·彭舍，"特别区"指弥补战争费用的"特别税"，约翰·彭舍系当时的财政部长，案发后，彭舍被吊死，财产充公。此处"一大串葡萄"就是指他。

② 都是当地的苛捐杂税。

钱多"告诉我们,这是用苦刑柱的木头[①]做成的,这器具的每一部分都用当地的语言写上它的名称。那大轴承叫"收入",接盆叫"支出",铆钉叫"政府",横轴叫"未收付款",大桶叫"未清账款",传动器叫"豁免金",转动杆叫"应收款",酿酒桶叫"超价",吊环螺栓叫"佃租",压榨槽叫"付清",料斗叫"签署",收割篓叫"有效汇单",勺斗叫"债权",漏斗叫"结清"。

"冲着香肠国那尊贵的皇后说话,"巴奴奇说道,"埃及的象形文字永远也写不出这种黑话!真见鬼!这些语言听起来简直就像羊粪一般令人作呕。可是我的朋友,我的老兄,为什么称这些人是愚人呢?"

"赚钱多"回答:"因为他们既不是、也不可能是有学问的人,这里的一切都在愚昧中进行,毫无道理可言,一切都是老爷们说了算,完全按老爷们的意思和指令办事。"

"天主在上,"庞大固埃说道,"既然葡萄获得这么好的收成,那么葡萄枝和宣誓可大派用场了。"

"那还用说吗?""赚钱多"说道,"这跟你们国家可大不一样,你们那里的葡萄枝和宣誓一年只有一次有用。"

从那里面出来后,"赚钱多"又领我们参观其他上千个小榨汁器,我们看见一个小台子,周围围着四五个龌龊不堪的愚人,可是他们脾气很暴烈,就像尾巴上拴着火炮的驴。他们用一个小榨汁器,把榨过的葡萄的残渣再榨一遍,用当地的话来说,他们被叫作"核对者"。

约翰修士说道:"这些人可是我这辈子见过的最严酷残忍的恶棍了。"

我们离开那台大榨汁器和这么多小榨汁器时,看见许多收割葡萄的人,用一种叫作"记账单据"的工具在收割葡萄。最后我们来到一间低矮的大厅,看见一只大的看门狗,长着两个头,狼的肚子,那爪子就像朗巴勒墙上魔鬼的爪子。这只狗受到老爷们的特殊照顾,是专门喝一种叫作"罚金"的牛奶长大的,因为只有它才配得上享受好地区的收入。他们用愚人岛的话叫它"双倍罚金"。它的母亲也在那里,长得很像它,只是长着四个头,两个雄的,两个雌的,它的名字叫作"四倍罚金"。除了它的祖母外,它可是我们见过的最凶猛最危险的动物。它的祖母被关在一间叫作"漏收项目"的

---

① 意思是说:"是用受刑者的财产造的"。以后的一系列名词,一面是属于压榨葡萄的术语,一面是会计财簿术语。

小屋里。

约翰修士肚子里总有二十码空肚肠，随时都可以吞下律师的大肉块。他饥肠辘辘，便问庞大固埃是不是该吃饭了，还提议让“赚钱多”跟我们一块去。我们从后门走出来时，看见一个老头被链条拴在门口，看起来半疯半傻，就像半阳半阴的魔鬼。他戴着眼镜，就像背着壳的乌龟，他只吃一种用当地语言来说叫作“审核”的肉。

庞大固埃见了他，便问“赚钱多”这位官吏是属于哪类，叫什么名字。“赚钱多”说这个老头子一向被拴在那儿，老爷都不喜欢他，他差点儿被饿死，他的名字叫“复审”。

“教皇那神圣的家伙在上！”约翰修士说道，“他真是个舞蹈高手，难道愚人岛的老爷们会过分恩宠这位伪善的白痴。天主在上，巴汝奇朋友，仔细看看他是不是长得很像格里波米诺。这里的人虽然被称作愚人，懂得的事情不少于别处的人。拿根鱼皮鞭子狠狠揍他一顿之后，就让他滚回老家去。”

“就着我的这副东方眼镜说话！”巴汝奇说道，“约翰兄弟，我的好朋友，你说得一点没错！看看这个骗人无赖的嘴脸，他比我们周围的这些愚人还要愚昧无知，还要邪恶歹毒。这些愚人拼命敛财，也拼命干坏事，毫不拖延，寥寥数语，就把整个葡萄园收光，卖光。他们并不担心预审或重审，当然这是‘穿皮袍的法猫’最为气愤的事。”

第十七章 我们来到皮桶岛及所见的怪事

我们立即出发前往皮桶岛，在路上还把上鬼门关岛和在“穿皮袍的法猫”的国家里发生的事告诉庞大固埃。他听了异常难过，就在船上作了几首哀歌。

我们上了皮桶岛，吃了一点东西，取了淡水和准备些木柴补充船上的供给。当地人看起来都很和气大方，非常友善。

他们个个长得圆圆滚滚的，就像皮做的桶子，由于脂肪太多，不停地放屁。我们发觉(这是在其他国家见所未见的)他们在皮上划口子，让脂肪流出来，就像我们家乡的纨绔子弟割开裤子的上端，让塔夫绸的内里露出来。他们这样做并不是徒慕虚荣，也不是炫耀卖弄，只是为了使身体舒服些，不然皮肤实在受不了。他们这样做就会长得更大更圆，就像园林工人割破小树苗的树皮，刺激它们长得更快，更茁壮。

我们看见离码头不远处有一家豪华的饭店，里面挤满了许多皮桶人，男男女女、老老少少，各种各样的人都跑到那里。我们本来以为举行什么节日盛宴，后来有人告诉我们，他们是被邀请参加饭店主人的开膛典礼，所有的亲朋好友、左邻右舍都赶来参加。因为听不大懂他们讲的话，我们还以为这个地方的喜宴就叫“开膛”(像我们叫作结婚、订婚、安产、剪毛、收成举行宴会请客一样)，后来才知道那店主人当年可是个狂饮滥吃的好汉，里昂浓汤一碗接一碗灌下肚，吃了上餐，还等着下餐哩，一天到晚嘴巴不停(就像路亚克的店主一样)，近十年来放出的屁足有一吨脂肪，已经到了开膛的时候啦！按照当地的风俗，开膛了结生命。由于多年来不停地割皮，腹膜和肚皮就像脱了底的桶那样,再也关不住那些肠子。

巴汝奇问道:“善良的人们,你们难道就不懂得用结实的带子,坚固的枝条,甚至还可以用铁条把他的肚皮捆绑起来。如果能这样捆起来,肠子就不容易露在外面,也就不需要那么早开膛了。”

巴汝奇的话只说了一半,我们就听见空中传来一阵巨响,就像铁链啪地折成两段的声音。邻居告诉我们开膛已经结束了,那声巨响就是他临死前放的响屁。

我不禁想起了尊敬的沙斯特利埃教长(他除非穿上教长的衣服,否则是不会同意同侍女上床的)。在他晚年的时候,他的亲戚和朋友竭力劝他脱离修道院,但他却说在他躺下之前是绝不会脱下会衣,他最终放出的屁也要是神圣的教长屁。

第十八章 我们的船只搁浅，得到“第五元素”[1]臣民的救援

我们启了锚，解开了绳索，顺着微微的西风继续航行。大约行驶了两百二十二英里，突然狂风大作，飓风呼啸掠过海面，呼呼作响。我们赶紧放下吃风处的帆布，只保留前帆，尽量按照领航人的指点行事，小心翼翼地朝着一个方向航行。

领航人告诉我们，这股阵风和旋风还不算太猛烈，只是风与风之间轻微摇曳而已。他说，天气晴好，风平浪静，既不要期待有什么好事，也不要担心大灾难的发生，只要按照哲学家的告诫，要坚持和克制，伺机行事就行了。然而，旋风还是持续不断，在我们的再三请求下，领航人竭力想冲出旋风，回到我们原来的航线上。于是，挂起后帆，对好罗盘的指针，船终于冲出了旋风区。可是，又一阵飓风接踵而至，航行不到两英里，船只便像遇上了圣·马太的急流搁浅在海滩上，这就是刚躲避了卡律布狄斯漩涡，又遇上了锡拉岩礁。

船上的水手和桨手都焦急万分，大风呼呼地刮过前桅，只有约翰修士不感到气馁，他一会儿劝劝这个，一会儿劝劝那个，告诉大家很快就会得到上天的援助，说他已经看到桅杆顶上水手守护神圣埃尔莫的闪光了。

巴汝奇说道：“天主保佑，但愿我此刻能登上陆地。你们这么喜欢航海，就算给你们每人二十万金币我也不心疼。只要能回到陆地，我愿意在

---

① “第五元素”象征“智慧”。

鸡舍里养一头牛，在水里泡上一百捆木柴给你们[1]。好吧，我这辈子不结婚也无所谓。只要有一匹马送我回家，没有仆从也不在乎，有仆从跟着反而日子不好过。普劳图斯说得好，有多少仆从，就有多少苦刑，也就有困苦和忧虑，即使他们没有舌头，也是一样，会给主人带来痛苦、厌烦和气恼。因为他们的舌头是身上最危险、最邪恶的部位，世上有多少审问逼供、严刑拷打的刑具都是为它而设的。目前国外许多法学家虽各有各自的结论，但没有一个是合乎逻辑，也就是没有一个是合理的。”

这时，我们看见一条船径直向我们驶来，船上满载着大鼓、小鼓，鼓声咚咚。我认出其中的好几个都是好人，其中有老朋友亨利·科提拉尔，他的腰带上系着一条大驴鞭，就像女人佩戴念珠一样，左手捏着一顶秃子戴的又大又油腻的破帽子，右手拿着一棵大白菜。一见到我，他便高兴地大喊起来：

“我有了吧？你看，”他边说边把驴鞭展示给我看，说道，“这可是真正的水银合金，瞧瞧这顶博士帽，这是我们独一无二的水银。再看这个，”他又指着右手拿的那棵大白菜，说，“这是十字科白菜，等你们回家也就可以用它造出第五元素，造出点金石了。”

“请问，你们从哪里来？”我不禁问道，“你们要往何处去？你们船上载的是什么？你们在海上很久了吗？”

他回答道：

“从‘第五元素’来，到都兰省去，船上装的炼丹用品，海水已浸入到我们的屁眼了。”

我又问道：“你们船上都有些什么人？”

他答道：“歌唱家、音乐家、诗人、占星家、文人、预言家、炼金术士、桨工、钟表匠，他们全是来自‘第五元素’的臣民，有完整、详尽的文书为证。”

他的话还未讲完，巴汝奇就暴跳如雷，大叫起来：

“你们这些人神通广大，能一口气吹出好天气，生出小孩，为什么就不能拉住我们的船首，把我们好好地再送回海上呢？”

“我正要这样做呢，”亨利·科提拉尔说道，“我马上就来，一会儿就能把你们拉出海滩。”

---

① 巴汝奇在此处有意说些办不到的话。

说罢，他叫人打破七百五十三万两千八百一十只大鼓中的一面，把它们朝船尾摆起来，用缆绳捆好，再把我们的船头拴在他们的船的木桩上，只轻轻一拉，便把我们的船轻而易举地拉出海滩了，而且那锣鼓的咚咚声，沙子的沙沙声和船工的吆喝声，构成一曲和谐动听的音乐，不亚于柏拉图在晚上睡觉时所听到的天籁之声。

为了回报他们的大恩大德，我们把香肠分给他们，把这些东西塞满他们的鼓，还把六十二桶葡萄酒搬到他们的船上。这时候两条巨鲸朝他们的船喷射水柱，那喷出来的水简直比维也纳河从酾农流到索米尔的水还多，淹没了所有的鼓，溅到了桅横杆上，把他们从头到脚都淋湿了。巴汝奇见状，笑得前俯后仰，都快笑破肚皮，肚子还痛了两个多小时。他说：

"我原本赠送给他们葡萄酒，谁知他们却喝到水。反正他们并不在乎有没有淡水，只要有水洗手就行了。这咸咸的海水在炼金房里还可用作硼砂、硝酸和硇砂。"

我们无法同他们说更多的话，因为旋风又刮起了，我们无法控制航向。领航人告诉我们，从现在起只要让大海给我们引路就行了，什么也不用操心，尽管尽情地玩吧：那旋风是刮向"第五元素"的，我们只要顺风航行，随波顺流就能平安抵达了。

第十九章 我们来到了名叫“隐德来希[①]”的“第五元素”王国

我们小心翼翼地随旋风飘荡，到了第三天，天气转晴的时候，我们才安然无恙地到达一个名叫“空虚”的“第五元素”王国港口，此地离王宫不远了。一上岸，我们就被一群守卫兵工厂的弓箭手和士兵团团围住了，真使我们害怕。他们要我们放下武器，而且蛮横无理地盘问我们的来历。“喂，你们是哪里人？”

巴汝奇赶紧回答：“好兄弟，我们是从法国都兰来的，非常想去拜见‘第五元素’王后，顺便走访这闻名于世的‘隐德来希’王国。”

“什么？”他们粗暴地问道，“你们说什么？是‘隐德来希’还是‘恩德来希’？”

“好兄弟，”巴汝奇答道，“我们都是头脑简单、愚笨的人，请原谅我们的笨嘴拙舌，但心底却是率直诚实的。”

他们说道：“我们这样盘问你们是有原因的。虽然一般是淳朴谦逊的，但有一些不知从哪里来的人却趾高气扬，像苏格兰大公一样不可一世，一到这儿便执拗地同我们争辩起来。他们看起来恶狠狠的，还是被我们狠狠地教训了一顿。你们那个世界的人是不是无聊透顶，只好到这儿同我们的王后谈论、争辩，而且还写文章攻击她，这简直太放肆了，难道你们就不能找点别的

---

① 古希腊哲学家亚里士多德用语，意即实现了目的，以及将潜能转变为现实的能动本原。

事做吗？西塞罗就该丢弃手头的《共和国》，去干涉我们王后吗？还有拉艾尔修斯的戴奥真尼斯[①]、泰奥多鲁斯·伽萨[②]、阿尔吉洛普罗斯[③]、贝萨里翁[④]、波利齐亚诺[⑤]、布德[⑥]、约翰·拉斯卡里斯[⑦]等等这些自作聪明的傻瓜，他们还嫌人数不够，最近又加上了斯卡利杰、比高、尚勃里埃、弗朗索瓦·弗勒里等等自高自大，乳臭未干的年轻人。都让他们患上咽头炎，把他们的喉头和会厌堵住！我们要……”

“他真是在替魔鬼说话。”巴汝奇咬牙切齿地说。

“你们这些人来这儿并不是要支持他们的胡作非为，你们也不要替他们辩护，我们就不要再谈他们了。亚里士多德，这位哲学之父和所有哲学的典范就是我们王后的教父，就是他为我们的王后起了恰如其分的名字‘隐德来希’。‘隐德来希’就是她真正的名字。如果有人叫她别的名字，只有自认倒霉了！说真的，对圣人起誓，叫她别的名字是错的。我们还是很欢迎你们的到来。”

他说着便热情地拥抱了我们。我们都非常高兴。巴汝奇在我耳边轻声问道：

“老兄，这种事情你怕不怕呢？”

“有一点。”我答道。

“我呢，”他说道，“我比当时以法莲族的兵士把‘什波列斯’说成‘西波列斯’而被基列人杀死或淹死时还害怕[⑧]。告诉你实话，在包斯，还没有一个人能堵住我的屁眼，即使用上一车干草也不行。”

后来，卫队的军官不作声色，庄严隆重地把我们领到王后的宫殿。庞

---

① 戴奥真尼斯：公元前三世纪古希腊哲学家，生于拉艾尔修斯。

② 伽萨：十五世纪拜占庭教士。

③ 阿尔吉洛普罗斯：十五世纪希腊学者，曾在巴都瓦、佛罗伦萨、罗马等地教授希腊文及哲学。

④ 贝萨里翁：十五世纪人文主义学者，一四三九年为红衣主教主，一四六三年为君士坦丁堡总主教。

⑤ 波利齐亚诺：十五世纪意大利人文主义学者，曾注释《荷马史诗》。

⑥ 布德（1468–1540）：法国人文主义学者，曾提倡教授拉丁、希腊及希伯来文字。

⑦ 拉斯卡里斯：希腊学者。

⑧ 故事见《旧约·士师记》第十五章第五、六节。

大固埃想同他谈论一些问题，但那个军官实在太矮了，真希望自己能站在梯子上或踩在高跷上。他对庞大固埃说道：

“只要我们王后愿意，我们也能长得同你一样高，只要她什么时候有这种懿旨，我们什么时候就能高。”

进入王宫的第一廊道，我们就看到成群的病人，都按病症不同而分开排列：患麻风的站在一边，中毒的在另一边，得瘟疫的又在另一处，患花柳病的排在最前列，其他病人也都各就各位。

第二十章 “第五元素”王国用歌曲治愈疾病

在第二道长廊，那位军官领我们见到了王后。她看起来年轻貌美(虽说至少有一千八百岁)，雍容华贵，由宫里的夫人和贵族陪伴左右。那位军官对我们说道：

“现在还不是觐见她的时候，你们只能认真地在一旁观看她做事。在你们的国家，国王只需用手摸一摸病人，就能像施了魔法一般治愈各种疾病，像瘰病、癫痫、疟疾等等，而我们的王后连摸都不用摸，只要根据不同疾病弹奏适当的曲子就行了。”

说着，他便把那台有神奇功效的风琴指给我们看。那风琴的构造非常奇特，琴管是扁豆的杆做成的，琴身是胶树木，琴键是大黄，踏板是泻根，键盘是药旋花做成的。

我们正在仔仔细细地观察这台构造新奇的风琴，只见王后陛下的一群侍卫把那些麻风病人带了进来。这些侍卫中有管蒸馏的、氧化的、捣碎的、品尝的、烹饪的，还有术士、扈从、名人、哲人、王公贵族、属官、首领、大力士、学者、文书、医生、主教、长官、教授、巨人等等。王后只为他们奏了一曲，我说不出是什么曲子，反正他们一下子全被治愈了。接着，那些中毒的被领了进来，王后又为他们奏了另一首歌曲，他们也全都恢复正常了。后来，王后又以同样的方式治愈了那些瞎子、聋子和哑巴。我们在一旁看得目瞪口呆，对王后的神奇法术佩服得五体投地，全都匍匐着，一句话也说不出来。

我们一直趴在地上，直到王后用她手中的白玫瑰碰了碰庞大固埃，这时我们才恢复了知觉，站立起来。接着，她轻声细语地对我们说话，就像巴利萨提斯要别人对她儿子西路斯说话时那样塔夫绸般地柔和：

“你们风度翩翩闪耀出光辉，使我完全相信你们心灵的纯洁；你们的彬彬有礼，使我不难相信你们没有沾染任何恶习，而且蕴涵深厚的人文知识。相反，你们丰富高深的知识在当今这个庸俗无知的世界是可望而不可即的。因此，我过去总是克制自己的情感表达，现在也忍不住要向你们说出这世界上最俗气的客套话，那就是我们非常、非常欢迎你们。”

“我可不是学者，”巴汝奇偷偷对我说，“你愿意就说几句吧。”

我默不作声，庞大固埃也没说话，大家全都一言不发。这时，王后又说道：

“你们的沉默不仅表明你们是来自毕达哥拉斯学派的，我的祖先也是从那里一脉相承发展来的，而你们的沉默说明好几个月以前，你们还待在埃及，就在那诞生高深哲理的地方咬过手指头，搔过头，用心思考过。对毕达哥拉斯学派来说，沉默就是知识的象征，埃及人认为沉默能赢得神灵的赞赏，海埃拉波利斯[①]的祭司们向伟大的神灵献祭时也是完全沉默，既不作声，也不说一句话。我这样说并不是想让你们把感激之情压抑在心里，而是想找到一种合适的形式把我的思想从内心深处传达给你们，虽然我的思想还必须经过一番提炼。”

她的话音刚一落地，便转过身吩咐她的官员们：

“厨子，准备好灵草[②]！”

厨师们立刻向我们解释这句话的含义，如果王后没跟我们一起进餐，请别介意，因为她几乎什么也不吃，只吃一点诸如范畴、空想、真理、意象、公式、概念、梦想、抽象之抽象、梦魇、本质、对立面、灵魂转生、超验的预感等东西。随后，他便领我们到一间满是警铃的屋里，天才知道我们受到多么好的款待。

据说朱庇特把世上任何地方所发生的一切都记在一张羊皮上，那羊皮就是来自在康狄亚奶他长大的那只母山羊。他还拿着这张羊皮当作盾牌同提坦作战，由此有人称他“持羊盾牌者”。酒友们，朋友们，我担保你们

---

① 海埃拉波利斯：弗里吉亚古城名。

② 指一种能治疗一切的灵草。

即使用十八张这样的羊皮，甚至就像西塞罗所说的曾见过有多么小字的荷马的《伊利亚特》,小得可以装进一个胡桃核里,即使是这么小的字也无法详尽记下我们所享用的美味佳肴。

就拿我来说吧,即使我有一百个嘴巴,一百条舌头和一个铁的喉咙,和柏拉图的文思,能让我写满四卷本,也无法讲述完我们所吃的珍馐的三分之一。庞大固埃告诉我,他认为王后对厨师说“备好灵草”,其实是让厨师们准备“最上等的美酒佳肴”,就像卢卡拉斯想宴请朋友时说“阿波罗”一样,但是有时候西塞罗和霍尔登修斯也会令他大吃一惊,竟然能猜出暗语的意思。

第二十一章　王后如何消磨饭后时光

饭后，一位术士领我们来到王后的宫殿里，看到王后在内宫里依照自己的习惯消磨饭后时光，她是用一个巨大的、蓝白两色的筛箩不停地筛着、过滤时间。同时，宫内的贵夫人以及亲王一同陪王后度过饭后的时光。接着，他们就按照古时舞姿表演了各种各样的舞蹈，有：

土风舞	快乐舞
悲伤舞	莫洛西亚舞
讽刺舞	西布莉舞
两步舞	疯狂舞
波斯舞	节日舞
弗里吉亚舞	花神舞
凯旋舞	斯巴达战舞
色雷斯舞	

除了这些以外，还有其他上千种多姿多彩的舞蹈。

后来，我们遵照王后的吩咐参观了王宫，还观赏了许多新奇古怪的东西，现在想起来，还真令我心驰神往呢。然而，最令我们吃惊的是王宫里那些管蒸馏的贵族、绅士和那些管化铁的告诉我们，他们的王后只负责一般人无法完成的事（比如治疗不治之症），而宫里其他事，如治疗一般的疾病则交给宫里侍官去做。

我看见一位年轻的术士在治疗花柳病，这里所指的是花柳病也就是大家所说的鲁昂病[①]。只见他用一只木屐放在病人的齿状椎骨上,然后推动木屐,来回滑动三次,奇迹便出现了,病也就痊愈了。

我还看见另一个人,能治愈各种各样的水肿病、膨胀病、皮肤病。你说奇不奇,他只要用一把维护法律尊严的泰奈斯斧子[②]在病人的肚皮上敲九下就能治好,而且不会伤及皮肤。

我还看到一种神奇治愈疟疾的方法,可简单呢,只要在患者腰带的左边绑条狐狸尾巴就行了。

还有一个术士治牙痛的,他把浸过接骨木的醋清洗病牙的根部三次,再让这颗牙在太阳下晒半个小时就可痊愈了。

至于治疗各种各样的痛风,技术更为高超,不管是热痛、冷痛,先天的还是突发的,只要让患者闭上嘴巴、张开眼睛就没事了。

我还看到另一个术士，用不到一个小时的时间就治愈了九个患上圣方济各病(也就是贫穷)的贵族。他先帮他们除掉所有的债务,然后在他们的脖子上套一条绳子,绳子下面吊一个装有十万金币的钱袋。还有另一个会用一种神奇的工具,能使屋子从窗口里整个翻身,以此净化屋里污浊的空气,变得清新怡人。

还有一个术士能治疗三种消瘦病:萎缩病、脊髓痨、憔悴消瘦。他的治疗方法与众不同,令人惊奇不已,他不用先进的药液冲洗,也无须斯塔比埃斯[③]牛奶,更不需要豌豆和油制成的去毛药,或是豌豆、油、胡椒、盐研制的油膏,无须任何药品,只让患者做三个月修士就行了。他告诉我如果让他们做修士还无法胖起来，那世界上就再也没有什么法子能使他们的骨头长肉了。

---

① 据说花柳病最初出现于鲁昂。

② 泰奈斯：神话中利古里亚国王西克奴斯之子，被其父装入箱内投入海中，漂至琉科菲里斯岛为王。“泰奈斯斧子”的典故是后来西克奴斯认识到自己的错误，来到琉科菲里斯岛上向儿子赔罪，被泰奈斯用斧子将船缆割断，表示决绝。后来这把斧子保存在得尔福庙内。一说泰奈斯命令一持斧武士立于法官背后，卫持立法尊严。

③ 斯塔比埃斯：意大利古城名，离庞贝城不远，以产牛奶著称，一世纪毁于维苏威火山。

我还看见有另一个术士身后跟着两大群女人：一群是年轻活泼、头发金黄、温柔善良的美少女；另一群是牙齿全掉光的老太婆，双眼黏着眼垢，满脸皱纹，黑不溜秋，枯槁憔悴。有人告诉庞大固埃，这位术士的工作是重塑这些老太婆的形象，使她们返老还童，重新拥有十五六岁少女所具有的面容、体态和身段。我们刚才看到的那些妙龄女子就是从那些老太婆重塑过来的。但她们的脚后跟无法改造，反而比年轻的时候要短一些，这样她们被男人绊倒时更容易仰面躺下。

那群老太婆极其虔诚地等待着，可有时也会不耐烦，老是抱怨地说，人老了屁股丑陋不堪，让人看了难于忍受，她们盼望早些妙手回春。那炼金术士不停地干着手中的活儿，当然这些术士也得到不少好处。庞大固埃问他能不能用同样的法术让老男人也能返老还童呢？那个术士回答说不行，但老男人可以通过和重塑过的女人同居会变得年轻，因为他们一旦和这些女人生活在一起，便会染上一种被称为“脱皮”的第五种梅毒，就会脱毛蜕皮，像蛇一样每年要蜕皮，也像阿拉伯的凤凰一样永远长生不老。这才是真正的青春源泉，可以使年老色衰的人重新焕发青春，变得光艳照人。就像欧里庇得斯所说的伊奥拉乌斯一样，又像被萨福[①]所青睐的、由维纳斯所庇佑的法翁也变得年轻。同样变年轻的例子，还有因奥罗拉的法术而变年轻的提托诺斯，被美狄亚施用法术的埃宋，还有伊阿宋(根据菲雷西德斯[②]和西摩尼德斯[③]的记载)也被美狄亚重新变得年轻。根据埃斯库罗斯的记载，善良的巴克斯的奶娘和她们的丈夫也是这样被施术而变得年轻美貌。

---

① 萨福：公元前六世纪米提列奈女诗人，因热恋美少年法翁，被拒自杀。

② 菲雷西德斯：公元前六世纪古希腊哲学家，首创灵魂不死学说。

③ 西摩尼德斯：公元前六世纪古希腊诗人。

第二十二章　王宫里的官员怎样表演绝技
王后挽留我们担任蒸馏职务

后来，我还目睹许许多多类似的情况，在瞬息之间，能把黑人的肤色变白，他们只是用篮子的底部在黑人的肚皮上磨蹭几下就成了。

还有的让三对狐狸套上犁轭，在沙滩上犁地，播下的种子一颗也不浪费。

有一些在擦洗瓦片，让它们变白。

有一些从浮石中汲取水，再把浮石放在研钵里一直磨，改变了它的性质。

有一些在剪驴毛，剪出来的竟是一级的上等羊毛。

有一些在荆棘里摘葡萄，在蒺藜里采无花果。

有一些在公山羊身上挤奶，把挤来的奶装在筛筐里，还可以源源不断地供应整个王宫。

有一些在清洗驴脑袋，抹上去的肥皂一点也不浪费（就像把黑人洗成白人一样又快又好）。

还有的张网捕风，却可以抓到很大的龙虾。

我看到一位管化铁的年轻官员，动作灵巧地从死驴里掏出屁来，并且五分钱一个把它卖掉。

还有的用陈腐的思想做成美味佳肴！

庞大固埃看到一个官员把一大桶尿加进马粪里发酵，里面再掺入大量的教徒粪便，令人作呕。庞大固埃肚子里翻滚不息，吐个精光。可是那个官员,却说用这种方法能蒸馏出仙饮,供给王公贵族享用,令他们延年益寿,多活一两寻长。

还有的在膝盖上折断香肠。

还有的在剥鳗鱼的皮,先从尾巴开始剥起。这些鳗鱼和墨伦的鳗鱼不同,不是未曾剥皮就先大声尖叫。

有的可以无中变有,也可以有中变无。

还有的用刀砍火,用网打水。

有的还能用尿泡做灯笼,黄铜织云彩。

我们还看见十二个人在凉亭下欢宴, 他们从四个大的平底玻璃杯里倒出四种清凉香醇的美酒,互相祝酒,开怀畅饮。他们告诉我这是根据当地的风俗让天放晴,就像海格立斯和阿特拉斯能让云开雾散,太阳出来一样。

还有的心甘情愿做非做不可的事,在我看来这是一项很好、很恰当的职业。

还有的用牙齿表演炼丹术,饿着肚子剔牙,这样一来粪坑就不会满上来。

还有的在一大片草地上,仔仔细细地测量跳蚤能跳多高,他们告诉我这对合理治理王国、指挥战争、统治共和政体都是至关重要的。他们还坚持说苏格拉底,这位把哲学从天上带到地上的第一人,而且把一项懒散和好奇的职业变成有用和有益的,至少把大半时间花在测量跳蚤能跳多高,这一点第五元素的提炼者阿里斯托芬可以做证。

我看见两个巨人站在塔楼的一边站岗放哨, 有人告诉我们他们在保卫月球不让野狼入侵。

在花园的一隅,我还遇见四个人争得不可开交,眼看就要厮打起来。我一打听,才知道他们为三个高深而玄奥的问题已经争论了四天四夜,谁能解决这个问题, 就能得到一座金山。第一个是有大驴鞭的公驴的影子,第二是关于灯笼里冒出的烟,第三是公羊的毛是不是羊毛。他们还告诉我在模式、形状、图案、时间上相互矛盾的两个命题可能都是正确的,这一点他们并不感到奇怪。巴黎的诡辩家宁可离经叛道也不承认这一点。

我们正密切注视着这些贵族表演精彩绝技时, 王后带着她尊贵的侍从进来了,我们眼前一亮,就像夜星在闪烁。王后的到来立刻使我们头晕目眩,她看见我们惊讶的样子,便说道:

“人类会神思恍惚，陷入赞叹惊讶的深渊里，并不是由于这些精湛的技艺表演，很显然这完全是博学工匠的辛勤劳动，再加上自然的作用实现的。这是因为他们的感官经历了一种全新的感觉，一时无法预料这种技艺是简单，容易的，因为必须经过刻苦钻研才能产生冷静的判断。如果你们看到我的官员表演的绝技感到惊讶，我奉劝你们摈弃所有的恐惧。如果你们愿意，你们可以随意看、随意打听、随意观察我王宫里的一切，逐渐摆脱无知的奴役。这是我的意思，也是由于看到你们表现出来的强烈的求知欲，我愿意让你们了解实际的情形。为此，我留下你们负责蒸馏工作。我的御医总管会在你们动身的时候，把你们的名字登记在册。”

我们一句话也没有说，只是谦卑地向她致谢，并接受了她赐给我们的上好职务。

第二十三章　王后的膳食

王后说罢,转身对宫里的大臣说道:

“胃口,这个负责供应全身营养的大使,因为它要不断消耗热量产生人体的基本体液,所以一切器官,不论是低级或高级的,都要求适时为它们供应养料。若是我们不能满足它的要求,那么大自然的主宰便会让我们深感痛苦。因而,我的大力士、我忠实的仆从、文武百官们,赶紧行动起来,把饭桌摆好,再把各种各样的滋补品放在桌面。还有你们,尊贵的品尝师和我那仁慈的捣碎师,你们娴熟的技术,加上你们一贯的细致和勤勉,使我意识到我不必要求你们改变以前的方式行事,你们只要照常继续工作就好了。”

她说完这番话,又带着一些侍女先退开了,据说女王是按照古人的习俗沐浴去了,就像我们现在饭前洗手一样。一会儿,饭桌摆好了,还铺上了昂贵精致的台布。食物是按下列的安排上桌,王后除了仙果和仙露以外什么也不吃,也不喝,而王宫里的大臣、夫人和我们却享受着珍奇、昂贵、精美的食物,那是阿匹修斯[①]做梦也不敢想的珍馐佳肴。

我们享用了各种美食,吃得饱饱的,这时又有人送来一大盆肉菜浓汤,是为那些还没有吃饱的准备的。可是那个盆又高又大,佳肴堆得满满的,就连匹修斯·比提乌斯送给大流士国王的金榆树也遮盖不了。盆里装

① 阿匹修斯:罗马奥古斯都王朝出名的讲究吃食的人。

满各种肉类、蔬菜、浓汤、凉菜、煨鸡块、炖肉块、烤羊肉、烤牛肉、焖牛肉、熏咸肉、肉饼,还有摩尔式肉汤、奶酪、浓缩奶油、肉冻和各式各样的水果。看起来确实美味可口,但我什么也吃不下,因为实在吃得太饱了。

我还看见了肉包子,那肉包子其实就是罐焖肉,真是少见。在罐子底下,有许多骰子、纸牌、意大利纸牌、象棋、棋盘,还有满碗的金币,这是为那些喜欢赌博的人准备的。

最后,在罐子的最底部有一群披挂华丽鞍座的骡子,上面披着丝绒垫布,这些是为男人和女人准备的温驯的坐骑。还有许多轿舆,说不出数目有多少,也全都有丝绒的垫子,再加上菲拉拉式的马车,这些全都为那些喜欢到户外兜风的人准备的。

这一切已使我惊奇不止,可是使我意想不到的、最感古怪的是女王奇异的吃饭方式。她什么也不咀嚼,这并不是因为她的牙齿不好,或食物无须咀嚼,那是她的习惯。首先,负责品尝的帮她品尝所有的食物,负责捣碎的再帮她咀嚼,他们先在食管下面垫上红色的条纹丝绸,再用他们那一口漂亮的象牙般的牙齿把食物嚼碎。食物经过咀嚼之后,他们就用一个金漏斗直接倒进她的胃里。出于这个原因,王后大便的唯一办法也是请人代理。

第二十四章　在王后面前举行的一场对弈式舞会

晚饭过后，在王后的面前举行了一场对弈式舞会，这场舞会不仅值得观看，而且令人永生难忘。他们先在王宫的地板上铺上一张大的织锦，那图案是棋盘式的，整张织锦由大小相同的方格子组成的，一半是白色，一半是黄色，色彩对比显明，仿佛走进一个棋盘世界。接着有三十二个英俊少年风度翩翩步入舞厅，其中有十六个人穿着金色的衣服，自成一队，当中有八个仙女（看起来就像古人所描绘的狄安娜的侍女），也就是兵卒了，有一个国王、一个王后、两名卫士（即象）、两名骑士（即马）和两名弓箭手（即车）。与其对峙的另外十六个人穿的是银色的衣服，也同样有八个仙女。他们就按下列的安排站在地毯上：国王站在最后一排的第四格里，金衣队的国王站在白色的方格里，而银衣队的国王站在黄色的方格里。王后就分列在国王的身边，金衣王后站在黄色方格里，银衣王后站在白色方格里。两个象守护在国王和王后的两旁，好像是他们的忠诚的卫士。象的两边，是两匹骏马；马两旁，是两辆车。最前面的一排，就是八名兵卒。两队兵卒之间，有四排方格是空的。

双方各自带着一队由八个人组成的乐队，衣着服饰全都一样，穿着大马士革呢，一边是橘黄色，一边是洁白色。他们能用各式各样的乐器合奏出和谐动听、曲调优美的音乐，并随着舞步的变化，变换着音调、节奏和乐曲。使我感到印象最深刻的是他们错综复杂的舞步，有前进步，跳进步、跃进步、旋转、逃跑、埋伏、撤退和突袭。

更令我感到惊奇的是，舞会上的人能立刻明白那乐声是表示前进或是后退。他们一听到音乐声就立即站在指定位置上,虽然每个人的行动方式都不一样。在第一排的兵卒,径直冲向前(仿佛做好了进攻准备),他们除了第一步可以跳两格以外,都要一格一格走,如果有一个兵卒能成功地走到对方国王统治的领地,她就能被封为王后——自己国王的王后,可以同王后享有同等特权,可以向各个方向移动,否则她只能走斜线,只能往前走,进攻她面前的对手。但是这些兵卒和其他部将吃掉对手的时候,要确保不让自己的国王暴露在对方面前而被对方掳走。

国王可以从四面八方都走,从各个方向吃人,但只能直走,从白格走进黄格,或从黄格退回白格。但第一步是例外,假使国王身边无卫士护卫,他可以走到卫士边上寻求保护。

王后走起来和吃起棋子来比其他的还自由,她可以随意走动,而且走法没有限制,只要是没人占领的地方都可以走,直走或斜走都行,但是斜走的时候要保持自始至终走在同样颜色的方格上。

车可以自由选择往前走或是往后退, 但从一开始时就不能变换方格的颜色。

马走步和吃人的线路是要跳过一格,这一格有人或无人都行,也不拘于是自己的人或被对方占据。然后就可以向右走或向左走都行,只要是跳进不同颜色的方格里。这种出其不意的跳法对对手的危害性极大,所以要格外小心,因为他们吃人时都是防不胜防。

象可以左右、前后走,跟国王一样,但卫士要走多远都行,随时占据空位置,而国王就办不到。

双方对弈的基本原则是到了最后,要把对方的国王围住,把他将死。一旦国王被围困,既不能逃走,也没有自己的救兵援助,对弈就宣告结束,被围住的那一方就输了。因此为了避免这种输的局面,双方的将士只要一听到音乐声,便奋不顾身地投入激烈的战斗。他们都随着音乐的节奏,不停地从四面八方进攻和吃掉对方。遇到要吃掉对方一个人,就先向他行礼,在他的右手上轻敲一下,请他离开营盘,自己占据他的位置。当一方的国王被俘时,不能马上吃掉他, 而应该严格遵守规定。那一位将他的人必须对他深深鞠个躬,并坦率地提醒他说:“愿天主保佑您! ”这样他的将士可以赶过来救他或保护他。万一不能解救他时就可以跟他换位。因此,国王到最后从来是不会被俘的,只能以左膝跪地向他敬礼,并说:“你好! 向你致敬! 陛下。”其实,这只是一种婉转的方式宣布对方的失败。至此,对弈才宣告结束。

第二十五章 舞会上三十二人的交战

对弈的双方各就各位之后，乐师就开始奏起雄壮有力的军乐，气壮山河，声音宏大激昂的号角声。这时候，双方的将士精神抖擞，进入作战状态，随时准备应召出征。他们摩拳擦掌，总盼望自已被征召，血战沙场立奇功。突然，银衣队停止了奏乐，而金衣队继续演奏，这意味着金衣队就要发动进攻。果然如此，因为乐调变换时，我们看见王后前面的一个兵卒向左转身面对国王，似乎要请命出征，接着又向全营行个军礼，这才往前跳两格，谦恭有礼地向要进攻的敌方鞠躬。这时，金衣队停止了奏乐，银衣队乐声响了。我在这里要特别交代的是刚才金衣队的那名兵卒向国王和全营的将士致礼时，其他人也不能一动不动，都要向左转身向她还礼，除了王后要向右转身面对国王，在对弈的整个过程中，双方都必须严格遵守这个礼节。

随着银衣队的军号奏起，银衣队里站在王后边上的兵卒也开始出动了，向国王和全营的人致敬。像金衣队一样，营里的其余将士也向她还礼，只不过是银衣队的人向右转，而他们的王后向左转。银衣队的兵卒往前跳两格，向敌方鞠个躬，这就与金衣队出场的第一名兵卒面对面，双方之间零距离，战斗一触即发，因兵卒只能斜着进攻，又错过机会。双方的将士尾随其后，金衣队和银衣队都一样向对方挺进。接着，第一位到达战场的金衣队的兵卒往左手边的银衣队的兵卒打了一下，就把她逐出棋盘，取代了她的位置，随着音乐声的改变，金衣队的这名兵卒被银衣队的车除掉了。紧接着，金衣队的另一个兵卒又把银衣队的这部车吃掉了。银衣队的马冲了出来，金衣队的王后迫于形势，不得不走出来保护国王。

这时，银衣队的国王担心金衣队的王后会袭击他，便躲到他右边的象边上，他觉得这里有人守卫，安全了。

双方的马不甘示弱，也振鬣奋蹄，猛冲过来，毫不留情吃掉对方许多来不及撤退的兵卒。金衣队的那匹马奋勇直前，全力以赴要消灭对方的兵卒，而银衣队的马的战略似乎更为秘密，巧于掩饰，为了不引起对方注意，偶尔能消灭金衣队一个兵卒，有时也故意让他溜走，然后直逼敌人的阵营，来到敌人的国王跟前向他行礼，说"愿天主保佑您！"金衣队的一听到要援救国王的警报就全身发抖，并不是因为他们无法火速前往营救自己的国王，而是这样做就会损失右手边的象，这是不可避免的。接着，金衣队的国王退到左边去，而银衣队的马一跃而吃掉金衣队的象，这对金衣队来说确实是个重大损失。就在这时候，金衣队决定报仇，从四面八方把银衣队的马团团围住，使之无法逃走，也无法逃离他们的掌心。银衣队的马千方百计设法逃脱，但金衣队却想尽各种诡计围追堵截，终于被王后吃掉了。

金衣队由于损失一员大将，便怀恨在心，不顾全大局，而是一味要报仇雪恨，想给对方一个下马威。而银衣队却沉着应战，伺机报复。他们设下埋伏，特意用一个兵卒去吸引金衣队的王后的注意力，金衣队的王后果然上当，吃掉了银衣队的卒子，却不知此时自己的车已陷入危急之中。金衣队的马想出风头，一心一意要擒住银衣队的王后和国王，说道："你好。"银衣队的马赶来救驾，自己却被金衣队的一个兵卒抓走了，而这个兵卒反过来又被银衣队的一个兵卒吃掉了。

双方交战正酣。象离开自己的位置挺身而出，一场混战开始了，就连战神也难决定孰胜孰负。有时候，银衣队直捣黄衣队国王的阵营，又突然被抵挡回去。金衣队的王后立下赫赫战功，在一次出击时擒住了银衣队的一只马，又调转头擒了一只象。银衣队王后见状赶紧冲出去给予强有力的回击，把金衣队的最后一只象和一些兵卒也带走了。

双方王后进行了长时间的鏖战，一会儿想突袭对方，一会儿想保护和拯救自己的国王。最后，金衣队王后掳掠了银衣队王后，可最后自己却遭银衣队的马的暗算。这时，金衣队国王只剩下三个兵卒和右边的马。由于双方兵力锐减，作战只好更缓慢、更谨慎进行。双方国王丧失心爱的王后之后，很是伤心，他们都竭尽全力，想从自己的兵卒中选拔一个王后，重新结婚。他们对自己的兵卒庄严宣称：如果谁能深入到对方国王的那一条线上,谁就能被加冕为王后。金衣队一马当先,率先在自己的兵卒里产生一个新的王后,为她戴上桂冠,披上新的王后服。

银衣队也步其后尘,只差一步就能选出一名新的王后,但是银衣队的象死守在那条线上,使得银衣队的兵卒无法通过。

金衣队的王后被加冕以后想展示自己英勇善战,要在战场上建功立业,但是银衣队的马却把金衣队镇守边关的象吃掉了,这样一来,银衣队也能产生一名新的王后,她也想无愧于自己的身份好好表现一番。于是战斗又继续了,而且更为激烈。双方都各显神通,使出浑身解数,直到最后,银衣队的王后潜进金衣队国王的营帐,说道:“愿天主保佑您!”这时候,只有新王后才能回来救他,只见她奋不顾身奔赴过来搭救。

这时候银衣队的马横冲直撞,与王后齐心协力,使金衣队国王担惊受怕,一旦这匹马同他打招呼,他就得损失自己的新王后。尽管如此,金衣队剩下的一车和两卒奋力保护自己的国王,但最终他们全被擒走逐出战场,只剩国王一人孤军奋战。

银衣队的全体将士向他深深鞠了躬,说道:“您好,陛下,”这就说明银衣队的国王胜利了。这句话一说完,双方乐队同时奏起凯歌。第一场舞会就在这欢乐的气氛中结束。双方都那么谦恭有礼、温文尔雅,在一旁观看的人都心醉神迷,不,说得确切些,我们仿佛被带入奥林匹斯山,享受着极乐世界的幸福和快乐。

第一场对弈之后,双方又重新站好原来的位置,和刚开局的时候一样,又开始了第二场比赛,只是节奏比原先快了半拍,整场战斗也就大不一样了。我看见金衣队的王后因第一次的溃败而气恼,一听到音乐声便精神抖擞,率领一车一马发动进攻,差一点歼灭稳坐军帐的银衣队国王和他的将士,但后来看到自己的计谋被识破,便改变策略,在银衣队里左冲右杀,使对方的兵卒和其他将士损失惨重,那情景真令人心惊胆战。你会以为那就是亚马孙人之女王彭忒西勒亚在世,横扫希腊军队。然而这场战斗未能持续太久,因为银衣队为自己损兵折将感到悲痛万分,决定化悲痛为力量,派一车一马设下埋伏,结果擒住了王后,把她逐出了战场,这样银衣队轻而易举地击败了金衣队的残余将士。金衣队的王后原本想留在国王身边,不离他太远,只是必要时才冲杀出去,并且也要有随行保护。银衣队这次又跟前一次一样大获全胜。

到了第三场舞会,也就是最后一场了。双方都跟前两次一样各就各位。我看他们显得更精神饱满,考虑更周到了。音乐的速度比原先快了五分之一,像是古时马尔西亚斯[①]所创作的弗里吉亚的战歌。接着他们便开始身手矫健,速度非常迅速,乐曲一拍,他们就要走四步,而且还要包括我们前面所描述的转身和鞠躬,所以整场战斗就是蹦蹦跳跳、欢呼雀跃和翻筋斗。看到他们行了礼,用一只脚旋转着,就像小孩子用鞭抽打的陀螺,由于快速旋转,好像是静止了,或是在睡觉(正如他们所说的)。如果在头上做个记号,看起来就不是一个点,而是一条连续不断的线,红衣主教尼古拉·德·古萨奴斯在他的神学论著中就有关于这一现象的精辟论断。

在双方任何一方前进时,我们只听见从两个阵营传来的鼓掌声和欢呼声。看到这些年轻的将士、王后和兵卒变换着五百多种不同的脚步,又蹦又跳、旋转转圈,动作娴熟,从不你碰我人我碰你,就连严肃的加图、不苟言笑的克拉苏,厌恶人类的雅典的提蒙[②]、远离人类天性——也就是笑——的赫拉克利特也会忍不住笑起来,特别是当战场上的人越来越少,我们会更饶有兴致地观看他们如何随着音乐的拍子,想出各种妙计突袭对方。如果说战场上精彩的表演使我们神思恍惚,心神不定,神魂颠倒,那雄壮的军乐更令我们震撼和激动。我完全相信伊斯马尼亚就是用这种音乐使稳坐饭桌前用餐的亚历山大情绪激昂,一跃而起地拿起武器投入战斗。最后金衣队国王在第三局中获胜。

在这些对弈跳舞中王后悄然不见了,我们就再也没有见过她了。她的御厨和部下按照王后的吩咐带我们去做了登记。后来,我们就来到了幻术港口上了船,海面上正好是顺风,我们决不能错过这样的好时机,一旦错过了,可能得再等上三个多星期了。

---

① 马尔西亚斯:神话中弗里吉亚的善吹笛者,曾与阿波罗比赛吹笛,缪斯判阿波罗胜利,为了惩罚马尔西亚斯对神灵的傲慢,阿波罗将他绑在树上,剥了他的皮。

② 提蒙:公元前五世纪一个典型的悲欢者,一生憎恨人类。

第二十六章　我们来到道路岛以及目睹岛上的来往道路

我们在海上航行了两天时间，神秘的道路岛就映入眼帘，在那里我们看到了不少值得怀念的事。

岛上的道路也可以说是活生生的动物，因亚里士多德说，动物的标记是会自己动，那道路确实就像动物一样蜿蜒前行，有的就像行星的形状，有的是通衢大道，有的是十字路口，有的是纵横交错的小道。我们看见过路人常问当地人：

“这条路通往何处？那条路呢？”

当地人回答：

“在米底和法沃罗尔之间……这是通往教堂……那是到城里去……那里通到河那边。”

于是，沿着必走的路往下走，不必费很大的力气，就可以到达目的地，就像从里昂到亚威农或阿里，只需顺着罗尼河乘船而下就行了。正如万事万物皆有瑕疵，任何事物都不是尽善尽美的，当地人告诉我们这些道路也受到一种叫作截路人或打劫者的迫害，这些可怜的动物非常害怕他们，像躲避小偷和强盗似的躲着他们。这些人埋伏着等待袭击这些道路，就像设下陷阱捕狼，撒下罗网捉鸭子一样。

我看见有一个人被逮捕了，因为他违背常理，选择了一条最长道路，走上学校。还有一个人吹嘘地说，凭着睿智的眼光，他正正当当发现了一条捷径，并且声称再也没有一条能够更便利到达目的地。

有一天，卡帕林见到爱庇斯特蒙拎着他的那个玩意儿对墙小便，便对他说难怪爱庇斯特蒙总是早晨第一个起床问候庞大固埃，因为他选择一条最短、最少人走过的路。

我还看到了雄伟的布尔日大道，我在上面悠闲地走着，突然间看见赶车的人吆喝着马车气势汹汹而来，我赶紧拼命往前跑，因赶车的恐吓要把它踩在马蹄下，让马车在它的肚皮上碾过，就像图里雅[①]命令马车在他父亲——罗马第六个国王塞尔维乌斯·图里乌斯的肚皮上碾过一样。我还认出了那条通往圣康丹的古老的贝洛纳[②]大道，那里绿树成荫，看来是最整洁、最漂亮的一条大道了。

我还遇见了那条通往山上的古老的菲拉特大道[③]，他骑着一只大熊蜿蜒而上柴尼山[④]，如果把熊换成狮子，远远一看，会把他当成圣瑞洛莫[⑤]的画像，因为他显得苍老憔悴，那雪白的长胡子乱蓬蓬的，就像冰柱一般。他身上似乎佩戴着巨大的松木念珠，毛糙不光滑，看起来既不像站立，也不像卧倒，而是跪在那里，用粗大的石头捶着自己的胸部，让人觉得既同情又恐惧。

我们正站着仰望这条路，当地的一位青年学者向我们指出了一条平坦宽阔的大道，这条路看起来白茫茫一片，还铺上了稻草。他对我们说道：

“今后，可不要瞧不起米利都人泰利斯[⑥]的论断了，他说过水是万物之源，也不要忽视荷马在《伊利亚特》里说的海洋是万物之母。你们眼前的这条冰道是源于水，最终也会归于水。两个月前，船只从这条路顺流而下，现在是车辆行走了。”

庞大固埃说道：“这听起来真令人难过。在我们这个世界，我们一整年都能看到这样的变化，例子不只五百个呢。”正当我们站着观赏道路行走

---

① 图里雅：罗马王图里乌斯与塔尔干之女，曾唆使丈夫杀死图里乌斯，夺取王位。

② 贝洛纳：法国索米省地名。

③ 菲拉特大道：即里摩日与都尔之间的公路，当中穿过大熊山。

④ 柴尼山：阿尔卑斯山群之一。

⑤ 圣瑞洛莫：古罗马传教士，拉丁文《圣经》的翻译者。

⑥ 泰利斯（公元前640-548）：古希腊伊奥尼亚派哲学的代表人物，生于小亚细亚的米利都，著有《宇宙论》，主张从水里探索自然现象的统一。

的步态时，那位青年学者又对我们说，他认为菲劳[①]、阿里斯塔古斯[②]和塞留古斯[③]以前都曾在这座岛上研究过哲学，他们都在这里断言地球是绕着两极运转，而不是绕着天空运转（而我们觉得事实正好相反，就像我们在卢瓦河上那样看着树木似乎是在移动，其实是我们的船在动，而树是根本不动的）。

我们回到船上的时候，看到岸边有三个埋伏在路边抢劫的被送上肢刑。此外，有一个无赖在道路上为非作歹，因而打断了他的一根肋骨而被施予火刑。他们还说这条被损坏的道路就是沿着埃及尼罗河畔的那一条。

① 菲劳：即菲罗劳斯，公元前五世纪意大利毕达哥拉斯派哲学家。

② 阿里斯塔古斯：公元前三世纪古希腊天文学家，首创地球围绕太阳运转学说。

③ 塞留古斯：公元一世纪名数学家。

第二十七章　我们经过木履岛以及了解“半音修士”的会规

后来，我们经过一座叫作“木履岛”的岛屿，岛上的人生活单调，他们只靠鳖鱼汤生活。然而，岛上的民风淳朴，热情好客。岛上的大王贝尼斯三世盛情地接待了我们。酒宴之后，他还带我们参观了岛上一座专为半音修士新建的修道院。所谓“半音修士”，是他们对岛上修士的称呼。他说在大陆上有小修士，或称奥古斯丁修会会员，是仁慈圣母的侍者和教友，还有高尚体面的方济各会修士，他们是教皇诏书赐封的全音符修士；还有嗜食熏鱼的小修会修士，也就是八分音符小修士，按这样递减下去，最合适的名称就是“半音修士”了。

按照第五元素[①]王后颁布的法令（第五度音程是最协调的），他们穿的衣服同纵火犯一样，只是腹部多了一块衬垫，就像安茹省盖屋顶的人套上的护膝一样，这些修士的便便大腹可是远近闻名的。

他们穿的裤裆样子像拖鞋，而且每个人都有两个，一个缝在前面，一个缝在后面。这双重裤裆暗示着里面藏有不可告人的秘密。他们脚上穿着像木盆一样的圆拖鞋，那是仿效阿拉伯死海附近的居民脚上所穿的。他们不留胡须，鞋底钉上平头钉。为了表示他们对命运之神毫不在乎，他们把脑袋后面的头发刮个精光，从头顶到肩膀剃得干干净净，看起来像猪一样，而前面的头发从顶骨开始任其生长。他们这样做表示他们藐视命运之

① “第五元素”亦可解释为“第五度音程”，这是音程中最具协和性的一个。

神，就像那些对这尘世的美好事物毫不眷念的人。为了更进一步蔑视难以捉摸、反复无常的命运之神，他们并不像她那样把锋利的剃刀握在手里，而是像挂念珠似的别在腰上，一个白天磨两次，一夜磨三次。

每个人的脚上都拴个圆球，因命运之神的球是在脚下边①。他们风帽的帽边是甩在前面，而不是在后面，这样就可以把他们的脸遮住，尽情地嘲笑命运之神以及幸运之人，这完全就像我们那里的年轻姑娘所戴的称为"面纱"的罩子（古时人们称为"仁爱"，因为爱是高尚、伟大的，可以掩饰许多罪过②）。他们脑袋后面的部分倒是经常不遮盖，就像我们的脸一样。这样一来，他们可以随心所欲，任意选择自己行动方向，是前进或后退。他们屁股朝前走时，人们会产生错觉，认为这是他们正常的行走方式，因为鞋是圆的，而裤裆前后都有，脑袋后面也剃得光光的，还粗略地画上两只眼睛和一个嘴巴（就像椰子壳上画的脸谱）。当他们肚皮朝前走时，人们反而以为他们在玩捉迷藏呢，那样子实在有趣。

他们的生活方式是这样的：当晨星从大地升起的时候，为了仁爱，他们互相用靴子、踢马刺踢着对方，狠狠踢过之后这才打鼾睡觉，睡时鼻子上还戴着眼镜，或是那种观剧镜。

这种睡觉方式在人们看来觉得很奇怪，可他们却不以为然，一本正经告诉我们最后的审判③之后才是人类睡觉和休息的时候。为了表示他们有足够信心和勇气去受审，他们像那些幸运者一样，时刻穿好靴子，带上踢马刺，只要一听到号角声，便策马扬鞭去赴审，其场面不亚于勇士持枪荷戟奔赴疆场，惊天地泣鬼神。中午时候，钟一敲响（注意他们的钟包括教堂的钟、报时的钟和用膳的钟，全部按照彭达奴斯的设计，也就是钟里垫有细绒羽，钟锤是狐狸尾巴做成的），他们便起床，脱去靴子，想小便的就去小便，想大便的就去大便，想打喷嚏的就打个痛快。不过，会规严格规定，不管愿意与否，每个人都得发疯似的打哈欠，哈欠是午后醒来的第一道菜。他们的所作所为令人捧腹大笑，打完哈欠之后便把靴子和踢马刺往架子上一撂，就跑到修道院里去仔仔细细地洗手、漱口，然后坐在高凳上剔牙，一直剔到院

---

① 命运之神脚下有球，是表示她们行踪不定，来去匆匆。

② 见《新约·彼得前书》第四章第八节。

③ 指世界末日天主对人类的最后审判。

长窝起手吹口哨示意结束为止。接着，他们又张大嘴巴打哈欠，有时打上半个小时，有时多打一点，有时少打一点，这完全取决于院长根据当天瞻礼的日子定下多少的用餐量。哈欠打过后，就进行隆重的巡行祈祷，扛上两面旗，一面画的是品德之神，另一面画上命运之神。一个半音修士举着命运之神的旗帜走在最前头，后面紧跟着另一个半音修士，一手举着品德之神的旗帜，另一手拿着喷洒圣水的刷子，那就是奥维德在《节令记》里所记述的那种圣水。他用那只刷子不停地敲打着举着命运之旗走在前面的半音修士。

巴汝奇说道："这样的排列顺序完全颠倒了西塞罗、柏拉图和亚里士多德订下的规矩，按规定品德之神应该在命运之神前面。"

不过他们这样做也是有道理的，因为他们的目的是鞭笞命运之神。

在整个巡行祈祷中，他们咿咿呀呀地唱着（倒是有点曲调），只是我不知道唱什么颂歌，因我听不懂他们的话。我再仔细一听，发现他们是用耳朵唱的，那歌声和谐悦耳，再配上铃铛有节奏的敲打声，你会发现他们永远不会跑调的。

庞大固埃对他们的巡行祈祷做了一番精彩的评论，他说道：

"你们有没有注意到这些半音修士的巧妙之处？为了使他们的巡行祈祷尽善尽美，他们从教堂的这道门出发，却从另一道门进去。他们极其小心谨慎，不从原来出发的门进去。我以我的名义担保，这些人是精细之人，精细得可以镀金，那是大象一样的精细，细而不弱，细得就像用细筛滤出来的。"

约翰修士说道："这种精妙是从玄奥的哲学来的，反正我是一窍不通，见他的鬼。"

庞大固埃说道："这种精妙因为外人的一窍不通而显得玄奥。这种精细一旦被人弄懂，被人猜中，被人揭穿，那么就失去了它的精髓，它的名声，我们称它为愚蠢。我可以用信用担保，他们懂的东西还真不少呢！"

这场对身体有益的巡行祈祷做好之后，他们走进餐厅，跪在桌子底下，腹部和胸部前倾倚靠在灯笼上。他们这样跪好以后，一个高大的木履人进来了，手里拿着一把叉子来伺候他们吃饭。第一道菜是奶酪，最后一道菜是芥末拌莴苣，这就是马提雅尔①所说的古人的习惯。吃完后，他们每个人又按规定分了一盘芥末。

---

① 马提雅尔（43–104）：拉丁诗人，生于西班牙的比尔比利斯。

他们的食谱是这样的：星期天吃血香肠、腊肠、猪小肠、牛肉、猪肝、鹌鹑，开始时总要吃奶酪，结束时总要有芥末。星期一是青豆和腌肉，配有各种浓汤和酱料。星期二吃各种祭祀的面包、煎饼、烧饼、蛋糕和饼干。星期三吃上等羊头、牛头和獾头，这些东西在当地很常见。星期四喝七种汤，中间少不了芥末。星期五除了山梨以外什么也不吃，从颜色判断，那是不成熟的山梨。星期六啃骨头，这倒不是因为他们穷得没东西吃，而是因为他们胃口特别大，每个人都有一个大肚子。他们还喝对抗命运酒，天晓得这是一种什么酒。他们吃喝的时候，就把风帽的帽边往前一拉当成围兜使用。

吃完饭以后，他们便咿咿呀呀地唱着感谢天主的颂歌。剩下的时间他们便做些积德行善的事等待最后审判。星期天互相鞭打，星期一互相嘲弄，星期二互相搓背，星期三个人自擤鼻涕，星期四互擤鼻涕，星期五互相搔痒，星期六互相棒打。

他们在修道院的饮食起居就是这样的。有时候院长让他们到外面去，若是在江河或湖海上，就严禁打捞，不许吃任何一种鱼，否则会受到严惩。若是在岸上，不许吃任何一种动物的肉。他们心里明白：他们必须像玛丕西亚山上的岩石一样坚定，不能有享受或占有任何东西的欲望。他们的一言一行都有和谐的颂歌伴奏，而且都是用耳朵在唱，我们前面已经说过当金灿灿的太阳落到海上以后，他们又同往常一样用靴子踢，用踢马刺刺，接着就把眼镜戴在鼻子上，准备睡觉。到了半夜，那个木履人又来了，大家都起来磨刀。接着便是巡行祈祷，仪式完毕之后他们又钻到桌子底下，和往常一样开始用餐。

约翰修士看见了这些半音修士的生活方式，了解到他们的会规之后，不由得勃然大怒，大声嚷道：

“啊，这简直是蹲在饭桌下的肥胖的教堂老鼠？！天主在上，我恨不得把他撕成两半！普里阿普斯要是在这里就好了，他经常到卡尼底亚和萨卡娜参加夜祭，那里的人随便放个屁都比这些人咿咿呀呀的吟唱好？！我们真的来到了一个完全相反的国家。德国正在摧毁修道院，剥下修士伪善的会衣，而这里的一切却是倒行逆施，颠倒是非。”

第二十八章 巴汝奇提问而“半音修士”只用一字回答

自从我们进入修道院，巴汝奇什么事也没做，只是打量着这些半音修士。后来，他拉住一个瘦得像咸鲞鱼的修士的袖子，问道：

“半音修士，你们这些怪人，你的女人在哪里呢？”

半音修士回答：“下。”

巴汝奇问：“多吗？”

半音修士：“少。”

巴汝奇：“有多少呢？说实话。”

半音修士：“廿。”

巴汝奇：“你想要有几个？”

半音修士：“百。”

巴汝奇：“你把他们藏在哪里？”

半音修士：“那。”

巴汝奇：“我猜她们年龄大小不一，长得怎么样？”

半音修士：“好。”

巴汝奇：“肤质呢？”

半音修士：“滑。”

巴汝奇：“头发的颜色？”

半音修士：“金。”

巴汝奇：“眼睛的颜色？”

半音修士：“黑。”

巴汝奇:“乳房呢？”

半音修士:“圆。”

巴汝奇:“脸蛋呢？”

半音修士:“靓。”

巴汝奇:“眉毛呢？”

半音修士:“长。”

巴汝奇:“媚不媚？”

半音修士:“媚。”

巴汝奇:“眼神呢？”

半音修士:“柔。”

巴汝奇:“脚的样子？”

半音修士:“平。”

巴汝奇:“脚后跟呢？”

半音修士:“短。”

巴汝奇:“胳膊呢？”

半音修士:“长。”

巴汝奇:“手上戴什么？”

半音修士:“套。”

巴汝奇:“指上戴什么戒指？”

半音修士:“金。”

巴汝奇:“你们给她们穿什么料子？”

半音修士:“布。”

巴汝奇:“什么样的布？”

半音修士:“新。”

巴汝奇:“什么颜色？”

半音修士:“绿。”

巴汝奇:“帽子是什么颜色？”

半音修士:“蓝。”

巴汝奇:“鞋子的颜色呢？”

半音修士:“褐。”

巴汝奇:“布料怎么样？”

半音修士:“细。”

巴汝奇:“鞋子是什么做的?”

半音修士:“皮。”

巴汝奇:“鞋子平常如何?”

半音修士:“脏。”

巴汝奇:“她们干起活来怎么样?”

半音修士:“快。”

巴汝奇:“现在谈谈厨房吧,我指的是这些女人的厨房,我们一样一样谈吧。厨房里有什么?”

半音修士:“火”

巴汝奇:“用什么东西烧火?”

半音修士:“柴。”

巴汝奇:“什么样的柴?”

半音修士:“干。”

巴汝奇:“什么木头?”

半音修士:“柏。”

巴汝奇:“那些小木棍呢?”

半音修士:“桤。”

巴汝奇:“你们自己的屋里烧什么?”

半音修士:“松。”

巴汝奇:“还烧别的吗?”

半音修士:“榆。”

巴汝奇:“这些女人,我想带走一半,请问你们怎么喂她们?”

半音修士:“好。”

巴汝奇:“她们吃什么?”

半音修士:“面。”

巴汝奇:“什么面?”

半音修士:“黑。”

巴汝奇:“还有其他东西吗?”

半音修士:“肉。”

巴汝奇:“怎样煮的肉?”

半音修士:“烤。”

巴汝奇:“她们喝汤吗?”

半音修士:“不。”

巴汝奇:“她们吃很多糕点吗?”

半音修士:“多。”

巴汝奇:“这我明白了。她们吃鱼吗?”

半音修士:“吃。”

巴汝奇:“还吃什么呢?”

半音修士:“蛋。”

巴汝奇:“怎么吃法?”

半音修士:“煮。”

巴汝奇:“煮到什么程度?”

半音修士:“硬。”

巴汝奇:“她们吃的就这些吗?”

半音修士:“不。”

巴汝奇:“她们还吃什么呢?”

半音修士:“牛。”

巴汝奇:“还有其他的吗?”

半音修士:“猪。”

巴汝奇:“还有吗?”

半音修士:“鹅。”

巴汝奇:“除了鹅呢?”

半音修士:“鸭。”

巴汝奇:“还有呢?”

半音修士:“鸡。”

巴汝奇:“调味酱用什么做的?”

半音修士:“盐。”

巴汝奇:“如果喜欢吃甜食呢?”

半音修士:“糖。”

巴汝奇:“这些东西吃完后吃什么?”

半音修士:“饭。”

巴汝奇:“还有别的吗?”

半音修士:“奶。”

巴汝奇:“还有吗?”

半音修士:“豆。”

巴汝奇:“什么样的豆?”

半音修士:“青。”

巴汝奇:“拿什么拌呢?”

半音修士:“肉。”

巴汝奇:“吃什么水果。”

半音修士:“好。”

巴汝奇:“什么样的水果?”

半音修士:“生。”

巴汝奇:“还有呢?”

半音修士:“栗。”

巴汝奇:“喝酒吗?”

半音修士:“喝。”

巴汝奇:“什么酒?”

半音修士:“葡(萄)。”

巴汝奇:“什么葡萄酒?”

半音修士:“白。”

巴汝奇:“冬天喝什么酒?”

半音修士:“醇。”

巴汝奇:“春天呢?”

半音修士:“烈。”

巴汝奇:“夏天呢?”

半音修士:“凉。”

巴汝奇:“秋天秋葡萄的季节呢?”

半音修士:“甜。”

“教士那个……?!”约翰修士叫了起来,“这些半音修士的臭女人吃下这么多好东西,如果不一直走动该会多么肥胖啊?!”

巴汝奇说道:“等我把问题问完吧。她们什么时候睡觉?”

半音修士:“夜。”

巴汝奇:“什么时候起床?”

半音修士:“晨。”

巴汝奇说道:“这真是我今年最想骑上去的半音修士。天主在上,神圣的半音男圣人和半音女圣人在上，让他去当巴黎的首席法官该有多好！

天主在上，我的朋友，他该会多么神速地处理那些案件，缩短诉讼审案的时间，阅读诉状、倾听申诉、审阅判案，对公文仔细斟酌、反复推敲！我们现在再心平气和地谈谈这些女人的所谓仁爱是什么样的？”

半音修士：“广。”

巴汝奇：“入口如何?！”

半音修士：“鲜。”

巴汝奇：“深度怎么样？”

半音修士：“深。”

巴汝奇：“里面天气如何？”

半音修士：“热。”

巴汝奇：“边上有什么？”

半音修士：“毛。”

巴汝奇：“什么颜色？”

半音修士：“红。”

巴汝奇：“那些老女人呢？”

半音修士：“灰。”

巴汝奇：“动作如何？”

半音修士：“快。”

巴汝奇：“屁股的扭动如何？”

半音修士：“猛。”

巴汝奇：“她们全都很猛吗？”

半音修士：“全。”

巴汝奇：“你们有什么样的家伙？”

半音修士：“大。”

巴汝奇：“顶部怎么样？”

半音修士：“圆。”

巴汝奇：“什么颜色？”

半音修士：“红。”

巴汝奇：“用过之后如何？”

半音修士：“软。”

巴汝奇：“睾丸如何？”

半音修士:“沉。”

巴汝奇:“包皮如何?”

半音修士:“紧。”

巴汝奇:“完事之后如何?”

半音修士:“松。”

巴汝奇:“以誓言的名义说话,要和她们睡觉时,把她们摆在哪里?”

半音修士:“下。”

巴汝奇:“她们嘴里说些什么?”

半音修士:“哼。”

巴汝奇:“她们心里乐意吧?”

半音修士:“是。”

巴汝奇:“她们生孩子吗?”

半音修士:“不。”

巴汝奇:“你们在一起怎么睡觉?”

半音修士:“光。”

巴汝奇:“以誓言的名义说话,你们一个白天干几次?”

半音修士:“六。”

巴汝奇:“晚上呢?”

半音修士:“十。”

约翰修士说道:“天主在上?! 那家伙一天一夜要干十六次怎么受得了。”

巴汝奇:“约翰兄弟,你像他们一样厉害吗?天主在上,他真是没人能比的人。其他人也一样厉害吗?”

半音修士:“是。”

巴汝奇:“谁是最厉害的?”

半音修士:“我。”

巴汝奇:“你有没有力不从心的时候?”

半音修士:“无。”

巴汝奇:“我真是理解不了,你今天精液耗尽,明天还会有吗?”

半音修士:“多。”

巴汝奇:“他们一定服用过泰奥弗拉斯托斯所说的印度草,否则就把我逐出教门。但是万一有什么正当的理由或其他原因让你的家伙变短,那该怎么办？”

半音修士：“糟。”

巴汝奇：“女人呢？”

半音修士：“吵。”

巴汝奇：“如果持续一整天呢？”

半音修士：“坏。”

巴汝奇：“你们会让她们怎么样？”

半音修士：“烦。”

巴汝奇：“她们怎样对付你们？”

半音修士：“屙。”

巴汝奇：“你说什么呢？”

半音修士：“屁。”

巴汝奇：“什么声音？”

半音修士：“响。”

巴汝奇：“你们如何整治她们？”

半音修士：“狠。”

巴汝奇：“会整出什么结果来？”

半音修士：“血。”

巴汝奇：“这会怎么影响她们的脸色？”

半音修士：“红。”

巴汝奇：“你们怎么使她们的脸色更好？”

半音修士：“漆。”

巴汝奇：“你们总是感觉如何？”

半音修士：“怕。”

巴汝奇：“她们把你们当作……？”

半音修士：“神。”

巴汝奇：“就着你们的誓言起誓，一年当中你们哪一个月最无力？”

半音修士：“八。”

巴汝奇：“哪一个月最有劲？”

半音修士：“三。”

巴汝奇：“那其他月份呢？”

半音修士：“乐。”

巴汝奇听完后哈哈大笑,说道:

"这真是世上最可怜的半音修士。你们听到他用多么简短、完整的片言只语断然地回答我的问题吗?他的回答只有一个字,我敢打赌他三口就能吃下一个樱桃[1]。"

"天主在上,"约翰修士说道,"我敢打赌他同他的女人说话时绝不是这样子,一定是甜言蜜语滔滔不绝。你说他三口就能吃下一个樱桃,圣弗朗西斯在上,我打赌他两口能吃下一根羊腿,一口就能喝下一夸脱酒。你看他那副醉醺醺的样子。"

爱庞斯特蒙说道:"这些邪恶的修士全世界都一样,只会争抢东西吃,这也是他们所说的尘世生活,吃喝的事。那些王公贵族与他们相比又能好到哪里去呢?"

---

① 一句民间谚语,意思是:这个人说话简短。

第二十九章 爱庇斯特蒙对封斋节的厌恶

爱庇斯特蒙说道:"你们有没有注意到这个问题，邪恶下流的半音修士是用哪种方式表明三月是最放纵性欲的月份？"

庞大固埃马上回答道:"注意到了。三月正值封斋期,而封斋期本用以苦行、禁欲、克制性狂热的。"

爱庇斯特蒙说道:"由此你可推断第一位制定封斋节的教皇多么精明。这个破烂的半音修士承认他在封斋节里最淫荡、最好色了。你还可以从许多博学的医生提供的有力证据说明，一年当中所吃的食物还不及封斋节内吃的东西更能催发人的情欲。这些东西有蚕豆、豌豆、青豆、扁豆、葱、栗子、牡蛎、鲞鱼和咸肉、卤味,还有各种生菜也都是激发性欲的,如紫花南芥、独行菜、龙蒿、水田芥、水芹、牧根草、海罂粟、啤酒花、稻米、葡萄干等等。"

庞大固埃说道:"如果你知道那位仁慈的教皇明白经过一个严寒的冬天,人体潜伏的热量就会逐渐散发出来,正像树木的汁液要输送到外部枝干一样。教皇规定封斋节要吃这些食物正是为了帮助人类繁衍生息,你就会大吃一惊。我想起都阿尔的洗礼登记簿,在十月和十一月出生的孩子的数目超过一年当中其余十个月所生的孩子总和。你往后推算就会发现这些小孩是在封斋节受孕怀胎的。"

约翰修士说道:"我饶有兴致地听了你们上面所说的话。但是,已故的雍维尔本堂牧师却认为女人在此期间受孕膨大了肚子，并不是因为吃了封斋节的食物,而是由于那些弓背曲肩的募化修士、那些靴子发亮的布道师、那些污秽肮脏的忏悔师，在这段季节里他们权力很大，因此，他们就说，凡是通奸的丈夫都应该受到处罚，要让他们到路西弗的爪子下面地狱的最底层。所有的丈夫一听全都吓坏了，不敢再和女佣人偷情了，只好回到自己的妻子身边，生活在一起了。我要说的就是这些。”

爱庇斯特蒙说道：“你完全凭自己的想象解释封斋节的规定，每个人都有自己的观点，随你怎样评论。可是如果要完全取缔封斋节，我相信会遭到全世界医生的反对，这可是我亲耳听过。你们想想，没有了封斋节，他们的医术就被人瞧不起，也就赚不到钱了，因为没有人会生病。所有的疾病都是来自封斋节，它是所有疾病的滋生地、最初的苗床和贮藏室。更糟糕的是封斋节不仅会使人的肉体腐烂，还会使人的灵魂发狂。魔鬼便干起它们的勾当，假冒伪善者都露面了，那些偏执狂者趁机兴风作浪，结社、拜苦路、行赦罪、忏悔、鞭打惩戒、逐人出教，无所不为。说了这么多，我也并不是夸赞北欧人就比我们好多少，我说的是事实。”

巴汝奇转过身对半音修士说道：“我的好朋友，你觉得这个家伙如何呢？他是不是个异端？”

半音修士：“是。”

巴汝奇：“他该不该被烧死？”

半音修士：“该。”

巴汝奇：“是不是越快越好？”

半音修士：“是。”

巴汝奇：“要不要煮？”

半音修士：“不。”

巴汝奇：“那怎么烧？”

半音修士：“活。”

巴汝奇：“烧到何时？”

半音修士：“死。”

巴汝奇：“因为他惹你生气了吗？”

半音修士：“太。”

巴汝奇：“你要怎么处置他？”

半音修士：“烧。”

巴汝奇：“你还烧过许多人吗？”

半音修士：“多。”

巴汝奇:“你们也有这样的异端吗?”

半音修士:“少。”

巴汝奇:“你还是把他们烧死了。”

半音修士:“是。”

巴汝奇:“你救赎过他们吗?”

半音修士:“没。”

巴汝奇:“全都得烧死吗?”

半音修士:“是。”

爱庇斯特蒙说道:“我真不明白你同这位下流的破烂修士有什么好理论的,若不是我对你有所了解,我真会觉得你是个不太正派的人。”巴汝奇说道:“天主在上,我们马上就走吧,我太喜欢他了,真想把他带回去给高康大。等我结婚时,他就能做我妻子的小丑。”

爱庇斯特蒙说道:“当然了,他会好好为她服务的?!”

约翰修士笑着说道:“可怜的巴汝奇,你这次可是遇上对手了。不过你结婚时,肯定逃不掉当乌龟了。”

第三十章　我们怎样游历丝绸国

我们愉悦地参观了“半音修士”这个新教派以后，又在海上航行了两天。到了第三天，领航人带我们来到了一座世界上风景最秀丽、最心旷神怡的岛屿，这座岛就叫作“粗呢岛”，因为所有的道路都是粗呢铺就的。我们还在这里遇到了赫赫有名的“丝绸国”，因为丝绸是侍从服饰的最爱。在这片国土里不见落叶。也不见落花，因它们都是大马士革花缎和丝绒做成的。所有的飞禽走兽也都是绒织品。

我们还见到了许多动物、飞禽和树木，它们的形状、大小、高矮和颜色都和我们国家的差不多，只不过它们不吃东西，不像我们那里的鸟会唱歌，也不像我们这里的禽兽会咬人。

还有一些我们以前从未见过的，其中就有许多同种类的大象，尤其是看到了罗马皇帝提比略之侄杰马尼库斯[①]时期，驯兽者在罗马斗兽场上展示的六只公象和六只母象，这些象有的知识渊博、有的懂音乐、懂哲学、擅长舞蹈，会跳西班牙舞，还有的会演滑稽戏。它们就像修道院里那些享清福的修士一样井然有序围坐餐桌旁，一声不吭地又吃又喝。它们的鼻子（也就是我们称为大象鼻）足有两码长，可用来汲水，卷走树叶，摘下苹果和李子吃，还可以像手一样用于防卫和进攻，可以把人狠狠地抛向空中，在笑声中摔得粉身碎骨。它们的耳朵又大又美观，就像风车的叶片，腿有关节

---

① 杰马尼库斯：罗马大将，曾战胜日耳曼的阿尔米纽斯，公元十九年被比佐毒死。

屈伸,有些人却不是这样认为,因他只在绘画中见过大象。它们在牙齿中间还长两只长角,朱巴就是这样称呼的,保萨尼阿斯也称之为角,只有菲洛斯特说这是牙不是角,这对我来说没什么区别,只要知道这是真正的象牙就行了,足有三四码长,是长在上颚骨上,而不是下颚骨就行了。如果你们相信与此不符的记载,那么你们就上了那骗子艾理安的当。普林尼正是在这座岛上,而不是在别处看见挂着铃铛跳绳的大象,它们能在摆满酒菜的饭桌上跳过来跳过去,也不会骚扰那些饕餮之徒。

我还见过一头犀牛,看起来很像汗斯·克雷贝格从前指给我见过的那一头,同我过去在里摩日见过的大公猪差不多,不同的是鼻子上长了一只角,有一码长,很锋利,它敢用这只角与一只大象搏斗。只需用这只犄角刺向象肚(那是大象身上最软弱、最易被攻破的部位),大象就被开膛破肚、倒地而死。

我还看见三十二只独角兽,都是些习性顽劣的动物,样子同我见过的一种良种马差不多,所不同的是它们长着鹿头、象脚、野猪的尾巴,前额中央长着黑颜色的尖角。有六七英尺长,平常就像火鸡的鸡冠耷拉着,遇上作战或紧急情况便坚硬地竖立起来。我曾见过一只独角兽同其他许多走兽在一起,用它们的犄角清洗一处水泉。巴汝奇告诉我,它的那只犄角(当然并不是长在前额上的)虽然在长度上不及独角兽的那一只,可是发挥的功用都是一样。正像独角兽能用它们的犄角把恶臭的池子和水泉的污秽和毒物都清除出去,别的走兽随后过来饮水就绝对安全了。同样地,别人在它用犄角清洗之后,随意调情寻欢也不会有患脓疮、花柳、尿路感染、梅毒和其他性病,因为潜伏在那有毒裂缝的任何病毒都会被它那敏感的犄角清除干净。

约翰修士说道:“你结婚的时候,我们就拿你的妻子做实验。这是看在天主的份上,何况你还给我们说了这么有用的信息。”

巴汝奇说道:“不好了?! 我不马上在你的肚子放进一粒打发你去见天主的药丸(就是恺撒被刺死的二十二刀)[①]才怪呢?! ”

约翰修士说道:“我更想喝一杯清凉的美酒。”

我在那里还见过伊阿宋觅到的金羊毛。有人根据希腊语 melon 既指苹

---

① 据说恺撒是被刺了二十二刀才死的。

果,也指羊,就说那不是金羊毛,而是苹果,这都是因为他们没有真正游历过丝绸国。

我还见过一条变色蜥蜴,这同亚里士多德描述的一模一样,也同那位居住在罗纳河畔大都市里昂的名医——查尔斯·马雷拿给我看的差不多。这种动物只靠空气生活。

我还见过三条七头蛇,这和我以前见过的一样,每条蛇都长着七个不同的头。

我还见过十四只不死鸟。我曾读过不同的作者记载着:在同一个时间,世上只存在一只不死鸟。但是根据我卑微的理解力,我认为这么写的人只在画毯上见过不死鸟。菲尔米奥姆[①]附近的拉克唐修斯[②]也就是这么一个人。

我还看见阿普列乌斯[③]金驴的皮。

我还看见三百零九只鹈鹕和六千零一十六只天堂鸟,排着整齐的队伍,在麦地里吃蝗虫。此外还有阿拉伯鸟、白鹅鸟、奶羊鸟、护鸽鹰、驴鸣马、我指的是粗喉管的塘鹅,还有女头鹰身鸟、黑豹、瞪羚、羚羊、獐子、半人半羊怪兽、麒麟、独角鲸、麋鹿、野牛、水牛、飞鸟、猿猴、奈阿德斯[④]怪兽、蟒蛇、长尾猴、麝牛、绵羊、葡萄虫、吸血大蝙蝠和狮身鹰首怪兽。

我还看见骑在马背上的半斋(八月中旬和三月中旬为它扶马镫),还有狼人、半人半马怪物、老虎、豹、鬣狗、长颈鹿等等。

我还看见一种小小的,头顶有吸盘的鲫鱼,希腊人称为“伊克内斯”鱼。这条鱼吸附在一艘大船上,即使它的帆全张开,风猛烈吹着,这艘船仍纹丝不动。我敢肯定这一定是暴君佩里安德[⑤]那条在风中被小鱼吸住不能前进的船只。姆提亚奴斯正是在丝绸国,而不是在别处见过鲫鱼的。约翰修士告诉我们法庭曾经受到两种鱼的控制,这两种鱼都会把所有打官司的人,不论是贵族或平民、穷人,还是富人、大人物或是小人物的肉体拖垮,灵魂逼疯。这两种鱼有一种就叫“撒谎鱼”,也就是鲭鱼。另一种就是有毒的

---

① 菲尔米奥姆:靠亚得里亚海地名。

② 四世纪护教论者拉克唐修斯生于菲尔米奥姆,曾写过一首不死鸟的诗。

③ 阿普列乌斯:二世纪罗马作家,著有传奇小说《金驴》

④ 奈阿德斯:野兽名,它一吼叫,周围的土地便会陷成深坑。

⑤ 佩里安德:公元前六二五至五八五年哥林多暴君。

鲫鱼,它能使一场官司漫无休止打下去而看不到最终判决的希望。

我还看见斯芬克斯、胡狼、猞猁、人妖(人妖的前腿就如人的手,后腿才像人的脚使用)、半狼半狮动物(这种动物体形大如河马,尾巴像大象一样,颚部像野猪、一对会移动的犄角就如驴的耳朵),还有狼狗混生动物,这种动物跑得快,有米尔巴莱的驴那么大,胸部、脖子和尾部像只狮子,腿像鹿,嘴巴一直到耳朵边上,只长两颗牙,一只上牙,一只下牙,说话的声音跟人差不多,但是我们还没听见它们讲过一句话。也许你们会说没人能见过猛禽的巢穴,老实说,我倒见过十一处,而且看了个究竟。

我还看见左手使用的枪钺,这以前可没见过。

我还看见一种龙,这是一种非常奇异的动物,长着狮身、红毛、人的脸和耳朵、有三排相互交叉的牙齿,就像人的手指头相互交叉一样,尾部长着刺,可以像蝎子一样刺人,它们的声音倒是优美动听。

还有一种爬虫,身子不大,但很凶猛,头大得出奇,简直无法从地上抬起来。它们的眼睛很毒,人一触其目光即死,就像见了蛇怪一样。

还看见一种双背的动物,这种动物快活极了,那尾部比摇尾巴还灵活,屁股总是摇个不停。

我还看见一种能被挤出奶的龙虾,这种动物我从没见过。它们列队整齐地行进,样子真好看。

第三十一章 我们怎样在丝绸国看见“道听途说”执掌的做证学校

我们又在这个织绵王国走了一阵，突然看见地中海一分为二，可以一眼看到海的最深处，就像从前红海离开波斯湾，为那些逃离埃及的以色列人开辟道路一样。

我看见了特赖登，他正吹着他的大海螺。我还认出了格劳科斯、普罗透斯、涅柔斯和上千个海神和海怪。我们还看见了数不清的鱼，种类应有尽有，有的在跳舞、滑翔、跳跃、打斗、进食、呼吸、交配、猎食、设埋伏突袭、讲和、做买卖、起誓，它们全都玩得很开心。

在附近的一个角落里，我们看见亚里士多德手提灯笼，很像画中为圣克里斯托弗照路的那位隐修士。凶环顾四周，仔细观察，想把一切都记下来。跟在他后面的还有其他许多哲学家，就像为律师拎包的那帮人。其中有阿匹亚奴斯[①]、赫里欧多鲁斯、阿忒涅乌斯、波尔菲里奥斯[②]、阿卡迪亚人庞克拉提乌姆[③]、奴梅尼乌斯[④]、波西多尼乌斯、奥维德、欧庇安、奥林匹乌斯、塞琉古、莱奥尼达斯、阿加索克利斯、泰奥弗拉斯托斯、狄摩斯特拉图斯、穆提阿努斯、尼姆芬多鲁斯、雅利安，还有五百个无事可做的人，其中就

① 阿匹亚奴斯：二世纪希腊史学家，著有《罗马史》。

② 波尔菲里奥斯（233–304）：叙利亚新柏拉图派哲学家。

③ 庞克拉提乌姆：传说中首创捕鱼的人。

④ 奴梅尼乌斯：二世纪叙利亚哲学家，柏拉图的注释人。

有花了五十八年时间观察一只蜜蜂而什么事都不做的索罗伊的克里西普斯[①]和阿里斯塔古斯。我还认出了比埃尔·基利，他手里提着一只尿壶仔细地观察着，那就是这些漂亮鱼儿的尿。

庞大固埃在丝绸国游玩了大半天，不禁感叹地说道：

"我在这里可是大饱了眼福，肚子却是空空的，早就饥肠辘辘了。"

"那我们就吃东西去吧，"我说道，"让我们尝尝挂在那儿的合欢草。"

"呸?！这有什么用呢?！"

我只好摘了几个垂在织绵末梢的一些干果，嚼也嚼不动，也无法吞下去。如果你们也过来舔舔，肯定会说这东西就像一团乱糟糟的丝线，一点味道也没有。你们不禁会想起黑利阿加巴卢斯曾答应给那些斋戒很长时间的人摆上一桌盛筵，他精心描摹了美味佳肴，就像一字不漏抄下教皇诏书一样，可结果拿出来的却是蜡做的、大理石、瓷器做成的，或是画在布上的。

我们又继续寻找，想找一些能吃的东西。突然，我们听到一阵刺耳的声音，就像女人洗衣服的声音，或像图卢兹巴萨可乐磨坊里磨粮食发出的咔嚓咔嚓声。我们赶紧寻声跑去，看见一个弯腰驼背、畸形丑陋的小老头，他的名字叫作"道听途说"。他的大嘴一直裂到耳朵边上，长了七条舌头，而且每条舌头都有七个分杈。他能用这七条舌头，用七种不同的语言谈论七种不同的话题。他头上和身上其他部位的耳朵同阿耳戈斯的眼睛一样多。他还是个双腿瘫痪的瞎子。

我看见有一群男男女女围在他身边，全都非常认真地听着。我还认出了一些出身高贵、显得有教养的人，其中有一个人手执世界地图，口念动听简短的格言，生动地做着讲解。这些人的记忆力真是惊人，他们很快就能理解领会，成为学者和博学之人，滔滔不绝地就各种深奥的问题发表高见。普通人用一辈子时间也不足以讲述其中的百分之一，比如金字塔、尼罗河、巴比伦王国、穴居人、细腿人、无头人、小矮人、食人生番、北极山人、半人半羊怪物、地狱里的魔鬼等等稀里古怪的东西，都来自"道听途说"。

在那里，我还认出了希罗多德、普林尼、索里奴斯[②]、贝罗苏斯[③]，菲洛斯特拉图斯、美拉[④]、斯特拉博等许多古代圣贤。还有马格努斯、"无头人"比

---

① 克里西普斯：斯多葛派自然科学家。

② 索里奴斯：三世纪自然科学家。

③ 贝罗苏斯：巴比伦星相学家。

④ 美拉：一世纪罗马地理学家。

埃尔、教皇圣庇护二世、英勇的保罗·昭维奥[①]、"加拿大发现人"雅各·卡提耶、亚美尼亚人海伊通、威尼斯人马可·波罗、罗马人卢多维克、伯多禄·阿尔瓦拉多等等历史学家,他们一个个都藏在挂毯的后面,偷偷地记下从"道听途说"听来的激动人心的故事。

就在一幅绣着薄荷叶的帷幔后面,我们还看到一群来自贝尔式和马恩[②]的学生围着"道听途说",他们全是刻苦用功的青年。问他们学习什么专业,他们回答从小就在那里学习做证,并且已经熟练掌握,一旦回到自己的家乡,就能做个专业的见证人,过上体面的生活。他们愿意为那些开出高价的人做证,而且做什么证都可以。当然,这些全是从"道听途说"听来的。你们愿意怎么想就怎么想,反正他们拿出几片面包与我们分享,还拿出酒与我们祝酒干杯。后来,他们还真心诚意地奉劝我们,如果想在法庭上当个大法官,就要尽量避免说出实话。

① 保罗·昭维奥(1483-1552):意大利主教及历史学家。

② 马恩省人是以会撒谎、会做假见证著名的。

第三十二章　我们怎样找到灯笼国

我们在丝绸国忍饥挨饿之后，又航行了三天，到了第四天，我们很幸运地找到灯笼国。

当我们靠近灯笼国时，看见有一些小灯在水面上荡来荡去。我认为这是一种灯笼鱼，它们正把发光的舌头伸出水面上；或是萤火虫（就是你们说的会发光的虫），在稻谷成熟的时候，晚上在田野闪闪发光。可是领航人却说这是当地人设在海岸的信号灯，让大家容易识别出这就是灯笼国，而且和那些好心的方济各会和多明我会的修士一样，为那些来这里开会的外地“灯笼”指路。不过，我们还是担心会不会是暴风雨的征兆，领航人坚持说他的话没错。

第三十三章 我们在灯笼人的港口登陆并来到了灯笼国

船径直驶进了灯笼国的港口。

庞大固埃一眼认出了挂在高塔上的拉·罗舍尔[①]灯笼，这灯笼为我们带来一片光亮。我们还看见法罗斯[②]、诺普利奥斯[③]的灯笼，还有阿克罗波里斯敬献给帕拉斯的灯笼。

在港口附近有一个小村落，住的就是这些靠点灯为生的灯笼人（就像我们那里靠年轻的修女募捐过活的教士一样，都是勤劳善良的人们）。古时狄摩西尼也曾在这里点过灯。

有三位方尖碑一样的灯笼人（他们是码头上的哨兵，像阿尔巴尼亚人一样都戴着高帽）把我们从这个村子领到了皇宫，我们告诉他们此次航行的目的，并告诉他们我们希望能从灯笼国王后那里得到一个灯笼人，为我们照路，带我们去寻找神瓶的谕示。他们欣然同意帮忙，还说我们来得正是时候，灯笼国此时正在召开一年一度的盛会，有很多“灯笼人”供我们选择。

到了皇宫，有两位“灯笼人”司仪，一个是“阿里斯托芬的灯笼”，另一

---

① 拉·罗舍尔：法国沿大西洋海岸地名，为当时新教之根据地，悬挂灯笼的碉堡，在拉·罗舍尔的南城墙上，航行船只视为灯塔。

② 法罗斯：埃及亚历山大港外岛名，上有灯塔，为普陀里美所建。

③ 诺普利奥斯：神话中尼普顿之子，帕拉米底斯之父，曾建阿尔戈斯灯塔。

个是哲学家"克利安西斯[1]的灯笼"，他们带我们觐见王后。巴汝奇又用灯笼国话把我们航行的目的简明扼要地陈述一遍，王后竭诚欢迎我们，还让我们坐下来同她共进晚餐，以便更好挑选我们所要的向导。我们一听高兴极了，便迫不及待地注意观察他们的一举一动，包括他们的手势、服饰、举止和上菜的顺序。

王后穿着纯水晶服饰，用大马士革刺绣贴花饰，上面还镶嵌大钻石。有一些皇族的"灯笼"也穿上宝石服饰，还有的穿上琉璃石的，其余的穿上牛角、纸张或油布。那挂灯也是根据家族的资历和地位做不同的装饰。在装饰考究的这一行列中，我看到只有一个土制的"灯笼"，很像普通的瓦罐，我正感到惊讶，他们告诉我这是爱比克泰德的"灯笼"，从前有人出三千"德拉克马"[2]还买不下她。

我还仔细观察了马尔西亚尔"多头灯笼"[3]的构造和配件，更详细端详了许多年前克里西亚斯的女儿奉献给卡诺巴的"廿头灯笼"。我还兴致勃勃看见从前亚历山大大帝从底比斯的阿波罗神庙拿出来的，后来又带到伊奥利亚古米城的那盏"灯笼"，还看见另一盏"灯笼"，这"灯笼"就以头上鲜红的丝流苏引人注目，据说这就是巴尔多鲁斯的"法律之灯"。我还看见其他两盏腰上别着灌肠袋的"灯笼"，据说这是当药剂师的一大一小的两盏"灯笼"。

晚餐时间到了，王后首先入席，其他的就按各自的头衔和职位依次入席。我们一入座，便送上来模型制出的大蜡烛，只有王后例外，给她端上来的是一把白蜡制成的大火把，顶部有点发红。那些皇族的"灯笼"也和其他的略有不同，米尔巴莱省长"灯笼"吃的是一根胡桃蜡烛，下普瓦图省长"灯笼"接到的则是刻有纹章装饰的蜡烛。天晓得晚餐过后，这些"灯笼"一点起来该有多亮。只有一群侍候一只"大灯笼"的"小灯笼"是例外，她们不像其他"灯笼"那么发亮，那光分明比较黯淡。

晚饭过后，我们回去睡觉。第二天早上，王后让我们在最亮的"灯笼"里挑了一个，为我们指路。我们辞别而离开了。

---

① 克利安西斯：公元前三世纪斯多葛派哲学家。

② "德拉克马"：古希腊银币。

③ 马尔西亚尔有一首讽刺诗名为《多头灯笼》，指一盏灯有好几个灯头。

第三十四章　我们到达神瓶的地方

明亮的"灯笼"为我们照路，我们感到欣喜万分，最后终于到达了期盼已久的、藏有神瓶谕示的海岛。

巴汝奇一下船，高兴得手舞足蹈，对庞大固埃喊道：

"我们历经千辛万苦，今天总算如愿以偿了！"

随后，他彬彬有礼地向给我们指路的"灯笼"致意，她嘱咐我们不管发生什么事，遇上什么困难，都不要害怕，要往最好的方面想。

在通往神瓶圣殿的路上，我们要经过一大片宽阔的葡萄园，园里种植的葡萄品种繁多，有法勒纳斯[1]、马姆齐[2]、赛麝香、塔比亚[3]、博恩[4]、米尔沃[5]、奥尔良、毕卡当[6]、阿尔布瓦[7]、古塞[8]、昂如、格拉夫、科西嘉、维龙、内拉克[9]和其他一些品种的葡萄。这葡萄园原是酒神巴克斯种植的，受到他

---

① 法勒纳斯：意大利南部地名，古时以产酒出名，曾受到贺拉斯的歌颂。

② 马姆齐：产于西班牙、希腊等地的马姆齐甜酒。

③ 塔比亚：意大利近热那亚地名，以产葡萄著名。

④ 博恩：黄金海岸产葡萄区。

⑤ 米尔沃葡萄酒，作者特别欣赏。

⑥ 毕卡当：朗格多克产葡萄区。

⑦ 阿尔布瓦：法国汝拉省产葡萄区。

⑧ 古塞：法国孚日省产葡萄区。

⑨ 内拉克：法国洛特·加隆省地名，以产葡萄酒著名。

的庇佑，葡萄长势旺盛，一年四季，不论刮风下雨都会开花结果，跟圣勒摩[1]的桔子树一样。我们那伟大的“灯笼”让我们每人吃下三颗葡萄，鞋子里铺上葡萄叶，左手再拿一根葡萄枝。

走过葡萄园，我们经过一座古老的拱门，这拱门其实就是为饮酒者树立的牌坊，上面有雕刻精美的喝酒用品。一边是整排的酒壶、酒囊、酒瓶、酒葫芦、酒桶、酒瓮、酒罐、酒杯，还有老式的酒缸等等，都悬挂在枝叶茂盛的葡萄架上；另一边放着一堆大蒜、洋葱、韭菜、火腿、鱼子调味品、奶酪蛋糕、腌牛舌，陈奶酪，以及一些类似食品，都用葡萄叶子点缀其间，再用葡萄藤巧妙地绑起来。此外，还有一百多种酒杯，有骑马杯、小口杯、大口杯、酒盅、酒碗、德式大酒杯、锡酒杯，还有许许多多饮酒器皿。在拱门的正面有一条饰带，饰带下方刻着两行诗：

穿过此处拱门，
带好引路“灯笼”。

看到这两行字，庞大固埃说道：“我们已经有引路‘灯笼’了，而且在整个灯笼国也找不到比这更好的灯笼了。”

这美不胜收的拱门尽头就是一个大而漂亮的凉棚，全由葡萄藤相互交织搭建起来的，上面点缀着五百种颜色各异的葡萄，有黄色、深蓝、褐色、天蓝、白色、黑色、绿色、紫色，也有杂色的、红条纹的等各种颜色。它们的形状各一，也有五百种，全是人工精心培育改良的，有长的、圆的、三角的、卵形的，还有大头的、带须的和长毛的。凉棚的尽头是三棵古老的常春藤，枝叶繁茂，果实沉甸甸的。我们那明亮的“灯笼”让我们用这种常春藤各人做一顶阿尔巴尼亚式的帽子戴在头上，我们全都照办了。

庞大固埃说道：“古时朱庇特的祭司不敢从这个拱门下经过。”

我们那聪慧的“灯笼”解释道：“这其中的原因很奥妙。要是他从下面走过，上面的酒（也就是葡萄）就在他上头，仿佛要压制、控制住他，这就是说那些男祭司以及一切侍奉神灵的男人都必须保持神志清醒，不能有意乱情迷，而乱志最容易在酩酊大醉时发作。

---

① 圣勒摩：意大利靠地中海地名。

“你们也是如此,你们一旦走出这里,倘若尊贵的神瓶女祭司发现你们的鞋里没有铺垫葡萄叶,她决不会让你们进入神瓶的大殿,因为鞋里铺葡萄叶表明你们鄙视酒,对酒不屑一顾,不会因喝酒而扰乱神志。”

约翰修士说道:“我不是学者,我不懂这些。不过我在经书的《启示录》里就读到一个妇人脚踏月亮的故事[①],这可真是件新鲜事。比高是这样解释的,这就表明她和别的女人不同,是截然不同的,别的女人都是把月亮顶在头上,头脑总是跟月亮一样有阴晴圆缺。从这个故事就让我更容易相信你的话了,我亲爱的灯笼夫人。”

① 见《新约·启示录》第十二章第一节。

第三十五章　我们由地下进入神瓶大殿
酾农如何成为世上第一城

我们经过一道石灰拱门走进地下室，门廊上粗糙地画着一群妇女和萨梯在跳舞，还有骑在驴背上嘻嘻哈哈的老赛利纳斯。我看到这些，便对庞大固埃说道：

“这入口处让我想起了天下第一古城的彩窖，你在那里可以找到类似的图画，而且和这里的一样新。”

庞大固埃问道：“你说的天下第一古城指的是哪一座城市？”

我说：“就是都兰的酾农，也称作该农。”

庞大固埃说道：“酾农我知道，也知道那里的彩窖，我还在那里喝过清凉的美酒。酾农是一座古城，这我深信不疑，那里的纹章就足以证明，上面有这几句话：

酾农，酾农，
城小，名扬，
它在古老石岩上，
上有树林，
下有维也纳。

“你为什么说它是世界第一古城呢？哪里有文字记载吗？你为什么会有这种想法呢？”

“《圣经》上说该隐是建造城市的第一人[①]。他很有可能用自己的名字为第一座城市命名,后来许多城市的缔造者都仿效他的做法,用自己的名字为城市命名。譬如雅典娜(即希腊文的密涅瓦)和雅典,亚历山大和亚历山大城,君士坦丁和君士坦丁堡,庞培和西西里亚的庞贝优波里斯,阿德里亚奴斯和阿德里亚诺堡,迦拿(诺亚的孙子)和迦南,萨巴和萨巴安,亚述和亚述,还有凯撒里亚[②]、台伯留斯[③]、犹太国的赫罗丢姆[④],其命名都是源于此的。”

我们正在说话的时候,神瓶国的总督(我们的“灯笼”叫他菲拉斯克,也就是火光的意思)由圣殿的卫士(全都是法国式小瓶)陪同着走出来。他一看到我们就像前面所描述的那样,每个人手执葡萄枝,头戴常青藤,还认出了我们明亮的“灯笼”,就让我们顺利进去,并吩咐把我们直接领到巴布公主(希腊语瓶子的意思)那里,她是神瓶的侍女,也是执掌所有奥秘的祭司。于是,随从便遵命照办了。

---

① 见《旧约·创世纪》第四章十七节。

② 凯撒里亚:罗马皇帝建立的城市。

③ 台伯留斯:即弗里吉亚的台伯留波里斯。

④ 赫罗丢姆:赫罗德建立城市,离耶路撒冷不远。

第三十六章 我们走了四十四级地下阶梯，又怎样吓坏了巴汝奇

顺着地下一座大理石阶梯我们走了下去，刚迈一步就有一个平台，向左拐，走了两级，又是一个平台，再走三级，往右拐又有一个，接着又往左走了四级。巴汝奇问道：

"到了吗？"

我们那明亮的"灯笼"问道："一共有几级台阶，你数过吗？"

"一、二、三、四……"庞大固埃数着回答。

"一共多少？"她又问。

"十级。"庞大固埃回答。

"你用毕达哥拉斯的四元组规律，分别和十相乘，结果如何？"

"那就是十、二十、三十、四十。"

"那么总共是多少？"她问。

"一百。"庞大固埃答道。

"再加上第一个立方。""灯笼"说道。

"八。"

"走完这宿命的数目，就会到了神殿的门口。请注意，这是柏拉图精神发展法，也就是精神的起源的真正含义，闻名于希腊的哲学家，可是很少人真正理解。算法是这样的：二的一半是一，加上两个整数，再加上两个整数的平方和两个整数的立方。"

我们要在底下走这么多级的阶梯，首要的任务是要当心我们的腿，否

则，我们就只能像桶那样滚入深深的地窖；其次，我们还需要明亮的“灯笼”照明，因为越往下走越深，里面黑洞洞的，一点光亮也没有，就像进入爱尔兰的圣帕特里克洞，或者皮奥夏的特罗波尼斯洞一样。

走过了七十八级台阶后，巴汝奇对我们明亮的“灯笼”说道：

“明亮的‘灯笼’夫人，我怀着歉疚的心情求求你，咱们回去吧。我以天主的死亡起誓，我快要被吓死了。我宁愿一辈子不再结婚了。你们为我历尽了艰辛，愿天主在最后的审判日报答你们。如果我能从这个洞穴逃出去，我决不会忘恩负义的。求求你们，我们回去吧。我担心这就是进入地狱的太那隆[①]，我似乎已经听见刻耳柏洛斯在狂吠了。听，这就是它的声音，否则，就是我耳鸣。我对狗没有好感，再厉害的牙痛也比不上被狗咬住大腿。假使这就是特洛弗尼欧斯的山洞，妖魔鬼怪一样会活活地把我们吃掉，就像古时德米特利乌斯的长枪手因没带蜜糕而被吃掉一样[②]。约翰修士，你在这里吗？求求你，别离开我，我快吓死了。你带上那把短刀吗？我可手无寸铁，既没进攻的武器，也没有防御的武器。我们还是回去吧！”

约翰修士说道：“我在这里，我在这里，别怕，我抓住你的领子呢。即使我没有武器，十八个魔鬼也休想把你从我手里夺走。在紧要关头，只要你有一颗勇敢的心和有力的臂膀，是不需要什么武器。天上也会降下武器的，就像从前在普罗旺斯马里亚纳河沟附近的克罗平原上，天降石头（现在还在那里）帮助当时没有武器的同尼普顿的两个孩子作战的海格立斯一样[③]。发生什么事了？难道我们是到了地狱的边界（天主在上，他们会屙我们一身屎），或是已经到了魔鬼的地狱里去了？天主在上，我现在鞋子里有葡萄叶，我一定把他们打得晕头转向。你看我打起架多厉害啊！

我们在哪里呢？它们又在哪里？我只怕它们的犄角。但巴汝奇结婚后一定会戴上那对犄角，它们一定会保护我的。这我能预见到，他会是另一个满头长满犄角的亚克托安。”

巴汝奇说道：“约翰修士，你要小心，如果修女也能结婚，千万不要娶

---

① 太那隆：即希腊的马塔班海峡，据说那里有一洞口可入地狱，神话中海格立斯就是从那里进入地狱的。

② 这个长枪手曾进到特洛弗尼欧斯的山洞行窃，因未携带蜜糕而被食，故事见保萨尼亚斯《希腊游记》。

③ 神话中海格立斯与尼普顿两个私生子作战，因箭已用尽，朱庇特命下石雨助战。

一个四天两头得疟疾的老婆。因为如果我能从这墓穴平安回去，就单单为了让你长犄角，我也要和你老婆睡上一觉。反正，得疟疾可不是好东西，记得格里波米诺诅咒让你娶这样一个老婆，你还骂他是异端。”

我们的谈话被明亮的“灯笼”打断了，她告诉我们这个地方需要保持沉默，不允许说话，还提醒我们，因我们的鞋子里塞满了葡萄叶，如果没有神瓶的应允，我们是回不去了。

巴汝奇说道：“那么，我们就往前冲吧，管它是何方的神仙，还是什么妖魔鬼怪，一切都不在话下，我毫不畏惧。一个人反正只能死一回，我苟全性命是为了投身战场的。甭提了，走吧，走吧，往前冲，我有足够的胆量和勇气。但我的心确实在颤抖，这是因为地窖又冷又有霉味，不是害怕，也不是发热病。我们走吧，快点走吧，我是无所畏惧的威廉。”

第三十七章 神殿的大门神奇地自动开启

我们下完阶梯,有一座大门呈现在眼前,这座大门是用优质玛瑙制成的,光滑无比,是多丽斯风格,朴素大方。门的正面刻上纯金的希腊文,意思是:“真理在酒中。”两扇门厚重结实,用哥林多的合金做的,上面有葡萄枝叶的浮雕,还根据雕刻线条的原理精心上了珐琅。两扇门紧紧合拢,既无须挂锁、插销,也不用链条拴住,中间嵌着一枚如埃及蚕豆一般大小的磁石,两头镶有两个直线六角形的赤金柄,门两边的墙上挂着两串大蒜。

就在这时候,我们尊贵的“灯笼”告诉我们说,她不能再领我们往前走了,希望我们能谅解她,因为某种对凡人难以启齿的原因,她自己也不能入内。她要我们必须听从巴布祭司的指示,遇事要沉着镇定,不要害怕,信赖祭司就一定能够回来的。说着,她拿掉吸在两扇门之间的磁石,用右手把它扔在旁边一个专用的银盒里,又从每扇门的门铰上抽出一码半长的红丝线,那大蒜就是用这种丝线悬挂的。她把线的两端系在镶磁石的那两个金柄上,这才转身离我们而去。

突然间,两扇门在没有任何人触摸的情况下,自动开启了,向后转动时一点也没有金属门沉重刺耳的声音,而是柔和的低吟声,像是从宫殿的拱顶飘过来的。庞大固埃立刻明白其中的缘故,原来每扇门下面有一个小滚轴连在门铰上,当门开启时,滚轴便在一块坚如斑岩的石头上滚动,天长日久,那块石头被磨得细腻光滑,便发出了悦耳、和谐的声音。

我一直惊叹于这两扇厚重的大门为何能自动开启。为了探求其奥妙,进去以后,我便在大门和墙之间仔细查看,想看看究竟是受一种什么动力的驱使,或是其中藏有什么装置。我猜想会不会是我们友善的“灯笼”把那种爱西屋比亚丹参草塞在门缝,因为这种草能打开任何关闭的门。其实不然。后来,我发现两扇门的闭合处有一片科林斯的钢片。

我还看见两块印度磁石,约有半手之宽,厚度也一样,呈天蓝色,平整光滑,磁石的边嵌在墙里,就在门敞开时接触墙的地方。

根据自然界的神秘法则,这些钢片在磁石强大引力的吸引下,门就会慢慢地被吸开。不过,有时也不完全这样,当门外面的磁石被移走时,钢铁对磁石自然的吸附力也就削除了,还要拿开那两串大蒜。我们那快活的“灯笼”就是这样做的,因为蒜能抗磁,削弱磁石的磁性。

在右磁石的旁边,我们看到用拉丁字母精巧地刻着抑扬格六韵步诗句:

> 顺命者命带之,逆命者命拽之。
> 左磁右旁边也有这么一句话:
> 万物归宗。

第三十八章 宫殿的地板是漂亮的马赛克铺就的

读完上面这些铭文，我环顾四周，欣赏着这富丽堂皇的宫殿，大殿地面的砌石特别令人惊叹。天底下的任何大建筑都无法与之媲美，不论是苏拉时代普雷奈斯特[①]的命运神殿，还是索苏斯在帕加马[②]为希腊人铺造的地板，都没有这么漂亮的砌石。这里的地面都用小方块砖石砌成，打磨得十分光滑，呈现天然色彩，有的是点缀着漂亮斑点的红色云石，有的是斑岩，还有白光闪闪的珍贵绿岩，也有闪着原子般的金光，赭、红、黑、白混杂的四色石，还有泛着不规则乳白色波纹的玛瑙，名贵的玉髓石，有红、黄纹里的绿云石，所有这些砌石全按对角线的图案排列的。

大殿的门廊下面也是铺着漂亮的砌石，它们天然的颜色组成各种图案，就像有人不经意间在地面铺上葡萄叶，有的密密匝匝，有的稀疏松散，没有一处不是上乘的艺术品。在半明半暗的光影中，你仿佛看到有几只蜗牛在葡萄树上爬，那边有几只小蜥蜴在藤蔓上跳来跳去，这边是半熟的葡萄，那边是熟透的，每一处都有匠心独运的设计，生动逼真，好像是古希腊画家宙克西斯[③]的画，活灵活现，鸟儿都会被引诱过来。的确如此，连我们

① 普雷奈斯特：拉七奥姆古城名，在罗马东南。

② 帕加马：古希腊城市，现为土耳其伊兹密尔省贝尔加马镇。

③ 宙克西斯：活动时期公元前五世纪末，古希腊画家，作品已无存，传说其画形象生动逼真，所绘葡萄曾引来鸟儿啄食。

自己也产生了错觉,在葡萄枝叶过于浓密茂盛、盘根错节的地方,我们怕伤及自己的双脚,会情不自禁地大步跳过去,就像走在崎岖不平、怪石嶙峋的路上。

后来,我们抬头打量着宫殿的拱顶和墙壁。看见拱顶和墙壁也是由大理石和斑岩精致镶嵌而成,从左面的这一头到那一头拼嵌的画面就详细地再现了巴克斯战胜印度人的那场战役。

第三十九章　壁画展现巴克斯战胜印度人的画面

一开始，画面上展现的是被烈火焚烧的城市、村落、城堡、田园和森林，还有一群疯狂的女人把牛羊活活地杀死，狼吞虎咽地吃它们的肉，这就是巴克斯入侵印度时四处烧杀掠夺的场面。

尽管如此，印度人却瞧不起巴克斯，甚至不屑派兵对付他。他们相信探子的汇报，说什么巴克斯的军队里根本没有士兵，只有一个经常喝得醉醺醺的、瘦弱不堪的小老头，他身边是一伙丑陋的野人，一丝不挂，蹦蹦跳跳，像公山羊一样头上长角，屁股有尾巴，其他的就是大醉如泥的女人。因此，他们决定放过这些人，不跟他们作战，好像即使打了胜仗也毫无荣耀可言，反而是耻辱、不光彩的事。

巴克斯正是利用印度人的轻敌，步步为营，到处纵火，因为火和雷是他的父亲传下来的武器。在他出世之前，早已尝过朱庇特的雷了(他的母亲塞默以及他母亲的房子都是被大火烧毁的)。到处淌着血，因为血是自然而然地在和平时期制造、在战争时候洒出的。萨摩斯岛上的平原之所以被称作帕拿马，是血淋淋之意，这就是证据。因为当年巴克斯就在那里俘虏了从以弗所逃出的亚马逊人，使他们流血过多而致死，因此地上洒满了鲜血。这个例子比亚里士多德在《疑问篇》里对一句古语“战时莫食也莫种薄荷”的解释更清楚。原因是在混战时受伤的人，如果他这一天接触过或吃过薄荷，别人不可能或是很难为他止血的。

接着，壁画描绘了巴克斯奔赴战场。他坐在一辆由三对同轭小豹拉着的华丽战车上，看起来还是一副小孩的面孔，脸色红润像天使，不长一根胡须,这正说明会喝酒的人是永远不会变老的。他的头上还长犄角,戴着由葡萄枝叶编织的美丽花环,手执红色棍杖,脚穿金色的靴子。

在他的整个军队中没有一个是男人,他的卫队和所有的武力全由巴克斯的女祭司们组成。她们是巴萨里德、伊凡特、欧雅德斯、艾多尼德、特里忒利德、奥吉吉亚、米玛罗娜、美那德、提亚德、巴基德[①],全是疯狂、凶狠、残暴的女人,腰里缠着毒蛇和长虫,披头散发,头上绕着葡萄藤叶,身穿鹿皮或羊皮,手执短斧,末梢如松果状,缠着常春藤的棍棒,还有长矛,像杉树一样的叉子,轻便的盾牌一动就响,在需要的时候可以拿来当战鼓使用。她们一共是七万九千两百二十七人。

领队的先锋是巴克斯的心腹赛利纳斯,他曾在不少战役中表现出自己的胆识和智慧。他是一个颤颤巍巍的小老头,驼背,腆着大肚子,大大的耳朵直挺挺地竖着,鼻子又尖又弯,眉毛又粗又硬,骑在一只公驴上,手里握着一根拐杖,既可以当拐杖,也可以在作战时当武器。他身上还穿着一件女人的黄裙子。他带的是一群野小子的乌合之众,像山羊一样头上长角,狮子一样凶残,像淫荡的小丑一样唱啊跳啊。这些人的名字叫萨梯,多利斯语称提蒂尔,他们一共是八万五千一百三十三名。

最后压阵的是潘,是个丑恶可怕的怪物,下身像山羊,大腿毛茸茸的,头上长着又直又硬的角。他满脸红光,胡子很长。他胆大妄为,敢于冒险,动辄发怒。他的左手拿着一根笛子,右手握着一只曲棍。他率领的也全是像萨梯、赫米潘、爱基潘、西尔文、法恩、拉米亚[②]、拉莱斯[③]、小精灵和小妖精之流的人物,共有七万八千一百一十四名。

他们的口号是:“哎噢唉”[④]。

---

① 此处一系列的名字都是指巴克斯的祭司。

② 拉米亚:寓言中的魔怪。

③ 拉莱斯:罗马神话中田农之神。

④ “哎噢唉”是从希腊文来的,意思是:“勇敢起来。”

第四十章 巴克斯如何对印度人作战

接着,壁画展示的是巴克斯如何进攻印度人。

我们看见领头的赛利纳斯大汗淋漓,毫不留情地鞭策他的公驴。那头驴子张着大嘴,就像驴屁股被马蜂叮着似的,尾巴摆来摆去,受惊似的蹦蹦跳跳。

队伍里的萨梯、都统、队长和士兵一个个都吹响冲锋的号角,疯狂地绕着队伍旋转,像羊一样跳跃,像马一样奔腾,又是蹦又是跳,还不停地放屁,撞来撞去,为的是鼓舞士气。一个个嘴里不停地喊着:"哎噢唉!"领头的那些美那德最先发出恐怖的吼声,冲向印度人,还把战鼓和盾牌敲打得隆隆作响,响彻云霄,这浩大的声势全在壁画上生动描绘出来了,比那些曾画过闪电、霹雳、雷鸣、狂风、回声、举止和妖魔鬼怪的阿佩利斯[①]、底比斯的阿里斯提德斯[②]等人的艺术造诣还要高超许多。

接下来是印度人的队伍,他们早已知道巴克斯践踏他们的国土,蹂躏得惨不忍睹。他们义愤填膺出征杀敌,走在队伍前面的是驮着碉堡的大象,后面紧跟着一群士兵。但对方巴克斯的女祭司吼声震天,再加上恐怖吓人的潘,把印度的大象吓得魂不附体,转而冲向自己的队伍,士兵惊恐万分,乱踩乱踏,印度的军队混乱不堪,溃不成军。在壁画上我们可以看见

---

① 阿佩利斯:公元前四世纪古希腊名画家。

② 阿里斯提德斯:公元前四世纪古希腊名画家,生于底比斯。

赛利纳斯一边狠狠踢着自己的驴，一边按古法挥舞他的棍棒。他骑的那头公驴，和原先叫的时候一样张着大嘴，紧追着大象不放。它发出的驴鸣声，就像战时呐喊助威，勇敢地冲击着，和从前一次在巴克斯节上，普里阿普斯性欲高涨，想偷偷对小精灵罗蒂斯非礼时，勇敢唤醒罗蒂斯的时候一样。

在这里，你还可以看见潘翘起双腿围绕着那群美那德蹦蹦跳跳，还吹奏着笛子鼓励她们英勇作战。同时，还有一个很年轻的萨梯俘虏了十七个国王尾随其后，一个女祭司用她的毒蛇捆住了四十二名军官，一名小法恩扛着从对方抢来的十二面军旗，而我们的好人巴克斯却坐在战车上，在战场四周悠闲地巡视，哈哈大笑，狂欢作乐，跟遇上的每个人都举杯祝酒。

最后，壁画上雕刻巴克斯大获全胜，胜利归来的场面。巴克斯那辆凯旋的战车全部覆盖了从梅洛斯山上采摘下来的常春藤，常春藤在印度十分罕见，也就物以稀为贵了。接下来亚历山大大帝征服印度的时候就效仿这种做法，他的车是由一对共轭的象来拉的。后来，“伟大的庞培”自非洲凯旋回罗马时，也是这么做的。尊贵的巴克斯悠闲自得坐在车上，举着大酒爵喝酒，后来的马里乌斯在普罗旺斯附近的艾克斯大胜辛布里人，也是效仿巴克斯坐在凯旋的战车上饮酒庆功。巴克斯的军队都戴着常春藤编成的花环，甚至标枪、盾牌、战鼓也全用常春藤装饰起来，就连赛利纳斯的公驴也不例外。

跟在战车旁边的是被擒获的印度国王和所有的俘虏，他们都被粗大的金链条捆住。巴克斯军队雄赳赳、气昂昂地迈着大步，无比高兴喜悦，他们还扛着从敌方那里获得的无数战利品，一路唱着凯歌、快活的乡村小调和充满激情赞美巴克斯的颂歌。

壁画最后一部分还有埃及的概况，有尼罗河、鳄鱼、猴子、猿猴、鹮、头顶有金冠的鵪鶉，埃及獴、河马等等当地的动物。巴克斯在两头牛的引领下浩浩荡荡进入这个国家。这两头牛的身上分别写着金字，一只写着“埃皮斯”，另一只是“奥西里斯”。因为在巴克斯到埃及之前，确实没人见过公牛或母牛。

第四十一章 大殿怎样由一盏神灯照亮

在开始叙述神瓶的谕示之前，让我先说说大殿里那盏神奇的灯，这盏灯虽然是在殿内的地下，却能把整个大殿照得亮堂堂的，如同白昼，就像正午时分光芒四射的太阳照耀大地一样。

拱顶的正中央悬挂一个实心金环，有拳头那么大，上面垂下三条细细的银链，做工非常精致，重量跟实心金环不相上下。在距离约二尺半的地方，形成一个三角形，上面吊着一个直径四尺的圆金盘。这个金盘上有四个洞孔，每个洞里都托着一个开口朝上的空心圆球，有两手宽，像小油灯似的，全是宝石做的，一个是紫石英的，第二个是利比亚钻石的，第三个是蛋白石的，第四个是红宝石的。每个球里都灌满了在螺旋蒸馏器里蒸馏过五次的酒精，和古时候卡利马科斯①放在雅典卫城上帕拉斯的金灯里的油一样是永远烧不尽的。每个小球里有一个燃烧着的灯芯，一半是石棉麻做成的（就像古时在阿蒙的朱庇特神殿里使用的灯芯一样，勤奋好学的哲人克利奥姆布罗图斯就曾见过这种灯芯），另一半是卡巴西亚麻做成的，这两种麻做成的灯芯不但不怕火烧，反而会越烧越旺。那三根银链在距离金盘二尺半的地方依然以三角形吊着一盏圆形大水晶灯的三个柄，这盏灯的直径有一码多长，开口有两手宽。开口的中央，有一个葫芦状的器皿（像个尿壶一样），也是纯水晶做成的，一直伸到大灯的最底处，里面也装着同

① 雕刻家卡利马科斯制造过一盏灯，可以日夜不灭，一年只用添一次油。

样的酒精，那燃烧的石棉麻灯芯正好就在大灯的中央。因此，整盏圆形的大水晶灯似乎在燃烧熊熊火焰，就因为那灯头恰好就在正中央。

那灯光绚丽耀眼，令人无法直接注视，就像人们无法正视太阳一样。那是因为整盏灯质地好，如此晶莹剔透，又做得如此清澈透亮，再加上上面四盏小灯对下面大灯不同颜色的反射（这是真宝石），所以在大殿的各个地方映射出的光芒变幻莫测。这种飘忽不定的光亮一遇到大殿内壁镶嵌的大理石，就会形成像雨后天晴，明晃晃的太阳穿透云层现出的七彩虹。

整个水晶灯的制作简直太神奇了，但使我更为惊叹的是雕刻家在水晶灯的周围雕刻的画面，那是一群裸体小孩英勇作战的场面。这群小孩都骑在木马上，手执葡萄枝叶编制的风磨和盾牌，他们那种童稚的憨态可掬，被雕刻家表现得惟妙惟肖，自然本身的造化也不过如此。在水晶灯变化万千、绚烂无比的灯光的照耀下，那群雕刻好像不是嵌在灯里，而在浮在外面，或像教堂里奇形怪诞的人物浮雕一样雕在整个灯上，尤其在灯内五颜六色和令人悦目的光亮的辉映下，越加生动逼真，活灵活现。

第四十二章 巴布祭司带我们观看殿内的神泉

我们正出神地望着这座神奇的大殿和那盏光芒四射、令人流连忘返的神灯时,巴布祭司带着她的随从笑盈盈地迎接我们。她一看到我们浑身穿戴的都是葡萄,也没难为我们,二话没说就领我们到大殿神灯下面的一座奇异的水泉边。那水泉是由最名贵的石材、最精巧的工艺建造而成的,比代达罗斯所幻想的还要精彩奇妙得多。

水泉的边缘、石柱和地基全都是纯净透亮的白玉砌成,有一码多高,成七边形,每条边的外部长度都相等,周围还点缀着许多柱花、装饰画、线脚、波纹,是多利斯风格的装饰。水泉的内部成正圆形。它外部每个角的正中央矗立一根圆形的柱子,形状就如圆的黄杨木(现代建筑学家称之为"圆柱"),每个角各有一根,一共有七根。每根柱子约有七手长,或稍微不足点。从柱脚到柱顶,恰好是水泉内部圆形井口的直径之长。

柱子的排列是这样的,如果站在任何一根柱子的后面,不管选取哪一个角度向对面的柱子望去,就会发现我们视线的棱锥体正好落在一个中心上,这个中心和对面的两根相对的柱子正好形成一个等边三角形。三角形的两边是从我们所看到的这根柱子同时分出去的。这两条线在距离两边两根柱子的三分之一处便会形成它们的底线,这条线如果用虚线均匀地划至中心,刚好是七根柱子之间的距离。这是因为从七条边的任何一个钝角划起,绝不会碰到对面的柱子,因为在任何一个角为奇数的图形里,无论哪一个角,它的对面总是落在两个角的正中。

由此,不言而喻,在几何比例上,七条"半直径线"的总长度约等于它们连成的那个环形图案的圆周线。根据古时欧几里德、亚里士多德、阿基米德等人的计算，三条“整直径线”再加上一个半的八分之一，则嫌多了点，若加上一个半的七分之一，则又少了点。

第一个柱子，也就是刚进大殿正门处正对我们视线的那一根，它是蓝宝石的。

第二根柱是天然的风信子红锆石，上面好几处还看得见希腊字母 A 和 I 的形象，标志着风信子就是埃阿斯愤怒的鲜血变成的[①]。

第三根柱子是避毒钻石，发出闪电一般耀眼的光芒。

第四根柱子是雄性的红宝石，里面有紫水晶的纹路，会隐隐约约发出紫罗兰色光亮。

第五根柱子是翡翠的，比埃及迷宫里的塞拉皮斯神像还要壮观五百倍。它光彩夺目，比赫米亚斯坟墓里那只石狮子眼里镶嵌的宝石还要璀璨明亮。

第六根柱子是玛瑙的，其纹理和颜色绚丽无比，远远超过被伊庇鲁斯国王视为珍宝的那颗玛瑙。

第七根柱子是清澈透明的花岗岩，也称月长石，有如绿石般晶莹，那色泽有如海迈图斯蜂蜜的颜色，里面就是月亮在空中运行的形象，有时圆，有时缺，有时上弦，有时下弦。

这七根柱子的名贵石头，原来就是古时迦勒底的天文学家和术士所认为的构成天上七大行星的质料。因此，即使是最鄙俗、最愚蠢的人也能明白：

在第一根蓝宝石柱子的柱头下，正对着中心的垂直线上，悬挂着一尊用纯净和名贵的铅做成的农神像，手里握着镰刀，脚边有一只金大鹤，按照这种农神鸟的天然色彩，涂上漂亮的珐琅。

第二根风信子颜色的柱子上，有一尊用黑铅造的朱庇特像，脸朝左边望着，胸前有一只鹰，表面加上一层真金。

第三根柱子上，有纯金铸造的太阳神福玻斯像，右手托着一只白色公鸡。

---

① 特洛伊战争中，阿喀琉斯死后，埃阿斯和乌里赛斯争夺他的武器，希腊人同情后者，埃阿斯愤而持剑自杀，血变为风信子。

第四根柱子上，是一尊科林斯铜造的战神像，脚边有一只狮子。

第五根柱子上，是铜质的维纳斯像，用的质料同阿里斯多达尼斯塑造阿塔玛斯[①]像一样。当时的这位艺术家就是用这种铜表现阿塔玛斯看到自己儿子摔死时既惊愕脸又发白，既羞愧脸又涨得通红的复杂神情。

第七根柱子上有一尊银质的鲁娜[②]，她的脚前边就是她那只兔子。这些神像看起来十分巨大，几乎占据了柱子的三分之一，甚至更多一点。雕刻的工艺如此精良，匀称协调，就连被誉为经典的雕塑家波利克里托斯[③]精湛的艺术品都无法与之相比。

至于柱根、华丽的柱头、柱缘、雕带以及飞檐全都是弗里吉亚样式，宏伟壮观，所用的黄金比蒙彼利埃的莱茨河、印度的恒河、意大利的波河、色雷斯的希布鲁斯河、西班牙的塔霍河、吕底亚的帕克托鲁斯河[④]所产的金子还要更纯正、含金量更高。

柱子与柱子之间的拱形结构用的质料就同下一根柱子一样，也就是说从蓝宝石柱子到风信子石柱之间的拱形结构用的是风信子宝石，而从风信子石柱到钻石柱子之间用的就是钻石，就这样以此类推。

拱形结构与柱头上面，向内造成一个穹顶，遮盖住水泉。穹顶的边上全是雕像，这些雕像一开始排成七边形，后来逐渐成为圆形，穹顶是纯净透亮的水晶，每一处都是光滑剔透，任何一个边角都找不到瑕疵或刮痕，就是古希腊鉴别水晶的权威色诺克拉底也从没见过比这质量更优良的了。

穹顶的内部雕刻有黄道十二宫图，雕刻精巧，按顺序依次排列，再加上一年的十二个月以及二十四节气，夏至、冬至、春分、秋分、黄道线，还有在南极周围最引人注目的恒星，工艺精巧，惟妙惟肖，我真的相信这是尼凯普索斯王或是古代大数学家贝托西里斯的杰作。

在穹顶上，正对着水泉中心，它上面有三颗一模一样的珍珠，滚圆滚圆的，就像泪珠一样，这三颗珍珠的样式完全相同，精巧地合并成一大朵

---

① 阿塔玛斯：神话中的欧尔科美科斯国王，因杀前妻之子未成，被罚失去理智，结果将其后妻伊诺之子利亚古斯摔死。

② 鲁娜：即月神。

③ 波利克里托斯：公元前五世纪古希腊雕塑家及建筑家。

④ 帕克托鲁斯河：据说任何东西，一接触帕克托鲁斯河的水，即变为黄金。

百合花,精致极了。花的大小,直径超过一手宽,刻成七边形(七是自然最喜爱的数字),它是一粒红宝石做成的,有鸵鸟蛋那么大。红宝石做的花托那么的缤纷绚丽,光芒四射,直视时太刺目了,几乎会弄瞎我们的眼睛,即使太阳或闪电也没有如此明亮耀眼。确实,任何正确的估算都不难算出这座水泉和前面所描述的那盏神灯所蕴藏的财富大大超过亚细亚、阿非利加和欧罗巴所有财富的总和。同大殿内的这些珍宝相比,印度术士雅尔伽斯所拥有的那块红宝石也就黯然无光,就像正午的太阳遮掩了星星一样。

埃及皇后克娄巴特拉曾当着尊贵罗马执政官安东尼乌斯的面,把耳朵上戴的那两只珍珠耳环浸在醋里溶解掉,据说价值一千万塞斯特斯[①],让她去自我吹嘘好了。

庞培亚·普罗蒂娜曾穿着用珍珠和翡翠交替镶嵌的袍子赢得了罗马城里全体人民的羡慕,然而到头来她也只不过被说成是抢夺全世界的征服者的玩物,她爱炫耀就让她去夸耀好了。

水泉的水是从三根荧光石管子里流出来的,这三根管子就安装在上述那个等边三角形的三个边上,以双螺旋的形状伸展出来。

我们仔仔细细地赏玩殿内的这些奇观之后,正想回头向别处看,巴布祭司却叫我们听听水流出来的声音。我们听到了清越和谐的汩汩水声,虽然不是很清晰,又断断续续,像是来自远方,又像是来自地下,但是这种缥缈的声音听起来比在身边更有动人之处。刚才我们所看到的一切真是赏心悦目,而这和谐的曲调又能悦耳。

巴布祭司对我们说道:

"你们这些哲学家否认运用形状的排列可以产生动力,而你们在这里所看见和所听到的恰恰相反。这神泉的水正是从这分开的双螺旋管子流出来的,因为管子内部的每个弯曲处有五个活动叶片,就像进入右心室的静脉一样。这样,水一流出来就发出了你们听到的和谐美妙的曲调,一直流入你们那个世界的大海里。"

---

① 塞斯特斯:古罗马银币名。

第四十三章 水泉的水具有饮酒人想象的味道

巴布祭司说完后，她吩咐拿来大酒杯、小酒杯，有金的、银的、水晶的和瓷的。她盛情邀请我们品尝泉水，我们欣然接受。实话实说吧，我们和那种不打尾巴就不吃东西的麻雀可不一样，我们也和那些不拿鞭子抽打就不吃不喝的牛不一样。我们从不推辞别人的热情邀请。

饮罢之后，巴布问我们觉得泉水如何。我们说真是清凉甘甜的泉水，比意大利的阿尔基隆戴斯河、塞萨利的佩纽斯河、马其顿的阿克修斯河，或是西利西亚的西德奴斯河（马其顿的亚历山大在酷暑难熬的时候看见它如此可爱、纯净、清凉，不顾预见到这一短暂的快乐可能带来严重的后果，纵身跃入河里沐浴一番）的河水还要澄澈晶亮。

巴布说道："哈?! 你们尚未体会到泉水滚过舌头的感觉，它并不像柏拉图、普鲁塔克、马克罗比乌斯和其他人所说的那样，经过弯曲的气管流向肺部，而是经过食管直接到达胃里。尊贵的客人，你们的咽喉难道与被人称为特忒斯的波提鲁斯一样涂上一层东西，或是上了珐琅，无法辨认出这种神饮的美味吗？"她边说边对随从的侍女说道，"把我的刷子拿来，你们知道我的意思吧，把他们的上颚好好刮一刮、刷一刷。"

不一会儿，她们送来了上等美味的火腿，油腻肥美的熏牛舌、咸鱼、米兰的香肠、意大利的鱼子酱、肥大的鹿肉肠，还有其他许多巴布所说的清理喉咙的食物。我们一直吃到胃肠被刷得干干净净，觉得渴得要命，直到唇焦口燥才停止。巴布这才说道：

"古时有一位博学英勇的犹太国首领率领他的臣民穿越沙漠，在极度饥饿时得到上天赐给的吗哪，在他们的想象中，那吗哪的味道就同他们过去吃过的东西的味道一模一样，当然，我们的水也是一样的，当你们喝下这神奇的饮料时，你们会觉得这就是想象中的酒的味道。你们要先想一想，然后再喝。”

我们按吩咐一一照办。巴汝奇大叫起来：

“天主在上，这真是博恩的红葡萄酒，是我喝过的最美味的酒了，否则我愿意把自己交给一百〇六个魔鬼?！为了让这种美味多多停留，我如果能有三码长的喉管就好了，就像菲洛克塞奴斯所希望的那样，或者就像美兰修斯[1]所祈盼的那样，能得到仙鹤那么长的喉管?！”

约翰修士也叫起来：“以我的名义起誓，这是希腊的美酒，晶莹闪亮。看在天主的份上，夫人，请告诉我酿制这美酒的秘方吧?！”庞大固埃说道：“我觉得这是米尔沃的酒，因为我在喝之前就是这么想象的。唯一不同的是这酒清新冰凉，比冰还冷，甚至比诺尼、狄尔赛、科林斯的康脱波里亚的泉水还冰凉，要知道康脱波里亚的泉水能把饮水人的胃肠和内脏冻坏。”

巴布说道：“再喝一杯、两杯、三杯吧。每次你们只要想象不同的滋味，就能品尝到什么滋味，就和想象中的一模一样。现在我们可要承认，对天主来说，一切皆有可能。”

“我们从来没有这么说过，”我回答，“我们总是认为天主是无所不能的。”

---

① 美兰修斯：神话中一个被酒神变成海豚的人物。

第四十四章　巴布为巴汝奇穿戴，聆听神瓶的谕示

我们喝罢说完之后，巴布祭司问道：

“你们当中谁想得到神瓶的谕示？”

巴汝奇说道：“是我，你的卑微的小漏斗。”

巴布接着说：“我的朋友，我给你的交代只有一条，你只能用一只耳朵聆听圣谕。”

约翰修士说道：“这样说来，这就是法国人所说的‘单耳酒’[①]。”

随后，巴布为巴汝奇穿上一件绿色长袍，头上戴着雪白的帽子，上面盖着滤酒的毛毡，帽子的尾部没有流苏，而是吊着三支肉叉。巴布还拿两条古旧裤裆给他当手套，腰间拴上捆在一起的三只风笛。接着，还让巴汝奇用神泉的水洗脸，又往他脸上洒一把面粉，在滤酒毛毡的右下边插上三根公鸡毛，再让他绕着水泉走九圈，并在空中跳三下，屁股往地上碰七下。在整个过程中，巴布口中一直用伊特鲁里亚方言念念有词，祷告着什么，还不时看着身边的助手手捧的经书大声诵读。

总之，在我看来，就连罗马人第二位皇帝奴马·彭比留斯、托斯卡纳的凯利人、犹太人的那位神圣领袖摩西本人也没有我这次看过这么繁琐的礼节。埃及孟斐斯供奉埃皮斯的预言家、拉姆奴斯城的厄庇亚人供奉拉姆奴西亚，甚至就连古人对朱庇特、对菲洛尼亚也没有我在这里亲眼看见的

---

① “单耳酒”是上好的酒。

礼节那么繁缛。

巴汝奇这样穿戴完毕,巴布才牵起他的右手,领着他从一扇金的大门走出神殿,来到一座用透明的白云石砌成的圆形小教堂。这座小教堂无须任何窗户或透光的地方,阳光仅仅通过透明的石头就能倾泻而下,仿佛是从大殿内部放射光线,而不是从外部照进来的。这座教堂的构筑雄伟壮观,可以同从前拉维纳的阿波罗神殿、埃及开姆尼斯岛上的神庙相媲美。另外,我必须记得告诉大家,那就是它的构造平衡协调,它的直径恰好等于殿内拱顶的高度。

殿中央又有一座白玉砌成的水泉,也成七边形,四周的装饰精巧绝伦,泉水十分清澈纯净,就像仅由一种单一元素构成的。我们寻找的神瓶就有一半淹没在水中,瓶上覆着透明晶亮的水晶,椭圆形,只是瓶口比它本身的形状大了点。

第四十五章　巴布祭司领巴汝奇到神瓶跟前

尊贵的巴布女祭司命令巴汝奇跪下，弯腰屈膝亲吻水泉的边缘，然后叫他站起来，绕着水泉跳三圈巴克斯舞。跳完之后，让他坐在两张特制的凳子中间，屁股落在地上，然后又打开一本礼仪书，在他的左耳嘀咕一番，让他唱一首葡萄颂歌，这歌词就刻在神瓶上。

噢
充满
神秘的圣瓶啊，
我用一耳聆听，
快快告诉我吧，
我心中忧虑的；
曾征服印度的，
巴克斯
已把所有真理，
贮藏于你的水晶体内，
化为里面的玉液琼浆；
你远离谎言和欺诈。
愿
教我们忍让的
诺亚后代快乐，

求你赐予，
仁慈谕示，
济我脱离苦海。
而你
决不遗漏一滴，
红白不计。
充满
神秘的圣瓶啊?!

唱完之后，也不知道巴布往水泉里扔进什么东西，那水立即沸腾起来，就像布尔格邑赎罪日举行巡行大瞻礼时修道院里那口热气腾腾的大锅一样。巴汝奇一声不响地坐下来,用一只耳朵听着,巴布则跪在他旁边,这时从神瓶里发出一种嗡嗡的声音,就像阿里斯泰俄斯[①]那通灵的双手宰杀献祭的小公牛时,牛肚里飞出的蜜蜂嗡嗡的声音,或像箭离弦的声响,要不然就是夏天暴雨骤降的响声。最后只听见这样一个字:Trink(即喝之意)。

巴汝奇高声叫道:“冲着天主的名义说话,那神瓶不是破了,就是出现裂缝了,我说的是真的,就像在我们那里,水晶瓶离火太近就会爆裂。”

巴布站起来,轻轻地挟住巴汝奇的胳膊,对他说:

“朋友,快感谢上天的恩典吧,你理应这么做,因为你已经听到了神瓶的谕示了,这是自从我作为神圣谕示的主持以来,所听到的最鼓舞人心、最神圣、最确切的一个字了。站起来吧,咱们去找经书,看看里面如何解释这个可爱的字眼。”

巴汝奇说道:“好吧,咱们走吧。天主在上,我还是同从前一样,没聪明多少。快快给我智慧吧,告诉我那经书在哪里,在哪一章里?我们去看看这美妙的解释吧。”

① 阿里斯泰俄斯：希腊神话人物，以养蜜蜂著名。

第四十六章　巴布解释神瓶的谕示

不知巴布又往水里扔下什么东西，那沸腾的泉水立刻平息下来。随后，她又把巴汝奇带到神殿中央那神奇的水泉边。她从水里捞出一本银制的厚书，形状像半个木桶那样(或像比埃尔·隆巴尔《格言集》的第四册)，她往书里灌满了泉水，然后对巴汝奇说：

“你们那里的哲学家、传教士和学者只会对着你们的耳朵灌输好听的话，而我们这儿才是真正通过嘴巴传授我们的教诲。因此，我们不会对你们说：‘请读这一章，请读这个解释。’我只会说：‘请你尝尝这一章，把这个可口的解释吃下去。’古时，犹太有一位先知吃下一本书后就博学到了牙齿。你如果喝下一本书就会马上博学到肝脏。来吧，把嘴张开。”

巴汝奇把嘴张得大大的，巴布拿起那本银书，我们还真以为那是一本书呢，因为它的样子就像是一本祈祷书，其实那是一个酒瓶，里面装满法勒纳斯酒，她让巴汝奇一口把它喝完。

喝完酒后，巴汝奇说道：“这真是值得注意的一个章节，里面的解释真实可信。这就是那神瓶的谕示吗？这喝下去真是通体舒畅，相信我吧。”

巴汝奇说道：“一点没错。Trink 这个词是个神谕，全世界的人都能理解，它是‘喝’的意思。你们那里称为‘褡裢’或‘包’的东西，在所有的语言、所有的法律条文里都有类似的叫法，因此，到处都能听明白。就像伊索那篇寓言里所说的，人类生来颈上就挂着一个褡裢，天生是会挨饿的，所有的人都要互相乞讨。世界上不管多么有权有势的国王，也不能离开他人的帮助；无论多傲慢的穷人也离不开富人而生存。连那位自以为无所不能的哲学家希庇亚斯也不能例外。和离不开褡裢一样,人类更不可能不喝。因此,我们说笑不是人类的本能,而是喝,才使人成为人。我这里的‘喝’并不是指简单的喝,因为这连动物也会,我指的是喝上清凉可口的美酒。朋友们,请我们记住好了,喝了这酒,你们就拥有神性,没有什么论断比这个更千真万确、更有预言性、更靠得住了。你们的学者也肯定了这一点。他们在探究‘酒’这个词的字源时说,‘wine’是从希腊文 oinos 和拉丁文 vis 来的,意为‘力量’或‘能力’。酒确实能使人的灵魂充满真理、学问和哲理。如果你们注意到神殿大门口所写的希腊文,你们一定会明白真理寓于酒中的这个道理。神瓶把你们领到这里,剩下的要靠你们自己去领悟了。”

庞大固埃说道:“这位可敬的女祭司说得再令人信服不过了。你第一次跟我讨论这件事时,我也是这样说的。所以还是去 Trink 吧?! 巴克斯的激情可在你们心中荡起,你们觉得如何呢?”

巴汝奇说道:“大家举杯,

巴克斯在上,大家举杯?!
噢,噢,噢,我将比翼双飞,
情投意合,
床笫之欢,
夫妻恩爱。
神谕何为诂?
预见姻缘美满,
返回故里,
不仅洞房花烛,
而且琴瑟和鸣,
卿卿我我,
夫唱妇随。
天啊,我已预见百年好合,
如胶似漆。
我的身体健壮,
骁勇无比。
我是称心的情,人中之俊彦。
噢,阿波罗;噢,阿波罗;噢,阿波罗?!

我一定结婚，一定结婚，一定结婚?!
我的朋友约翰修士，我向你起誓，
决不三心二意，
神谕的指示十分明白，
这是命中的定数?!?”

第四十七章 巴汝奇等人疯狂吟诗

约翰修士说道:“你疯了吗?还是着了魔?你们看他嘴里吐的白沫?!你听他胡诌些什么诗?!他是不是被地狱里的所有恶魔吃掉了，你看他的眼睛像快死的山羊那样转个不停?!他是不是该躲开？跑到没人的地方去乱吟这些歪诗？要不要让他像狗一样吃点排风草清清胃？要不要学修士那样,把拳头伸进喉咙里,一直伸到肘部,把肠子掏个干净？他是不是还会再疯癫下去？”

庞大固埃打断约翰修士的话,说道:

告诉你，此乃巴克斯的吟诗狂，
神魂颠倒，为的是这醇厚的琼浆玉液，
因此大发诗兴不停地吟唱。
对你老实讲，
他酒一下肚，
完全迷住了
他的思想，
他大嚷大叫甚而狂笑，
狂笑而胡闹，
使他的心，
在这温馨的地方，
激情亢扬，

成了我们欢欣的
胜利者和君王。
他的头脑迷离狂热，
如此高尚的酒客还想给予讽刺诽谤，
那干的勾当真是空谈理论家之所为。

"怎么了？"约翰修士叫了起来，"你也在吟诗吗？天主在上，我们全都被传染上了?!要是高康大此时能看到我们这副疯狂的模样该多好?!天啊，我是不是也该同你们一起吟唱，我真不知该如何是好。吟诗，我可一窍不通，不过在这个诗歌王国里我也可以胡诌几下。圣·约翰在上，我也可以跟你们一起吟几下?！请注意，如果我的诗吟得不好，请多多包涵。

噢，天主圣父啊，
你曾将水变成杯中酒，
那么请将我的屁股，
化为灯笼为我迷途的兄弟照路。"

巴汝奇接下去吟唱：

皮提亚的先知，
未曾指示过
更明晰的谕示，
我相信此处水泉，
是从得尔福
辗转相传至此。
假如普鲁塔克如同我们一般，
饮过此处泉水，
他决不再疑惑，
为何得尔福的谕示，
怎么像条黑鱼，
缄口不语。
究其因，其实很简单，

命运之祭坛已不在得尔福，
而是来到此地，
宣示着未来的似水流年。
阿忒涅乌斯早向我明示，
所谓祭坛原来就是瓶坛，
不过瓶内装的是佳酿，
是真理的美酒。
作为金言玉语，
没有比瓶内的语言，
预知吉凶祸福，
更为真切周全。
约翰修士，且听我劝告，
趁我们来到此地，
你也该寻求
神瓶的谕示，
看有无别的阻力，
使你成家节外生枝。
快，怕的是瞬息万变，
何不抬起头跳跳巴克斯舞，
再往你脸上洒点粉，
去听听真知灼见吧！

约翰修士愤怒地答道：

成家！我以本尼迪克特的靴子
和绑腿发誓，
只要对我有所了解，
都会知道我的意志，
宁可成为穷光蛋，
也决不做
结婚成家那种蠢事！
让自由加上镣铐？

今后成了妻室的附属？
天主为证！
那等于把自己交给亚历山大，
交给恺撒，
交给他的女婿，
交给世上的暴君！

巴汝奇脱下绿色的袍子和所有怪异的装束，说道：

你这可恶的东西，
让你像毒蛇那样被贬入地狱，
而我升入天庭，
弹奏竖琴。
告诉你，你这可怜的家伙，
我要尿你个痛快淋漓！
你听着，只等你
下到了地狱，
见到了老魔鬼之后，
冥王那干瘪的老婆
普罗塞耳皮娜，
看上你裤裆里的东西，
而且她钟情于你的
男子威风父性能力，
恰遇机缘，
你们心心相印，
倒在一起，
我老实问你，
你难道不把那个混账的东西
路西弗，
送进地狱里最宽敞的酒馆里
去喝酒吗？
冥后对你们修士一向忠贞不贰，

况且她又鲜艳夺目。

约翰修士吼叫起来:“好了,老疯癫,见鬼去吧!我再也吟不出来了,喉咙给塞住了,我们还是付完账回家去吧。”

第四十八章　辞别巴布祭司,离开神瓶的谕示

巴布祭司说道:"在这里不用付账。只要你们高兴，我们就心满意足了。在这偏远地区,我们施舍,不是为了攫取,而是为了行善。我们觉得那些总是从别人身上获利的人并不幸福(你们那个世界的教派就是这样),那些总是乐善好施的人才是幸福的。我们只想求你们做一件事,那就是在我们的礼仪书上写下你们的姓名和国籍。"

说罢,她便打开一本装帧精美的又大又厚的簿子,由我们口授,叫她一名侍从用一枚金针,像写字似的在上面划来划去。可是,我们在簿子上却看不到任何字迹。

划完之后，巴布往三个用皮缝制的瓶袋装满了神水，亲手递给我们说:

"朋友们,在我们称为天主的智慧的圆球的庇护下——它的中心无所不在,它的边缘是无边无际——现在你们可以走了。回到你们故乡以后,别忘了证实富饶的财富和神奇的东西都是埋藏在地下。刻瑞斯把农耕技术传授给人类,并发现谷物,使人类不再吃粗糙的橡子,她因此受到全人类的敬仰。她怨恨她的女儿①会迷恋地下,是有道理的,那是她预料到女儿在地下比她做母亲的在地上见到更珍贵、更美好的东西。

"古时的贤人普罗米修斯发明从上天召唤雷电的法术,现在这个法术怎么样了呢?你们那里肯定已经失传,因为它早已离开你们那个半球,而

① 神话中刻瑞斯的女儿普罗塞耳皮娜是被冥王普路托拐到地下的。

来到我们这里仍然使用。你们看见你们的城市被雷电击毁,有时你们会莫名其妙感到震惊,你们不明白这可怕的灾难是出自于何人之手?有何意图?而这对我们来说是司空见惯而又有益的事。你们的学者抱怨古人已经把一切都写过了,没留下一点新的东西给后人去发现,这种想法显然是错误的。天空中所显现的,也就是你们称为自然现象的,地上所展示的,江河湖海所蕴藏的,这一切,跟地下所有的宝藏比起来,那是无法比拟的。

“所以,在几乎所有的语言里,地下的主宰全是以‘富’字开头,这是情有可原的。你们的学者潜心钻研、孜孜以求的时候,总是要祈求最高主宰的庇护。埃及人称至高主宰为‘伊希斯’,也就是‘秘密者’、‘潜伏者’、‘隐匿者’的意思,并用这个名义召唤她,请求她显灵。她不但会使他们认识她自己和她所创造的万物,而且还会送给他们一盏指路的好灯笼。古时的哲人和圣贤为了更自信、更愉快地在探求神谕和追求知识的道路上跋涉,有两样东西是不可缺少的,那就是神的指引和人的帮助。

“比方说,波斯人当中的琐罗亚斯德,他在游学时,就找到了阿里马斯普斯陪伴他作哲学探寻之旅;埃及人当中的海尔美斯·特里特美吉斯图斯就找到了埃斯科拉庇俄斯当陪伴;奥菲士在色雷斯就找到了缪斯作伴侣,阿格拉奥费姆斯也在同一个地方找到了毕达哥拉斯作伴侣;雅典人当中的柏拉图,最初找到的伴侣是西西里岛上西拉库塞城的狄翁[①],但狄翁死后,另一个伴侣是色诺克拉底;阿波罗纽斯的伴侣是达米斯。

“古希腊哲学家泰利斯对埃及国王阿马西斯提出的问题:最大的智慧能在哪里找到的?泰利斯的回答是‘时间’。你们的学者在上天的指引下,再加上明亮的灯笼的陪伴,一定会认为这样的回答是有道理的,因为正是在时间的长河里,随着时间的流逝,一切隐藏的秘密才能最终被揭示。如此,古人把农神叫作‘时间神’、‘真理之父’,而真理就是时间的女儿。你们的学者一定会正确无误地认识到,他们以及他们的前辈所掌握的知识只不过是未知世界的一小部分。

“此刻我给你们的三个皮瓶袋里,正如俗语所说的:‘见到爪牙,就能认出狮子’,你们能从中获得智慧和知识。根据元素变化的自然规律,瓶子里的水与天体和海水的热气相互作用变得越来越稀薄,会产生清新的、有益健康的空气,可以为你们提供洁净、安宁、柔和的风。难道风不就是流动

① 狄翁(公元前409–354):柏拉图的学生。

的空气吗？乘着这股风，你们可以直直朝前走，如果你们愿意，可以径直抵达塔尔蒙的奥隆纳港。从这个小小的风口望出去，你会觉得它就像笛子上的孔，能一直让风吹进来，鼓动你的风帆，你要有多少风就有多少。你们只管在水里慢慢地游弋就行了，而且总是精神愉快、安然无恙，不会遭遇风暴，也不会有任何危险。

"你们要相信我说的话，不要认为狂风暴雨是风引起的，而风是海底的波涛汹涌所产生的。也别以为雨是因为乌云黑压压的，天空无法承受而下来的，它是要受到地底下的召唤才来的，就和只有受到天空的吸引才会由下而上到地上去一样。那位先知大卫王唱过'深渊就与深渊响应'[①]的话，就足以证明。

"这三个皮的瓶袋，有两个装的是神泉的水，第三个装的是被称为'婆罗门大桶'的印度哲人的井里打来的水。

"此外，你们的船上已经装好了旅途所需的一切供给；你们在这里的时候，我就吩咐要把这一切准备妥当。

"朋友们，你们可以快快乐乐出航了，把这封信带给你们的国王高康大，代我们问候他，也向他尊贵王宫里的所有王公大臣致意。"

说罢，巴布交给我们一封密封的信，待我们向天主表示永恒的感谢之后，她带我们从教堂的侧门走了出去。在那里，巴布把所有的人都召集到那里，问了许许多多问题，足足比奥林匹斯山高出一倍的大问题。

我们经过的地方，到处风景怡人，赏心悦目，真是美不胜收，气候比塞萨利的腾比河还温和；比埃及毗邻的利比亚的那一部分空气更清新；比泰米斯古拉更滋润，灌溉更良好，树木和作物更郁郁葱葱，比托罗斯山脉与阿基隆相对的那部分、比红海海中的希贝尔包里亚岛、比卡斯比亚山上的卡里吉斯还要肥沃得多。这真是令人心旷神怡的世外桃源，和都林省一样，是那么恬静、景色优美。最后，我们回到了码头，登上了在那里等待我们的船只。

尊贵的庞大固埃的英勇言行

第五部

完

---

① 见《旧约·诗篇》第四十二篇第七节。